福建師範大學叢刊

苔花集

——福建師範大學文學院 2022-2023 學年
研究生優秀論文集

李小榮　周雲龍　策劃

馮直康　主編

苔花集
福建師範大學文學院2022-2023學年研究生優秀論文集

編輯委員會

總策劃

李小榮　周雲龍

主編

馮直康

編輯委員

陳新儒　范志泉　羅歷辛　孫景鵬　趙　坤

目次

語文教學與作品解讀

學習任務群視域下初中語文單元教學設計探析
　　——以統編初中語文七年級下冊第三單元為例……… 潘薇羽　3

統編高中語文必修教材單元寫作任務的設置特點與
　　可行性研究……………………………………………… 徐　帆　17

創意寫作與教材寫作訓練的有效結合探究
　　——以統編版教材八年級上冊為例…………………… 許伊琳　33

由多重比較與差異看《哦，香雪》中「香雪」人物形象 · 陳逍涵　45

從〈飲酒〉（其五）看情、思、理融合之境…………… 戴雯婕　55

縱橫古今事，了悟人世間
　　——〈念奴嬌‧赤壁懷古〉文本解讀………………… 劉常蘭　65

情起意象生，情轉意脈動
　　——淺析〈聲聲慢〉的「愁」………………………… 劉捷莉　73

「形骸墮醉夢，生事委塵土」
　　——蘇軾詩歌的塵土意象與處世心境………………… 劉澤華　83

閩臺文學與文化

認同與批判：呂赫若社會使命下的文學實踐
　　——以《廟庭》《月夜》為中心……………………張　影　113

論「新邊塞詩」的在地性……………………………………張姝雅　131

明清修身日記的屬性與功能…………………………………鄭明智　155

中古敦煌本土民俗與外來佛俗的對峙與合流
　　——以臘八民俗為例…………………………………米文靖　175

回歸心魂的聆聽和跟隨
　　——史鐵生「寫作之夜」研究………………………陳藝宣　197

虛構「耶弗他之女」：泉州晚清傳教士文高能《中國傳奇》
　　的文獻分析……………………………………………莊婧宇　217

由第一步而至千里：陸學的次第與貫徹
　　——從「六經注我，我注六經」說起………………王家旺　231

論徐懷中軍旅小說的堅守與嬗變……………………………徐雪濤　255

口語寫作視角下的湯養宗詩歌淺論…………………………陳　煒　283

極致「寫實」與內相「失真」
　　——論王安憶「主觀寫實主義」的探索與限度………陳　榕　309

語言文字與比較文學

從「侘」字看漢語借字對日本文化的影響…………………李思齊　331

「鬼」及其字族研究…………………………………………鄭婉鳳　353

從上古漢語「度」看名動詞分立的域限演變………………王佳倩　379

戲劇的兩種抒情向度
　　——湯顯祖至情論與亞里斯多德悲劇淨化論之比較････ 張軒嵐　405
鮑德里亞形式觀建構及其學術進路･･････････････････････ 陳瑋斌　425
論「愛爾蘭範例」中奧斯卡・王爾德的缺席･･････････････ 黃舒琪　443

語文教學與作品解讀

學習任務群視域下初中語文單元教學設計探析
——以統編初中語文七年級下冊第三單元為例

潘薇羽

二〇二一級 學科教學（語文）

摘要

　　語文學習任務群這一新的課程組織形式的提出，意在變革傳統的語文教學模式，引導學生在語文實踐活動中提升核心素養。基於學習任務群的相關要求，教師在進行初中語文教學設計可以遵循以下三個步驟：提取學習主題，創設學習情境；明確學習任務，設計實踐活動；關注學習表現，設計過程性評價。

關鍵詞： 學習任務群　單元教學　教學設計

近年來，學習任務群成為語文課程建設的熱門話題。《義務教育語文課程標準（2022年版）》吸納高中語文課程標準的建設經驗，提出語文課程內容以學習任務群的形式組織與呈現，並將六個任務群從三個層面進行劃分，這一變革使得課程內容的構架與邏輯更加合理。學習任務群是培養語文核心素養的有效途徑，具有情境性、實踐性、綜合性，這要求教師在進行教學設計時需要更新觀念，做到「創設真實而富有意義的學習情境」、「圍繞特定學習主題，確定具有內在邏輯關聯的語文實踐活動」、「加強語文課程評價的整體性和綜合性」。現以統編初中語文七年級下冊第三單元為例，探究基於學習任務群的初中語文單元教學設計。

一　提取學習主題，創設學習情境

　　《義務教育語文課程標準（2022年版）》在課程實施中提出了「創設真實而富有意義的學習情境，凸顯語文學習的實踐性」的教學建議。學習情境的創設，意味著教師和學生開展語文學習活動的背景不再是單一枯燥的知識課堂，而是與生活息息相關的真實的語言運用環境，這促使學生在運用語言的過程中提升語文素養。但若能根據生活需要、結合課文內容，為學生創設熟悉而有挑戰性的學習情境，必然能激發學生「學語言、用語言」的興趣。

　　而創設學習情境，首要考慮的就是單元的學習主題。學習主題是學習任務群的立足點，它具有統整性，能夠概括一個單元的核心內容，常常作為單元的中心話題或議題而存在，同時它也框定了任務情境的使用方向和範圍。教師提取單元學習主題可以考慮該單元所在的學習任務群的教學要求、教材中的單元導語以及每篇課文的共同指向等。

（一）基於單元，指向目標

要推進學習任務群視域下的單元教學，教師應該做到「高屋建瓴」，立足於單元的全部內容及整體架構，抓出一個單元主題，並由此出發進行學習內容和學習活動的具體設計。現行統編初中語文教材雖然缺乏單元整體學習任務的關照和建構，但其採用「人文主題」與「語文要素」雙線組織單元的結構，一方面強調語文與生活的聯繫，另一方面保證了語文綜合素養的基本訓練，為語文學習任務群中學習主題的選取提供了方向。

本單元屬於「文學閱讀與創意表達」任務群的範疇，從文學文本的本質屬性來看，應當側重於學生對文學語言和形象的品味、對文學作品的欣賞與評價、對自然及社會的體驗與思考，培養學生個性化的審美體驗、提高學生的審美品位、激發學生的審美創造能力。透過文字，我們能感受其中蘊含的語言之美、形象之美、意蘊之美。以語言之美為例分析本單元的選文：《阿長與〈山海經〉》的語言幽默而有深情；《老王》的語言平實質樸卻於細微處見出深意；《臺階》的語言細膩而富有節奏感，雖是敘事寫人的小說，語言卻更像抒情寫意的散文。

本單元編排四篇課文均是「小人物」的故事，這也揭示了本單元的人文主題——平凡人物的人性美，諸如長媽媽、老王等人，他們雖然沒有像社會中的傑出人物一樣有著傳奇的經歷、壯闊的事業，他們很普通，在日常生活中往往被忽視，卻能在不經意間給我們帶來了一種平實、真切、觸及內心的感動，因為他們的一舉一動反映出了他們身上所擁有的單純與善良、執著與追求、自信與智慧，這正是我們作為個體處於社會中應該具備的品格。

單元導語提示本單元的學習注重培養「熟讀精思」的能力，要求學生在熟悉文章內容基礎上，從不同角度把握文章重點，並提高發現關鍵語句以及理解文章意蘊的能力。每篇課文後配套的「思考探究」

正指向這些能力的培養，如《老王》一課中要求揣摩「我們當然不要他減半收費」句中加點詞「當然」表情達意的效果。

綜合上述因素，教師可以將「走近小人物」作為學習主題，呼應本單元的人文主題，並圍繞「走近」一詞，通過理解文意，品味語言，培養熟讀精思，把握人物形象及其身上的質量。同時，可以確定以下學習目標：

一、借助多種形式的誦讀，深入理解作者的情感態度以及體悟文本的意蘊。

二、學會從標題、詳略安排、角度選擇等方面把握文章重點，能夠整體把握文章的結構層次。

三、能夠捕捉生活中的細節，在寫作中運用細節描寫刻畫人物、表達情感。

四、掌握圈點批注法，反覆閱讀經典作品。

五、通過文本細讀，揣摩文本細節與關鍵語句，揣摩人物心理，把握人物形象，體會平凡人物身上閃光的品格。

單元的學習主題是需要發現和提煉的，一方面是基於對課程標準的解讀，另一方面是基於對教材內容的分析。若能深刻把握單元所處的「學習任務群」，深入分析單元內容的安排邏輯，單元主題就會從模糊走向清晰，指明單元學習的方向。

（二）基於學情，立足生活

明確了學習主題和學習目標之後，教師需要為學生創設「真實而富有意義」的學習情境，因為新課標強調要培養學生「在真實的語言運用情境中表現出來的語言能力及其質量」，教師為學生創設某個具體的情境，學生在這個情境中開展學習活動，也在這個情境中培養自己的語文能力。「真實」強調所創設的情境主要來源生活、貼近生

活，如學生日常接觸到的學校、家庭、社區等。但值得注意的是，文學具有審美性，因此語文課堂具有一定的藝術性，這裡「真實」就可以是人為加工的「藝術的真實」，即對作品真實的創作情境的還原。[1]而「有意義」強調學習情境對於學生的價值，教師為學生創設的情境要建立在現在或未來的社會生活對個人的需要，能夠說明學生解決現實生活的「真實問題」。

七年級的學生處於小學與初中的過渡時期，同時也是他們的認知能力從具體運算階段向形式運算階段的過渡階段。在這個階段，學生各方面的認知能力都較以往有了進一步的提升，他們從關注自我、關注自然到開始關注社會，從關注身邊熟悉的人到關注身邊的陌生人，並與他們產生社會性的聯繫，進而開始逐步認識自己所處的這個社會環境。在閱讀理解能力方面，通過分析新課標中的第三學段與第四學段的「學業質量描述」，可以發現，較之第三學段側重於要求學生能用語言表達自己的閱讀感受和審美體驗、對文本的事件和人物提出自己的觀點和看法；第四學段則更注重學生在閱讀文章之後的品味作品語言和分析文章內涵的能力。本單元選取的文章大多屬於名家的經典之作，但其中的文字並非晦澀難懂，反而是淺易明瞭的，作者通過敘事寫人，帶領讀者走近他們身邊的「小人物」——那些可能在生活中被大多數人忽視的人，讓讀者以新的眼光看待他們，感受他們身上的美好質量，這正是學生現在或未來需要具備的正確看待社會的能力。而這種能力不是通過教師的直接講授獲得的，而是學生在對文本的理解與分析中潛移默化的。

因此，本單元的情境創設可以考慮從學生的學習生活出發，以文學社活動為主體，引導學生發掘身邊的人與事，緊扣課文，圍繞主題，指向目標。具體如下：

1　徐林祥、鄭昀：〈語文教學情境辨正〉，《語文學習》2020年第5期。

學校文學社在期刊《繁星》開闢了「人物故事匯」專欄，本期負責專欄編撰的是七年級社員，面向全級同學徵稿。專欄包括兩個部分：一、推薦課文中的「最美小人物」；二、寫寫我身邊的小人物或我與小人物之間的故事。

二　明確學習任務，設計實踐活動

學習任務群的提出，意在擺脫以往語文教學逐點解析知識及逐項訓練技能的模式，促進學習方式的變革，加強課程內容的整合，同時引導學生進行「自主、合作、探究」性的學習。根據學者們的研究，我們大致可以得出如下概念定義：語文學習任務群是「素養導向下具有真實任務情境和統整性內容的一系列語文學習實踐活動」。[2]基於語文單元的學習任務群下包含若干個任務，每個任務下設計若干個凸顯學科本質特徵的語文實踐活動，共同指向知識與能力、過程與方法、情感態度與價值觀的整體發展，最終促進核心素養的發展。

在任務群視域下，學習活動是細化了的學習任務，具有過程化、實踐性的特點；而學習任務則是概括了的學習活動，具有成果化、計劃性的特點。任務與活動的關係可以這樣描述：任務牽引著活動，活動落實了任務。

（一）理清關聯，構建體系

每個語文學習任務群都是由相互關聯的系列學習任務組成，用這個觀念去指導單元教學，教師需要在設計學習任務時考慮單個任務如何加強關聯而成為一個主題鮮明的單元學習任務群。根據學習情境，

---

[2] 王榮生：〈「語文學習任務群」的含義——語文課程標準文本中的關鍵字〉，《課程·教材·教法》2022年第11期。

圍繞單元主題，本單元設計主任務：感受小人物的「光輝」，書寫平凡人的「亮點」。在主任務之下，設計四個子任務：一、欣賞魯迅和楊絳筆下的小人物；二、探究《阿長與〈山海經〉》和《老王》的精彩之處；三、自主合作，遷移閱讀；四、借鑒寫法，細描人物。子任務與主任務的關係不言而喻，那麼子任務之間是否又存在著某種關係呢？我們可以通過以下思維導圖理清任務之間的關係，並構建第三單元的學習任務體系。

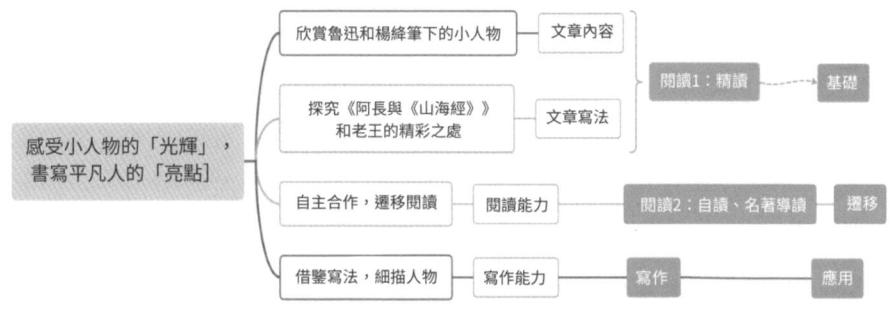

圖一　七年級下冊第三單元學習任務體系

　　四個子任務圍繞主任務而展開，它們分別指向不同的教學重點：子任務一重在理解和分析重點文章內容，子任務二關注重點文章的寫法，子任務三重在自主閱讀能力的培養，子任務四關注寫作能力的培養。每個子任務又分別對應著單元的編排體系：閱讀、名著導讀、寫作，將整個單元的教學內容統整了起來。子任務一和子任務二通過對重點課文的精讀細析為子任務三和子任務四的開展打下基礎，子任務三將精讀課文時學到的閱讀方法遷移到自讀課文和名著閱讀中去，子任務四將課文中突出的表現手法進行內化，並在寫作實踐中進行應用。由此，子任務與子任務之間實現了它們的關聯，共同指向了主任務。

（二）細化任務，安排活動

　　課堂上的教學時間有限，教師能夠落實「一課一得」已是較為理

想的狀態。如果一個任務太大的話，就沒辦法進行課堂教學。學習任務群視域下的單元整體教學強調用任務驅動學生的學習，較之傳統「教師問學生答」的教學模式來說，是一種比較先進的教學理念——教師不再是直接提出一個問題供學生思考回答，而是圍繞某個要點開展一個或幾個語文學習活動，引導學生在活動中進行自主、合作、探究學習，從而獲得對這個要點的認識。因此，單元任務群教學要順利進入真實的完整的課堂，必須對任務進行分解和細化，第一步是把主任務分成成子任務，第二步是用組合性的語文實踐活動支撐子任務。

「語文實踐活動」，顧名思義就是以語文的方式親身參與的活動。依據新課標的課程理念，語文實踐活動主要有四個維度：識字與寫字、閱讀與鑒賞、表達與交流、梳理與探究，分別指向語文學科的四項基本能力——聽、說、讀、寫和進一步的思維能力，在語文學習過程中培養這些能力的具體行為就是基本的語文活動，而這些活動一定是要學生實際參與的，否則能力不會得到提高的。本單元側重於「閱讀與鑒賞」的實踐，教師要引導學生帶著自己的閱讀期待去讀，基於自己的閱讀思考去聽，基於分享交流的目的去說，帶著自己的閱讀收穫去寫。以下為本單元的學習活動設計：

子任務一：欣賞魯迅和楊絳筆下的小人物
一、抓住主要人物和主要事件，概括課文內容。
二、結合細節，說說阿長和老王分別是個什麼樣的人。
三、結合關鍵語句，分析兩篇文章中的「我」對小人物情感態度的轉變及原因。
四、結合背景，探究兩位小人物身上的「光輝」以及作者為何要寫他們。

子任務二：探究《阿長與〈山海經〉》和《老王》的精彩之處

一、感知兩篇文章的詳略安排，思考這樣安排的作用。
二、分析兩篇文章中反覆出現的詞句及其含義，感受文章的意蘊。
三、探究《阿長與〈山海經〉》中「成年的我」和「童年的感受」兩種敘述視角的不同及其作用。
四、思考《老王》結尾「那是一個幸運的人對一個不幸者的愧怍」的內涵及其對文章的作用。

　　子任務三：自主合作，遷移閱讀
一、小組合作，推薦代表分享對《臺階》的「父親」形象、主題、細節描寫的理解。
二、創作劇本，表演《賣油翁》，體會賣油翁和陳堯咨不同的性格特徵，理解「熟能生巧」的道理。
三、自主閱讀，運用圈點批注法讀《駱駝祥子》，品味作品中的故事情節、人物形象、藝術特色等，進行專題探究。
四、班級分享，結合所學，為自己心目中的「最美小人物」寫一段頒獎詞。

　　子任務四：借鑒寫法，細描人物
一、賞析經典語段，總結細節描寫的角度及作用。
二、改造習作片段，分析抓住細節的要點。
三、完成情境寫作，寫寫我身邊的小人物或我與小人物之間的故事。
四、評價作文質量，參考評價量表進行多元評價並修改作文。

（三）整合知識，滲透實踐

　　不管是完成學習任務，還是展開學習活動，都需要一定的語文知識作為支架，但這並不意味著教師要向學生系統地講解某一知識點，

讓學生把掌握知識點作為學習的主要目標，而是引導學生將這個知識點作為參加語文實踐活動的工具，促使學生在語文實踐活動的過程中「學以致用」。[3]教師在進行教學設計的時候，需要整合相應的語文知識，並恰到好處地滲透到學習活動中。

如子任務三中的活動「為自己心目中的『最美小人物』寫一段頒獎詞」，在這個活動中，教師可以做以下準備：首先，整合本單元寫人敘事文章共同的寫作方法「詳略得當」的原則；其次，瞭解「頒獎詞」的基本寫法——點明事蹟、讚美精神、事理情交融、言簡意賅；然後，緊扣「為校刊專欄撰稿」的學習情境，將「頒獎詞」與「詳略得當」聯繫起來，文章中詳細描寫之處，就是人物形象、質量最突出之處，也是作者情感最深切之處，便可以作為「頒獎詞」的立足點。

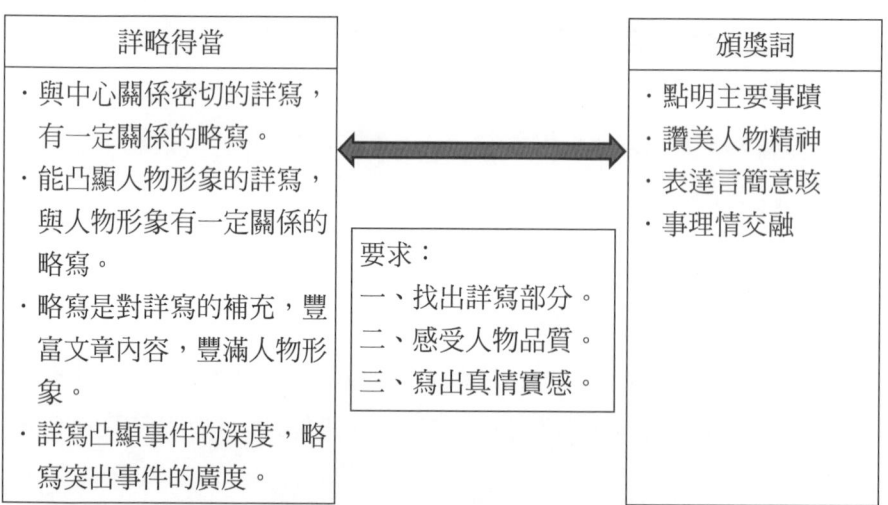

圖二　「頒獎詞」與「詳略得當」的知識整合

---

[3] 王羽、黃厚江：〈分解切割，讓大單元教學走進真實課堂——大單元教學操作要領之二〉，《語文建設》2022年第21期。

三　明確評價原則，設計過程性評價

　　學習任務群的最終指向是核心素養，而義務教育語文課程所培養的核心素養是指學生在語文學習的過程中逐步形成的「正確價值觀、必備品格及關鍵能力」。與核心素養匹配的測評方式並非傳統紙筆考試，而是應該是關注學習表現的過程性評價，即借助一定的評價標準和評分規則，考察學生在真實情境中運用語文學科關鍵能力去完成某項任務的表現與結果，從而評估其學業質量及核心素養水準。

　　因此，在任務群視域下，教師進行課程評價的設計需要預估學生在語文學習過程中可能表現出來的學習態度、學習品格、學習能力等，引導學生主動在課堂上瞭解學習目標的達成情況，反思自身的學習行為、學習方法，自主監測與調控學習過程。同時，教師要自覺利用評價結果改善自身的教學情況，實現「教──學──評」一致。

（一）明確原則，準備評價

　　在新課標理念的指導下，教師開展語文課程評價可以從過程性評價和終結性評價兩個方面出發，其中在日常教學要尤其注意落實過程性評價，把握過程性評價的原則，樹立正確的評價觀念，並在學生學習的過程中及時引導學生進行評價實踐。為此，在進行本單元教學的評價過程中，教師需要明確以下評價原則：

　　發揮評價的診斷、回饋、激勵、導向功能。教師需要明確評價的目的是更好地促進教與學，因此應積極針對評價過程和評價結果進行思考，做到發現問題─分析問題─解決問題，以評價為導向，調節教師的「教」和學生的「學」。如本單元進行人物形象分析時，教師對學生的探究過程進行評價，一方面要從學生的回答發現學生進行語文學習活動的優缺點，並給予指導意見；另一方面要反思自己對學生的

引導是否符合學生的身心發展規律。

綜合評估學生整體表現與核心素養的發展水準。本單元要求學生培養「熟讀精思」的閱讀能力，以及感悟社會中的人性美。在課堂上，教師可以關注學生在文本上做批注、針對特定問題的思考、與同伴進行探究等表現，並從學生的分享與表達中感受學生對「人性美」的接受程度。

關注學生在評價中的主體地位。任務群的設計強調學生在語文學習實踐活動的參與度，因此教師應為學生提供自我評價的機會，讓學生發揮自己的主體性。同時，也要調動多元主體參與評價，讓學生在認識到語文學習與個人成長之間的關係。

（二）巧設量表，輔助評價

評價量表是過程性評價中常見的一種評價工具，它將學生的具體學習表現進行了量化，並用一定的評價標準和表現程度去衡量學生在這些標準上的學業質量。[4]因為有明確的評價指標，學生可以充分調動自主性，參考評價量表檢測自己的學習過程和學習效果，通過自我評價、同伴評價和教師評價進行自我反思和自我完善；另一方面，教師可以通過評價結果瞭解學生的學習情況，反思教學行為，優化教學設計，促進學生發展。

為了評估學生在語文實踐活動中的具體表現是否符合達到核心素養的要求，以及考量學生對「細節描寫」這一單元核心概念理解與運用的效果，筆者設計了兩個評價量表，分別為以子任務三為例的「感受小人物的『光輝』」課堂評價量表（附表一）以及子任務四為例的「書寫平凡人的『亮點』」作文評價表（附表二）。

4　張所帥：〈評價量表的內涵、特點及開發〉，《教學與管理》2019年第9期。

表一　「感受小人物的『光輝』」課堂評價量表

評價專案	評價指標	評價		
		自我	同學	教師
個人表現	認真聆聽他人發言			
	有自己的獨特見解			
	清晰地表達自己的觀點			
小組合作	能承擔組織者或發言者的角色			
	能認真完成分配的任務			
	能積極溝通小組成員			
成果分享	能從形象的角度進行分析			
	能從主題的角度進行分析			
	能從細節描寫的角度進行分析			

（左側合併欄：小組合作，分享對《臺階》的「父親」形象、主題、細節描寫的理解）

（注：評價等級分A、B、C、D三級。各等級評價分別為：A——三項指標全部達到；B——達到兩項達標；C——僅達標一項；D——未達標。）

表二　「書寫平凡人的『亮點』」作文評價量表

任務等級	一星	二星	三星	四星	五星	自評	互評	師評
抓住細節	選材不真實，偏離中心主題，未能抓住典型細節展開文章	選材不夠真實，有多出細節描寫，但未指向中心主題，未能表達自己的情感態度	選材較真實，詳略較得當，但細節不夠典型，未能表達自己的情感態度	選材真實，能夠抓住細節，緊扣主題，有恰當表達自己的情感態度，但詳略不夠得當	選材真實，抓住典型細節，詳略得當，緊扣主題，表達情感態度			

任務等級	一星	二星	三星	四星	五星	自評	互評	師評
描寫細節	未能抓住細微之處，僅簡單地敘寫事件	能抓住細微之處進行描寫，但未採用修辭、展開動作等方法	基本抓住細微之處，巧用修辭，展開動作，但未能融入環境描寫	基本抓住細微之處，巧用修辭，展開動作，融入環境描寫不夠自然	能夠抓住細微之處，巧用修辭，展開動作，調動感官融入環境描寫			

參考文獻

徐林祥、鄭昀：〈語文教學情境辨正〉，《語文學習》2020年第5期。

王榮生：〈「語文學習任務群」的含義——語文課程標準文本中的關鍵詞〉，《課程・教材・教法》2022年第11期。

王　羽、黃厚江：〈分解切割，讓大單元教學走進真實課堂——大單元教學操作要領之二〉，《語文建設》2022年第21期。

張所帥：〈評價量表的內涵、特點及開發〉，《教學與管理》2019年第9期。

統編高中語文必修教材單元寫作任務的設置特點與可行性研究

徐 帆

二〇二一級 學科教學（語文）

摘要

寫作教學一直以來都是語文教師的「心頭病」，為改善缺乏體系、見效慢等寫作教學困境，統編高中語文教材將寫作融入單元學習任務當中，與單元課文內容緊密結合，強調情境創設，豐富寫作體裁，是落實「讀寫結合」的最新嘗試。本文通過分析當前寫作教學的困境，找尋單元寫作任務的重要意義，並對單元寫作任務的特點進行分析，試圖探討其在現實教學中可能會出現的問題與可行的應對措施。

關鍵詞：寫作教學　單元寫作任務　特點　可行性

寫作是人類運用語言文字表述對自我、對世界的認知，從而傳遞信息、表達情感、實現交流的創造性活動，強調對語言文字的感知能力和應用能力，因而成為語文教育的重要構成要素。隨著高中語文課程改革的發展，閱讀教學已找到大致方向，但從高中作文教學改革的研究成果和實踐方面來看，寫作教學目前仍然是語文教育界公認的教學難題。如何引導學生寫出真實可感且有邏輯的文字、如何提高寫作課堂的教學效率，已成為亟待解決的問題。

一 當前高中語文寫作教學的困境與教材體現

由於寫作內容反映的是個人的所思所想，在考查時很難設定統一的標準，只能更多從文章的結構、手法、技巧等判斷學生是否掌握表達思想、情感的方法。作文訓練和考試都在這個命意上展開，寫作教學就容易出現以下問題：

第一，套作、宿構嚴重。若師生專為應付考試而進行作文訓練，不難發現高分作文的共性，然後從共性中總結出「引、議、聯、結」、「並列式」、「遞進式」、「對比式」等「寫作經驗」。雖然能夠有效地幫助學生明晰寫作思路，但在這些「寫作經驗」的灌輸下，學生很容易形成機械的寫作觀，每次作文都以是否套上框架為標準，空話、假話、套話貫穿，造成千篇一律的局面。這種教學之下產出的作文只是功利性驅使的產物，會使學生的思維逐漸僵化，有較大的局限性。

第二，學生害怕寫作，缺乏寫作興趣和信心。在高強度的學習壓力之下，學生很難靜下心來思考和感受世界，對於他們來說，寫作只是取得好分數的必要途徑，有何快樂可言？的確，在兩個半小時的答卷時間內，作文板塊最多只能分到一個小時，在一個小時中學生需要完成理解題意、確定論點、構思大綱、組建素材、下筆寫作等一系列

環節，一個環節出錯就可能全盤皆輸。因此學生在平時訓練時不得已追求穩妥、迅速的「套範本」捷徑，又落回第一個問題當中。

　　第三，教師的投入和產出不成正比，缺乏完善的寫作教學體系。統編教材總主編溫儒敏提到：「寫作能力提升歸根結柢要靠語文綜合素養，靠積累，而語文素養，包括才情、個性、潛能，不全是『教』出來的，有很多東西『教』不出來，能『教』的只是一部分。」[1]寫作之所以難教，是因為根本沒有適合所有學校與學生的普適性策略，教師只能教一般的路數和技巧，幫助學生做到文從字順已實屬不易，往往教師傾囊相授，學生還一知半解、一頭霧水。

　　然而，難教不是不教，而是需要整個語文教學來配合。語文教育最先依賴的就是語文教材，就寫作教學而言，人教版必修教材將寫作單獨編排在「表達交流」模組，整體內容分為「話題探討」、「寫法鑒賞」、「寫作練習」三個部分，篇幅大、要求多，但內容比較籠統、簡單、系統性不強。並且，由於大多教師以上完閱讀課為語文教學的主要目標，該模組與閱讀模組割裂，容易直接被教師忽視，教材利用度很低。

　　針對上述問題，《普通高中語文課程標準（2017年版2020年修訂）》將寫作融入十八個學習任務群當中，如「文學閱讀與寫作」任務群中「可選用雜感、隨筆、評論、研究論文等方式，寫出自己的閱讀感受和見解」[2]；「中華傳統文化經典研習」任務群中要求「寫出內容提要和閱讀感受……撰寫評論」[3]等。統編教材的編寫恰恰體現了課標的這一思想，將寫作融入到「單元學習任務」當中，這些任務往

1　溫儒敏：〈語文教學中常見的五種偏向〉，《課程・教材・教法》第31期（2011年1月），頁82。

2　中華人民共和國教育部：《普通高中語文課程標準（2017年版　2020年修訂）》（北京：人民教育出版社，2020年），頁50。

3　中華人民共和國教育部：《普通高中語文課程標準（2017年版　2020年修訂）》，頁21。

往與單元主題、文本相互關聯、前後呼應，形成了高中語文教材寫作教學內容的新格局，體現了讀寫結合、整體推進的編排理念，有利於綜合提升學生的語文核心素養。

二　統編必修教材單元寫作任務的分布與內容梳理

郭吉成認為，根據高中語文統編教材單元寫作任務的內容，可將寫作任務分為大作文寫作任務、微型寫作任務及寫作知識短文三個類別。不妨以統編必修教材為例，據統計，統編必修教材上、下冊共設置十六個大作文寫作任務、二十一個微型寫作任務和十一篇寫作知識短文，這些任務依附在各單元末尾的「單元學習任務」中，梳理如下：

表一　高中語文統編必修教材單元寫作任務內容梳理表

	單元內容	微型寫作任務	大作文寫作任務	寫作知識短文
上冊	第一單元：詩歌、小說	詩歌鑑賞札記；學寫分析和點評	發揮想像寫一首詩，抒寫青春歲月	學寫詩歌
	第二單元：人物通訊、新聞評論	學寫評論；撰寫新聞作品推薦書	寫一個熟悉的勞動者	寫人要關注事例和細節
	第三單元：古詩詞	設計古詩詞朗誦腳本	就自身感觸寫一則文學短評	學寫文學短評
	第四單元：社會實踐	擬定訪談提綱；學寫建議書	寫一篇《家鄉人物（風物）志》；撰寫調查報告	
	第五單元：整本書閱讀	撰寫內容摘要	以「今日中國鄉村的變遷」為話題，寫一篇報告	

	單元內容	微型寫作任務	大作文寫作任務	寫作知識短文
	第六單元：論述類文本	記錄閱讀心得體會	以《「勸學」新說》為題寫作	議論要有針對性
	第七單元：古今散文	學寫評點文字；選取課文片段，擬寫視頻拍攝腳本	學寫散文（以《我彷彿第一次走過＿＿＿》為題；選擇一個節氣，寫四季觀察散文）	如何做到情景交融
	第八單元：詞語積累與詞語解釋	撰寫學習筆記；寫語言札記		
下冊	第一單元：古代散文	對兩篇史傳文的評點	根據話題寫一篇議論文	如何闡述自己的觀點
	第二單元：戲劇劇本	為話劇表演撰寫演出本	寫一篇觀劇心得	
	第三單元：實用類文本	寫一段話闡述課文概念之間的關係	寫一篇事理性說明文	如何清晰地說明事理
	第四單元：學習活動	學寫招聘啟事	學寫活動推廣方案	
	第五單元：演講詞、書信		以《我們的使命》為題寫一篇演講稿	寫演講稿
	第六單元：小說	就小說的表達手法寫一則讀書札記	創作一個虛構的故事（敘述文）	敘事要引人入勝
	第七單元：整本書閱讀	寫出故事梗概	以《《紅樓夢》中的＿＿＿》為題寫一篇文學評論；思考《紅樓夢》的主題，寫一篇綜述	學寫綜述

單元內容	微型寫作任務	大作文寫作任務	寫作知識短文
第八單元：古代散文	準備討論會的發言提綱；選取課文寫一篇短論	根據所給材料或話題學寫論述文	如何論證

從以上表格可以看出，統編教材中寫作教學內容的編排明確、分布均勻，較以往教材更加完善具體。正確理解和認識教材關於寫作教學內容的編排理念，對促進寫作課堂教學內容與方式的轉型具有重要的意義。[4]

三 統編必修教材單元寫作任務的特點分析

具體而言，「單元學習任務」可以看作是對單元導語指明的核心任務的分項落實，也是對學習內容的整合、提升與實踐。人民教育出版社編審王本華指出：「這些任務具有整合性、結構化的基本特點。『整合性』是指任務的設計要充分考慮到閱讀與鑒賞、表達與交流、梳理與探究的不同要求，將三者整合到一起，共同服務於核心能力的培養。『結構化』是指這些任務是由內容到形式、由課內到課外、由閱讀吸收到表達輸出的一個富有邏輯聯繫的整體。」[5]寫作任務散落分布在單元學習任務當中，其「整合性」和「結構化」體現為與教材課文緊密結合，強調並宣導情境教學。根據上述統編教材中寫作任務的分布與內容梳理，可歸納為以下四個特點：

---

4 郭吉成：〈高中語文統編必修教材寫作學習任務梳理與教學建議〉，《教學月刊·中學版（語文教學）》2020年第9期，頁8-15。
5 王本華：〈任務·活動·情境——統編高中語文教材設計的三個支點〉，《語文建設》2019年第21期，頁4-10。

（一）緊密聯繫課文內容

《普通高中語文課程標準（2017年版2020年修訂）》對教材選文的要求為：「應具有典範性和時代性，文質兼美，體現正確的政治導向和價值取向」[6]，對於師生來說，課文就是最好的寫作範本。與人教版教材「表達交流」模組大篇幅援引課內外材料不同，統編版教材的單元寫作任務專注圍繞該單元的「人文主題」設置合理的任務，緊密聯繫課文內容，提示該單元選文主要的寫作手法和使用的文體，同時補充相關寫作知識，實踐「任務群」、「項目化學習」，同時聯繫現實生活，在真實的語言運用情境中學習寫作，有利於喚醒學生的學習記憶和寫作靈感，也有利於課內外知識的自然遷移。

例如，必修上冊第三單元的人文主題為「生命的詩意」，匯集了不同時期、不同體式的詩詞名作，該單元寫作任務對各篇詩詞的主要內容和手法進行了簡單總結，提出「從本單元選擇一首詩詞，就你感觸最深的一點，寫一則八百字左右的文學短評」的寫作要求。並且，結合所學課文，在寫作任務之後附上「文學短評」的概念界定與寫法建議，如可以對「杜甫《登高》中蘊含的身世之悲和憂國之情」「李清照〈聲聲慢〉中別出心裁的疊詞運用」加以評論，也可以從「陶淵明《歸園田居》中景物的選擇、近景遠景的勾勒」等方面的分析、評論中學習敘議結合的方法，有效地拉近了學生與陌生文體的距離。

（二）強調情境創設

無論是《普通高中語文課程標準（2017年版2020年修訂）》還是《義務教育語文課程標準（2022年版）》，都反覆強調「具體的、真實的語言運用情境」，要求語文課程實施要「從學生語文生活實際出

---

[6] 中華人民共和國教育部：《普通高中語文課程標準（2017年版　2020年修訂）》，頁50。

發，創設豐富多樣的學習情境」。可見「任務」、「單元」、「情境」已成為新時代語文課程設計的關注要點，重在培養與發揮學生的想像和聯想能力。課標還對「情境」的內涵進行了闡釋，提出「語文實踐活動情境主要包括個人體驗情境、社會生活情境和學科認知情境」[7]，據此，可對統編教材單元寫作任務的真實或擬真的任務情境進行歸納、分類，以統編教材必修上冊閱讀單元為例，結果如下表所示：

表二　統編必修上冊單元寫作任務情境創設歸納表

教材位置	人文主題	情境類別	具體表述
第一單元	青春激揚	個人體驗情境	發揮想像寫一首詩，抒寫你的青春歲月。
第二單元	勞動光榮	個人體驗情境 社會生活情境	生活中，有很多平凡的勞動者值得我們關注……寫一個你熟悉的勞動者。
第三單元	生命的詩意	學科認知情境 個人體驗情境	優秀古詩詞作品往往具有深刻的意蘊和獨特的藝術匠心……就你感觸最深的一點……
第六單元	學習之道	社會生活情境	隨著社會的發展變化，我們今天在學習中又遇到了新的難題。
第七單元	自然與生命	個人體驗情境 社會生活情境	對我們的校園（村莊或社區等），你也許已經非常熟悉了；四季更替……選擇一個節氣，觀察此時的景物和人們的活動。

「『核心素養觀』」指出，真實情境是素養形成、發展和表現的載體，只有當情境引發了學生自主的語言實踐活動時，知識才會轉化為

7　中華人民共和國教育部：《普通高中語文課程標準（2017年版　2020年修訂）》，頁48。

能力，才能夠說明學生完成生活中的語言任務。」[8]情境創設的意義在於給予學生表達的目的和緣由，緊密聯繫現實生活，讓完成寫作任務的人如身臨其境，以調動其真情實感，激發表達的興趣和欲望，發揮學生寫作的主動性和積極性。

（三）豐富作文訓練體裁

儘管作文命題多次強調「文體不限」，意在發揮學生的個性和創造性，但記敘文和議論文依然是寫作訓練與學生選擇的主要體裁。然而，隨著「立德樹人」、「語文學科核心素養」等理念的提出，當前高中作文出現了一種應用導向，「即寫出的作文要有實際價值，作文是在回答、求解現實社會中的真實問題，在考慮問題的時候要有獨立思考的能力，在應對解決現實或學術問題情境時能夠有發散思維、逆向思考的能力，能夠快速捕捉不同事物的特性，能夠做到一定程度上的推理論證和邏輯自洽，並提出新穎的解決方案。」[9]這就要求教師在作文教學中密切關注當下的社會熱點，從學生角度出發，進一步培養學生的應用寫作能力。

對此，統編教材單元學習任務緊跟課程改革步伐，在寫作任務設置上充分考慮了作文體裁的廣度，既包含常見的寫人記事的記敘文、寫景抒情的散文、強調思辨性的議論文，還依託單元選文的文體增加了詩歌、說明文、演講稿、讀書札記、觀後感等少見的寫作體裁，甚至拓展了如綜述、短評、評議總結等學生未來學習、工作中可能用到的寫作形式，更有針對性、現實性和可行性。

8　朱慶國：〈讓寫作在真實情境中自然發生——以「思路要清晰」教學為例〉，《中學語文教學》2021年第11期，頁36-39。

9　高印文：〈高中作文教學的新趨勢〉，《人民教育》2021年第19期，頁79。

（四）向高考作文命題風格靠攏

溫儒敏提到，傳統寫作教學的問題出在太功利，師生一股腦奔著高考作文去押題、去訓練。但統編教材單元寫作任務安排的神奇之處在於，它一方面力改師生的功利心理，字裡行間著眼於學生整體語文素養的提升，另一方面又巧妙地向高考作文命題風格靠攏，即「通過增加任務型指令，著力發揮試題引導寫作的功能，增強寫作的針對性，使學生在真實的情境中辨析關鍵概念，在多維度的比較中說理論證」[10]的一種新的作文命題形式。使學生在完成寫作任務的同時真正地、有效地、有針對性地提升寫作能力。具體表現為：

在題型上與高考作文適配。既有如「以《我們的使命》為題寫一篇不少於八百字的演講稿」、「以《『勸學』新說》為題寫一篇不少於八百字的文章」的命題作文；又有如「以『底線』為話題寫一篇不少於八百字的文章」的話題作文；還有「有人認為……有人則不以為然……寫一篇不少於八百字的文章談談你的看法」的材料作文。

在內容上具有重視交際、重視情境的寫作觀。在近年的改革中，高考作文也在不斷完善題型設計，通過增加任務型指令與創設真實寫作情境來確保考題的探究性和開放性。在教材寫作任務的編寫中，編者也有意往這方面靠攏，致力於提升學生的寫作興趣，擴大思維廣度。以福建省高考作文題為例，一九年全國一卷的作文題為任務驅動型材料作文，要求「結合材料內容，面向本校（統稱『復興中學』）同學寫一篇演講稿，倡議大家『熱愛勞動，從我做起』」，無論是「勞動」的話題還是「演講稿」的文體要求，都能夠在統編教材單元寫作任務中找到相應的表述；二一、二二年新高考一卷都是材料作文，通

---

10 王玉強、馮希娟：〈高考作文命題「新」形式——任務驅動型材料作文特點分析〉，《語文建設》2016年第10期，頁55-56。

過對「本手、俗手、妙手」與「強弱」的描述引發學生的感悟和思考，側重對思辨能力的考察。統編教材必修下冊第一單元與第八單元的寫作任務同樣設置為對材料的看法，強調「問題意識」和「自主思考」。

二 可行性探究

（一）可能存在的問題

1 受課文內容限制

由於大部分寫作任務都與課文內容息息相關，寫作模組與教材融為一體，但從具體教學上看，這種特點容易對教師寫作教學的整體規劃造成一定阻礙，甚至影響閱讀教學的整體安排。例如，教師有時會為「群文教學」或「同課異構」等教學活動調整課程順序或課時安排，在落實單元寫作任務時若遇到部分課文還未授課的情況，學生對這些課文內容還處於陌生的狀態，就會導致其對寫作任務要求不夠清晰、不夠瞭解，致使該單元寫作教學的效果大打折扣。

2 部分任務難以實施

儘管統編教材單元寫作任務力求增加不同體裁的寫作訓練，使學生掌握各種文體的基本寫作方法，但由於綜述、詩歌、說明文等部分文本形式的寫作難度大，應試頻率低，難免不受學生重視，教學起來較為困難。另外，部分寫作任務的編排試圖以融合閱讀、寫作、口語交際的綜合性活動推動學生的發展，如統編必修下冊第八單元要求學生根據《司馬諫議書》、《與王介甫書》進行辯論，在把握兩位作者觀點和立場的基礎上生成發言提綱。此類任務環節眾多、步驟繁瑣，需要場地、時間、人員等資源的合理分配，在課時緊張、教學壓力大的

情況下很難充分落實。

3 容易陷入模式化教學

由於教材上的單元寫作任務的編寫是面向大部分學校和學生的，部分教師又常直接根據教材描述進行教學，容易忽視學生個體的學習狀態、好惡傾向與表達意願。例如，統編必修下冊第二單元的寫作任務為組織班級話劇演出並產出演出本、記錄心得體會等內容，若學生對話劇演出的參與度和積極性並不高，堅持推進任務將事倍功半。並且，無論寫作任務是什麼類型，大多教師習慣使用「普及文體知識、聯繫課文內容、拓展課外素材、講授寫作技巧、分置寫作作業」的教學模式，這種模式化的教學長此以往，學生就會對寫作課失去期待、逐漸喪失寫作興趣，甚至對寫作本身產生抗拒心理。

（二）單元寫作任務使用建議

1 建立專屬寫作教學體系，靈活使用教材

為了減少課文內容對寫作教學的限制，教師應該根據自己的教學計畫安排，「從教材中選擇合適的內容，統籌安排閱讀課與寫作課，建立自己的寫作教學體系，將教材看作可以靈活使用的工具」[11]，要「用教材教」而不只是「教教材」。例如，統編必修上冊第七單元寫作任務是借鑒該單元文章的寫法寫一篇散文，該單元以「自然與生命」為人文主題，選文既有《故都的秋》、《荷塘月色》、《我與地壇》這類寫景抒情散文，也有《赤壁賦》、《登泰山記》這類古代山水詩文。從題意來看，作文需要符合「寫景抒情」、「運用藝術手法」、「散

---

11 于婧文：〈基於學習任務群的高中寫作教學淺析〉，《漢字文化》2022年第6期，頁108。

文」三點要求，看似深受課文內容限制，但供參考的題目「校園景物」、「四季更替」都與課文無關，若寫作教學節奏與課文教學節奏不符，教師就可以將教學重心放在貼近學生實際生活上，喚起學生的寫作興致，對還未講解的課文使用的手法作一個簡單匯總與強調即可。簡而言之，對於教師來說，在實際教學中不一定照搬教材的寫作編排，而要依託自己的經驗、面向自己的學生，創建專屬的教學體系。

2　不拘泥於單元寫作，注重日常寫作訓練

單元寫作任務是整個單元的總結與回顧，也是閱讀模組到寫作模組的過渡，但並不意味著高中作文教學僅限於完成這些寫作任務。溫儒敏認為，「如果說有作文教學的正路，那就是三句話：讀寫結合，廣泛閱讀，適當練寫。把寫作訓練分散到閱讀課中。」[12]教材只是為教師提供了教學材料和教學靈感，學生寫作能力的提升也不能夠完全依賴每單元一次的作文課，在語文日常的閱讀課、口語交際活動等的教學中，教師也應不斷引導學生進行個性化寫作，促使他們養成做讀書筆記、寫隨筆以及讀後感的好習慣，鼓勵學生真實地表達自己獨特的所見所聞、所思所感。

3　重視培養學生的寫作自主性

課程標準明確強調了「自主、合作、探究」的學習方式，要求教師把課堂還給學生，以學生為主體開展教學。「作文教學實踐性很強，不必講許多理論，主要靠大量閱讀、適當模仿和不斷練習」[13]，

---

12 溫儒敏：〈語文教學中常見的五種偏向〉，《課程·教材·教法》2011年第31卷第1期，頁82。

13 溫儒敏：〈語文教學中常見的五種偏向〉，《課程·教材·教法》2011年第31卷第1期，頁82。

因此，教師除了講授教材中包含的寫作理論知識，進行基礎的寫作技能訓練和及時提出有針對性的、指導性的意見之外，還必須重視培養學生的寫作自主性，引導學生養成良好的閱讀和寫作習慣。例如，可以用小組交流、合作，班級討論、分享等方式建立寫作素材資料庫；時時提醒學生觀察生活，關注並及時評論社會熱點；鼓勵學生參加讀書徵文、演講比賽、辯論比賽等活動，調動其應用文寫作興趣，提升思辨能力……只有在學生主動思考、主動下筆的基礎上，寫作教學才能真正發現問題所在，才能適時調整、完善缺陷，從而綜合提升學生的語言文字運用能力，真正讓學生成為寫作的主體，而不是寫作課的工具。

三　小結

教材是根據課程標準編寫的教學用書，語文教材的變化體現了新時代語文教育變化的趨勢，反映了國家和社會對母語教育的最新期待。作為學生進行學習的第一手材料和教師進行教學的主要依據，教材的編寫既需要遵循「立德樹人」的指導思想，有基本的意識形態立場，也需要充分考慮學生的身心發展規律和教師的使用習慣，以發揮教材的最大作用。于婧文提到，「當前寫作教學處於一種由程式化教學轉向提高學生寫作和思維能力的教學之間的過渡階段。」[14]統編教材單元寫作任務的設置是基於學習任務群的新嘗試，也是「讀寫結合」理念的系統落實，若教師能夠合理利用，勢必對寫作教學起到立竿見影的作用。

---

14 于婧文：〈基於學習任務群的高中寫作教學淺析〉，《漢字文化》2022第6期，頁107。

參考文獻

溫儒敏:〈語文教學中常見的五種偏向〉,《課程‧教材‧教法》,2011年。

中華人民共和國教育部:〈普通高中語文課程標準（2017年版2020年修訂）〉北京：人民教育出版社,2020年。

郭吉成:〈高中語文統編必修教材寫作學習任務梳理與教學建議〉,《教學月刊‧中學版（語文教學）》2020年第9期。

王本華:〈任務‧活動‧情境——統編高中語文教材設計的三個支點〉,《語文建設》2019第21期。

朱慶國:〈讓寫作在真實情境中自然發生——以「思路要清晰」教學為例〉,《中學語文教學》2021年第11期。

高印文:〈高中作文教學的新趨勢〉,《人民教育》,2021年。

王玉強、馮希娟:〈高考作文命題「新」形式——任務驅動型材料作文特點分析〉,《語文建設》2016年第10期,頁55-56。

于婧文:〈基於學習任務群的高中寫作教學淺析〉,《漢字文化》2022年第6期,頁107-108。

創意寫作與教材寫作訓練的
有效結合探究
——以統編版教材八年級上冊為例

許伊琳

二〇二一級　學科教學（語文）

摘要

　　統編版初中語文教材的寫作訓練形式多樣，大部分是圍繞著單元主題與學生需掌握的能力點進行編排設計，且配套了相應的寫作指導。但在寫作實踐中，學生易陷入「套作」的思維定勢，難以創作出獨具個人特色的作品。因此，將創意寫作與教材的寫作訓練進行結合有其必要性。本文嘗試將「冥想法」、「頭腦風暴法」、「拼貼法」、「強制關聯法」等方法應用於教材「新聞」、「傳記」、「風景」、「話題」等專題寫作的實踐中，鼓勵學生書寫個人體驗。

關鍵詞：創意寫作　寫作訓練　八年級　創造性思維

創意寫作逐漸被作為一門學科引入我國高校課堂，同時也有不少中小學教師將創意寫作當成一種教學方法，培養學生的創造性思維。創意寫作的方法論較為豐富，其理念也與學生的語文核心素養有相應的契合點。因此，創意寫作進入中學語文課堂有其可行性與必要性。教師應積極探索二者有效結合的途徑，為寫作教學注入新活力。

一　創意寫作與教材寫作訓練有效結合的必要性

創意寫作起源於美國學者愛默生在一八三七年提出的「創意性閱讀和創意性寫作」概念。如今，創意寫作已作為一門學科傳入中國，在部分高校範圍內得到了應用與發展。其更多關注的是創作者「創造性思維」的培養，置「創造」一詞於寫作的中心，與中學語文教學的育人目標不謀而合。同時，以初中語文部編版教材為例，其編撰者在每一學習單元的末尾板塊都設置了相應的寫作任務，又或者是通過課後思考習題的形式鼓勵學生進行小練筆，可見教材的設計者對寫作教學的重視程度之深。接下來，筆者將從以下幾個角度探討創意寫作與教材的寫作訓練有效結合的必要性。

（一）有助於提升學生的觀察和感悟能力

二〇二二年新頒布的義務教育語文課程標準依照「六三」學制規定了學段的相關要求，其中的「表達與交流」和「梳理與探究」板塊在不同的學段都對學生的觀察能力和感悟能力作出了明確的要求。第一學段為「對寫話有興趣，留心周圍事物，寫自己想說的話，寫想像中的事物。」[1]和「觀察大自然，熱心參加校園、社區活動，積累活

1　中華人民共和國教育部：《義務教育語文課程標準（2022年版）》（北京：北京師範大學出版社，2022年）頁8-11、13、15。

動體驗」。第二學段為「觀察周圍世界，能不拘形式地寫下自己的見聞、感受和想像，注意把自己覺得新奇有趣或印象最深、最受感動的內容寫清楚。」和「結合語文學習，觀察大自然，觀察社會，積極思考，運用書面或口頭方式，並可嘗試用表格、圖像、音訊等多種媒介，呈現自己的觀察與探究所得」。第三學段為「養成留心觀察周圍事物的習慣，有意識地豐富自己的見聞，珍視個人的獨特感受，積累寫作素材」。第四學段為「多角度觀察生活，發現生活的豐富多彩，能抓住事物的特徵，為寫作奠定基礎。」由此可見，義務教育階段的語文課程應該重視對學生觀察和感悟能力的培養和提升。但實際上，一線寫作教學中這兩個關鍵詞成了「紙上談兵」。由於應試所需又或者是缺乏觀察指導教學，很多學生並沒有領會「觀察」與「感悟」的方法與真諦，以至於他們在寫作時大腦空空如也，很難從自身積累的經驗中提取出「體驗」。

　　與傳統寫作相反的是，創意寫作教學法更注重於過程性指導，如「工作坊」教學模式便是過程教學法的具體實踐。過程教學的五個階段分別為「預寫作、打草稿、修改、校訂和發表」[2]，主講人的指導會貫穿於每個環節中。以預寫作的階段為例，無論是寫人記事又或者是寫景狀物的主題訓練，第一步都離不開學生的觀察。教師可通過「思維導圖法」、「曼陀羅法」、「冥想法」等調動學生的感官系統感知外界的信息。小到空氣的流動氣息，大到畫面整體元素的捕捉等，都需要聽覺、視覺、嗅覺、味覺、觸覺的相互配合。因此，當創意寫作與教材的寫作訓練有效結合時，學生會在每一次的「過程指導」中逐步感悟到不同角度的觀察對觀察對象的塑造性，探尋到觀察的樂趣，從而提升自身的觀察和感悟能力。

---

[2] 許道軍：〈創意寫作：課程模式與訓練方法〉，《湘潭大學學報（哲學社會科學版）》，2011年第35卷第5期，頁115。

（二）有助於提升學生的思維能力

新版語文課標從文化自信、語言運用、思維能力、審美創造四個維度對學生的核心素養提出了明確的要求。其中，思維能力主要包括「直覺思維、形象思維、邏輯思維、辯證思維和創造思維」，強調對學生思辨力和創造力的培養。但就寫作教學的現狀來看，學生們在寫作時容易陷入「套作」的思維定勢。他們習慣性地將萬能素材與滿分作文當作自己的儲備箱，不論是什麼樣的作文題目，只要素材能夠跟題目有細微的關聯，修改一番詞句便可直接套用，有些甚至是「一個素材打天下」。教師讓學生積累素材的本意是培養學生多角度觀察生活與社會的習慣，學生卻把它當成應付「考場作文」的法寶。例如，當命題作文的題目為「那一瞬間的感動」、「那件事讓我難忘」、「美好時光」、「那一刻，幾分甜蜜在心頭」時，學生會抓住「感動」、「難忘」、「美好」及「甜蜜」等關鍵詞進行千篇一律的素材套用，即使是不同的題目，他們上交的習作可能都是圍繞著自己生病時爸媽的照顧和難過失落時朋友的關心等題材展開敘事，落入俗套。筆者認為，學生在生活中積累的親情與友情素材並非是「俗套」之源，思維定勢才是創作路上最大的絆腳石。

創意寫作中常用的「頭腦風暴法」便是培養學生創造思維的途徑之一，又被稱為「腦力激盪法」，「這是一種通過打破常規的思維方式，來激發個人與集體智慧而產生創新設想的思維方法。它要求人們通過交流想出許多主意，列出一長串創造性的解決辦法，然後從中選出有希望的方案。」[3]創作者們根據寫作的題目展開討論，每個人可以自由地發表自己的觀點，同時也可以吸收他人的創意生成新的靈感。「頭腦風暴法」最重要的一點便是在他人闡述自己的寫作創意時

---

3 譚軼斌：〈讓寫作訓練中多一些「頭腦風暴」〉，《中文自修》2008年第9期，頁52。

不進行任何的評價與干預，達到真正意義上的平等交流。成員們需要對上一輪自由討論匯聚的結果進行再創造，認真探討每個觀點的可行性與創造性，最終形成一個集體的組合觀點。以上述例子之一「那一瞬間的感動」，學生們可圍繞敘述視角、敘述人稱、創作題材、情節構思、寫作風格、文章體裁等進行集體討論，討論結束後需在教師的引導下重新評估高度重合的題材存在的價值，如果沒有與其它素材結合的創新性，則應該被移除。在這種集體思考與探究的寫作模式下，學生們會在交流中擴充自己的寫作思路，不斷吸收新的創作靈感，關於情節構思的思考也有利於培養其邏輯思維的能力。

（三）有助於促進傳統寫作教學模式的轉變

在傳統的寫作課堂中，寫作教學基本由教師解題、學生寫作、教師批改這三個環節構成，且由於課時有限，批改往往是滯後的，無法給予學生及時的反饋。此外，由於應試教育「唯分數論」的影響，學生們在構思作文時會潛意識地認為教師才是唯一的讀者，下筆時會刻意迎合閱卷老師的喜好，而不考慮自身真正的情感抒發，且對於習作的關注點僅僅停留在分數的高低上，很少會進行文章的二次創作。因此，創意寫作可從以下幾個方面推動教師寫作教學模式的轉變。

第一，由教師解題轉變為「頭腦風暴法」集體解題或學生獨立解題。教師解題雖能夠在一定程度上幫助學生找到寫作的方向，明確寫作的中心，但也存在著限制學生創意發揮的弊端。「頭腦風暴法」的集體解題對學生的思維激發作用已經在上文提過，但並非每一節寫作課都需要按照集體解題的模式進行。學生們也可在教師的指導下通過「強制關聯法」、「思維導圖法」等挖掘題目的關鍵詞，調動感官系統進行聯想與想像，促進抽象思維與形象思維的交叉運用，生成寫作靈感。此模式強調教師的過程性指導，教師需在課前根據題目創設相應

的情境與問題序列，積極開發教材的寫作資源，做好引導學生獨立解題的準備。

　　第二，由教師評價轉變為多元評價。朱自清指出，寫作練習可以沒有教師的指導，但唯獨不能缺少假想的讀者。傳統的寫作訓練中，學生們普遍認為習作唯一的讀者是老師，在寫作時不會考慮到其他「隱含讀者」存在的可能性，且教師在閱讀學生的文章時更多的是以一個「審閱者」的身份和考場作文的評分準則對其作出等級的劃分。且工坊制法最後一個階段是「發表」，即創作者需要將自己的文章通過各類平臺進行展示。學生可將自己的作品發表在微博、微信、博客、豆瓣等自媒體平臺，由於網絡平臺的交互性與傳播性更強，這些作品的讀者不再只有「教師」，網友的互動也成為了評價的重要一環。如，學生可根據班級在豆瓣 APP 創建寫作小組，形成寫作社群，發布作品時可根據創作的主題關聯相關的豆瓣話題，吸引廣大網友的轉發、點讚與評論，並設立相應的管理人員跟進作品的發表與互動情況。這種基於互聯網背景的多元評價模式既能為學生的創作提供動力，又能為其作品的完善提供方向。此外，時下興起的 B 站 APP 互動視頻創作也可成為學生作品發表的途徑之一。教師可選擇一個故事的開頭並設置不同的風格走向讓不同寫作小組的學生進行創意續寫，如溫馨類、懸疑類等。另外，與信息技術學科進行融合，將信息技術課程中有關視訊短片的知識運用於互動視頻的製作中，不同小組的創作成果可設置成互動視頻的選擇選項與故事結局。這種轉文字為媒體的創意視頻評價模式較為靈活，教師、同學及其他網友均可隨時通過「發彈幕」的形式對故事進行評價，且可精確到某個情節的過渡是否自然，前後邏輯是否明確等。B 站的「稿件分析」板塊也為創作者統計了「播放量」、「彈幕」、「評論」、「分享」等資料，教師也可根據資料的分析為學生提供改進的建議。

二　創意寫作與教材寫作訓練有效結合方法探究

（一）「創意新聞」寫作訓練

　　八年級上冊第一單元的任務三「新聞寫作」，被歸類於記敘文寫作教學中。教材分別對「新聞特寫」、「人物通訊」、「事件通訊」、「背景資料」、「新聞花絮」等新聞題材作了簡單的界定。筆者認為，「新聞特寫」可作為一個創意寫作的短時訓練任務，即「具體描述新聞事件中的某一場景，生動形象地展現新聞現場」，強調時效性與現場感。教材在「飛天淩空——跳水姑娘奪魁記」的課文後引入了「新聞特寫」的知識說明，並將其列入學生的寫作任務之一，但並沒有提供具體的寫作指導。因此，教師可選用較貼近學生生活的時事熱點新聞圖作為學生寫作的素材。如北京冬奧賽場「谷愛淩空中翻騰圖」、「谷愛淩激動跪地奪冠圖」、「蘇翊鳴奪冠落淚圖」等進行激趣展示，教師可先引導學生想像這張圖片的情緒變化過程，並將關鍵詞寫在紙上，接著學生結合賽場視頻回顧新聞特寫圖背後的故事，對圖中人物的心理狀態、動作、語言等進行詳細的剖析，並將剖析的細節與情緒關鍵詞進行串聯，再進行新聞特寫的寫作。此外，學生的作品展示可有以下兩種形式。第一種是將新聞特寫與圖片製作成新聞海報，帶上熱點話題「冬奧精彩瞬間」發布在微博或豆瓣平臺，這種展示方式能使學生意識到自己的新聞特寫讀者並不只有教師，媒體平臺上的話題關聯者也有可能成為作品的流覽者之一，激發自身的寫作興趣。第二種則是學生結合自己的文章對特寫圖片或視頻進行類比新聞播報，進一步提升口語表達和交流的能力。

（二）「創意傳記」寫作訓練

第二單元的寫作任務為「學寫傳記」，教材的知識系統強調了傳記要真實可信的同時也可以發揮合理的想像，但也無需對人物做過多細緻的描摹，只需觀察並選取其典型的言行舉止進行記錄，也為學生提供了老舍先生《著者略歷》中的小傳作為範文進行學習。寫作實踐板塊提供了三個主題，一為「自我介紹」，二為「家人小傳」，三為「朋友小傳」，這三個主題的關鍵之處都在於對人物的觀察。以為朋友寫小傳為例，教師可先讓學生閉上眼睛，思考「誰是你最熟悉或最交心的朋友？」並在十秒內寫出三個名字。名字列完後，學生可分別對這三個朋友的名字進行生活細節的回憶，並寫出各自的關鍵詞，如「說話聲音洪亮」、「有愛心」、「愛玩樂高拼圖」「數學天才」等，而後對比每個朋友的關鍵詞數量，居多者可為他作傳。列出的關鍵詞可按典型程度呈放射狀排列，有助於學生理清傳記的寫作邏輯。學生完成後，可邀請自己的朋友錄製「Reaction」視頻（「Reaction視頻可直譯為反應視頻，即錄製下人們對某事物態度、評價等反應的視頻。」）並上傳到班群，同學之間根據朋友們的反應與評價進行傳記還原度的互評，教師再針對文本提出改進的建議，激勵學生進行二次創作。

（三）「創意寫景」寫作訓練

第三單元的寫作任務圍繞著「景物描寫」展開，教材強調「描寫景物的特徵，既可以描述人的視覺感受，還可以描述聽覺、嗅覺、觸覺等多種感受。」除此之外，寫景時也要適當地轉換視角，融入情感。寫作實踐提供了三個命題，一為「校園一景」，二為「《窗外》」，三為「《我愛__季》」。筆者認為，學生可將景物描寫訓練與虛構寫作

進行融合，利用環境描寫渲染故事氛圍。以「校園一景」為例，寫作課上可開展「校園記憶拼圖大闖關」的遊戲，教師將校園的小風景圖片用修圖軟體碎片化，並列印出來讓學生通過回憶來完成圖片的拼接。拼圖完成後，學生可根據風景的特點進一步的想像，創造新奇故事。如以「深湖」為例，第一，先引導學生調動嗅覺感知湖水周圍的氣息，如溫馨走向的故事可能會偏向於提取微風拂過時空氣中花草的獨特清香元素。第二，調動學生的聽覺，風聲、雨聲、水聲、翻書聲、蟬鳴、雷鳴等都可以成為創作的靈感。第三，學生提取視覺元素時除了觀察圖片外，還可以進行合理的想像。如「落葉、雕像、深湖、怪魚、長椅、丟在地上的黑帽、狂風」等便可以再添加人物進行懸疑走向的故事創作。第四，觸覺的感知應根據四季的變換進行想像，因地域的限制，南方的學生可能無法明確感知冬季湖水結冰後的寒冷。教師可通過北方冬天的相關動態視頻引導學生通過聯想進入情境。學生的作品完成後可先在小組內進行互評，每個小組舉薦自己最喜歡的故事上傳到班群平臺進行投票，人氣排名前二十位同學的作品將在修改後選入《班級創作合輯》的故事集進行印刷。此外，位列前四的人氣作品也會得到短視頻創作的機會。即組員在網絡上搜尋與故事景物描寫貼近的相關空鏡頭素材匯總給信息技術課程的老師，在老師的協助下完成作品短視頻的剪輯並上傳到「B站」、「抖音」等軟體上進行展示。

（四）「創意話題」寫作訓練

除獨立的單元寫作訓練外，統編版教材還設立了「口語交際」活動，八上共有「講述」、「複述與轉述」兩個專題。教材的「講述」活動從講述的對象和場合、敘事的技巧和口語表達的特點三個方面對學生的活動開展提供了較詳細的指導，且以學生個人生活體驗為出發點

设计了六个主话题的实践，分别为「经历过的一件事」、「一位朋友」、「印象最深的一次出游」、「喜欢的一位老师或一本书籍」、「最爱听的一首歌」、「一个美丽的梦」。而「复述与转述」活动则以传话游戏的笑点引导学生了解复述、转述的重要性，并从原材料的处理、逻辑条理和语言表达三个角度强调学生实际操作时需注意的问题。

　　教师在构思口语交际的课程设计时，可尝试以录制班级播客的形式激发学生的创作欲。首先，将「经历」、「朋友」、「出游」三个话题合并为第一期播客节目的主题词，「老师」、「书籍」、「歌曲」、「梦境」则作为第二期节目的主场话题，教师可将两期节目的命名决定权交给学生。其次，学生自由选择节目阵营，并针对其中一个关键词进行写作，用文字展现自己的故事。以「经历」与「出游」为例，「印象深刻」并不等同于温暖与美好，也有可能是某段不愉快的经历引起了自我反思，促进成长。大部分学生在构思时都会下意识地「打温情牌」，营造美好的氛围，又或者写出游时抓不住重点，似流水账。教师在课上应引导学生进行深度回忆与场景再现，走出思维的限制。例如，在学生写作前展示旅游纪录片，学生观看完毕后回忆拍摄者游历的路线，写下影片中自己感兴趣的人物、景物和事件，并描述其特征。第二次观看的主要目的是添补未记录的细节，使学生意识到自己的记忆在创作时还可以进行深度挖掘。再次，进行「冥想破冰」。八年级学生正处于青春期，学习和生活上的压力使他们的内心细腻而敏感，较为抗拒与外界进行心灵上的沟通。因此，教师可在冥想训练时播放轻柔、舒缓的音乐，打开教室的窗户使新鲜的空气流动，营造轻松、平和的氛围，减轻学生的焦虑感。学生闭上眼睛后，可通过思考以下问题来明确自己内心的真实想法，拟写故事框架图。如：我最想与同学分享的或者从未分享的经历是什么？这段经历对我来说为何如此特别？这段经历的起因、经过、结果是什么？我在每一阶段的感受

是否一樣？若不一樣，是受到了什麼的影響？我將這段經歷分享給同學，會給我的內心帶來什麼體驗？同學聽到之後，可能會是什麼樣的反應？等等。這些問題能夠幫助學生逐步卸下心防，書寫真實而又獨特的經歷。最後，兩個節目陣營的學生完成文稿的創作後應進行交換。學生錄製播客時可採用線上多人連麥的模式，每個小組的學生仔細閱讀完同學的文稿後根據自己的理解再進行轉述，轉述完畢後組員之間可進行討論，分享彼此的感想。這種模式既有利於提升學生的寫作與口語交際能力，又能促進學生之間的溝通與交流，使他們擁有與眾不同的情感體驗。

三 結語

綜上所述，雖不是每一次寫作訓練都能與創意寫作相結合，但將創意寫作的理論引入中學語文的寫作課堂，有其可行性且意義非凡。它不僅有利於激發學生寫作的興趣，更有助於他們逐漸去除思維定勢，培養創造性思維。同時，基於互聯網背景下的創意作品發表形式多樣化，評價主體多元化，有益於促進寫作教學模式的轉變。

參考文獻

許道軍、葛紅兵：《創意寫作：基礎理論與訓練》，桂林：廣西師範大學出版社，2012年。
賴聲川：《賴聲川的創意學》，北京：中信出版社，2006年。
中華人民共和國教育部：《義務教育語文課程標準（2022年版）》，北京：北京師範大學出版社，2022年。

王本華：〈《義務教育語文課程標準（2022年版）》：創新、發展與突破〉，《語文建設》2022年第10期。

于　洋：〈初中語文創意微寫作教學資源的開發〉，《江蘇教育》，2020年第91期。

馮　曄：〈統編初中語文教材創意寫作教學摭談〉，《江蘇教育》，2021年第71期。

姜　雪：《創意寫作思維訓練對初中語文寫作教學的啟發與應用研究》，山東師範大學，2021年。

竇志文：〈創意寫作在中學語文寫作教學中的應用分析〉，《內蒙古教育》，2019年第20期。

魏麗瓊：〈初中語文創意微寫作課程教學探究〉，《甘肅教育》2021年第19期。

由多重比較與差異看《哦，香雪》中「香雪」人物形象

陳逍涵

二〇二一級　學科教學（語文）

摘要

　　在鐵凝的短篇小說《哦，香雪》中，主人公「香雪」的人物形象與她的經歷打動人心。一方面，「香雪」是那一時代鄉村女孩渴望與外界接觸的縮影，具有一定的代表性；另一方面，通過多重比較，又可以看到「香雪」身上的特殊性。通過分析場域差異，可以看出學校與列車月臺給予香雪等鄉村女孩強烈的城市文化衝擊，「香雪們」渴望被看見的單純願望和城裡人的冷漠相比顯得更純真可愛；通過分析身份差異，可以看出學生身份使香雪的興趣點和眼界超越了一般的鄉村少女，具有獨特的情感追求與嚮往；通過分析需求差異，可以看出香雪既有善良懂事的精神底色，又有堅定的精神理想。總而言之，香雪既有其他鄉村女孩的樸素、善良、真誠、友愛，又有覺醒的意識與渴望美好生活的理想追求，她的形象是複雜、立體、獨特的，因此顯得更加真實而富有感染力。

關鍵詞：《哦，香雪》　場域差異　身份差異　需求差異

在鐵凝的短篇小說《哦，香雪》中，一群山村少女的平靜生活因火車的闖入而產生波瀾，而其中香雪的情感與經歷又是一眾女孩裡最鮮活的。作為本小說的主人公，香雪身上呈現出既不同於台兒溝其他女孩，也不同於學校與列車上的「城裡人」的特質。一方面，在小說始末，香雪並未完全脫離她所熟悉的身份與生活場域；而另一方面，無論在台兒溝、學校還是列車上，香雪又表現出與其他人相區別的特殊性。甚至在香雪的內心，也同樣具有複雜的矛盾與衝突。在多重比較與差異之中，香雪的人物形象更加複雜，也更加立體鮮活。

一　場域差異：鄉村與城市文化的碰撞

　　在火車鐵軌通向台兒溝之前，台兒溝是一個封閉、落後、毫不起眼的小村莊。如同它「默默地接受著大山任意給予的溫存和粗暴」一樣，在現代社會的洪流面前，台兒溝也只能默默接受著來自城市的衝擊。鐵凝清新的文風筆調，似乎淡化了城鄉之間的區別與衝突，但從香雪身邊可以觀察到的種種細節中，依然不難發現平靜之下潛藏的矛盾。

　　最明顯的衝突來自香雪的學校。學校同學們的種種舉動，大至不斷詢問香雪一天吃幾餐、反覆擺弄磁鐵的鉛筆盒，小至一個眼神、一個輕笑，都將她們與香雪區別開來，只因為香雪是「小地方來的，窮地方來的」。香雪有姣好的容貌與優異的成績，在台兒溝她已經足夠優秀；但在學校，出身的差異讓本來優秀的香雪逐步地感受到自卑，這也為香雪後來的內心發展埋下了一顆種子。可以說，香雪在小說中的內心發展變化，是有必要建立在城鄉差異碰撞的大背景下理解的。

　　在城市文化的衝擊面前，所有台兒溝人都被打出了生活的常軌，但脫離常軌的時間又是短暫而固定的，只有每晚七點那短短的一分

鐘。在那一分鐘裡，包括香雪在內的台兒溝女孩表現出截然不同的生活狀態，她們洗去一天的風塵，換上最好的衣服，以最美麗的精神面貌出現在火車面前。平日「掩藏」在大山中的台兒溝女孩，為了這一分鐘竟如此積極的展現自己的風貌，這就展現出她們的深層心理：她們是渴望被看見的。

但事實是，台兒溝的這群女孩們和她們所處的這個村莊一樣，在城市文化的「俯視」下都是極其渺小、不值得被關注的存在。台兒溝人為這短短的一分鐘寄予了無限的幻想，他們願意相信台兒溝確實具有讓列車願意在此停靠一分鐘的影響力。但實際上，停靠的緣由不得而知，但台兒溝人的幻想注定是空想，列車上的旅客與乘務員，就如香雪學校裡的同學一般，並沒有向台兒溝投來一絲帶有溫情的關注。他們並不關注台兒溝姑娘是否用最高的「禮節」迎接列車，只根據自己的需要與她們做著毫無溫度的交易；一旦深秋來臨，列車上的人便關緊車窗，將台兒溝的姑娘們忘在腦後。城市的現代化洪流對鄉村居高臨下的傾軋，在情節上沒有引起人物間直接的衝突，但表露在字裡行間，難以忽視。

在所有被打出生活常軌的女孩中，在香雪身上體現的差異與衝擊又是更突出的。一方面她在學校中就已經感受到城鄉差異帶來的隔閡，另一方面她與列車上的人有了一段時間更長、互動更直接的交集。在這兩個情境中，香雪不再像只能站在列車下等待「檢閱」的女孩們一樣被動，而有機會表現出自己的選擇。與她的同學們相比，香雪是純真的、友善的，如果不是同學們反覆多次的帶有嘲笑的回應，香雪甚至不願意去揣摩她們的不友好。與列車上的乘客們相比，香雪是勇敢的、自尊的，她知道台兒溝是她應該歸去的家，而四周的大山並不似城裡人設想的那樣可怕。口頭上勸她留在西山口過夜，卻沒有給她任何實質性幫助的乘客們，在香雪的勇敢下反而顯得矮小。可以

看出，在城鄉文明的衝撞下，城裡人似乎總是高高在上的；但香雪在小山村裡培養出來的高尚質量，反而使冷漠而傲慢的城裡人顯得黯然失色。

二　身份差異：不同於台兒溝少女的「學生視角」

在學校中，香雪與其他學生具有同樣的身份，但由於出身場域的區別，香雪區別於其他女孩子之外，只能默默忍受同學們的肆意評價與嘲笑；而在台兒溝中，香雪與其他女孩子們不再有場域上的差別，而此時身份的差異就凸顯出來：香雪是受過現代教育的學生，她的眼界、興趣與關注點，自然地與沒受過系統教育的女孩子們產生了區別。這使得香雪和其他女孩子們的關注點常常不能互通，她們在心理狀態上再一次發生了「錯位」。

香雪的興趣點顯然與她的學校生活有密切的聯繫。皮書包，鉛筆盒，這些對象在台兒溝的女孩子們眼裡毫無實用價值，甚至也不像手錶與金髮飾那樣具有審美價值。對香雪執著地追求鉛筆盒的舉動，台兒溝的女孩子們只覺得「好笑」、「不值當」。即便她們知道香雪的學生身份，由於台兒溝沒有學校，從未接觸過學校生活的其他女孩也無法站在香雪的視角理解香雪。實際上，香雪對書包筆盒的追求，已經超越了台兒溝日常生活中所需要的實用與審美追求，而是一種情感上的追求，她在皮書包與鉛筆盒中投射了她對學習生活與現代城市生活的嚮往。

於其他少女而言，她們的眼界同祖輩一樣世代拘束於這個小山村中，她們對事物的認知也停留在傳統、樸素的山村人的思維中。作為十七八歲的少女，她們是愛美的，因此別在頭上的金圈圈、戴在腕上的小手錶等裝飾物首先吸引著她們的注意力。在傳統觀念中，這些稀

有的裝飾品能讓人看上去更好看、更體面,這是渴望展現自己的少女們所希冀的。在交換物品的時候,少女們的交換分為兩類:一種是掛麵、火柴等實用的日常對象;另一種是裝飾用的髮卡、紗巾和尼龍襪。顯然前一種的交換出於實用價值,後一種的交換出於審美價值。頂著回家挨罵的風險換來小飾品,與香雪頂著父母傷心的風險換來鉛筆盒,從表面上看是一樣的,但在情感上卻有重大的差別:髮卡、紗巾等飾物於女孩而言僅停留在「好看」的層面,沒有任何情感寄託。自然,女孩們在交換時也沒有執念,她們不會像香雪一樣,為了鉛筆盒在火車上多次打聽,甚至為了交換鉛筆盒衝進馬上要發動的火車。

另一個佐證表現在女孩們與火車上的人的交互關係上。可以發現,香雪詢問的內容都與外面的世界有關,比如「城市裡一天吃幾碗飯」、「北京的大學要不要台兒溝人」等。接受了公社的學校教育後,香雪的視界已不局限於台兒溝內,她嚮往著遠方大城市的現代生活,嚮往著能學習、接觸更多台兒溝所沒有的東西。通過學習,香雪成為村裡唯一考上初中、走出台兒溝的女學生,也正因為她獨特的學習經歷使她意識到台兒溝的渺小、不起眼,她的思想發生了「覺醒」,她有了超越台兒溝其他少女的「理想」。從個人角度來說,她希望自己不再被同學看不起,能夠像其他同學一樣接觸、學習更多新鮮、現代的事物;從社會環境來說,她希冀台兒溝不再貧窮、封閉,台兒溝的人不用再低人一等。香雪的思想更接近於不斷追求新知的學生,這是其他台兒溝女孩們所沒有的。以鳳嬌為例,她對「北京話」抱有淳樸的好感,無論是對話交流中,還是物品交換中,她都努力向「北京話」傳達自己的心意。在其他女孩的話題中,除了對飾品的討論,就是對鳳嬌的調笑,但同時她們又心照不宣地為鳳嬌創造機會,守護著鳳嬌這份小小的單純的感情。這種朦朧的情感是青春期的少女們所特有的,但並沒有超越台兒溝的視域。少女們的談笑僅限於火車靠站時

的一分鐘與回家的路上，不過是小打小鬧。即便是「心有所屬」的鳳嬌，也從未考慮過要離開台兒溝，要與「北京話」進一步發展。在她們眼中，這五彩繽紛的一分鐘改變了她們的生活，但並未對她們的思想產生深層的觸動，沒有讓她們走出原有的山村式的思維慣性。就如其他女孩對香雪關注的書包、筆盒不感興趣一般，香雪也沒有對女孩們常談的飾物與感情的話題給出直接的反應。誠然一方面是因為香雪的年紀小一些，但同為十、七八歲的女孩，在對美的追求、在對戀愛的悸動感上又如何會有巨大的差異呢？只是香雪的思緒並沒有放在這裡，她所想的是更遙遠，更開闊的遠方生活罷了。

在對其他台兒溝女孩的描寫上，作者是不吝筆墨的。一方面，香雪與所有的台兒溝女孩都具有共通性，作者借台兒溝女孩這一集體展現人性中的純真與質樸。她們之間善良美好的友情同列車上人們的淡漠相比，綻放著極具感染力的生命力量。另一方面，香雪的學生身份使她與其他女孩區別開，她既具有台兒溝女孩們身上美好的特質，又有著自己獨特的情感追求與嚮往。香雪與其他女孩之間的「錯位」並不是完全的，作者將香雪置於台兒溝女孩的群體中，巧妙地借女孩之間的相同與相異，展現出一個完整、立體的香雪形象。

三　需求差異：精神需求與物質需求的抉擇

在小說中，香雪兩次面臨向家人撒謊換東西的抉擇，一次是小時候鳳嬌慫恿她用舊汗褂換芝麻糖，一次是用四十個雞蛋換城裡學生的鉛筆盒。這兩件事看上去相似，最終做出的抉擇卻不同，香雪可以抵擋住芝麻糖的誘惑，卻不惜打破「從不騙人」的常規去換文具盒。初讀文章的讀者很容易產生這樣的誤解：是不是香雪在現代物質條件的衝擊下，變得虛榮了？

認為香雪「虛榮」，究其原因是從物質角度衡量香雪的抉擇。香雪的父親為她做了一個小木盒，足夠滿足香雪攜帶文具的需求，但香雪在同學故意的誇示與隱性的嘲諷中，仍然對帶磁鐵的文具盒念念不忘，最終花去了母親辛苦攢下的四十個雞蛋，還搭上了三十里可怖的山路。單從實用價值考慮，香雪的選擇確實「不值當」。但綜合香雪的兩次抉擇來看，將香雪定性為不考慮實際條件，只追求虛榮與個人滿足的人，顯然是不妥當的。

　　用舊汗褂換芝麻糖吃，在性質上與其他姑娘用土產品換紗巾髮卡是一樣的，與香雪換文具盒卻是不一樣的。換芝麻糖與紗巾、髮卡是從個人享受的角度出發的，獲得的是一時的味覺滿足與形象提升。這種享受停留在物品的固有屬性上，即，換糖果就是為了糖果本身具有的甜味，換髮卡紗巾就是為了它們本身具有的裝飾用途。而香雪用雞蛋換文具盒，顯然不只是為了裝文具或者裝點書包。實際上正如前文所說，香雪在文具盒上投射了自己的情感，她對文具盒的需求也從簡單的物質需求轉變為精神上的需要。在香雪眼裡，擁有了城裡人所用的文具盒，在心理上她就與她嚮往的現代生活更近了一步。拿到文具盒走下火車之後，香雪的心情經歷了「害怕→滿意→愧疚→重新振作」的複雜變化，而讓香雪從低落情緒中重新打起精神來的，是她手中的鉛筆盒與她寄託在鉛筆盒中的精神期望。「這是一個寶盒子，誰用上它，就能一切順心如意，就能上大學、坐上火車到處跑，就能要什麼有什麼，就再也不會被人盤問她們每天吃幾頓飯了。」香雪將自己的理想與期望寄託於文具盒上，通過用四十個雞蛋交換來的「屬於自己的文具盒」獲得了精神上的充盈。從局外人的角度來看，為文具盒賦予如此重大的意義是荒謬的；但從香雪的視角來看，正是因為她如此堅信又期盼著美好生活的到來，她的話也由此從現實的荒謬轉變為精神的真實。

從另一側面看，兩次抉擇之間的對比，也展現出香雪的性格底色。鳳嬌為香雪謀劃的主意堪稱「完美」：衣服被河水沖走，合情合理；丟失的不過是件舊汗褂，不值一提。這樣的一個小謊言本已不容易被拆穿；即使被拆穿了，也不會造成太壞的影響。用這種方法能換來幾塊芝麻糖，在鳳嬌看來是很值當的。糖果對兒童有天然的吸引力，但在這樣的優勢條件下，香雪在一番思想鬥爭後，還是沒有去換，這足以說明她內心有難以撼動的道德準則。她的善良懂事、她對家庭的關照、她對父母辛勞的理解，都是足以經受誘惑考驗的，這些美好的質量已成為她性格中最基礎的部分。理解了這些基礎，就更不可能認為香雪換鉛筆盒是出於一時衝動或虛榮。也由於香雪有這樣的性格底色，她不受物質誘惑所左右，但在精神需求上卻能表現出更強烈的渴求。火車快要到站時，她「總是第一個出門」；為了換到鉛筆盒，她幾番打聽，還能毅然衝上火車。火車、鉛筆盒，這些在文中都是現代生活的象徵，也是香雪精神需求得到滿足的來源。

這種精神需求與物質需求上的分野，無論是在台兒溝其他女孩的眼中，還是在其他城裡人的眼中，都是難以理解的。甚至在香雪的內心，她也不能理解她「為什麼會想起這件小事」，她對這兩種需求的區分也僅停留在模糊的、不能以理性概括的階段。在香雪的心中，矛盾與衝突依然存在，因此她才會迷茫；而在反覆的內心情感起伏中堅定下來的想法，更有力的彰顯了香雪的精神理想。由於這種差異與錯位，香雪複雜的情感只能隱於大段的內心活動中，難以用外在的行為表現，只有黢黑的群山見證著香雪不為人知的情感變化，這使香雪的形象在沉靜中更加細膩飽滿。對於閱讀這篇小說的讀者而言，從看似相同的兩件事中剝離出實質的差異，也是不容易達到的。理解了兩種需求的衝突與差異，便能從刻板視角中走出來，對香雪的精神渴求與情感變化更加感同身受。

通過以上三個方面的比較，讀者可以從文中存在的多重差異中理解香雪的人物形象。作為台兒溝的女孩之一，她有著與其他女孩一樣樸素、純真、善良、真誠、友愛的質量。與同學、乘客與乘務員相比，這些在城鎮中逐漸流失的美好質量在台兒溝被完整地保留下來，在香雪身上得到充分的體現。在象徵現代生活的列車闖進她們的生活後，她同台兒溝的所有人一樣希望接觸新鮮事物，希望向現代大都市里的人展現台兒溝的青春風貌。但接受過學校教育的香雪，同其他台兒溝女孩相比又多了一層「覺醒」的意識。其他女孩在與列車接觸短短一分鐘後就重新龜縮於台兒溝慣常的生活模式中，而香雪渴望追求現代生活的願望愈發強烈。她已經有意識地在呼喚進步，追求更加美好的新生活。因此她的內心萌生出比其他女孩更高一層的精神需求，她的自尊在希冀著她與台兒溝有朝一日不再被現代化進程所忽視，她以鉛筆盒寄託了她美好的理想與期望。香雪的形象是複雜、立體、獨特的，因此顯得更加真實而富有感染力，成為一代代讀者文學閱讀過程中鮮活而美好的記憶。

參考文獻

王　侃：〈「城／鄉」性別化與現代性敘事邏輯——重讀《哦，香雪》〉，《社會科學戰線》，2015年第246號（總12期）。

金　理：〈「青春」遭遇「遠方的世界」——《哦，香雪》與《妙妙》的對讀〉，《中國現代文學研究叢刊》，2012年第156號（總7期）。

馬傳江、王靜雅：〈《百合花》與《哦，香雪》：回憶與含蓄的美學〉，《中學語文》，2021年第904號（總20期）。

劉　艷：〈《哦，香雪》：抒情寫意與美好理想憧憬之作〉，《百家評論》2021年第52號（總3期）。

史永傑：〈《哦，香雪》跨媒介改編中「鉛筆盒」的變形記〉，《美與時代（下）》2022年第938號（總4期）。

陳雙雙：〈被崇高化的香雪——重讀《哦，香雪》〉，牡丹江大學學報，2017年第26卷第1期。

黃秀英：〈青春的尊嚴——《哦，香雪》的盲點透析〉，《中學語文》2021年第914號（總30期）。

丁美琳：〈台兒溝的姑娘們——評女性視角在《哦，香雪》中的運用〉，《新世紀智能》2020年第212號（總83期）。

周小俊：〈提綱挈領　化繁為簡——《哦，香雪》裡的五個「一」〉，《中學語文》2021年第919號（總35期）。

蔡小雲：〈香雪的覺醒，群山的戰慄——《哦，香雪》的敘述視角賞析〉，《語文學習》2020年第510號（總11期）。

王　欽：〈新時期文學表徵中的「個體化」難題——重讀《哦，香雪》〉，《文學評論》2015年（總6期）。

張　宏：〈永遠的香雪——《哦，香雪》人物形象分析〉，《中學語文教學參考》2020年第807號（總36期）。

梁盼盼：〈重讀《哦，香雪》：如何以「女性」書寫「鄉村」〉，《南方文壇》2018年第187號（總6期）。

從〈飲酒〉（其五）看情、思、理融合之境

戴雯婕

二〇二一級　學科教學（語文）

摘要

　　在〈飲酒〉（其五）中，陶淵明將情、思、理巧妙地結合起來，通過詩中的反差、矛盾，直接抒發其心遠之情；同時，詩人情動於中，在意脈轉折中融入南山之景，借客觀之景抒主觀之情，其隱逸之堅定、心遠之情感、悠然之境界自然呈現出來。從這首詩中亦可窺見詩人融合儒、釋、道三家的思想，形成了自己獨特的隱逸思想。在情思結合的基礎上，詩人還將其昇華到哲理的層面，探討了「言」「意」之關係，展現了追求自由本真狀態之理性思考。

關鍵詞：陶淵明　〈飲酒〉　情感　思想　哲理

陶淵明五仕五隱，在入世與出世之間有過長時間的徘徊。在第五次出仕時，他辭去彭澤令一職，開始了長達二十餘年的隱居生活。〈飲酒〉組詩皆作於其隱居之後，言及酒者有十首，而〈飲酒〉（其五）作為第五首，全詩並未寫酒，且詩人十分清醒，為何將其收入〈飲酒〉組詩？不寫酒而題目為〈飲酒〉，有何原因？有序云：「有疑陶淵明之詩，篇篇有酒；吾觀其意不在酒，亦寄酒為跡也。」[1]正如蕭統所言，詩人作此詩的目的並非在於談酒，而在於借酒抒懷，表達自己的情感、思想與理性思考。

一　「隱逸」與「悠然」之情

（一）「心遠」的隱逸之情

魏晉時期被稱為「文學的自覺時代」[2]，這一時期「尚麗」文風興起，「詩緣情而綺靡」、「詩賦欲麗」，陶淵明則反其道而行之，用質樸的語言表達深厚的情感，在當時獨樹一幟。

「結廬在人境，而無車馬喧。」開頭兩句看似平鋪直敘，實際上存在兩層反差，隱含著深厚的意味。第一層反差在於「結廬」與「在人境」，詩人隱居的地點不選擇深山，而選擇「人境」，隱居之地應有的「靜」與人境之「鬧」形成了巨大的反差。由此產生疑問，詩人為何隱居於人境？這是因為他有別於同時期為吸引統治者注意以達到任官目的的「待時之隱」，所謂「大隱隱於市」，他選擇最不引人注目的方式進行隱居。在隱居之「靜」與人境之「鬧」的反差後，詩人進一

---

[1] 蕭統：《陶淵明集序》，《陶淵明資料匯編》（上冊）（北京：中華書局，1962年），頁9。

[2] 魯迅：《魏晉風度及文章與藥及酒之關係》，《魯迅全集》第3卷（北京：人民文學出版社，2005年），頁526。

步展現了第二層反差,巧妙地在第二句中運用了「而無」的否定轉折,顯示了一個矛盾:結廬在何處?在人境。但人境是喧鬧的,怎麼可能沒有「車馬喧」呢?還原於客觀自然狀態,應為「結廬在人境,故有車馬喧」,這是寫實,但詩歌的特點在於以情動人,可謂「情動於中而形於言」。無車馬喧的原因在於詩人融入了自己的主觀情感,使原來聽得到的好似變成了聽不到的。詩人有意通過「鬧」與「靜」、「有」與「無」兩層反差來表示自己不被人境的喧囂所擾的隱逸決心。

緊接著,詩人用自問自答的形式解釋前兩句中的矛盾反差:之所以身處人境卻聽不到「車馬喧」,是因為詩人的內心遠離了車馬的喧鬧聲,即遠離了世俗名利的干擾。此處的情感聚焦於「心遠」,「地偏」是「心遠」的結果,詩人強調並非因為「地偏」所以「心遠」,而是因為自己主觀選擇的「心遠」,才使得原來客觀的喧鬧「人境」變成主觀的安靜「偏地」,「就是感官的選擇性。感官只對目的開放,其餘則是封閉的。」[3]主觀情感對客觀場所的影響在詩歌中是常見的,如「此心安處是吾鄉」。

「地之喧與偏,取決於心之近與遠。隱士高人原不必穴居岩處遠離人世,心不滯於名利自可免除塵俗之干擾。」[4]「結廬在人境,而無車馬喧」更能體現詩人的心遠、心靜之美,表達其「心遠地自偏」的堅定隱逸之情。

(二)自在的悠然之情

詩人從開頭兩句點明隱居處所,引出矛盾反差,再到三、四句解

---

3 孫紹振:〈讀者主體和文本主體的深度同化和調節〉,《課程・教材・教法》2010年第3期。
4 袁行霈:《陶淵明集箋注》(北京:中華書局,2011年),頁175。

釋矛盾，其情感貫穿其中。意象統一形成意脈，而統一中又有變化，詩人的情感於五、六句間發生了轉折——原本有意著眼於近處的菊花之美，但在無意間看到遠處更美的南山之景，由近處的有意到遠處的無心，可謂「情動於中」。詩人無意與南山物我交融，南山之「山氣」、「飛鳥」成為他表達自在情感與悠然心境的載體。

　　詩人在描繪景象時，寫到「山氣」、「飛鳥」，南山之大，除此之外就沒有其他可寫的嗎？當然有。但詩人不寫色彩鮮明的景象，而寫環繞山間的雲霧和結伴而歸的飛鳥，顯然，山氣的樸素自由、飛鳥的自在和諧與其質樸瀟灑的性情、自由自在的狀態相符，所以他在無意見南山時只看到了「山氣」、「飛鳥」。

　　「飛鳥」是帶有詩人主觀情感的意象，他喜歡以鳥自喻，表達自己當下的狀態，這一現象在〈飲酒〉組詩的其他篇目中亦可窺見，如其四，詩人先以鳥的「失群」暗喻自己遠離官場而未找到歸宿的迷茫狀態；後以鳥的「斂翮遙來歸」表明自己對田園的回歸。其五中「飛鳥」之還也是其回歸田園時自由人格與情感的象徵，「詩人這隻『飛鳥』最終選擇了托身山林，回歸自然。這既是鳥的自然回歸，也是『我』的回歸。」[5]除此之外，此句中的鳥是「相與還」的，牠們一定會結伴回巢嗎？不一定。那詩人為何只看到結伴而歸的鳥呢？此處的「鳥」發生了質變，公眾的飛鳥變成了陶淵明私有的飛鳥，成為了詩人內心情感的寄託，詩人的理想生活並非獨自隱居深山，而是在人境中卻無車馬喧的「近人」之隱。「『飛鳥相與還』句是寫鳥倦飛而相伴返巢，正是自由適性的生命意識的體現；而其悠閒安逸的畫面，也正與『山氣日夕佳』句的淡泊祥和的背景相融無間、渾然一體。」[6]

---

[5] 曾瑤：〈以「關係本體論」解讀陶淵明〈飲酒〉（其五）〉，《中學語文教學》2016年第5期。

[6] 王力堅：〈釋陶淵明〈飲酒〉（其五）之「真意」〉，《名作欣賞》1998年第3期。

這般和諧的畫面與適性的生命意識在〈飲酒〉(其七)中也有體現：「日入群動息，歸鳥趨林鳴」。

正因詩人主觀情感的影響，該詩呈現出一幅由「山氣」與「飛鳥」構成的淡雅和諧、悠然自得的南山之景，詩人自在的悠然之情也在此景中自然流露而出。

二　儒釋道融合之思

陶淵明恰逢東晉王朝統治集團內部鬥爭最激烈的時期，由於政局混亂，玄學興起，儒家思想受到衝擊，形成了儒、釋、道三家思想並行的局面。

此時佛教興起，且詩人居住地潯陽離廬山教團很近，廬山教團是以佛教大師慧遠為中心的佛教團體。受時空因素的影響，他吸收了佛教「心外無法，滿目青山」的禪宗思想，這樣的禪宗之「空」，從該詩中的「見」字就可窺見。「見」是該詩的詩眼，強調「見南山」這一行為乃是詩人的無心之舉，此句還有另一版本作「悠然望南山」。但蘇東坡言「因采菊而見山，境與意會，此句最有妙處。近歲俗本皆作『望南山』，則此一篇神氣都索然矣。」[7]「見」較「望」更佳，可謂著一「見」字而境界全出。詩人本意採菊，無意見南山，而「望」則是有意的，「因為『望』字隱含著主體尋覓的動機，就不自由、不自然、不自在、不自如，也就不美了。」[8]無意見南山的悠然狀態正與禪宗之「空」相一致，「空」指一切皆空，但如果執著於此，陷入以空為目標的陷阱裡，就達不到空的境界。同樣，在「悠然見南山」

---

[7]　蘇軾：《題淵明飲酒詩後》，《蘇軾文集》(北京：中華書局，1986年)，頁2092。
[8]　孫紹振：〈「見」南山還是「望」南山？——談陶淵明〈飲酒〉(其五)的詩眼〉，《語文建設》2011年第9期。

中，詩人若是以觀察南山之景為目標，就會被物所役，達不到物我交融的悠然狀態。可見，其思想受到佛教禪宗的影響。

與此同時，由於詩人早期經歷和親人的影響，他始終帶有道家思想，在其徹底隱居後，該思想更是逐漸占據上風。在本詩中，詩人無意見南山的物我兩忘之交融狀態與對本真自我的追求，正體現了道家思想。詩人作為主體與客體之南山猝然相遇，此時，世間其他事物彷彿消失了，只剩下了詩人和南山，這就是道家提倡的人與自然和諧統一。這種物我合一的道家思想正是王國維所言的「以物觀物，故不知何者為我，何者為物」[9]的「無我之境」。這與辛棄疾的「我見青山多嫵媚，料青山見我應如是」有異曲同工之妙，不過辛棄疾此句中人是有意看青山，與青山形成對視，沒有達到物我合一的境界，而「采菊東籬下，悠然見南山」體現了這一境界。同樣，〈飲酒〉（其十四）中詩人在與故人飲酒時生發了「不覺知有我，安知物為貴？」的感覺，這也是其脫離世俗羈絆、達到物我兩忘的道家思想的體現。

陶淵明的曾祖父曾任大司馬，祖父和父親都曾任太守，在此影響下，入世思想在其早期思想中有顯著的表現，從〈飲酒〉（其十六）的「遊好在六經」和〈飲酒〉（其十）的「在昔曾遠遊」中都可看出詩人想要出仕、大濟蒼生。隱居之後，〈飲酒〉組詩中依舊出現了孔子、顏回等儒家代表人物，說明這一時期儒家思想在其思想中仍占據一席之地。在此詩中，詩人表現的歸園隱世之本性實質上與道家和佛家是不相同的，他的隱逸不同於莊子〈逍遙遊〉那般詭譎，也不同於佛教「修來生」那般神秘，而是「采菊東籬下，悠然見南山」的平實。在決定隱居時，其友人劉柴桑邀請他到廬山東林寺隱居，詩人的回答是「直為親舊故，未忍言索居」，他選擇隱居於「人境」，而不是深山、

9　王國維：《人間詞話》（南寧：廣西人民出版社，2017年），頁4。

寺廟，這是「近人之隱」。儒家的仁愛思想強調「眾」，陶淵明對親人的深厚感情和不願遠離人群的隱居就是儒家「仁者愛人」的體現。

陶淵明以隱逸著稱，鍾嶸稱其為「古今隱逸詩人之宗」，他受道家的影響，體現出物我合一的思想和任真自得的風格。他又受到儒家的薰陶，呈現出平實的隱逸風格。同時，他還吸收了佛教禪宗的思想，將三者巧妙地融合起來，形成其獨特的隱逸思想。

三　「真意」和「言意」之理

陶淵明的高明之處在於表達了自己的情思後，進一步將之昇華到「此中有真意，欲辨已忘言」哲理層面，達到了情、思、理交融的境界。

首先，詩人在無意見南山的物我交融境界中悟出了「真意」之理。「真意」指人應回歸自然本性，即內在的真實狀態，做到精神與人格上的獨立。詩人身處田園，看到「山氣」「飛鳥」的自由狀態，在悠然的境界裡實現了物我合一，擺脫了世俗的枷鎖，回歸自然本真狀態。他在《歸園田居》（其一）中提及的「性」和「拙」也是本性之意，與本詩中的「真意」是相通的，都是詩人對自己放棄仕途、回歸自然的肯定。從某種程度上來說，身處世俗社會中，人們時常不自覺地被外在世界壓抑而呈現出「非真」狀態，即詩人所言的「心為形役」，如詩人將自己的出仕視為不遵從內心本性的「非真」行為。這類情況在詩歌中時常可見，如蘇軾的「長恨此身非我有」。

對於「真」的追求貫穿陶淵明生命的始終，「〈飲酒〉詩中的『真意』、『稱心』、『深味』無不有返真還淳的意思。」[10]除其五外，組詩

---

10 戴建業：〈個體存在的本體論——論陶淵明飲酒〉，《華中師範大學學報（哲學社會科學版）》1994年第4期。

中許多篇目都表達了他對「真」的追求。其八中，詩人以青松自喻，表明了「何事綊塵羈」的求真決心；其九中，詩人面對田父「願君汩其泥」的規勸時，做出了「違己詎非迷」的堅定回答；其十一中，詩人認為人不應為身後名而束縛自己，而應「稱心固為好」，順從本心；其十四中，詩人在物我合一的境界中體悟出回歸自然本真狀態的酒中「深味」；其二十中，詩人再次提及「真」——「羲農去我久，舉世少復真」，批判時人常失其真的社會風氣，表明自己仍然在歸真的道路上砥礪前行。可見，詩人對於「真」的追求是十分執著的。

其次，「言意之辨」是東晉玄學的重要命題，「言者所以在意，得意而忘言」[11]，詩人悟出了「真意」之理後，想把這「真」辨出來，但想辨時卻「忘言」了。詩人真的「忘言」了嗎？是他不想說，也不能說。因為「辨」反而破壞了真意，這就是「言不盡意」，言會破壞意本身的整體性。詩人在此得出了關於「真意」與「忘言」之理，即「言意」之理，「忘言」是「辨」的最高境界。

「他的詩不是從抽象的哲理出發，而是從生活出發，將生活中的感受昇華為哲理，又將這哲理連同生活的露水和芬芳一起訴諸詩的形象和語言。」[12]在日常生活的悠然體驗中，詩人得出了人應回歸本真狀態的「真意」之理，並思考了「言」「意」之關係、昇華到「欲辨已忘言」的哲理高度。

四　結語

〈飲酒〉（其五）是理解陶淵明隱居後情感、思想與理性思考的重要作品，詩人用質樸的語言表達了其隱居於人境，但並不被代表權

---

11 莊子：《莊子》（長春：吉林文史出版社，2001年），頁136。
12 袁行霈：《中國詩歌藝術研究》（北京：北京大學出版社，1996年），頁143。

貴名利的車馬喧囂聲干擾的隱逸之情。在心遠悠然的境界中，他將自然和諧的南山之景娓娓道來，將自己儒、釋、道融合的思想隱於詩中，並昇華到「真意」與「言意」的哲理層面。一言以蔽之，〈飲酒〉（其五）是一首情、思、理結合的佳作。

參考文獻

蕭　統：《陶淵明集序》，《陶淵明資料匯編》（上冊），北京：中華書局，1962年。

魯　迅：〈魏晉風度及文章與藥及酒之關係〉，《魯迅全集》第3卷，北京：人民文學出版社，2005年。

孫紹振：〈讀者主體和文本主體的深度同化和調節〉，《課程・教材・教法》2010年第3期。

袁行霈：《陶淵明集箋注》，北京：中華書局，2011年。

曾　瑤：〈以「關係本體論」解讀陶淵明〈飲酒〉（其五）〉，《中學語文教學》2016年第5期。

王力堅：〈釋陶淵明〈飲酒〉（其五）之「真意」〉，《名作欣賞》1998年第3期。

蘇　軾：〈題淵明飲酒詩後〉，《蘇軾文集》，北京：中華書局，1986年。

孫紹振：〈「見」南山還是「望」南山？——談陶淵明〈飲酒〉（其五）的詩眼〉，《語文建設》2011年第9期。

王國維：《人間詞話》，南寧：廣西人民出版社，2017年）。

戴建業：〈個體存在的本體論——論陶淵明飲酒〉，《華中師範大學學報（哲學社會科學版）》1994年第4期。

莊　子：《莊子》，長春：吉林文史出版社，2001年。
袁行霈：《中國詩歌藝術研究》，北京：北京大學出版社，1996年。

縱橫古今事，了悟人世間
——〈念奴嬌·赤壁懷古〉文本解讀

劉常蘭

二〇二一級　學科教學（語文）

摘要

〈念奴嬌·赤壁懷古〉是高中語文必修上冊第三單元的課文，也是中國古典詩詞的傑出之作。自編入高中語文教材後，也引起專家學者和語文名師的討論和解析。此次研究將利用孫紹振文本解讀與閱讀理論的相關知識，從文本的意與象、情與感、形與質這三對關係以及真善美的統一錯位來對〈念奴嬌·赤壁懷古〉進行解讀，希望能對語文閱讀教學的發展提供些許啟示和借鑒。

關鍵詞：蘇軾　〈念奴嬌·赤壁懷古〉　文本解讀

王國維在《人間詞話》中道：「詞以境界為最上」，那麼能夠入高中語文教材的〈念奴嬌·赤壁懷古〉定有更為深遠的境界。那此種境界到底深在何處，遠在何處，前人對此詞的研究和剖析各有側重，落實到具體的文本解讀，筆者將從意與象、情與感、形與質三對關係以及真善美的統一錯位中進行相關分析與探討。

一　「意」與「象」──意在象「後」

何為意象？《詩刊》上講「一種在一剎那間表現出來的理性與感性的集合體」，簡單來說，就是詩人借助客觀物體或環境（理性）來表達個人情感（感性）。古文曰：「詩以情動人」、「詩緣情」……但是，「情」要想變成詩詞，是需要寄託想像在一個對象身上，即「事（事物）」，當然，意象雖依賴於「事（事物）」，但這「事」（事物）並非是「實寫」的，而是虛擬的、想像之中的。我們都知道，情感是無聲無形的，看不見，也摸不著，因此需要通過感知來表現。中國古典詩論中也提出：「聖人立象以盡意。」在這裡，孫紹振先生指明，這其實並不完善，應該是把對象的特徵和情感特徵結合起來，客觀對象要有特徵，主觀情感也應該有特點，而情感特徵是具有決定性的，如果沒有對象的特殊性，那麼獨特的情感也將無法表達，因此，「聖人立象以盡意」，這裡「象」與「意」應和諧統一，即客觀對象特徵和情感特徵實現二重組合。

〈念奴嬌·赤壁懷古〉中，上闋寫奇景，下闋寫奇人，先把目光放到上闋「亂石穿空，驚濤拍岸，捲起千堆雪」，不難看出，這裡「象」的是「大江」、「浪」、「故壘」、「赤壁」、「亂石」、「驚濤」、「岸」、「千堆雪」，這從赤壁江山的形狀、聲音、顏色勾勒了一幅雄奇壯麗、氣勢宏偉的圖畫。那麼究其「象」，此時蘇軾真的看到的是

此奇景嗎？〈前赤壁賦〉基於記遊的性質，有接近寫實的記述：……清風徐來，水波不興……白露橫江，水光接天。很明顯，這並不是亂石插入天空，巨浪拍打江岸，捲起層層浪花的奇偉壯觀，後來詩人范成大遊赤壁之時也說未見此波濤洶湧的景觀，可見這亂石穿空之象並非真實，而是作者的想像。我們知道，文學作品中的景物並不全都是客觀實在的物象，尤其詩詞中的景象，往往會被注入作者的某些主觀情感，這裡的象是寓「意」之「象」，是對象特徵與情感特徵的結合體，此處的「意」結合蘇軾的心境，此時他回想的是赤壁之戰的激烈和酣暢，腦海中湧現的是周瑜的英勇的、颯爽的英雄氣概，有著厚重的歷史剪影。所以，是水波不興還是亂石穿空對蘇軾來說已經不重要了，這裡江水的特徵已經與蘇軾的情感特徵融為一體，實現了意與象的統一。

二　「情」與「感」——情感同構

按照我們平常所說的「情」與「感」的關係就是「真情實感」——流露出了作者的真情實感（我們經常這麼說）。的確，常識上我們一般是說真情實感，但是，在情與感的問題上，若站在科學的高度，用批判性的眼光，把情帶上，感就不實了，也就是說真情實感不那麼準確了，成為了「真情虛感」。俗語曰：「情人眼裡出西施」；詩歌中更有：「月是故鄉明」。本來，情感是主觀的，和事物是客觀的二者互不相干，要讓它們統一起來，就要想像，讓事物變成情感的載體，又由於是情感主導的，這樣客觀對象就發生了變化，即成為了「真情虛感」。再者，「情」對「感」是有作用力的，「情」是可以激「感」的——所自身懷有的某種「情」，在看到景象之後會觸發「感」。如詩人陳子昂接連受到挫折，眼看宏願即將淪為泡沫，他心

中的愛國情懷，在登上薊北樓那一刻噴湧而發——「念天地之悠悠，獨愴然而涕下」。也正是在這個過程中，由情浸感，會達成「情」、「感」的同構，這也是「情」與「感」關係的旨歸。

回歸到〈赤壁懷古〉，詞的下闋，「江」和「月」這兩個意象，很值得探究，月是晚上出現的，而上闋中的「亂石穿空」顯然是白天見的，那麼此時到底是白天還是晚上呢？

「江水」與「明月」是永恆的象徵，在〈前赤壁賦〉中，蘇軾也寫道：惟江上之清風，與山間之明月，耳得之而為聲，目遇之而成色，取之無禁，用之不竭，是造物者之無盡藏也。在這裡蘇軾將歷史的轉瞬即逝與江水、明月的生生不息進行了對比，以此抒發自己所感悟出來的人生哲理。「人生如夢，一尊還酹江月」，這句是一種「情動」（情緒的轉折即由失意到灑脫）。在前面與周瑜年輕功成名就對比後自己是失意悲傷的，然而轉念一想，人生如同夢境一般，歷史長河中，盛極一時的周公瑾也不過是滄海一粟，不如放眼大江，將酒撒入江水之中祭奠江月，此時「情」已經發生改變，不再「悲」了，而是想開了，這樣就有一種情動於中的感覺，這種感覺是一種釋然、一種捨得、一種放下。「一尊還酹江月」，這裡就屬於「情」激「感」，蘇軾在祭奠江月，也是在祭奠自己的理想抱負，抒發自己的情緒情感，思考人生的哲理。因此，我們再看前面的矛盾就明白了，此時矛盾已成為一種美，是不是白天或晚上也無所謂了，存不存在也無所謂了，關鍵是從中所表達的情與感。

我們知道，詩中想像的自由是無限的，詩詞的感情也是自由的，詩詞中沒有絕對的客觀的真，一味去糾結真實，會陷入機械唯物主義的泥潭，而不著痕跡讓讀者覺得「詩真」正是詩人才華的體現。當然，想要追求想像的突破，更深刻地更藝術地表現人的精神狀態，關鍵在於想像的變形變質上創新，也就是形質俱變。

三 「形」與「質」——形質俱變

　　何謂形質俱變，清代天才詩論家吳喬在《圍爐詩話》中提出，「文，則炊而為飯，詩，則釀而為酒」，意思是寫散文的話，就好似把米做成飯的過程，而作詩是像把米釀成酒的過程。將米煮成飯，只是形狀發生了改變，其本質毫無變化，而將米釀成酒，是形狀與性質都發生了改變，這「酒」，飲者而醉，憂者以樂，喜者以悲，實現形質俱變。由此，不難看出，形變是強調聯想的相近性和相似性，這容易看到，質變就不是那麼輕鬆容易了，質變，變成什麼形態和性質，這取決於詩人的情志，而不是自然景象。〈詠雪〉中，對謝太傅提出的「雪像什麼」這個問題，兄子（謝郎）認為「撒鹽空中」，兄女（謝道韞）回答「柳絮因風起」。試問哪一個更好，雖說有不同解讀，但顯而易見的是謝道韞更勝一籌。用形質進行分析，二者所言都發生了形變，但是，謝道韞所說的柳絮，不僅深層聯想義相通，更重要的是融入了作者的主體特徵，符合女性優雅的、輕盈的體態和心態，實現了質變。那麼詩的質量高下，也往往就取決於想像的獨特精緻。

　　詞中，「千古風流人物」，生理角度上是看不到的，超越了所謂的即景寫實，把眾多英雄收於眼底，保持了「形」而改變了「質」，將物變成人，將空間之高向時間之遠進行延伸拓展。接下來在這幅宏大的歷史畫卷中，脫穎而出的是周公瑾，於是在詞的下闋中，聚焦周瑜一人，短短幾句，塑造出一個年少有為、風流儒雅、功成名就的豪傑形象。其實蘇軾不僅僅是在寫周郎，也在寫自己，寫自己的心靈，寫自己的深深感慨。詞中不難看出，蘇軾對周瑜進行了詩化，像對「羽扇綸巾」的措辭，對「談笑間」的描述，這與歷史上周瑜的形象有出入，但越是儒雅之士能建功立業，越是讀書人如此運籌帷幄，是不是越能反襯自己同為讀書人的壯志未酬、功業未就，這也就意味著

「形」方面改變後，質方面將「人」變為「人」，前面的「人」是周郎，後面的「人」就是蘇軾自己，是自己由此發出空有蓋世才華而無處施展的悲傷感慨，這就實現了變形與變質，也更深刻地更藝術地表現了詩人的精神狀態。最後一度的質變，是「人生如夢，一尊還酹江月」，不僅僅牽動了情感脈絡的動態變化，也上升到了一種哲理的高度。質變，在於從歷史人文、自然景物中滲透著作者的人生哲理，這句式詩人蘇軾由悲傷轉入超然捨得的轉捩點，也是他看透生命真相後淡然放下的一種人生態度，此處江月的文化意象，進一步成為蘇軾通脫豁達的睿智風采。

四　真善美的統一與錯位

　　康德的真善美的分立的理論，依據的是認識能力、情感能力、欲求能力，對應的是哲學科學（「真」）、美學（「美」）、倫理學（「善」），通過純粹理性批判講「真」、實踐理性批判講「善」、判斷力批判講「美」，並在純粹理性批判和實踐理性批判中，康德劃分了兩個世界，一個是理論理性的必然性的世界，一個是我們意志自由的道德世界，而我們的意志自由與自然的必然性明顯有衝突，如何消除矛盾建立統一？康德講美，美是主觀的，這就將人的意志自由與自然聯繫統一在了一起，由此康德在三大批判中完成了真善美的統一。然而，康德的真善美的分立的理論，也要分析、批判、發展。

　　所以，真善美一定是統一的嗎？實現統一詩歌才會有價值？

　　不然，真善美的關係，並非完完全全獨立，也有相互交錯。這裡用孫紹振所建構的範疇——「錯位」。真善美不是完全統一的，也不是完全獨立的、三個互不相關的圓。真善美應該是三個互相交叉的圓、錯位的圓，實用價值、科學價值、審美情感價值存在錯位統一，

也就是情和理也有重合、統一的部分。縱觀古代詩歌，不難看出以下幾種情況：第一種純粹審美情感的，如〈詠柳〉、〈宿建德江〉，它表現了人對大自然的欣賞情感；第二種如李後主的詞，但是對藝術形式有貢獻，作為人的情感也有特殊表現力，純粹藝術價值；第三種是純粹客觀景觀是沒有的，絕對的主觀情感也很少，情和景交融，這裡景是可觀的，情是主觀的，特點是二者在審美價值和科學價值的錯位中，表現情感和思想。如杜牧〈江南春〉「南朝四百八十寺，多少樓臺煙雨中。」但是情景交融並不是唯一的，也有上升到情理交融的，也就是是情感與哲理的統一，所以說一切景語並非都是情語，有時是理語，審美情感不是孤立的，最深刻的情感往往與理念聯繫在一起的，也是審美價值與科學價值的統一錯位，古詩中情理交融的有很多，如「山重水復疑無路，柳暗花明又一村」。

　　回歸到〈赤壁懷古〉，前面所說發生了形質變化，我們可能覺得會不「真」了，那是否還會有價值呢？當然有，這種價值不是客觀理性的，而是以主觀情感為中心的，就是前面所提到的「情」與「感」，需遵循一定的藝術形式表現出來。如周瑜的「儒者形象」，如果不變質，就很難襯托出蘇軾的情感，因為情感不是理性的，想達到無意識層次，通常會被理性的「真」、實用的「善」所掩蓋。這樣看，本詞中的真善美不是完全獨立的，而是相互交錯的。再結合前面所提到的幾種情況，來看「人生如夢，一尊還酹江月」，這種詞句，不僅在於思想而且在於其意象中、情感脈絡的變化，通過對月夜江上壯美景色的描繪，借對古代戰場的憑弔和對風流人物才略的追念，道出自己的早生華髮、老大無成，頃刻間轉折，拿酒祭月，這裡是蘇軾的一種放下，一種捨得，這是智慧的，是豪放的，是深邃的，蘇軾這個「夢」，滲透著更高層次的情理，融入了詩性、哲學、豪放，情中有理，情理交融。所以說，哪怕真善美交錯，〈赤壁懷古〉也是有寶貴

價值的，這個價值，是在錯位中實現了對審美價值藝術價值的詮釋。

綜上所述，〈念奴嬌‧赤壁懷古〉實現了「意」（主觀情感）與「象」（客觀載體）的融合，同時通過形質俱變，巧妙表達了詩人的情與感，於真善美的錯位統一中實現完美契合，這也顯示出了蘇軾高超嫻熟的創作技法。當然，這些也都來自蘇軾身上的兩種特質——儒家入世之思想與道家超曠之精神，再加上蘇軾的愛國熱情，後來逐漸形成了蘇詞超曠為主的風格。

縱橫古今事，了悟人世間。恍惚之間，好似看到一位白髮蒼蒼的老人向我走來。我嘆服於他的詩詞豁達大度，敢捨敢得，容得下世間的悲痛與歡喜，道得出胸中的灑脫與豪邁，也許最好的人生，是蘇軾的一生，能講究，亦能將就。

參考文獻

孫紹振：《月迷津渡》，上海：上海教育出版社，2015年，頁149-157。

賴瑞雲：《文本解讀與語文教學新論》，北京：北京師範大學出版社，2013年，頁273-275。

佘宇暉、向賢瓊：〈緊扣意象教詩詞——以高中語文必修上冊古詩詞單元教學為例〉，《湖北教育（教育教學）》，2021年第9期，頁57-58。

邵　瑜：〈錯位布局　彰顯情懷——蘇軾〈念奴嬌‧赤壁懷古〉寫作特色賞析〉，《中學教學參考》2020年第36期，頁20-21。

韓鳳英：〈縱橫古今　意境開闊——蘇軾〈念奴嬌‧赤壁懷古〉豪放藝術特徵賞析〉，《中學教學參考》2020年第18期，頁8-9。

情起意象生，情轉意脈動
——淺析〈聲聲慢〉的「愁」

劉捷莉
二〇二一級　學科教學（語文）

摘要

　　讀者很容易感同身受李清照詞作之中的「愁」，聚少離多的相思之愁、國破家亡的憔悴之愁、追憶從前的感傷之愁。然而，粗淺地將眾多愁思混為一談的做法卻並非萬無一失，樣貌的模糊導致讀者感受汛期的姍姍來遲——詞人經歷的潮起潮落早已成為昨日的景象，若不加以梳理，李清照的「愁」便極易成為誤讀與歪曲所偏愛的靶子。因此，本文擬從〈聲聲慢〉的「愁」出發，在具體的文本分析中走通知人論世、意象探討、意脈梳理的三級臺階。

關鍵詞：李清照　聲聲慢　意象　意脈

真情是詞之骨，詞之言情，貴得其真。早期詞往往以「豔歌小詞」的形式出現，風花雪月與閨閣怨事構成了早期詞作的基本主題，抒情言志的詞作只星羅棋布地散見於蘇軾、賀鑄等詞人筆下。但宋室南渡之後的破碎山河卻引發一場由「流連光景惜朱顏」向「欲將血淚寄山河」的情感轉變，飽受顛沛流離之苦的南渡詞人往往以愁為歌，「離人心上秋」成為他們真實的精神寫照。作為南渡詞人的典型一員，李清照也由早期輕盈妙麗的望夫詞轉向沉重哀傷的生死戀歌，「薄霧濃雲愁永晝」的人生際遇使得李清照發出了「怎一個愁字了得」的悲戚之鳴。〈聲聲慢〉中的「愁」流露出落落寡合、失落惆悵的迷茫情緒，將此愁引渡至李清照背後的家國身世顯然更具備解釋效力。顯然，只有將「愁」及背後的歷史原因與李清照的創作相聯繫後，〈聲聲慢〉才可能贏得更為深刻的歷史內涵與美學意義。

一 知人論世識才女，血淚之詞感愁悲

事實上，詞本有「男子而作閨音」的傳統。當李清照以一介女流的身份闖入文學這座男性殿堂時，她既以一位才女的形象受人側目，又在舉手投足之間顯露出文士的面孔。李清照不僅收穫了「男中李後主，女中李易安，極是當行本色」、「婉約以易安為首，豪放惟幼安稱雄」的至高讚美，更是以一種雲中鳥瞰式的評價諸多前輩的文學造詣，評柳永雖「變舊聲作新聲」，但「詞語塵下」；評張先等人雖「時有妙語」但「破碎何足成家」。這樣看來李清照的成功似乎不足為奇，女性的身份使她處理詞體時更加得心應手，不同於男性詞人代擬閨情詞的矯揉造作，李清照能夠將女性的真實心理活動淋漓盡致的展示出來，這無疑使諸多男性詞人相形見絀。

同時，山河破碎所引發的心理陣痛並非男性作家的特權，女性詞

人的家國情懷亦在此刻浮出歷史地表。南宋徐君寶妻作〈滿庭芳〉詞後投水而死：「從今後，夢魂千里，夜夜岳陽樓。」劉氏則題《沁園春》於長興酒庫：「我生不辰，逢此百罹，況乎亂離。」「君知否，我生於何處，死亦魂歸。」當女性觸碰到歷史脈搏的真實脈絡，閨房內外的冷熱殊遇使她們跳出了閨情詞的傳統範疇，李清照也不例外。少女時期的李清照可以用「一枝春欲放」來形容，〈點絳唇〉中「蹴罷秋千，起來慵整纖纖手。露濃花瘦，薄汗輕衣透。見客入來，襪剗金釵溜。和羞走，倚門回首，卻把青梅嗅。」通過見客羞走、倚門回首、細嗅青梅等一系列動作，懷春少女的俏皮羞澀躍然紙上。嫁作人婦後，李清照與趙明誠聚少離多，詞作間也多夾雜苦澀滋味：「莫道不消魂，簾卷西風，人比黃花瘦。」當宋室南渡，李清照與趙明誠二人陰陽相隔時，李清照便以「憔悴損」的面目示人。在〈永遇樂〉中，李清照自言「如今憔悴，風鬟霜鬢」，追憶「中州盛日」時也不由得感歎如今「人在何處」，心中愁腸百結卻無人陪伴，唯有「簾兒底下，聽人笑語」以作慰藉。

　　由早期〈一剪梅〉、〈鳳凰臺上憶吹簫〉等戀情詞向後期〈武陵春〉、〈聲聲慢〉、〈永遇樂〉等傷亂詞的轉向預示著詞人心境的巨大轉折。曾經滿懷至情，連篇癡語都化作字字血淚，聲聲嗚咽。這「載不動」的「許多愁」，止不住的「千行淚」，「淒淒慘慘」的哀語，無人訴說的「萬千心事」，皆非虛構擬造的白日夢囈，全是發自肺腑的血淚之詞。「愁」作為李清照後期創作不變的主題，其中的酸楚需要讀者細細品味，這些融匯家國感傷、世態炎涼的悲涼之詞，皆源自詞人淚向九泉真實境遇，是李清照坎坷人生、南渡詞人落魄境遇、兩宋之際悲劇時代的集中映射。

二 刻畫悲秋意象群落，渲染悲涼淒清氛圍

陳玉蘭在《論李清照南渡詞核心意象之轉換及其象徵意義》中提出將李清照詞的核心意象歸為南渡前後兩類。南渡前以「樓」、「月」、「琴」、「花」為主，而「江」、「雁」、「雨」、「夢」等意象則多見於南渡之後的作品。其中前者「融匯成一脈作為懷春心理表徵的閒愁——美麗的憂傷情愫。」而後者則派生出「江湖倦客離亂愁」，這與「南渡前詞中那一片深閨少婦的兒女閒愁是大相異趣的」。[1] 詩詞作品中核心意象的選擇亦是作家立於現實之鏡前的倒影，這與作家特定時期的審美趣味、心境遭遇等諸多現實要素有著必然的聯繫。

在〈聲聲慢〉中，全詞共有五個經典意象，分別為「酒」、「雁」、「黃花」、「梧桐」、「細雨」。在南渡前便是核心意象的花，在南渡後的作品中也能覓其蹤影。在如此劇烈的現實轉折之後，花的意象又是否發生了遷移呢？答案是肯定的。李清照詞作中的花意象寄寓著詞人當下的個人形象，不論是「香臉半開嬌旖旎」或是「人比黃花瘦」，李清照或欲凸顯自身形態品格，或抒發愁思，感歎容顏易逝。而〈聲聲慢〉中的「滿地黃花堆積」便顯得尤為淒厲。即使在〈醉花陰〉中的捲簾西風下，菊花的形象也不過是雨打風吹後的瘦枝黃花，依舊可以「暗香盈袖」。而「滿地黃花堆積」卻落下枝頭，凋殘殆盡，往日的瘦花在此時卻也一朵難再。正是「尋尋覓覓」無果之際，李清照又問：「如今有誰堪摘」，年華易逝同愛人離去的悲情從中滿溢而出，這種人生謝落的凋零體驗也被詞人嫁接至零落塵埃的枯花意象之中。

其次是酒。李清照的詞作裡「酒」和「愁」有如一對密不可分的孿生姐妹，「李清照詞四十五首（從王延梯《漱玉集注》，附詞未計）

---

[1] 陳玉蘭：〈論李清照南渡詞核心意象之轉換及其象徵意義〉，《文學遺產》2008年第3期，頁77-82。

雖無一題『詠酒』之類，但是竟有二十三首涉及飲酒，居一半還多。」[2]乍一看似乎有些矛盾，李清照素以婉約之詞著稱，為何卻像李白、蘇軾、辛棄疾等豪放文人一樣嗜酒呢？這又要回到「愁」字上面。李清照飲酒頗有「舉杯消愁愁更愁」的架勢，〈念奴嬌〉中李清照「險韻詩成，扶頭酒醒，別是閑滋味。」而〈聲聲慢〉中「愁」味更甚，「三杯兩盞淡酒，怎敵他，晚來風急」中三杯兩盞尚且難敵晚來風急，那「怎一個愁字了得」的人生滋味又該如何面對？詞人以酒的淡映襯愁的濃，由淚水釀成的苦酒泛起苦澀的漣漪，詞人心中的壓抑悒鬱又是否能夠被這三杯兩盞化解？

　　三兩杯淡酒落肚，卻見雁回舊相識。李清照說：「雁過也，正傷心，卻是舊時相識。」舊時相識何來？這或許可以追溯到〈一剪梅〉與〈蝶戀花〉。〈一剪梅〉中「雲中誰寄錦書來？雁字回時，月滿西樓。」鴻雁成為李清照與趙明誠分離異地的傳話信使，「雲中錦書」承載的是「才下眉頭，又上心頭」的閒愁。而在〈蝶戀花　晚止昌樂館寄姊妹〉中李清照直言「好把音書憑過雁，東萊不似蓬萊遠。」詞人堅信姐妹們會將音信寄予自己，因為東萊不像蓬萊仙洲一般遙不可及。雁作為飛渡兩地的信使，它的到來意味著遠方友人的掛念即將落地，但〈聲聲慢〉中的雁卻沒有留下隻言片語，而是鼓翼遠去，只留下滿地黃花、梧桐細雨還有獨守空窗的秋愁。雁作為全文的核心意象不僅上承尋覓無果之惑，下啟孤守秋愁之苦，更引出後文的「梧桐細雨」意象。白居易在《長恨歌》中以「春風桃李花開日，秋雨梧桐葉落時」為唐玄宗與楊貴妃的悲劇愛情做了生動注腳，但李清照對「梧桐細雨」的理解卻更為生動。前文方才「守著窗兒，獨自怎生得黑？」後文便「梧桐更兼細雨，到黃昏，點點滴滴。」李清照此時已

2　沈榮森：〈李清照酒詞淺探〉，《東岳論叢》2003年第1期，頁118-120。

家破夫亡，縱使鴻雁飛往，也無信可傳，只能憑欄倚窗，苦等天黑，千般愁苦只化作一句：「怎一個愁字了得！」

此五個經典愁苦類意象所形成的意象群落，看似跳躍，實則在感官、空間的變化聯繫中有機組合，形成一幅豐富生動的悲秋圖景。在感官上，對大雁黃花一類視覺意象的書寫隨著愁的推進而轉向對梧桐細雨這類聽覺意象的描繪，進而使畫面更加立體可感。從空間上，有遠近、有天地，視覺的層次感視覺使人有如身臨其境。詞人運用多種感官來感知身邊的事物，所見所感所聽都是自然的、流暢的、和諧的，一切皆因情而起，因愁而發。

三 「滾雪球」式遞進意脈，塑造飽滿極致愁情

在觸碰文章內在肌理的過程中，我們力圖將〈聲聲慢〉愁的多重要素整理出一套可供理解的秩序，一種走向清晰的輪廓。在把意象結合的來龍去脈確定之後，這種「滾雪球」般步步積累、層層遞進的文章意脈便成為我們破譯〈聲聲慢〉的重要參照。簡而言之，〈聲聲慢〉情感之厚重已無法用單一的語言文字概括，到了難以言說的地步，因此，走通意象、意脈、形式的三級臺階就顯得尤為關鍵。

首先，尋覓無果引愁。「尋尋覓覓，冷冷清清，淒淒慘慘戚戚」，一口氣疊十四個字，歷史上李清照為第一人，且這七個疊詞並非隨意堆砌，而是形式與內容相輔相成，疊詞與情感達到了高度的和諧。[3] 文章以「尋尋覓覓」作為開頭，但李清照想要尋覓什麼？我們卻不得而知，只知道她由「尋尋」這樣粗略的翻找遞進為「覓覓」這樣細緻的搜尋。那她又尋找到了什麼？偌大的庭院中只有「冷冷清清」中默

---

[3] 孫紹振：〈無處可尋、無處不在、無可奈何的憂愁——讀李清照〈聲聲慢〉〉，《語文建設》2008年第2期，頁41-43。

默地注視、陪伴著詞人。詞人迫切地想要從中突圍——她需要尋覓到某件事物來擺脫冷冷清清的狀態。但苦尋無果的她只能任由這份失落惆悵長驅直入、橫闖內心腹地，「淒淒慘慘戚戚」的出場也就顯得合情合理。我們注意到，〈聲聲慢〉中疊詞的運用強化了李清照內心的情感，疊詞數量的疊加推動文章情感的遞進，詞人內心深處的悲愁被逐步調動引出。

其次，淡酒秋風添愁。本詞作於初秋時分，天氣忽冷忽熱，「乍暖將還」之時。「將息」釋為養息、休息，但心中尚有記掛之事又豈能高枕無憂？詞人欲「借酒消愁」，可「怎敵他晚來風急」。敵誰？敵不過傍晚急急而來的秋風嗎？這看似說的是抵不住入秋的寒涼之氣，實則是詞人壓不住內心的綿綿愁絲。李清照的詞作中曾多次出現酒，但唯獨〈聲聲慢〉中強調的是「淡酒」，可見其欲言之意不在「酒」而在「淡」字。詞人滿懷鬱積、愁腸百結，以至於入喉苦酒也變得味道寡淡。此為真情虛感，悲情滿溢，外物皆著我之色彩，愁濃而酒淡。

再次，雁過回憶增愁。「雁過也，正傷心，卻是舊時相識」，如果說上文中我們尚且不知李清照為何而愁，那麼此刻答案不是已經呼之欲出了嗎？雁過傷心，愁便愁在一個「舊時相識」。曾經與丈夫舉案齊眉的日子充滿歡聲笑語，而現在確是「冷冷清清」的獨守空房，其中滋味可想而知。曾經寄載著雲中錦書的愛情信使無法再喚起「一種相思，兩處閒愁」了，縱然此情依舊「無計可消除」，但對家破夫亡的李清照來說，無信可傳不只叫人徒曾煩惱嗎？

接著，滿地黃花堆愁。愁本是一種看不見、摸不著的主觀情緒，但詞人用「滿地」、「堆積」兩個詞，將愁的數量和厚度體現出來。愁似黃花鋪滿庭院般填滿內心，悲傷似乎有了可供衡量的尺度。但具體表現如何呢？李清照以「憔悴損」作出了回應。在〈醉花陰〉中，詞人自比黃花，雖然「人比黃花瘦」，但依舊在「薄霧濃雲」「簾卷西

風」中獨自盛開。到了〈聲聲慢〉，女詞人早已在風吹雨打中落得個「憔悴損，如今有誰堪摘？」的淒慘境遇。她無法再像從前那般躲在深閨怨閣中獨自咀嚼思念愛人的苦果，或是享受愛人重逢的喜悅，而是以一幅弱柳之姿來獨自承受本不應該讓她承受的孤苦悲涼的人生。因此在〈聲聲慢〉中，詞人並沒有對黃花本身的形、味作描寫，而只看到其「堆積」的狀態。此時人與花在空間上拉開了距離，詞人不在花間駐足流連，而是在屋裡默默觀望，對花的親近不似從前。

　　最後，黑夜將至溢愁。如果人的內心似容器一般，對於情緒情感的承受有容納限度，那麼在最後一層，詞人便是要打破這容納愁情的限度，將愁情在天時地利人和的鋪墊下推向極致。「守著窗兒，獨自怎生得黑」，為何要守在窗邊？視覺上，在梧桐細雨之前，仍能看見窗外的大雁黃花，詞人本將情感寄託於窗外景物，而綿密雨水的介入卻阻隔了詞人與景物的視覺聯繫。聽覺上，細雨有柔和的特點，是高雅的、溫和的。雨是細密的，輕的，按理聽到的應是連綿的雨聲，而詞人卻能聽到「點點滴滴」，聲音不是連續的，而是間斷的。世界一片陰暗，愁情沒了去處，便直達內心。「梧桐更兼細雨，到黃昏，點點滴滴」細雨拍打梧桐，點在葉上，滴在心裡，詞人直面更加深刻的孤獨，愁外愁，愁上愁。

　　通過對五個意脈層次環環相扣的描寫，情感的累積達到高潮，悲涼情緒愈發飽滿，以致詞人最後一句直接抒情，使愁之深重走向極端，「這次第，怎一個愁字了得」！李清照並沒有在〈聲聲慢〉中對自身的愁情做一次惟妙惟肖的肖像速寫，反而將「愁幾何」的問題交由讀者自行體會。難怪《金粟詞話》評〈聲聲慢〉為「用淺俗之語，發清新之思，詞意並工，閨情絕調」。

　　綜觀整篇詞作，「愁」字雖於末句才出現，但愁緒在意象群落和意脈中貫穿始終，將詞人孤單淒涼的處境、悲涼空虛的心境剖於字裡

行間，使該詞成為傳世佳作，令人頌贊。

參考文獻

陳玉蘭：〈論李清照南渡詞核心意象之轉換及其象徵意義〉，《文學遺產》2008年第3期。

沈榮森：〈李清照酒詞淺探〉，《東岳論叢》2003年第1期。

孫紹振：〈無處可尋、無處不在、無可奈何的憂愁——讀李清照〈聲聲慢〉〉，《語文建設》2008年第2期。

（本文2023年9月發表於《中學語文》第25期）

「形骸墮醉夢，生事委塵土」
——蘇軾詩歌的塵土意象與處世心境

劉澤華

二〇二〇級　中國古代文學

摘要

　　蘇軾詩歌創作中出現了大量的塵土意象，一方面豐富了蘇軾詩歌的語言文化底蘊，另一方面增強了蘇軾詩歌的藝術審美功能。蘇軾通過詩歌創作和塵土意象的互聯互通，把自己跌宕起伏的宦海生涯形塑成一個充滿寓意的「塵土」世界。在蘇軾的積極推動下，塵土意象漸變為宋代文士詩歌創作的重要政治喻體及謫遷符號。文章通過對蘇軾詩歌進行定量爬梳，釐析並整理出蘇軾詩歌的塵土意象，以期透視蘇軾的處事心境，也為現今學界研究蘇軾詩歌創作心態提供一種新的考察維度。

關鍵詞：蘇軾　詩歌　塵意象　塵土意象　處世心境

一　引言

　　縱觀蘇軾詩歌的塵意象，涉及以「塵」為核心意象的多種參構語詞，一是「塵」字的承前參構，如「紅塵」、「風塵」、「無塵」、「根塵」、「沙塵」、「絕塵」、「出塵」、「灰塵」、「公塵」、「微塵」、「飛塵」、「生塵」、「塞塵」、「煙塵」、「埃塵」、「黃塵」、「光塵」等，二是「塵」字的承後參構，如「塵土」、「塵埃」、「塵容」、「塵外」、「塵泥」、「塵沙」、「塵心」、「塵寰」、「塵凡」、「塵垢」、「塵紅」、「塵勞」、「塵界」、「塵空」、「塵壁」、「塵世」等，這些「同質異構」體分別構成了蘇詩的塵意象的整體架構。其中，在蘇詩出現數量排名前三位的是「塵土」（26次）、「塵埃」（21次）、「紅塵」（11次）。筆者根據蘇詩的重要版本，初步統計塵意象共出現了一九二次，涉及到詩歌一七七題一八二首，還有四首詩題涉及塵意象，但內容沒有涉及。本文選取蘇詩的塵土意象，重要原因為：其一是塵土意象出現數量最多，其二是塵土意象最具代表性，又與蘇軾的處世心態聯繫緊密。基本原則為：因不同「塵」意象的所指不同，如「塵土」、「塵界」、「紅塵」等，要盡可能地把不同「塵」意象進行細化和分類，力爭形成眾多獨具特色的「塵」意象詩歌分支。[1]

1　注：文中所引宋詩如無特殊注明，均選自北京大學古文獻研究所編，傅璇琮、倪其心、許逸民、孫欽善、陳新主編的《全宋詩》（北京大學出版社1991、1992、1993、1995、1996、1997、1998年版，第3冊為1991年版、第6-10冊為1992年版、第11-15冊為1993年版、第1、2、4、5、16-25冊為1995年版、第26-27冊為1996年版、第31-32冊為1997年版、第28-30、33-72冊為1998年版）。

二　蘇軾詩歌的塵土意象概觀

　　筆者根據蘇軾《東坡全集》（景印《文淵閣四庫全書》本），南宋王十朋《東坡詩集注》（景印《文淵閣四庫全書》本）、南宋施元之《施注蘇詩》（景印《文淵閣四庫全書》本）、清代查慎行《蘇詩補注》（鳳凰出版社2013年版）、清代翁方綱《蘇詩補注》（中華書局1985年版）、清代馮應榴《蘇軾詩集合注》（上海古籍出版社2001年版）、清代王文誥《蘇文忠公詩編注集成》（臺灣學生書局1979年版）、孔凡禮《蘇軾詩集》（中華書局1982年版）、王水照《蘇軾選集》（中華書局2014年版）、劉乃昌《蘇軾選集》（齊魯書社2005年版）、趙洪林《蘇東坡全集》（珠海出版社1996年版）、傅成、穆儔《蘇軾全集》（上海古籍出版社2000年版）、張志烈、馬德富、周裕鍇《蘇軾全集校注》（河北人民出版社2010年版）、曾棗莊、舒大剛《三蘇全書》（語文出版社2001年版）、曾棗莊、舒大剛《蘇東坡全集》（中華書局2021年版）及北京大學古文獻研究所編，傅璇琮、倪其心、許逸民、孫欽善、陳新主編《全宋詩》（北京大學出版社1991-1998年版）等，輯錄出涉及塵土意象的蘇詩共計二十六題二十六首，包括〈和子由四首〉其一〈韓太祝送遊太山〉、〈遊惠山‧並序〉其一、〈戴道士得四字代作〉、〈鳳翔八觀‧并敘〉其五〈東湖〉、〈百步洪二首‧并敘〉其二、〈再次韻德麟新開西湖〉（〈再次韻趙德麟新開西湖〉）、〈次韻答參寥〉（〈次韻答王鞏〉）、〈徑山道中次韻答周長官兼贈蘇寺丞〉、〈次韻劉貢父李公擇見寄二首〉其二、〈次韻劉貢父叔姪扈駕〉、〈和蔡景繁海州石室〉、〈陳伯比和回字複次韻〉、〈送呂希道知和州〉、〈送李公恕赴闕〉、〈送頓起〉、〈送孫著作赴考城兼寄錢醇老李邦直二君於孫處有書見及〉（〈孫處有書見及〉）、〈送程七表弟知泗州〉、〈送運判朱朝奉入蜀〉（〈送朱壽昌使蜀七首〉）、〈喜劉景文至〉、〈李杞寺丞見和前篇，複用元韻答

之〉、〈書王定國所藏〈煙江疊嶂圖〉〉、〈中隱堂詩·并敍〉其二、〈徐大正閑軒〉、〈次韻黃（諸刻作董訛）夷仲茶磨〉、〈薄薄酒二首·並序〉其二、〈失題三首〉其三（摘自《晚香堂蘇帖》）。

　　在「雙峰並峙」的唐詩和宋詩中，蘇詩的塵土意象數量雖不及排名第一位的南宋陸游（27首），但要多於中唐的白居易（23首）、元稹（10首）等，唐詩的塵土意象多聚焦於「塵土」的外在形貌，未能形成塵土意象的詩歌創作合力，也未能沁入作者的生命意識和際遇感受，顯得形單影隻。而從宋代始，對塵土意象的闡釋方式由「外向型」漸變為「內傾型」，直接導致了蘇軾與自然界的「塵土」產生強烈的情感共鳴，進而把自然界的「塵土」轉化為自己詩歌創作的重要抒情意象。蘇詩的塵土意象在宋代文士詩歌創作的塵土意象總量（數量和質量）中占有非常重要的地位，蘇軾在把「大方」、「大器」、「大音」、「大象」等和「塵土」、「微塵」、「塵埃」、「灰塵」等的自然距離不斷拉近的同時，極力尋求生命空間的拓延和伸展，最終使得塵土意象凝結為蘇軾詩歌創作中的獨具「蘇式」特色的重要詩學意象。

　　此處，對古詩或宋詩的「塵土意象」概念進行初步的學理闡釋，堅持「為論說堅強，期臚陳信據」的學術觀念，以便筆者及其他學者進行後續研究，古詩或宋詩中的「塵土意象」就是以自然環境下的「塵土」為主要敍事架構，以衍生的「塵」意象群和「土」意象群為輔助支點，再結合由塵土意象所喻指的個體情志和凝結成的整體意蘊，創作出能直接反映文士創作心態和處世心境的現實主義詩歌意象。其中，蘇軾詩歌塵土意象的內涵大致可以歸為三類：其一是指自然狀態下的細小土灰；其二是指庸俗或污濁的世事；其三是指粗鄙不堪的俗世環境。相較於其他宋代文士詩歌創作的塵土意象，蘇軾更傾向於將豐富的社會實踐和生活體驗貫注進詩歌創作的塵土意象，因此在蘇軾和其他宋代文士（如北宋的王禹偁、強至、蘇舜欽、劉敞、劉

放、文同、韋驤、梅堯臣、彭汝礪、歐陽修、王安石、蘇轍、黃庭堅、張耒、郭祥正、鄒浩等,南宋的許景衡、曹勛、朱松、孫覿、曾幾、呂本中、陳淵、張孝祥、趙蕃、范成大、陸游、張鎡、章甫、戴復古、陳造、孫應時、張栻、劉過、劉克莊、韓淲、方岳等)詩歌創作的積極推動下,讓「塵土」及其衍生意象成為宋代詩學的重要代表性的「塵」意象群,同時蘇軾詩歌創作還把塵土意象和「宋型文化」(即內斂含蓄的作風、理性自省的精神、雅俗融合的態度、相容創新的意識等)[2]的發展、流變緊密聯結起來,讓塵土意象漸變為宋代文士詩歌創作的重要政治喻體及謫遷符號。

蘇軾經常把塵土意象引置到詩歌創作中,譬如:

蘇軾詩歌塵土意象舉隅			
詩作題材	詩題	詩句	《蘇軾詩集》出處(中華書局1982年版)卷數、頁碼
細微灰土懸浮灰塵	〈徑山道中次韻答周長官兼贈蘇寺丞〉	我生本艱奇,塵土滿釜甑。	卷十 頁499
	〈戴道士得四字代作〉	雪霜侵鬢髮,塵土汙冠裾。	卷十八 頁924
	〈和蔡景繁海州石室〉	門外桃花自開落,床頭酒甕生塵土。	卷二十二 頁1179
	〈喜劉景文至〉	江淮旱久塵土惡,朝來清雨濯鬢鬚。	卷三十四 頁1816

2　谷曙光:〈論宋型文化視閾下的宋代文體學〉,《江淮論壇》2015年第3期,頁154。

	〈陳伯比和回字復次韻〉	市橋十步即塵土，晚雨瀟瀟殊未回。	卷五十頁2749
世間境遇	〈送呂希道知和州〉	年年送人作太守，坐受塵土堆胸腸。	卷六頁249
	〈李杞寺丞見和前篇，復用元韻答之〉	誤隨弓旌落塵土，坐使鞭箠環呻呼。	卷七頁319
	〈徐大正閑軒〉	形骸墮醉夢，生事委塵土。	卷二十四頁1284
世間境遇	〈書王定國所藏〈煙江疊嶂圖〉〉	江山清空我塵土，雖有去路尋無緣。	卷三十頁1608
	〈送運判朱朝奉入蜀〉	我在塵土中，白雲呼我歸。	卷三十四頁1845
庸俗世事	〈中隱堂詩·并敘〉其二	王孫早歸隱，塵土汙君袍。	卷四頁166
	〈送程七表弟知泗州〉	江湖不在眼，塵土坐滿顏。	卷三十頁1592
	〈再次韻德麟新開西湖〉	十年憔悴塵土窟，清瀾一洗啼痕空。	卷三十五頁1878
生命意識	〈送李公恕赴闕〉	安能終老塵土下，俯仰隨人如桔槔。	卷十六頁788
	〈百步洪二首·并敘〉其二	奈何舍我入塵土，擾擾毛群欺臥駝。	卷十七頁893
羈旅漂泊	〈鳳翔八觀·并敘〉其五〈東湖〉	爾來走塵土，意思殊不堪。	卷三頁112

三　蘇詩的塵土意象和蘇軾的塵土情懷

通過對蘇詩的塵土意象的定量釐析，發現涉及塵土意象的詩歌多創作於蘇軾侘傺失氣時。蘇軾把「苦樂齊觀」和「榮辱兩忘」的詩意表現內化於塵土意象，包含著豐富的文化意蘊和生命底色，也從不同視角折射出蘇軾及其周邊文士的創作心態，接下來將從蘇詩的塵土意象和蘇軾的命途際遇、處世襟懷等方面進行細緻的爬梳和析論。

（一）「安能終老塵土下，俯仰隨人如桔槔」——塵土意象和命途際遇

當蘇軾的仕宦生涯遭遇失意後，塵土意象就會傾透出作者對命途際遇的微妙體認，如〈送李公恕赴闕〉作於元豐元年（1078），蘇軾任尚書祠部員外郎、直史館，權知徐州軍州事期間：

> 君才有如切玉刀，見之凜凜寒生毛。願隨壯士斬蛟蜃，不願腰間纏錦絛。用違其才志不展，坐與胥吏同疲勞。忽然眉上有黃氣，吾君漸欲收英髦。立談左右俱動色，一語徑破千言牢。我頃分符在東武，脫略萬事惟嬉遨。盡壞屏障通內外，仍呼騎曹為馬曹。君為使者見不問，反更對飲持雙螯。酒酣箕坐語驚眾，雜以嘲諷窮詩騷。世上小兒多忌諱，獨能容我真賢豪。為我買田臨汶水，逝將歸去誅蓬蒿。安能終老塵土下，俯仰隨人如桔槔。[3]

詩題的李公恕即蘇軾好友，「切玉刀」和「寒生毛」是對李公恕

3　〔宋〕蘇軾撰，〔清〕王文誥輯注，孔凡禮點校：《蘇軾詩集》（北京：中華書局，1982年），頁787-788。

凜然才氣的飽讚。時李公恕任京東西路轉運判官，應召赴闕。李公恕一再持節山東，蘇轍曾作〈送轉運判官李公恕還朝〉：「幸公四年持使節，按行千里長相見」[4]。蘇軾借李公恕回京之事，坦言自己想要歸京而不得的遺恨。「願隨壯士斬蛟蜃，不願腰間纏錦縿」，借用「壯士斬蛟」事典，如荊地的佽飛、「孔門七十二賢」之一的澹臺滅明、西晉將領周處、東晉將領鄧遐、東晉道士許遜等，都是斬殺蛟龍的壯士。「錦縿」指繫在腰間的絲織帶子，即任職於朝廷。此句借他山之石琢己身之玉，吐露出蘇軾的心聲，寧願跟隨志士斬殺蛟龍，也不願在朝堂平淡一生，「用違其才志不展，坐與胥吏同疲勞」，「用違其才」即用人而不用其所長，如《晉書·殷浩列傳》：「浩有德有言，向使作令僕，足以儀刑百揆，朝廷用違其才耳」[5]，又元代劉岳申《送皮次翁臨武尹序》：「古今人非才之難，而用違其才之患；非違其材之患，而不盡其材之恨」[6]，蘇軾的志向是輔佐明君，成為治國重臣，但屢次未受重用，也讓蘇軾心灰意冷，即便如此，蘇軾也不願充當無濟於民的庸碌小吏。

如「酒酣箕坐語驚眾，雜以嘲諷窮詩騷」和「世上小兒多忌諱，獨能容我真賢豪」，蘇軾所處之地非樂土，所遇之人非賢豪，抒發出蘇軾有志難伸的憾歎，正如杜甫〈醉歌行〉所言：「酒盡沙頭雙玉瓶，眾賓皆醉我獨醒」[7]，蘇軾只能依靠「脫略萬事」的達觀心態和「盡壞屏障」的清簡處境，來獲取片刻的「嬉遨」之隙。「安能終老塵土下，俯仰隨人如桔橰」，「桔橰」即汲水工具，如《莊子集解》卷

---

4 〔宋〕蘇轍撰，陳宏天、高秀芳校點：《蘇轍集》（北京：中華書局，1990年），頁137。
5 〔唐〕房玄齡等撰：《晉書》卷七十七（北京：中華書局，1974年），頁2047。
6 李修生主編：《全元文》卷六六二（南京：江蘇古籍出版社，1999年），頁418。
7 〔唐〕杜甫著，謝思煒校注：《杜甫集校注》（上海：上海古籍出版社，2015年），頁73。

四《天運》載：「且子獨不見夫桔槔者乎？引之則俯，舍之則仰」[8]，此處借「桔槔」指涉蘇軾轉瞬即逝的俯仰人生，如蘇軾《百步洪二首・并敘》其一：「覺來俯仰失千劫，回視此水殊委蛇」[9]，又《種松得徠字》：「古今一俯仰，作詩寄余哀」[10]，又《和陶飲酒二十首・并敘》其三：「俯仰各有態，得酒詩自成」[11]，又《九日次定國韻》：「俯仰四十年，始知此生浮」[12]。作者賦予了塵土意象重要的「比德」特性，即表現出對曲意逢迎、吮癰舐痔的庸碌生活的厭棄，蘇軾堅定的政治信念不會因遠離政治中心而泯滅，正如范仲淹所言「居廟堂之高，則憂其民；處江湖之遠，則憂其君」，[13]亦可看作是蘇軾處謫歷程的政治宣言。

接下來看《百步洪二首・并敘》其二：

> 王定國訪余於彭城。一日，棹小舟，與顏長道攜盼、英、卿三子游泗水，北上聖女山，南下百步洪，吹笛飲酒，乘月而歸。余時以事不得往，夜著羽衣，佇立於黃樓上，相視而笑，以為李太白死，世間無此樂三百餘年矣。定國既去逾月，復與參寥師放舟洪下，追懷曩游，已為陳跡，喟然而歎。故作二詩，一以遺參寥，一以寄定國，且示顏長道、舒堯文邀同賦云。[14]
> 佳人未肯回秋波，幼輿欲語防飛梭。輕舟弄水買一笑，醉中蕩

---

8 〔清〕王先謙撰：《莊子集解》（北京：中華書局，2012年），頁156。
9 〔宋〕蘇軾撰，〔清〕王文誥輯注，孔凡禮點校：《蘇軾詩集》，頁892。
10 〔宋〕蘇軾撰，〔清〕王文誥輯注，孔凡禮點校：《蘇軾詩集》，頁921-922。
11 〔宋〕蘇軾撰，〔清〕王文誥輯注，孔凡禮點校：《蘇軾詩集》，頁1884。
12 〔宋〕蘇軾撰，〔清〕王文誥輯注，孔凡禮點校：《蘇軾詩集》，頁1906。
13 〔宋〕范仲淹著，李勇先、王蓉貴校點：《范仲淹全集》（成都：四川大學出版社，2002年），頁195。
14 〔宋〕蘇軾撰，〔清〕王文誥輯注，孔凡禮點校：《蘇軾詩集》，頁891。

縈肩相摩。不學長安閭里俠，貂裘夜走胭脂坡。獨將詩句擬鮑、謝，涉江共采秋江荷。不知詩中道何語，但覺兩頰生微渦。我時羽服黃樓上，坐見織女初斜河。歸來笛聲滿山谷，明月正照金叵羅。奈何舍我入塵土，擾擾毛群欺臥駝。不念空齋老病叟，退食誰與同委蛇。時來洪上看遺跡，忍見屐齒青苔窠。詩成不覺雙淚下，悲吟相對惟羊、何。欲遣佳人寄錦字，夜寒手冷無人呵。[15]

「百步洪」即徐州洪，位於徐州城東南二里。蘇軾因批駁「熙寧變法」而觸怒王安石，遂自請出京，先後到達杭州、密州等地。神宗熙寧十年（1077）蘇軾調任徐州，期間圍繞蘇軾泛舟百步洪的活動先後大約共有六次，第一次發生在熙寧十年（1077）夏，蘇軾、蘇轍、顏復、舒煥、梁燾等泛舟百步洪，見蘇轍〈陪子瞻游百步洪〉、〈雨中陪子瞻同顏復長官送梁燾學士舟行歸汶上〉、〈同子瞻泛汴泗得漁酒二詠〉、舒煥〈和蘇子瞻觀百步洪原韻〉、蘇軾〈次韻子由與顏長道同游百步洪，相地築亭種柳〉，後顏復於熙寧十年七月左右離徐赴京求祿，見蘇軾〈送顏復兼寄王鞏〉、蘇轍〈送顏復赴闕〉；第二次發生在熙寧十年（1077）夏，蘇軾、梁先、舒煥等泛舟百步洪，見蘇軾〈與梁先、舒煥泛舟，得臨、釀字二首〉，後梁先離徐，見蘇軾〈代書答梁先〉；第三次發生在元豐元年（1078）秋，蘇軾、頓起、孫勉等泛舟百步洪，見蘇軾〈與頓起、孫勉泛舟，探韻得未字〉、〈次韻答頓起二首〉，後頓起、孫勉離徐，見蘇軾〈送頓起〉、〈送孫勉〉、蘇轍〈送頓起及第還蔡州〉、〈和青州教授頓起九日見寄〉、〈次韻頓起考試徐沂舉人見寄二首〉；第四次發生在元豐元年（1078）秋，參加重陽節「黃

---

15 〔宋〕蘇軾撰，〔清〕王文誥輯注，孔凡禮點校：《蘇軾詩集》，頁893-894。

樓雅集」的賓客王鞏（九月初來徐，留十日，見蘇軾〈王定國詩集敘〉〈九日次韻王鞏〉、蘇轍〈送王鞏之徐州〉）、顏復（自京歸來）又攜（攜妓同游）徐妓馬盼盼、張英英、卿卿等泛舟百步洪，見蘇軾〈次韻王鞏顏復同泛舟〉、〈百步洪二首·并敘〉，蘇軾因故未參加，後王鞏離徐返京，見蘇軾〈次韻王鞏留別〉、蘇轍〈戲次前韻寄王鞏二首〉、〈聞王鞏還京會客劇飲戲贈〉；第五次發生在元豐元年（1078）冬，蘇軾、參寥、顏復、舒煥等泛舟百步洪，見蘇軾《百步洪二首·并敘》，後參寥離徐，見蘇軾〈送參寥師〉；第六次發生在元豐二年（1079）春，蘇軾、畢仲孫、舒煥、寇昌朝、王適、王遹、王肆、蘇邁、舒彥舉、戴日祥等泛舟百步洪，見蘇軾〈游桓山，會者十人，以『春水滿四澤，夏雲多奇峰』為韻，得澤字〉、〈戴道士得四字代作〉、〈游桓山記〉，此詩即作於第五次泛舟百步洪之時。詩序載：「定國既去逾月，復與參寥師放舟洪下，追懷曩游，已為陳跡，喟然而歎。故作二詩，一以遺參寥，一以寄定國，且示顏長道、舒堯文邀同賦云」[16]，以詩序為題，其一是寫給道潛（字參寥）的，其二是寫給王鞏（字定國）的。

　　從與好友共遊時的「吹笛飲酒，乘月而歸」到好友離去時的「已為陳跡，喟然而歎」，再從「獨將詩句擬鮑（鮑照）、謝（謝朓）」到「悲吟相對惟羊（羊璿之）、何（何長瑜）」，首尾相援，形成敘事上的閉環結構，亦是蘇軾借百步洪來比擬政治生涯，如蘇轍〈陪子瞻游百步洪〉：「樓中吹角莫煙起，出城騎火催君還」[17]，又舒煥〈和蘇子瞻觀百步洪原韻〉：「築亭種柳恐不暇，天下龍雨須公還」[18]，從「催

---

16 〔宋〕蘇軾撰，〔清〕王文誥輯注，孔凡禮點校：《蘇軾詩集》，頁891。
17 〔宋〕蘇轍撰，陳宏天、高秀芳校點：《蘇轍集》，頁123。
18 北京大學古文獻研究所編，傅璇琮、倪其心、孫欽善等主編：《全宋詩》（北京：北京大學出版社，1991-1998年），頁9770。

君還」和「須公還」等語，可窺探出蘇軾對「復徵」和「歸位」抱有極大的希望。「奈何舍我入塵土，擾擾毛群欺臥駝」，「毛群」事典出自班固〈西都賦〉：「命荊州使起鳥，詔梁野而驅獸。毛群內闃，飛羽上覆。接翼側足，集禁林而屯聚」[19]，「臥駝」事典，如南宋韓元吉〈送湯朝美還金壇〉：「騰駒輕臥駝，野蔓欺落木」[20]，又虞儔〈次韻漢老弟假山〉：「神獒獅子豈其朋，伏虎臥駝非若類」[21]，「奈何」是全詩「由喜入悲」的關鍵節點，蘇軾直言現實的殘酷，吐露出時運不濟的羈絆和命運不公的縛束。作者久置塵世，就像趴臥的駱駝，經常遭受囂亂獸群的欺壓，不是駱駝軟弱，而是奸佞太多，始終無法遠小人、避禍端。「不念空齋老病叟，退食誰與同委蛇」，即化用《國風‧召南‧羔羊》：「退食自公，委蛇委蛇」[22]事典，「退食自公」應釋作從公家吃飯後歸家，「委蛇」即悠然自得貌。蘇軾和王鞏相交甚篤，蘇軾常以次韻詩的形式寄送王鞏，如：〈次韻答王定國〉、〈次韻王定國馬上見寄〉、〈次韻答王鞏〉、〈次韻王鞏獨眠〉、〈次韻王鞏留別〉、〈次韻王鞏南遷初歸二首〉、〈次韻王定國南遷回見寄〉、〈次韻王定國得穎倅二首〉、〈次韻王定國謝韓子華過飲〉、〈次韻和王鞏〉、〈次韻王定國倅揚州〉、〈次韻王定國得晉卿酒相留夜飲〉等，又〈王定國詩集敘〉：「一日，定國與顏復長道游泗水，登桓山，吹笛飲酒，乘月而歸。余亦置酒黃樓上以待之，曰：『李太白死，世無此樂三百年矣。』」[23]原本和好友吃完飯後能夠相伴歸家，但隨著王鞏離去，讓孤苦無依的「老病叟」蘇軾無法自處，如〈次韻王定國馬上見寄〉：「昨

---

19 〔梁〕蕭統編，〔唐〕李善注：《文選》（上海：上海古籍出版社，1986年）頁18。
20 北京大學古文獻研究所編，傅璇琮、倪其心、孫欽善等主編：《全宋詩》，頁23614。
21 北京大學古文獻研究所編，傅璇琮、倪其心、孫欽善等主編：《全宋詩》，頁28472。
22 程俊英、蔣見元著：《詩經注析》（北京：中華書局，1991年），頁43。
23 〔宋〕蘇軾撰，孔凡禮點校：《蘇軾文集》（北京：中華書局，1986年），頁318。

夜霜風入裌衣，曉來病骨更支離」[24]。蘇軾認為王鞏在面對新黨「傳法沙門」韓絳和「護法善神」呂惠卿的傳法及護法時，不肯卑躬屈節，不願折而從之，如〈次韻王定國馬上見寄〉：「疏狂似我人誰顧，坎坷憐君志未移」[25]，又〈王定國真贊〉：「溫然而澤者，道人之腴也。凜然而清者，詩人之臞也。雍容委蛇者，貴介之公子。而短小精悍者，游俠之徒也。人何足以知之，此皆其膚也。若人者，泰不驕，困不撓，而老不枯也」[26]，王鞏能做到守志不趨時，早已不憚塵俗，如〈次韻王鞏留別〉：「公子表獨立，與世頗異馳」[27]，又〈續資治通鑑長編〉卷四百五十九引劉摯語曰：「鞏奇俊，有文詞，然不就規檢，喜立事功，往往犯分，躁於進取，蘇轍兄弟獎引之甚力。然好作論議，誇誕輕易，臧否人物，其口可畏，所喜所不喜，別白輕重，無所顧忌，以是頗不容於人。……」[28]，這跟蘇軾已混跡塵世，與塵土相逐的窘境形成了鮮明的對照，塵土意象凸顯出蘇軾對自身仕宦生涯的慨歎和悵惘。

及〈次韻答參寥〉（〈次韻答王鞏〉）：

我有方外客，顏如瓊之英。十年塵土窟，一寸冰雪清。謁來從我游，坦率見真情。顧我無足戀，戀此山水青。新詩如彈丸，脫手不暫停。昨日放魚回，衣巾滿浮萍。今日扁舟去，白酒載烏程。山頭見月出，江路聞鼉鳴。莫作孺子歌，滄浪濯吾纓。

---

24 〔宋〕蘇軾撰，〔清〕王文誥輯注，孔凡禮點校：《蘇軾詩集》，頁865。
25 〔宋〕蘇軾撰，〔清〕王文誥輯注，孔凡禮點校：《蘇軾詩集》，頁864-865。
26 〔宋〕蘇軾撰，孔凡禮點校：《蘇軾文集》，頁605。
27 〔宋〕蘇軾撰，〔清〕王文誥輯注，孔凡禮點校：《蘇軾詩集》，頁879。
28 〔宋〕李燾撰，上海師範大學古籍整理研究所、華東師範大學古籍整理研究所點校：《續資治通鑑長編》卷四百五十九（北京：中華書局，1993年），頁10985。

吾詩自堪唱，相子棹歌聲。[29]

　　神宗熙寧十年（1077）蘇軾移知徐州，元豐元年（1078）浙僧參寥曾前往探望，如參寥〈訪彭門太守蘇子瞻學士〉：「彭門千里不憚遠，秋風匹馬吾能征」[30]，元豐二年（1079）蘇軾移知湖州，好友參寥和秦觀曾同去拜訪。「今日扁舟去，白酒載烏程」，「烏程」即今浙江湖州，〈次韻答參寥〉似為和參寥〈逍遙堂書事呈子瞻〉而作，時間應為蘇軾離開徐州後，未到湖州前。「十年塵土窟，一寸冰雪清」，「塵土窟」形容仕途的困頓，「冰雪清」形容心志的忠貞和品格的高尚，如江總〈入攝山棲霞寺詩〉：「靜心抱冰雪，暮齒通桑榆。太息波川迅，悲哉人世拘」[31]，又高適〈酬馬八效古見贈〉：「奈何冰雪操，尚與蒿萊群。願托靈仙子，一吹聲入雲」[32]，蘇軾的「塵土窟」和參寥的「冰雪清」形成了鮮明的對照，因參寥「顏如瓊之英」、「坦率見真情」、「新詩如彈丸」等，讓蘇軾覺得相識恨晚，所以清絕的「一寸」也抵得上蒙昧的「十年」。從「熙寧變法」始，蘇軾從開封到杭州、密州、徐州、湖州等地，大約過去了十年，蘇軾希冀自己的品行能夠像參寥那樣清如水、明如鏡，不受塵世制禦、不受塵俗制約，做到心中虛明，照鑒萬象起滅，如〈次韻僧潛見贈〉：「道人胸中水鏡清，萬象起滅無逃形」[33]，而這種心態一直延續到蘇軾調任潁州，如〈再次韻德麟新開西湖〉：「時臨此水照冰雪，莫遣白髮生秋風」[34]。

---

29 〔宋〕蘇軾撰，〔清〕王文誥輯注，孔凡禮點校：《蘇軾詩集》，頁948-949。

30 〔宋〕道潛撰，孫海燕點校：《參寥子詩集》（上海：上海古籍出版社，2017年），頁57。

31 〔宋〕李昉等編：《文苑英華》卷二三三（北京：中華書局，1966年），頁1174上。

32 〔唐〕高適著，孫欽善校注：《高適集校注（修訂本）》（上海：上海古籍出版社，2014年），頁80。

33 〔宋〕蘇軾撰，〔清〕王文誥輯注，孔凡禮點校：《蘇軾詩集》，頁880。

34 〔宋〕蘇軾撰，〔清〕王文誥輯注，孔凡禮點校：《蘇軾詩集》，頁1878。

二人相交甚篤，唱和往還，如蘇軾作〈九日黃樓作〉，參寥又作〈陪子瞻登徐州黃樓〉；蘇軾作〈與參寥師行園中，得黃耳蕈〉，參寥又作〈次韻子瞻飯別〉；參寥作〈訪彭門太守蘇子瞻學士〉，蘇軾又作〈次韻僧潛見贈〉；參寥作〈虛白齋〉，蘇軾又作〈次韻潛師放魚〉；參寥作〈自彭門回止淮上因寄子瞻〉，蘇軾又作〈和參寥見寄〉等。「莫作孺子歌，滄浪濯吾纓」，即化用先秦〈孺子歌〉:「滄浪之水清兮，可以濯吾纓；滄浪之水濁兮，可以濯吾足」[35]事典，蘇軾此時更加傾向於屈原「安能以皓皓之白，而蒙世俗之塵埃乎」[36]的超逸絕塵的志趣，而不是隱者漁父「聖人不凝滯於物，而能與世推移」[37]的和光同塵的觀念。面對「世人皆濁」、「眾人皆醉」的無法扭轉的境況，蘇軾通過「昨日放魚回」和「今日扁舟去」吐露出遠避禍端的意緒，見〈次韻潛師放魚〉:「法師自有衣中珠，不用辛苦泥沙底」[38]和〈舟中夜起〉:「此生忽忽憂患裏，清境過眼能須臾」[39]，跟參寥相比，蘇軾自覺蒙昧，但蘇軾并非真正屈志從俗，而是無處施展自己的遠大抱負和治世才能。即便蘇軾暫時無法紓困，但也不能阻擋其去尋探精神淨土和身心歸向，正如蘇軾所言:「吾詩自堪唱，相子棹歌聲」，塵土意象見證了蘇軾齒唇之間和墨筆之下的砥礪淬鍊和堅毅情懷。

又〈再次韻德麟新開西湖〉(〈再次韻趙德麟新開西湖〉):

使君不用山鞠窮，饑民自逃泥水中。欲將百瀆起凶歲，免使甒石愁揚雄。西湖雖小亦西子，縈流作態清而豐。千夫餘力起三

---

[35] 〔宋〕洪興祖撰，白化文、許德楠、李如鸞等點校:《楚辭補注》（北京:中華書局，1983年），頁180-181。

[36] 〔宋〕洪興祖撰，白化文、許德楠、李如鸞等點校:《楚辭補注》，頁180。

[37] 〔宋〕洪興祖撰，白化文、許德楠、李如鸞等點校:《楚辭補注》，頁179。

[38] 〔宋〕蘇軾撰，〔清〕王文誥輯注，孔凡禮點校:《蘇軾詩集》，頁883。

[39] 〔宋〕蘇軾撰，〔清〕王文誥輯注，孔凡禮點校:《蘇軾詩集》，頁942。

闻，焦陂下與長淮通。十年憔悴塵土窟，清瀾一洗啼痕空。王孫本自有仙骨，平生宿衛明光宮。一行作吏人不識，正似雲月初朦朧。時臨此水照冰雪，莫遣白髮生秋風。定須卻致兩黃鵠，新與上帝開濯龍。湖成君歸侍帝側，燈花已綴釵頭蟲。[40]

元祐六年（1091）蘇軾知潁州，潁人苦饑已久，蘇軾遂同摯友潁州簽判趙令畤「起三閘」、「治西湖」。元祐七年（1092）治湖未成，蘇軾改任揚州知州，據趙翼《甌北詩話》卷五載：「其守潁州也，又浚潁之西湖，與趙德麟、陳履常共事，未成，而改知揚州，德麟卒成之」[41]，二人相交甚篤，唱和往還。同年三月浚治已成，趙令畤便寄詩告知蘇軾，蘇軾作〈軾在潁州，與趙德麟同治西湖，未成，改揚州。三月十六日，湖成，德麟有詩見懷，次其韻〉，趙令畤又回〈西湖新成見懷〉，蘇軾又作〈次韻趙德麟西湖新成見懷絕句〉，趙令畤再回〈新開西湖〉，蘇軾再作〈再次韻德麟新開西湖〉，而蘇軾赴揚州後，二人依舊互通書信。

「十年憔悴塵土窟，清瀾一洗啼痕空」，「十年」應指蘇軾到潁州前的十年（即1079至1090年左右），作者長期流落塵世，屢遭塵土的羈絆。「一行作吏人不識」事典，出自嵇康〈與山巨源絕交書一首〉：「游山澤，觀魚鳥，心甚樂之；一行作吏，此事便廢，安能舍其所樂，而從其所懼哉」[42]，對蘇軾來說，經過頻繁的遷謫和仕途的蹭蹬後，更加傾透出其在「憔悴塵土窟」和「雲月初朦朧」的物質和精神的雙重壓迫之下的深潛的「擠壑之憂」，而發生在元豐二年（1079）

---

40 〔宋〕蘇軾撰，〔清〕王文誥輯注，孔凡禮點校：《蘇軾詩集》，頁1878-1879。

41 〔清〕趙翼著，江守義、李成玉校注：《甌北詩話校注》（修訂本）（北京：人民文學出版社，2013年），頁205。

42 〔三國魏〕嵇康著，戴明揚校注：《嵇康集校注》（北京：中華書局，2014年），頁198。

的「烏臺詩案」便讓蘇軾深刻體悟到生死之間的偶然性和不確定性，「時臨此水照冰雪，莫遣白髮生秋風」，這十年是蘇軾命途的轉折期，也是曠達態度的形成期，如蘇轍〈亡兄子瞻端明墓誌銘〉：「既而謫居於黃，杜門深居，馳騁翰墨，其文一變，如川之方至，而轍瞠然不能及矣。後讀釋氏書，深悟實相，參之孔、老，博辯無礙，浩然不見其涯也」[43]。蘇軾經過「烏臺詩案」的摧折，幾致死地。當蘇軾面對塵土和流俗的侵襲，加之為官不能任由其抒志，其內心的深層焦慮便在外在生存環境中產生，繼而轉向佛教尋求內在的解脫法門，如〈軾在潁州，與趙德麟同治西湖，未成，改揚州。三月十六日，湖成，德麟有詩見懷，次其韻〉：「大千起滅一塵裏，未覺杭潁誰雌雄」，[44]「大千起滅一塵裏」即源自佛教思想，如《金剛般若波羅蜜經‧一合理相分》：「須菩提！若善男子、善女人，以三千大千世界碎為微塵，於意云何」[45]，又《妙法蓮華經‧法師功德品第十九》：「是善男子、善女人，父母所生清淨肉眼，見於三千大千世界、內外所有山林河海，下至阿鼻地獄，上至有頂，亦見其中一切眾生，及業因緣、果報生處，悉見悉知」，[46]蘇軾把一粒塵土和「三千大千世界」等量齊觀，又《仇池筆記》卷下《勤修善果》載：「佛云：『三千大千世界，猶如空華亂起亂滅。』而況我在空華起滅之中，寄此須臾、貴賤、壽夭、得失、賢愚，所訐幾何？……」[47]，蘇軾置之死地而後生，坐看世間「空華起滅」，更加認為萬事萬物如同塵土……

---

43 〔宋〕蘇轍撰，陳宏天、高秀芳校點：《蘇轍集》，頁249。
44 〔宋〕蘇軾撰，〔清〕王文誥輯注，孔凡禮點校：《蘇軾詩集》，頁1876。
45 〔明〕朱棣集注，李小榮、盧翠琬校箋：《金剛經集注校箋》（成都：巴蜀書社，2021年），頁415。
46 〔隋〕智顗疏，〔唐〕湛然記，〔宋〕道威入疏：《妙法蓮華經》（上海：上海古籍出版社，1990年），頁404上。
47 〔宋〕蘇軾撰：《仇池筆記（外十八種）》（上海：上海古籍出版社，1992年），頁17。

（二）「年年送人作太守，坐受塵土堆胸腸」——塵土意象和處世襟懷

　　蘇詩的塵土意象會從不同視角折射出蘇軾的塵土情懷，藉以抒發自身的意緒和意趣，一方面蘇軾把生命價值和生命情語寄託於塵土意象，另一方面塵土意象也體現著蘇軾對仕途坎坷和身微言輕的體悟。蘇軾一生飽經憂患，蹭蹬跌磕，經常把時移境遷的感悟和悲涼短暫的感慨融貫進詩歌的塵土意象，經歷過「兩次重大挫折之後，豪放中猶有一絲哀婉，凝聚著蘇軾鬱鬱不得志的歎息」，[48]只能將情志寄意於物、借物明理。如《鳳翔八觀·并敘》其五《東湖》：

> 吾家蜀江上，江水清如藍。爾來走塵土，意思殊不堪。況當岐山下，風物尤可慚。有山禿如赭，有水濁如泔。不謂郡城東，數步見湖潭。入門便清奧，恍如夢西南。泉源從高來，隨波走涵涵。東去觸重阜，盡為湖所貪。但見蒼石螭，開口吐清甘。借汝腹中過，胡為目眈眈。新荷弄晚涼，輕棹極幽探。飄颻忘遠近，偃息遺佩篸。深有龜與魚，淺有螺與蚶。曝晴復戲雨，戢戢多於蠶。浮沉無停餌，倏忽遽滿籃。絲緡雖強致，瑣細安足戡。聞昔周道興，翠鳳棲孤嵐。飛鳴飲此水，照影弄毿毿。至今多梧桐，合抱如彭聃。彩羽無復見，上有鸇搏鵮。嗟予生雖晚，好古意所妉。圖書已漫漶，猶復訪僑郯。《卷阿》詩可繼，此意久已含。扶風古三輔，政事豈汝諳。聊為湖上飲，一縱醉後談。門前遠行客，劫劫無留驂。問胡不回首，毋乃趁朝參。予今正疏懶，官長幸見函。不辭日游再，行恐歲滿三。暮

---

[48] 洪嬌嬌、林玉鵬：〈異曲同工之妙的中西悼亡詩——比較《江城子》和《安娜貝爾·麗》〉，《合肥工業大學學報》（社會科學版）2013年第27卷第1期，頁74。

歸還倒載，鐘鼓已鏘鏘。[49]

　　仁宗嘉祐六年（1061）蘇軾參加制舉（制科）考試，見其《應制舉上兩制書》：「不由紹介，不待辭讓，而直言當世之故，無所委曲者，以為貴賤之際，非所以施於此也」[50]，入三等，授大理評事，任鳳翔府簽判。蘇軾在鳳翔（今陝西寶雞）觀覽後，於嘉祐八年（1063）寫下《鳳翔八觀‧并敘》組詩。鳳翔雖地處西北內陸，但東湖「新荷弄晚涼，輕櫂極幽探」和「深有龜與魚，淺有螺與蚶」的清深景致，讓蘇軾深感心曠神怡，繼而流連忘返。詩題的東湖即「飲鳳池」，據傳周文王姬昌主政期間，曾有鳳鳥飲水於此池。又因此池在鳳翔東門外，遂改稱「東湖」，蘇軾另作有《喜雨亭記》《淩虛臺記》等，都與鳳翔東湖有著千絲萬縷的聯繫，「聞昔周道興，翠鳳棲孤嵐」和「飛鳴飲此水，照影弄毿毿」即化用「飲鳳池」事典。「吾家蜀江上，江水清如藍」，置身塵世的蘇軾，只能悲世悼俗，根本無緣尋得這樣的「清空之境」。「爾來走塵土，意思殊不堪」，此處借助塵土意象反襯出蘇軾的歸山意志，蘇詩的塵土意象貫穿始終、散而不離，吐露出蘇軾對自身處境的無可奈何，遙想蜀地家事，只會徒增自身的傷感和焦慮。如「蜀江」「西南」等體現歸處的語詞和「岐山」「扶風」等體現客居的語詞形成了強烈的反差，又蘇軾《遷居‧並引》：「猶賢柳柳州，廟俎薦丹荔。吾生本無待，俯仰了此世。念念自成劫，塵塵各有際。下觀生物息，相吹等蚊蚋」，[51]共同揭示出蘇軾對仕宦生涯的背離和厭棄。而塵土意象蘊含著蘇軾對自我生存方式的具體設想，那就是通過遠離塵世和塵土的紛亂攪擾，來盡可能削弱對仕

---

49 〔宋〕蘇軾撰，〔清〕王文誥輯注，孔凡禮點校：《蘇軾詩集》，頁111-114。
50 〔宋〕蘇軾撰，孔凡禮點校：《蘇軾文集》，頁1390。
51 〔宋〕蘇軾撰，〔清〕王文誥輯注，孔凡禮點校：《蘇軾詩集》，頁2196。

途報國的外在需求，凸顯出一種自然達觀的出塵風致，又憑藉塵土意象「微小」「易逝」的特質及其寄寓的生命情懷、情語，逐漸指向蘇軾浮沉宦海的最終精神歸宿——「寵辱不驚，閒看庭前花開花落；去留無意，漫隨天外雲卷雲舒」。[52]

接下來看《送呂希道知和州》：

> 去年送君守解梁，今年送君守歷陽。年年送人作太守，坐受塵土堆胸腸。君家聯翩三將相，富貴未已今方將。鳳雛驥子生有種，毛骨往往傳諸郎。觀君崛鬱負奇表，便合劍珮趨明光。胡為小郡屢奔走，征馬未解風帆張。我生本是便江海，忍恥未去猶彷徨。無言贈君有長歎，美哉河水空洋洋。[53]

《送呂希道知和州》作於熙寧三年（1070）蘇軾送呂希道赴和州任職期間，「和州」指今安徽和縣。「去年送君守解梁，今年送君守歷陽」，「解梁」即解州，「歷陽」指今安徽歷陽，「送君」指兩年所送之人，即呂希道，字景純，呂夷簡之孫。「年年送人作太守，坐受塵土堆胸腸」，「塵土」指宦途的蹭蹬跌磕，亦指奔走塵世、沾染塵俗。又《書王定國所藏〈煙江疊嶂圖〉》：「江山清空我塵土，雖有去路尋無緣。還君此畫三歎息，山中故人應有招我歸來篇」，[54]前兩句蘇軾敘說每年都會送摯友呂希道赴任，從而牽引出「我生本自便江海，忍恥未去猶彷徨」的無奈心境。揮之不去的孤寂，加之職事紛集，讓蘇軾心力交瘁，塵土意象寄寓著蘇軾對宦途坎坷的遺恨及命途多舛的憤慨，「無

---

52 〔明〕陳繼儒等著，羅立剛校注：《小窗幽記（外二種）》（上海：上海古籍出版社，2000年），頁80。

53 〔宋〕蘇軾撰，〔清〕王文誥輯注，孔凡禮點校：《蘇軾詩集》，頁248-249。

54 〔宋〕蘇軾撰，〔清〕王文誥輯注，孔凡禮點校：《蘇軾詩集》，頁1608。

言贈君有長歎，美哉河水空洋洋」，是借他者之杯酒來澆灌自我心胸之塊壘，以期恣肆揮灑、放浪形骸，體悟「任性自適，無求當世」[55]的真趣。蘇軾一生飽經淒風苦雨，因不攀附權貴、不趨炎附勢，導致困頓風塵之中，但也造就了作者超然塵外的曠達心境。「觀君崛鬱負奇表，便合劍珮趨明光」，此為借他者語，抒己身情，產生了「言有盡而意無窮」的藝術表現效果，「便合劍珮趨明光」化用王維〈少年行四首〉其四：「漢家君臣歡宴終，高議雲臺論戰功。天子臨軒賜侯印，將軍佩出明光宮」，[56]「明光」即明光宮，建於漢武帝太初四年（西元前101），又蘇軾〈再次韻德麟新開西湖〉：「十年憔悴塵土窟，清瀾一洗啼痕空。王孫本自有仙骨，平生宿衛明光宮」[57]，蘇軾一直期望成為執戟明光殿的志士，但因「摛翰振藻」、「辭趣翩翩」的特出儀表而招致禍患，只能默默忍受塵土鬱結於心胸，無可奈何，又欲脫不得。

及〈徐大正閑軒〉：

> 冰蠶不知寒，火鼠不知暑。知閑見閑地，已覺非閑侶。君看東坡翁，懶散誰比數。形骸墮醉夢，生事委塵土。早眠不見燈，晚食或欺午。臥看甕取盜，坐視麥漂雨。語希舌頰強，行少腰腳僂。五年黃州城，不踏黃州鼓。人言我閑客，置此閑處所。問閑作何味，如眼不自睹。頗訝徐孝廉，得閑能幾許。介子願奉使，翁歸備文武。應緣不耐閑，名字掛庭宇。我詩為閑作，更得不閑語。君如汗血駒，轉盼略燕、楚。莫嫌鑾輅重，終勝

---

55 〔南朝宋〕劉義慶著，〔南朝梁〕劉孝標注，余嘉錫箋疏，周祖謨、余淑宜、周士琦整理：《世說新語箋疏》（北京：中華書局，2007年），頁869。

56 〔唐〕王維撰，陳鐵民校注：《王維集校注》（北京：中華書局，1997年），頁36。

57 〔宋〕蘇軾撰，〔清〕王文誥輯注，孔凡禮點校：《蘇軾詩集》，頁1878。

鹽車苦。[58]

　　詩題的徐大正，字得之，號「北山學士」，曾赴禮部試（省試），過釣臺（即桐廬嚴子陵釣臺）遇蘇軾。後徐大正於神宗元豐中歸鄉，又築室北山下，名曰「閑軒」，眾多文士予以唱和，如秦觀作〈徐得之閑軒〉和〈閑軒記〉、蘇軾作〈徐大正閑軒〉和〈與徐得之十首〉其十、參寥作〈寄題徐德之先生閑軒〉、陳師道作〈徐氏閑軒〉等。據「施注」載：「時赴汝，留金陵道中作，是年先生在泗州度歲。卷中有〈泗州除夜雪中謝黃師是送酒〉及〈正月一日雪中過淮謁客〉詩」，[59]將此詩繫於元豐七年（1084）七月至八月間，創作地點為金陵，又「查注」載：「元豐七年甲子八月自金陵歷真、潤、揚、淮，在泗州度歲作」，[60]將此詩繫於元豐七年九月，創作地點為潤州，又「誥案」載：「起元豐七年甲子八月，自金陵寄家真州，九月買田宜興，十月至揚州，表乞常州居住，十一月過楚州，十二月抵泗州度歲作」，[61]將此詩繫於元豐七年十月至十一月間，創作地點為揚州，又詩載「五年黃州城，不踏黃州鼓」和「人言我閑客，置此閑處所」等，推知此詩應作於元豐七年（1084）四月蘇軾離黃後，但具體創作時間和地點存疑。

　　全詩（包括詩題）共使用了十一次「閑」字，使用次數之多，頗為罕見。如「人言我閑客，置此閑處所」和「問閑作何味，如眼不自睹」等，蘇軾到任黃州後心情鬱結，充斥著悲哀、喟歎和失意，并坦

58　〔宋〕蘇軾撰，〔清〕王文誥輯注，孔凡禮點校：《蘇軾詩集》，頁1283-1285。
59　〔宋〕蘇軾著，〔宋〕施元之注：《施注蘇詩》（杭州：浙江大學出版社，2019年），頁1189。
60　〔宋〕蘇軾著，〔清〕馮應榴輯注，黃任軻、朱懷春校點：《蘇軾詩集合注》（上海：上海古籍出版社，2001年），頁1190。
61　〔宋〕蘇軾撰，〔清〕王文誥輯注，孔凡禮點校：《蘇軾詩集》，頁1251。

言自己是「閑客」，所居之處是「閑處」，就連久繞身邊的也是「閑味」。蘇軾以「閑客」自居，與「烏臺詩案」前鮮明的政治理想形成了非常強烈的反差，蘇軾只能以「塵土」意象來寄託初遭謫居的情思，這是蘇軾所沒有經歷過的，也是一種缺失性的情感體驗。「君看東坡翁，懶散誰比數」，儘管身處逆旅，但蘇軾顯得非常達觀，「懶散」不是懶惰散漫，而是在朝廷的遺棄和疏離的邊緣下，依然能夠苦中作樂、自得其樂。「形骸墮醉夢，生事委塵土」，蘇軾勘破了世事世情，也失去了原有的進取精神，以至屈身於塵土下。「臥看甌取盜，坐視麥漂雨」，看到盜竊不管，看到麥漂不顧，已經懶於干涉，但「應緣不耐閑，名字掛庭宇」和「我詩為閑作，更得不閑語」吐露出蘇軾不甘閑散，還在積極找尋安放身心的精神淨土。蘇軾筆下的塵土意象見證了作者在面對物質和精神的雙重困境下，是如何堅守品格底線、尋求精神突圍及變通處世方法的。其實，蘇軾把儒家的「里仁為美」、「仁者不憂」、釋家的「清淨覺性」、「順逆因緣」、道家的「無為自化」、「物我齊一」思想融合起來，化合出新，形成了一種更為通脫、達觀的精神向度。

又〈送運判朱朝奉入蜀〉（〈送朱壽昌使蜀七首〉）：

藹藹青城雲，娟娟峨嵋月。隨我西北來，照我光不滅。我在塵土中，白雲呼我歸。我游江湖上，明月濕我衣。岷峨天一方，雲月在我側。謂是山中人，相望了不隔。夢尋西南路，默數長短亭。似聞嘉陵江，跳波吹枕屏。送君無一物，清江飲君馬。路穿慈竹林，父老拜馬下。不用驚走藏，使者我友生。聽訟如家人，細說為汝評。若逢山中友，問我歸何日。為話腰腳輕，猶堪踏泉石。[62]

---

62 〔宋〕蘇軾撰，〔清〕王文誥輯注，孔凡禮點校：《蘇軾詩集》，頁1844-1845。

元祐七年（1092）朱京入蜀，蘇軾作《送運判朱朝奉入蜀》贈之。四川眉山是蘇軾的故鄉故土，「夢尋西南路，默數長短亭」，送朱京入蜀之事，不可避免地引起了蘇軾的去國懷鄉情思。如「青城雲」、「峨嵋月」、「岷峨」、「雲月」、「西南路」、「嘉陵江」等不僅是印象最深刻的家鄉記憶，也是蘇軾自己抒發個體充沛情懷的重要載體。如「我在塵土中，白雲呼我歸」、「我游江湖上，明月濕我衣」，與「江湖」相對的是「塵土」，喻指卑微、低賤的流落無依的生存處境，蘇軾心目中故鄉的「白雲」、「明月」，雖與自己相隔萬里，天各一方，但當蘇軾游離於「塵土」間，如「岷峨天一方，雲月在我側」和「謂是山中人，相望了不隔」，它們依舊縈繞在身畔。「呼我歸」是故鄉對蘇軾的深深呼喚，「濕我衣」又是蘇軾對故鄉的深深遙寄。雖然蘇軾常以「塵土」和「塵土氣」入詩，但也反襯出作者迫切希望從塵世抽離的似箭歸心及從塵俗剝離的堅毅決心。「若逢山中友，問我歸何日」，作為長期漂泊異鄉的游子，正如王粲〈登樓賦〉所言：「雖信美而非吾土兮，曾何足以少留」，[63]又曹植〈歸思賦〉：「背故鄉而遷徂，將遙憩乎北濱。經平常之舊居，感荒壞而莫振。城邑寂以空虛，草木穢而荊榛。嗟喬木之無陰，處原野其何為！信樂土之足慕，忽井日而載馳」，[64]蘇軾仍心繫曾經常伴自己左右的蜀地山水，「隨我西北來，照我光不滅」，寄寓著作者對桑梓的深深眷戀和繾綣。

蘇軾筆下的塵土意象承載著作者對壯志難酬的齎恨、四海飄零的離憾、返璞歸真的神馳，因蘇軾無法實現「渾涵光芒，雄視百代」的人生追求，[65]只能採用「放浪曲蘗，恣情山水」的樂觀曠達的處世心

---

63 〔梁〕蕭統編，〔唐〕李善注：《文選》，頁490。
64 〔魏〕曹植著，趙幼文校注：《曹植集校注》（北京：中華書局，2016年），頁83。
65 王雲五主編：《東坡本傳》《唐宋八大家文鈔》（北京：商務印書館，1936年），頁4。

態。[66]貶謫黃州、流落惠州、放逐儋州等的生平遭際，讓蘇軾時常感到悵惘失意，只能屈身塵世之中，終日與塵土為伴。面對與滄海浩浩、清溪潺潺、金風颯颯、鳥鳴啾啾等相對的塵世的薰染，蘇軾迫切希望能夠穿透塵世的遮蔽，找到讓自己在「一觴一詠」間，亦足以「暢敘幽情」的處世方式，最終達到放浪形骸、滌瑕蕩穢的價值旨歸，實現自我的昇華和蛻變。塵土意象經過蘇軾的情感介入和心理干預，最終成為作者超然心境的詩性映照和豁達心態的詩意闡現。可見蘇軾逐漸擺脫了窮迫潦倒的羈絆和浮名虛譽的牽連，在無盡遨遊的生命時空中，實現了至淡至簡、至明至清的人生境界——「孤雲出岫，去留一任其自然；朗鏡懸空，妍醜兩忘於所照」。[67]

四 結語

塵土來自廣袤無垠的土地，因其具備的多元性和包容性而成為蘇軾的立身之地，間接影響著蘇軾的生存境遇、情性流變及藝文思想，在蘇軾的日常生活裏扮演著非常重要的角色，也讓蘇軾「傾訴了真實的生命體驗和情感體驗」。[68]蘇軾詩歌的塵土意象築構出了自然、政治、歷史、地理、文學五者相互貫通、牽連的多維整體空間，也傾透著蘇軾面對世事遷變、歲月易逝的如水心境和坦然心態。蘇軾詩歌的塵土意象就是作者主觀意緒的詩思投射，也是飽經宦海沉浮的真實映照，因而使得塵土意象的「比德」特徵愈發明顯，文學及文化內涵愈

---

66 〔明〕袁宏道著，錢伯城箋校：《袁宏道集箋校》（上海：上海古籍出版社，2008年），頁716。

67 〔明〕洪應明著，吳言生譯注：《菜根譚》（上海：上海古籍出版社，2016年），頁165-166。

68 劉澤華：〈宋代詩歌中的塵土意象〉，《青島科技大學學報》（社會科學版）2018年第34卷第3期，頁115。

發厚重，凝集著作者的創作心態和處世心境，與蘇軾外內之間的橫向聯動也由前期的「物－人」自然狀態下的單一的客觀意象漸變為後期的「人－物」共情狀態下的綜合的主觀意象，由此蘇軾詩歌的塵土意象範疇不斷延展、拓寬，正式化身為蘇軾多舛仕途的政治喻體和情感景觀，也蛻變為蘇軾詩歌創作的獨特的謫遷標誌和經典的詩性符號。

參考文獻

谷曙光：〈論宋型文化視閾下的宋代文體學〉，《江淮論壇》2015年第3期。
〔宋〕蘇軾撰，〔清〕王文誥輯注，孔凡禮點校：《蘇軾詩集》，北京：中華書局，1982年。
〔宋〕蘇轍撰，陳宏天、高秀芳校點：《蘇轍集》，北京：中華書局，1990年。
〔唐〕房玄齡等撰：《晉書》卷七十七，北京：中華書局，1974年。
李修生主編：《全元文》卷六六二，南京：江蘇古籍出版社，1999年。
〔唐〕杜甫著，謝思煒校注：《杜甫集校注》，上海：上海古籍出版社，2015年。
〔清〕王先謙撰：《莊子集解》，北京：中華書局，2012年。
〔宋〕范仲淹著，李勇先、王蓉貴校點：《范仲淹全集》，成都：四川大學出版社，2002年。
北京大學古文獻研究所編，傅璇琮、倪其心、孫欽善等主編：《全宋詩》，北京：北京大學出版社，1991-1998年。
〔梁〕蕭統編，〔唐〕李善注：《文選》，上海：上海古籍出版社，1986年。

程俊英、蔣見元著：《詩經注析》，北京：中華書局，1991年。

〔宋〕蘇軾撰，孔凡禮點校：《蘇軾文集》，北京：中華書局，1986年。

〔宋〕李燾撰，上海師範大學古籍整理研究所、華東師範大學古籍整理研究所點校：〈續資治通鑑長編〉卷四百五十九，北京：中華書局，1993年。

〔宋〕道潛撰，孫海燕點校：《參寥子詩集》，上海：上海古籍出版社，2017年。

〔宋〕李昉等編：《文苑英華》卷二三三，北京：中華書局，1966年。

〔唐〕高適著，孫欽善校注：《高適集校注（修訂本）》，上海：上海古籍出版社，2014年。

〔宋〕洪興祖撰，白化文、許德楠、李如鸞，等點校：《楚辭補注》，北京：中華書局，1983年。

〔清〕趙翼著，江守義、李成玉校注：《甌北詩話校注》，北京：人民文學出版社，2013年。

〔三國魏〕嵇康著，戴明揚校注：《嵇康集校注》，北京：中華書局，2014年。

〔明〕朱棣集注，李小榮、盧翠琬校箋：《金剛經集注校箋》，成都：巴蜀書社，2021年。

〔隋〕智顗疏，〔唐〕湛然記，〔宋〕道威入疏：《妙法蓮華經》，上海：上海古籍出版社，1990年。

〔宋〕蘇軾撰：《仇池筆記（外十八種）》，上海：上海古籍出版社，1992年。

洪嬌嬌，林玉鵬：〈異曲同工之妙的中西悼亡詩——比較《江城子》和《安娜貝爾‧麗》〉，《合肥工業大學學報》（社會科學版），2013年第27卷第1期。

〔明〕陳繼儒等著，羅立剛校注：《小窗幽記（外二種）》，上海：上海古籍出版社，2000年。

〔南朝宋〕劉義慶著，〔南朝梁〕劉孝標注，余嘉錫箋疏，周祖謨、余淑宜、周士琦整理：《世說新語箋疏》，北京：中華書局，2007年。

〔唐〕王維撰，陳鐵民校注：《王維集校注》，北京：中華書局，1997年。

〔宋〕蘇軾著，〔宋〕施元之注：《施注蘇詩》，杭州：浙江大學出版社，2019年。

〔宋〕蘇軾著，〔清〕馮應榴輯注，黃任軻、朱懷春校點：《蘇軾詩集合注》，上海：上海古籍出版社，2001年。

〔魏〕曹植著，趙幼文校注：《曹植集校注》，北京：中華書局，2016年。

王雲五主編：《東坡本傳》，《唐宋八大家文鈔》，北京：商務印書館，1936年。

〔明〕袁宏道著，錢伯城箋校：《袁宏道集箋校》，上海：上海古籍出版社，2008年。

〔明〕洪應明著，吳言生譯注：《菜根譚》，上海：上海古籍出版社，2016年。

劉澤華：〈宋代詩歌中的塵土意象〉，《青島科技大學學報》（社會科學版）2018年第34卷第3期。

閩臺文學與文化

認同與批判：呂赫若社會使命下的文學實踐
——以《廟庭》、《月夜》為中心

張 影

二○二一級　中國現當代文學

摘要

　　臺灣現代作家呂赫若在日據末期創作的小說作品《廟庭》、《月夜》中，借由歸鄉知識青年「我」的敘述視角與內心變化，一方面冷酷批判傳統封建觀念，一方面對傳統鄉土社會流露無限追念與在地認同。同時還通過「廟庭」等象徵隱晦表現殖民統治下臺灣的民族、社會危機。不難發現，呂赫若是在探索傳統封建「黑暗」中「克服黑暗」，以堅守、改造、更新民族文化的方式，抵抗殖民同化。由此，特殊時代下呂赫若實踐藝術使命與現實使命的特殊性也得以獨特地顯現出來。

關鍵詞： 日據末期　呂赫若　認同與批判　《廟庭》　《月夜》

臺灣作家呂赫若，原名呂石堆（1914-1951），曾被後來的學者這樣評價：「呂氏集教師、音樂家、作家於一身，其生涯含括日帝統治和復歸祖國兩個時代，被譽為臺灣第一才子，是臺灣文學史上最重要的作家之一。」[1]可見，自幼接受知識教育、新式思想的呂赫若，其知識分子的身份能夠在多個文化領域得到印證，尤其是在文學創作方面。其處女作《牛車》就以一個普通牛車夫的生活境遇，道出了豐富的社會內容，也因此開始受到臺灣文壇的矚目。之後呂赫若始終筆耕不輟，特別是在日本「皇民化」運動時期。在這一時期，有不少臺灣作家明顯放慢了自己的文學腳步，或因不願虛與委蛇、忍受文化束縛，而乾脆停止參與文學活動。但呂赫若仍以其知識分子敏銳的社會問題意識與深切的人道關懷，洞察、思考臺灣傳統封建殘餘、女性婚姻家庭命運、現實殖民統治以及日人臺人相處關係等問題，並通過巧妙周旋的藝術隱喻在其小說中表現出來。可以說，關於知識分子面對臺灣傳統社會、時代、家國的思考與處境，是其小說創作中不可忽視的重要母題。而呂赫若在一九四二年九月發表的短篇小說《廟庭》，以及同年十二月創作的續篇《月夜》，同樣是他置身於壓抑複雜的社會環境所付諸的文學實踐。兩篇小說作為前後篇，主要以知識青年「我」的口吻講述了鄉村女性翠竹夫死再嫁後，因受到婆家的身心虐待，多次逃回娘家，使得翠竹娘家陷入兩難境地——回婆家要受苦，留在娘家亦或離婚又不符家庭倫理。無奈之下，只好託付青梅竹馬的「我」帶著翠竹回到婆家，試圖找到個明理的解決辦法。卻沒想到在婆家，又引起激烈的責罵詛咒，甚至出手傷人。最終翠竹被逼投水自殺。小說最後，絕望的翠竹被農夫救起，而「我」只能在一旁哆嗦又抽泣。

---

[1] 陳映真、施淑、藍博洲、馬相武、朱雙一：〈重返文學史：呂赫若及其時代——兩岸五人談〉，《南方文壇》1998年第2期，頁54。

綜觀此前學界對於《廟庭》、《月夜》兩篇小說的研究，不難發現，研究者們通常將關注點放置在女主人公翠竹的身上，進而圍繞對封建婚姻制度的批判性來強調兩篇小說的社會內涵與藝術價值。在劉登翰主編的《臺灣文學史》中就是這樣評價的：「在對翠竹不幸遭遇的冷靜描述中，既包含著呂赫若對婦女悲慘命運的深切同情，也表達了他對吃人的封建婚姻制度的極大憤懣。」「有力地揭露了封建宗法制度對婦女的戕害是何等深重。」[2]然除此之外，小說中其實還有著另外一個存在感稍弱的主人公——「我」，即小說唯一的敘述者。不可否認，第三者視角的敘事方式使得敘事者與故事情節之間，始終保持著一定的距離。且小說中的「我」雖親歷其中，確也沒有發揮太大的作用。因此，比起「我」在故事中的所感所想，翠竹所遭受的、令人倍感憐憫的悲慘境遇自然更能夠「搶奪」閱讀者、研究者的關注。然而值得注意的是，這些觸動讀者內心的曲折悲痛遭遇，作者實際上首先是讓它為「我」所震撼，隨後「我」在內心的波瀾變化中記述了翠竹的故事。因此，當把分析視野轉移至敘述者「我」時，筆者驚喜發現，「我」對於翠竹之遭遇與事變所表現出的內心變化過程，正在一定程度上展現了知識分子與錯綜繁複的傳統鄉土社會的複雜關係。

不僅如此，從兩篇小說在呂赫若整體創作歷程的研究中的地位來看，多數研究者認同將之作為之後更具「時局性」的小說創作的對比參照，強調呂赫若由《廟庭》中揭露傳統鄉土社會黑暗面，轉向「決戰時期」書寫「美好事物」與「時局性」的創作變化。[3]在此研究基礎上，筆者不禁發問：儘管呂赫若後來將「時局性」納入小說架構之中，但為何仍然堅持以傳統鄉土社會作為小說世界的大背景？甚至回

2　劉登翰等：《臺灣文學史（上）》（福州：海峽文藝出版社，1991年），頁562-563。
3　陳映真等：《呂赫若作品研究——臺灣第一才子》（臺北：聯合文學出版社公司，1997年），頁38-56。

過頭來看,「轉變」之前的《廟庭》、《月夜》能否就此視為全然抹除殖民時期痕跡的創作？呂赫若後來又為何會對《廟庭》、《闔家平安》一類作品產生厭惡之感？……這一系列關於呂赫若創作內涵的探析，或許還是應該從創作方向變化之前的小說主體內部尋找答案，充分發掘一代才子呂赫若立足臺灣鄉土社會的創作背後的現實思考與深沉心聲。

故本文將就呂赫若小說《廟庭》、《月夜》中「我」的內心變化進行剖析，呈現知識分子面對封建傳統倫理的糾葛與困頓，揭示呂赫若在知識分子自我反思層面的對傳統的批判思考與深切關懷。同時，通過探析兩篇小說中潛藏著的象徵內涵，明晰其中所隱喻的堪憂的殖民社會現狀，進而深入理解呂赫若在此時期以堅韌民族文化立場，委婉披露殖民危機的深層創作意圖。由此最終呈現作為現代知識青年的呂赫若積極實踐社會使命與藝術使命的堅定民族立場與獨特智慧。

一　面對傳統封建社會的知識分子「我」

《廟庭》開篇不久就明確透露敘述者「我」是家中少有的受過教育的青年人，舅舅因此對「我」倍感信任，而我也正是在舅舅急切的邀約與求助之下，介入了翠竹一事。當然，「我」個人對於這接受新式教育的讀書人身份，也是極有優越感的，從「我」認為舅舅屢次找我商談皆是因為我受過教育的這一想法中就可見一斑。而當我從舅舅、舅媽口中得知翠竹現下的婚姻家庭境況時，「我」的第一反應也充分顯示出了一種新式知識分子的處事眼光與姿態：「怎麼還讓她和那種男人結婚呢？」「不可以置之不理」，[4] 並提出要「找出圓滿解決

4　呂赫若：《財子壽：臺灣第一才子呂赫若小說精選》（北京：中國友誼出版公司，1996年），頁87。

的辦法」的解決意向。對此做法,「我」事後反悔道:「沒有反省自己的無力,竟然不自量力地承擔下此一任務。」[5]由此可見,舅舅對受教育知識分子的極大肯定與依賴,以至對我的「惟一信賴」,正是當下使「我」擔下這一「任務」的重要驅動力。「我」的初衷實際上不儘然是「竭盡所能去幫助她,讓她知道我的真心與決心」,[6]更重要的是為了對舅舅之於我這樣讀書人的「期待」有所交代。這種責任初心的偏頗,在後文又再度被承認了:「腦海裡浮現今天的目的,竟然把瀕臨二度婚姻破裂的翠竹放諸腦後。」[7]除卻行動初衷,「我」的解決方案更加暴露了「我」確不是眾多讀者所期待的極具批判意識的先進思想啟蒙者,反之僅僅是想在保守封建一方與受壓迫一方中間「找出某個融合點,方為上策。」[8]

而這種知識分子的身份優越感以及缺乏真正反抗精神的行動初心,在之後「我」的實際解決過程中,仍不斷得到印證,並最終顯示出了知識分子責任意識的潰敗以及解決力量的不堪一擊。首先是在剛啟程回翠竹夫家的途中,「我」的責任擔當就漸衰了。進入翠竹夫家之後,「我」仍想在衝突的現狀中爭取一些理性的空間,嘗試求和。但與陰沉刻薄的翠竹婆婆的失敗調解以及翠竹丈夫的冷言相對,都使得「我」的行動企圖徹底落了空。直至翠竹與婆家愈演愈烈的衝突,在混亂的暴力場面中達到頂點時,「我」的無能為力與「舅舅身影」下的擔當精神之間的激烈衝突也在此時達到了頂峰。「我」終於真切地體悟到無論是理性勸導還是容忍暴力都無法帶來任何改變,而內心關於知識分子「能言善道」的優越感也隨之蕩然無存。由此,「我」

---

5 呂赫若:《財子壽:臺灣第一才子呂赫若小說精選》,頁127。
6 呂赫若:《財子壽:臺灣第一才子呂赫若小說精選》,頁90。
7 呂赫若:《財子壽:臺灣第一才子呂赫若小說精選》,頁128。
8 呂赫若:《財子壽:臺灣第一才子呂赫若小說精選》,頁127-129。

在無路可退的境地中徹底放棄了調和衝突的擔當，只剩下怯弱和低聲下氣的妥協，以至於我反倒對翠竹的反抗做出了斥責：「傻瓜！這麼一來，不是什麼都搞砸了嗎？」[9]可見，「我」在行動的潰敗中已然倒向了屈服於封建管束的那一面，淪為了舅舅的替身，「扮演」著新式知識分子面具下封建說客的「奇怪角色」。

然而，呂赫若並未將激化至頂點的衝突留有餘聲，而是戛然中斷，化為一句躲避之辭：「哎呀！之後所發生的事，此處無法長篇大論。」[10]可見，當「我」意識到自己無力改變一切之後，「我」隨即選擇的是以這般無奈的口吻撇下一切責任，終得逃脫。換言之，這也是欲以理性設想來調解矛盾的「我」，在無措境地裡丟盔卸甲後，被打回的那個無能為力且怯弱的原形。但這種臨陣逃脫的「神清氣爽」也並不恆久，「我」很快因責任心的「作祟」而感到不安，可似乎又只能寄希望於「奇蹟」的出現。欲撇清一切的膽怯與良心的不安再次使我陷入內心的矛盾當中，因此當金蓮強拉著「我」重回事件之中時，「我」雖沒有停下急奔的腳步，卻因即將重回「漩渦」而倍感沉重如鉛。直至翠竹最後將一切的壓迫和反抗付諸於「捨生取義」時，「我」才「清楚地感受到翠竹……必須投水自盡的心情」，並真正意識到「這是她唯一能做的抵抗」[11]，求取兩全就是荒謬之舉，唯有「死」的反抗才是解脫的「良法」。然而此時的「我」雖真實體悟了反抗的堅決力量，卻也清楚地意識到自己從始至終都不具備解決此事、或與之鬥爭的能力。因此，當舅舅期待下的責任與擔當再次被「我」記起的同時，自然也伴隨著「我」內心強烈的焦慮與自責。

另外值得一提的是，小說曾多次提及「舅父的臉突然浮現眼

---

9 呂赫若：《財子壽：臺灣第一才子呂赫若小說精選》，頁136。
10 呂赫若：《財子壽：臺灣第一才子呂赫若小說精選》，頁137。
11 呂赫若：《財子壽：臺灣第一才子呂赫若小說精選》，頁140。

前」。直至最後,當「我」深陷自責與無力時,「我」的腦海又再次出現了「舅父的臉」。筆者認為,此處浮現的「舅父的臉」似有雙重的象徵內涵。一是象徵著由舅舅等人所代表的保守封建思想一派,連「我」這個新式知識分子都難以徹底將其拋卻,反而成了內心沉重的負擔,可見封建舊俗箝制人心之深久。二是象徵著知識分子社會作用在期望與現實中的落差。因為,正是舅父所給予的、唯「我」才能擔此重任的期待,促使「我」以知識分子的身份來承擔責任。而「我」對這份責任的難以釋懷,又進一步荒誕地反襯著「我」在具體解決過程中懦弱無能的窘境。

由此可見,知識青年「我」與封建鄉土社會的複雜矛盾關係,正在這積極尋求調解、又無力改變困難,體悟反抗之必要、又難逃封建觀念之大網的內心曲折變化中得以呈現。且這種複雜性實則與小說的另一條線索——難以逃脫的舊式婦女悲劇命運相得益彰,「都具有一種及其凝重且悲愴的氣氛」。[12]故使人讀起來如芒在背,無法輕易站在對立面、站在道德高點俯視文中的「我」,而是更多引發了對封建鄉土社會的深入思考。

二 面對臺灣傳統鄉土社會的呂赫若

基於上節對《廟庭》、《月夜》中「我」的深度剖析,可見翠竹的遭遇完全經由「我」的內心變化與敘述而全盤托出。從自我反思的角度出發,可以說「我」對於這整件事的回述,就是「我」的一次自我剖析。而「我」在敘述中所表現出的焦慮與掙扎,也進一步說明了「我」的這番回憶本身,或許就是「我」最大的不安。翠竹的故事呈

---

12 呂赫若著,林至潔譯:《呂赫若小說全集》(臺北:聯合文學出版社公司,1984年),頁578。

現出的相對獨立發展，其實正遮掩了「我」這個返鄉知識青年在其中某種責任作用的失職。可以說，翠竹故事的背後有一個焦慮不安的「我」，那麼「我」的背後又隱藏著呂赫若怎樣的目的意涵？

　　針對此，我們有必要先來瞭解呂赫若的文學創作觀。不難發現，他對自己文學創作的任務及目的，是較為清晰且自覺的。從他的一系列隨筆雜感中可知，他主張以唯物史觀、現實主義指導文學創作。他曾在其文《舊又新的事物》中堅決肯定蘇聯文藝理論家盧納查理斯基（Lunacharsky, 1875-1933）的藝術觀，即「藝術是認識現實的特殊形式」、「任何純粹的藝術，其目的與素材，也都得之與一定社會關係中人類有效的感性活動中。」[13]可見，呂赫若的文學創作始終面向的是真實的現實社會，並不全然是為了藝術創作本身的。同時他還對黑格爾的相關言論表示認可：「創作由精神產生，依從精神的地基，是屬於精神的東西，保持不失去它的洗禮，當只表現因精神共鳴而形成的東西時，始得到藝術品。」可以說，他對現實的感受、理解、反思是借文學創作的方式得以詮釋的，他的精神情感是充分貫注於他筆下的小說世界的。基於此，小說中這個焦慮無措的知識青年「我」，或許正與呂赫若的精神情感有一定關聯，寄託著他基於現實所生發的隱微深意。

　　要知道對於從小接受階級教育的我們而言，發現階級是極容易的。而對於呂赫若這樣一個成長於當時臺灣社會的小地主階級家庭裡的「公子哥」來說，或許並不容易。但作為青年知識分子，呂赫若卻能夠在文學創作中書寫出被欺凌、被壓迫、被剝削人群的心聲，包括書寫沉痛的女性悲劇。他相繼塑造了許多主動突圍、或是壓迫後掙扎反抗，但最終都注定難逃悲劇式生命體驗的女性形象，如《財子壽》

---

[13] 呂赫若著，林至潔譯：《呂赫若小說全集》，頁557-558。

中的玉梅、《前途手記》中的淑眉等。筆者進一步認為，呂赫若對於臺灣封建社會問題是進行多方反思的，除了關注封建威權宰制下女性群體的悲劇，他還意識到現代知識分子群體在其中相似的無助窘境。也就是說，呂赫若對《廟庭》《月夜》中「我」的言說，實際上透露著他更大的反思。他一方面揭示了傳統封建箝制人心的陰暗力量，連欲在其中爭取絲毫理性解決餘地的現代知識分子都難以將其撼動；一方面又指出知識分子面對傳統封建問題時的怯弱、逃避，隱喻接受新式教育的現代知識分子群體中，缺乏思想成熟、目標遠大的社會責任擔當者的現實狀況。可以說，呂赫若的批判憂思是籠罩在「我」的整體回憶敘述之上的。

與此同時，呂赫若還在小說中借「我」的回憶溫情描繪了愜意舒適的鄉土生活氣息，語詞中盡顯對臺灣傳統鄉土的愛戀與依賴：「騎到田間小路，穿過相思樹林下，……一會兒就喚醒我沉睡中的生命力，感覺到全身都在悅動的力量。」[14]換言之，「我」雖是呂赫若批判傳統封建體制和現代知識青年群體的隱喻對象，但在鄉土歸屬感方面，「我」似乎也是他的一種精神投射。由此可見，身為現代知識分子的呂赫若，對於那片傳統鄉土的多重情感態度，其實就正輾轉在「駁斥傳統黑暗」、「肩負改變使命」與「認同傳統之根」之間，既是批判的，也是認同的，更是依戀的。

事實上，這一理性批判與情感認同並存的「思想分裂」是真實且統一的。因為往往是那些對自己民族關注越多、認同越深的人，才會在看到民族存在的問題時倍感反思批判的焦慮和苦痛，而不是一昧的闡揚，走向狹隘的本土主義、民族主義。換言之，對民族最大的認同正表現在把民族處境與自身社會責任緊密關聯起來的自覺意識上。不

---

14 呂赫若：《財子壽：臺灣第一才子呂赫若小說精選》，頁82。

難發現，二十世紀三、四十年代的臺灣社會既保留了深厚的中華文化傳統，又不斷受到現代之風、鄉土之風的吹拂，同時日本殖民者的異族統治勢力也在其中不斷擴張。而呂赫若在小說中對此時傳統封建社會「病症」的承認與揭露，就意味著作為個體的他並不曾想像自己是站在民族歷史與現實之外的，而是始終自覺身處在這「發著病」的歷史現實之中的，是這個「病」的一部分。正因為此深切的鄉土社會認同、家國認同，使得他在情感與理性交錯中，是糾葛的、批判的、自省的，卻絕不是否定的、頹廢的。因此，小說《月夜》結尾處所發出的「該如何說明才好呢？」[15]的問話，或許不單是「我」最後無助處境的內心寫照，同時也是呂赫若對封建傳統問題的思考，對知識分子社會責任的追問。綜合以上，作為知識分子的呂赫若面對傳統鄉土社會所表現出的「愛之深，責之切」的雙重情感與責任反思，正是其形塑「我」這一知識分子形象的重要內涵。

三　面對「皇民化」時局的呂赫若

　　然而正如前文所說，使這一時期臺灣人民惶悚過日的不只是傳統社會中封建體制的陰霾，還有殖民地臺灣天空上覆蓋著的統治者權力的巨大烏雲。因此，呂赫若在自覺認同並批判傳統鄉土社會的同時，對於必須要面對的「是否成為日本人」、「是否要為日本而戰」的臺灣現實殖民問題，更是無法置身事外。在呂赫若創作《廟庭》、《月夜》的一九四二至一九四三年，臺灣社會恰處於光復之前的暗淡時期，日本統治者對臺灣厲行高壓政策和經濟掠奪，並加緊推行「皇民化」運動。事實上，在一九四二年之前呂赫若就曾以文學創作活動的方式在

15　呂赫若：《財子壽：臺灣第一才子呂赫若小說精選》，頁141。

《臺灣新文學》、《臺灣文學》的反日、反封建鬥爭陣地進行積極地抗爭。直至一九四二年一月他重新回到臺灣，則以《興南新聞》記者的身份實地觀察、參與了臺灣現實社會的變化發展。與此同時，迫於日本殖民當局的壓力，呂赫若也不得不參與一些與「皇民化」有關的活動，並在一九四二年至一九四四年之間先後寫出了《鄰居》、《玉蘭花》、《山川草木》、《清秋》等「文學奉公」作品。正如呂正惠所分析的：「作為戰爭時期特殊環境下的臺灣作家，他其實沒有面對『現實』。這並不是他不想面對，而是他無法說真話。⋯⋯他似乎『奉命』處理了時局問題，但他有他自己的答案，並以隱微的方式在小說中表現出來。」[16]許多研究者也順此思路，深入探尋了呂赫若這一時期書「中日關係的作品中潛藏著的現實回應，並進一步揭示其在高超藝術技巧的偽裝下，所飽含著的對殖民陰影之中臺灣人民生存處境的深沉悲哀。

而同時期諸如《財子壽》、《廟庭》、《月夜》等一類揭露社會封建體制殘害的小說，則因被普遍視為是呂赫若欲擺脫殖民當局束縛，才轉向傳統社會批判的無奈之舉，進而被排除於「皇民化」現實書寫的研究視角之外。但值得注意的是，在《月夜》發表後不到半年的時間內，呂赫若就經歷了一場關於「糞現實主義」的文學爭論，他在其中作為當事人飽受批評，被認為只著眼於臺灣的過去，而無視當前的「社會問題」。西川滿在文章《文藝時評》中直接指出張文環與呂赫若的文學是「狗屎現實主義」：「一成不變地，⋯⋯不理會現實，缺少自覺的寫實主義作家。」[17]而呂赫若對此是不甘詰難的，並堅決表示：「唯有朝自己的信念邁進⋯⋯絕對不向他人妥協⋯⋯應該要以極度的苦痛從事文學。」[6]即使他在此之後不免「為創作上的手法和題

---

16 陳映真等：《呂赫若作品研究——臺灣第一才子》，頁53。
17 陳映真等：《呂赫若作品研究——臺灣第一才子》，頁135。

材而苦惱」,[18]但後來在眾多好友的聲援和建議之下,其小說的創作方向由憂慮轉向了更為堅定的創作立場,即他在同年六月一日的日記中所寫到的:「自己只獻身於藝術。」[19]而這一藝術層面的堅定主張,實際上也正隱含著他決不歌頌「皇民化」現實的民族立場。

一九四三年七月發表的《石榴》正是在此背景中應運而生的,該作品雖然呈現出了另一種小說美學風格,但依然是以傳統中華文化為主要題材,與「皇民化」的政策主張距離甚遠。再後來創作的小說《清秋》更是以知識分子耀勳的鄉土堅守,道出了呂赫若自己的心聲。針對此創作轉向,呂正惠一語中的指出:「如果呂赫若主要是屈就於當時政治體制的壓力而不得不改變題材,那麼,他應該轉向『皇民化』、『決戰』等『現實』題材。但,事實上,他經過近三個月的苦思冥想之後所寫出的《石榴》,卻只是描寫『兄弟之情』,並著重表現臺灣社會的傳宗接代、認祖歸宗習俗。」[20]可見,因《廟庭》、《月夜》這類揭露臺灣封建體制的作品而遭受指斥的呂赫若,並沒有因此退卻、妥協。面對強大的、無法高聲明志的文化壓制,他更是堅持著中華民族傳統的精神文化立場。由此,關於《廟庭》、《月夜》是向殖民現實妥協的結果的這一認識,無疑是應受到質詢的。且結合呂赫若所認為的「藝術是體現現實鬥爭的」[21]的創作觀,筆者進一步認為,在分析小說《石榴》、《清秋》中的「時代性」創作特徵的同時,也不應忽視或是遮蔽他在更早之前面對殖民現實狀況時的文學表達和思想內涵。包括小說《廟庭》、《月夜》中關於呂赫若對「皇民化」現實社

---

18 呂赫若著,鍾瑞芳譯:《呂赫若日記》(臺北:「國家文學館」)2005年檢自「臺灣史研究所」臺灣日記知識庫網站:https://taco.ith.sinica.edu.tw/tdk. 87。

19 呂赫若著,鍾瑞芳譯:《呂赫若日記》2005年檢自「臺灣史研究所」臺灣日記知識庫網站:https://taco.ith.sinica.edu.tw/tdk. 87。

20 陳映真等:《呂赫若作品研究——臺灣第一才子》,頁41-42。

21 呂赫若著,林至潔譯:《呂赫若小說全集》,頁557。

會的隱約態度，也應得到深入地挖掘與澄清，進而釐清他在日據末期始終立足傳統鄉土書寫的深層意涵。

深入兩篇小說內部不難發現，呂赫若通過歸鄉青年「我」的回憶敘述，有意呈現了許多鄉土社會中今昔之別的蛛絲馬跡，尤其是「引發我鄉愁的關帝廟」著墨甚多。小說開篇就詳實交代了舅舅家附近的關帝廟因留存著「我」兒時的美好回憶而使「我」十分牽掛。然而當「我」懷著憶往昔的興奮重遊故地時，卻發現關帝廟已是破敗殘舊、雜草叢生。這個曾經受關帝爺顯靈庇佑之地，如今「怎麼看也看不出關帝爺曾經顯靈的痕跡」。[22]祭壇的破敗、神像塗彩剝落、長桌上雞糞斑斑等當下之情景，都與「我」記憶中「閃閃發亮」的關帝廟，以及興盛喧鬧、擺滿牲禮的祭典場所形成了巨大的對比落差。顯然呂赫若無法在小說中說出沒落的「實情」，僅用一句「時代潮流的衝擊」便草草蓋過。但若是聯繫當時「皇民化」的具體政策與社會環境，其中的原因就不難知曉一二了。要知道，殖民統治者為厲行「皇民化」之目的，不僅大力推行所謂的「國語」運動，禁止使用中文，強迫臺灣百姓說日語、改日姓、穿和服、用日俗等，還企圖搖動較為堅固的中華民族傳統文化中的民間信仰，下令封閉中國式寺廟，並在各地修建日本神社，歸根結柢就是要對臺灣人民進行徹底地「洗腦」。因此，呂赫若在《廟庭》中所描寫的關帝廟的殘破之景，無疑反映了「皇民化」政策下喪失臺灣民間色彩的殘酷現實。不僅如此，「關帝廟」作為曾經聚落臺灣人民民間信仰的中心，也是這一方「部落居民」對地方鄉土認同的重要象徵。如今因「皇民化」魔爪而變得衰敗淒冷的「關帝廟」，似乎也隱喻了臺灣人民逐漸失去民間信仰寄託的鄉土認同危機。加之以「廟庭」作為小說命名的特殊用意，呂赫若在兩篇小

---

22 呂赫若：《財子壽：臺灣第一才子呂赫若小說精選》（北京：中國友誼出版公司，1996年），頁84。

說中透露與殖民現實狀況相關的隱微深意確是無可厚非的。

基於對「廟庭」這一重要象徵事物的關注，還能夠進一步發覺「舅舅的家」恰是「毗連關帝廟」的。根據小說中的描述，顯然這是封建制度家庭的典型縮影——舅父明知自己那死了丈夫再嫁的女兒，在婚後百般受婆婆、小姑和丈夫虐待，卻不肯答應離婚，原因竟在於那「三百圓的陪嫁錢與日用家居，絕對沒有白白捨棄的道理」，[23]以及家庭名譽問題。而始終想讓翠竹脫離婚姻苦海的舅母，雖極力與舅父辯駁，但最終還是服從於「舅父的強壓」。《廟庭》中舅母的一句話可謂是一針見血：「……被丈夫拋棄，被婆婆虐待，回家又被父親責罵，翠竹去尋死也是理所當然。」[24]由此可見，翠竹所遭受的並不僅僅是夫家的惡意，人道與善意在自己的家中同樣是不見蹤影的。而如此布滿封建晦暗的家庭，恰與這殖民威權下殘破不堪的廟庭相毗鄰，加之文中多次描寫到的翠竹在關帝廟附近的哀傷行跡，可想而知「舅舅家」與「廟庭」的空間安排並非巧合。除氛圍意境上的相近之外，或許也隱約暗示了呂赫若的封建傳統批判與「皇民化」現實態度之間的某種關聯。

而將二者相聯繫後，便不難發現呂赫若在兩篇小說中整體描繪的鄉土世界，不論美醜，正是前文所說的「皇民」威嚴下極力想要抹去的歷史與鄉土色彩。他堅韌的傳統文化立場，也正是身為現代知識分子能夠賴以抗拒殖民文化壓制的關鍵。結合他在《廟庭》完稿前的日記（1942年2月28日）中對小田切秀雄《間隙的克服》一書的摘錄：「探索現實上應被否定的事物之根源，而且徹底加以描寫，以資真正去克服它的這種文學裡頭才能感受到美。」[25]可以推想，呂赫若在小

---

23 呂赫若：《財子壽：臺灣第一才子呂赫若小說精選》，頁91。
24 呂赫若：《財子壽：臺灣第一才子呂赫若小說精選》，頁93。
25 原稿無註腳。

說中所呈現的女性翠竹的悲劇命運以及知識分子「我」的無助窘境，在某種意義上正是對臺灣鄉土社會陰暗面的一次徹底地描寫。且從前文論述中可知，呂赫若看待傳統鄉土社會不是絕對斥責的，而是在「愛之深，責之切」的多重情感中積極探尋知識分子社會責任的實踐路徑。那麼從更大意義上來說，小說冷酷揭露的背後或有著更為深層的現實目的，即是為了克服封建晦暗的部分，而深入探索殖民強權所欲彌蓋的傳統鄉土社會的陰暗根源，進而實現其小說作品之「美」的價值。當然，在呂赫若看來，文學「美」的價值的背後就是要完成「認識現實」的社會使命。因此在克服、改造傳統晦暗中，實現民族優良傳統在現實社會的根深柢固應是其最終的創作理想，即「為臺灣文壇的生命，『背負起臺灣責任』，致力創造熱情、誠實、健康的臺灣文化，是他對文學所抱的終極理想。」[26]

簡言之，面對處心積慮的「皇民化」政策，呂赫若正是在政治意識形態愈要強權改變之時，愈加強化那無法割捨、難以磨滅的中華民族傳統之根。而這一「強調」是通過深入探索民族傳統的陰暗面，暴露其待改造部分，以期將之克服、改良的方式來得以實現的。因此身為知識分子的呂赫若，在這一時期是以模糊、含蓄的方式對「皇民化」政治高壓手段進行消解，以民族信念的堅守「從根徹底描寫黑暗、克服黑暗」，[27]由此喚醒、捍衛傳統美的價值。他顯然並不屈就強權的威嚴，更不畏「皇民化」的追擊，反之堅定地描繪著正慘遭抹煞的臺灣傳統色彩。對於其中的好與壞、善與惡、美與醜，他一概承認，然後再探索如何改造、如何更新、如何超越，並以堅韌的民族文

---

[26] 陳映真等：《呂赫若作品研究——臺灣第一才子》（臺北：聯合文學出版社公司，1997年），頁27。

[27] 呂赫若著，鍾瑞芳譯：《呂赫若日記》（臺北：「國家文學館」）2005年檢自「臺灣史研究所」臺灣日記知識庫網站：https://taco.ith.sinica.edu.tw/tdk. 87。

化立場，隱晦表現殖民統治下的社會危機。呂赫若後來曾在日記（1942年3月16日）中回憶到創作《月夜》時的反覆思考：「將短篇小說《月夜》付之一炬，雖是已達三十張的心血之作，卻總覺不中意。想寫更像臺灣人生活、不誇張的小說。有臺灣色彩的作品……」[28]由此可見，呂赫若在創作過程中所經歷的現實與理想的掙扎，及其具有的堅韌的社會使命，都絕不只是批判、譴責傳統封建這麼簡單。

但不可否認的是，日據末期的呂赫若是無法將真實的抗拒姿態直接表露出來的。因此他在小說中有意限制了「我」的認知抉擇能力，僅僅使「我」陷入傳統鄉村社會所帶來的震盪之中，並使結局最終停留於——在難以逃脫的傳統之網中，「我」感到無盡的困頓焦慮。由此進一步推測，他在此之後校對《闔家平安》時，之所以感到厭惡、渴求更多的情感表達，或許正因為他作為小說家，其實並不滿足於完成這番藝術使命，但心中強烈的現實使命卻又只能在微乎其微且迂迴的表達中得以實現。因此，因無法正面明志而採取的這一迂迴的創作路徑本身，實際上就充分顯示了呂赫若作為一名普通知識青年在殖民高壓下無力扭轉乾坤的痛苦心志。直至「二二八事件」發生之後，他終於迫不及待解開社會對其創作的枷鎖，不惜棄筆，轉為激進的武裝行動者，全然投入實現理想信念的社會實踐之中。

四　小結

以上通過聚焦呂赫若在日據末期創作的小說作品《廟庭》、《月夜》，剖析其中的敘述者「我」作為歸鄉知識青年，面對傳統封建專制所表現出的由擔當，到怯弱、逃避，再到不安、苦悶的曲折內心變

---

[28] 呂赫若著，鍾瑞芳譯：《呂赫若日記》2005年檢自「臺灣史研究所」臺灣日記知識庫網站：https://taco.ith.sinica.edu.tw/tdk. 87。

化，表現了知識分子欲在其中調解，終發現無力改變，且難以逃脫的困頓處境。而「我」的茫然無助與不安的回憶敘述，正透露了呂赫若對於傳統封建觀念挾制人心之深，以及現代知識青年面對傳統社會問題之頹軟懈怠的冷酷批判。與此同時，呂赫若還在小說中借「我」對鄉土生活的美好回憶，表達了對傳統鄉土社會的在地認同與歸屬感。可以說，他正在這種認同與批判的複雜情感中，探尋著現代知識分子社會責任的實踐路徑。

不僅如此，《廟庭》、《月夜》中還潛藏著呂赫若對於「皇民化」現實社會狀況的思考。從小說內部細節來看，《廟庭》中的「廟庭」作為傳統鄉土民俗的重要象徵，呂赫若通過書寫今日「廟庭」的殘破荒廢與昔日熱鬧氣氛的強烈反差，隱喻殖民強權下臺灣文化風俗的衰敗危機與慘澹的社會真實面孔。同時「舅父家」與這殘毀「廟庭」的位置毗鄰，還暗含了呂赫若對傳統封建勢力與「皇民化」統治力量相並置的深層關聯思考。事實上，他是有意重拾、表現傳統民風民俗，通過探索傳統封建之「黑暗」來「克服黑暗」，以堅守、改造、更新民族傳統文化的方式，消解殖民同化。可以說，「呂赫若的小說完成了弱小民族傑出作家的使命，他明白地指出帝國主義封建主義猶如雙翼的大鵬覆蓋在大地上的事實。」[29]同時他對於傳統鄉土的雙重情感，也在其面對意識形態強威的理性掙扎中，實現了「一致對外」的決然統一。

呂赫若曾認為：「藝術、文學，與科學、哲學、宗教、政治等精神產物，以及其他形態相同，反映創作出它的作家們於社會的生存方式，與現實的生活過程。」[30]而透過這兩篇小說作品，不僅能夠感知

---

29 呂赫若著，鍾瑞芳譯：《呂赫若日記》2005年檢自「臺灣史研究所」臺灣日記知識庫網站：https://taco.ith.sinica.edu.tw/tdk. 87。

30 呂赫若著，林至潔譯：《呂赫若小說全集》（臺北：聯合文學出版社公司，1984年），頁557。

到日據末期臺灣現實主義文學艱苦、隱忍的生存發展環境，同時更深切瞭解到呂赫若以強烈的社會責任意識，面對內外激盪的傳統封建與殖民現實問題時，實踐知識分子藝術使命和現實使命的巧妙智慧與堅定立場。

參考文獻

陳映真、施淑、藍博洲、馬相武、朱雙一：〈重返文學史：呂赫若及其時代——兩岸五人談〉，《南方文壇》，1998年第2期。

劉登翰等：《臺灣文學史（上）》，福州：海峽文藝出版社，1991年。

陳映真等：《呂赫若作品研究——臺灣第一才子》，臺北：聯合文學出版社公司，1997年。

呂赫若：《財子壽：臺灣第一才子呂赫若小說精選》，北京：中國友誼出版公司，1996年。

呂赫若著，林至潔譯：《呂赫若小說全集》，臺北：聯合文學出版社公司，1984年。

呂赫若著，鍾瑞芳譯：《呂赫若日記》，臺北：「國家文學館」，2005年檢自「臺灣史研究所」臺灣日記知識庫網站：https://taco.ith.sinica.edu.tw/tdk. 87。

（本文2023年3月發表於《海峽人文學刊》第1期）

論「新邊塞詩」的在地性

張姝雅

二〇二一級　中國現當代文學

摘要

新邊塞詩的創作者多為新中國成立初期（1949-1966）遷居新疆的外鄉人，以墾荒勞動為核心的在地體驗塑造了他們的地方認同，這也就是新邊塞詩在地性的發生。二十世紀八〇年代初，進軍主流詩壇的壓力迫使詩人發掘邊地的「中心感」，於在地性和全國性之間求取平衡。同時，他們對新疆的在地認同中潛藏著對故鄉的懷想，在詩歌中表現為故鄉—異鄉的複調。新邊塞詩在地性所內含的雙重矛盾，映現了新中國一代進疆知識分子主體性建構的精神履痕。

關鍵詞：「新邊塞詩」　在地性　全國性　異鄉　故鄉

為二十世紀八〇年代蜚聲詩壇的重要流派，新邊塞詩派[1]將當代新疆的地景全面呈現在讀者面前，已是學界公認的事實。誠然，使新邊塞詩更具辨識度的是其對邊疆風貌和民族風情的詩性書寫，這也是諸多研究者將二十世紀五〇、六〇年代聞捷、郭小川、張志民等短暫遊疆者所作邊疆題材詩歌，甚至抗戰前後的「西北詩運」視為新邊塞詩肇始的原因。然而，它們與二十世紀八〇年代新邊塞詩的本質區別，就在於後者乃是一種真正具備「在地」意義的詩歌，包含著「十七年」間移民入疆的外來創作者與新疆這個「地方」建立生命聯結的漫長進程。「當『地方』實實在在地參與到作家生命體驗和人生經驗構成中時，『地方』與『人』的膠著狀態和互動影響，就不可能僅僅呈現為一種淺層的『地域色彩』以及隨時可剝離的『差異性』知識這麼簡單的存在。」[2]這也就是本文探究新邊塞詩在地性的根本原因，它的發生及其內在矛盾的對立統一，映射出新中國一代入疆知識分子主體建構和心靈變遷的生動圖景。

一　新邊塞詩在地性的發生

「在地性」指的是主體與特定地點之間獨特的辯證關係。它不僅挖掘作為客體的地方知識，更強調主體「在」或曰「融入一地」，被地方打上諸種烙印，同時也以自身力量形塑地方的動態過程。新邊塞詩以二十世紀八〇年代初期為界，創作者可分為前後兩批，第一批是此前遷入新疆並開始創作的外來詩人，他們的跨地經歷充分詮釋了外來主體融入新疆這個「地方」並與之相互形構，建立生命聯結的歷

---

[1] 本文論述新邊塞詩的空間範圍限於新疆一地，旨在發掘其在地性發生的最初過程。
[2] 楊洋：〈地方路徑與當代貴州詩歌現象透視的可能性〉，《現代中國文化與文學》2021年第4期，頁33。

程。這批詩人多在一九四九至一九六六年間遷徙入疆,大致情況可分為幾種:第一,隨軍轉業留疆,包括楊樹、洋雨、雷霆、伊萍(四人均為1949年入疆)和屈直(1967年)等詩人;第二,因政治和生存原因「盲流」進疆,包括石河(1960年)、高炯浩(1961年)和楊牧(1964年)等詩人;第三,隨親遷疆,包括周濤(1955年)和楊眉(1957年)等詩人;第四,作為支邊知青赴疆,包括東虹(1959年)、郭維東(1959年)、章德益(1964年)和李瑜(1964年)等詩人。其中,隨軍進疆者屬於國家組織的移民,攜帶著內地「大生產運動」的光榮傳統,支邊青年具有響應號召、扎根邊疆的主動精神,兩者均擔負著屯墾戍邊的使命。即使身份模糊的「盲流」,也在急需勞動力的新疆得到了安置,大多被分配到新疆生產建設兵團(以下簡稱兵團)農場[3]。雖然新邊塞詩創作者來處各異、入疆原因有別,但新疆對他們的「組織」方式基本一致,即扎根定居、勞動開拓,奉獻於國家發展新疆的整體規劃。在他們乍履他鄉、在地體驗尚未完全展開之際,地方對主體的接納、重塑和主體對地方的認同、融入便已成為一個預定的創作主題,加之聞捷、郭小川等前輩詩人政治抒情詩的示範作用,他們進疆初期的詩歌寫作呈現出相近的表達策略和情感基調。

因此,當以拓荒為核心的農業活動成為外來詩人最先發生的在地經歷,他們的詩歌首先充滿了對勞動的行為過程、扎根的情感意志以及自我在勞動中「被改造」體驗的述寫。章德益與他人合著的詩集《大汗歌》中的不少詩歌可作為此中代表。譬如,勞動主體「我」既在〈驕陽下〉墾荒,任烈日「讓我的皮膚蛻一層」「把我徹裡徹外變

---

[3] 楊牧自謂少年時因「非組織」自印文學刊物的「罪名」和大饑荒導致的生存壓力而選擇西行,入疆後成為兵團莫索灣二場的農工。高炯浩詩集《詩意新疆》的「代自序」中介紹,他因家庭出身原因於十七歲被迫漂泊塞外,入疆後在石河子當工人。石河進疆後歷任兵團農八師棉紡織廠職工、幹部。

個樣」，[4]亦高唱〈大汗歌〉、〈弄潮歌〉、〈掄鎬曲〉，與鍬、大鎬、大筐、扁擔、鋤頭等勞動工具互動，在汗流浹背的開荒勞動中痛快淋漓「洗出一個『新』我來」[5]均是如此。在〈塔里木人〉、〈扎根派的圖章〉、〈雄壯的伴奏〉等「務農戰歌」中，章德益把自己明確定義為「扎根派」，顯示了支邊群體牢固的身份認同和開拓荒野的堅決意志。

初期新邊塞詩傳達出的在地認同是一種先在的、意識形態性質的存在，詩人的在地體驗在其主導下展開。然而，隨著詩人與新疆土地的關聯日益密切，他們真實艱苦的勞績和豐富多樣的在地體驗，又反過來還原了在地認同的建構過程。詩中反覆出現的「進軍」、「革命」、「戰鬥」、「突擊」等口號式抒情，正是詩人扎根新疆，產生在地認同並確立自我歸屬的開端，也可視為新邊塞詩在地性的初始形態。

東虹曾在詩集後記中回顧新疆對自我主體的塑造：「為追求詩神的鍾情，我投身塔里木的軍墾農場，當了一名軍墾戰士，在艱苦的墾荒生活中經受鍛煉……不久即到駱駝隊當獸醫，和駱駝客們一起牽著駱駝跋涉於塔克拉瑪干大沙漠與托木爾冰峰之間，與軍墾戰士、各族牧民結下了不解之緣。政治的風浪、自然的風雪鍛煉了我，艱辛而豐富的生活，激發起我的創作靈感。」[6]他在〈進軍塔里木的道路〉中寫道，吞苦水、穿風沙的進軍之路讓「不勇敢的在這裡變得勇敢，不堅強的在這裡變得堅強」[7]。諸種磨礪讓他堅信〈歷史選擇了我們〉，「當我們剛剛走出／紅柳條與母愛編織的搖籃／風暴便擄走了我們／蘭花兒的怯弱／酷熱便蒸發了／我們露珠兒的嬌氣／飛沙走石狂暴的

4　楊洋：〈地方路徑與當代貴州詩歌現象透視的可能性〉，《現代中國文化與文學》2021年第4期，頁19。

5　章德益、龍彼得合著：《大汗歌》（上海：上海人民出版社，1975年），頁25。

6　章德益、龍彼得合著：《大汗歌》，頁25。

7　東虹：《東虹新邊塞詩選》（烏魯木齊：新疆人民出版社，1995年），頁9。

拳頭／捶打出我們的倔強／炎日的雕刻刀／雕出我們紫銅般的堅毅」。[8]與之相對應的則是在地性的另一面，即主體對地方的實踐再造，〈綠洲，敞開一部影冊〉寫道：「梧桐凸起老軍墾的豪邁／沙棗花含著小知青的靦腆」，綠洲的每一處景象，新疆每一項建設成果都凝聚著包括詩人在內的勞動者的奉獻。

章德益「事後回憶」：「三十多年呵，在西北，在新疆，在那片廣闊而神幻的土地上。而其中又有整整十六年在塔克拉瑪干大漠邊緣的小小農業連隊。我在那裡長期墾荒、打柴、種地、收割，又間斷幹過文工團創作員與代課教師的工作。這段生活給我留下了刻骨銘心的回憶」。[9]無論是地方給主體打上的諸多烙印，還是主體對地方的實踐再造，這兩者最終使詩人與新疆、人與地方形成了相互塑造的關係，以在地性為核心質素的新邊塞詩也正誕生於這一過程之中。章德益的〈鑿渠者〉一詩就是對人地關係的直接演繹：

  他覺得不是他鑿渠
  而是渠鑿他，
  一種力，一種精神，一種渴求
  正鑿穿他的生命，橫貫他，
  使他有些僵滯的生命
  豁然貫通
  ……
  他恍覺有一個傳說
  貫穿他的血肉而流出
  流成大地之源

---

8 東虹：《東虹新邊塞詩選》，頁105-106。
9 章德益：〈寫詩之癮〉，《揚子江詩刊》，2008年第4期，頁29。

......
　　流他為大地新的河床
　　手為河口
　　心為清澈的河源[10]

「他」就是詩人主體和萬千軍墾建設者的化身，當「他」鑿渠通水的同時「形化」為渠，把古漠引向綠洲，其僵滯生命的豁然開朗與荒蕪土地的生機煥發便達成同義，搭建起以勞動為橋樑的具有哲學意味的人地關係，綠洲也成為勞動者生命力的象徵。〈播種者〉也是如此，「他用這穀種更新自己／無限延續自己的血肉與靈魂」，[11]播種者和農作物建立了相互更新的關係，豐收解決供給，令開荒者扎根土地生息繁衍，土地的生產才得以永續。還有〈我與大漠的形象〉，「大漠與我／在各自的設計中／塑造著對方的形象」，[12]詮釋的亦是人與土地的雙向形塑。郭維東在〈綠色的進擊〉中展現了轉業軍人群體從西遷進疆、扎根屯墾、建立家庭，到在「文革」期間經受苦難，新時期恢復生活的幾十年壯闊歷史，而這歷史始終與新疆大地相依共生。東虹在〈塔里木的泥土裡所誕生的〉中一遍遍吟詠「我的塔里木」，傾注的是人與土地命運攸關的深情，「當土雨淋我們一身／把我們和進大地／變成一顆有靈有性的土粒／填補了大漠的空曠與荒蕪／扶植起被風沙埋沒的歷史」，[13]這些詩歌都是對人、地互依互顯關係的真切書寫。
　　周濤的經歷與兵團詩人相異，但他們在地認同的產生過程或邏輯

10　章德益著，鄭興富、翟勝利編：《邊塞三人集》（烏魯木齊：新疆人民出版社，1993年），頁387-388。
11　章德益：《黑色戈壁石》（廣州：花城出版社，1986年），頁67。
12　章德益：《大漠和我》（長沙：湖南人民出版社，1983年），頁12。
13　東虹：《塔里木之戀》（烏魯木齊：新疆青少年出版社，1989年），頁107。

卻大體相同。據他的散文可知，他曾因父母下放而在北疆的吉木薩爾經歷過「沉痛」的生活，還在伊犁軍墾農場接受過一年勞動改造。「吉木薩爾的生活於我只有十幾天，伊犁的再教育生活只有一年，喀什的歲月略長些，將近八年，但是這些倒楣、落魄、失意的日子，往往造成石頭一般堅硬的記憶，而順風順水的日子反而倒像落花流水一樣輕飄易逝。說明了記憶的分量往往由苦痛凝成。」[14]因此，看似恣意「遊牧」邊疆的周濤並非無所歸依，接地的新疆生活才是他自由疏放姿態的真正來源。發表於一九七八年的〈天山南北〉在寫意南北疆美景和哈薩克、維吾爾族人性格的同時，穿插了周濤在新疆的成長經歷，擺渡伊黎河、春播鞏乃斯、打獵阿勒泰等浪漫畫卷的基質是他青年時代的生活實錄，關於南疆的風土素描中更是夾雜了「坎土曼就是槳，在百萬社員手中揮……」的墾荒場景，[15]暗示自己的「本位」在曾經「戰鬥」過的南疆。代表作〈伊黎河〉更是周濤對自我歸屬和在地認同的顯豁表達，在尋找生命之河的旅程中，他發現童年時代的故鄉居所有一條「並不屬於我」的河，直至在新疆遇到伊黎河，他的生命才發生質變：

在你身邊，我懂得了寒冷、勞累、饑餓，
在八面漏風的馬棚裡熬過風雪之夜，
我咬緊顫抖著的牙關呵，
緊緊地摟抱著包穀芯燃著的火……
每天每天，我吞咽強度勞動的苦樂，
臉上有了稜角，肚皮開始陷落，

---

14 周濤：《低調》（南京：江蘇鳳凰文藝出版社，2016年），頁50-51。
15 周濤：《周濤詩年編》（北京：解放軍出版社，2005年），頁5。

>　但是兩根黝黑如鐵棍的胳臂，
>
>　卻以驚人的力量使牧馬人咋舌。[16]

　　人對地方的歸屬感並不取決它是否為籍貫，當以「強度勞動」為核心的在地體驗雕刻了人的主體性，一種人、地互相照見、互打烙印的在地認同才像火花爆裂般真正發生。後來的周濤對新疆的風物冠以「我的」之稱，訴說「我的空曠的天山明月夜／我的腥臊的喀什噶爾黃昏／我的跋涉阿爾泰山的足印／我的沉思伊黎河岸的青春」，[17]更是對自我與新疆相互歸屬關係的深刻表白。

　　新邊塞詩在二十世紀八〇年代作為流派的突起有著長期的積累，對於新邊塞詩創作者而言，「在地性」的發生是從外在的要求，到逐漸與自身的在地體驗互照互識、交映疊合，最終形成個人性的扎根情懷的過程。這一過程中，當詩人完成了墾荒戍邊、開拓綠洲的勞動與因之建構的人地關係的述寫，他們作為墾荒者／開拓者的主體形象和個性氣質也得以生成。新疆不但給予他們開拓者、勞動者的身份，亦成就了他們作為詩人的榮耀，並將以「地方」的方式參與到「新時期」文學主體性重建的大歷史中，為新邊塞詩走向文壇中心，解決地方性和全國性的矛盾關係問題提供了堅實底氣。

二　忠實地方與走向全國的抵牾

　　若說「十七年」間，詩人用在地的生命體驗應合社會政治的需求，樹立起「扎根」新疆的現實和文學主體，那麼步入「新時期」

16　周濤：《周濤詩年編》，頁61。

17　周濤：《野馬群》（上海：上海文藝出版社，1985年），頁86。

後,他們大多恢復了文藝工作者身份[18],通過詩歌創作得到「主流」文壇入場券,獲得全國性的影響力,就是他們必須直面的課題。一九八一年正式打出「新邊塞詩」旗號後,楊牧在〈關於新邊塞詩的通信〉中解釋其含義:

> 對於我們當今的世界,我們的整個國家和民族都還未進入「中心地帶」,都還可以叫做「邊塞」(邊緣)——我們現在不都還清醒地自稱為「第三世界」嗎?正是從這層意義上講,我們高舉「邊塞」的旗幟,能催人奮進,走出「邊緣」,大踏步進入世界和人類的「中心」,直到社會學上的「邊塞」概念徹底消亡,不僅對我們這個落後的邊疆有積極意義,而且對整個國家、整個民族都有特殊的積極意義。[19]

「未進入『中心地帶』」的焦慮感在當時的中國社會並非孤例,新疆詩人的邊緣感更是雙重的,即既身處世界格局的邊地,也遠離中國文壇的中心。楊牧將社會學意義上的「邊塞」置換為意識形態領域的「邊緣」,把新疆一地的「邊緣性」指認為全國性的困局,從而以承認「落後」、以退為進的姿態把創作新邊塞詩升格為轉變民族國家邊緣處境、走入世界中心的必由之途。周濤曾在散文《邊陲》中承認「中心」對「邊地」幾乎壓倒性的強勢,也在〈預言塔克拉瑪干〉中屢述自己的多重「邊緣感」:「當時我正是一個被遺棄者。我被社會組織制定的一些政策所遺棄,它遺棄我的方式是突然間使我喪失任何選擇的可能。我獨行南疆,從塔克拉瑪干的這個邊緣奔向它的另一個更

---

18 周濤在一九七九年進入烏魯木齊軍區創作組,郭維東於一九七九年調入新疆文聯,楊眉一九七九年調任軍區創作組,章德益一九八〇年就任於新疆文聯。
19 楊牧著,梅奐芳編:《楊牧文集:下》(重慶:重慶出版社,2003年),頁767-768。

為遙遠的邊緣,我被拋向那裡,沒有任何力量幫我改變它。」[20]因此,「邊緣／中心」的分野固然充滿預設的偏見,也確是這些詩人的切實體驗。

因此,「新時期」之初,新邊塞詩創作者主動將自身的在地經驗與破舊迎新的時代氛圍相調和,對新疆地景和民族風情的狀寫也多落腳於現代化的民族國家想像。章德益的詩集《綠色的塔里木》基本延續《大汗歌》以扎根邊疆為核心的情感基調,其中〈老軍墾的心願〉、〈創業室的軍衣〉等詩歌均強調軍墾精神的傳承對於共產主義事業的指導意義。他的組詩〈播種者,站在綠洲與荒野之間〉[21]則是對綠洲勞動者在中國歷史畫卷中意義的定格,詩中「種筐在肩」的「他」是兵團兩代開拓者的形象剪影,「他」在綠洲和荒野之間「鬆土」、「施肥」、「播種春天」的行為,正象徵著國家希望之種的萌芽和民族的新生。楊牧寫下詩歌〈當下〉、〈給復活的大海〉,勇敢回看歷史的荒謬,歌贊風暴停歇、萬物蘇生的「今天」。東虹的〈春天的記憶〉、〈尋找〉等詩歌傳遞的亦是告別昨天、迎接未來的決心,同時把自我跨過生命暗礁,重新尋回「詩人」站位的情緒傾瀉而出。李瑜在〈準噶爾詩草〉中展現了拓荒者柔情善感的一面,卻也潛藏著浴火重生、穿越黑暗的意念。洋雨的詩集《絲路情絲》側重抒寫面貌殊異的絲路景物,但著力之處總是它們甘嘗酸苦、勇於開拓的特質。周濤的〈新疆的歌〉展演了十三個民族異彩紛呈的音樂文化,匯集成激勵他們投身邊疆建設的號角,〈鞏乃斯大草原〉鋪染草原多層次的魅力和豐厚的多民族文化,昇華出各民族兒女對新疆土地的「忠貞」。〈鴉

---

20 周濤:《周濤散文:第1卷》(上海:東方出版中心,1998年),頁145。
21 組詩《播種者,站在綠洲與荒野之間》包括《他向荒野走去,他的投影……》、《他抓起一把種子,掂了掂》、《他撒種了,手臂劃出個大大的圓圈》、《他播完了,聽了聽大地的回聲》、《他站在綠洲與荒野之間》五首詩。

群〉、〈山群〉、〈雪山水〉等詩歌表面上是對果子溝、天山等地即景的抓取，實際則隱喻時代更迭給新疆各族人民帶來的新生活。可以看出，新邊塞詩創作者此階段雖有貼合主流要求的意圖，以至於時常給詩歌附上一個較為生硬的昇華式結尾，但好在他們所熟稔的「綠洲」、「土地」、「春天」意象以及挺進沙漠、拉犁拓荒、開渠放水、創建新城等在地經驗，都天然具備生機、希望、進取等積極內涵，無需刻意改造就能與當時的社會心理相得益彰。

　　新邊塞詩實現了豐盈的地方色彩與忠實的家國身份，深厚的在地體驗與迫切的現代籲求的融通，並逐漸走向全國。然而，越是想在扎根邊地的基礎上走出邊地，在地性和全國性的目標往往越難兩全。楊牧在〈詩，還是生活的牧歌〉一文中自省因為要在詩中表現政治主題而對民族歷史文化發掘不夠的情形，卻在〈沒有起點，也沒有終點〉中視具有強烈時代感的詩歌為自己的「兒子」，非常看重詩歌能否得到內地詩壇認同。他感激十五年兵團農場歲月讓自己與底層的個體血肉相連，卻也把更無地方性的「人民」作為進軍文壇的籌碼。全國性的聲名並未帶來持久的愉悅，自覺的反詰和矛盾的心理說明詩人對新邊塞詩的困境深有感知：如果止步於此，新邊塞詩至多是邊疆政治抒情詩的延續，要如何應對同質化的壓力，才能真正解決地方性主體存在的難題？問題的突破始於詩人們對邊地「中心感」的發現，這在他們一九八〇年代初期的詩作中已顯露端倪，並與邊緣感相伴而生。譬如詩歌〈我的位置在這個邊遠的角落〉中，周濤對自身的站位進行了詩化呈現，在坦陳「我的位置就在這裡／這個祖國最邊遠的角落」的同時，[22] 他也因長養於此地而確信「每個人的腳下都可能是世界的中心／因為——地球是圓的」。[23] 楊牧的〈天山，一個不協調的形象〉在

---

22 周濤：《周濤詩年編》，頁90。
23 周濤：《周濤詩年編》，頁91。

塗繪天山春景時如此思考它的位置。「站得很遠，似乎在地平線之外，／哪能呢！腳下是地球的軸心。」[24]「圓」的認知模式打破了東部—西部、南方—北方的地域分隔，使居於邊地的新疆成為向四方上下無限拓展的立體詩化空間。而這種「中心感」，正來源於新邊塞詩創作者對新疆「第二故鄉」的在地認同和身份歸屬。「幾乎每個地方的人都傾向於認為他們自己的故鄉是世界的中心。一個相信他們處於世界中心的民族隱含地認為他們的位置具有無可比擬的價值。」[25]故而，恰恰是「在地性」把邊緣的失落感轉化為了值得驕傲的「中心感」。

一九八〇年代初期，新邊塞詩中關於「中心感」的表達就顯露端倪，並與邊緣感相伴而生。譬如周濤的〈我的位置在這個邊遠的角落〉對自身的站位進行詩化呈現，坦陳「我的位置就在這裡／這個祖國最邊遠的角落」，[26]但也因長養於此地而確信「每個人的腳下都可能是世界的中心／因為——地球是圓的」。[27]楊牧的詩歌〈天山，一個不協調的形象〉在塗繪天山春景時把它放置於世界的中軸，「站得很遠，似乎在地平線之外，／哪能呢！腳下是地球的軸心。」[28]「圓」的認知模式打破了東部—西部、南方—北方的地域分隔，使居於邊地的新疆成為向四方上下無限拓展的立體詩化空間。而這種「中心感」其來有自，「幾乎每個地方的人都傾向於認為他們自己的故鄉是世界的中心。一個相信他們處於世界中心的民族隱含地認為他們的位置具

---

24 楊牧著，梅奐芳編：《楊牧文集：上》（重慶：重慶出版社，2003），頁167。
25 段義孚、王志標譯：《空間與地方：經驗的視角》（北京：中國人民大學出版社，2017年），頁122。
26 周濤：《低調》，頁90。
27 周濤：《低調》，頁91。
28 章德益、龍彼得合著：《大汗歌》，頁167。

有無可比擬的價值。」[29]恰恰是「在地性」把邊緣的失落感轉化為了值得驕傲的「中心感」。

「『中心』也意味著起源，還帶有一種起點和開始的意味。」[30]一九八四年起，新邊塞詩創作者對邊地「中心感」的挖掘逐漸深化，他們把新疆納入「西部」這一寬廣站位，將其視為全民族乃至人類歷史的發源地，從而在更高層次上連接起在地經驗與整體文明的詩歌命題。學者周政保對此深有體會：「在數量可觀的『新邊塞詩』中，一切關於高山、冰川、綠洲、草原、戈壁、大漠、駿馬、兀鷹、駝隊的展示，都深深地隱含著當代人（或者說當代西北人）的歷史意識與人生觀念。哪怕是一顆草籽的遐想，一個黃昏的感應，都傳遞著我們這個時代的精神信息流。」[31]在章德益的詩歌中，「西部高原」是人類的生身之地，「裸赤的大地」記載著民族履歷，民族精魂燃燒為「西部太陽」，西部山嶽支撐人類超越時空，「荊棘、火種、燒荒／——是人類歷史的三部曲」，[32]哈薩克獵人的瞳孔中濃縮著迢遠宇宙，氈房中走出的騎者是遊牧遠征精神的象徵。此類詩歌意象均是詩人受到西部大地感召，主體意志與之共鳴而產生的投射，而這共鳴的核心就是掙脫拘束、勇於開拓、創造歷史：

　　向這樣的山川匐匍是一種靈魂的匐匍
　　向這樣的山川奮起是一種精神的奮起
　　在匐匍與奮起間，呼嘯起整個中國西部的海撥

---

29 段義孚著，王志標譯：《空間與地方：經驗的視角》（北京：中國人民大學出版社，2017年），頁122。
30 段義孚著，王志標譯：《空間與地方：經驗的視角》，頁102。
31 周政保：《小說與詩的藝術》（杭州：浙江文藝出版社，1986年），頁60。
32 章德益：〈荊棘、火種與燒荒者〉，《新疆文學》1983年第5期，頁32-33。

> 而海拔產生高度，產生歷史
> 產生整個民族最悲壯的精神的山系[33]

　　於章德益而言，「開拓本來就是人類的最高使命。而大西北正是這種開拓精神的至高象徵」。[34]新疆給予詩人主體的一切在地體驗都能拓展至人類歷史的維度。周濤在詩歌中發覺遊牧民族的氊房是聯通宇宙的管道，「穹廬的拱頂／渾圓如天宇／使人彷彿置身宇宙之間／感受著萬物的親近」，[35]牧人身上「顯示著人類的古老和年輕」[36]，也閃現著用堅韌面對苦難的光芒；他創作一支〈荒原祭〉，用開拓精神接過祖先留下的禮物，剝離人類附加給荒原的外在意義，讓它返歸本真；他在〈黃昏的野馬渡〉冥思，領悟到「無論是嚮往黎明那樣燦爛的未來／還是凝神歷史一樣深邃寧靜的黃昏／請相信同樣能激發人類向上的精神」；[37]他向唱古歌的蒙古族人打聽前輩的傳說，並從他們的豪勇氣質中獲得奮發的力量；他在西部荒野的大雪中懷想迎戰風雪的祖先，吶喊「我被數千載的無數英雄魂魄所圍繞／我被整個民族聖潔的精神所鋪墊」。[38]而當周濤虔誠地朝拜〈神山〉，尋索岡底斯、喜馬拉雅、喀喇昆侖三大山脈的史前風姿，追慕開闢通達世界之路的英靈，接近「萬王之王」祖國，他也就完成了對西部邊地「中心感」的神性確證。

　　西部大地以開拓為核心的特質是中華民族崛起、社會發展和歷史推進不可或缺的精神原動力。而當新邊塞詩的「扎根」含義從在地認

33　章德益：〈致西部〉，《延河》1985年第9期。
34　章德益：〈三言兩語〉，《延河》1985年第7期。
35　周濤：《牧人集》（長沙：湖南人民出版社，1983年），頁3。
36　周濤：《牧人集》，頁4。
37　周濤：《牧人集》，頁17。
38　周濤：《周濤詩年編》，頁291。

同的發生、個體身份的歸屬深化為文化根脈的尋溯和開拓精神的確立,忠實地方和走向全國的矛盾也就被擱置起來。李怡提出:「在主導性強勢性文化發展、『文化金字塔』巍然屹立的同時,另外一條思想的線索也在默默地堅實地延伸成長著,這就是我們如何在全球化的『世界認同』、『國家認同』與『中華民族認同』的過程中發現自我?如何通過本土的鄉土的『地方性知識』的重新建構來回應社會文化的現代化要求?」[39]新邊塞詩派從二十世紀八〇年代初期走出地方,走向全國,到二十世紀八〇年代中期更深層次地返歸地方的發展進程,無疑為這個問題提供了有意義的解答。

三 扎根異鄉與想像故鄉的複調

無論新邊塞詩的創作者因何緣故進疆,「扎根」意念如何堅定,當初的背井離鄉總是他們無法忘懷和磨滅的事實。有「第二故鄉」就一定有「第一故鄉」,作為詩人的籍貫或出生、成長地,「第一故鄉」的存在使新邊塞詩的在地性呈現出更為複雜生動的面向。

在新邊塞詩的文本中,第一故鄉和第二故鄉或曰故鄉和異鄉時常發生置換。一九六四年,楊牧在初入新疆莫索灣時寫下詩歌《鄉情》,描繪了來自天南海北的人們「同把他鄉作故鄉」的其樂融融之景,積極加入軍墾農場集體的主動性和以新疆為「鄉」的歸屬感顯露無遺。然而經年之後,他憶述的入疆之旅卻伴隨著蒙難的陰翳,「倒是有一個事實是,這西行之旅無疑是與落魄、倒楣、無可奈何或某種蒙辱連在一起的,所以大多謹慎而坐,絕不輕易說出自己的來歷」。[40]

---

39 李怡:〈少數民族知識、地方性知識與知識等級問題〉,《民族文學研究》2010年第2期,頁53-54。
40 楊牧著,梅奚芳編:《楊牧文集:下》,頁10。

相比之下，〈鄉情〉中極具浪漫主義的扎根情懷是否「虛偽」姑且不論，但迅速確立一個「新」故鄉的方式，無疑能夠遮蓋原籍給主體留下的精神傷痕，並將自我指認的話語作為融入兵團的憑證。直到在新疆生活多年，真正「成了土地的一分子，農工家族中的一員」，[41]楊牧對兵團第二故鄉的告白才從當初的書寫策略凝定為在地認同的真實表達。一九八〇年九月，楊牧南下四川期間寫作的詩歌均對故土表現出一種熱絡又疏離的複雜態度。從〈給我快車〉中歸鄉之情的迫切表達，到〈渡船〉中追憶兒時往事卻明確表達不再過分熱愛，再到〈炊煙〉裡與故鄉的親人一一話別，短暫的歸鄉之途雖然充滿溫情，但僅僅在不到兩個月後，回到新疆的楊牧就創作出了獻給第二故鄉準噶爾的〈我驕傲，我有遼遠的地平線〉，足見其情之所屬。

一九八四年，楊牧創作〈癡情〉以「回去」和「留下」即返鄉和留疆的論辯開篇，還原自己從「浪跡而來」到載入「開拓者的正冊」的在地經歷，也解釋了自身在地認同的發展過程。不過，在楊牧把新疆的一切風物納入「我的內心」，堅定「我不回去」的同時，雖然「因自棄而退避」的情緒顯得微不足道，但越是強調拒絕回到江南，越說明他動過歸鄉之念。這種念頭是站在吞噬生命的莽莽沙漠之前思念江南水鄉，歎一句「你在那廂，我在這廂／你恨源短，我怕流長」，[42]亦是如母親和初戀情人一般牽繫遊子心魂的「柔韌」鄉音。對於一九九〇年真正離開新疆返居四川的楊牧，從〈癡情〉開始隱續的「去／留」矛盾更像是一種預示，在為數不多的「返鄉之作」中，與故鄉的久別重逢並沒能讓詩人獲得安適，反而「有一隻流落在昔日故鄉的／他鄉人的薄薄的耳啊」，[43]充溢著身處他鄉的蒼涼孤寂之情。雖

---

41 楊牧著，梅奐芳編：《楊牧文集：下》，頁626。
42 楊牧著，梅奐芳編：《楊牧文集：上》，頁78。
43 楊牧著，梅奐芳編：《楊牧文集：上》，頁959。

說少小離家老大回,但「問題是,皂角樹上/那具胎衣/已經風乾/儘管我以嬰兒的姿勢/仍舊沒法鑽進去」,[44]現實中的老家再也無法安放歸心,楊牧的故鄉已經永遠故去而成為精神性的詩意存在,只有新疆的往日時光真正令他魂牽夢縈。

曾與楊牧同為「盲流」的高炯浩也對故鄉有著雙重情感。在《詩意新疆》的「西部拓荒人」一輯中,他回望自己當年決絕西行的心路:「柏格達雪峰是一生啃不完的白饃饃/戈壁沙丘是令人饞涎欲滴的黃窩頭/失敗的惡夢和著血汗埋進故鄉黃土/希望的幻想在西部荒原上縱馬馳騁」。[45]彼時的「故鄉」是理應棄置的傷心之所,新疆則是充滿希望的新地,將以廣大的胸懷迎納身份失落的詩人,一步步賦予他們兵團奠基人的群體認同。高炯浩承認自己初入新疆時寫作動機的「卑劣」,即憑藉詩歌謀求工作,但走過「覓食亦覓詩」的路之後,他在〈我的背影徜徉在天山南北〉、〈祭「編外排」〉等詩歌中深情追認自己對新疆的歸屬之情:「我的腳心長出的鬚根/已深深地扎進新疆大地我的籍貫/也因為歲月長出了鬍鬚而改成了新疆。」[46]然而,伏藏於在地認同之下的依舊是未曾稍離的故土之思,這促使高炯浩在一九八四年重返山東故鄉時,用名為「行走在童年的村莊」的一輯詩歌反覆追問「故鄉是什麼」、「家是什麼」,新疆則作為陪襯故鄉的「異鄉」出現。遺憾的是,高炯浩對故土的述寫終究只能停留在「童年」回憶,缺席故鄉的時光悠遠漫長,新疆體驗的深刻影響已刻骨銘心,在故鄉與異鄉的置換和複調中,他與楊牧一樣無法妥善解決作為歸鄉者在當下時空的站位難題。

回鄉卻有異鄉之感的矛盾情愫,亦流露在章德益返滬後關於城市

---

44 楊牧著,梅奕芳編:《楊牧文集:上》,頁962。
45 高炯浩:《詩意新疆》(烏魯木齊:新疆生產建設兵團出版社,2012年),頁127。
46 高炯浩:《詩意新疆》(烏魯木齊:新疆生產建設兵團出版社,2012年),頁5。

生活和新疆記憶的文字中，突出如散文〈城市戶籍〉。他自述把戶口遷回原籍上海是早年的夢想，但當戶口真正落地：

> 我卻覺得自己依然是一個外鄉人。每天，我還是以我含混不清的面目漂遊在我自己夾生的鄉音間，我還是以我含混不清的經濟身份漂遊在城市過於膨脹的欲望間……一個人的外在位址、軀殼位址，可以經由郵筒的易位、郵遞區號的更迭而改變。而一個人的心靈地址、生命地址卻是由他一生中流過最多血淚，留下最多苦難記憶的地點構成。[47]

濃重的「漂遊感」驅使章德益深入省思個體生命的外在居所和精神屬地的關係，並把這種思考貫穿於此階段創作的「早年的荒原」系列詩歌。其中關於「鄉愁」的豐富表達是他此前新邊塞詩中罕見的，在雁翅、垂柳、明月、秋風等傳統「思鄉」意象營造的幽渺時空中，住居著一個迥異於「開拓者」、「扎根者」的「孤旅者」、「思鄉者」主體。他仰頭「東望歸途」，俯身〈寫家信〉，在支邊時期的無數個難寐的夜晚溝通古時征人的望鄉之意，追懷江南的溫情，在〈夢中歸鄉〉時分流下幽怨的「鄉淚」，也在犧牲異鄉的上海知青墓前追尋「一粒塵埃的原籍與／一聲墓鴉的鄉音」。[48]新疆的景致則成為「他鄉的風景」，「在那裡鄉愁的蛩鳴是從深草裡贖回的／戶籍登記在雁唳上」。[49]不過，此間的「鄉愁」指向的已非上海這一具體空間，當理想主義的支邊激情退去，在新疆時不曾言鄉的章德益在詩歌中重複著「鄉愁的引渡」，尋訪精神的原鄉。如上文所述，他早期的詩歌中充溢著「扎

---

[47] 章德益：〈城市戶籍〉，《飛天》2000年第1期，頁17。

[48] 章德益：《早年的荒原》（烏魯木齊：新疆科學技術出版社，2014年），頁29。

[49] 章德益：〈早年的荒原（四首）〉，《青海湖》2001年第6期，頁35。

根」塔里木盆地的在地精神，但後來卻坦承當時的寫作動機並不純粹：「一個從小身體羸弱的人，一個從小手無縛雞之力的書生，真無法以自己的瘦弱之軀承擔起如此超負荷的繁重體力勞動⋯⋯而寫作，也許是那時能改變自己生活現狀與生存困境的唯一途徑。」[50]因此，詩人「逃離」勞動的隱秘訴求與外露於詩歌的主動「扎根」精神產生的微妙罅隙，在這些回顧「鄉愁」的詩歌中得到了縫合。再聯繫章德益此階段所撰〈城市筆記〉、〈城市切片〉、〈孤獨〉等作品以及其中充斥的人之靈魂迷失、意義瓦解、欲望空無等現代都市的狹仄體驗，便可知這種遲到的「鄉愁」表達實質亦是他應對和消除異鄉感、疏離感的途徑。一方面，新疆經驗的烙印過於深刻，「當他開口／從他鄉音中就會潺潺不斷地／流出一條遙遠的內陸河啊」，[51]「返鄉者」章德益必須接受新疆帶給他的「白髮」和「夢魘」，這使他無法在遠離新疆的內地都市獲得精神的歸鄉。另一方面，時空的長遠間隔使曾深入新疆土地和生活的章德益獲得了一種旁觀者視角，因而洞徹個體生命在西部山河中的微渺，逐步實現從兵團「扎根派」到「偶經此處的異鄉人」的姿態轉變和境界拓延。

　　楊牧可以在新疆高唱扎根，卻無法在原籍處之泰然，或許是意識到這種矛盾的境遇，周濤在一九八〇年代末期放棄回到內地故鄉，宣誓「士為知己的土地死」。他對生活多年的烏魯木齊明確表態：「我們在這裡生了根，我們的腳長進了這裡的土地，它就是我，我就是它的一部分。我怎麼也擺脫不了故鄉和我的關係，我承認，我太愛它了，我已徹底被它征服。」[52]重訪祖籍山西時，他則更加確信新疆的「家鄉」地位：「我的心情有些激盪，但同時又有一種自發的抑制，我有

---

50 章德益：〈愛詩〉，《星星》2010年第3期，頁68-69。
51 章德益：〈中亞高原（組詩）〉，《揚子江詩刊》2012年第4期，頁43-44。
52 周濤：《周濤散文：遊牧卷》（烏魯木齊：新疆人民出版社，2009年），頁273。

些明白了,是我真正的家鄉——新疆在抑制這種自作多情的、有害的情緒。」[53]於周濤而言,「異鄉」的魅力壓倒了故土的召喚,這使他成為第一代新邊塞詩創作者中相對最能實現精神自洽的一位。

概而言之,新邊塞詩中故鄉——異鄉的轉換和複調,在地認同和鄉土愁緒的共存,均源於創作者的遷徙行為和跨地體驗,也是人類集體無意識中戀鄉情結的作用。「戀鄉情結屬於集體無意識,它是一種涵容了人類祖先往昔歲月的生活經歷和情感體驗的原始意象,它刻入了人類的心靈結構中。」[54]而在地與返鄉之矛盾的解決,仍有賴於詩人對自我與「地方」即新疆關係的最終定位。楊牧的長詩〈邊魂〉大幅鋪演了南方、北方之辯,無疑映射著邊魂—鄉愁這組矛盾的交錯重疊,而主角「我」經歷漫長邊地之旅後不再搖擺於第一和第二故鄉,認定「南方,是你造化了我」、「從此這世界到處是路」。[55]與此構成同義的是周濤致敬〈神山〉的詩句,「我們卻都是作為思鄉者而存在／同時也都作為開拓者而永恆」。[56]經過艱難的反思和求索,新邊塞詩創作者逐漸把來處和去處、故鄉和異鄉、在地和返鄉的對峙在詩歌中凝化為一體。他們既承認身後的故土作為母體和根脈的原初意義,又感佩新疆給予自我生命的歸屬之感和詩意啟發,當新疆成為新的故鄉,他們將繼續以此為根基,邁向更為廣遠的地方。這也闡揚了新邊塞詩在地性的另一重內涵,即扎根並不意味著固守一地,在地認同和開拓精神可以諧振共生。故鄉想像回溯過往,在地認同指引未來,在向後尋「根」和向前尋「路」的過程中,來自江淮河漢、白山黑水的移民詩人成為新疆這片土地上的忠實歌者,也沉澱出文學生命的力量。

---

53 周濤:《周濤散文:遊牧卷》,頁54。
54 郭群:〈逃離與回歸——論莫言的鄉土情結〉,《齊魯學刊》2015年第6期,頁149。
55 楊牧:《邊魂》(北京:作家出版社,1987年),頁156。
56 周濤:《周濤詩年編》,頁255。

四　結語

「地方」不應狹隘地理解為作家出生、成長的那片土地，而應看作是與生活經驗、文學活動相關的一切地域空間。[57]所謂新邊塞詩的「在地性」，實質就是詩人在從故鄉移居新疆，艱難構建的全新群我認同這一過程中，通過不斷與「地方」產生聯繫而鍛造出的廣闊意義域。外來詩人群體逐漸把新疆形構為既是「路」也是「根」的精神故鄉，並以新邊塞詩為這種在地認同的文學表達。正如楊牧在《墓群》中所言：

> 每個人都是一部小說
> 甚至比小說容量更大，那是詩歌
> 背井離鄉又衍生新的鄉情的詩
> 圍襲荒涼又與荒涼為伍的詩
> 新邊塞詩[58]

開篇論及，另有一批新邊塞詩創作者在一九八〇年代才開始嶄露頭角，他們是出生或成長於新疆的谷罔、王鋒、秦安江、彭驚宇等「土著」詩人，以及因求學、參軍或支邊進疆的賀海濤、郁笛、李光武等外來詩人。前者以新疆為故鄉，對其具備天然的在地認同，後者雖然也在詩歌中表達了理想主義的支邊豪情，但兵團初創時期的墾荒勞作經驗只能成為他們的詩歌想像。相較之下，第一批來疆詩人的創作歷程完整呈現了新邊塞詩「在地性」發生發展的前因後果和深層矛盾，刻寫了新中國初期一代入疆知識分子精神遷徙的屐痕。

57　李永東：〈中國現代文學研究的地方路徑〉，《當代文壇》2020年第3期，頁120。
58　楊牧著，梅奚芳編：《楊牧文集：上》，頁634。

參考文獻

楊　洋：〈地方路徑與當代貴州詩歌現象透視的可能性〉,《現代中國文化與文學》2021年第4期。
章德益、龍彼得合著：《大汗歌》,上海：上海人民出版社,1975年。
東　虹：《東虹新邊塞詩選》,烏魯木齊：新疆人民出版社,1995年。
東　虹：《塔里木之戀》,烏魯木齊：新疆青少年出版社,1989年。
章德益：〈寫詩之癮〉,《揚子江詩刊》2008年第4期。
章德益著,鄭興富、鞏勝利編：《邊塞三人集》,烏魯木齊：新疆人民出版社,1993年。
章德益：《黑色戈壁石》,廣州：花城出版社,1986年。
章德益：《大漠和我》,長沙：湖南人民出版社,1983年。
周　濤：《低調》,南京：江蘇鳳凰文藝出版社,2016年。
周　濤《周濤詩年編》,北京：解放軍出版社,2005年。
周　濤：《野馬群》,上海：上海文藝出版社,1985年。
楊牧著,梅奚芳編：《楊牧文集：下》,重慶：重慶出版社,2003年。
周　濤：《周濤散文：第1卷》,上海：東方出版中心,1998年。
楊牧著,梅奚芳編：《楊牧文集：上》,重慶：重慶出版社,2003年。
段義孚著,王志標譯：《空間與地方：經驗的視角》,北京：中國人民大學出版社,2017年。
周政保：《小說與詩的藝術》,杭州：浙江文藝出版社,1986年。
章德益：〈荊棘、火種與燒荒者〉,《新疆文學》1983年第5期。
章德益：〈致西部〉,《延河》1985年第9期。
章德益：〈三言兩語〉,《延河》1987年第7期。
周　濤：《牧人集》,長沙：湖南人民出版社,1983年。

李　怡：《少數民族知識、地方性知識與知識等級問題〉,《民族文學研究》2010年第2期。

高炯浩：《詩意新疆》,烏魯木齊：新疆生產建設兵團出版社,2012年。

章德益：〈城市戶籍〉,《飛天》2000年第1期。

章德益：《早年的荒原》,烏魯木齊：新疆科學技術出版社,2014年。

章德益：〈早年的荒原（四首）〉,《青海湖》2001年第6期。

章德益：〈愛詩〉,《星星》,2010年第3期。

章德益：〈中亞高原（組詩）〉,《揚子江詩刊》2012年第4期。

周　濤：《周濤散文：遊牧卷》,烏魯木齊：新疆人民出版社,2009年。

郭　群：〈逃離與回歸——論莫言的鄉土情結〉,《齊魯學刊》2015年第6期。

楊　牧：《邊魂》,北京：作家出版社,1987年。

李永東：〈中國現代文學研究的地方路徑〉,《當代文壇》2020年第3期。

（本文2023年3月發表於《寧波大學學報》第2期）

明清修身日記的屬性與功能

鄭明智

二〇二一級　中國古代文學

摘要

　　明清修身日記是儒者記錄自身日常道德實踐過程的載體。其主要有兩種屬性：一是紀實性。修身日記最初是作記錄日常生活，提高道德修養水準而呈於山長或者同學審閱之用；二是公共性。儒者內心坦蕩，向來有傳閱自己日記互證所學、互相改過的傳統。儒者主要用修身日記自省或者在規過會上請成德君子診斷，以此省察改過。他們亦有用修身日記於學習、交流、交友方面。

關鍵詞：修身日記　明清儒者　紀實性　公共性　學習功能　交友功能

一　前言

　　作為中國古代一種獨特的文體類型，修身日記是儒者專用於省察自身的工具，其內容是多元的，其體制是多樣的。關於明清儒家修身日記的研究，學界已有不少重要的成果。較早關注修身日記的是吳百益，他在《傳統中國思想的自我省察與悔過》中表示，在一五七〇年以後，儒者受到佛教和心學的影響，更為關注自己的內心，逐漸關注自身的道德得失並且表現出悔恨的情緒。這種悔恨情緒讓儒者內心產生內疚感，而內疚感使他們有救贖的希望與表達的欲望。當儒者內疚感大於罪惡感時，他們便敢於公開書寫自己的過錯，因而在明代中後期產生了諸多修身日記。這種看法有一定借鑒意義，但仍然是以西方「罪感文化」角度看待修身日記。[1]美國學者凱萊赫·M·特蕾莎在《聖賢之學的迴響：吳與弼的生活和〈日錄〉》中指出，吳與弼的《日錄》似乎是目前保留下來的第一部公認的具有自我檢討作用的日記。從《日錄》可以看出，吳與弼對聖賢有強烈的執著，他在生活中試圖展現儒學思想。她在修身日記方面的研究具有較強的創新性，也挖掘了許多史料。[2]美國學者包雅筠在《功過格：明清社會的道德秩序》中提到修身日記出現的背景：以袁了凡為首的儒者利用《功過格》進行道德實踐，而這種實踐產生了功利主義的弊端，從而引發劉宗周等人的批判，進而設計出相應的修身日記。包雅筠較好解釋了晚

1　Pei-Yi Wu. "Self Examination and Confession of Sins in Traditional China," in *Harvard Journal of Asiatic Studies*, 39.1(1979), pp.30-34.
2　Kelleher M. T. "Personal Reflections on the Pursuit of Sagehood: The life and "journal" (jih-lu) of Wu Yu-Pi" (Columbia: Columbia University ProQuest Dissertations Publishing,1982), pp.8-11.

明修身日記產生的部分原因。[3]王汎森在《日譜與明末清初思想家——以顏李學派為主的討論》中主要以顏李學派為例，討論明末清初儒者的生活，進而展現其修身思想與修身困境。他在《明末清初的人譜與省過會》裡則主要說明儒者群體改過的情況以及修身日記在此情形下發揮的作用。[4]王汎森不僅對修身日記的體制有所提及，也以修身日記為史料展現儒者的日常生活，以日常生活的角度反映儒者的理學思想。原信太郎亞歷山大在〈陳確「慎習」說的成立〉中，延續以往日本學界對明末盛行的「改過運動」的研究，對於修身日記出現的重要場合進行分析。他同時亦關注陳確所提倡的「慎習」改過思想。[5]王璐在〈明代儒家省過工夫的發展脈絡——以儒家修身日記為中心的考察〉中既有對修身日記和修身記錄的初步定義，也有對明代的修身日記的初步梳理；既有對中晚明學術思潮的剖析，也有對儒者修身方式和困境的展示。她的研究，材料詳實，邏輯清晰。[6]

綜上可知，修身日記在思想史方面已有較為深入的討論，在日記研究史和文體學方面尚有拓展的空間。目前對日記介紹、收錄最全面的是陳左高《歷代日記叢談》和俞冰《歷代日記叢抄》。它們均未收錄《康齋日錄》、《西西日記》等修身日記，究其原因可能是日記容易與隨筆混合，畢竟已有將田藝蘅《留青日札》與來知德《來瞿唐先生日錄》等日記歸類為語錄和隨筆的先例。筆者認為，詳細地辨析其體

---

[3] 包雅筠：《功過格 明清社會的道德秩序》（杭州：浙江人民出版社，1999年），頁126-145。

[4] 王汎森：《權力的毛細管作用——清代的思想、學術與心態》（臺北：聯經出版事業公司，2014年），頁273-340、227-272。

[5] 原信太郎亞歷山大：〈陳確「慎習」說的成立〉，《東洋思想與宗教》2016年第33期，頁82-102。

[6] 王璐：〈明代儒家省過工夫的發展脈絡——以儒家修身日記為中心的考察〉，《史學月刊》2020年第6期，頁24-44。

性，梳理相關的材料，有助於思想史方面的研究。因此，筆者欲在前人基礎上，對修身日記的性質和功能做進一步討論。僅以目前筆者能找到的資料來看，明清時期是修身日記大量出現的時期。因此，筆者選取明清時段作為考察的重點。

在討論前，筆者先對修身日記進行初步的定義：修身日記也稱日譜、日錄、省過錄，是記錄儒者內心道德狀況與道德實踐活動的一種文體。這種文體相比於注釋經典等方式，更能接近作者的內心，能夠較為客觀地呈現自己道德修養的過程。修身日記主要分為兩種類型，一種是非系統的修身日記，一種是簿記式日記。[7]

二 修身日記的屬性

清代婁桃椿認為：「古之君子，因省身之學而有日記，蓋本于曾子『吾日三省』之說，而兼古史記言、記事之體。」[8]籍忠寅認為：「日記者，固錙銖尺寸之可以示人者也……」[9]從他們對修身日記的經典看法可知，修身日記應有兩種屬性：一是紀實性，一是公共性。

（一）修身日記的紀實性

修身日記屬於日記文體一種，其來源與日記相同。根據鄧建的看法，日記的起源最早可以追溯到上古「結繩記事」，其遠祖則為先秦編年紀事史書。[10]中國古代有專門官員負責記錄史事，鄭玄便有「太

---

[7] 鄭明智：〈明代的儒家修身日記——一項基於文體學的考察〉，《常州工學院學報》（社科版）2023年第41卷第1期，頁41-47。
[8] 〔清〕陸隴其：《三魚堂日記》（北京：中華書局，2016年），頁3。
[9] 〔清〕吳汝綸：《桐城吳先生日記 上》（石家莊：河北教育出版社，1999年），頁2。
[10] 鄧建：〈從日曆到日記——對一種非典型文章的文體學考察〉，《中山大學學報（社會科學版）》2014年第54卷第3期，頁8-23。

史記言」之說。他們記史多是遇到一件事發生，便隨時據實直錄，一事一條，如登流水帳，先後次第依年、月、日時間順序安排。西漢劉向《新序》中記載：「司君之過而書之，日有記也。」[11]這些材料雖不具備文體的意義，但與修身日記紀實性有所聯繫。

以目前的資料看，日記應於唐朝出現，而修身日記是在宋代出現的。[12]根據顧宏義的看法可知，宋人日記內容廣泛，主要包括三大類：一，出使行遊類；二，參政類；三，其他日記（包括修身日記）。修身日記的出現與宋明理學發展有較大關係，加之學術在宋人眼中有很重要地位，因而逐日而記的日記十分受歡迎。[13]北宋謝良佐曾言：「作簿自記日用言動禮，若非禮，以自繩。」[14]但是很可惜，他的日記已經丟失了，無法知其格式。南宋黃榦（字直卿，號勉齋）《勉齋集》中對這種日記體制有所記載：

日記：
聖賢之教，曰博學於文，約之以禮。又曰日知其所亡，月無忘其所能，此錄之所以作也。自旦至暮，自少至老，置之坐右，書以識之，文行相須，新故相尋，德進業廣矣。記年月日：歲次，一行。
一記氣節、寒暑、雨暘之變：天運，一行。
一記所寓之地：所寓，一行。
一記所習經子史集四書多少，隨力所及：讀書起止，四行。
一記所出入及所為大事：出入動作，三行。

---

11 〔漢〕劉向：《新序校釋》（北京：中華書局，2001年），頁78-79。
12 陳左高：《中國日記史略》（北京：中國書籍出版社，2016年），頁5。
13 顧宏義等標校：《宋代日記叢編・序》（上海：上海書店出版社，2013年），頁6。
14 〔清〕孫奇逢撰：《理學宗傳》（南京：鳳凰出版社，2015年），頁254。

一記所聞善言，所見善行，善言善行，三行。

一記所見賓友：賓友，三行。[15]

　　由黃榦所創立的日記體式可見修身日記與理學家內省功夫之間的關係。但因時間久遠，按照這個格式撰寫的宋人日記並未流傳下來。這種日記除著名的理學家書寫過，普通的儒者也應該有記錄。根據書院學規的記載可以斷定，書院中有相關的修身日記。書院對弟子的考察主要分為智力考察和德業考察兩方面。德業考察主要是對學生的道德質量和行為進行考察。它主要通過學生書寫日記供山長查看的方式進行考核，因此許多書院有日課簿之類的日記。如宋代呂祖謙《麗澤書院乾道五年規約》記載：「凡有所疑，專置冊記錄，同志異時相會，各出所習及所疑，互相商榷。」[16]宋代的日課制度尚不成熟，明清時期日課制度則較為普遍，因此出現了名目眾多的修身日記，如日課簿、日程簿等。在日課制度下，山長會制定相應的格式，要求學生按照規定逐日填寫，如《致用精舍學規》記載：「諸生所讀之書，或有發明，或有指駁，不論當否，無妨存入日記冊中，山長考課得以就正。其平日師友講論，亦宜注記，以備遺忘。至身心微過，筆之於書，尤資悚惕，不得以日記當呈師長，遂撐而不著也。」[17]其中較為優秀的日記還被編輯成冊，以供同學學習。清光緒四年（1878）至光緒五年（1879），黃彭年擔任河北保定蓮池書院山長，他要求學生書寫修身日記，並於每旬收呈。每月學生和山長「論其得失而高下焉」。黃彭年於當月刻一冊的日記，總共刊刻三十二卷。[18]

---

[15] 北京圖書館古籍出版編輯組編：《勉齋先生黃文肅公文集》、《北京圖書館古籍珍本叢刊90集部‧宋別集類》（北京：書目文獻出版社，1988年），頁749。

[16] 鄧洪波：《中國書院史資料》（杭州：浙江教育出版社，1998年），頁198。

[17] 鄧洪波：《中國書院學規集成》第2卷（上海：中西書局，2011年），頁919。

[18] 〔清〕黃彭年：《蓮池日記序》，《陶樓文鈔》民國十二年刻本。

修身日記的紀實性從根源上看應與普通日記相同，它是繼承史書的書寫方式；從直接原因上看，它與儒者的省察工夫有較大聯繫。李材在《日鑒編・序》提到他寫修身日記的原因：孔子之所以成為聖人是因為他工夫嚴密，堯舜之所以如此成功是因為他們於幾微之處把握天道，而天道是稍縱即逝，儒者若想知曉自己是否掌握了道，在德業上是否進步，就必須記錄往日的善惡以供回顧，與朋友珍惜時間，互相進勸勉。[19]修身日記的重點在於根據事實逐日逐事而記，自然具備紀實性。

（二）修身日記的公共性

在現代人眼中，日記具有私密性似乎是一個常識。近現代的日記大多記錄內心深處不宜對別人講述的隱私與秘密，追求自我的表達，具備私密性。但明清時期的修身日記卻擁有公共性，這主要因為儒家強調君子教育，有互相規過的傳統。早在先秦時期，他們重視「友倫」關係，以期在道德和學問上的互相探討、共同提高。孔子曾言：「益者三友，損者三友。友直，友諒，友多聞，益矣；友便辟，友善柔，友便佞，損矣。」[20]曾子也說過：「君子以文會友，以友輔仁。」[21]當時他們沒有借助修身日記這種方式，但他們內心坦蕩，互相改過的精神被後世傳承下來。直至宋代，儒者才選擇修身日記培育德行。南宋王介（字元石）曾經說：「日錄者，檢身之法也。其不可書者，即不可行之事。言皆可行，行皆可書，不至握筆齟齬不下，則不為小人之歸矣。」[22]同時，修身日記也在省過會等場景下使用。這

---

19 〔明〕李材：《日鑒編・序》正學堂稿卷三十四，民國元年豐城李希沁刻本。
20 〔宋〕朱熹：《四書章句集注》（北京：中華書局，1983年），頁201。
21 〔宋〕朱熹：《四書章句集注》，頁140。
22 〔清〕紀昀等編纂：《敬鄉錄》卷十三《王介》影印文淵閣四庫全書，第451冊（北京：北京出版社，2012年），頁393。

種公共性的產生和明清各個階段的修身思想有關。此處主要以明代中晚期、清代晚期修身日為例。

　　明代中晚期，陽明心學十分盛行，其「良知」說尤有重大影響。陽明將「理」收入「心」，並用「良知」代替「天理」，於是「良知」便有本體的含義。「良知」是和現實緊密相連的，所以「良知」亦有當下具足的特點。「良知」本虛，它主要靠感悟獲得，再加上後來「現成派」的發揮，更使得「良知」的獲得相對主觀。主觀的方式容易讓自己把道德主導者和道德監督者混為一談，這會遏制道德的客觀性。這點也為後來的東林學者所批判，如史夢麟說：「人心有見成的良知，天下無見成的聖人」。[23]陽明後學也意識到良知可能產生的問題，亦有所補救。補救的方式很多，既有在理論上補充，也有在具體的道德實踐上補救，修身日記便是其中手段之一。如不假外物修行的羅汝芳就寫有修身日記。他的孫子羅懷智在《癸酉日記序》寫道：

> 智述先子遺言遺行已成帙矣。偶過酒肆，得敗書八葉於覆甕紙中，目之，乃先子癸酉年日記也，遂制成冊，傳之子孫。復錄附刻於左，正謂一臠知味，何用多哉？噫！觀此，則世以無工夫訾先子者，可少釋矣。[24]

　　「寂靜派」學者羅汝芳也有強調工夫重要性的一面。可見陽明後學不僅在理論上強調良知的重要性，在落實到具體生活層面時也有一套相應的方法。他們可能認識到感悟式的修養並不十分可靠，因而尋找一種務實的方式記錄過錯。心學家們用修身日記涓滴不漏地記錄自己日常所作所為，許多念頭便不敢有，所犯過錯也不容易放過。在具

---

23 〔明〕史夢麟撰：《當下繹》，《顧端文公遺書》，清康熙年刻本。
24 方祖猷等編校整理：《羅汝芳集下》（南京：鳳凰出版社，2007年），頁981。

體的道德培養中，他們深刻意識到，借助他人力量可以提供正確的價值導向。儒者在求學過程中，師生關係、同學關係是主要關係，因此老師與同志們利用書院講會、規過會、省過會等形式改過向善是一種良好的道德實踐方式。在道德完善的過程中，修身日記是儲存儒者記憶的良好載體。在講會中，同志們可以拿出這部分記憶回顧與分享，互證所學。此類例子很多，這裡僅以芝泉講會為例。北方陽明學代表呂維祺在崇禎六年（1634）任兵部尚書，因鳳陽被李自成等攻占焚毀，革職返回洛陽。從政之餘不忘治學，他先後建立了芝泉講會、七賢書院，離開政壇後在洛陽建伊洛社。他認為人生天地間，為學最大的志向就是學做聖人。在芝泉講會上，他提出了做聖人的方法：

一、每會各將一月所心得語，或有疑書義，或疑難事體，各書一二條，期於闡發性命，實證庸行。隨所偶悟，當下筆之於紙，以便商證。雖各人所見，未必遽合至理，然不妨藉以訂入。蓋惟悟可以入道，非疑何由得悟？

一、置遷善、改過簿各一冊。會中有言行善者，所知之人公舉於會，眾核果實，即書於簿，以為眾勸。有過者各私相規正，不必糾舉，不悛則會長、監會公舉入改過簿，以為眾戒。如果改行，有一善即銷其過。總之，欲人改行，故簿不言紀過，而言改過。有過自首者免書，如一連三過，毋會出班規戒，有善則止。[25]

這個講會的會期是每個月初一，大會的目標主要是「遷過改善」。講會置一簿，會員既記錄讀書的思想體會，又記錄自己的道德

---

25 沈乃文主編：《明別集叢刊》第5輯，第52冊（合肥：黃山書社，2015年），頁610。

修習情況。修身日記的作用在於記錄過錯，將自己過錯與向朋友展示，以求互相批評，互相進步。呂維祺認為，「人非聖賢，孰能無過」，只要改過，便是好學的表現。在記錄過程中，大小過錯都需詳細記錄，決不可隱瞞。待到大會召開，既可與同志互相討論，也可交由會長審閱，以求正人心，善風俗。既然修身日記依靠群體閱讀或者批閱，那麼同志之間是可以互相傳閱的，明清的修身日記也就具有公共屬性。

　　清代中期，受樸學的發展影響，乾嘉儒者十分排斥宋學的修身方式。在當時，修身日記似乎已經消失。實際上，它仍存於書院的日課當中，只是沒有像明中晚時期那樣受到儒者的廣泛關注。直到清代晚期儒者反對樸學，提倡理學，修身日記才重新成為焦點。這以河南籍士人李棠階、倭仁等人為代表。清代河南理學向來發達，出現孫奇逢、湯斌、張沐、顏元、王法乾等著名學者。他們有書寫修身日記的習慣。李棠階作為夏峰北學中的一份子，也深受其影響。根據《清史稿·李棠階傳》記載：「棠階初入翰林，即潛心理學，嘗手抄湯斌遺書以自助。會通程、朱、陸、王學說，無所偏主，要以克己復禮、身體實行為歸。日記自省，畢生不懈。」[26]他不僅自己寫日記，還成立責善會，互相規勸、互證所學。責善會的成立起初是受心學的影響，道光十三年（1833），他「遇新鄭舉人王鉁於京邸，語連日夜，自覺學未得要，乃相與講王守仁、羅洪先之學」。[27]隨即成立責善會討論學習，該會持續至道光二十二年（1842）李棠階離京外任。會員一開始僅有倭仁、李棠階、靳蔗洲、齊漁汀、吳佩齋等人，後來有王檢心、王滌心等人加入，他們大多數是河南理學家。責善會大概每十日一

---

[26]〔清〕趙爾巽等著：《清史稿》第3卷（北京：中華書局，1977年），頁1739。
[27] 李時燦：〈李棠階傳〉，《中州先哲傳》（經川圖書館，1937年），頁6。

會，除寫修身日記、互批修身日記外並無固定內容，既可焚香靜坐又可當面論學。從《李文清公日記》記載可見，他們懷著十分虔誠的心態書寫日記，對於漏寫日記這一行為經常感到內疚：

> 未正補記昨日及本日事。申初赴蔗洲處，會同社功課，似俱不見進益。漁汀日錄並未寫，砥礪切劘之益安在？令人愧汗。飯頃，有徒哺啜之意。（道光十四年四月二十三日）[28]
> 即赴漁汀會約，看漁汀、寶儒日錄工夫，皆嚴密，時日不至虛度。佩齋來遲，又未帶日錄，不見有振作氣象。赴毛苔村便酌，終席無甚放失，然含混處多。（道光十四年八月初二）[29]

從《李文清公日記》看，責善會日記互批方法除了受夏峰北學的影響，也受劉宗周和李二曲的影響，日記中多有記錄，僅舉幾例：

> 錄完，香已剩刻餘矣。看劉子《證人會約》約言並戒條所云，敬是良知一點精明處，甚好。其改過條有云，改過是聖賢獨步工夫，層層剝換，不登峰造極不止。語亦精。[30]（道光十四年八月初二）
> 看《二曲集·南行述》，賢者所至，風動一時，足見人性之皆善。然非先生真修實悟，誠感曲誘，惡能如是之神化乎？又看《匡時要務》及會約數種，皆可法也。[31]（道光十四年五月二十八日）

---

28 〔清〕李棠階：《李文清公日記》第10卷（長沙：岳麓書社，2010年），頁18。
29 〔清〕李棠階：《李文清公日記》第10卷，頁49。
30 〔清〕李棠階：《李文清公日記》第10卷，頁49。
31 〔清〕李棠階：《李文清公日記》第10卷，頁49。

李棠階等人認為，朋友輔仁，其益處甚多，在會上，會員皆懷著虔誠的心態互評日記，幫助對方改錯。其中，以倭仁的批改最為經典，如道光二十年（1840）二十六日：「艮峰批：在念頭上起滅檢點，終非第一義工夫。」[32]道光二十年四月初七：「艮峰批：我輩近日全從悠忽莽蕩中混日子過，不加策厲，大事去矣。」[33]會員彼此志同道合，在這種活動中倭仁受益日深，已經達到一定程度。李棠階對此推崇備至：「艮峰工夫切實在家庭，推勘在幾微，精進嚴密，敬服之至！」[34]

　　道德修養體現人類在自我完善的需求與思考。明清時期儒者書寫修身日記和日記互批的現象，表現出儒者在探索內在道德時的真誠與光明磊落，也正是儒者內心的虔誠和坦蕩才使這些修身日記具備公共性。

三　修身日記的功能

　　修身日記的主要功能是省察改過，配合儒者對應的修身功夫，其次要功能在於溝通思想，方便交友。

（一）省察改過功能

　　儒者使用修身日記省察改過主要有兩方面：第一，儒者使用日記自我反省；第二，儒者在規過會、省過會上使用日記，借助他人的力量幫助自身達到道德完善的境界。

　　宋元時期已出現自省的修身日記，如王介曾從學呂祖謙，後從游朱熹，資料記載：「王元石學行並優，其有得於朱子之教者深矣。生

32　〔清〕李棠階：《李文清公日記》第10卷，頁216。
33　〔清〕李棠階：《李文清公日記》第10卷，頁255。
34　〔清〕李棠階：《李文清公日記》第10卷，頁322。

平作日錄以自檢，謂不可書者，即不可行之事，即曾子日省之意也。」[35]宋元時期的儒者使用修身日記僅是個人行為，到了明朝漸漸成為公共的修身方式。明初理學多以程朱為依附，並沒有太多發明。《明史‧儒林傳》說：「明初諸儒，皆朱子門人之支流餘裔，師承有自，矩矱秩然。」[36]因此他們大多屬於「下學」，多以具體方式修身。在推動修身日記的使用中，吳與弼（字子傳，號康齋）功不可沒。他的學問多在已發上下功夫，講究省察自身，並不注重義理的發揮。他還經常以「存天理，滅人欲」的格言要求自己。《明儒學案‧師說》稱：「刻苦奮勵，多從五更枕上汗流淚下得來。」[37]他的思想大多集中在《日錄》當中。《日錄》主要有兩部分內容，第一，閱讀聖賢經典的體驗，如「觀《草廬文集‧序》，諸族多尚功名富貴，恐吾晦庵先生不如是也。」[38]第二，對內心的省察。如他多次對自己身處貧困表示不滿，「不免有所計慮，心緒便亂」，[39]對自己脾氣過於暴躁而悔恨，「欲下克之之功」[40]他教導弟子也要常寫日記，如五十歲時，弟子出遠門，他教導弟子，「早晚所讀書，及視聽言動得失，應事接物當否，途中人家宿泊，凡交遊姓名，皆須逐日札記，歸日要看」。[41]

　　清代曾國藩的日記相當出名，日記中有大量自我反省的言論。根據彭勃的看法，值得注意的是道光二十三年（1843）五月四日前的日記，因為在這個時段後曾國藩「逐漸回歸記事為主，擺脫了『治念』

---

35 〔清〕戴殿江輯，金華理學粹編：《理學正傳》清光緒刻本。
36 〔清〕張廷玉等撰：《張廷玉等撰：《明史：卷二百八十二》，《列傳第一百七十：儒林傳》（北京：中華書局，1974年），頁7222。
37 吳光主編：《劉宗周全集補遺》（杭州：浙江古籍出版社，2012年），頁459。
38 吳與弼：《康齋集》，《文淵閣四庫全書》第1251冊（臺北：臺灣商務印書館，1986年），頁571。
39 吳與弼：《康齋集》，《文淵閣四庫全書》第1251冊，頁583。
40 吳與弼：《康齋集》，《文淵閣四庫全書》第1251冊，頁567。
41 吳與弼：《康齋集》，《文淵閣四庫全書》第1251冊，頁530。

式的日記形式……」[42]在此期間，曾國藩書寫了大量的悔過言論，選其一段可知其心境：

> 憶自辛卯年，改號滌生。滌者，取滌其舊染之汙也；生者，取明袁了凡之言：「從前種種，譬如昨日死；從後種種，譬如今日生也。」改號至今九年，面不學如故，豈不可歎……余今年已三十，資稟頑鈍，精神虧損，此後豈復能有所成？但求勤儉有恆，無縱逸欲，以喪先人元氣。因知勉行，期有寸得，以無失詞臣體面。日日自苦，不至佚而生淫。[43]（道光二十年六月初七）

　　曾國藩在這幾年間對心體尤為關注，在日記中不斷地流露出悔恨之情。他清楚地知道自己的缺點，可是在書寫過後卻又依舊如故。這也可以看出他內心激烈的鬥爭，甚至走到了自我懷疑的地步。

　　從文獻資料上看，修身日記不僅個人使用，還有群體使用的情況。群體使用的情況更為普遍，大多運用於省過會，並且成員間有日記互相批改、直面過錯等情況。湛若水曾主張以相近號舍之十人為朋，各給號朋簿一扇，希望這十人之間形成出入相友、德業相勉、過失相規、疾病相恤、有無相濟的朋友共同體。若其中一人過惡發露，同朋未能先呈白，此十人須一同罰跪。這種遷善改過的方式是借助於同學書寫修身日記，互相稽考完成的。[44]鄒守益在南雍講學時也採用了上述的辦法：

---

[42] 彭勃：〈道咸同三朝理學家日記互批研究〉，《華南師範大學學報（社會科學版）》2019年第1期，頁181-188、192。

[43] 唐浩明編：《曾國藩日記》（長沙：岳麓書社，2015年），頁40。

[44] 董平編校整理：《鄒守益集》（南京：鳳凰出版社，2007年），頁827。

東廓子之蒞南雍也,夙夜自屬曰:「冑子之教湮矣!予將何以振之?」乃謀於南渠子,屬於兩廳六堂之彥,取甘泉公遺規,分號為朋,分朋為班,使之德業相勉,過失相規,授諸鐘鼓而詠歌之,稽諸經史而講繹之,頒諸冠昏燕射而肄習之,復以期赴觀光之堂,考其勤惰而勸懲之。諸生瞿然而請其義。[45]

紫陽書院的《崇實會約》亦有講到修身日記的外省功能。《崇實會約》是明桐城方學漸所撰。萬曆三十八年(1610),新安六邑的學者聚於方氏祠堂講學,方學漸主持該學術講學活動,臨別時以在桐川所作《崇實會約》給諸友觀看。要求參會人員記錄,並且互相揭發自己的過錯:

一、會有錄聖日新,賢日省,左紀事,右紀言,古先正何嘗一日不兢業也。凡會各置編,曰《崇實錄》,日行何事,接何人,存何念,讀何書,吐何論,或善或不善,咸備錄之。曉夜披閱,獨覺醒然,會日呈堂,共睹可畏,此吾會吃緊切實功夫也。無錄,怠也;錄善而掩不善,欺也。怠則恥,欺則甚恥。[46]

《會約》要求與會同志編寫修身日記,將日常所讀書目和所作所為記錄在冊,以便來日開會時互證所學。這就是他所言的「學求諸心,證於事」。生命是一個縱深的歷程,回看自己的修身過程對未來修身工夫的培養有重大意義。因而日記的他省功能一再要求做到兩點:第一,會友從最微小的念頭出發,記錄下所有細節。第二,功過並書。這兩點都是為了記下善與惡的鬥爭過程,以求省察的完整,或

---

45 董平編校整理:《鄒守益集》,頁827。
46 鄧洪波:《中國書院學規集成》第1卷(上海:中西書局,2011年),頁484。

為自己在受成德君子診斷的過程中提供完整的記錄。

（二）修身日記的學習、交流、交友功能

　　修身日記的省察功能是主要功能，學習、交流、交友則是次要功能。在次要功能方面，顏李學派和倭仁有更多記載。顏李學派講究實學，更強調從日常生活中學習聖賢的精神。顏元認為，想要立志跟他學習，並不一定要當面向他請教，重要的是模仿他立日記的方式邁過改善。戊申年（1728）二月，李塨收到了常州孫應榴日記。原來孫應榴曾學習靜坐之法，與友人是仲明學習程朱理學，後聽聞惲皋先生的教誨，知道靜坐是佛門的方法，心覺慚愧。惲皋拿出顏元的修身日記給孫應榴，他讀後便想北向拜師，但「因斧資不給，乃北向遙拜先生為師」。[47]他立日記，推舉李塨的學問，五年後，他將自己的日記托惲皋交給李塨。李塨讀後道：「習齋之道南矣。」[48]顏李學派常出現「於是立日記，學先生之學」這句話。可見立日記是該學派的一大特色。修身日記在這個過程中充當了共同思想的媒介，孫應榴借助日記與遠在北方的李塨完成了思想的交流。再比如，顏元認為漢唐以降學者只知章句之學而不知道背後所蘊含的聖人之道，不知氣質之性均為善的道理，因而對時學多有批評。但有一日，他從南方諸友的書中知道陸世儀和他持類似觀點，便想「進身門下之末」，但可惜「家貧親老」、「山河隔越」只能謹以「《日記》第十七卷中摘一張呈正」。[49]顏元因為路途遙遠，怕寄的書籍可能丟失，故而通過日記傳達自己堅持「六藝」之學的思想。大多數人是可以互相傳閱、贈送、批改修身日記的，如李塨到富平講學，離開時作《富平贈言》，最後「附呈日譜數

47　〔清〕馮辰：《李塨年譜》（北京：中華書局，1988年），頁194。
48　〔清〕馮辰：《李塨年譜》，頁193。
49　〔清〕顏元：《顏元集　上》（北京：中華書局，1987年），頁428。

條」。[50]他們傳閱修身日記，吸取別人意見，皆發自肺腑。辛酉年（1681）三月，顏元看到李塨白圈的地方很多，就斥責他：「此非慊也，怠也。怠則不覺其過，不怠則過多矣……」[51]可見，修身日記有學習的功能。

　　明清修身日記亦有交流與交友功能。遠方的人可借用日記交流，李塨的學生憚皋聞，人在南方，便評李塨的日記：「近有毀先生於予者，予曰：『久不相見，聞流言而不信，古人之交也，況常相見乎？』毀者遂止……或者先生惡惡太嚴，不見和於流俗也。先生拜受。」[52]日記也可成為兩人相互認識的媒介。李塨於乙酉年（1705）四月遙贈《訟過則例》給馮辰，馮辰收到後「遂上書問學」，「齋宿來拜」，李塨教以「約心、力行、學經濟，命立日記」。馮辰在七月就將寫好的日記送請李塨評閱，而李塨也出示自己的修身日記，請馮辰評閱。倭仁的日記也被多人抄寫、批點。根據彭勃考證，「吳廷棟、何子永、竇堉、游百川、洪琴溪、郭雪齋、徐啟謨、涂宗瀛、惠善……都曾加以批點」。[53]道光三十年（1850）鄞西徐淮陽（字龍溪）曾在將近六十歲的時候不遠千里徒步拜訪倭仁。倭仁歡欣鼓舞，觀其日記，知曉其中有浩然自得之意。此後徐淮陽與倭仁互質日記，成為諍友。咸豐十一年（1861）于錦堂（字絧齊）在倭仁剛受重用後聽聞其學，心動，欲「負笈徒步，直欲千里出關，往謁艮峰。」[54]但為了避嫌，便到吳廷棟處觀看倭仁日記，知曉倭仁學問的大旨，與吳廷棟交談一

50　〔清〕馮辰：《李塨年譜》，頁132。
51　〔清〕馮辰：《李塨年譜》，頁13。
52　〔清〕馮辰：《李塨年譜》，頁154。
53　彭勃：〈道咸同三朝理學家日記互批研究〉，《華南師範大學學報（社會科學版）》2019年第1期，頁181-188、192。
54　《清代詩文集匯編》編纂委員會編：《拙修集》，《清代詩文集匯編》第583冊（上海：上海古籍出版社，2010年），頁468。

個月。二人相談甚歡，于錦堂便希望日後前往拜訪倭仁。可見，時人可借助日記交友，可先通過互相觀看對方的日記認識對方，若發現對方是成德之人，便可深交。

四　餘論

　　日記本是邊緣性文體，直到明代賀復徵《文章辨體匯選》才確立其體制。正宗的古文一般也不包括筆記、日記、小說、小品等，因此日記的研究就相對較少。中國古代修身日記在日記史研究中常被忽略，因為修身日記沒有純文學審美價值，它不同於《入蜀記》等宦遊類日記那般具備文學色彩，因而缺乏相應的關注。但這並不能說明其沒有研究價值。修身日記作為記載儒者生活層面的文學載體，可以更為真實地反映儒者的道德實踐情況，進而展現學術思潮的變化，也能以中外修身日記為小切口，討論中外日記撰寫的書寫倫理問題。

參考文獻

Pei-Yi Wu. "Self Examination and Confession of Sins in Traditional China," in *Harvard Journal of Asiatic Studies*, 39.1(1979).

KELLEHER M.T. "Personal Reflections on the Pursuit of Sagehood: The life and "journal" (jih-lu) of Wu Yu-Pi" (Columbia: Columbia University Pro Quest Dissertations Publishing, 1982).

包雅筠：《功過格　明清社會的道德秩序》，杭州：浙江人民出版社，1999年。

王汎森：《權力的毛細管作用——清代的思想、學術與心態》，臺北：聯經出版社，2014年。

原信太郎亞歷山大：〈陳確「慎習」說的成立〉，《東洋思想與宗教》2016年第33期。

王　璐：〈明代儒家省過工夫的發展脈絡——以儒家修身日記為中心的考察〉，《史學月刊》，2020年6月。

鄭明智：〈明代的儒家修身日記——一項基於文體學的考察〉，《常州工學院學報》（社科版）2023年第41卷第1期。

〔清〕陸隴其：《三魚堂日記》，北京：中華書局，2016年第3期。

〔清〕吳汝綸：《桐城吳先生日記　上》，石家莊：河北教育出版社，1999年。

鄧　建：〈從日曆到日記——對一種非典型文章的文體學考察〉，《中山大學學報（社會科學版）》2014年第54卷第3期。

〔漢〕劉向：《新序校釋》，北京：中華書局，2001年。

陳左高：《中國日記史略》，北京：中國書籍出版社，2016年。

顧宏義等標校：〈序〉，《宋代日記叢編》，上海：上海書店出版社，2013年。

〔清〕孫奇逢撰：《理學宗傳》，南京：鳳凰出版社，2015年。

北京圖書館古籍出版編輯組編：《勉齋先生黃文肅公文集》，《北京圖書館古籍珍本叢刊90集部・宋別集類》，北京：書目文獻出版社，1988年。

鄧洪波：《中國書院史資料》，杭州：浙江教育出版社，1998年。

鄧洪波：《中國書院學規集成　第2卷》，上海：中西書局，2011年。

〔清〕黃彭年：《蓮池日記序》，《陶樓文鈔》民國十二年刻本。

〔明〕李材：《日鑒編序》，《正學堂稿卷三十四》，民國元年豐城李希泌刻本。

〔宋〕朱熹：《四書章句集注》，北京：中華書局，1983年。
〔清〕紀昀等編纂：《敬鄉錄》卷一三《王介》，《影印文淵閣四庫全書》第451冊，北京：北京出版社，2012年。
〔明〕史夢麟撰，《當下繹》，《顧端文公遺書》，清康熙年刻本。
方祖猷等編校整理：《羅汝芳集　下》，南京：鳳凰出版社，2007年。
沈乃文主編：《明別集叢刊：第5輯》第52冊，合肥：黃山書社，2015年。
〔清〕趙爾巽等著：《清史稿》第3卷，頁25-235，北京：中華書局，1977年。
李時燦：〈李棠階傳〉，《中州先哲傳》，經川圖書館，1937年。
〔清〕李棠階：《李文清公日記》，長沙：岳麓書社，2010年。
〔清〕戴殿江輯，金華理學粹編：《理學正傳》清光緒刻本。
〔清〕張廷玉等撰：《明史：卷二百八十二》，《列傳第一百七十：儒林傳》，北京：中華書局，1974年。
吳光主編：《劉宗周全集補遺》，杭州：浙江古籍出版社，2012年。
吳與弼：《康齋集》，《文淵閣四庫全書》第1251冊，臺北：臺灣商務印書館，1986年。
彭　勃：〈道咸同三朝理學家日記互批研究〉，《華南師範大學學報》（社會科學版）2019年第1期。
唐浩明編：《曾國藩日記》，長沙：岳麓書社，2015年。
董平編校整理：《鄒守益集》，南京：鳳凰出版社，2007年。
鄧洪波：《中國書院學規集成　第1卷》，上海：中西書局，2011年。
〔清〕馮辰：《李塨年譜》，北京：中華書局，1988年。
〔清〕顏元：《顏元集　上》，北京：中華書局，1987年。
《清代詩文集匯編》編纂委員會編：《拙修集》，《清代詩文集匯編》第583冊，上海：上海古籍出版社，2010年。

中古敦煌本土民俗與外來佛俗的對峙與合流
——以臘八民俗為例

米文靖

二○二一級　中國古代文學

摘要

　　中古敦煌地區的民俗信仰受政治、民族、宗教影響，總體上帶著濃濃的佛教意味。但細究相關文獻，可窺見敦煌地區本土民俗信仰在接受佛俗儀式儀軌之時，會一定程度保留自身的本土特性。反之，佛俗與敦煌本土民俗信仰合流的途中，凡衝突之處或對峙或調和，臘八民俗便是敦煌地區傳統民族民俗與外來佛俗對峙、合流的集中體現。傳統臘八節以食藥食、祭諸神和狩獵之習為主，兩晉六朝時期受佛俗成道節影響，藥食原料與製作方法均有所改變，祭祀範圍也延伸為人間譜系和神仙譜系，尤其莫高窟第249和285兩窟主室與藻井窟頂相連的四披圖景，以視覺衝擊反映了佛教徒對傳統臘八民俗「獵殺」行為的對峙，這種文化的合流與對峙是中國文化整合的重要表現。

關鍵詞： 敦煌　臘八民俗　佛俗　成道節

《四十二章經》載：「示修六年苦行，每日止食一麻一麥，皮骨連立，終不成道。乃舍苦行，受牧女十六轉乳糜之供，精氣充足。次往尼連禪河中，浴身而出。取天帝釋化現童子所施吉祥草，詣摩竭提國金剛場菩提樹下，敷草結加趺坐，以慈心三昧降伏魔軍，深入四禪，觀察四諦，於臘月初八夜，明星出時，豁然大悟，證無漏道，是為佛寶初現世間也」[1]。佛俗「成道節」由此佛傳故事衍生而來，因此飲乳糜、沐浴、供佛等習成為印度佛教徒慶祝佛陀證悟成道的標配儀式。通過梳理敦煌文獻發現，成道節隨佛教傳到敦煌初期，仍只是活動於寺院，隨著佛傳與本生故事廣傳民間，成道節「供佛」儀式與臘日「祭神」活動並行且逐漸合流，在兩晉之際最終定型為僧俗共慶的製藥食、燃燈祈福的臘八法會。這一合流對敦煌地區的「臘八節」具有兩個重要意義：一則對以離俗之態僅活躍於寺院的佛俗「成道節」而言，是一場形式與內容的革新，使原本由佛教徒舉行的佛教節日披上世俗色彩，成為官、僧、民祈禱國祚昌盛、消災祛病的法會；二則自先秦到兩漢，臘月「祭祀日」眾多，受成道節影響，民間有意識將供佛儀式與祭祀活動合流，使臘月初八日成為祭祀祈禱、供佛法會為一體的節日。目前學界對臘八節的研究以史學與民俗學角度切入的成果頗豐[2]，對敦煌臘八節定型過程及本身承載的文化整合意義研

---

1 〔日〕河村孝照等編：《卍新纂大日本續藏經》第37冊，（東京：株式會社國書刊行會，1983年，）頁670。
2 前者參見：詹鄞鑫：《臘八節與古代的「蠟祭」》，《文史知識》1987年第12期，頁110-115；李玉潔：《古代的臘祭——兼談臘八節、祭灶節的來歷》，《史知識》，1999年第2期，頁42-47；王永平：《從臘日到臘八：本土文化與外來文化的結合》，《文史知識》2019年第1期，頁94-102；高志宏：《臘八節的歷史變遷與現代轉型》（2012年中南民族大學碩士論文）。後者參見：邱倩楠：《唐宋時期佛誕日、孟蘭盆節、臘八日研究》，《西北民族大學》，2017年頁38-39；譚蟬雪：《唐宋敦煌歲時佛俗——八月至十二月》，《敦煌研究》2001年第2期，頁73-81；譚蟬雪：《敦煌的民俗》（蘭州：甘肅教育出版社，2008年9月），頁57-59。

究並不多,鑒於此況特撰此文略作檢討。

一 敦煌傳統臘八民俗的形成與功用

臘八節之所以從祈賽農神的祭祀習俗延伸為具有慶祝、紀念、祈願、驅儺功用的法會節令,是歷史文明對諸多文化重重篩選的結果。敦煌地處關塞之地、華戎交匯之所,多民族文化彙聚於此,而不同文化需經過一定時期的對峙、合流才能形成為一種主流文化,即所謂的文化整合,臘八民俗的定型就是民族傳統文化與外來佛教文化激烈碰撞後的文化整合。

臘八節最早可追溯至上古時期臘月的祭祀活動,即歲末祭祀農神的蠟祭活動。夏商周時期由於生產力水平受限,所以人們將對自然的敬畏轉化為各種祭祀活動,祈望通過對諸神的仰拜與供奉從而滿足生活所需。然民以食為天,以護佑農作物豐收的農神地位則尤為突出,因此每逢歲末以酬謝農神為主的「蠟祭」活動率先而生。

蠟祭活動是歲末由天子帶領百官酬謝諸神的盛大祭祀活動。《禮記‧郊特牲》載:「天子大蠟八,伊耆氏始為蠟。蠟也者,索也。歲十二月,合聚萬物而索饗之。蠟之祭也,主先嗇而祭司嗇,祭百神以報嗇也。饗農,以及郵表畷、禽獸等,仁之至,義之盡也。迎貓,為其食田鼠也。迎虎,為其食田豕也。故迎而祭之。祭坊與水庸,事也。故祝曰:『土反(返)其宅,水歸其壑,昆蟲毋作,草木歸其澤』,皮弁素服而祭之」[3]。蠟祭初始目的是「報嗇」,迎貓、虎二神驅除鼠患和豕患兩大農業之害,祭百神酬謝本年農業豐收之喜,祀農神以期風調雨順之願。於天子百姓而言,「農神」是何貌何態尚未可

3　崔高維校點:《禮記》(瀋陽:遼寧教育出版社,2000年),頁347。

知，更別說以「饗」祀之是否符合其心意了，可見遠古本土諸神產生的根本是現實生活需求與人民豐富想像的結合，蠟祭產生的根本便是人們對農事重視的體現，因此農神等八大神祇是由祭祀的目的幻化出來的。所謂「蠟」，索也，始自伊耆氏，這與《風俗通義·祀典》「夏曰清祀，殷曰嘉平，周曰大蠟，秦曰臘」[4]的記載相一致，伊耆氏即神農氏，為周人，因此「蠟」名定於周人伊耆氏之時基本是無爭議的；「八」則源自蠟祭活動中所祭祀的八位神祇：先嗇、司嗇、百種、農、郵表、禽獸、貓虎、坊和水庸。遠古時期蠟祭在臘月郊外舉行，但具體時間、地點並不固定。

隨著祭祀文化和宗族制度的發展，以祭告宗族祖先的臘祭活動隨之誕生，臘祭活動是祭祀主題不斷衍生出的新文化。《風俗通義·祀典》載：「臘者，獵也，言田獵取獸，以祭祀其先祖也。或曰：『臘者，接也，新故交接，故大祭以報功也』。漢家火行衰於戌，故曰臘也」[5]。臘祭是蠟日祭神向祭祖活動的體現，是由神譜體系向人間譜系的過渡，在西漢時期定型為祭祖專用之風俗，伴有飲酒、狩獵之習。蠟祭與臘祭雖同屬於祭祀文化，但因祭祀內容與方式不同，加之臘祭形成的時間晚於蠟祭，因此兩者在一定時期內並存。《毛詩注疏》載：「大蠟之時，勞農以休息之」者，王者以歲事成熟，搜索群神而報祭之，而謂之大蠟。又為臘先祖五祀，因令黨正屬民飲酒於序，以正齒位，而勞賜農夫，令得極歡大飲，是謂休息之……《郊特牲》說蠟祭之服雲：「皮弁素服以送終。葛帶榛杖，喪殺也。」其下別雲：「黃衣黃冠而祭。」明非蠟也。又曰：「既蠟而收，民息已。」既蠟乃雲息民，明知息民非蠟。息民與《月令》休息文同，故知黃冠而祭為臘祭也。是以注雲：「息民與蠟異。」則黃衣黃冠而祭，為臘

4　崔高維校點：《禮記》，頁379。

5　崔高維校點：《禮記》，頁379。

必也。以此知臘在既蠟之後也[6]。可見漢代蠟祭和臘祭明顯區分，不僅祭祀服飾裝扮、目的不同，儀式儀軌也大相徑庭。南北朝時期由於戰亂頻繁，造成南北人口大規模流動，因此蠟祭與臘祭活動在不同地方呈現不同的風貌。《荊楚歲時記》載：「十二月八日為臘日。諺語：『臘鼓鳴，春草生』，村人並擊細腰鼓，戴胡公頭及作金剛力士以逐疫，沐浴轉罪障。其日，並以豚酒祭灶神。」[7]此處記載雖為兩湖地區，但也可窺見幾分中原「臘日」之貌，可以肯定的是，六朝時期的蠟祭與臘祭在絕大數地區已合流為祈禱盛會，並伴有固定的儀式儀軌，內容上新增驅儺、辟邪之功用。

　　佛教差不多同時傳入敦煌與中原地區，但因敦煌地處西北，又是漢傳佛教傳入中原的必經之地，因此佛教落地時間更早，加之敦煌自來便有烏孫、月氏等少數民族長期居住，形成的異域文化與佛教文化快速碰撞，因此敦煌地區的佛教也更早的被民眾接受。相較中原地區重視農業文化的臘八節而言，敦煌地區（包括肅、涼等州）的臘八節更重視生活需要，在儀式上帶有濃濃的民族特徵，這與敦煌地區農牧業兼重的歷史背景息息相關。《武威縣誌》載：十二月「臘日」，以肉腐合穀為粥，彈門戶，酌以少許施牲。農人敲冰散諸田。[8]武威地區的臘八節具有雙重文化意義：一則「彈門戶」和「施牲」是受佛教「施粥」習俗的影響，臘八施粥（乳糜）之俗自印度便有之，《長阿含經》載：佛初成道能施食者，佛臨滅度能施食者，此二功德正等無異。汝今可往語彼周那：「我親從佛聞，親受佛教，周那設食，今獲

---

[6] 蔣鵬翔編：《阮刻毛詩注疏・小雅十四之一》卷六（杭州：西泠印社出版社，2013年），頁1841。

[7] 〔梁〕宗懍撰，〔隋〕杜公瞻注，姜彥稚輯校：《荊楚歲時記》（北京：中華書局，2018年），頁71。

[8] 丁世良等主編：《中國地方誌民俗資料彙編・西北卷》（北京：北京圖書館出版社，1989年），頁219。

大利，得大果報」，到了敦煌地區，以「肉粥」代替乳糜，施粥積功德的風俗在臘日時期也固定下來；二則「鑿冰散諸田」是祈賽農業豐收的願景，《新修張掖縣誌》：八日為「臘八節」。家家煮雜豆、米麵和肉為粥以氾神，報成功也。又鑿冰置散田畝、戶牖，並樹身中，以兆年來潤澤[9]，又《高臺縣誌》：十二月初八日，民間以穀調「臘八粥」，分散田畝，祁豐年[10]所載一致，很大程度上延續了「蠟八」酬賽農神的習俗，但敦煌地區的祀神之習更有地域特色，「鑿冰置散田畝、戶牖，並樹身中」是敦煌特有的傳統民俗，可見敦煌臘日風俗定型過程中既有借鑑吸收，也有本色延續。

敦煌臘八節最終的定型源於對現實生活的需求，因此可以說敦煌地區的臘八節是佛教外衣下包裹著世俗生活需求的體現。南北朝時期，敦煌地區臘八節各風俗逐漸定型，溫室沐浴、製藥食、燃燈供佛等成為寺院慶祝臘八必不可少的活動，這其中體現了當地民眾對佛俗的接納與改造，寺院僧眾對敦煌傳統民俗的改革與對峙。通過梳理敦煌文獻，敦煌地區的臘八節，在北魏時期就有施肉粥之俗，隋唐時期成為官、民、僧共同祈福的法會，承載著重要的社會功用和現實意義，尤其在官府力量的作用下，臘八節以佛教為依託，成為教化民眾的世俗化工具，兼具佛俗與民俗雙重文化意義。

二　佛俗與臘祭文化合流中的對峙

重視自然崇拜與神仙信仰，是敦煌地區傳統民族文化與外來佛教文化合流的基礎，但兩者文化整合過程中，又保留了各自鮮明的本質特徵，即文化的「對峙」。一方面，蠟八祭祀「八神」的行為本身帶

9　丁世良等主編：《中國地方誌民俗資料彙編・西北卷》，頁223。
10　丁世良等主編：《中國地方誌民俗資料彙編・西北卷》，頁227。

著對自然神的崇拜，這與與佛教徒對釋迦牟尼的偶像崇拜本質上一致，所以在佛本身故事傳入敦煌後，兩種「崇拜」合流成為文化發展的必然趨勢；另一方面，臘八所祀之神是由生活需求幻化出來的對象，佛陀是神化後的形象，所以當兩者崇拜合流之時，勢必會保持各自的獨立性，即幻化出的沒有固定形象的諸神其功能是隨時變化的，而神化後的佛陀渡眾功用是固定不變的。所以一定程度上，兩者互相借鑑與利用對方的社會功用從而擴大本身的影響力，這兩者的合流是敦煌傳統民族文化與域外佛教文化較量後的雙向選擇，這一點從敦煌地區臘八節活動一列的準備工作可窺探一二。

梳理敦煌文獻發現，寺院在舉辦各種佛俗活動之前會提前發佈榜文，包括規劃人員職責及物資供需分配等細節。現保存較為完整的是S‧3879佛誕日榜文和敦研0322臘八節榜文，兩份榜文規定了參會人員的職責、到會時間、會場準備及著裝要求，有著詳細而周全的活動流程，可謂是極具操作性的文書範本。細究敦研0322文本內容可發現，唐中後期，敦煌臘八節法會雖在寺院舉辦，但負責法會的人員多是世俗之人，並且所製藥食雖在寺院食用，但所用原料與製作方法仍是敦煌本土特有的。

（一）參與者：鮮明的僧俗分工

臘八節雖是佛節，但參與人員廣及敦煌地區僧俗各階層人員，尤其官府的主導作用，讓臘八節披上了濃濃的政治色彩。從敦研0322《臘八燃燈分配窟龕名數》卷面塗抹情況可以確定這份常年沿用的榜文，是每年臘八活動需遵循的範本文書，是由僧政道真和尚辛亥年（951）十二月七日發佈，長一尺四寸三分，寬七寸六分的糙米色麻紙本[11]，

---

11 吳曼公：《敦煌石窟臘八燃燈分配窟龕名數》，《文物》第5期（1959年），頁49。

榜文規定了每個人負責的區域及燃燈數量，榜文末尾處有懲處說明，尾題處有落款人和落款時間，是現存較為完整、具有重要意義的文書，校錄如下：

> 庚戌年十二月八日夜囗囗囗社人遍窟燃燈分配窟龕名數
> 1.田闍梨：南大像[12]已北至司徒窟計六十一盞，張都衙窟兩盞，大王、天公主窟各兩盞，大像下層兩盞，司徒窟兩盞，大像天王四盞。
> 2.李禪：司徒北至靈圖寺六十窟，翟家窟兩盞，杜家窟兩盞，宋家窟兩盞，文殊堂兩盞。
> 3.張僧政：崖下獨煞神至狼子神堂六十盞，獨煞神五盞。
> 4.陰法律：第二層陰家窟至文殊堂上層令狐社眾窟六十五盞，內三聖小龕各燃一盞。
> 5.羅闍梨：第三層太保窟至七佛堂八十二窟，內有三聖剎心各燃一盞。
> 6.曹都頭：吳和尚以南至天龍八部窟計八十窟，剎心內龕燃在裡邊。
> 7.索幸（行）者：第二層至第三層宋家八金光窟八十窟，內龕剎心燃在裡邊。
> 8.陰押衙、梁僧政：第二層普門窟至文殊堂，又至靈圖寺

---

12 吳曼公校錄為「北大像已北」，並標注「原寫『南』，似圖去，改寫『北』」（見《敦煌石窟臘八燃燈分配窟龕名數》，《文物》1959年第5期）；馬德（〈十世紀中期的莫高窟崖面概觀——關於《臘八燃燈分配窟龕名數》的幾個問題〉，《敦煌研究》1988年第2期）與金維諾（《敦煌窟龕名數考》，《文物》1959年第5期）皆校錄為「南大像已北」。據馬德〈十世紀中期的莫高窟崖面概觀——關於《臘八燃燈分配窟龕名數》的幾個問題〉考證並繪製的窟龕名數地理分佈圖來看，知田闍梨所負責的窟數為94-129和220-227窟，因此此處應為所屬之內的96窟北大像，並非130窟的南大像。

窟、至陳家窟六十三窟，有三聖龕燃在裡邊。

9・王行者：南頭第二層六十二窟，何法師窟兩盞，剎心佛堂兩盞，大像上層四盞，至法華塔。

10・安押衙、杜押衙：吳和尚窟至天王堂卅六窟，吳和尚窟三盞，七佛七盞，天王堂兩盞。

11・喜成郎君：陰家窟至南大像五十二盞，卅八龕，陰家窟三盞，王家兩盞，宋家窟兩盞，李家窟三盞，大像四盞，吳家窟四盞，大像天王四盞。

右件社人依其所配，好生精心注灸，不得懈怠觸穢。如有闕然（燃）及穢不盡（淨）者，近人罰布一匹，充為工廨。近下之人痛決尻杖十五，的無容免。

辛亥年十二月七日釋門僧政道真[13]

榜文中燃燈的窟龕囊括了整個莫高窟，窟龕中的供奉者已突破諸神譜系，現實人物佔據供奉數量的半壁江山。反映了隋唐時期敦煌地區的家族祭祖活動，由世俗社會搬至寺院，尤其世家大族的世俗生活與離俗寺院生活交往密切。深究這份文書中涉及的人物關係，兩方面體現了人物身份合流過程：

第一，臘八節燃燈供奉者社會僧俗身份多重交疊，世家大族所供奉的「家窟」數量最多，其窟主既是叢林德高望重的僧官，同時作為家族榮耀被族人供奉。榜文中燃燈的洞窟遍及南北區六七五個洞窟[14]，燃燈數達一一九〇盞[15]之餘，馬德將供奉者身份按社會階層分為「官

---

[13] 吳曼公：《敦煌石窟臘八燃燈分配窟龕名數》，《文物》第5期（1959年），頁49。

[14] 金維諾：《敦煌窟龕名數考》，《文物》第5期（1959年），頁50-54。因宋及後期莫高窟遭受地震、塌陷等破壞，故現有洞窟數量比唐代要少。

[15] 據第1、3、4、11條洞窟燃燈總量，以及每個洞窟至少燃二盞，加上佛龕所燃燈數來算，至少需要一一九〇盞燈。

窟、寺院窟、家窟、僧人窟、社窟」[16]五類，其中寺院集資營建的「寺院窟」和僧人（或相關之人輔助）營建的「僧人窟」是佛教活動的直接體現，統治者營建的「官窟」、世家大族營建的「家窟」、中下層百姓或其他社團聯合營建的「社窟」則是帶有濃濃的世俗意味。敦煌地區世俗生活之所所以能深深紮根於寺院，這與莫高窟的世俗功用密不可分。隋唐以來，莫高窟作為敦煌地區協調管理僧團與各寺之間事務的治所，是平衡與聯繫各寺院、世俗社會的重要紐帶。據袁德領考證分析，莫高窟每年舉辦的常規活動達二十四項[17]，其中由官府組織僧團的「迎使」活動和在莫高窟內「網鷹」活動幾乎完全背離佛教相關戒律，是儒家傳統禮樂文化的反映，為迎外客而舉行的「造設」宴會更是將莫高窟推向世俗生活，而各寺院在莫高窟住寺的住窟禪師則會把這種影響帶回本寺院，因此整個敦煌地區的眾寺院世俗化、社會化成為必然。在這種環境下，佛教思想、文化與本土文化的合流也稱為歷史的必然，臘八節燃燈的窟主以佛俗形式供奉著世俗人群和佛教諸神諸菩薩，可以看出佛教文化本身具有極強的文化生命力，對本土文化的吸收與改造同時進行。

　　第二，臘八活動的籌備者來自僧俗各階層，唐中期臘八節已是敦煌地區全民同參的盛大節慶。其盛大程度體現在三方面：其一這份榜

---

[16] 馬德：〈都僧統之「家窟」及其營建——《臘八燃燈分配窟龕名數》叢識之三〉，《敦煌研究》1989年第4期，頁54-58。馬德認為：一是中上層統治者的「官窟」，即以其職銜冠以窟名者，如「大王窟」、「天公主窟」、「司徒窟」、「太保窟」、「張都衙窟」等；二是因當地某寺院集資營建而以寺名冠其窟名者，如「靈圖寺窟」等；三是敦煌世家豪族的「家窟」，以其姓氏稱窟名，如「陰家窟」、「李家窟」、「宋家窟」、「陳家窟」、「杜家窟」等；四是以建個人之俗稱冠其名號者，如「吳和尚窟」窟等；五是因中下層百姓、僧侶集團聯合出資營建而以其集團名命名者，如「令狐社眾窟」等。

[17] 袁德領：《歸義軍時期莫高窟與敦煌寺院的關係》，《敦煌研究》第3期（2000年），頁169-176。

文由三界寺僧政道真和尚九五一年撰寫發佈，道真俗姓張，生活在世家大族控權的歸義軍時期，道真和尚作為三界寺的僧政，其僧團地位不言而喻，他與張、陰等世族頻繁來往，其世俗地位也不低，因此道真和尚作為莫高窟臘八活動一切事宜的統籌者，既是僧團對臘八活動的重視，也是寺院為聚集僧俗兩界之力舉辦活動的體現。其二榜文中負責分配燃燈者總計十三人，包括七位執事僧（兩位僧政、陰法律、曹都頭、三位押衙）、兩位軌範師（田、羅闍梨）、四位在寺院修行但未出家的信徒（李禪、索行者、王行者、喜成郎君），執事僧和軌範師在寺院的地位比較高，負責的多為佛教有關的窟龕，四位信徒則負責家窟燃燈窟龕，所供奉者包括人間譜系和諸神譜系，人間譜系按照身份等級供奉有三，上層統治者大王、天公主、太保等，中層有世家大族司徒家、翟家、杜家、宋家、陰家、王家、令狐家等，還有官府人員張都衙、執事僧何法師、吳和尚等，下層有社眾窟，或源自家族、家庭祭祀，或源自對個人功德的讚頌與紀念，或源自民眾合資以求福祉等；諸神譜系包括人格神智慧文殊、救苦救難的獨煞神（千手千眼觀音）[18]、護持平安的天王及天龍八部、狼子神等，諸神譜系供養則更多是對生活所需的體現，具有極強的現實意義。其三尾題處載「社人依其所配，好生精心注灸」的字樣，可知這場燃燈活動雖在寺院由僧團主持，但具體是由社人實踐的，嚴明的懲戒制度預示著僧俗眾人在這場臘八節籌備活動中職能雖不同，但承擔之責是平等的，換言之，世俗之人可直接參與寺院的日常生活。

（二）臘祭殺生與佛俗齋戒的對峙

先秦臘日祭祀的時間雖不固定，但狩獵祭宗廟和神靈的習俗一直

---

18 王惠民：《獨煞神與獨煞神堂考》，《敦煌研究》第1期（1995年），頁128-134。

有所保留。但佛教忌殺生，所以這兩者成為不可調和的矛盾，在莫高窟第249窟與285窟的壁畫繪有臘八狩獵圖，圖中有坐禪的僧人、倒立的金剛士、奔走的獵人等，以連環畫的方式體現了不同形象對狩獵殺生的態度，本質上是佛教對儒佛殺生思想衝突的一種調和。

　　莫高窟是敦煌各寺院協調叢林事務的治所，開鑿的洞窟和繪製的壁畫集中了敦煌地區佛教思想的主流，所以敦煌壁畫的殺生圖對探究佛教調和儒佛殺生矛盾有重要的意義。佛教戒律規定，狩獵殺生是佛門之大戒，且殺戒是大乘戒律之首，所以在面對傳統文化與佛教文化衝突的地方，佛教徒採取了多方面的抗爭與調和，殺戒便是需要調和的重中之重。第249窟與主室藻井頂部相連接的四副圖案，東、南、西、北四披的上部分各以獨立的主題，展現了美好和睦的動物、羽仙世界圖景。四披的下部分繞一周連接起來是一副山林圖景連環畫，林木、山坡與各種動物及人構成了統一的整體，分別是：東坡的山林圖底部殘缺，只能看到繪有一隻觀望的獼猴和一匹奔跑的馬以及一個倒立的金剛力士；南披繪有羊、野牛、豺狼等，或佇立或奔跑，還有自在飛翔的羽人等；西披下面則繪有獼猴和鹿，以及林間禪修的僧人，這三幅山林圖景體現了祥和又美好的淨土世界；與此截然不同的是北披的山林圖景，繪有一隻位於獵人前方正在奔走的野牛，獵人正拉弓對著一隻逃竄的老虎，另一個獵人正拉弓對著三隻奔跑的鹿，是一副激烈的、緊張的狩獵圖。北披的慘狀與前三幅圖的和睦場景形成鮮明的對比，讓人在視覺產生強烈的碰撞與衝擊，瞬感狩獵殺生的殘忍與不適，體現了佛教徒以壁畫形式對狩獵習俗的抗議。譬喻故事或壁畫圖景都是佛教宣講佛教教義與理念的重要方式，也是佛教調和與儒家文化衝突的重要手段。敦煌壁畫表現狩獵殺生的圖景很多，第285窟亦繪有同樣的狩獵圖景。與華蓋式藻井窟頂相連接的四披繪有四副主題不一的圖景，四披下部一周是一副山林圖景連環畫，細細數來有三

十六身禪僧於山間、草廬中坐禪，周圍有鹿、老虎、羊等動物，東、南、西三披的圖景和諧自然，唯有北披下部繪有一個手持刀叉的獵人，正叉向一隻正在拼命逃竄的類似於獾的動物，與其他三披圖景在視覺上形成鮮明的反差，規勸和引導民眾摒棄獵手殺生之俗。

這兩個洞窟的山林圖景以連環畫的形式讓觀者在視覺上形成猛烈的衝擊，體現了狩獵殺生破壞生態環境與自然和諧的理念。說明在敦煌地區有狩獵習俗，所以佛教徒以壁畫的形式規勸狩獵者不可殺生，表達人與動物、與自然要和諧相處，才能建的和諧美好的淨土世界。

（三）食物：披著「乳糜」之衣的本土藥食

以現存文獻及壁畫內容來看，敦煌地區臘八節煮肉粥的習俗古已有之，南北朝時期受佛教「乳糜」影響，在原材料選擇和製作方法上有所改變從而演變為「製藥食」。

《武威縣誌》「十二月『臘日』，以肉腐合穀為粥」和《新修張掖縣誌》「八日為『臘八節』，家家煮雜豆、米麵和肉為粥以汜神」都在記載了敦煌地區臘八之際以穀、米和肉熬製成粥的習俗。隋唐及以後，以油炒麵的藥食成為臘八必不可缺少的食物之一，S·5008《某寺諸色斛斗入破計會》載：「臘月八日炒藥食用麵一斗，油兩合子」[19]，P·3234V《行像社聚物曆》載：「十二月八日抄藥食，油半升」[20]，P·2040V《淨土寺食物等品入破曆》載：「油半升，臘月八日抄藥食用」[21]。此外，胡餅也成為臘八常見的食物之一，S·6452《寺院帳

---

19 中國社會科學院歷史研究所編：《英藏敦煌文獻》（漢文佛經以外部分）第七冊，（成都：四川人民出版社，2009年），頁14。
20 法國圖書館編：《法國國家圖書館藏敦煌西域文獻》第二十二冊（上海：上海古籍出版社，2002年）頁237。
21 法國圖書館編：《法國國家圖書館藏敦煌西域文獻》第三冊，頁20。

目》載:「十二月八日解齋麵陸斗,炒臛油一升,餕餅麵貳斗,胡餅麵參斗,麨麩麵壹斗」[22],所謂「解齋」是「非時而食」,所以胡餅成為僧人正餐之外的食物。從「肉粥」到「藥食」的轉變,可追溯到佛教成道節所施的「乳糜」。酈道元《水經注·河水》載:「長者女以金缽盛乳糜上佛」[23],《大日經義釋》載:「乳糜者,西方粥有多種。或以烏麻汁,以諸豆並諸藥味,如十誦藥法等文廣明,然最以乳糜為上」[24]。對比之下,在製作方法上,藥食的原料以油、梨、呵梨勒、酥(酥油)及草豉為主,製作方法以炒居多,乳糜則是將烏麻汁沖製成乳糜;在食用方法上,佛教所食乳糜,是「以穀類磨成粉末所製成之食物,又譯作餅、麨……又作乳粥,通常多以米粟摻入牛羊乳中煮熟……釋尊於菩提樹下成正覺之前,曾有接受乳粥供養之因緣」[25],敦煌地區的臘八節進行了趨同式的模仿,以酥油、呵梨勒和香油等炒製成臘食,以牛羊乳煮之,又名臘煞。P·3671《雜抄一卷》及S·5658《雜抄》皆提及:「臘煞何謂?冬末為神農和合諸香藥,並因晉武帝,至今不斷」[26],這一記載中的「諸香藥」便是散發呵梨勒藥味的炒食,易於存儲且無蟲蛀之患。今天的敦煌地區仍舊有以酥油炒麵製成藥食,再以熱水沖之或牛羊乳煮之的食用法。《佛光大辭典》載:「禪林之晚餐。佛制比丘過午不食,故禪宗寺院午後之飲食為藥石,

---

22 中國社會科學院歷史研究所編:《英藏敦煌文獻》(漢文佛經以外部分)第十一冊,頁73。

23 (北魏)酈道元著,譚屬春、陳愛平點校:《水經注》,(長沙:嶽麓書社,1995年),頁8。

24 高楠順次郎等編:《大藏新修大藏經》第二十三冊(東京:大正一切經刊行會,1934年),頁438。

25 丁福保編:《佛學大辭典》(北京:文物出版社,1984年)頁3038下-頁3039上。

26 中國社會科學院歷史研究所編:《英藏敦煌文獻》(漢文佛經以外部分)第九冊,頁44。

亦即晚食之隱語。」[27] 上推唐代，臘八炒制而成的藥食方便儲存，可直接取而沖之或煮之，正符合禪林晚食方便節時又能充饑的需求。

相較其他地區的喝粥風俗，敦煌地區臘八從以肉、穀煮粥到以呵梨勒、油炒麵的製藥風俗的轉變，具有重要的現實功用和文化整合意義。

第一，相較中原地區，唐宋時期敦煌地區的生產力不夠發達，尤其醫療條件較為落後，所以民眾的生命意識較強，臘八藥食寄託了民眾驅寒去病、延年益壽的美好祈願。敦煌文獻除大量醫藥文獻外，有許多祈禱生命健康的文書，如《難月文》《願文》等，亦有許多以超神力控制生理機能的經文或咒語，如S·5379《佛說痔病經》、S·2037《消災經》、S·2669V《除睡咒》等，這些都是基於現實需求的產物，是最能體現當時社會生活及佛教發現形態的作品。因此製藥食之俗反映了敦煌地區民眾重視生命健康的現實意義。

第二，吐蕃、歸義軍統治時期，敦煌地區因歷史原因擁有高度自治權，統治者好佛事促進了佛教的繁榮興盛。在政治力量的支持下，佛教的社會地位提高，紀念佛俗的活動愈加頻繁和盛大，因此佛陀臘月初八得正覺前食乳糜的佛俗衍生出民間與之形態及其相似的藥食之俗。仔細對比原料和製作方法就可以發現，乳糜和藥食幾乎是同一種食物，都是以牛羊乳煮粟米而食，不同的是，藥食的原料是與粟米相似的麵粉，這是由敦煌地區生產小麥和青稞的客觀條件決定的。而原本熬煮而成的臘八粥在敦煌地區演變為炒制的藥食（又叫靈藥或乳藥）。敦煌地處內陸深處，飲食主要以麵食和牛羊肉為主，加之一年的寒冷期較長，所以多以暖熱的炒食為主，是符合敦煌的氣候條件。

第三，「呵梨勒」的原料是秋梨，是「波斯等地出產的一種藥

---

27 慈怡編著：《佛光大辭典》（北京：北京圖書館出版社，2004年），頁6691。

材，不僅可入藥，而且可用於釀酒」[28]，亦是敦煌地區的常見食物之一。酥、油、呵梨勒等是典型的地方性食物，經炒食後可驅寒止咳，又是一道味覺鮮美的美食。炒制後的食物易於保存，適合敦煌地區常年乾冷的氣候特徵，因此藥食成為敦煌各寺院與民間在臘八節前共同需要準備的食材。

三 本土民俗與佛俗對峙中的調和

不同文化在同一時空最終都會整合成一種主流文化，敦煌臘八民俗最終的定型離不開文化的整合。傳統臘祭與成道節在思想上有著天壤之別，臘祭的根本是世俗社會的酬賽祈福，成道節則是離俗世界的渡脫與超俗，所以二者最終合流回歸為對美好生活期許的過程是曲折的，調和兩者思想文化衝突，是歷史的必然選擇。

（一）驅儺祛病去災與溫室沐浴求福的調和

臘八節營建道場供祈福之用本是寺院活動，但在敦煌地區成為由官府主持、全民參與的祈福法會。S·4191《臘八道場齋文》載：「厥冬類季月，如來沐浴之神（辰），轅口湖銀，堅冰地而未融，結天鴻而未假。饌崇建法場、興茲普益者，則代祇域。而邀請法公，同佛日而宣暢（唱），感十六國（之）王來聚道場者，我監軍論董沒藏之為所興也」[29]。官府發佈文書、建立道場、邀請法公、舉辦法會，似乎與佛教建溫室沐浴的習俗幾乎完全背離，但深究法會的儀式儀軌，卻處處體現著佛教的內容與思想。

---

28 高啟安著：《唐五代敦煌飲食文化研究》（北京：民族出版社，2004年），頁301。
29 中國社會科學院歷史研究所編：《英藏敦煌文獻》（漢文佛經以外部分）第五冊，頁263。

佛教認為浴佛習俗源於兩個傳說：或佛出生時得龍噴香雨。《大宋僧史略校注》載：「浴佛者，唐義淨三藏躬遊西域，見印度每日禺中維那鳴鐘，寺庭取銅石等像於盤內，作音樂、磨香或泥，灌水，以氎揩之。舉兩指瀝水於自頂上，謂之吉祥之水，冀求勝利焉。問：浴佛表何？通曰：像佛生時龍噴香雨浴佛身也。然彼日日灌洗，則非生日之意。疑五竺多熱，僧既頻浴，佛亦勤灌耳。東夏尚臘八，或二月、四月八日，乃是為佛生日也」[30]；或佛成道之日於尼連禪河沐浴。《佛說太子瑞應本起經》載：「佛初得道，自知食少，身體虛輕，徐起，入水洗浴」[31]，後以沐浴修清淨心在佛俗中保留下來。佛陀涅槃以後，法嗣以佛像代之進行沐浴，後來演變為眾僧沐浴之習俗。佛教傳入中國後，建道場沐浴風氣漸濃，尤其在浴佛節和成道節最為濃重。

　　建道場沐浴之習走出寺院，是佛教獲得更多信徒支持的重要方式。P·3265《報恩寺開溫室浴僧記》載：「紫金魚袋、上住國、敦煌都水令狐公之建矣。帷公英奇超眾，果敢非常，早達五丘，曉知九法。後參軍次，統以千渠。海量山懷，松貞椿茂……式建此回，用品幽黜。達謝馬遷，文慚該博，虛承來訛，難以德辭，狂簡陳述，而不作云云。於是嚴須達之園，千金靡吝；修祇域之供，七物不虧，冀此良緣，示魂覺路」[32]。這是一份由報恩寺向令狐氏家族捐建溫室的答謝書，書中表達對令狐氏的致謝，並高度頌贊了令狐氏建道場的豐功偉績。文中有兩處盡顯寺院在接受世俗捐建的同時，不改佛教教義的思想：一則以須達（多）建造祇園精舍比擬令狐氏建溫室之功，讚美

---

30 〔宋〕贊寧撰，富世平校注：《大宋僧史略校注》（北京：中華書局，2015年），頁21-22。

31 高楠順次郎等編：《大正新脩大藏經》第三冊，（東京：大正一切經刊行會，1934年），頁185。

32 法國圖書館編：《法國國家圖書館藏敦煌西域文獻》第二十二冊（上海：上海古籍出版社，2002年），頁326-327。

令狐氏的樂善好施的同時，也借用佛教典故傳遞佛教思想與文化；二則文中提到所修溫室配有「七物」，是佛教浴佛活動必不可少的七種香料。這份答謝書字句之間體現了報恩寺以兼容之法將世俗中的權與財納入到寺院的發展。

延伸溫室沐浴去垢淨法身的功用，加入世俗生活驅寒去病的需求，是佛教調和世俗與離俗兩種生活狀態的方法。《十二月日景兼陰晴雲晴雲雪諸節》載：「臘月八日，時屬風寒月，景在八辰，如來□溫室之時，祇試（樹）浴眾僧之日。故得諸垢已盡，無複煩惱之痕；虛淨法身，皆沾功德之水」[33]。溫室沐浴對佛教徒的意義是以功德水去除煩惱心從而修得清淨心。但中古敦煌地區的寺院給這一佛俗賦予了世俗意義，P‧3671《雜抄一卷》載：「十二月八日何謂？其日沐浴，轉障除萬病，名為溫室，於今不絕」[34]。「轉障除病」是敦煌民眾對健康長壽的美好期許，敦煌地區浴佛所用七寶之一亦選取了驅寒開脾止咳的藥物，如藿香「辛，溫而甘，氣味具輕。善能快脾利氣，開胃寬中，止霍亂、嘔吐、暑邪滯悶。香甜不峻，輕和之品」[35]。

促使世俗民眾參與到浴佛活動當中，是調和佛俗與傳統民俗的重要之法。P‧3103《浴佛節作齋事禱文》：「方今三冬季序、八葉初辰，飛煙布而休氣浮，日重輪而月抱戴……繇（由）是求僧側陋，置席蓮宮，導之以闓境玄黃，率之以傾城士庶。幢蟠晃炳，梵贊訇鏘，論鼓擊而會噴填，法族樹而場駢塞」[36]。敦煌沐浴活動的參與者不止僧眾，還有官府與民眾，甚至官府的參與度要遠高於寺院，官府「導

---

[33] 黃征、吳偉編校：《敦煌願文集》（長沙：嶽麓書社，1995年），頁85。

[34] 法國圖書館編：《法國國家圖書館藏敦煌西域文獻》第二十二冊（上海：上海古籍出版社，2002年），頁283。

[35] 〔清〕張德裕輯，程守禎、劉娟校注：《本草正義》（北京：中國中醫藥出版社，2015年），頁21。

[36] 黃征、吳偉編校：《敦煌願文集》，頁379。

之以闔境玄黃,率之以傾城士庶」,這意味著浴佛活動已遠不止佛教教義中轉五濁惡世為淨土,導邪曲人心為善良菩提的意義,而是在官府力量的作用下,原本活躍在寺院的浴佛活動走出寺院,成為僧俗同慶的節日。

(二)燃燈:人間譜系與神仙譜系同在的文化整合

敦煌地區佛寺的盛大燃燈活動有三:上元節、盂蘭盆節和臘八節,最盛者當屬上元節,次之臘八節,再次之盂蘭盆節。其中臘八時的燃燈規束最多,不僅須「闕燃殆盡」,燃燈數量也有相應的規定,此外燃燈所用燈具大小、香油添置、室內擺放也有一定要求,從這些規束可看出臘八燃燈供奉的現實意義。莫高窟第192窟(晚唐)題記載:「又年歲至正月十五日、口七日、臘八日悉就窟燃燈。年年供養不絕,以此功德先奉為當今皇帝禦宇,金鏡常懸,國祚永隆」[37],歸義軍時期的燃燈供養由官府捐資舉辦,將寺院以燃燈積累功德的活動用於政治需求,帶有鮮明的世俗意義。

臘八燃燈的文化意義是多元化的。一方面,將佛教的神仙譜融入人間譜系當中,給現實中的人,尤其給河湟地區的節度使披上神聖外衣。唐中期以後,敦煌地區依次歸屬吐蕃與歸義軍管轄,本質上都屬於藩鎮割據政權,因此需要一定的向心力加固統治。佛教思想中如同粘合劑,拉攏了具有一定話語權的世家大族,凝聚了雜居在敦煌的各民族人民,將多元化意識形態融入到佛教思想當中,為統治外散力量架起了橋樑。P‧2058《燃燈文》載:

厥今青陽瑞朔,慶賀乾坤;設香饌於靈龕,然(燃)金燈於寶

---

[37] 賀世哲:《〈莫高窟第192窟〈發願功德贊文〉〉重錄及有關問題》,《敦煌研究》第2期(1993年),頁128。

室。官僚跪爐而致願，僧徒啟念於尊前者，為誰施作？時則有我河西節度使令公先奉為天龍八部，擁護敦煌；梵釋四王，恒除災孽。次為令公已躬延壽，以（與）彭祖而齊年；公主、夫人寵榮祿如（而）不竭，郎君、小娘子受訓閨章，合宅宗枝常乘承業。四方開泰，風雨順時；五稼豐登，萬人樂業諸（之）嘉會也。伏惟我令公天資濬哲，神假其才，雄雄定山嶽之威，蕩蕩抱風雲之氣。臨機運策，韜三略之深謀，關上夔龍，負六韜而定塞。[38]

這是一篇由莫高窟執事僧撰寫的集頌贊與祈福一體的《燃燈文》。從內容看，這場燃燈活動的祈福對象和目的都很明確，從祈求國祚昌盛到為節度使祈禱延年益壽，再到為節度使的家人求取福祿，每種祈福都與「節度使」有著密切的關係。遺存數十篇燃燈文的內容大多如此，這與當時歷史背景息息相關：一，漢魏時期，敦煌太守竇融、尹奉、倉慈等人限制豪強、胡漢通婚與胡商貿易等主張，河湟地區政治環境的穩定、經濟的富庶，以及胡漢交融促進文化的繁榮，促使統治者的威望在下層民眾中逐漸提高；二，兩晉六朝時期，張軌等統治者大力興辦文化、教育事業，使五涼文化整體提升的同時，佛教藝術也能更快的被更多人接納，為後來佛教事業的發展奠定了堅實的基礎，三，以張軌為代表的統治者世信佛教，另則佛教徒為了更好的傳播佛教，通過學習儒家文化，將儒家思想中的治世之道和忠孝思想以佛教方式輸出，適應社會發展的需求，提高了佛教的社會地位。

另一方面，莫高窟壁畫同時展示了「燃燈造幡，放生修福」同在的祈福方式，這與敦煌藥師信仰的流行密切相關。藥師佛在因地修行

---

[38] 黃征、吳偉編校：《敦煌願文集》，頁520-521。

菩薩道時，曾發十二大願，不僅可以治療人生理疾病，還能治療人的心理疾病，正符合唐中期敦煌民眾祛病消災、求取平安長壽的願望。盛唐148窟藥師經變側面繪製了放生圖，正值吐蕃攻打沙洲，官府，民眾，僧侶和敦煌畫師們面臨戰火紛飛，城破家亡之際，經變中創造的富裕，幸福，安寧，祥和的東方藥師淨土正是人們嚮往的幸福天國；而十二大願和九橫死則反映了人們對生命的健康安寧、豐衣足食、消災避禍、延年益壽的祈願。值得注意的是，晚唐莫高窟第12窟北壁《藥師經變》側面的燃燈圖伴有放生活動，燃燈、放生、懸幡和齋僧是藥師供養活動的重要內容，可知敦煌臘八燃燈風俗與藥師信仰關係密切。中古時期敦煌地區藥師信仰盛行，藥師佛承載著民眾消災除病、延年益壽的世俗願望，是佛教世俗化的具象代表，也是民眾的現實需求與精神需求的反映。因此臘八燃燈對供奉者具有多重意義，放生活動表達了民眾對生命健康的祈願，以燈樹「高天布月」之光輝折射供奉者理想中的淨土世界。

四　結語

敦煌地區傳統民族民俗在佛教影響下呈現新面貌者頗多，如祀路神、賽青苗神等，僧俗同慶的臘八節頗具代表性。從敦煌臘八各習俗的定型來看，佛教的世俗化發展到鼎盛時期必然與傳統民族文化進行整合與轉化，出於文化整合與轉化的需求，民俗本身的文化屬性不再僅僅具有民族特徵，世信佛教的統治者通過直接參與佛教相關活動，自覺地把佛教文化思想移植到社會生產生活的意識形態領域，從而促使敦煌佛教向大眾化發展。

敦煌佛教的世俗化程度比其他地區高很多，表現在佛教的通俗性、流行性、娛樂性、商業性、開放性、儀式性及分支發展情況都朝

著傳統節俗不斷靠近。換言之，佛教進入敦煌以後，不斷靠近、融進傳統民族的倫理觀念，所以融合佛俗與民俗特徵的臘八節是披著佛教的外衣，實際上是傳統文化融合佛教及民間各種信仰的見證，亦是佛教借以影響社會、溝通社會的重要途徑。因此，中古時期敦煌地區的文化應是在佛教與政治、傳統合流下產生的。佛教不斷以更為通俗的方式傳播佛教的理念與文化，取得各階層支持，反之，佛教的教化功用和所帶來的現世利益為官府所用，成為統治者鞏固政權的手段。因此敦煌地區的臘八節是具有紀念意義的佛俗，也是佛教借祈福、祈願等世俗方式傳播淨土理念、實現戒殺生理念的方式，更是官府借此鞏固政權的手段以及下層民眾對生命健康與精神需求的體現。

（本文2023年10月發表於《石河子大學學報》）

回歸心魂的聆聽和跟隨
——史鐵生「寫作之夜」研究

陳藝宣
二〇二二級　中國現當代文學

摘要

  在時代和命運的雙重作用下，史鐵生逐漸脫離題材宏大的現實主義寫作轉向回歸心魂的「寫作之夜」。「寫作之夜」是他創作後期獨創的極富主觀色彩和創造情懷的概念，也是最能表達他寫作思想與寫作狀態的概念。在史鐵生的創作中，心魂與「寫作之夜」有著相當密切的聯繫。「寫作之夜」是對心魂的聆聽與跟隨，心魂不僅是「寫作之夜」要表現和記錄的對象，更是「寫作之夜」的創作源泉和結構形式生成的依據，對史鐵生後期創作的人物、語言、文體方面有很大的影響。與此同時，「寫作之夜」也是走向內在心魂的倚仗，使史鐵生的寫作在思想的深邃性、藝術追求的純粹性上都達到了一定的高度。

關鍵詞：史鐵生　寫作之夜　心魂

一　走進「寫作之夜」

不同於史鐵生的著作《寫作之夜》，本文所論述的「寫作之夜」是他創作後期強調並實踐的概念，也是最能彰顯他寫作理念與寫作狀態的概念，是由時代之殤和殘疾之痛孕育出的獨特的「寫作之夜」。在那裡，史鐵生遭遇了心流的「黑夜」，感受到心魂深處的人間困境，因而渴望表達，寫作也由此開始。

（一）轉向「寫作之夜」的原因

史鐵生自成體系的「寫作之夜」的形成經歷了較為漫長而複雜的歷史過程。

二十世紀七〇年代末到八〇年代初是史鐵生的早期創作時期，受契訶夫、魯迅等作家的影響，此時他的創作偏向生活寫實，現實主義成分占的比例比較大，如《午餐半小時》、《沒有太陽的角落》。

八〇年代中後期，史鐵生意識到「所有的實際之真，以及所謂的普遍情感，都不是寫作應該止步的地方。文學和藝術，從來都是向著更深處的尋覓，當然是人的心魂深處」，[1]因此他放棄了早期現實主義寫法，以心魂的游弋來探究人生意義、解構精神困境，逐漸步入了寫作的「務虛」階段，著有《務虛筆記》等。

是什麼促使史鐵生的創作做出如此改變呢？邵燕祥在《回憶他　讀他　認識他》一文中指出：「鐵生做形而上的思考，是由自己血肉體悟支撐的。」[2]這一體悟源於「文革」中人的異化，發酵於自身突

1　史鐵生：《病隙碎筆》（長沙：湖南文藝出版社，2013年），頁133。
2　「寫作之夜」叢書編委會：《生命：民間記憶史鐵生》（北京：中國對外翻譯出版公司，2012年），頁6。

如其來的殘疾。來自心靈和肉身的兩重痛苦觸動了他本就敏感的神經。經過短暫的迷茫抱怨、痛苦掙扎後，史鐵生從人生的暗夜出發，將自己從時代與命運中抽離出來，以旁觀者的角度，重新審視這場浩劫，重新審視自身無法扭轉的生理殘缺，逐漸擺脫了消極思想和負面情緒，走向其獨特的「寫作之夜」。

1　時代背景

史鐵生與同時代的其他人一樣親歷了「文革」，這份經歷為他們的生命歷程打上了難以磨滅的烙印。

（1）被遺忘的心魂

史鐵生的外祖父原本是個國民黨出身的抗日英雄，還為當地的教育事業做出過貢獻，卻於史鐵生出生前一年的政治運動中悲慘去世，這件事對史鐵生的內心產生了很大的影響。之後，他在寫作時多次引用詩人西川的詩句：「歷史僅記錄少數人的豐功偉績，其他人說話匯合為沉默」。[3]這份沉默引起了他的震動和共鳴。無數真實的心魂埋沒在歷史深處，數字化和符號化記錄的方式剝奪了他們真實鮮活的生命狀態，而有著類似經歷的史鐵生卻能在這沉默的下面，聽出萬千心魂的聲音。他看到了無數被集體大我遮蔽的「小兵」，正是他們的奮不顧身成就了「大將軍」的豐功偉業。身處「小兵」這類位置的個體和我們一樣有著真切而獨特的心魂，有著他們存在的意義，卻被輕描淡寫地遺忘，好似不曾來過，心魂被銷毀的殘酷事實使史鐵生深覺不忍。

因此，相較於其他作家反思國家、民族、政治、意識形態等宏大的題材，史鐵生更執著於從個體反思命運。他不再局限於自身的精神

3　史鐵生：《病隙碎筆》，頁170。

痛苦，堅持用良善的內心去發現和書寫這些宏大敘事下失聲的個體，並開拓了「心魂」這一廣闊的心靈維度。

（2）被簡化的心魂

抹殺心魂的，不僅僅是「遺忘」，還有「簡化」。史鐵生多次描寫了面對有著無限可能的真確心魂被簡單曲解時的痛心與無奈。如《務虛筆記》中被稱作「叛徒」的葵林女人。她於敵人來襲時，為保護戀人而被捕，在獄中經歷無休止的嚴刑折磨後無奈屈服，她就這樣成為了人們眼裡的「叛徒」。這個葵林女人和我們一樣，於痛苦掙扎時仍保有愛的渴望，但「歷史無暇記住一個人的苦難」，[4]根據表象和結果主觀臆測才是人們的常態。人們忽視背後那些複雜的過程和曲折的心路歷程，對「叛徒」作符號化的簡單認知，辱罵他們的叛變和可恥，並施以永恆的輕蔑與疏離。因此，史鐵生認為，「任何方式都好，唯不可一味地簡單……心魂不能容忍對心魂的簡化」。[5]

除此以外，身為「灰五類」的子女，史鐵生有著個人的傷痛記憶。「文革」時期，奶奶的地主出身令他提心吊膽，直到奶奶回老家他才鬆了一口氣，而這也使史鐵生對奶奶的死心中有愧。家庭成分的劃分問題以及「紅五類」學生對他的排斥，使史鐵生認識到中國傳統文化對於個體生命關注與尊重的缺乏。拉幫結派的集體主義強迫人們作出選擇，在站隊的過程中，人自以為得到了自我的確立，但史鐵生認為，這種「自我」是不可靠的，於是他開始了向內轉的自省之旅。史鐵生遠離了時代控訴的舞臺，忠實於個人的真實經驗和思想，認為這是矯正被簡化的歷史的可靠手段，並以個人的生命體驗使寫作的基礎從現實世相回歸到心靈印象的真實，使寫作的使命從反映外在時間

4　史鐵生：《務虛筆記》（瀋陽：春風文藝出版社，2006年），頁281。
5　史鐵生：《史鐵生作品全編：第6卷》（北京：人民文學出版社，2016年），頁268。

回歸到內在的可能世界。這是對長期處於優勢地位的現實主義寫作的顛覆。

2 個人命運

二十一歲，雙腿的突然癱瘓帶來了史鐵生人生的黑夜，使他在生活與寫作上都與同時代人若即若離。他的活動空間被輪椅所限制，若繼續現實主義寫作，很快就將面臨窮途末路。長年於逼仄的空間思索，使史鐵生後期的作品自然而然地在內容與思想上向著艱深處邁進。身體的殘缺使史鐵生比一般人更早開始思考死亡，他一度尋死以求解脫，最終得出的結論是「死是一個必然會降臨的節日」，[6]同時他也意識到「殘疾」是人類社會無法逃離的現實，從而從死亡的陰影掙脫，將之後的生命都投入到寫作當中，形成了其創作的過程哲學。在尋找生存意義的過程中，史鐵生創造了自身獨具特色的「寫作之夜」。

（二）何為「寫作之夜」

史鐵生筆下的「夜」代表著真實和自由，是他與心魂相遇的重要時刻。這「夜」雖然也與「白晝」相對，但卻不屬於客觀時間，而是生發於主體的生命體驗。

「白天是一種魔法，一種符咒，讓僵死的規則暢行無阻……因此我盼望夜晚，盼望黑夜，盼望寂靜中自由的到來。」[7]史鐵生筆下的「白晝」代表的並非光明，而是表象和束縛。明亮的「白晝」充斥著各種各樣的秩序和規則，人們常被功利性的理性所桎梏，在這樣的「白晝」裡呈現出的不過是表層的偽裝，是絕不能作為個體的根本性憑據的。

---

6 史鐵生：《我與地壇》（北京：人民文學出版社，2008年），頁3。
7 史鐵生：《靈魂的事》（北京：中國青年出版社，2008年），頁43。

史鐵生偏愛黑夜，他所盼望的「夜」又是什麼樣的呢？史鐵生曾這樣形容，「難以捉摸，微妙莫測和不肯定性，這便是黑夜。但不是外部世界的黑夜，而是內在心流的黑夜。寫作一向都在這樣的黑夜中」。[8]「寫作之夜」摒棄了白晝的喧囂，在萬籟俱寂的深夜裡叩問自己的心魂，是審視人間的絕佳時刻。在「寫作之夜」，一切外在的附著都消失了，白晝的理性法則諸如等級秩序、身份地位皆成幻影，個體進入了一個理想時空。白晝裡消失於既定角色的自我於黑夜回歸，真實的心流得以湧動，白晝所遮蔽的問題得以凸顯，心魂深處的困惑和迷途也得以明晰。黑夜有著異於白晝的視角，「是對白晝表示懷疑而對黑夜秉有期盼的眼睛」。[9]史鐵生正是借助這眼睛探尋何為「我」，發掘心魂深處那些不為外人也不為自己所知的秘密。這種眼睛所看重的不是最後展現的成品，而是隱藏於心魂裡的種種信息，那是「我」之為「我」的本質特徵。

史鐵生嚮往「寫作之夜」，於他而言，「寫作之夜」不僅標示出人的本真，而且昭示了他的創作追求。他不再著重於對「白晝」的描摹和刻畫，而是向內探索，關注夜間獨具的心魂。雖然他的軀體被固定在輪椅上，但他的心魂卻常在黑夜自由地出行。「寫作之夜」成為他追尋生命意義的手段，是「筆墨代替香火的修行」。[10]

二　「心魂」與「寫作之夜」實踐

葉立文教授認為，史鐵生的創作是「自護心魂、陪伴生命的救贖

8　史鐵生：《病隙碎筆》，頁99。
9　史鐵生：《病隙碎筆》，頁94-95。
10　史鐵生：《史鐵生作品全編：第9卷》（北京：人民文學出版社，2016年），頁128。

之作」。[11]這在史鐵生的「寫作之夜」中體現得更為明顯。因此，想要進入「寫作之夜」，就要先弄清「心魂」究竟是什麼。

「心魂」一詞並非史鐵生的獨創。它最早出現在南朝江淹「雜體詩」〈效左思〉的「百年信荏苒，何用苦心魂」中，這裡的「心魂」指的是心靈、心神。在此基礎上，史鐵生有所補充。他筆下的「心魂」產生於對鬼魂、靈魂、精神的理解基礎之上，廣泛地指向人的主觀心靈世界，指向內在的欲望與隱秘，是人最真實的存在，也是生命最原初的狀態。「心魂，你並不全都熟悉，她帶著世界全部的消息，使生命之樹常青，使嶄新的語言生長，是所有的流派、理論、主義都想要接近卻總遙遙不可接近的神明。」[12]在他這裡，心魂預示著無垠的陌生之域，它遠離日常生活中習見的經驗和觀念，是居留於肉身又超越肉身的主觀精神，以超然的姿態關注人類的軀殼，是人們沿著舊有路徑無法到達的地方。它帶領史鐵生超越世俗的羈絆，挖掘意識深處無人知曉的隱秘，使創作者能在熟悉的景象中生成新的思緒，感受生命本質的困惑，探尋生命的可能性狀。

「心魂」貫穿了史鐵生後期寫作的整個過程，既是其創作不斷生長的精神原點，也是其構築「寫作之夜」實踐的一大重要因素，作家唯一能做的就是「聆聽和跟隨」，[13]這樣才能準確地傳達作品的深層意蘊。這種對於「心魂」的堅守，展現了史鐵生對文學本性的尊重和回歸。

（一）展現「心魂」的「寫作之夜」

史鐵生從寫作中發掘心魂，又將心魂還原到寫作中去。從創作實

---

11 葉立文：《史鐵生評傳》（鄭州：河南文藝出版社，2018年），頁141。
12 史鐵生：《史鐵生作品全編：第7卷》（北京：人民文學出版社，2016年），頁75-76。
13 史鐵生：《信與問》（廣州：花城出版社，2008年），頁21。

際看,「寫作之夜」正是史鐵生心魂的文學還原,是心魂上天入地、通貫古今的依託,反映的是印象真實、無限開放的敘述時空。

1 開放時空

時間可以分為兩種。一種是以分秒等計量單位來記錄的客觀時間,最終匯合成永不倒流的歷史長河;一種是心魂流經的意識時間,始於主體自身的體驗和印象,這正是「寫作之夜」所採用的時間。

這種意識時間與主體的生命體驗緊密相連。在客觀時間的演算法裡,一九五五年毫無疑問在一九五一年之後。但在史鐵生的意識時間裡,一九五一年發生在一九五五年之後,因為他雖在一九五一年出生,但直到一九五五年的某個週末,聽到奶奶提起他出生那天的大雪之後,一九五一年才出現在他的印象中。可見,意識時間是由已經發生並被意識到的事件構成的。意識時間的先後順序,取決於心魂經歷的先後,取決於印象產生的先後。只有當外界事物流經心魂、進入印象並且被保存或加工的時候,它們才真正被納入了意識時間。

「寫作之夜」是無限開放的敘述時空。在心魂主導的「寫作之夜」裡,單向的平面時空被多維的立體時空所取代,不同的時空能在同一敘述時間內共存,越界交叉對話也成為可能,這為史鐵生作品時空結構的多層次性、立體性、開放性奠定了基礎。如在《關於一部以電影作舞臺背景的戲劇之設想》中,A就能隨著作家的思考自由穿梭於各個時空,既能與年輕時的父母交談,又能與年幼的自己B相遇。A的掙扎、叛逆、反省、痛苦、孤獨都在無限開放的心魂世界中生動地反映出來。

2 心魂世界

「寫作之夜」是史鐵生寫作的真正起點,是他用文字聯結自己的

印象的所在。在這裡，時間和空間被消解，唯有印象是有意義的。印象是心魂存活的重要表徵，也是史鐵生確認心靈真實的重要憑據。印象是屬於心魂的記憶，是不朽心魂的載體，會在主體的內心世界中不斷重新編碼，從而獲得無限的拓展空間。

「我是我印象的一部分，而我全部的印象才是我。」[14]「我」既是心魂中唯一真確的存在，又是複雜的印象集合體。在以「寫作之夜」為開端的《務虛筆記》裡，所有人物諸如殘疾人C、詩人L、畫家Z、醫生F、女教師O、女導演N、流放者WR都只是依靠「我」的記憶產生的部分印象和部分心魂，而非現實中的獨立人物。他們在模糊的形象裡重疊混淆，從而變得豐富和統一。在「寫作之夜」，史鐵生的作品皆是人物心魂的自由表演，作品中的不同人物則是心魂在種種可能中的真實巡遊。《我的丁一之旅》就記錄了這樣一個「行走的心魂」與身器相互尋找的旅程，這段旅途是一種可能話語在「寫作之夜」的實現。心魂「我」曾經附著在丁一的身體上，現在則附著在史鐵生的身上。「我」既寄居於某個具體的身器，又能靈肉分離，作抽象的形而上思考，進行心魂與身體的對話，站在史鐵生的視點上回想在丁一時的行跡，於這趟旅程中探索生命的意義。

不僅是人物，「寫作之夜」中「我」描寫的所有情節也都來自於「我」的心魂，是在心魂中發生的，是「我」人生經歷和心路歷程所留下的印象。史鐵生自己也說，「人們完全可以把《務虛筆記》看成是自傳體小說。只不過，其所傳者主要不是在空間發生過的，而是在心魂中發生著的事件」。[15]

靈魂發出的聲音迫使史鐵生真誠記錄自己的印象，「寫作之夜」所反映的就是印象的真實。在「寫作之夜」，史鐵生徹底地敞開內

---

14 史鐵生：《史鐵生作品全編：第7卷》，頁9。
15 史鐵生：《信與問》，頁34。

心,袒露靈魂,傾聽不同人物之間的對話,窺探筆下人物真實的心流。「我想,其實沒有一篇好作品是純粹寫別人的,而只能借助很多發生在空間中的別人的事,在寫發生在自己心裡的事。」[16]據此可見,史鐵生筆下的故事不是在現實的客觀世界或者別人的故事中發生的,而是透過心魂所看到的、進入印象後保存於自己內心的、來自心魂世界的事。在「寫作之夜」,沒有所謂的好人與壞人,「善惡俱在,我中有你,你中有我,才是此一心魂的真確」。[17]

「這樣的寫作或這樣的眼睛,不看重成品,看重的是受造之中的那縷遊魂,看重那遊魂之種種可能的去向,看重那徘徊所攜帶的消息。」[18]因此,在「寫作之夜」中,無需去計較是否確有其人、確有其事,結果並不重要,重要的是不同心魂的起點與方向,是心魂所行走過的路程,即抒寫印象的真實,表現虛設情境中的真實心緒。

(二)源於「心魂」的「寫作之夜」

心魂不僅是「寫作之夜」要表現和記錄的對象,更是「寫作之夜」的創作源泉。如史鐵生所說,「寫作之夜」要寫的「主要是發生在心魂裡的事,尤其是發生在心魂中一直被遮蔽之處的事」,[19]新的語言正是產生於這樣「被遮蔽之處」。於心魂世界中日夜巡遊的寫作方式給予了史鐵生的創作不竭的能量,他的人本精神和終極關懷也正是源於此處。

在史鐵生看來,寫作就是要貼近暗夜裡的心魂,去思考心魂提出的純粹的本源性問題。事物的本質會被表象所蒙蔽,但心魂不會,因

---

16 史鐵生:《信與問》,頁23。
17 史鐵生:《信與問》,頁42。
18 史鐵生:《寫作之夜》(瀋陽:春風文藝出版社,2002年),頁9。
19 史鐵生:《信與問》,頁23。

此，心魂成為史鐵生創作的靈感來源。史鐵生借寫作與心魂交談，他認為「寫作之夜」是直面自我、獨問蒼天的時刻，夜的漫長給予心魂足夠的時間肆意馳騁、足夠的空間拷問自身。「寫作，法無定法，唯一不變的是向自己的心魂深處去觀看，去發問，不放過那兒的一絲感動與疑難。」[20]在夜裡，人們掙脫理性的桎梏，回歸心魂，傾聽自己的心聲。無論是《合歡樹》裡對母親的愧疚，還是《奶奶的星星》中對奶奶的思念，亦或是《我的遙遠的清平灣》中對陝北農村淳樸民風的想念，都是史鐵生心魂深處的真情表露。

史鐵生說：「作家應該貢獻自己的迷途」。[21]他認為，作家不僅要向讀者坦誠內心的真實情感，更要吐露埋藏於自我心中的謎團。在隨筆《宿命的寫作》中，史鐵生著重強調了「惑」在寫作中的重要作用。在他看來，我們的生命歷程中充斥著各種各樣的「惑」，有些來自難以把控的外部世界，有些則以本體性的方式存在於人的心魂深處。

「寫作之夜」中寫作行為的發生就始於心魂深處的「惑」，始於生命固有的疑難。史鐵生列舉了三種根本的人生困境，分別是孤獨、痛苦和恐懼。孤獨在於人注定存活於無數他人之中，人和人之間無法達成徹底的溝通；痛苦在於人實現欲望的能力始終無法追上自己不斷增長的欲望；恐懼在於人不願死去，卻注定生來就走向死亡。人類所身處的種種困境，使其產生了表達自我和與人溝通的欲望。但在多數情況下，人與人的溝通總是混雜著功利性的虛偽，而人又渴望被他人理解。因此，人們往往被自我所囚，於有限的世界中體味孤獨與絕望。在心魂獨處的夜晚，白晝之魅漸漸消散，面對逃不脫的存在困境，人的孤獨、恐懼、無助之感越發明晰。在千萬個「寫作之夜」裡，史鐵生溝通心魂，挖掘人的內心所想，探尋人性的本質，以求給

---

20 史鐵生：《史鐵生作品全編：第7卷》，頁265。
21 史鐵生：《病隙碎筆》，頁16。

破碎的靈魂帶來安慰，給孤獨的心魂帶來希望和夢想。這是他與世界交流的途徑，也是他被世界認識、得到世界回應與認可的途徑。

同樣，源於心魂的懺悔也是「寫作之夜」中不可或缺的重要環節。唯有揭下假面，誠摯懺悔，失去蹤跡的心魂才能重見天日，自由馳騁。「寫作之夜」是上帝降臨的時刻，真正的自省、追問正是在這種終極關懷下產生的。「懺悔，不單是懺悔白晝的已明之罪，更是看那暗中奔溢著的心流與神的要求有著怎樣的背離」，[22]所以「你不能不對自己坦白，不能不對黑夜坦白，不能不直視你的黑夜：迷茫、曲折、絕途、醜陋和惡念」。[23]

因此，「寫作之夜」的寫作一定要具有問題意識，具有捕捉內在心魂的能力。史鐵生曾於信中寫道：「我的寫作多是出於疑難，或解疑的興趣。」[24]在「惑」的永恆存在和解惑的永恆衝動之下，「寫作之夜」以強悍的姿態向人類隱秘的心魂地帶發起尖銳地質詢。通過不斷地否定、反思，史鐵生不斷將已有的認知大廈推倒、重建，將越來越多的新意義容納其中，並對人的獨立思考能力給予肯定。

總的來說，「寫作之夜」源於心魂的困惑、懺悔和追問。史鐵生在作品中不斷展現潛藏於心魂深處的困境，並於「寫作之夜」以筆為劍，探尋擊破人生困境之法，以心靈為橋，溝通深陷困境中的靈魂，在發現人類「殘缺」的同時，仍處之泰然，直面這既是煉獄又是樂園的世界。

（三）「心魂」生成的「寫作之夜」

「為什麼而寫作呢？我想，就因為那片無邊無際的陌生之域的存

22　史鐵生：《病隙碎筆》，頁137。
23　史鐵生：《病隙碎筆》，頁137。
24　史鐵生：《信與問》（廣州：花城出版社，2008年），頁170。

在。那不是憑熟練可以進入的地方，那兒的陌生與危險向人要求著新的思想和語言。」[25]史鐵生不接受「文學家」的稱謂，認為自己只是個寫作者。在他看來，文學是嚴謹的，喻示著標準與規則，限定了探索的形式與範圍，而寫作則擁有充分的自由，能承擔心魂深處的本源性主題。

「寫作之夜」不僅是對創作主體的深入發掘，還是對其思想和語言的自我更新。在「寫作之夜」，所有的文學形式都是為心魂書寫的表達所服務的。史鐵生說：「一切形式，都是來自人與外部世界相處的形式」。[26]確實如此，他以真摯的心魂與世界相處，作品中自然處處都有著心魂的影子。史鐵生提出「形式即內容」、「有意味的形式」，以反對現實主義「形式即容器」的觀點，並以他的「寫作之夜」實踐踐行了這一理論。心魂世界的自由廣闊賦予了「寫作之夜」結構形式上的自由無序、繁多複雜，使史鐵生的寫作擁有了更多的可能。

1　符碼式的人物

名字往往承載著命名者或好或壞的寄託，而這限制了讀者內心世界的感受，也限制了人物自由發展的空間。史鐵生早期作品中人物尚有姓名，如《兄弟》、《愛情的命運》等。至《山頂上的傳說》、《命若琴弦》，則開始故意隱去人物姓名，代之以形象的泛稱，如小夥子、老瞎子、小瞎子等。到後期「寫作之夜」的《鐘聲》、《務虛筆記》等作品，更是以字母這種非現實化的命名方式使人物更加抽象化，用單個的符號代碼代表一種生命潛流。在史鐵生眼中，名字是一個能被隨意更改的標籤，萬千心魂才是真正的存在。因此，他希望讀者拋棄記

25　史鐵生：《史鐵生作品全編：第7卷》，頁75。
26　史鐵生：《寫作之夜》，頁36。

憶人物名字的閱讀習慣，不被先入為主的信息所干擾，專注於人物內在心魂的生命歷程。

一方面，缺失姓名暗示這些符碼式人物並不是現實生活中獨立存在的生命個體，而是在心魂的作用下所產生的。他們可以在某一時刻混淆重合，甚至發生角色轉換。如《務虛筆記》中在女導演N出場時，史鐵生曾這樣表述：「在這之前、之後，或與此同時，她也可能是別的女人，比如是T，是X，比如也許很簡單她就是O。沒人能預先知道，思緒會把她變成誰。」[27]可見這些人物具有很強的不確定性，他們不受上帝視角的統攝，擁有創造者也難以瞭解的複雜心境，傳達出更為豐富的隱喻之義。這種人物塑造上的叛逆蘊含著史鐵生對人的心靈自由的尊重、對人的自主意識的肯定以及他於「寫作之夜」回歸心魂的堅定信念。

另一方面，以符碼代替具體的姓名利於史鐵生深入心魂，以隨想的方式對生命、愛情、信仰等具有普遍性的永恆主題進行思考。符碼式人物不同於傳統小說所追求的「圓形人物」，缺少性格的發展性和豐富性，呈現出靜態、理念化的特徵。他們類似於傳統戲劇舞臺上的白臉、紅臉等文化符碼，因其最重要的核心性格特徵而被泛化為一種人性代碼與存在符號，簡單而類型分明，如詩人L的泛愛主義、醫生F的理性主義、殘疾人C的自卑意識、畫家Z的自卑情結與差別觀念、被流放者WR的權力欲望等。在此，人生際遇的普遍存在性便被清晰地呈現出來。

2 複合的文體調式

心魂的自由無形，使得史鐵生只能跨越舊有的文體限制，尋求新

---

27 史鐵生：《務虛筆記》，頁52。

的突破。早在《我與地壇》之時，其文章的文體就引起過學界的爭議，可見其作品中的文體融合早有跡象。到了後期的「寫作之夜」，他更是將散文、詩歌、小說、戲劇等多種文體雜糅於作品之中，創造出富有個人特色的文體世界，以求更好地展現心魂的豐富繁雜。無論是散文的自由抒情還是小說的藝術虛構，都是「寫作之夜」中心魂的自然選擇，是史鐵生文學觀念的再昇華。

史鐵生的後期作品常常將散文化的自由隨性、詩化的語言表達與小說的藝術虛構都納入自己的作品中，尤其是他的小說大都在樣式、寫法、筆調上逐漸向散文靠攏，以致其作品在文體上難以歸類，造成評論的困難。但史鐵生認為，「散文正以其內省的傾向和自由的天性侵犯著小說，二者之間的界限越來越模糊了。這是件好事」。[28]這在一定程度上豐富了其小說的審美屬性，賦予小說更多的可能，使小說文本有著更大的包容性。如《我的丁一之旅》就放棄塑造典型人物和構建連貫情節，將散文、戲劇等文體融入小說中，使小說在散文化、戲劇化與詩化中得以自由地鋪展，他還引用了索德伯格《性‧謊言‧錄影帶》的電影劇本，令其成為娥、薩、丁一、秦漢等人討論性與愛、道德與權力、理想與現實等矛盾的載體，以此來推動小說的發展。《秋天的懷念》也是如此。史鐵生用沉重的筆調講述了母親在我因殘疾而情緒失常時對「我」的深厚關愛。文章完整連貫的情節和母親豐滿的人物形象都符合傳統意義上小說的特徵，但全文充斥著「我」對當時未能理解母親的愧疚和失去母親後「我」對她的深切思念，這種樸實內斂、打動人心的抒情性則是散文所具有的。如此濃郁的抒情氛圍使他的後期小說大都具有散文的特質。

史鐵生的小說淡化環境、虛化人物、簡化情節，沒有跌宕起伏的

---

28 史鐵生：《史鐵生作品全編：第7卷》，頁68。

故事，沒有引人入勝的懸念，只為表達自己的心緒，這類散文化的特質使其更有利於自由書寫筆下人物的主觀感受、內心體驗和個人欲望。所以，從某種程度上也可以看出，回歸心魂的「寫作之夜」給史鐵生帶來了更加廣闊的前路。

3　無需聽者的語言

在靜謐的「寫作之夜」，史鐵生又回到孤身一人的狀態，唯有心魂為伴。而這份孤獨也是人生的本質，人和人之間永遠無法實現徹底的交流，在此基礎上個人遭遇的不幸更是加劇了他與社會交流的困難，主體間的不可對話性使史鐵生的目光回歸自身，回歸到被白晝遮蔽的個體心魂，而這恰恰造就了獨語發生的必然。獨語是史鐵生表達自我、抒發欲望、尋求豁達的重要方式，也因此成為其個性化的創作方式。史鐵生後期的散文和小說中都存在大量獨語，主要表現為以下兩種形態。

一種是採用第一人稱，直接闡明自己於「寫作之夜」的人生思考。如《好運設計》中史鐵生採用長篇的議論和思辨的語言，並穿插大量的疑問、反問、設問，生成極富個人特色的獨語風格。「或許這倒是福氣？或許他們比我少著夢想所以也比我少著痛苦？他們會不會也設想過自己的來世呢？沒有夢想或夢想如此微薄的他們又是如何設想自己的來世呢？我不知道。我不知道。我只希望我的來世不要是他們這樣，千萬不要是這樣。」[29]這種大段的自我問詢是史鐵生「寫作之夜」的一大特色。他借助散文的內在自由度從容地坦露心魂深處的困惑與疑難，自言自語，自我設問，思考自我乃至整個人類世界的生存，構想了一種具有理想主義色彩的完美人生，並引導讀者去發現生

29　史鐵生：《史鐵生作品全編：第6卷》，頁56。

命的意義就是在艱難的人生歷程中活出過程的精彩。在《自言自語》、《答自己問》和《隨想與反省》中，史鐵生也直接使用第一人稱，來表達對美、人道主義、文學創作和文體形式等問題的鮮明見解。

還有一種獨語，看似是人物間的對話，但實為作者自己的內心對話，有時體現為人物辯論，有時體現為戲劇對白。這是獨語的一種特殊表現。《我的丁一之旅》就是如此。在這部小說裡，「主我」是具有自我意識的行魂「我」，「客我」則是被主我感知到的囿於現實身器的丁一和史鐵生，他們共同構成了「我」這個整體。主我牽引著理智和道德，客我則滿足於情感和欲望，二者經常發生衝突，所以小說裡既有主我對客我的勸說，也有主我的自我反思。「我」與丁一真誠交談，敞開心靈談論欲望、自卑、仇恨、孤獨等話題，對人生各個側面進行了開放的哲理性辯論。此外還不時出現「老史插話」，作者以另一人間姓名「史鐵生」的身份參與到「我」與丁一的靈肉衝突當中。在此，史鐵生借小說人物訴說自己的矛盾和迷惘，並不斷地進行自我勸說、問答和剖白，試圖找尋人生的意義。

在「寫作之夜」裡，史鐵生以獨語的方式坦誠面對自己的心魂，潛入內在的心魂世界思考生命存在的本真，繼而不斷自我追問、自我懷疑直至自我確認。同郁達夫等自敘傳小說家相比，史鐵生的獨語對自我的暴露更加徹底，他不僅大膽宣洩自己的情感，更將自己的思辨過程公開化。這種以心魂為內容的獨特話語方式為史鐵生抒發自我、探尋自我提供了充分的空間。雖然在現實的壁壘中，史鐵生寸步難行，但在更廣闊的心魂世界裡，他卻可以憑藉心魂自由馳騁，在無盡地訴說和追問中，破解生命的密碼，尋到「我」之所在。

三　作用於「心魂」的「寫作之夜」

史鐵生認為，於「寫作之夜」中偷看心魂的行為「應該受到頌揚，至少應該受到尊重，它提醒著人的孤獨，呼喚著人的敞開，並以愛的祈告去承擔人的全部」。[30]「寫作之夜」是由心魂構築的，但同時，心魂也經由「寫作之夜」而有了新在。

在「寫作之夜」中，史鐵生聆聽和跟隨心魂，深入人之本體，回到對人本困境、存在本質的本源性思考，填補了中國文壇一直以來都存在的根本性缺失，這也使史鐵生的作品在形而上的層面上，抵達了一種新的審美高度。在「寫作之夜」的引導下，許多作家對文學的現狀進行了反思。韓少功曾說，史鐵生屬於窩藏在「寫作之夜」中「少一些流浪而多一些靜思，少一些宣諭而多一些自語」[31]的作家。確實如此，史鐵生充分尊重生而為人的一切欲望，他並沒有向讀者過多地灌輸自己的思想，而是用自言自語的情感表達來引導讀者反思生活、回看心魂，以求達到他自己所說的「用文學使讀者聯想」的目的。

「寫作之夜」是走向內在心魂的倚仗，它不僅接通了史鐵生的心魂，也接通了每個讀者的心魂。在這裡，讀者通過閱讀史鐵生筆下的文字參與他的心魂書寫，不僅與史鐵生的心魂自由交流，還追隨並經歷了眾多心魂可能的一生，從而發覺我們自身竟還持有「心魂」這樣一個廣闊的靈魂場，這樣一個能與歷史、現實、未來更為自由對話的空間。「寫作之夜」積極地影響著讀者的心魂，幫助我們從對「夢」、對「主觀感受」所抱有的偏見中掙脫出來，關注生發於內心的感覺真實、印象真實，進而提升自己的感受性和共情能力，捕捉眾多生命個體所擁有的豐盈心魂，從而思考我們存在的意義。

30　史鐵生：《病隙碎筆》，頁204。
31　韓少功：《夜行者夢語》（上海：知識出版社，1994年），頁347。

同時,「寫作之夜」又為心魂開路。這條路,不是現成的路,而是自我經過不斷掙扎、不斷追問後探索出的路。在「寫作之夜」,史鐵生以自身的存在作為發問對象,肯定人的精神維度和生命感受,追問著生命的意義,思考著人道主義與世界的真理,表達著對人類命運的深切關懷,並呼籲人們保持與世界和他人的愛的關係,展現出某種在殘缺中超越殘疾的可能。心魂的旅途沒有終點,史鐵生希望人們能夠向死而生,以過程哲學對待生命,不被目的與名利所誘。

　　「寫作之夜」不僅讓長期漂泊的心魂找到棲息之地,更開拓了史鐵生的寫作境界,深化了他關於哲理和信仰的思考。在「寫作之夜」,史鐵生承認自己的不完滿,直面心魂深處的疑難,並在此基礎上不斷地自省與自我完善。他的寫作超越個體,關懷著人類的前途與命運,艱難卻執著地確認著前進的方向,書寫著可能世界的真善美,表達出以過程哲學對待生命、探索心魂之旅的態度。

參考文獻

史鐵生:《病隙碎筆》,長沙:湖南文藝出版社,2013年。
「寫作之夜」叢書編委會:《生命:民間記憶史鐵生》,北京:中國對外翻譯出版公司,2012年。
史鐵生:《務虛筆記》,瀋陽:春風文藝出版社,2006年。
史鐵生:《史鐵生作品全編:第6卷》,北京:人民文學出版社,2016年。
史鐵生:《我與地壇》,北京:人民文學出版社,2008年。
史鐵生:《靈魂的事》,北京:中國青年出版社,2008年。

史鐵生：《史鐵生作品全編：第9卷》，北京：人民文學出版社，2016年。

葉立文：《史鐵生評傳》，鄭州：河南文藝出版社，2018年。

史鐵生：《史鐵生作品全編：第7卷》，北京：人民文學出版社，2016年。

史鐵生：《信與問》，廣州：花城出版社，2008年。

史鐵生：《寫作之夜》，瀋陽：春風文藝出版社，2002年。

韓少功：《夜行者夢語》，上海：知識出版社，1994年。

張建波：《逆遊的行魂》，濟南：山東師範大學，2011年。

江　鑫：《論史鐵生的寫作觀》，開封：河南大學，2011年。

李　貞：《印象之林裡的尋蹤之旅》，合肥：安徽大學，2013年。

趙海林：《從「寫作之夜」到「生命之美」》，濟南：山東大學，2014年。

張凱梁：《張煒、史鐵生獨語散文比較》，武漢：華中科技大學，2014年。

王茹輝：《神的信仰與人的珍重——史鐵生思想論》，長沙：湖南師範大學，2018年。

周冰瑤：《論史鐵生的文學觀念與文體實驗》，漳州：閩南師範大學，2021年。

洪治綱：〈「心魂」之思與想像之舞——史鐵生後期小說論〉，《南方文壇》2007年第5期。

歐陽光明：〈論史鐵生的後期小說〉，《小說評論》2009年第6期。

馬　臻：〈寫作之「夜」：史鐵生與魯迅的追問〉，《教育研究與評論》2021年第4期。

虛構「耶弗他之女」：泉州晚清傳教士文高能《中國傳奇》的文獻分析

莊婧宇

二〇二二級　比較文學與世界文學

摘要

泉州是晚清時期許多傳教士選擇作為來華的起點之一，留下了很多基督教傳教士的歷史文獻，這些文獻為現在研究百年前的泉州樣貌提供了另一種補充的視角。晚清民國初年英國來華傳教士文高能（Colin Campbell Brown）在其作品《中國傳奇》（*China in Legend and Story*）的開篇 "Jephthah's Daughter"（中國的耶弗他）中塑造了作為「中國的耶弗他」之形象的歷史人物王十朋，「耶弗他」這一文學形象可直接溯源至《聖經》文本中。以「中國的耶弗他」向西方讀者介紹中國故事，文高能塑造此形象以及虛構此故事背後的話語權力關係是為一種典型的西方中心主義的產物。

關鍵詞：泉州　傳教士　耶弗他之女　王十朋　文高能

一　引言

　　英國詩人拜倫（George Gordon Byron）曾於一八一一年至一八一六年期內創作了一系列聖經題材的詩歌，其中一篇名為《耶弗他的女兒》（Jeptha's Daughter）。故事取材於《聖經・舊約士師記》，是《聖經》中為數不多獻祭活人的故事之一。耶弗他的無名女兒為了父親的誓言與祖國的命運而犧牲自我的精神為世人所稱頌，正如拜倫詩中所說「我已經為你贏得偉大的戰爭／我的父親和祖國獲得了自由！」[1]（I have won the great battle for thee/ And my Father and Country are free!）它作為一個謎點眾多的故事，在西方的聖經詮釋學中歷經了長久的論爭。筆者在一部出版於一九〇七年的傳教士著作《中國傳奇》（China in Legend and Story）中也看到了這個故事的影子——此處的「耶弗他」是一位被作者冠以「中國的耶弗他」之名的中國歷史人物王十朋。

　　「中國的耶弗他」是《中國傳奇》中的第一篇故事。其作者柯林・坎貝爾・布朗（Colin Campbell Brown）是一名於晚清末年赴華傳教的英國傳教士，他的中文名「文高能」作為培元中學的創始人之一更為人所知。他曾於一八九三年攜妻子遠渡重洋來到泉州，在泉州傳教並創辦教堂、學校、醫院等，居住了十八年，於一九一一年返鄉。據培元中學校史讀本《培元故事》所載，他和他的妻子一生都對在泉州的這段時光難以忘懷；他的妻子路易士甚至在抗日戰爭期間費盡周折重回泉州，去世時仍穿著心愛的中國旗袍。文高能共出版了三部關於中國的作品：《中國傳奇》（China in Legend and Story），《中國孩子》（Children of China）以及《中國的聖方濟各：鄭貓傳》（A

---

[1]　〔英〕拜倫著，查良錚譯：《拜倫詩選》（上海：上海譯文出版社，1982年），頁49。

Chinese St. Francis, or The Life of Brother Mao）。這三本書都是我們今天研究一百年前的西方傳教士視角下的泉州的珍貴文獻。泉州文化歷史中心於二〇一九年出版了三本由百年前在泉傳教士所著的英文書籍的漢譯本，《中國傳奇》是其中之一。極其可貴的是，《中國傳奇》中還附有十餘張當時文高能在泉州拍攝的照片，從人像到城市景觀，比文字更為直觀地讓讀者瞭解百年前的泉州之樣貌。

很顯然，作者文高能作為一個英國長老會的牧師，其宗教文化背景是其能夠對聖經故事加以熟練運用的前提。故而本文試圖從形象學、接受美學等視角，將聖經「耶弗他」作為參照，剖析「中國的耶弗他」之構建。

二　聖經裡獻祭獨女的「耶弗他」

「耶弗他之女」（*Jephthah's Daughter*）出自於《聖經・士師記》，是一個簡短但頗受文學創作者青睞的聖經故事素材，引言中的拜倫的詩就是一個例子。耶弗他是士師時代的基列人的勇士，但因其母親是妓女，故其出身低微，不為族人所重視；但在與亞捫人的戰爭開始之前，族人不得不重新請他當作首領，出山征討亞捫人，守衛以色列人。經歷了被族人拋棄後又重返領袖位置後，因擔心戰爭的失敗，耶弗他就向耶和華許願，說：「你若將亞捫人交在我手中，我從亞捫人那裡平平安安回來的時候、無論甚麼人、先從我家門出來迎接我、就必歸你，我也必將他獻上為燔祭。」（《士師記》11:30-31）在耶弗他戰勝亞捫人凱旋回家之後，他摯愛的唯一的女兒擊著鼓跳著舞出來迎接他，他便痛苦萬分。對此女兒的回應是：父阿、你既向耶和華開口、就當照你口中所說的向我行、因耶和華已經在仇敵亞捫人身上為你報仇。」（《士師記》11：36）隨後女兒請求父親允許她在祭祀

前去山裡哀哭兩個月,耶弗他應允了。兩月期滿,耶弗他之女便回到父親身邊,父親就照所許的願向他行了。(《士師記》11:39)

　　耶弗他向耶和華獻祭獨女是聖經中為數不多的獻祭活人的故事,因此也歷經了幾個世紀不休的爭論。莎士比亞在《哈姆雷特》中也借用了耶弗他之女的故事來諷刺波洛涅斯:「以色列的士師耶弗他啊,你有一件怎樣的寶貝!」「他有一個獨生嬌女,愛她勝過掌上明珠。」[2]但不爭的事實是,耶弗他確確實實為了自己在以色列族人中的威望以及自己的前途,向上帝許願以獻上活人為燔祭;而他無名的女兒為她父親的誓言深明大義地犧牲自我被簡短地一筆帶過。儘管聖經傳統中,燔祭的祭品一般為牲畜,如上帝為考驗亞伯拉罕而讓他將其子以撒做燔祭獻給上帝,但最後天使阻止後以公山羊代替(《創世記》22:1-14);同時,希伯來聖經多次記載了用親生兒女獻祭的故事,並嚴厲批評這種做法。[3]且很明確地指出「你們中間不可有人使兒女經火……凡行這些事的、都為耶和華所憎惡」(《申命記》18:10-12),所以耶弗他不但將女兒獻祭給耶和華,甚至還是用燔祭的形式,因此在聖經故事中是相對突兀的。但儘管這個故事有著與上帝旨意相衝突之處,耶弗他也還是沒有受到懲罰,還是為神所悅納,進入以色列聖人的行列之中(《希伯來書》11:32)。

　　在這個簡短故事中,有幾個突出的元素:首先是許願。這個故事發生的最直接最根本的原因就是耶弗他向耶和華許下的願望,而許願成真後是需要還願的,而耶弗他的女兒就是這個願望的代價。其次是耶弗他女兒在這個故事裡的「無名」狀態與其身上的深明大義的無畏

2　〔英〕威廉・莎士比亞著,朱生豪譯:《莎士比亞悲劇喜劇全集:悲劇2》(青島:青島出版社,2020年6月),頁166。

3　林豔:〈耶弗他女兒贖父與緹縈救父的孝觀比較〉,《宗教學研究》2022年第3期,頁213-218。

產生的反差：父親和國家的命運與未來，由這樣一個無辜的無名女孩肩負起來了，當厄運降臨於她身上時，她深明大義地接受了自己被迫的犧牲；且在她的犧牲中神保持了沉默，並沒有像亞伯拉罕獻祭以撒時出現天使阻攔，從這個層面來解讀，她的犧牲則更加具備悲劇色彩。再次是此故事背後隱藏的對耶弗他之女的「純潔」的強調。耶弗他之女在犧牲前請求：「容我去兩個月，與同伴在山上，好哀哭我終為處女。」（《士師記》11：37）此為耶弗他之女之所以為後世所稱頌的重要原因之一。此故事在當代女性主義興起後也得到了更豐富的釋讀，如菲利斯·特雷波（Phyllis Trible）在《恐怖文本：對聖經敘述的文學與女性主義閱讀》中以「非人的犧牲」（An Inhuman Sacrifice）作為耶弗他之女的故事的副標題，並聲稱我們應該做的是，「像以色列的女兒一樣，緬懷並哀悼基列人耶弗他的女兒。」[4]

聖經作為西方文化中最重要的宗教文本之一，是構成基督教傳教士在中國本土接受中國故事的前理解中不可忽視的文化來源。「前理解」這個概念在接受美學的開創者姚斯的論述中有時又可與「期待視野」這個概念的所指相同，即兩個詞可互相替代。姚斯（Hans Robert Jauss）在《接受美學與接受理論》中曾對「期待視野」做過相關解釋：「新本文喚起讀者（聽眾）在其他本文中熟悉的期待視野和『遊戲規則』，從而改變、擴展、矯正，而且也變換、跨越或簡單重複這些期待視野和『遊戲規則』。」[5]傳教士身處文化雙向交流之中，如若要創造出一個關於中國的文本，則其因此具備了雙重身份：傳教士寫出一個中國故事前，需要一個接收故事的過程，這個過程可視作是作為讀者在接受一個中國本土的文本，此時他們具有了讀者的第一重身

4　Trible, Phyllis. *Text of Terror* (Philadelphia: Fortress Press, 1984).p.110.
5　〔德〕漢斯·羅伯特·姚斯、〔美〕霍拉勃著；周甯、金元浦譯：《接受美學與接受理論》（瀋陽：遼寧人民出版社，1987年），頁111-112。

份；他們的前理解是他們闡釋中國故事的方式與結果的重要組成部分，他們會在解讀中國故事的過程中將故事與自身的期待視野相結合，此時他們因而具有了創作者的第二重身份。他們在處理他們的創作作品時，對於中國的描述的來源正是其前理解與中國故事融合的產物。除此之外，我們也需要考慮其作品所面向的讀者。此書初版於英國的出版社，中譯本也初版於時隔一個多世紀後的二○一八年，因而可以合理地推斷：其所面向的讀者是當時的西方人。要怎樣使得與作者具有同樣文化背景的西方人能夠更加便捷地理解一個異質文化的傳統故事，文高能對此做出的書寫策略便是迎合西方人的前理解。傳教士的職責就在於將基督福音傳遍到世界各地的異質文化中去，使更多的異教徒「皈依」基督教──回到這一根本目的上，這部作品要向西方的讀者們展示既能符合他們期待視野的，又能帶有中國因素的中國面貌。基於這樣的理解，我們有必要深入研究作為文本的《中國故事》。

三　《中國傳奇》中所謂的「中國的耶弗他」

　　《中國傳奇》的目錄中將全書分為兩個部分（2018年出版的中譯本中並未將這兩部分的標題翻譯出來）：作為原始材料的異教徒生活（Heathen life: the material）和作為結果的基督徒生活（Christian life: the result），「中國的耶弗他」作為第一篇被收錄於第一部分之中。文高能在序言中說明了他寫作本書的目的在於「展示中國人在信教前後如何生活和思考」，「力圖從某種程度上從內部看到本土思想和性格的真實畫面，沒有什麼是被輕蔑低估的，也沒有什麼是出於惡意的」。[6]但是正如愛德華‧薩義德（Edward W. Said）在《文化與帝國主義》

6　Brown, Colin Campbell. *China in Legend and Story (1907)* (New York: Cornell University Library, 2009).p.15.

中曾指出十九世紀的歐洲人面臨著一些選擇，其中第三個選擇是「西方通過它的『文明使命』的思想／理念使人得以拯救與贖罪」。傳教士群體作為思想意識方面的專家，其使命就是使「落後者」西方化，「這種帝國主義觀念在全世界獲得了永久性的地位」。傳教士基於此身份的創作，其最終目的是展示中國人對於西方文化的皈依與臣服。儘管文高能認為自己的敘述是「真實的」，但他的目的背後實際上還潛藏著「中國人作為異教徒的生活與思想較作為基督徒的中國人更落後的」這樣的意識。

　　《中國傳奇》中很多故事並非真實事件，正如題中「legend」之意，大多故事均帶有傳奇色彩，可視作是對中國傳統故事的一種西方視角下的補充。由於時間距今已百餘年，很多故事是通過民間口耳相傳傳播的，所以很多都已散佚在泉州本土。百年前的文高能以一個傳教士的身份記錄下他所聞所理解的民間故事，可以使讀者接觸到一些曾經聞所未聞的民間故事。通過這些故事，也得以窺見處於半殖民半封建社會的重要港口泉州在西方視角下的形象。

　　「中國的耶弗他」作為本書的第一篇故事，它先介紹了泉州的地理位置及防禦的城牆，後講述了舊城牆背後的歷史故事：新泉州城的建造者王十朋（Ong Sip-peng）在建完新城後依照傳統需要一名「純潔的少女」獻祭來收尾，但城裡的少女們都不願意赴死，而此時王十朋的女兒站了出來，自願為新城的「安全」而獻祭。本篇的文末引用了魯拜集的一首詩："We are no other than a moving row/Of Magic Shadow-shapes that come and go/Round with the Sun-illumined Lantern held/In Midnight by the Master of the Show."[7]這首詩是作者對王十朋父女這對同耶弗他之女一樣聖潔的人物的死亡背後意義的延伸：人世間

7　Brown, Colin Campbell. *China in Legend and Story (1907)*(New York: Cornell University Library, 2009). p.22.

的所有人皆是上帝手裡的一顆顆棋子，終將走向死亡。文高能在本書的序中稱這個故事的來源是泉州的一戶書香門第，故而故事較為完整。儘管如此，在二〇一八年的中譯本中（也是此書的唯一版本的中譯本），編者對這個故事以及這本書的其他故事的注釋中指出：「雖然王十朋在歷史上確有其人，但少女獻祭的故事與中國正統觀念及社會風俗牴牾，應是作者依據自己聽聞的民間傳說寫作而成的。本書名為《中國傳奇》，顧名思義，其故事情節有不少的傳奇成分，不免有不當甚至荒誕不經之處。此外，不少的細節描寫存有不當和臆想之處。有請讀者明鑒，以下不再一一指出。」編者是泉州人，對文高能的記載的獻祭故事的真實性做出了質疑：作為泉州本地人，長期浸潤在本土傳統文化氛圍中，對於獻祭少女的評價是「與中國正統觀念及社會風俗牴牾」——這種文化碰撞衝突的出現，正是我們探討的意義之所在。

　　首先，先拋開其真實性來看這個標題：文高能將這個故事命名為「耶弗他之女」（"Jephthah's Daughter"），顯然是將其與聖經中的經典故事，即耶弗他之女為父親向耶和華的承諾而自願獻祭給耶和華之故事相類比。以這樣一個與聖經經典故事如此相似的純潔少女為父向上天獻祭的故事作為開篇，我們不難發現文高能試圖向西方的基督徒讀者傳達這樣一個信息：在中國這個與歐洲相隔萬里的異教徒國度，竟會有和基督教聖經中故事幾乎完美契合的歷史故事，這似乎恰恰證明了中國的異教徒並非不可皈化——因為他們也有符合聖經中耶和華喜愛的燔祭傳統。以西方讀者更為熟悉的視角來闡述中國的歷史故事，迎合西方讀者的期待視野，這正是坎貝爾在本書中廣泛運用的一種敘述方式。但通過比對兩個故事還是可以清晰地看到其中的差異：耶弗他的女兒為了父親的承諾和族人的生活而自願去獻祭，這是因為其父親向耶和華許諾在先而必須承擔的結果；王十朋的女兒卻是在無人願意成為這個獻祭的祭品而主動站出來的，她的獻祭實際上並非同耶弗

他之女一樣具有排他性。文高能在故事中寫王十朋為了完成收尾的祭祀,「在城中貼告示」來尋求純潔少女,在無人願意時他也表現出「惱火」的情緒,女兒死後他也鬱鬱而終——在他筆下,王十朋雖然是這個城市的建造者,但他也是有私心的父親。兩相比較下,中國的這個耶弗他似乎比聖經裡的耶弗他更偉大,作者為表示對女孩的敬意,將她死去的城牆與耶穌被出賣前一晚的客西馬尼(Gethsemane[8])遙相呼應。

但故事中有個細節仍然值得商榷。故事中的王十朋之女,在最後的死並非是被迫處死,而是她自己不堪恥辱跳下城牆的:「號角再次響起;祭祀已經結束了,但少女突然感到羞恥,她無法再繼續忍受這種折磨,她衝向城垛,從牆上跳了下來。」[9]王十朋之女的死,從文本中的表述可以合理推斷,不是祭祀需要的,而是女孩難以忍受自己未出閣而全身赤裸地在眾人面前祭祀,因此選擇自己跳下城牆。所以這個故事中所指代的祭祀很可能與現在閩南民間傳統的祭祀相類似,並不是基督教聖經中所指的燔祭,即火燒活人或獸物作為祭祀。耶弗他之女在聖經中經歷的是自願為父親的私人承諾被作為燔祭的祭品,而在《中國傳奇》中,王十朋之女並沒有被祭祀要求必須以純潔少女的死亡作為新城平安的代價,而是其在祭祀後難以忍受這種恥辱感而選擇死亡——實際上,在古代封建社會中的中國女性,往往為封建規矩所約束,對於封建意義上的「清白」的重視甚至會更甚於對自身生命的重視:這種恥辱可能會使得她所處的社會並不會對她赤裸祭祀的無奈行為持以包容的態度。所以從這種角度來看,假設文高能所描述

---

8 The garden in Jerusalem where Christ was betrayed on the night before his Crucifixion. (Matthew 26:36-56)

9 Brown, Colin Campbell. *China in Legend and Story (1907)* (New York: Cornell University Library, 2009). p.22.

的祭祀儀式要求是可靠的，即需要一個少女赤身裸體走到城牆上為新城做祭祀，那麼這種儀式確實無異於將一個純潔少女置於死地。

還有一點是值得注意的：很多西方傳教士在入閩之後都會記載「溺女嬰」這樣一個現象，文高能也在《中國兒童》這本書中的第五章專門記錄了中國人嚴重的「重男輕女」現象。「溺嬰與吸鴉片、纏足之陋俗是近代基督教最集中批判的三大對象之一。」[10]這些現象普遍地發生在福建各地，如若是，一個少女「自願」從城牆上跳下，這個故事放在「重男輕女」嚴重的時期與地區，有可能是不會被記載進史料中的，從這個角度來看，這個故事也不免有基督徒對其進行傳奇化加工的可能：即可能在口耳相傳的民間故事中，無名女性為新城安危而自願犧牲生命，這個女性形象可能是被忽略的；但傳教士對其加工的關鍵點就在於放大這個無名女性的形象，並將其與聖經的耶弗他之女相提並論，從而形成了一個「中國的耶弗他之女」的、「與中國正統觀念及社會風俗抵牾」的女性形象。

再者，這個故事的真實性也值得懷疑。中文文獻中並沒有這個故事或與之類似的故事。歷史上，王十朋正是被宋孝宗稱讚道「朕豈不知王十朋，顧湖州被水，非十朋莫能鎮撫」[11]的名臣，也是《荊釵記》中男主人公王十朋的原型。號梅溪，有文學作品集《梅溪集》，朱熹為其作序。曾於乾道四年（1168年）赴泉州任泉州知州，但僅任職一年後便被調離。在任職一年期間，主持了興修水利、割俸辦學等利民之事，給泉州人民留下了清正良好的印象，甚至在其卸任離開泉州時，有的百姓拆卸了其出城必經的橋樑以挽留他，[12]所以這樣一個

---

10 吳巍巍：〈近代來華西方傳教士對中國溺嬰現象的認識與批判〉，《江南大學學報（人文社會科學版）》2008年第7卷第6期，頁83-86、90。

11 〔元〕脫脫編：《宋史》（北京：中華書局，1975年），頁4028。

12 王雪麗：〈清官王十朋〉，《瀋陽大學學報（社會科學版）》2016年第18卷第5期，頁627-633。

歷史傳奇的主人公很有可能就這樣在口口相傳之中變成了王十朋。但王實際上並沒有主持如文高能所描述的那樣親歷親為地建造新泉州城之龐大工程。據其生平，其夫人賈氏於其泉州任所去世，因其清廉無錢運送棺柩而在泉州停留了兩年；[13]其二女皆已婚嫁，因此實際上並不存在「耶弗他之女」中這個「純潔的少女」，且很有可能是將其去世在泉州的夫人混淆了。最後，王十朋也並沒有如文高能文中所說的「經受不住打擊去世了」，[14]事實上，王十朋在離開泉州一年多後才過世。真實的歷史事件中的細節的誤傳會促成傳奇形象的形成，而形象本身與其歷史原型可能是大相逕庭的；被構造的形象更多的是構建者內心的投射（inject），所以從這個維度上來看，此故事只能將之作為傳奇來看待，而非真實歷史事件。

此外，如同上文第二部分所述，聖經中的上帝實際上是禁止燔祭兒女的：「你們中間不可有人使兒女經火……凡行這些事的、都為耶和華所憎惡」（《申命記》18：10-12）。所以在這種語境之中，燔祭親生女兒是一種不好的行為，而如若像其文中所記述的那樣，中國的「異教徒」也有此類祭祀儀式，且祭祀的對象並不是基督教的上帝，那麼對於這種祭祀的描述實際上也暗含了作者對於「異教徒」文化的鄙夷——正是因為少女自願對這種「落後」文化的被迫臣服才得以將其與耶弗他之女的犧牲的偉大相提並論。

綜上所述，文高能在《中國傳奇》中塑造的王十朋之女的形象是一個由他構建出來，為了與基督教聖經故事中的士師耶弗他之女故事相附和的「他者」。首先，歷史上是否確有其人仍存疑；其次，西方

---

13 王雪麗：〈清官王十朋〉，《瀋陽大學學報（社會科學版）》2016年第18卷第5期，頁627-633。

14 〔英〕坎貝爾·布朗著，顏瑋鈺、顏瑛瑛譯：《中國傳奇》（北京：九州出版社，2018年），頁7。

的燔祭傳統實際上是與中國傳統相牴牾的，使得此故事的來源真實性更低；再次，作為他者的王十朋之女的形象的建構正是西方傳教士自我內心期待的一種投射結果，也許彼時確實是有類似的傳說，但相似度一定是不高的。

四　結語

筆者通過對《中國傳奇》中具有代表性的故事「耶弗他之女」的分析，包括西方聖經原本中的耶弗他之女，王十朋之女的故事真實性，以及王十朋能被構建為中國的耶弗他之可能性。這個故事的一大特點在於，它的真實性吊詭地被架空且同時期的西方讀者並不會意識到，甚至不以為然。除了故事是否真實，它的價值更在於能夠投射出彼時的西方人的自我心理。

正如薩義德在《東方學》中這樣說道：「東方學家可以摹仿東方，反過來卻不行。因此我們必須將他所說的關於東方的東西理解為在一種單向交流的過程中所做出的描述：他們在說在做，而他則在觀察和記錄。他的權力在於既充當——好比是——當地說話者的角色，又充當秘密記錄者的角色。而他所記下的東西是準備成為有用的知識的……是為歐洲及其到處蔓延的機構。」[15]文高能正是以這樣的立場寫下《中國傳奇》的，他們帶給中國當地人民的有益的近代科學知識是帝國主義入侵的附帶結果，他們的終極目的仍然是用基督文化征服這座最大的、古老的「異教」國度。西方傳教士是西方文化中的神職人員，他們來到中國，直接地接觸與記錄中國人與中國民間故事，也是為了能夠讓西方世界更形象地想像中國，並對皈化中國人充滿希望。

---

15 〔美〕愛德華·W·薩義德（Edward W. Said）著，李琨譯：《文化與帝國主義》（北京：生活·讀書·新知三聯書店，2003年），頁213。

參考文獻

〔英〕拜倫著，查良錚譯：《拜倫詩選》，上海：上海譯文出版社，1982年。

〔英〕威廉・莎士比亞著、朱生豪譯：《莎士比亞悲劇喜劇全集：悲劇2》，青島：青島出版社，2020年。

林豔：〈耶弗他女兒贖父與緹縈救父的孝觀比較〉，《宗教學研究》2022年第3期。

Trible, Phyllis. Text of Terror[M]. Philadelphia: Fortress Press, 1984.

〔德〕漢斯・羅伯特・姚斯、〔美〕霍拉勃著；周甯、金元浦譯：《接受美學與接受理論》，瀋陽：遼寧人民出版社，1987年。

Brown, Colin Campbell. *China in Legend and Story (1907)* (New York: Cornell University Library, 2009).

吳巍巍：〈近代來華西方傳教士對中國溺嬰現象的認識與批判〉，《江南大學學報（人文社會科學版）》，2008年第7卷第6期，頁83-86、90。

〔元〕脫脫編：《宋史》，北京：中華書局，1975年。

王雪麗：〈清官王十朋〉，《瀋陽大學學報（社會科學版）》2016年第5期第18卷。

〔英〕坎貝爾・布朗著，顏瑋鈺，顏瑛瑛譯：《中國傳奇》，北京：九州出版社，2018年。

〔美〕愛德華・W・薩義德（Edward W. Said）著，李琨譯：《文化與帝國主義》，北京：生活・讀書・新知三聯書店，2003年。

顧長聲：《傳教士與近代中國》，上海：上海人民出版社，2004年。

汪毅夫：〈清代福建的溺女之風與童養婚俗〉，《東南學術》2007年第2期。

吳巍巍著，謝必震主編：《西方傳教士與晚清福建社會文化》，北京：海洋出版社，2011年。

由第一步而至千里：陸學的次第與貫徹

——從「六經注我，我注六經」說起*

王家旺

二〇二二級　中國古代文學

摘要

「六經注我，我注六經」命題是陸九淵對自己「不著書」的原因的解釋，但不能僅從經學方面或者說闡釋學方面來理解這一命題。從陸九淵對韓愈「倒做」的批評來看，「六經注我」與「我注六經」在其思想體系中只是先後關係而非對立或並列關係，且二者之間次第嚴密，絕不可躐等倒做。陸九淵強調「六經注我，我注六經」須建立在「我」發明本心，涵養磨礪，道德主體圓滿養成的基礎上，即必須先「六經注我」，待道德本體卓然而立之後，才能「我注六經」。而從「實理」到「實事」、「實行」，「我」之道德意識的確立與挺拔，最終落實到日用生活之踐履，這即是陸學思想的貫徹所在。

關鍵詞：陸九淵；六經注我；我注六經

---

* 本文為福建師範大學廉潔文化研究中心2022-2023年度廉潔文化研究課題碩博項目「陸九淵德育思想與新時代廉潔文化研究」（項目編號VF-2255）階段性成果。

近年來，隨著陸九淵研究的不斷深入，之前遭受普遍誤解的「六經注我，我注六經」重新成為學界研究的重點，得到了廣泛的討論，產生了多維度的闡釋。劉化兵和劉笑敢分別對「六經注我，我注六經」這一命題進行了歷史溯源和辨析，一致強調象山此回答不僅沒有語病問題，更是象山對其心學思想的精準概括[1]；張文修則跳出了狹義解釋學從文本角度來認知的局限，將「六經注我」放置到廣義解釋學更廣闊的世界中來理解[2]；何俊則在其最近的兩篇文章中解釋了「六經注我」的宗旨、使命以及語言形式，剖析了「我注六經」的提出緣由、原則與標準[3]，極大地推進「六經注我，我注六經」命題的經學及闡釋學研究。

但必須指出的是，「六經注我，我注六經」本身雖是陸九淵所提出並踐行的一種治經方法，但如果僅從經學方面或者說闡釋學方面來理解象山這一思想，無疑將走向象山自己所深惡痛絕的「支離之說」。本文從對象山「六經注我，我注六經」思想宗旨的探討出發，將其置於陸氏「心學」的體系中來思考，以此來把握該命題所體現陸學思想的「次第而進」與「一以貫之」的一體兩面性特點。

一　關於「我注六經」的誤解與澄清

象山「六經注我，我注六經」這一命題，始見於其門人傅子云所

---

[1] 參見劉化兵：〈陸九淵「六經注我，我注六經」本義辨析〉，《中國文學研究》2008第2期；劉笑敢：〈「六經注我」還是「我注六經」：再論中國哲學研究中的兩種定向〉，《詮釋與定向——中國哲學研究方法之探究》（北京：商務印書館，2009年）。

[2] 參見張文修：〈陸九淵「六經注我」的生命實踐詮釋學〉，《湖南大學學報》2007年第2期。

[3] 參見何俊：〈陸象山的「六經注我」與「我注六經」〉，《中國哲學史》2021年第5期；何俊：〈陸象山的解經法〉，《四川大學學報》2022年第3期。

錄《語錄》:「或問先生何不著書?對曰:『六經注我,我注六經。』」[4]而《年譜》記載理宗紹定三年(1230),江東提刑趙彥悈重修象山精舍,提及自己過去跟隨楊簡學習,「嘗聞或謂陸先生云:『胡不注六經?』先生云:『六經當注我,我何注六經。』」[5]此外,《語錄》中亦記載象山談到《論語》時,曾說過:「學苟知本,六經皆我注腳。」[6]後人論及象山「六經注我,我注六經」也多以此三處為依據。但《語錄》所載雖有前後文,象山教人往往卻是由淺層問題而升發到「其大者」來談。加上古籍沒有標點,很難還原出象山當時之語氣,故對象山「六經注我,我注六經」的本意如何,學者們眾說紛紜,不少學者還做過一些「校訂」的工作。

早在二〇〇三年,劉淩撰文質疑「六經注我,我注六經」的俗解時就提出,傳統對陸九淵「六經注我,我注六經」命題的解釋存在著嚴重問題,根本不符合此語所處的語境,他懷疑這兩句話的文字有錯漏,但並無證據。[7]而陳來《宋明理學》一書在徵引象山語錄時,也認為此句有問題,並據文意將其校增為「六經注我,我(安)注六經」[8]。對前人所做的此類「校訂」工作,劉笑敢曾有詳細的評述,此處不贅言[9]。最近,葉航在其新點校出版的《陸九淵全集》中試圖用標點的方法,還原陸九淵當時說話的語氣。葉航把《語錄》所記標

---

4 陸九淵著,鍾哲點校:《陸九淵集》卷三十四,《語錄上》(北京:中華書局,1980年),頁399。
5 《陸九淵集》卷三十六,《年譜》,頁522。
6 《陸九淵集》卷三十四,《語錄》,頁395。
7 參見劉淩:〈「六經注我,我注六經」俗解質疑〉,《中華讀書報》(2003年12月3日)。
8 陳來著:《宋明理學》(上海:華東師範大學出版社,2004年),頁157。
9 參見劉笑敢:〈「六經注我」還是「我注六經」:再論中國哲學研究中的兩種定向〉,《詮釋與定向——中國哲學研究方法之探究》(北京:商務印書館,2009年)。

點為：「六經注我！我注六經？」[10]以前句為感歎句，表示肯定；後句為反問句，表示否定，雖不認為存在「訛誤」，但同樣是以《年譜》所載為是。但正如何俊所指出的：「楊、高、傅、袁皆象山親炙弟子，《語錄》徑錄『六經注我，我注六經』，不作改動。」且「趙說後袁本18年，趙係象山再傳，自稱聞楊說。」[11]由此看來，《語錄》與《年譜》所載似可並存，而不應偏廢。且《語錄》所記有著更為豐富的上下文，若論可信度也應當是《語錄》的一手記錄大於《年譜》的二手轉述。因此，對象山「六經注我，我注六經」的理解必須回到現存文本，結合所處語境以及象山的整個心學思想體系還原象山此語的內涵所指，以此所做之闡發方才不流於意見而有所實據。

正如前面提到的，象山門人傅子云於《語錄》所記不僅是「六經注我，我注六經」命題的第一次出現，其所處語境的上下文也最為豐富。因此，對傅子云此條記錄的考察，應當是我們還原象山此命題內涵的重點所在。根據《語錄》所記，「六經注我，我注六經」是象山在談及「何不著書」時所提出的：

> 或問先生何不著書？對曰：「六經注我，我注六經。」韓退之是倒做，蓋欲因學文而學道。歐公極似韓，其聰明皆過人，然不合初頭俗了。或問如何俗了？曰：「符讀書城南三上宰相書是已。」至二程方不俗，然聰明卻有所不及。[12]

從《語錄》此條所載來看，「六經注我，我注六經」首先是對

---

10 陸九淵撰，葉航點校：《陸九淵全集》卷三十四（上海：上海古籍出版社，2022年），頁496。
11 何俊：〈陸象山的「六經注我」與「我注六經」〉，《中國哲學史》2021年第5期。
12 《陸九淵集》卷三十四，《語錄上》，頁399。

「先生何不著書」這一問題的回答。單就象山這一句回答本身，確實不好理解。前人或認為存在訛誤或以標點下判斷，認為象山贊成「六經注我」而批評「我注六經」，此種看法也並非全無根據。例如，對於門人記錄他言語這件事，象山就曾明確提出告誡：

> 示諭與章太博問答，其義甚正。其前述某之說，又自援據反覆，此則是足下病處。所述某之言亦失其實。記錄人言語極難，非心通意解，往往多不得其實。前輩多戒門人無妄錄其語言，為其不能通解，乃自以己意聽之，必失其實也。相去之遠，不得面言，不若將平時書問與所作文字講習稽考，差有據依。若據此為辨，則有案底，不至大訛舛也。[13]

陸九淵認為門人「妄錄」之言語「失其實」，進而談及記「錄人言語極難」，記錄人自己若「不能通解」，準確理解說話人的意思，往往「以己意聽之」，這樣記錄下來的文字「必失其實」，甚至還可能出現「大訛舛」。在象山看來，這種不得其實的語錄體同「二程」以來的解經文字一樣都不過是「時文之習」，甚不可取：

> 有立議論者，先生云：「此是虛說。」或云：「此是時文之見。」學者遂云：「孟子辟楊墨，韓子辟佛老，陸先生辟時文。」先生云：「此說也好。然辟楊墨佛老者，猶有些氣道。吾卻只辟得時文。」因一笑。[14]

「辟時文」雖不及「辟楊墨、佛老」來的意義重大，但象山也明

---

13 《陸九淵集》卷一，《與曾宅之》，頁3。
14 《陸九淵集》卷三十四，《語錄上》，頁408。

確表示「此說也好」，重申自己對當時流行的解經方式的不認同。但我們不能因此就斷定陸九淵就真的否定「我注六經」，真的不立文字了。實際上，從前引象山批評語錄一段的後半部分，我們便已經可以窺探到他對文字的重視。語錄雖不得「妄錄」，但門人既已做了，象山便希望能做些「亡羊補牢」的工作，他建議弟子應「將平時書問與所作文字講習稽考」，也就是以象山自己所寫定的書信、文章為「據依」，與語錄作對照，從而來分辨明白，這樣便「不至大訛舛」。可以說，相對於語錄這種不夠嚴謹的文本形式，陸九淵更看重自己親手所作的「書問文記」，試看象山與林叔虎信中所言：

> 數年間，書問文記頗多，不能盡錄。令小兒錄《經德堂記》往，此文頗有補於吾道。《荊公祠堂記》刻並往，此是斷百餘年未了底大公案，聖人復起，不易吾言矣。刻中第六行內「義當與之戮力」字下，脫「若虛捐歲月是自棄也」九字，「好議論」字下羨「人」一字，若令人寫出，增損而讀之，乃無遺恨。[15]

依年譜所記，象山此信作於紹熙二年（1191），結合信中象山所述，當是林叔虎新建學宮落成，寫信求請象山幾篇記文。從這封回信來看，象山讓自己兒子帶去給林叔虎的應是其所作《經德堂記》和《荊公祠堂記》。此外，象山後面還特別談及之前文稿刻印存在的脫羨情況，所謂「增損而讀之，乃無遺恨」一方面是象山對文字嚴謹性的強調，另一方面也反映出象山希望自己的文章可以流傳下去。如果細讀此二記的文本，會發現其中頗多解經之處，如《經德堂記》對孟子「經德不回，非以干祿也」的解釋：

---

15 《陸九淵集》卷九，《與林叔虎》，頁126。

> 堂名取諸孟子「經德不回，非以干祿也」。經也者，常也；德也者，人之得於天者也；不回者，是德之固不回撓也。無是則無以為人。為人臣而無是，則無以事其君；為人子而無是，則無以事其父。[16]

對「經」、「德」、「不回」各作訓釋，體現出象山對漢唐經注訓詁的沿用，而後面緊跟著的三個判斷句，以及後面一大段排比式地對聖賢「同是德」的列舉，則完全是象山自己所特有的解經方法。牟宗三認為，象山「語言大抵是啟發語，指點語，訓誡語，遮撥語，非分解地立義語」[17]。對於象山此種省卻論述的語言邏輯，直陳判斷的「非分解」的解經方式，何俊已有精彩的闡述[18]，茲不贅言。需要補充的一點是，象山雖十分重視其所作的「書問文記」，以為「有補於道」，但他對文字能否盡意這件事始終是持懷疑態度的。象山這種懷疑態度鮮明地體現在其與友人來往書信的結尾處，在給同他討論學問的朋友回信時，象山常常以「何時合併，以究此理」作為結尾，這幾乎成了他寫信的一種固定格式，一定程度上也反映了他對文字與思維關係的看法。於象山而言，「紙筆之間，終不若面言之審且盡也。」[19]這也正是象山重講學卻不著書的原因所在。《年譜》所載象山講學時：「音吐清響，聽者無不感動興起，初見者或欲質疑，或欲致辨，或以學自負，或立崖岸自高者，聞誨之後，多自屈服，不敢復發。」[20]在象山

---

16 《陸九淵集》卷十九，《經德堂記》，頁235。
17 牟宗三：〈從陸象山到劉蕺山〉，《牟宗三文集》（長春：吉林出版集團公司，2010年），頁3。
18 何俊提出：「象山『六經注我』最顯見的敘論形式，是將《六經》文本完全作為自己的語言，直接散入自己的思想陳述中，構成完整的敘論。」參見何俊：〈陸象山的「六經注我」與「我注六經」〉，《中國哲學史》2021年第5期。
19 《陸九淵集》卷七，《與詹子南》，頁96。
20 《陸九淵集》卷三十六，《年譜》，頁501。

這裡，當面的切磋琢磨，言語點撥，更能在「血脈上感動他」，所謂「遇著真實朋友，切磋之間，實有苦澀處，但是『良藥苦口利於病』。」[21]在象山看來，只知窮究於文字，卻不曉「看人文字未能盡彼之情」[22]，如此亦不過白費許多氣力罷了。

前述種種皆為了釐清這樣一個事實，即「六經注我」與「我注六經」作為著書的兩種方式，在象山的思想體系中並非對立關係。於象山而言，只要「有補於吾道」，「我注六經」亦不足病，且就事實來說，象山也確乎做了許多「我注六經」的工作[23]。但象山的「我注六經」與「六經注我」一樣，自有其心學思想影響下的獨特之處，與漢唐以來一般意義上的解經法絕不可混淆。而想要真正把握象山「六經注我，我注六經」命題在其思想體系中的地位，就必須先解決這樣一個問題——「六經注我」與「我注六經」既非矛盾對立，那二者到底是何關係？

二　「六經注我」和「我注六經」的關係論

其實，象山回答完「六經注我，我注六經」後，緊跟著還有一句「韓退之是倒做，蓋欲因學文而學道。」「倒做」二字出現，「六經注我」和「我注六經」的關係便一下子清晰了。既然象山先說「六經注我」後言「我注六經」，而又接著批評韓愈是「倒做」，那「六經注我」和「我注六經」便只能是先後關係，而非對立或是並列。並且從「因學文而學道」的措辭來看，象山的心目中「六經注我」和「我注

21　《陸九淵集》卷六，《與吳伯顒》，頁87。
22　《陸九淵集》卷二，《與朱元晦》，頁23。
23　何俊把象山的解經法概括為「還原語境」與「質疑揀擇」，並以此類比「西方以伽達默爾為代表的哲學詮釋學與哈貝馬斯為代表的批判詮釋學之間的思想轉移」。參見何俊〈陸象山的解經法〉，《四川大學學報》2022年第3期。

六經」的先後次序應當說十分嚴格且不容逾越的，必須先「六經注我」才能「我注六經」。

象山批評韓愈「因學文而學道」是「倒做」，是先「我注六經」再「六經注我」，換言之，只有先「明道」再「作文」，才符合象山「六經注我，我注六經」的次第。在此處象山對韓愈的批評語境中，「六經注我」和「我注六經」的關係可以姑且等同於「道」與「文」的關係，且「道」先於「文」，必須先「明道」才能「作文」。

韓愈「以文明道」的思想及其創作，確乎開啟了唐宋古文運動的序幕[24]，而其通過《原道》所構建起的儒家「道統論」，也無疑對唐宋間「孟子升格」運動乃至宋代理學的發展產生了重要的推動作用[25]，錢穆所謂：「治宋學必始於唐，而以昌黎韓氏為之率。」[26]正道出了韓愈此等貢獻所在。但考察韓愈對文道關係的一貫闡述，如所謂「不惟其辭之好，好其道焉爾」[27]以及「學古道則欲兼通其辭」[28]云云，細究其旨，其實已含有文道並重之意。再看其所謂「思修其辭以明其道」[29]以及「讀書以為學，纘言以為文，非以誇多而鬥靡也，蓋學所以為道，文所以為理耳」[30]幾乎就是在說「學文而學道」了。可以說，在韓愈那裡，文與道雖不能等而觀之，但其輕重之分亦可忽略不計，二者的關係其實是合一的，是同一過程的起點與終點，頭尾相

---

24 參見朱剛：《唐宋「古文運動」與士大夫文學》第一章、第二章（上海：復旦大學出版社，2013年）。
25 參見徐洪興：〈唐宋間的孟子升格運動〉，《中國社會科學》1993年第5期；錢穆：《朱子學提綱》（北京：生活・讀書・新知三聯書店出版社，2002年）。
26 錢穆：《中國近三百年學術史》（北京：中華書局，1986年），頁1。
27 屈守元、常思春主編：〈答李秀才書〉，《韓愈全集校注》（成都：四川大學出版社，1996年），頁1527。
28 〈題哀辭後〉，《韓愈全集校注》，1500頁。
29 〈爭臣論〉，《韓愈全集校注》，頁1170。
30 〈送陳秀才彤序〉，《韓愈全集校注》，頁1688。

衢，循環往復，傳動不息。這自然不能為主張「作文特吾人餘事」的陸九淵所認可，象山屢言：

> 讀書本不為作文，作文其末也。有其本必有其末，未聞有本盛而末不茂者。若本末倒置，則所謂文亦可知矣。[31]
>
> 有德者必有言，誠有其實，必有其文。實者、本也，文者、末也。今人之習，所重在末，豈惟喪本，終將並其末而失之矣。[32]

在象山看來，文不過是末事，韓愈「因學文而學道」即是本末倒做，而本末倒置的結果便是不僅是丟掉了儒生「明道」的本事，而且也「終將並其末而失之」。此等本末盡失的表現便是象山後文所說的「初頭俗了」，所謂「俗了」，象山進一步解釋說「符讀書城南三上宰相書是已」。韓愈的三封《上宰相書》是其考取進士後多次參加吏選失敗，抑鬱不得志的「不平之鳴」。這種「以文為贄」謀求仕進的行為，陸九淵本人其實是十分排斥的，試看象山第二次鄉試不中後所言：

> 某秋試幸不為考官所取，得與諸兄諸侄切磋於聖賢之道，以淬昔非，日有所警，易荊棘陷阱以康莊之衢，反羈旅乞食而居之於安宅，有足自慰者。……況又求之有道，得之有命，非人力所可必致者，而反營營汲汲於其間？以得喪為欣戚，惑亦甚矣，子思曰：「人皆曰予知，驅而納諸罟擭陷阱之中，而莫之知辟也。」[33]

---

31 《陸九淵集》卷四，《與曾敬之》，頁58。
32 《陸九淵集》卷四，《與吳子嗣》，頁145。
33 《陸九淵集》卷三，《與童伯虞》，頁33。

在象山看來，能不能中舉做官是「求之有道，得之有命」的事情，若汲汲於此便是陷入了「罟擭陷阱」，君子的第一要務是切磨「聖賢之道」，若計較於科舉的一時得失，便是易「康莊之衢」以「荊棘陷阱」，可謂「惑亦甚矣」。因此，「不為考官所取」對陸九淵來說未嘗不是幸事。此外，對當時流行的執贄干謁之風、謝舉之禮[34]，象山亦多有批評：

> 古之見者必以贄，今世之贄以文。文之作，所以道進見之意，當介紹之辭，而其弊至於苟為之說。……習俗之禮，凡官於是者，無問其與舉選之事與否，中選者均往謝焉，退又為啟以授之曰大謝。某竊以為舉送公也，從而謝焉私也。謝之號固不可，求其所謂謝之文讀之，於心甚不安，故獨不敢謝。[35]

象山認為時俗流行的執贄干謁之文，不過是「道進見之意，當介紹之辭」，無非是希望能以此獲得賞識。而對於所謂「謝舉」之事，象山則上升到公私大義而辨之，所謂「舉送公也，從而謝焉私也」，地方官員「舉送」學子是出於制度要求的公心，而舉子們的「謝舉之禮」則完全出於一己私，不過是謀取現實利益的手段罷了，其文也自難免淪為「後義而先利」的「苟為之說」。

總的來說，象山批評韓愈「倒做」了「六經注我，我注六經」，其核心關切是所謂「初頭俗了」。韓愈的「初頭」即是「因學文而學道」，不以明道為先，本末倒置，而本末倒置的結果便是「俗了」。所

---

34 關於宋代的薦舉制度與文人的行卷干謁風氣可參考祝尚書：《宋代科舉與文學》（北京：中華書局，2008年）；梁庚堯：《宋代科舉社會》（上海：東方出版中心，2017年）；錢建狀：〈糊名謄錄制度下的宋代進士行卷〉，《文學遺產》2012年第3期；錢建狀：〈宋代薦舉制與士人之執贄干謁〉，《北京大學學報》2017年第4期。

35 《陸九淵集》卷四，《得解見提舉》，頁46。

謂「俗了」，一方面指的是以三《上宰相書》為代表的韓文，雖亦稱得上「唐三百年文章宗伯」[36]，但可惜「有作文蹊徑」[37]，與「言即其事，事即其言」[38]的古聖賢之文相比，終究還是落了下乘；另一方面，韓愈雖是象山所認可的孟子之後「以儒稱於當世者」[39]，但象山亦言：「吾嘗謂楊子云韓退之雖未知道，而識度非常人所及，其言時有所到而不可易者」[40]，象山雖肯定韓愈不是一般流俗之人能比得上的，但其本末倒置的「倒做」行徑，與「波蕩於流俗，而不知其所歸」[41]的廣大文人沒什麼本質差別，皆是「未知道」者。

在瞭解象山提出「六經注我，我注六經」這一命題所涉及的上述內容之後，我們便更加可以肯定「六經注我」和「我注六經」只能是先後關係，且次第嚴密，絕不可躐等倒做。一旦「倒做」，便只可能「文貌日勝」而「事實湮於意見」[42]，即便「注經」之初心在於「明道」，也無可避免地墮於流俗而不能自拔，陷入「為空言以滋偽習，豈唯無益，其害又大」[43]之境地。

三　《六經》何以注「我」

依前文所述，象山既然並非不注《六經》，「六經注我，我注六經」又有著嚴格的先後順序，那「我」在注《六經》前，就必須先經過「六經注我」的階段，可問題是《六經》何以注「我」呢？此前較

36　《陸九淵集》卷二十四，《策問》，頁291。
37　《陸九淵集》卷三十五，《語錄下》，頁466。
38　《陸九淵集》卷一，《與曾宅之》，頁5。
39　《陸九淵集》卷二十四，《策問》，頁288。
40　《陸九淵集》卷四，《與符舜功》，頁59。
41　《陸九淵集》卷二十，《送毛元善序》，頁241。
42　《陸九淵集》卷一，《與曾宅之》，頁5。
43　《陸九淵集》卷十二，《與趙然道》，頁158。

為流行的看法認為「六經注我」即是借闡發《六經》為自己的學說服務,但這顯然是對象山心學的片面誤解。在象山看來,《六經》是「聖賢格言,切近的當,昭晰明白,初不難曉」[44],而「學者大病,在於師心自用」[45],以注釋《六經》作為附會其私意的工具,只是為了逞一時口頭之快,是「為人」而不是不「為己」。象山曾自述自家學問與他人不同之處:

> 吾之學問與諸處異者,只是在我全無杜撰,雖千言萬語,只是覺得他底在我不曾添一些。近有議吾者云:「除了『先立乎其大者』一句,全無伎倆。」吾聞之曰:「誠然。」[46]
> 今之論學者只務添人底,自家只是減他底,此所以不同。[47]

一「減」一「添」便可看出象山之學絕非借闡發《六經》為自己的學說服務的「好事者」。但象山也確乎說過「學苟知本,六經皆我注腳」這種話,似乎又確實是以《六經》來為「我」作注腳,問題的關鍵便在於怎樣理解「注腳」二字[48]。

林維傑提出:「象山立志、明本心的本心即理中所導致的『六經皆我注腳』,也是一種由倫理學朝詮釋學的轉向」。[49]實然,「六經皆我注腳」並非僅僅指象山「非分解地以啟發、指點、訓誡、遮撥之方式

---

44 《陸九淵集》卷三,《與劉深父》,頁34。
45 《陸九淵集》卷三,《與張輔之》,頁36。
46 《陸九淵集》卷三十四,《語錄上》,頁400。
47 《陸九淵集》卷三十四,《語錄上》,頁401。
48 上文曾提到,何俊對「六經注我」的語言形式已做了細緻的分析,關於象山「六經注我」在其經學實踐中的運用,亦可參考何文,此處不多贅言。
49 林維傑:〈朱陸異同的詮釋學轉向〉,《中國文哲研究集刊》2007年第31期。

來」承繼、運用《六經》特別是《孟子》而「有所立」[50]，更是《六經》這一承載天理的文本，對「我」這一「非分解」的道德主體的「分解」式詮釋[51]。在陸九淵看來，「宇宙便是吾心，吾心即是宇宙」[52]，宇宙為道所充塞，而道「在人曰仁義」，所以說「仁即此心也，此理也。」[53]且「人皆有是心，心皆具是理，心即理也」[54]。此理對於上古的聖人來說，是「不勉而中，不思而得」，而「聖人與我同類」，故「人皆可以為堯舜」[55]。聖賢以仁發明天道垂教為「經」，「經語」不過是「聖人先得我心之所同然」[56]，因此，只要今之學者能明此心明此理，「使聖賢之言如符契」[57]，《六經》自然皆是「我」的注腳。那如何才能明此心、明此理呢？其實，在《語錄》所載象山的原話中，「六經注我」的前提便已經被言明——「學苟知本，六經皆我注腳」。而對於「學知本」，象山是這樣說的：

> 《論語》中多有無頭柄的說話，如「知及之，仁不能守之」之類，不知所及，所守者何事；如「學而時習之」，不知時習者何事。非學有本領，未易讀也。苟學有本領，則知之所及者，及

---

50 牟宗三提出，象山之學的特色是「不重新分解以立義」，具體參見牟宗三：〈從陸象山到劉蕺山〉，頁29。
51 劉磊認為，在象山的心學體系中，「『我』已經『非分解式地』將所有『義』全部設置於《六經》之中」，因為只有這樣，《六經》才被賦予了作為「我」的「注腳」的價值。參見劉磊：〈「孟子之後，至是而始一明」——牟宗三對陸九淵的解讀〉，《平頂山學院學報》2008年第4期。
52 《陸九淵集》卷二十二，《雜說》，頁273。
53 《陸九淵集》卷一，《與曾宅之》，頁5。
54 《陸九淵集》卷十一，《與李宰》，頁149。
55 《陸九淵集》卷十三，《與郭邦逸》，頁171。
56 《陸九淵集》卷一，《與曾宅之》，頁6。
57 《陸九淵集》卷十二，《與趙詠道》，頁161。

此也；仁之所守者，守此也；時習之，習此也。說者說此，樂者樂此，如高屋之上建瓴水矣。學苟知本，六經皆我注腳。[58]

這一前提是象山在討論《論語》時提出來的。象山曾說：「觀春秋詩書易，經聖人手，則知編論語者亦有病。」[59]這「病」其實就是前面提到象山對語錄這種文本形式能否如實全面傳達說話人思想的懷疑。一方面，《論語》未經聖人手，是孔子弟子編錄的師生間的對話，故其中多有可疑處，象山十分認同孟子「盡信書，不如無書」[60]的判斷，認為即便是《六經》之言也要有所「揀擇」，當以「理」思之。

另一方面，人與人現實中的對話是有上下文的，處於語境之中的人對所用代詞指代何物自然明白，但記錄到語錄中，後人看來便不甚清楚，這就是象山所謂「無頭柄的說話」。象山認為，要解決這個問題，就得「學有本領」。「本領」一詞，檢索象山全集，僅出現在上文所引一段中。有學者認為，象山這裡的「本領」指的是「理解文本、理解『聖人』」的本領[61]，但更確切地說，在宋代理學家的表達中，「本領」基本上就等同於「本」，為根本、本源之意，並且「本領」是可以統攝於「工夫」之中[62]，指「本上做工夫」，如朱熹所說：

人之為學，千頭萬緒，豈可無本領。[63]

---

58 《陸九淵集》卷三十四，《語錄上》，頁395。
59 《陸九淵集》卷三十五，《語錄下》，頁434。
60 阮元校刻：《十三經注疏》，《孟子注疏》（北京：中華書局，2009年），頁6035。
61 劉磊：〈如何理解陸九淵與詮釋學〉，《開封大學學報》2014年第1期。
62 汪俐的博士論文對「工夫」一詞做了較為詳細的詞義辨析，參看汪俐：《朱熹工夫論研究》（長沙市：湖南大學，2019年）。
63 黎靖德編，王星賢點校：《朱子語類》卷十二，《學六‧持守》（北京：中華書局，1986年），頁209。

> 本領若是，事事發出來皆是；本領若不是，事事皆不是也。[64]

其中的「本領」都可做「根本、本源」來理解。因此，象山所謂「學有本領」與「學苟知本」指的都是一個意思，都是要人明白學問的根本是什麼。在象山看來，「學」之根本即是「理」是「心」，他說：

> 學者惟理是從，理乃天下之公理，心乃天下之同心，顏曾傳夫子之道，不私夫子之門戶，夫子亦無私門戶與人為私商也。[65] 所貴乎學者，為其欲窮此理，盡此心也。有所蒙蔽，有所移奪，有所陷溺，則此心為之不靈，此理為之不明，是謂不得其正，其見乃邪見，其說乃邪說。[66]

在象山這裡，「窮理」、「盡心」才是「學」之根本，是早已不傳的聖人之學。但由於今人「處末世弊俗」[67]，往往墮於流俗之中而不能自拔，「愚不肖」者往往蔽於物欲，賢者智者則蔽於意見。但君子、小人固有「高下汙潔」之分，但「其為蔽理溺心而不得其正則一也」[68]。因此，在象山看來，人要想「消殺」私意成為聖賢，首先便需要「發明本心」、「先立其大者」以此「收拾精神，自作主宰」，象山說：

> 天之所以為天者，是道也。故曰「唯天為大」。天降衷於人，人受中以生，是道固在人矣。孟子曰：「從其大體」，從此者

---

[64] 《朱子語類》卷二十七，《論語九·里仁篇下》，頁670。
[65] 《陸九淵集》卷三十六，《年譜》，頁530。
[66] 《陸九淵集》卷十一，《與李宰》，頁149。
[67] 《陸九淵集》卷十四，《與侄孫濬》，頁191。
[68] 《陸九淵集》卷一，《與鄧文範》，頁11。

也。又曰：「養其大體」，養此者也。又曰：「養而無害」，無害乎此者也。又曰：「先立乎其大者」，立乎此者也。[69]

士之於道，由乎己之學。然無志則不能學，不學則不知道。故所以致道者在乎學，所以為學者在乎志。[70]

人精神在外，至死也勞攘，須收拾作主宰。收得精神在內時，當惻隱即惻隱，當羞惡即羞惡。誰欺得你？誰瞞得你？[71]

正如象山門人毛必彊所總結的一般：「先生之講學也，先欲復本心以為主宰，既得其本心，從此涵養，使日充月明。讀書考古，不過欲明此理，盡此心耳。」[72]象山的「六經注我」是建立在「我」克己自反，剝落此心障蔽，疑消理明基礎上的。本心既得恢復，那「我」之心與聖人之心便全無二致，《六經》作為聖人知「道」之言，也就自然可以是「我」的注腳了。而由本心出發，象山這種以《六經》為分解的啟發、指點式解經法，也就自然不同於那些「終日簸弄經語以自傅益」[73]有侮聖人之言，「以學術殺天下」[74]的異端了。

四　「我」的挺立與陸學的貫徹

從前述對「六經注我，我注六經」命題的討論中可以發現，象山首先對此命題建立不可躐等的次第，然後又以自身的踐履完成了對該

69　《陸九淵集》卷十三，《與馮傳之》，頁180。
70　《陸九淵集》卷二十一，《論語說》，頁264。
71　《陸九淵集》卷三十五，《語錄下》，頁454。
72　《陸九淵集》卷三十六，《年譜》，頁502。
73　《陸九淵集》卷一，《與曾宅之》，頁6。
74　《陸九淵集》卷一，《與曾宅之》，頁4。

命題的詮釋。「六經注我，我注六經」絕非後人所認為的那樣不可調和，它清楚、全面地貫徹於象山一生的治學與講學歷程中。正如張文修所言，象山的「六經注我」不僅僅是一個經學或者說闡釋學命題，更是一個「生命實踐性命題」[75]。而使得所謂「生命實踐」得以可能，得以「一以貫之」的根本就在於「我」這一圓滿的道德主體的養成上。這個「我」用何俊的話來說，是「經過歷史背書了的經典將具有普遍性的道理見證於具體的作為主體」[76]的「我」，也即是象山心目中須「大做」的「人」，象山說：

> 上是天，下是地，人居其間。須是做得人，方不枉。[77]
> 人須是閒時大綱思量：宇宙之間，如此廣闊，吾身立於其中，須大做一個人。[78]
> 人當先理會所以為人，深思痛省，枉自汩沒虛過日月。[79]

在象山看來，「人與天地並立而為三極」，須昂然挺出，如聖人一樣植立於天地間，昭然而知，毅然而行。那「我」該怎麼「為人」呢？在象山看來應當「學為人」，他說：

---

[75] 張文修認為：「陸九淵『六經注我』的命題體現了一種大解釋學的觀念……它以整個宇宙——包括自然、社會、人類心理為文本，以人生為載體，以生命的體悟、實踐作為詮釋的形式。」參見張文修：〈陸九淵「六經注我」的生命實踐詮釋學〉，《湖南大學學報》2007年第2期。

[76] 何俊認為：「象山在人格論方面，更多地吸取了孟子的『浩然之氣』的思想」。參見何俊：〈陸象山的「六經注我」與「我注六經」〉，《中國哲學史》2021年第5期。

[77] 《陸九淵集》卷三十五《語錄下》，頁450頁。

[78] 《陸九淵集》卷三十五，《語錄下》，頁439。

[79] 《陸九淵集》卷三十五，《語錄下》，頁451。

人生天地間，為人自當盡人道。學者所以為學，學為人而已，非有為也。[80]

在象山看來，「人之不可以不學，猶魚之不可以無水」[81]而既然學之於人，就如同水之於魚，而要想使此「高屋之上建瓴水」得以由「蹄涔」而擴為「江海」，便須培養「源泉」，從本心做起，「大綱」思索。象山說：

> 孟子曰：「先立乎大者，則其小者不能奪也。」人惟不立乎大者故為小者所奪，以叛乎此理，而與天地不相似。[82]
> 大凡為學須要有所立，語云：「己欲立而立人。」卓然不為流俗所移，乃為有立。須思量天之所以與我者是甚底？為復是要做人否？理會得這個明白，然後方可謂之學問。[83]

可見，象山所謂「學為人」，指的是「我」首先應當對內心道德意識進行確認，並使之得以「自作主宰」，道德本體由此卓然挺立，從此「源泉混混，不舍晝夜，盈科而後進」[84]，不可得而禦之。但「我」之道德意識的確認與道德主體的挺立，並不意味著自身道德的完滿，象山強調：

> 吾所發明為學端緒，乃是第一步，所謂升高自下，陟遐自邇。卻不知指何處為千里？若以為今日舍私小而就廣大為千里，非

80　《陸九淵集》卷三十六，《年譜》，頁495。
81　《陸九淵集》卷十二，《與黃循中》，頁170。
82　《陸九淵集》卷十一《與朱濟道》，頁142。
83　《陸九淵集》卷三十五，《語錄下》，頁438。
84　《孟子注疏》，頁5931。

> 也，此只可謂之第一步，不可遽謂千里。[85]
> 為學有講明，有踐履。大學致知、格物，中庸博學、審問、慎思、明辨，孟子始條理者智之事，此講明也。大學修身、正心，中庸篤行之，孟子終條理者聖之事，此踐履也。[86]

「我」之道德主體的挺立僅僅是象山工夫論的第一步，由第一步而至千里，「由源泉混混而至於放乎四海」[87]仍有許許多多工夫要去做，需要「大綱提掇來，細細理會去」[88]。在象山看來，即便是三代之民「猶當次第而進」，聖如夫子，猶曰：「加我數年，五十而學易，可以無大過矣」[89]。而今人之踐履未能純一，一旦於有所懈怠便可能「為積習所乘」陷溺其心，故猶當躬行踐履，致日新之效。象山說：

> 此吾之本心也，所謂安宅、正路者，此也；所謂廣居、正位、大道者，此也。古人自得之，故有其實。言理則是實理，言事則是實事，德則實德，行則實行。[90]
> 宇宙間自有實理，所貴乎學者，為能明此理耳。此理苟明，則自有實行，有實事。[91]

在象山看來，古人皆是「明實理，做實事」[92]。因此，心之「實理」只有落實到「實事」、「實行」上，才算得上真正的「聖人之

---

[85]《陸九淵集》卷三十四，《語錄上》，頁405。
[86]《陸九淵集》卷十二，《與趙詠道》，頁160。
[87]《陸九淵集》卷一，《與邵叔誼》，頁1。
[88]《陸九淵集》卷三十五，《語錄下》，頁434。
[89]《陸九淵集》卷二十一，《論語說》，頁263。
[90]《陸九淵集》卷一，《與曾宅之》，頁5。
[91]《陸九淵集》卷十四，《與包詳道》，頁182。
[92]《陸九淵集》卷三十四，《語錄上》，頁396。

徒」。也就是說，「我」之道德主體的挺立，必須具體落實到道德踐履之上，才算得上「我」之道德的真正圓滿。這便是象山從孔孟那裡繼承的「實學」，所謂「千虛不博一實，吾平生學問無他，只是一實」[93]，「實」字正是陸學的貫徹所在。正如牟宗三所言，象山之學乃是「吾人以真生命頂上去，不落虛見虛說，不落於文字糾纏黏牙嚼舌之閑議論」[94]。從「實理」到「實事」「實行」，「我」之道德意識的確立與挺拔，最終落實到了日用生活之踐履，象山自詡自家學問「表裡內外如一」[95]也正是基於「實」來講的。

　　總之，象山之學「起自足下之近可達千里之遠」[96]，既是「為己之學」，也是「成人之學」。應該說，象山「六經注我，我注六經」命題的提出，乃至整個象山心學體系的構建固然建築在其對思孟學派所傳承下來的儒家精神的體認之上，但更是他針對當時游談無根之「虛說」盛行所提出的「治病救人」的辦法。時人或「蔽於意見而失其本心」[97]，捨本逐末、主客倒置，故象山嚴格強調「六經注我，我注六經」之為學次第，以「尊德性」為先，「道問學」為後；時人又往往「艱難其途徑，支離其門戶」[98]，故象山以一「實」貫徹為學先後，主張人做工夫當「就已向實」、「易知易從」。誠如何俊所言，象山的「『六經注我』與『我注六經』只是『自明而後明人』、『先覺覺後覺』的不同而已。」[99]因此，學者在討論象山的學說時，須時刻把握陸學思想的這種一體兩面性，不可割裂來談或片面闡釋。

93　《陸九淵集》卷三十四，《語錄上》頁399。
94　牟宗三：〈從陸象山到劉蕺山〉，頁4。
95　《陸九淵集》卷三十五，《語錄下》，頁456。
96　《陸九淵集》卷三十六，《年譜》，頁529。
97　《陸九淵集》卷一，《與趙監》，頁9。
98　《陸九淵集》卷五，《與舒西美》，頁63。
99　何俊：〈陸象山的解經法〉，《四川大學學報》2022年第3期。

參考文獻

陸九淵著；鍾哲點校：《陸九淵集》，北京：中華書局，1980年。
〔南宋〕陸九淵撰，葉航點校：《陸九淵全集》，上海：上海古籍出版社，2022年。
劉笑敢著：《詮釋與定向中國哲學研究方法之探究》，北京：商務印書館，2009年。
陳來著：《宋明理學》，上海：華東師範大學出版社，2004年。
牟宗三著：《從陸象山到劉蕺山》，長春：吉林出版集團有限責任公司，2010年。
何　俊：《南宋儒學建構》，上海：上海人民出版社，2021年。
屈守元、常思春主編：《韓愈全集校注》，成都：四川大學出版社，1996年。
錢穆著：《朱子學提綱》，北京：生活‧讀書‧新知三聯書店，2002年。
錢穆著：《中國近三百年學術史》，北京：中華書局，1986年。
朱剛著：王水照編：《唐宋「古文運動」與士大夫文學》，上海：復旦大學出版社，2013年。
祝尚書著：《宋代科舉與文學》，北京：中華書局，2008年。
梁庚堯編著：《宋代科舉社會》，上海：東方出版中心，2017年。
〔宋〕黎清德編，王星賢點校：《朱子語類》，北京：中華書局，1986年。
劉化兵：〈陸九淵「六經注我，我注六經」本義辨析〉，《中國文學研究》2008年第2期。
何　俊：〈陸象山的「六經注我」與「我注六經」〉，《中國哲學史》2021年第5期。

何　俊：〈陸象山的解經法〉，《四川大學學報》（哲學社會科學版）2022年第3期。

劉　淩：〈「六經注我，我注六經」俗解質疑〉，《中華讀書報》2003年第3期。

張文修：〈陸九淵「六經注我」的生命實踐詮釋學〉，《湖南大學學報（社會科學版）》2007年第2期。

王建生：〈陸九淵視野中的王安石——以《荊國王文公祠堂記》為中心〉，《南昌大學學報（人文社會科學版）》2019年第50卷第4期。

錢建狀：〈糊名謄錄制度下的宋代進士行卷〉，《文學遺產》2012年第3期。

錢建狀：〈宋代薦舉制與士人之執贄干謁〉，《北京大學學報》（哲學社會科學版），2017年第54卷第4期。

徐洪興：〈唐宋間的孟子升格運動〉，《中國社會科學》1993年第5期。

劉　磊：〈「孟子之後，至是而始一明」——牟宗三對陸九淵的解讀〉，《平頂山學院學報》2008年第4期。

劉　磊：〈如何理解陸九淵與詮釋學〉，《開封大學學報》2014年第28卷第1期。

林維傑：〈朱陸異同的詮釋學轉向〉，《中國文哲研究集刊》2007年第31期。

論徐懷中軍旅小說的堅守與嬗變

徐雪濤

二〇二二級　中國現當代文學

摘要

　　作為中國當代軍旅文學的代表人物，徐懷中在不同時期推出了多部具有較大影響力的作品；徐懷中的軍旅小說聚焦戰時與和平時期的軍人群體，著力剖析人物內心的掙扎與糾結，塑造具有多重性格的軍人形象；徐懷中以人性的複雜呈現作為創作起點，從個人的真實情感出發組織故事，人性感受成為推動情節發展的直接驅動力；徐懷中以女性為主角創作軍旅小說，具有鮮明的身體敘事特徵，由此折射出女性意識在不同時代的覺醒過程。

關鍵詞：徐懷中　軍旅小說　軍人形象　人性探索　身體敘事

自一九五四年發表中篇小說處女作《地上的長虹》開始，徐懷中在其漫長的創作生涯中始終在做著無言的跋涉與攀登，其作品在不斷聚焦軍人底色的基礎之上呈現著複雜質素介入的景況，不僅體現出時代印痕對作家文學創作的直接影響，同時也能勒出一條創作者如何擺脫自我桎梏創新求變的艱難路徑。如果我們以作家出版於二〇一八年的長篇小說《牽風記》為座標對其之前作品進行追溯，可以發現徐懷中的軍旅小說在不同階段存在程度深淺的堅守與嬗變：一方面他的諸多作品具有相似的故事邏輯和人物形象，另一方面他又在敘事內容所能抵達的主題思想上進行著創新。從微觀層面到宏觀層面，從形而下到形而上，徐懷中漫長創作生涯的作品構成了一個具有完整表達意義和生成內涵的開放性文本，前後階段隱含的巧妙互文結構不僅預示著徐懷中小說存在著巨大的闡釋空間，同時也給我們解讀其作品提供了基本準則和突破方向。

一　軍人形象的個性解讀

徐懷中的軍旅小說習慣塑造具有優秀質量的軍人形象，這構成其創作生涯的顯著特點。當然，這種創作習慣的形成與其本人的生命經歷密不可分——徐懷中歷經抗日戰爭、解放戰爭、抗美援越、對越自衛反擊戰——漫長的戰場生活賦予了作家對軍營的偏愛，折射到文學創作上來，就是徐懷中偏愛通過刻畫軍人形象來抒發個人情懷的敘事路徑，軍旅自然成為表達其文學理念的最佳載體和進入時代意圖的有效方式。因此，對具有優秀質量的軍人群體的塑造構成了徐懷中軍旅小說的一個重要支點，具有高尚革命情操與純潔道德質量的軍人形象成為演繹故事的邏輯起點。

《四月花泛》本是徐懷中「主動配合」時代潮流的一部小說，但

是這部作品卻因為清新自然的語氣和素樸流暢的敘述方式成為「『四好五好』小說中幾乎最好的一篇。」[1]小說從一位回鄉探親的普通士兵的經歷入手，謳歌了五〇年代諸多革命軍人甘於奉獻的無私質量。故事開篇便講道：在部隊中存在諸多超期服役的戰士，但是「他們超期服役，是他們一次又一次寫報告申請下來的。」[2]坦克兵上士夏國佑在得到上級特批的二十五天探親假後，急得「直抓後腦勺」，原因只在於「二十五天以後，正趕上連隊進攻演習，回來遲了怕參加不上。」[3]因此他決定盡快回家，而就算他決定回家，也沒有只顧自己的事情，而是跑遍了在連隊認識的所有同鄉，記住了他們要交代的事情才背著大大小小十幾個包包踏上了旅程。接下來的故事就圍繞他去拜訪戰友的家人幫助插秧、送喜報、調解家庭矛盾展開，「花了十天時間，跋山涉水，步行三百多里路，二十多個戰友的家跑了個遍。」[4]最終「只待了三天，母親就打發夏國佑回部隊了」，並且由於戰友家人的請求，他「返回部隊帶的東西更多。」[5]當然，除了夏國佑，《阿哥老田》同樣是歌頌軍人優秀質量的小說。田玉路是進駐苦聰的解放軍工作隊中的一員，在與苦聰人的相處過程中他不斷以自己的真誠消除民族之間的對立與隔閡，同時也積極投身到寨子的建設當中去，就算是因為天太黑導致摔斷了腿都堅持按時給寨子裡的人上課，只因為「課程是死死排定了的，中間短缺了一次，很難擠出時間來補上，今晚的課決不能耽誤。」[6]而他的舉動最終也打動了苦聰人：「老輩子的時候，漢人跟苦聰若不是親骨親血，到後世來怎麼會有老哥阿田這樣

1　徐懷中：《徐懷中代表作》（鄭州：黃河文藝出版社，1988年），頁4。
2　徐懷中：《或許你看到過日出》（北京：人民文學出版社，2020年），頁163。
3　徐懷中：《或許你看到過日出》，頁163。
4　徐懷中：《或許你看到過日出》，頁181。
5　徐懷中：《或許你看到過日出》，頁183。
6　徐懷中：《或許你看到過日出》，頁158。

的人呢！」[7]

在這兩部小說裡，徐懷中都塑造了捨己為人，無私奉獻的革命軍人形象，這種創作路徑也一直延續至今，縱觀其創作生涯可以發現這類人物始終活躍在其作品中。更為重要的是，如果我們將其與徐懷中隨後創作的作品相對比可以發現，這些小說實際上預示著不少他日後組織故事的起點和準則：忘我無私的軍人以及為消解時代意圖而採取的「生活化」的處理方式。也就是說，儘管是在寫紀律嚴苛受到權力控制的軍人，但徐懷中在敘述這一群體時卻能以詩意化的方式消解直接介入的政治意識形態，在最大程度淡化喧囂吶喊的政治氛圍的同時，以實際生活為基礎書寫時代浪潮下屬於個體的小感悟，這讓其作品具有了一絲「對抗」時代意圖的特殊意味——那個階級鬥爭主導一切的年代，「浮誇風、概念化氾濫的潮流中的徐懷中對於那潮流的抗拒並非是自覺的，甚至也不能排除他掙扎著去適應那個潮流而做出的努力」，但他同時也在進行著「抵制」，「而且抵制得那麼頑強。」[8]

徐懷中的「抵制」最初體現在對不同身份，不同命運的軍人形象刻畫，新時期以來，作者在不斷更新文學觀念的基礎上開始書寫「傳統軍人」以外的「悲情英雄」，也開始能夠公正客觀地刻畫敵對陣營的軍人，這使得他筆下的軍人形象更加多元、廣闊。《西線軼事》中的劉毛妹作為革命的「受損者」，因為其父的「白區」工作經歷而從小受盡磨難：「毛妹的爸爸劉伯伯死得很慘。讓他燒鍋爐，他從幾十米高的煙囪上跳下來，五臟俱裂。」[9]但這依然不妨礙作者對他優秀質量的注入：在戰鬥中面對連長、排長犧牲的局面毅然擔負起指揮的重任，最後在激烈的戰鬥中英勇捐軀。而在他犧牲後發現其「軍服、

---

[7] 徐懷中：《或許你看到過日出》，頁159。
[8] 徐懷中：《徐懷中代表作》（鄭州：黃河文藝出版社，1988年），頁4。
[9] 徐懷中：《西線軼事》（上海：上海文藝出版社，1981年），頁44。

綁帶、鞋襪，沒有一處是潔淨的」,「清洗過遺體之後,數過了傷口,大大小小掛花四十四處。」[10]《阮氏丁香》中的越南軍人儘管處在與我方對壘的陣營,不過作者仍舊不吝筆墨地展現出她們的愛國熱忱與無私奉獻:阮氏丁香的母親六姐是一名戰地醫生,「抗美戰爭十多年,不知有多少游擊戰士的生命,是經六姐的一雙手,從最後一息中挽救回來的。」[11]阮氏丁香也在很小的時候便攜帶炸藥、物資遊走在西貢城外的小道上,「小丁香雖然害怕猴子和老虎,可是在共和偽軍和美國大兵面前,她卻從來不知道害怕。那些女交通員傳送的許多重要密件,往往就是藏在這個小姑娘身上的,攜帶的武器炸藥,也往往是由她拎在手上。」[12]《牽風記》中的劉春壺雖然是地主階級的後代,但是對革命同樣具有極高的忠誠和信仰:「多少俘虜兵補入軍隊,連國軍的軍帽都還沒有來得及換,看完了《白毛女》、《血淚仇》,直接走上了戰場。從拉開到關閉大幕的有限時間內,極大限度提高了他們的思想覺悟,第二天見面,已經是一位戰鬥英雄了。」[13]參加革命後,儘管因為國民黨反動派的陰謀詭計而不幸被俘,可面對敵人的嚴刑拷打,「一臉的鮮血,下巴歪在一邊」的劉春壺仍然「用足了力氣,連血帶牙齒,噗的一口啐在小隊長臉上。幾條大漢撲向前來,拳打腳踢,劉春壺口中不停地在叫罵。」[14]最後在就義時,他發出了「原本不屬於人類所有的這樣的一種狂笑聲」,使敵人「魂飛魄散再也受不了」,「完全崩潰」最後「一個個奪路而逃。」[15]

在某種程度上,投身軍旅多年的生活閱歷使得對軍人形象的正面

---

10 徐懷中:《西線軼事》,頁60。
11 徐懷中:〈阮氏丁香——《西線軼事》續篇〉,《小說月報》第3期(1981年),頁8。
12 徐懷中:〈阮氏丁香——《西線軼事》續篇〉,頁8。
13 徐懷中:《牽風記》(北京:人民文學出版社,2018年),頁107。
14 徐懷中:《牽風記》,頁174。
15 徐懷中:《牽風記》,頁176。

塑造成為徐懷中創作生涯始終堅守的底線，生活化和詩意化的處理方式是他塑造真實軍人形象的第一步。在創作生涯的延續中，他不斷書寫各色人群的英勇故事，於是他筆下的人物得以構成歷史的真實演繹。而在底線之外，徐懷中不斷剝離軍人這一直面戰爭的特殊群體身上被人為添加的任何外在物，開始深入軍人內心探索人性的幽微和隱秘。如果說不同人群、不同階級的優秀軍人的塑造成為他重新審視歷史客觀評價個人的契機，那麼對內心的探尋無疑將賦予他反思戰爭的巨大動力。準確來講，隨著時間的推移和觀念的更新，徐懷中筆下的軍人形象開始出現一些裂變，他開始通過種種方式來淡化戰爭背景，將人從戰爭的場域中轉移到戰後的環境，由此實現叩問戰爭創傷、反思人生歷史的主題。《西線軼事》聚焦於南境林海的潮濕抑鬱，以戰爭為背景凸顯軍人群體的高尚，到了續篇《阮氏丁香》中，戰俘這一身份決定了戰火的遠離，徐懷中也試圖以阮氏丁香的命運抵達對戰爭的反思。在殘酷環境下成長起來的愛國軍人，阮氏丁香等人因為政府的宣傳而加入了突擊隊，在被蒙蔽的環境中逐漸喪失自我：「照理說，她們是應該有一定判斷力的，只是由於從小就習慣了聽信領導上的每一句話，這種判斷力便退化了。」[16]於是，在阿方的父母投降後，阮氏丁香在背後扣響了機槍：「當時，我只想著，我是越南人，是一個青年衝鋒隊員。我們林場衝鋒隊全體在國旗下宣過誓的。誓言上說，誰在戰場上動搖投降，任何人都有權當場執行處決。就這樣，我向他們開了槍。」[17]故事到這裡以阮氏丁香的坦白忽然畫上句號，小陶對女俘的情感也由熟悉到陌生再到同情，徐懷中試圖借助一個愛國軍人的錯誤行為批判戰爭給人帶來的戕害，以一個人前後行為的巨大反差賦予小說悲傷沉重的氛圍，於是作者對越南政府虛假宣傳的痛

---

16 徐懷中：《牽風記》，頁3。

17 徐懷中：《牽風記》，頁17。

恨、對愛國軍人殘忍行為背後的苦痛追問才能生發出瀰漫在作品中的反思意識。毫無疑問的是，這種懺悔和自贖將貫穿阮氏丁香的後半生，成為她時刻體驗戰爭之殤的切身動機：「我並不要求你諒解我，不過要請為我保守秘密。將來有一天，我會親自對阿方講清楚這件事，相信他不會怨恨我的。」[18]

《一位沒有戰功的老軍人》則以退休的後勤部長余清泉的視角展開了一段糾纏在其生前身後的往事。故事採取雙線敘事的邏輯開展：剛剛年逾花甲且身無疾病的余清泉主動打報告退休，回到五〇年代和妻子共同居住過的小山村。眾人不解余清泉的決絕，可是在敘述中我們發現他之所以要回到沒有親人的妻子老家，其原因皆在於其對愛人的無限懺悔。隨著回憶的不斷展開，從兩人的初遇、相愛、相交以及最後的天人永別，在每個屬於國家的重大階段，二人的選擇都無疑被壓抑在義正詞嚴的時代感召中。余清泉以革命的名義在嚴格要求自己的同時也淹沒了個人的情感，他始終「以最嚴格的尺度要求著自己」，「越是在困難的情況下，更不應當讓自己的家屬離開農村，造成農業生產的第一線非戰鬥減員。」[19]這種近似於苦行僧式的生活與思想被革命以奉獻的名義無限放大，於是個人的聲音就完全被掩蓋在時代前進的巨大轟鳴中，在處理家屬問題上讓人心服口服的余清泉獲得了道德的潔淨，「贏得普遍的好感和敬重」。[20]但是人至暮年，他卻始終無法實現對家人的救贖：「只要我能提前半小時趕到，還可以最後見到一面。」[21]面對妻子因其對她缺乏慰問、關心而產生的詰問：「你革命革得醉洋洋的，只怕早不認得給你燒紅糖荷包蛋的大妹了。你能

---

18 徐懷中：《牽風記》，頁17。
19 徐懷中：《或許你看到過日出》，頁65。
20 徐懷中：《或許你看到過日出》，頁66。
21 徐懷中：《或許你看到過日出》，頁54。

已忘記了我是你的婆娘，忘記了我是一個女人，忘不掉我是一個『女全勞』」時，余清泉當時只能以沉默來回答，這種沉默最終在面對空蕩的房屋時生長為時刻齧咬其內心的無限懺悔。[22]除此之外，《十五棵向日葵》中陳再因為對女宣傳隊員札馬伊珍的承諾無法實現而內心煎熬，不顧自己受過多次傷並且「身體虛弱，心臟也有問題，完全不能適應高原環境」的困難而選擇駐守高原，只為找到那位女宣傳隊員兌現當年的諾言，抵達自我的救贖。[23]《來也匆匆，去也匆匆》中的連長因為未能保護好輕生的女子而始終心存愧疚，面對前來收屍的女孩父母，儘管「心裡想著不能哭不能哭，還是哭出了聲。」[24]《我觀測一顆流星》中劉玉珍返鄉後看到家庭破敗景象後當即決定轉業復員，儘管他「早已被內定為重點培養對象」，有著「海闊天空的發展前景」，但因為參加革命遠離家庭而「給三代人的三個女性——他的母親、妻子和女兒帶來大不幸」，所以他最終決定「來一個向後轉，打從哪裡來，回到哪裡去。」——這一切「加倍勇氣」的原因在於內心的糾結與悔恨，他只能如此才能實現自我的救贖：「他不難想像，那一幕幕足以令他心碎和愧悔莫及的悲劇將會怎樣開始，又怎樣了結。」[25]《牽風記》的整部作品都在試圖淡化戰爭氛圍，而將故事的重心圍繞著一人一馬的傳奇經歷上。齊競因為懷疑汪可逾在被俘後失去貞潔，導致汪可逾與其決裂而最終犧牲，這成為齊競心中永久的悔恨，以至於他在見到汪可逾的遺體後：「全身癱軟，不得不停止下來，難以再向銀杏樹接近一步。他把臉埋進雙手中痛哭不止，全身不停地顫抖著。」[26]而在多年以後，當齊競寫完對汪可逾的悼念碑文之

---

22 徐懷中：《或許你看到過日出》，頁103。
23 徐懷中：《或許你看到過日出》，頁120。
24 徐懷中：《或許你看到過日出》，頁245。
25 徐懷中：《或許你看到過日出》，頁280。
26 徐懷中：《牽風記》，頁263。

後，便覺得「再沒有什麼值得他牽掛了。言外之意，他可以撒手人寰了。」[27]

革命在給歷史帶來巨大進步的同時，也隱藏著無數個體的悲歡，於是回過頭重新審視深藏軍人內心集體與個人的責任衝突，彌合心靈的創傷就成為徐懷中在和平年代書寫軍人故事的關注重點。如果說戰場的殺戮因為民族解放的正義感而被賦予無限榮耀，那麼隨著戰爭結束屬於個體家庭責任而生發的懺悔則構成軍人戰後生活的痛苦來源，也成為他們進入個人內心世界的主要路徑。縱觀其至今的創作歷程可以很容易發現，徐懷中的創作生涯始終圍繞著軍人的生命歷程進行內外剖析，一方面他試圖以勇敢、無畏、奉獻等質量的注入賦予對軍人群體的崇敬和尊重，這是他自開啟文學創作便始終恪守的準則和基礎，擁有完美質量的夏國佑、劉春壺們，彰顯出作者對革命無限熱忱和高度忠誠。但另一方面，當時代主潮發生更迭，新的敘事動機對顛覆以往的文學意圖產生了巨大的瓦解作用，在戰爭早已不是文學取材的直接來源後，徐懷中果斷選取最適合當下的生活內容進行創作，於是和平時期的戰後軍人或是淡化戰爭背景的軍人形象成為他著意表達的重心。徐懷中更深入地逼近個人的內心，懺悔和反思也成了戰爭過後作家重新審視自我與外在關係的最佳切入點。可以說，徐懷中通過對軍人形象在不同時期的內外敘述，使得這一特殊形象開始進入戰爭本體的美學範疇，各種因為戰爭利益歸屬而被賦予的外在準則被作者逐漸剝離——集體與個人的衝突儘管加之於一種身份會造成人物內心的糾結與矛盾，但是作者卻可以借此突破以往塑造人物時的單一性格，使得故事更加真實可感，也因此賦予了軍旅小說敘事景觀新的可能。

---

27 徐懷中：《牽風記》，頁267。

二　人性探索的不斷深入

　　徐懷中曾言:「敵方的勞動群眾和普通士兵不用說,就是那些上層反動分子,他們也是直立走路的人,還是要把他們作為一個人去描寫。」[28]正是從此觀念出發,徐懷中敏銳覺察到了被政治權力修飾的戰爭具有「掩蓋或淹沒」諸多鮮活個體生命價值的「危險」,故而他的大多作品都注重挖掘人性、探索內心,以人的本性情感作為推動故事演變的直接動力。如果說反思與懺悔是其深入塑造軍人形象的一個突破路徑,那麼對人天然本性的尊重則構成了他打破意識形態窠臼的最大動力。秉持著「文學是人學」的創作宗旨,把英雄當作是一個人來描寫和塑造,把對立集團的士兵同樣作為一個有尊嚴的個體去看待成為徐懷中小說中的人道主義與人性敘事最為鮮明的體現形式。

　　徐懷中的作品大多是「以戰爭為背景敘寫與戰爭有關的人與事」[29],這種區別於人民倫理的自由倫理敘事「講的都是絕然個人的生命故事,深入獨特個人的生命奇想和深度情感,以富於創意、刻下了個體感覺的深刻痕印的語言描述這些經歷」[30],「隱含著對戰爭中人情人性人道的思考。」[31]儘管對人性的重構成了徐懷中軍旅小說的重要維度,但是縱觀其不同時期的多樣作品可以發現作者對這一主題的探索其實存在著不同程度的遞進痕跡,五六十年代他多通過書寫愛情來實現對人性若有若無的隱秘連接。《雪松》中工程兵周明技術高超膽

28　徐懷中、董夏青青:〈我的未來是回到文學創作的出發地——徐懷中先生訪談錄〉,《解放軍藝術學院學報》2015年第2期,頁16-23。
29　陳穎:〈新世紀中國戰爭小說發展的兩條路徑——以《牽風記》《塵戰》為例〉,《中國當代文學研究》第4期(2020年),頁55。
30　劉小楓:《沉重的肉身——現代性倫理的敘緯語》(香港:華夏出版社,2007年)。
31　陳穎:〈新世紀中國戰爭小說發展的兩條路徑——以《牽風記》《塵戰》為例〉,頁55。

氣過人,有著捨己為人的優秀質量。他在跟隨康藏公路指揮部勘探隊到怒江勘探線路的時候,面對一道怒江攔腰穿過的峭壁,「為了不使所有人都去冒九死一生的危險,確定先由一個人爬上去,在石縫裡釘進幾根鋼釺,拴上很粗很粗的保險繩,然後一個一個抓緊繩子慢慢過去。這一項光榮任務,全隊的人都想爭取到手,就連女測繪員也報了名。周明是勘探隊領導,他說了算,最後他還是把任務下達給他自己了。」[32]如果故事到這裡戛然而止,那麼周明無疑只是一種優秀質量的化身與代言,與這一時期諸多小說中被賦予純粹精神品格的英雄人物如出一轍,於是作者給周明設置了一個「受傷住院」的情境,這一情節設置背後的含義不言而喻——遠離正在進行得如火如荼的建設改革,在無法完全脫離時代氛圍的前提下,這似乎是徐懷中唯一可以想到的暫時的「逃匿之舉」:以遠離集體約束的環境和空間來審視自我。當然,這種設置其實可以追溯到徐懷中對於軍人形象的內在突破,在那些反思自我懺悔戰爭的敘述中,主人公往往處於垂垂老矣的暮年,在不能繼續為革命「奉獻」的時機個人情感在「不妨礙」時代進步的前提下自然生發。於是我們在周明受傷後才可以看到,原來挺身而出的技術尖子之所以鬱鬱寡歡,實際上是因為情感的問題使其內心掙扎不已:「我只要一想到她的樣子,一想到她會對另一個什麼人那樣親近,而對我永遠是平平常常的,我就覺得像是受了侮辱,最大的侮辱。也許這種念頭很壞,反正我就是這樣想的。」[33]

　　毫無疑問,周明發自內心的坦白絕少出現在十七年的諸多小說中,那一階段的文學作品中,情感與個人被完全剔除在敘述視域內,在單一的作品構思和人物性格框架下,「戰鬥和學習」構成了英雄的全部生活,親情、愛情等人性情感被完全置換為革命的催化劑:「這

---

[32] 徐懷中:《或許你看到過日出》,頁135。
[33] 徐懷中:《或許你看到過日出》,頁138。

種常見的修辭策略，甚至在五○至七○年代的中國小說中仍屢試不爽。」[34]而周明因為愛情而生發的矛盾、糾結、困惑，反而延續了自新文學便開啟的人性微光，在十七年那個壓抑人性的時代綻放出一朵奇葩。五六○年代的徐懷中以對個人情感的抒發進入人性表達的疆域，而這一敘述重點將在隨後的創作中因時代發生巨大轉折而產生層次深淺的嬗變與轉移。新時期徐懷中創作的諸多小說都力圖「在重新審視戰爭本身的諸多奧秘的同時，以更為多樣的目光致力於戰爭中的人的存在景況及各種社會人性內容的具體形態的重新發現——他們不再為寫戰爭而寫戰爭：戰爭的描寫不再是目的，描寫的目的僅僅在於：經由戰爭的洞觀而重新認識人、重新認識人類的處境」。[35]

《西線軼事》是徐懷中實踐人性敘事的典範之作，「在人性探索上取得重大突破。」[36]在主人公的塑造上，徐懷中始終將人性作為支點進行角色塑造。儘管劉毛妹毫無疑問成為作者意圖塑造的戰爭中勇敢無畏的英雄，但是這一人物卻並非一個「完全意義上的革命者」，因為他有著自由自在的人性表達形式：「很不講軍容風紀，常常是解開兩個鈕扣，用軍帽扇著風」，「無論說起什麼事情，他都是那樣冷漠，言語間帶出一種半真半假的譏諷嘲弄的味道。」[37]在小陶嘗試勸解劉毛妹爭取進步的時候，他反而說道：「『一年團，二年黨，三年復員進工廠。』在知青點上的人和那些沒有著落的社會青年看來，這當然是很夠羨慕的了。其實又有多大的意思，沒勁！」[38]只是儘管看似

---

34 李楊：《50-70年代中國文學經典再解讀》（濟南：山東教育出版社，2003年）。

35 周政保：〈「被炮火驅動的大碾盤」——談周梅森小說中的戰爭與人〉，《文藝爭鳴》1990年第4期，頁64-67。

36 陳思廣，〈20世紀80-90年代戰爭小說人性探索歷程透視〉，《煙臺師範學院學報（哲學社會科學版）》第2期（2005年），頁39-43。

37 徐懷中：《西線軼事》，頁45。

38 徐懷中：《西線軼事》，頁46。

散漫無紀，徐懷中卻借人性復蘇後對外在事物和過往歷史的打量賦予了劉毛妹對「人」這一複雜綜合物的思考：「所謂『正統』思想，別人一定可以做出種種美好的解釋。不過照我看，這似乎是意味著服服帖帖，得意於迷信愚昧的一副精神枷鎖，意味著一本正經，拿腔作調，儼然是一位不食人間煙火的超人豈不知這種人是多麼可憐，等於一個有血有肉有毛孔的機器人就是了。」[39]當然，除了劉毛妹發自內心的思考和日常自我本性的真實流露，小說中最能實踐徐懷中人性敘事的片段其實出現在小陶與阮氏丁香的搏鬥中，作者在這裡的敘述讓人性的光輝完全壓倒了政治意識，讓善的本能戰勝了惡的心理，於是敵我雙方便不再是黑白對立的你死我活：「越南姑娘雙臂向上，高高的胸脯完全暴露給了對手。陶珂閃念想到，她可以騰出一隻拳頭，猛擊對方的胸部。她在什麼書上讀到過，說女人的乳房是一個致命處，經不起打的。小陶沒有這樣做，她竭盡全力扭動幾下，拖帶著越南姑娘旋轉了幾圈。橫過槍，當胸一推，對方連連倒退十多步，仰面摔倒在地上。」[40]

新時期以來，對人性的尊重構成了徐懷中創作軍旅小說建構故事的直接驅動力，這種表達觀點的重新降落隨著視野的轉移其涵蓋範圍也隨之擴大，在作者的筆下，人性無關階級、政權和民族，也與國籍、陣營和權力無關，他試圖在時代主潮之餘注入關於人性的本真思考。於是，擁有革命質量的勘探隊員會為愛情苦惱煩悶，而參與戰爭的青年軍人因敵方的性別而手下留情，就算是敵對的戰俘依然可以在同胞慌亂時英勇挺身而出：「修配廠會議室裡，用辦公桌和乒乓球臺拼成了一個大通鋪，安排女俘暫時住這裡。大家一看這環境，都爭著往屋角上擠，誰也不敢睡在靠門口的地方。又是阮氏丁香出來說：

---

39 徐懷中：《西線軼事》，頁47。
40 徐懷中：《西線軼事》，頁74。

『不用害怕，你們只管睡好了。我坐在門口，有事我一喊叫，姐妹們快起來。』」[41]這種不以「戰爭和英雄人物為中心的敘述模式，沒有寫戰爭的腥風血雨、風雲突變，而只是呈現戰爭背後的人情世態」的做法，使得這作品在戰爭背景之下書寫了普通英雄人性的真實與裂變，這也是徐懷中在疏離政治敘事的窠臼之外試圖在人性層面重新解構戰爭的成功嘗試，為中國當代戰爭小說的發展提供了新的可能性，「開啟了新時期軍旅小說創作新生命的先河。」[42]

正如有的評論家所言，「文藝作品的對象，是『人』。而『人』的內心世界，就是遠比我們想像的要複雜很多。在每一個人的靈魂裡，有他階級的烙印；但他還是人，也有人類的共同性。」[43]於是進入新世紀以後，徐懷中逐漸意識到人性表達在某種程度上決定了作品的美學高度，他的最新小說《牽風記》就試圖以人性為支點進行故事的布局和結構，以三人一馬的故事譜寫了一曲直抵人性深處的離合悲歌。[44]作為描寫解放戰爭的作品，英雄主義與人道主義思想的高揚，是《牽風記》這部作品的重要特色，為了實踐這一主題表達，徐懷中更多聚焦在激盪年代的特殊個體，「將那一時期的戰爭生活熔鑄成別有意味的生命氣象，凸顯了特殊情境下戰爭背面的情和悲，以及人性的糾結舒展。」[45]

作品中的汪可逾始終站在人道主義的立場上，對人懷揣著基本的尊重和重視。在齊旅搶渡黃河之後，按照預定部署，汪可逾需要帶領

---

41 徐懷中：〈阮氏丁香——《西線軼事》續篇〉，頁3。
42 徐懷中：《徐懷中代表作》，頁9。
43 巴人：《文學論稿》（上海：上海文藝出版社，1982年）。
44 華珺朗：〈徐懷中軍旅小說的藝術持守與風格演變——從《西線軼事》到《牽風記》〉，《中國現代文學論叢》第16卷第2期，（2021年），頁40-48。
45 吳豔：〈戰爭背面的「情」和「悲」——讀徐懷中《牽風記》〉，《芒種》第11期（2019年），頁111-116。

著「後政」慰問團的同志盡快趕到前線慰問部隊。可是因為在「路經一道小河渡口時」,「不想有十多具國民黨軍士兵的屍體,橫陳在水面下,來不及清理走,馬車不可避免要從屍體上軋過去。汪可逾當即跳下車轅,把兩輛馬車攔了下來。她決定不走這個渡口,改道從上游水面過河。」[46]儘管面臨著耽擱時間的風險和眾人紛紛的議論,汪可逾還是堅決不走渡口。最後,「由於自身的原因,未能完成戰地演出任務」,汪可逾也受到了齊競的批評:「你不是一個學古琴北平的小姑娘,是九旅司令部一位連級參謀。一言一行,要與革命軍人所具有的品格相符合。」[47]齊競話中的未盡之意不言而喻,而汪可逾面對齊競的批評,也坦然說出了自己內心的想法:「無論是赤腳還是穿著鞋踩過去,無論是馬蹄踏過去或是馬車輪子軋過去,我看不出有什麼區別。我在現場,這個錯誤怕就是不可避免的。」[48]有意思的是,《西線軼事》存在著類似的片段,但是面臨同樣的困境,通信連總機班女兵們的選擇卻似乎更能體現出特殊時代的政治要求。小說中楊艷和吳小娟需要負責首長的一條電話線,但是在架線的過程中她們卻遇到了麻煩,因為在必須穿過的道路上「橫的豎的倒著三具越軍屍體」,於是「她們試探著,從旁邊繞過去。在刺藤草棵裡鑽進鑽出,帽子掛掉了,臉也劃破了,無論如何也鑽不過去」[49]。但是因為架設的是首長專線,必須盡快完成任務,故而「她們彼此壯膽,從三具屍體上跨步過去了。」[50]除此之外,在小陶與越南女兵的追逐過程中也有類似情節的出現:「女衝鋒隊員看見水流得那麼急,又看見一個個泡得發漲的

---

46 徐懷中:《牽風記》,頁116。
47 徐懷中:《牽風記》,頁117。
48 徐懷中:《牽風記》,頁118。
49 徐懷中:《西線軼事》,頁30。
50 徐懷中:《西線軼事》,頁31。

越軍屍體，本來不敢下水的。可是背後人追得緊，不容她猶豫，她擎著野藤從岩頭上滑下去，橫了心，撲通一聲跳下河去。」[51]這兩個面對屍體的類似情節的出現似乎是徐懷中在面對同類事件時所做的一次長遠追溯，我們可以發現，直到新時期中國當代文學形成的「完成任務的緊迫遠大於對生命的尊重」這一敘事邏輯仍然在指導著作家的創作。於是，對不同創作時期諸人所採取的相異的處理方式也因此折射出作者某些觀念的轉變——正如有學者所言，「作者在作品表達上的創新不只是一個作品是否『好看』的問題，在某種程度上講，他也是創造出一種新的觀照事物、觀察人生的方式，因而使得作品具有了超越具體內容表達的獨立價值」[52]，相同困境的不同處理方式彰顯的自然是作者對人性探索的深入，對人性表達在文學作品中呈現的最終肯定與認同。

再回到《牽風記》中，汪可逾面對齊競詰問的話語行為其實更像是一種自證，她將戰爭中的每一個人都當作獨立個體，故而在她身上投身革命的積極性與無法跨越屍體的思慮並不矛盾，這是一種超越階級和政治利益紛爭之外的人性視角：一方面，「她支持革命，勇敢地衝在最前線，哪怕遭受赤身裸體的尷尬、遭遇強暴的切身之痛，一次次與死神擦肩而過，從不退縮」，可是與此同時，「她厭惡戰爭中的死亡與暴力，尊重與愛惜每一個生命個體。」[53]借由戰爭這一突然且暴烈的載體，作為所能抵達的人性層面，徐懷中塑造將人性善和個體生命價值的以一種形象化的方式表現了出來。汪可逾、劉毛妹、陶坷、阮氏丁香們完成了英雄人物由「政治性」、「道德性」向「人性」、「日

---

51 徐懷中：《西線軼事》，頁75。
52 童慶炳：《文學理論教程》（北京：高等教育出版社，2015年），頁43。
53 劉霞雲：〈論徐懷中小說的境界敘事——以《牽風記》為考察中心〉，《南京師範大學文學院學報》2021年第3期，頁83。

常性」的回歸。儘管基於對人自身的尊重使他們做出了不符合「革命軍人所具有的品格」的事情，但個體生命意識的復甦卻能夠借助這些人物的言行舉止「反思了戰爭與人的關係，表達了作家某種形而上的戰爭哲學思考。」[54]可以說，與十七年所流行的文學觀念相比較，「徐懷中的超越階級、回歸人性明顯和時代保持了距離」，「避免了當時流行的概念化弊端，盡力探索人性的多面性與複雜性。」[55]

三　身體敘事與女性意識的發現

日本學者柄谷行人曾以「風景的發現」探尋日本現代文學的生成，提出「所謂的風景與以往被視為名勝古跡的風景不同，毋寧說這指的是從前人們沒有看到的，或者更確切地說沒有勇氣去看的風景。」[56]如果說，「風景的發現」使得自然物具有了「人為」的痕跡，那麼徐懷中對身體的「再審視」則說明「所謂藝術不僅存在於對象物之中，還在於打破成見開啟新思想即除舊佈新之中。」[57]因為身體原本是一個「自在自為的客觀世界」，「書寫與表達則是被外來目光注視的結果，因目光不同，造成書寫各異。」[58]與孫犁類似，徐懷中偏好以女性為主要角色展開敘述，因此身體景觀及其背後隱含的女性意識成為徐懷中軍旅小說的一大亮點。並且值得注意的是，徐懷中作品中

---

54 陳穎：〈新世紀中國戰爭小說發展的兩條路徑──以《牽風記》《塵戰》為例〉，頁53-63。
55 劉霞雲：〈論徐懷中小說的境界敘事──以《牽風記》為考察中心〉，頁85。
56 柄谷行人著，趙京華譯：《日本現代文學的起源》（北京：中央編譯出版社，2013年），頁14。
57 柄谷行人著，趙京華譯：《日本現代文學的起源》，頁15。
58 劉進才：〈鄉村風景的發現與鄉土空間的重構──從文學地理學視角看魯迅及其影響下的鄉土小說〉，《魯迅研究月刊》第409號第5期（2016年），頁35-43。

的身體敘事其背後承載意義並不是一成不變的，這一深層含義始終跟隨時代的變化被作者賦予了不同內涵：具體說來，徐懷中作品中的身體敘事經歷了革命意義、性別意義、無意義以及複雜意義這幾個階段，而這也從側面彰顯出徐懷中作品的多義性。

徐懷中喜好描寫獨屬於女性的美，並且著意在其中嵌入時代意圖，在某種程度上，單一的身體敘事無比適應革命年代的排異性，因此五六十年代徐懷中軍旅小說中的女性身體敘事自然而然與革命氛圍達成了合流。《賣酒女》中的主人公刀含夢是在大青樹下賣甜酒的雲南傣族姑娘，在素以「身材勻稱、臉盤兒蠻漂亮」的傣族女子中，刀含夢是「特別引人注目的一個」。[59]因此儘管她性格淡漠，面對蜂擁而至的客人，「她總是愛理不理的，眼皮抬都不捨得抬一下。」但是「那些人都很有耐性，無論要等好久，安安靜靜地等著，觀賞女掌櫃怎樣不緊不慢一個個在打發她的客人。」[60]造成這種情形的原因並不是她做的甜酒「格外有味道」，也無關她的經營手段和價格優勢，最主要的原因無非在於她過人的外貌：「刀含夢已經不是小姑娘了，緊身罩衫和藍布筒裙，都要包不住她那豐滿的身材了。」[61]但是有趣的是，當地盛行早婚，刀含夢卻始終和母親相依為命，對於婚姻大事未曾考慮半分，這就自然為故事的後續發展埋下了伏筆，於是順理成章的作為革命引領者的軍隊轉業幹部助理醫生趙啟明恰當其時地出現了。因為偶遇刀含夢生病，他不辭辛苦日夜守護，治好了刀含夢的惡性瘧疾才去執行任務。這個經歷則徹底打動了刀含夢，使得她最終進入醫院成為一名女接生員，機緣巧合下在一個雨天冒著生命危險過河挽救了一名孕婦的安危。最後，在趙啟明找到刀含夢時，她正在婦女

---

59 徐懷中：《或許你看到過日出》，頁144。
60 徐懷中：《或許你看到過日出》，頁145。
61 徐懷中：《或許你看到過日出》，頁145。

幼兒生理衛生學校給本地的年輕女子講課。此時小說中有個值得注意的片段:「教室裡正在上課,講臺上的那個女教師,一身傣家裝束,卻戴一頂舊軍帽,把一頭長髮盤起來掖在帽子裡。」[62]如果說,刀含夢以身體的美貌成為個性的表達,那麼經過趙啟明身體的療救,她反而最終抵達了對革命的靠攏,整篇小說的身體敘事借此實現了與五〇年代革命主流話語的共鳴——女性由身體到心理都呈現出一種嚮往的信仰與皈依。除此之外,徐懷中還經常習慣借助女性的選擇透視女性意識被遮蓋的事實,反映女性在特殊時代試圖微弱反抗後的「失敗」。《雪松》中,秋蓉之所以不願意與周明交往,最主要的一個原因就在於她「一生都不想離開這裡,不想離開學校,不想離開這些孩子們。這樣看來,只怕我們之間就很難建立一種共同的生活。」[63]但是在得知周明工作的重要性,以及他因勇敢執行任務而負傷之後,秋蓉立刻改變了自己的看法,認為「雖然現在全國都已經沒有戰爭,可是他還在繼續奉獻出自己的熱血。」[64]因此自己必須要「重新認識」周明,重新開始自己的生活。這兩篇小說創作於五六〇年代,由此出發,徐懷中實際建構了「革命的身體」與主流意識形態話語下女性的「必然命運」,作為「被征服和規訓」群體的女性們或是主動或是被動地以身體特徵和行為選擇改變的方式向革命統一要求的心理、身體狀態靠攏,實現了革命對個人統合的時代目的,最終塑造出時代特有的壓抑個人意識的「革命女性」。

賦予女性身體革命意義的觀點一直延續到新時期的諸多作品,但是身體敘事的含義也在時代轉折的歷史背景下悄然發生著改變。《西線軼事》中的身體敘事不多,作者逐漸將身體從政治性話語中脫離出

---

62 徐懷中:《或許你看到過日出》,頁152。
63 徐懷中:《或許你看到過日出》,頁137。
64 徐懷中:《或許你看到過日出》,頁141。

来賦予屬於女性的獨特意義，女性由身體所生發的性別意識開始脫離革命傳統回歸個體本身，最直觀的體現即是男性和女性在面對女性身體敘述時所展現的不同態度。對於男性而言，如果說十七年小說軍人的英勇行為源於高尚的道德目標和革命感召，那麼在新時期隨著自我意識的覺醒，由性別區分而帶來的行為轉變早已不被賦予革命的神聖光環：在九四一部隊，「男兵們隨時都意識到了六名女電話兵的存在。明顯的是她們很注重服裝整潔，再熱的天，不打赤膊。還有些細微的情形，表面上不大容易察覺。編到這個連裡來的兵，活潑的更見活潑，莊重的越發要顯示自己的莊重……總之可以這樣說，有線電連由於多了六名女電話兵，顯得格外有生氣，無形中強化了連隊生活的基調。像是電話線路上加了『增音』，音量擴大了好多倍。」[65]可以發現，男性在此並未實現對女性身體和心理的征服，反而因為性別所散發出的美感而不斷被「吸引」與「激勵」，其背後的敘事邏輯自然是行為舉止的人性化——軍人形象由「神化」轉為「人化」，革命對個人情感的壓抑在這裡也得到了潛移默化的瓦解和置換。

與此同時，除了男性因為女性的存在而發生的行為改變，女性同樣意識到屬於獨特個體的性別差異，這點與十七年小說中的諸多論述大相逕庭。五六〇年代「革命女性」的身體敘述似乎更多以一種「去性別化」的方式匯入主流的革命圖景中，比如在《苦菜花》中，作者極力淡化女主人公的性別意識，以此達到革命一體化的敘事意圖：「這十六歲的山村姑娘，生得粗腿大胳膊的，不是有一根大辮子搭在背後，乍一看起來，就同男孩子一樣。」[66]因此，這一時期徐懷中筆下的女性意識到了性別不同所造成的天然差異，發現了革命並不能實現超越生理結構的統合這一深層敘事邏輯，於是在小陶和越南女衝鋒

---

[65] 徐懷中：《西線軼事》，頁6-7。
[66] 馮德英：《苦菜花》（北京：人民文學出版社，1959年），頁17。

隊員搏鬥後,「兩個姑娘的衣服一片片一條條留在樹枝刺藤上了,剩下的不足遮體。幾個戰士不免目瞪口呆,不知如何是好。小陶氣憤地說:『這些死人!只管看著幹什麼,還不把你們的雨衣扔過來。大太陽當頂照著,陶坷和她的俘虜嚴嚴實實地穿著雨衣,回到了指揮所。」[67]女性以及女性身體在這裡所起到的作用,並非像十七年戰爭小說那樣,以肉體來體現質量的淫蕩或高尚,《西線軼事》中的身體敘事承擔的僅僅是性別之分,再也無法借此評判個人革命與否。[68、69]《沒有翅膀的天使》中的柳蓉蓉業務能力過硬,工作認真負責,「事業心強,安心護理工作」[70],但她卻違背規定,私自裁改軍服,使得她穿上去「有胸有臀,顯得那麼貼身兒。」[71]甚至在其與曹醫生出差時,柳蓉蓉想的都是坐硬座省下票錢要在北京照樣做一件「素花布掐腰線的低腰連衣裙」。除了女性身體敘述所帶來的行為轉變,由身體所生發的個人意識也在不斷覺醒。《那淚汪汪的一對杏核兒眼》同樣再現了《雪松》中的愛情困境,只是面對於海洋的調令,孔卉選擇的是與之訣別,而非「重新認識自己」,她「撕碎了自己的照片,拋得老遠,飄落在池塘水面上。」[72]到這裡可以看出來,柳蓉蓉們已經由「被凝視」轉變為主動展示身體的美好,從對身體的遮掩到對身體的

---

67 徐懷中:《西線軼事》,頁76。
68 曲波:《林海雪原》(北京:人民文學出版社,1964年),頁21-46。
69 例如《林海雪原》中,反派蝴蝶迷「滿臉雀斑,配在她那乾黃的臉皮上,真是黃黑分明」,「手使雙匣子,只要幾槍打不準,便放出狼狗將犯人活活咬死。」而與之相對應的小分隊成員白茹則「很漂亮,臉腮緋紅,像月季花瓣。一對深深的酒窩隨著那從不歇止的笑容閃閃跳動。一對美麗明亮的大眼睛像能說話似的閃著快樂的光亮。兩條不長的小辮子垂掛在耳旁。前額和鬢角上飄浮著毛茸茸的短髮,活像隨風浮動的芙蓉花。」
70 徐懷中:《或許你看到過日出》,頁216。
71 徐懷中:《或許你看到過日出》,頁213。
72 徐懷中:《或許你看到過日出》,頁211。

張揚，徐懷中以不同時代不同性別的人物對待女性身體所展現出的各異態度展現出女性意識的覺醒過程，同時也體現出革命「神性」的衰退與時代浪潮下個體精神的復甦。

如果說五〇年代的身體敘事暗示了女性主動或被動參與革命進程的邏輯，新時期的身體敘事寓意著女性意識的覺醒，那麼誕生在二十世紀九〇年代末的短篇小說《來也匆匆，去也匆匆》則試圖將身體放逐自然，以最自由的想法與最紀律的群體相遇的敘事衝突賦予身體敘事無限的意義與空間。小說的故事極其簡單，主要敘述了一位輕生女子在生命結束幾天前與救起自己的一支守島部隊的故事，但是這部作品中作者卻史無前例地摻雜了較多的身體敘事。在女人第一次投海被雷達兵們救起後，他們這樣描述女人當時的情況：「女人全身赤裸著，面向大海，側身倒臥在沙灘淺水中。他們最初看到的，是她髖骨部高高隆起的背影，一頭長髮，隨著岸邊的潮水一次又一次飄散開來。」[73]但是根據女人自己的敘述，她的衣服是自己脫掉的，因為她不想要「最後一次包裝」，「她是特意要一絲不掛跳海的」。[74]於是，她在救起後又將迷彩服折疊得整整齊齊再次裸身投海。故事講述到這裡似乎有些曖昧不清，女子對於生死態度晦暗難懂使得整個文本顯得幽遠深邃，但徐懷中在小說卻借一個畫家之口坦誠了隱含在內心深處對自然美的讚歎：「海潮、沙灘、密林和燦爛的海島陽光，烘托出一位體態豐腴的裸女，她是如此和諧和自然地融入了天地大化」，「一個沒有任何外加標誌的女性人體，飄散著令人沉醉的美感，卻又讓你絕對不會是以乾渴者的目光觀望泉水。」[75]

按照徐懷中本人的說法，這篇小說寫完後，「我已經知道，決不

---

[73] 徐懷中：《或許你看到過日出》，頁239。
[74] 徐懷中：《或許你看到過日出》，頁241。
[75] 徐懷中：《或許你看到過日出》，頁242。

可再重複以往的創作,卻完全不知道該寫些什麼,該怎麼寫法。我深切意識到,我必須有一次脫胎換骨,又談何容易。總之經歷了很長一段時間的煎熬,終於弄出了這麼一篇。我曾送雷達同志看過原稿,如他感覺不好,我就決定作廢,不拿出去了。他覺得尚可,建議發出去聽聽反映。」[76]但是從這一時期反觀徐懷中軍旅小說中的身體敘事可以看到,女性身體在其作品的演變中開始脫離任何外在評判尺度的附屬意義——無關「革命」、「激勵」,外在的凝視與欣賞開始被天然的美和純粹所代替——這背後的含義自然是女性已無需被塑造而進入自我坦率的境界。當然,這篇小說發表後也因為其極簡的故事風格在當時引起了爭論,不過如果我們將這部作品與其十九年後發表的長篇小說《牽風記》相對照會發現,由這部小說所開啟的對身體敘事意義的剝離實際上指導了後者在創作過程中的敘述節奏,坦率、自然、平和的敘事感由此生發並蔓延到整部作品中。

《牽風記》中,由於急行軍時衣服被打濕,汪可逾不得不裸身入睡,此時「女模特仰臥在門板上,兩臂交叉,似在掩護著豐滿的胸部。明顯是大雨中浸泡時間太久,全身肌膚變得雪白雪白,如同一尊拋光的一比一漢白玉人體雕塑,陳列在這家農舍門洞裡。晨曦輝映下,那樣豐腴潤澤。」[77]汪可逾在故事中顯然是美好與純潔的象徵,齊競心血來潮看到的這一幕將女性的身體敘事放大至無限藝術的程度,顯然超脫了身體本身的含義而進入文化欣賞的視域。有趣的是,齊競最終因為忘帶膠捲而使得這一幕永遠只能成為回憶,似乎也印證著齊競對汪可逾的「控制或規訓」最終將走入失敗,具有自主意識的女性在天然的氛圍中將始終保持美好、獨立和純粹的品格。而除此之

---

76 徐懷中、謝冕:《關於〈來也匆匆,去也匆匆〉的通信》,《光明日報》,1999年11月12日。

77 徐懷中:《牽風記》,頁76。

外，還有為渡過黃河，汪可逾帶領支前女民工隊員脫下身上的衣服，暴露在黃河渡口所有的部隊、民工銳利的目光中：「隨著汪參謀說服動員，脫衣服的人逐漸增多，再也遮擋不住了，於是直接暴露於光天化日之下。」[78]如果說汪可逾在面對齊競時的身體敘事彰顯的是徐懷中對身體承載意義的完全剝離，但顯然戰爭年代女性身體承載的不只是個人審美的藝術偏好，在歷史邏輯中女性身體也往往被敘述為民族國家與意識形態的象徵。那麼，聯繫當時的國家命運，這一幕情景足以說明——女性借助戰爭這一暴烈載體在生死存亡的緊急關頭實現了與世俗的直接對抗，徐懷中在設置女性與民族共處危地的處境同時也展現出真正敢於直面世俗的覺醒女性意識，儘管這種意識的覺醒需要面對無限的壓力，承擔巨大的代價。當然這種深層意圖更直接的體現在齊競對汪可逾「清白」的質疑——他對汪可逾的「處女之問」其實也是某種程度上預示著女性在戰爭年代被賦予的無形象徵意義，也折射出女性意識覺醒過程中的巨大壓力，暴露出這個時代和民族封建意識的沉渣泛起。而汪可逾的決絕憤怒與去世時「紫紅色晶瑩透明的乾燥遺體」則以回歸本真的形式實現了女性身體與國家、民族等宏大符號的「慘烈和解」——女性似乎只有死亡才能維護國家的潔淨。

　　當然，如果我們再聯繫中國近現代歷史會更容易發現，徐懷中無疑在《牽風記》中以身體敘事向過去做了一次最為本真的回溯，也以對女性美好身體的莊重審視與致敬表達了對國家重生的熱切期望。不過縱觀徐懷中不同時期對女性身體的敘述，值得慶幸的是，經歷歲月洗禮的作者並未讓這種象徵落入十七年戰爭小說的窠臼，即使面對民族危亡，女性也不再以身體的「暴露」或「被凌辱」成為古老民族的歷史箴言：「遭受姦污，不是她們的錯誤，作為階級姐妹，仍應視為

---

[78] 徐懷中：《牽風記》，頁113。

革命戰友。」[79]於是,在雙重解放的革命浪潮下,女性在成為民族象徵的基礎上獲得了自由審視、與民族共生的機會:「汪姐,我也一樣。你命令脫衣服,我哭鬧得最凶,要死要活的。這才多一會兒,不過是剝一根大蔥的工夫,一下翻轉過來了,恨不能從今往後再也不穿衣服才好。」[80]

四　結語

　　不同於傳統革命歷史小說慣用的進入歷史路徑的視角,徐懷中關注的是「英雄在成為英雄之前」的心理糾結、行為判斷,紀實與虛構、玄幻和日常結合在多個文本中服務於整個複雜、多元的主題意旨,因此其軍旅小說具有獨有的人文關懷,「崇尚和尊重人的生命、尊嚴、價值、情感、自由的精神。」[81]徐懷中在不同時期的作品中重新思考了「英雄與人」這一戰爭命題的本質,以對人性和身體的書寫實現了突破意識形態束縛的敘事功能,以放棄高蹈政治呼喊的同時賦予了人這一複雜結合體更為多元的意義空間,在真實可信的日常層面抵達了集體性和個體性的統一。在他的作品中,個人的生命行為與時代的浪潮呼喊形成了微妙的對峙和消解,更富想像力的自由書寫因為這種現實關懷並不顯得浮誇與失真,反而更能使人產生敬畏和觸動。在這種敘事策略下,徐懷中的軍旅小說不僅關注具有優秀革命質量的軍人,同時也將平凡、焦慮、猶豫的人物形象嵌入到對戰爭的反思和對身邊人的懺悔中,使得「戰爭和人」這一存在多義性的主題具有更加可感的現實性。

79　徐懷中:《牽風記》,頁169。
80　徐懷中:《牽風記》,頁117。
81　童慶炳:《文學理論教程》,頁185。

參考文獻

徐懷中：《徐懷中代表作》，鄭州：黃河文藝出版社，1988年。

徐懷中：《或許你看到過日出》，北京：人民文學出版社，2020年。

徐懷中：《西線軼事》，上海：上海文藝出版社，1981年。

徐懷中：〈阮氏丁香：《西線軼事》續篇〉，《小說月報》，1981年第3期。

徐懷中：《牽風記》，北京：人民文學出版社，2018年。

徐懷中、董夏青青：〈我的未來是回到文學創作的出發地——徐懷中先生訪談錄〉，《解放軍藝術學院學報》，2015年第2期。

陳　穎：〈新世紀中國戰爭小說發展的兩條路徑——以《牽風記》《鏖戰》為例〉，《中國當代文學研究》，2020年第4期。

劉小楓：《沉重的肉身——現代性倫理的敘緯語》，香港：華夏出版社，2007年。

李　楊：《50-70年代中國文學經典再解讀》，濟南：山東教育出版社，2003年。

周政保：〈「被炮火驅動的大碾盤」——談周梅森小說中的戰爭與人〉，《文藝爭鳴》，1990年第4期。

陳思廣：〈20世紀80-90年代戰爭小說人性探索歷程透視〉，《煙臺師範學院學報（哲學社會科學版）》2005年第2期。

朱向前：〈關於徐懷中先生的三個比喻〉，《北京文學》2004年第8期。

巴　人：《文學論稿》，上海：上海文藝出版社，1982年。

華瑠朗：〈徐懷中軍旅小說的藝術持守與風格演變——從《西線軼事》到《牽風記》〉，《中國現代文學論叢》2021年第16卷第2期。

吳　豔：〈戰爭背面的「情」和「悲」——讀徐懷中《牽風記》〉，《芒種》，2019年第11期。

童慶炳：《文學理論教程》，北京：高等教育出版社，2015年。

劉霞雲：〈論徐懷中小說的境界敘事——以《牽風記》為考察中心〉，《南京師範大學文學院學報》2021年第3期。

柄谷行人著，趙京華譯：《日本現代文學的起源》，北京：中央編譯出版社，2013年。

劉進才：〈鄉村風景的發現與鄉土空間的重構——從文學地理學視角看魯迅及其影響下的鄉土小說〉，《魯迅研究月刊》2016年第409號第5期。

馮德英：《苦菜花》，北京：人民文學出版社，1959年。

曲　波：《林海雪原》，北京：人民文學出版社，1964年。

徐懷中、謝　冕：《關於〈來也匆匆，去也匆匆〉的通信》，《光明日報》，1999年11月12日。

口語寫作視角下的湯養宗詩歌淺論

陳　煒

二〇二一級　中國現當代文學

摘要

　　湯養宗是當代著名的詩人，曾獲第七屆魯迅文學獎。湯養宗的詩歌以口語見長，但他的口語寫作並不是單純地以日常性語言入詩，而是有意打破日常語言的程式、不斷突破語言壁壘，將口語提升到詩性語言的結果。湯養宗通過三個不同時期的口語詩實踐，逐漸形成了鮮活、思辨、多維的敘述特色。詩人實際上是將口語作為特殊的詩意表達手段，同時在這個過程中又賦予口語全新的美學特質，為讀者展示了詩歌話語豐富的可能性，對當代口語詩創作有著重要的啟示意義。

關鍵詞：當代詩歌　湯養宗　口語寫作　文本創新

一　引言

　　口語，是人們口頭上應用的語言。「口語寫作」作為一個概念，正式形成於一九八〇年代，由韓東、于堅、李亞偉等第三代詩人提出。九〇年代「盤峰論戰」後，中國詩壇掀起了「口語熱」，至今都尚有餘溫。伊沙曾說：「在『口語詩』三十來年的歷史中，一九八〇年代屬於『發軔期』；一九九〇年代屬於『發展期』；新世紀屬於『繁榮期』。」[1]進入新世紀的口語詩，如同當代轉型中的文化語境，逐漸呈現出一種多元共生的態勢，尤其是互聯網媒介的發展，為新詩口語寫作帶來了更多的可能。作為當代口語詩代表詩人之一的湯養宗，在其三十多年的詩歌寫作歷程中，始終堅守對詩歌創作技藝的探求，口語的運用更是湯詩求「變」的重要一環。從《水上「吉普賽」》對「海的子民」的寫實象徵到《黑得無比的白》「黑中寫出白」的思辨性，再到《去人間》對「竹籃打水」般的人生的自剖與省思，湯養宗的口語寫作並不是單純地以日常性語言入詩，而是有意打破日常語言的程式、不斷突破語言壁壘，將口語提升到詩性語言的結果。詩人實際上是將口語作為特殊的詩意表達手段，同時在這個過程中又賦予口語全新的美學特質，為讀者展示了詩歌話語豐富的可能性。

　　從近十年的湯養宗詩歌研究來看，學界對他的口語寫作越來越重視，王光明、伍明春、許陳穎等學者的研究論文也多有涉及。其中，伍明春認為湯養宗的口語寫作不同於簡單的白話詩、口水詩，詩人一方面充分開放口語敘述的話語活力，另一方面又通過主題的提升、抒情長度的控制等手段對口語作出必要的限制，使詩歌既能進入自由的書寫狀態，又不至於陷入某種氾濫的狀態。湯養宗本人也作過相關論

---

[1] 伊沙：《中國口語詩選》（武漢：長江文藝出版社，2015年），頁1。

述,在他看來,口語寫作實際上是一種寫作策略,認為「口語」的有效使用可以深化調動詩化的伸延性。同時,他也指出,只有與現代意識融合下的豐富的敘述法則相配合,口語寫作才能真正「走向一個良性而多維的敘述層面」。[2]許陳穎的〈潛在「民間」的閩東詩群的詩歌審美風格〉則從民間立場出發研究湯養宗詩歌的話語實踐,指出湯養宗對民間口語的自覺組織促使口語的語境在詩歌文本中呈現出陌生化的閱讀效果,完成了從「現實民間」到「詩人民間」的轉變。可以看到,關於湯養宗口語寫作的單篇專題性研究其實並不多,且大多數學者只是將湯式口語作為論點之一加以闡述。因此本文試從新詩口語寫作的視角入手,研究湯養宗不同時期口語寫作的文本建構特點及成因,最後探討湯養宗的詩歌實踐對當代口語詩的啟示意義。

二　湯養宗口語寫作的文本建構

作為當代口語詩創作的代表詩人之一,在口語詩發展的三十多年裡,湯養宗的創作也走過了三個時期:上世紀八、九〇年代以《水上「吉普賽」》為代表的表現海洋的寫實期、九十年代以《黑得無比的白》為代表的關懷精神走向的懷遠期以及以《一個人大擺宴席》、《去人間》為代表的新世紀重視辨別人生情懷與精神價值的多維期。口語寫作始終貫穿湯養宗的三個創作分期,因此本部分將探討詩人在海洋寫實期、精神懷遠期、詩性多維期三個階段口語寫作不同的表現。

(一)海洋寫實期:鮮活的語感實踐

現代漢語中對「語感」一詞的界定,自上世紀三〇年代由夏丏尊

---

[2] 湯養宗:《一個人大擺宴席:湯養宗集1984-2015》(北京:作家出版社,2017年),頁368。

率先提出，他將「語感」定義為「對文字的靈敏感覺」。[3]此後語言學界又針對於此作出了不同的分類，如呂叔湘的「語義感、語法感、語音感」三分法等。而在詩歌領域，也有學者提出不同的看法，其中影響較大者為陳仲義的「音流型」和「語境型」二分法，前者以聲音或音響形象為其主旋律，後者則以普通語言語境和詩的語境共同組成。八十年代至九〇年代初，湯養宗注目生於斯，長於斯的海洋空間，寫下了一系列獨具特色的海洋詩，如〈船眼睛〉、〈船艙洞房〉、〈魚荒〉、〈醃魚娘〉、〈白水母〉、〈海草〉、〈比目魚〉等。縱觀湯養宗海洋寫實期的創作，詩人主要利用「語感」將生動、開闊、自由的海洋畫卷在詞與詞之間鋪開，並將筆觸從外部的海洋空間逐漸伸向詩歌的內部，完成了「語境型」的語感寫作。

1　面向海洋的外部語境

　　湯養宗的詩歌創作從海洋開始，又從海洋中突破，因此，研究他早期的海洋詩有助於理解詩人後期的轉向。這一時期，湯養宗立足蔚藍的海洋空間，在奔湧的大海中書寫出一系列鮮活、率真的海洋意象，主要包括奔波於海岸與海洋之間的漁人形象和生長於大海之下的自然意象等。

　　首先是漁人形象。故鄉海邊的成長經驗與海上護衛艦聲吶兵的職業經歷使湯養宗有機會近距離觀察到漁人們的生存狀況，並由此展開對海洋的想像，寫於一九八五年的《船艙洞房》便是其中的代表作。詩人由閩東沿海的「連家船」民俗聯想到漁家子弟的新婚之夜，在詩中塑造了一家三代的漁民形象，以「礁盤」喻男性，以「波浪」喻女性，簡潔直觀的形容將男性的健壯與女性的柔美展現無遺。同時，以

3　夏丏尊：《夏丏尊文集》（杭州：浙江文藝出版社，1983年），頁115。

「魚」喻「人」的修辭特點又增添了漁人的一抹野性:「既然你們被魚罐般塞在這艙內／可生命的渴念可以擠掉嗎」,在船艙中的漁民就如同魚罐頭中的小魚們赤裸身軀緊貼著彼此,親密無間,顯示出海洋賦予漁人們的包容與豁達。發表於同年的〈船眼睛〉則著重刻畫了一個年輕漁婦的多情形象。與〈船艙洞房〉對漁人的外形描寫不同,這首詩主要通過漁婦的情思來突出其柔情、感傷的獨特形象。在其他詩作中,湯養宗甚至直接以漁人形象命名詩題,如〈扳櫓者〉、〈挑魚的漁婦〉、〈醃魚娘〉、〈章魚伯〉、〈賣魚姑娘〉等詩繪寫出了一批不同職業、各具色彩的海濱人像。

其次是自然意象,如白水母、海草、比目魚、大鯨等形象各異的海洋生物。對於這些海洋孕育的生物們,湯養宗都對它們的外形特徵作出了詩意的描寫。譬如,在〈白水母〉一詩中,詩人將白水母的外傘面同戴望舒筆下的油紙傘作對比,又想像它是撐著白傘兒流浪的「落魂的公主」;又如〈海草〉一詩中將大海中常見的被子植物比作「美人的秀髮」,以及〈比目魚〉中對這類魚特殊的雙眼作了集中描寫,並想像它代表了「整個海洋的右側」。在湯養宗的筆下,這些來自大海的自然意象煥發出了靈性的光,與同為海洋之子的漁人形象共同構成了人與海和諧共生的海洋語境。

2　面向詩歌的內部語境

來自文本外部的海洋語境賦予了湯養宗對海洋生發詩學想像的空間,由此,詩人逐漸超越海洋語境中漁人與自然生物描寫的局限,把筆端在文本的世界舒展開,並深入挖掘詩歌的內部語境,使得詩歌中表層的海洋空間與深層次的語言空間共同完成了每首詩的特殊意義。以湯養宗八〇年代中期創作的〈船艙洞房〉為例,除了對充滿野性與率直的漁人形象進行描寫,湯養宗還從詩歌的外部語境中,提煉出了

人類個體對生命延續的渴望。「所有正常的顧忌在這裡都拉斷了纜繩」，祖孫三代雖然身處狹窄逼仄的船艙空間，但他們心中仍嚮往廣闊無垠的海洋空間，並試圖像大海一般無所顧忌地釋放出生命的能量。「可生命的渴念可以擠掉嗎／傳宗接代可以擠掉嗎」，連續的口語化的反問句延長了讀者對詩意的藝術感受，也向讀者傳遞了人類最原初的生命觀。

在〈魚荒〉一詩中湯養宗則繼續利用語感在更廣闊的文化語境中展現人類的生存困境。靠海吃海的漁民們難免會碰見魚荒期，這時候漁民的處境就像是「在最空闊中走投無路」。整首詩的外部語境主要是以時間順序描寫了漁民從面對大海魚荒時的頹唐到向海洋祈禱的虔誠，再到利用酒精麻痺無助的失望，以及到最後振作精神帶著「魚荒了」之呼號駛回岸邊的漁獵徒勞而返的全過程。但在詩歌的內部語境裡，湯養宗則利用隱喻的手法在口語化的敘述中流露出詩人對漁民們的人道主義關懷。如詩人寫道這些漁民是有著鋒利漁網的「海洋伐木者」，但他們卻「已鋒利得沒有哪朵波谷可以下手」，又寫道「沒有。那些遠足去的魚沒有回來／沒有。海有點病了」，詩中多次出現「沒有」一詞來凸顯漁民們在魚荒期顆粒無收的無助困境，同時也體現出詩人對漁民遭遇的同情與悲憫。漁民在大海中面對魚荒時的無計可施，就如同人類面對自然災害來臨時的孤立無援，由此湯養宗將詩歌文本從海洋語境上升到整個文化語境，使詩歌在充滿流動性的語感實踐下完成了意味深長的審美呈現。

（二）精神懷遠期：思辨性的口語表達

上世紀九〇年代，中國新詩和詩學進入一個自覺、獨立的現代性探索時期，歐陽江河就認為一九九〇年代的先鋒詩人們已從青春期寫作進入中年寫作，詩人多從個人經驗和體驗出發，以冷靜、客觀、思

辨的筆觸著力探尋現代人在多元文化下的複雜精神。受當時文壇上「先鋒創作」的影響，湯養宗在詩歌藝術上也經歷了一場斷裂似的巨變。在〈一句判斷句〉、〈向後飛翔〉、〈拷問〉、〈歲末的若干個提問〉、〈偉大的藍色〉、〈大理石〉、〈藍色幻像〉等詩中，湯養宗突破了海洋寫實期直覺性、平面性的創作，加入了眾多的抽象思考，如詩人感受到「雲霞一直是我身體中的賊」，接著又向「雁隊」追問「心頭的焦灼有沒有答案」（〈雁隊〉），流露出後現代詩性的躁動。在這一時期，其口語寫作雖然不減海洋詩時期的活力，但更側重於通過口語化的詩句傳達思辨的聲音以及突破海洋寫實期的淺表意象，顯示出知性的色彩。

1 思辨的表達

湯養宗這一時期的詩集代表作《黑得無比的白》從題意上就向讀者昭示了詩人正追求一種「從黑中寫出白」的思辨性的表達：黑與白在色彩域中雖是二元對立的，但在詩歌域中它們是互相纏繞的狀態，體現了詩人此時期內心複雜、多元的思考。因此，九〇年代以後，在第三代詩人先鋒詩潮的影響下，湯養宗將目光從現實的描繪轉向哲學的沉思，並試圖以口語化的言說方式探求「可知世界以外更高的存在、價值的存在和終極的存在」[4]。

對自我存在的反覆確認是此時期湯養宗口語詩最突出的主題。以組詩〈自我拷問〉為例，詩題就已經透露給讀者這是一組關於自我審視的詩作：在開篇第一首詩〈一句判斷句〉中，全詩一共出現了四次「到處都是疼」，詩人寫道這種疼就彷彿是「身體的漏水聲」、「高處的深淵」，更像是「一個身體正在日食」。疼痛是每個人都曾有過的經

4　湯養宗：《黑得無比的白：湯養宗詩集》（北京：作家出版社，2000年），頁7。

歷，它可以是生理層面的牙痛、胃痛、背痛，也可以是精神層面的至親死亡的痛苦、失戀的痛苦，更有無法歸因的疼痛，就如詩中湯養宗雖賦予了「疼痛」不同的形容，卻仍無法完全概括它，「你注定說不出／疼的位置」，「不知在內／抑或體外說過便再難複述」。反覆出現的「到處都是疼」一句在詩人看來，它是「一句判斷句」、「一句精確的陳述」，這種疼雖無法歸因，但個體正是因為有疼痛的感知才找到了自我真實「存在著」的靈魂，從而「使這具身體成為某種定義」。第二首〈向後飛翔〉則從詩歌本身來指認自我存在的可能。詩人想像自己「向後飛翔」，「回到昨天的書寫」，又「飛回從前的詩句」，在字與字、詞與詞之間詩人在詩歌空間裡找尋到「家的感覺」，最終得以返回身體。最後一首〈拷問〉，全詩都以第三者對詩中抒情主人公的詰問展開對自我辨認的深度思考，在詩的結尾詩人則以自我意識強烈的呼號完成了對個體存在的探尋：

　　這是唯一的解除　請你將自己
　　解除　將自己送到一張病榻上
　　請你對醫生說：「我是最優秀的患者！」

在〈黑得無比的白〉詩集中，湯養宗還寫下了許多關於思辨意味深遠的詩作。譬如，與〈拷問〉相互補充的〈歲末的若干個提問〉一詩，雖然同樣充滿了自審意識，但這首詩更側重於表達詩人與過去和解，從而實現辭舊迎新的一個結果。詩人一共對自己提出了三個口語化的問題：「第一個提問：誰是計程車司機」、「再問身體與時間的距離」，最後「只能再問什麼是寬闊的大道」。從日常生活的提問開始，詩人逐漸轉向形而上的沉思，試圖在「行進的序列」中與一維的時間做對抗，最後詩人終於發現「時光總是不容置疑地／轉折」，唯一的

解決辦法就是向前尋找「寬闊的大道」，才能迎接新生。

2 意象的突破

海洋一直是湯養宗詩歌中的重要主題。與八〇年代的寫實相比，詩人此時期的海洋詩加入了許多知性的色彩，主要表現為對海洋的整體關注、主題意象的集中描寫以及智性意象的運用。首先是對海洋的整體關注。以〈偉大的藍色〉為例：「你行進著，但什麼地方也沒有／去過。我看見了你行進的姿態／但沒有看見你踩上的路」，詩作並沒有沿襲八〇年代對海洋意象的鋪敘，而是將目光轉向整體的海洋，關注海的運動感，看見大海「掀動自己，一層一層地掀動自己」、「到達的是你的聲音，是你的呼吸」，詩人利用鮮活的口語呈現了海洋的動態性，使讀者在詩篇中彷彿親身感受到大海的一呼一吸。其次是對主題意象的集中描寫。此時期湯養宗對意象的使用與海洋詩時期的多重意象描寫有所不同，詩人更注重對事物進行抽象的描寫，且多集中於一個主題意象。如〈大理石〉一詩就以「大理石」這一意象為主題，詩中的抒情主人公化作布滿石紋的大理石，以口語化的敘述方式簡潔、平實地表達出自我對個體生命的捍衛：「不要敲我啊，不要讓我破碎／不要讓牡丹們中斷自己的夢想」。詩人還將大理石曲曲折折的花紋比作嬌豔的牡丹，「你無法叫醒我的深眠／我的每一朵花都是緊鎖的／它們被神看護，你無法穿越／一塊大理石停頓的花季」，大理石對石紋的保護正是出於對肉體生命的感知及愛惜，這也與九〇年代的身體寫作不謀而合。最後是智性意象的運用。湯養宗突破了海洋寫實期對淺表意象的使用，將海洋中的自然意象與詩人現實的人生感受、沉潛的生命哲思高度融合。以組詩〈藍色幻象〉為例，詩人將海暴發生時的大海看作是陸地上山野叢生的荊棘以及生活中常見的藍色火焰，這實際上是詩人對人類現實困境的另一種表達：海水

雖以流動的液體狀態存在，但當自然界其他條件發生作用時，它可以變成阻礙甚至毀滅人類生存的可能，就像「荊棘」與「藍焰」也有可能成為危險的幫凶。

湯養宗在九〇年代的書寫可以說是詩人對海洋詩時期的一種反叛，他本人就作過相關的論述：「這一階段在詩歌中虛置了許多對情懷虛無的理念，顯出矯枉必須過正的念頭，斑斕的精神與技術的對接在這一段文字中尤為突出。」[5]因此此時期的口語寫作不僅僅停留在對口語運用的探索上，詩人盡可能地將筆伸向詩歌藝術的多個方面，比如知性化的表達、主題意象的集中等等，甚至是對身體寫作的觸及。可以說，九〇年代多元的實踐為湯養宗新世紀以後的創作奠定了深厚的詩藝基礎。

（三）詩性多維期：立體時空的口語敘述

時間和空間是人類在現實生活中所能感受到的最基本的維度，一維的時間和三維的空間共同構成了我們生活的全部場域與條件。進入新世紀，隨著寫作的深入與歲月對生命的歷練，湯養宗再一次從舊的詩歌言說模式中跳出，轉向對立體時空的探尋，試圖在心靈化的時間與日常化的空間中築起多維複雜的詩學家園。在〈我已在小城慢慢老去〉、〈一生中的一秒鐘〉、〈父親與草〉、〈光陰謠〉、〈斷字碑〉、〈丟鞋賦〉、〈在漢詩中國〉、〈懸崖上的人〉等詩中，湯養宗以簡練、直白的口語托出對立體時空的獨特審美體驗，詩人站在時空的交界點，審視從過去到當下、乃至未來的線性時間，觀察人類日常賴以生活的生存空間，創造出含蓄蘊藉而深邃的詩歌意境。

---

[5] 湯養宗，劉翠嬋：〈與詩為「鄰」對話「人間」——湯養宗訪談〉，《湖北社會科學》2020年第7期，頁112-115。

1 心靈化的時間體驗

對於時間的體驗，人類主要有兩種感知類型，一是在單向度的思維中所感受到一維時間，二是在歷史生命長河中所感受到的循環時間，在湯養宗的詩作中都曾觸及到關於這兩種不同層面的時間體驗。

首先是對一維時間的詩意體驗。以〈我已在小城慢慢老去〉為例，湯養宗從生活中遇見的小事敏銳地感知到自己生命的流逝：「活在自己的小城，我正在與一張張／相識與相近的臉一起老去」。由於年齡增長，詩人深切體會到周圍人對年長者態度的變化，如身邊人由「說」到「做」再到「驚呼」和下一代人「躲開，讓道，並目送」及「溫暖的鄙視」等一系列行為都從側面顯證了一維時間帶來的不可逆的歲月痕跡。無獨有偶，在另一首〈一生中的一秒鐘〉詩作中，湯養宗再次將自己對時間的心靈感知用詩意的表達記錄下來。詩人在開頭便寫下：「一生中曾經的一秒鐘，比一枚針慢」，在生命的長河中，一秒鐘對於我們的人生不足掛齒，但這種瞬間的時間體驗卻可能帶給我們生命中最疼痛的感知，就如湯養宗在詩中所寫的，「開始是輕，現在已漸漸變沉；如今／我感到疼了，它被鎖在某只盒子裡」，是什麼引起了這個疼痛的瞬間我們也許無法得知，但它就像一枚針一般深深地刻在身體乃至整個生命中。可見，時間有時候雖然只是以「曾經的短瞬」的形式出現，卻可能包孕著巨大的容量，以至變成「今天的悠長」，這是湯養宗對一維時間的獨特體驗。

其次是對循環時間的智性體驗。短詩〈父親與草〉是這類主題的典型之作。全詩通過「除草」、「草長」這一生活中最常見的自然循環現象傳達了詩人對生命意義的思考。「我父親說草是除不完的／他在地裡鋤了一輩子草／他死後，草又在他墳頭長了出來」，父親「鋤草」的行為與結果是西西弗斯「推石上山」的另一種呈現方式，生活

中看似辛勞的努力也許最後只是一場「徒勞」，直指存在主義的哲學命題，詩人正是通過對日常生活的描寫以引發讀者對生命存在的思考。在〈光陰謠〉中，湯養宗再度延長了對這類時間的哲理體驗。詩人將自己的全部生活比作是在「竹籃打水」，並認為「活著就是漏洞百出」，但詩人沒有在此停止對生命意義的思考。詩人在永恆循環的時間體驗中感受到徒勞無功的另一面意義：即使「漏洞百出」、「空空如也」，詩人也沒有停止這「最隱忍的工作」，仍然「深陷於此中」，「反覆享用著自己的從容不迫」，詩人就在這「無」與「有」的循環中體驗到了西西弗斯式的存在之幸福。

2 日常化的空間體驗

「空間體驗，即人在生存空間中感受、經驗、體悟到的具有意義與價值的內在生命體驗。」[6]新世紀以後，湯養宗在日常生活空間中首先關注到了身邊隨處可見的瑣屑事物，並將這種體驗轉化為了詩意的創作。比如〈斷字碑〉一詩中，詩人關注到了自然中常見的動植物：「雷公竹是往上看的，它有節序，梯子，膠水甚至生長的刀斧／穿山甲是往下看的，有地圖，暗室，用秘密的囈語帶大孩子……」雷公竹、穿山甲、相思豆等生命個體在湯養宗的筆下都變成了詩人闡發哲理的媒介，上、下、遠、近等二元對立的概念通過這些動植物而產生了多元的解釋，這正是詩人獨特的日常生活詩化審美觀念的實踐結果。再如〈丟鞋賦〉，湯養宗在詩的開頭以「亂」字串起與朋友聚會酒後「丟鞋」的整個過程，口語化的句式將「丟鞋」這一事件描寫得妙趣橫生：「別人的小鞋，有人有傾向性，全穿左邊／另一個只好劍走偏鋒，不得不右邊」。可貴的是，湯養宗在日常口語的敘述中又保

---

6 謝納：《空間生產與文化表徵》（遼寧：遼寧大學，2008年），頁56。

持了自己獨特的語言節奏，提煉出美的元素並轉化為詩歌的意境，如詩的尾句「在腳下，總是雲水生，卻也蝶紛飛」，不僅在結構上又回到詩歌開頭對丟鞋事件「亂」的描寫，同時還在語言提煉與意象選擇之間達到了較好的平衡，不至於走向口水化、庸俗化。

其次，是對日常生活空間的在場書寫。在這一時期，湯養宗對口語的運用逐漸遊刃有餘，詩人凝視當下的日常生活，利用口語的在場性實現對生活本真的書寫，同時也完成了對生命本身的哲理思考。如〈在漢詩中國〉：「街邊，有人排著棋局，然後在一旁抽菸，直至天黑／村西有戲臺，看戲的人將自己責難／牆角有花朵，片刻之後，就要放棄對誰的感激」，詩人以一種平面化、口語化的語言將日常生活中尋常可見的地理位置移植到詩歌的想像空間，還原出由「街邊」、「村西」、「牆角」構成的生活現場，深化了詩歌的在場感。再如〈從天而降的人〉、〈雕花的身體〉、〈口信〉、〈懸崖上的人〉、〈獨自也是喧嘩的〉等詩作都是從日常生活出發，抵達存在主義的哲學命題，思考個體生命的存在意義。〈光陰謠〉中對「竹籃打水」般的人生的自剖與省思、〈懸崖上的人〉裡生命「隱隱作痛」的感知都是來源於日常空間的生存體驗，但湯養宗並不是未經修剪、直接將生活中的瑣屑搬進詩歌的場域，而是把體驗轉化為詩意的創作，在日常口語的敘述中進行詩意的闡揚。

三　湯養宗口語寫作的詩美探源

從八〇年代〈船眼睛〉、〈船艙洞房〉等詩對語感的實踐，到九〇年代〈偉大的藍色〉、〈大理石〉、〈自我拷問〉等中對意象的突破與理性的思考，再到新世紀後〈斷字碑〉、〈丟鞋賦〉、〈父親與草〉、〈光陰謠〉等詩作中對時間與空間的口語敘述，在三個不同的創作時期裡，

湯養宗逐漸形成了鮮活、思辨、立體多維的口語詩特點。究其原因，主要有來自個人與時代兩方面的影響。

（一）源於個體經驗的詩學想像

1 立足口語的詩學觀

　　湯養宗始終堅持口語寫作，並且對口語寫作有自己獨特的理解。首先，在對待口語寫作的態度上，湯養宗認為口語改變和豐富了文學中的修辭，創新了詩歌表達的語言路徑，使詩人得以從平民化的個體角度實現對社會世相的敘述與把握。因此他也將這一詩學觀移植到具體的詩歌實踐中，比如〈中國河流〉一詩，全詩以流動性的口語敘述河流向東的自然規律：「我祖國的大江大河全部向東，選擇向東，習慣向東／七拐八拐，想著法子也要向東」，又從平民視角觀察到身邊的親屬，如「父親的二弟」、「爺爺的三子」、「冠以昵稱的憨叔」等這類普通人都對「東方」有一種執著的追求。這正是因為東方是太陽升起的象徵，也是中國所處的亞洲之東的地理位置，對東方的追尋實際上是對祖國大地深切的依戀，「彷彿不這樣／就走不出村子。不這樣，也回不了家」。同是愛國題材的書寫，湯養宗所推崇並實踐的口語詩沒有五四詩人郭沫若〈女神〉中「歐化」語言的難解，也沒有新時期朦朧詩人舒婷〈祖國啊，我親愛的祖國〉中充滿象徵性、跳躍性語詞的晦澀多義，湯式口語詩的敘述是生活化、平民化的，雖有非詩詞彙的納入，但這種新穎的詩學實踐在一定程度上拓展了詩歌表現的空間，為詩壇提供了詩歌語言運用的獨特方式。

　　其次，在口語寫作的具體應用上，湯養宗提倡將「口語」看作是一種寫作策略，而非凝滯的「形式」，強調對口語的靈活使用。因此，如何從口語到真正的詩歌，湯養宗認為要依靠詩人的思維邏輯與

寫作方法改變口語的使用方法，才能真正實現詩的表達。以湯養宗自身的寫作實際為例，詩人在經歷了三十年的積澱與成長後，對口語的駕馭已經遊刃有餘，無論是海洋詩時期鮮活的語感實踐，還是九〇年代以後的思辨表達與多維敘述，詩作中雖充滿著口語化的表達，卻不會干涉到作品中詩思部分的闡揚，雖平實卻不庸俗，雖簡潔卻不淺薄，這正是詩人口語運用成熟的顯證，也是湯養宗獨特詩學觀的最好佐證。

2 方言小調的浸潤

湯養宗生長於閩東小城，並且一直在這片土地書寫。詩人曾在與霍俊明的訪談中提到，他寫作時「習慣邊在口中念著土話邊寫字，用它的長調與短句」[7]，因此湯養宗常在詩歌中加入故鄉霞浦的方言詞彙，加深了詩歌的口語化。比如在〈春日家山坡上帖〉一詩中，湯養宗寫道「春日寬大，風輕，草綠，日頭香」，短句和方言詞彙「日頭」（現代漢語「太陽」的意思）的運用營造出活潑、晴好的春日之景，與詩中抒情主人公的無奈與苦悶形成強烈對比。〈夢遊記〉中，湯養宗回憶起當下與四十年前的兩次夢遊經歷，在詩的想像空間裡，記憶的力量打破了時間的慣性，詩人寫下「這個湯養宗／時時也在探尋著那個湯養宗」，這與老年博爾赫斯在夢中與年少得意的「另一個人」重逢的想像不謀而合。在詩的末尾，湯養宗再次加入了方言詞彙：「真個是，不是冤家不聚頭」，其中「真個是」一詞是現代漢語「真是」的方言變體。根據《現代漢語詞典（第六版）》中的解釋，「真個」是副詞，為「確實」或「的確」的意思，當它作為語氣副詞時，本身的概念意義弱化，甚至不表達意義，隨著語境的變化而承載話語

---

7 湯養宗：《一個人大擺宴席：湯養宗集（1984-2015）》，頁377。

表達的不同感情色彩。詩人在四十年後再次夜宿同一片海域，想像與年輕時的「自己」相逢是「冤家聚頭」，在這一語境下，方言副詞的加入就強化了詩人對時間流逝的無奈，同時也為詩歌增添了口語化的色彩。

正如蘇珊・朗格所說：「方言是很有價值的文學工具，它的運用可以是精巧的，而不一定必得簡單搬用它的語彙；因為，方言可以變化，並非一種固定的說話習慣，它能微妙地轉化為口語，以反映妙趣橫生的思維。」[8]湯養宗對自己所擁有的家鄉土話有著深切的情感，〈本地〉一詩中，詩人巧妙地將方言放置於詩歌內容的中心，家鄉的方言就「長在私下裡的某處」，是身體的一部分，外來的人都只被稱作「小語種」。通過「方言」與「非方言」的對立，詩人表達出了對自己本地人身份與使用本地方言的自豪，正是出於這樣的自豪，湯養宗讀詩、寫詩都離不開方言的影響，於是潛移默化中造成了湯詩中的口語化傾向。

（二）順應時代潮流的審美感召

1　第三代詩人的實踐

湯養宗的詩歌創作開始於八〇年代初，正值時代與詩歌的轉型期，開放的聲音與多元的創作同樣浸潤著閩東這片土地。新時期的詩壇在「朦朧詩」崛起後不久，又湧現出主張各異的現代詩派，其中以「第三代詩」的創作影響最大。這批年輕的詩人以南京的「他們」、上海的「海上」、四川的「非非主義」等詩群為主，以周倫佑、韓東、于堅等詩人為首，在全國各地創辦詩報，主張反修辭、反理性、反崇

---

[8] 蘇珊・朗格著，劉大基等譯：《情感與形式》（北京：中國社會科學出版社，1986年），頁252。

高及宣導口語化。作為一個新的轉型,「第三代詩」為中國新詩提供了諸多新的可能。個體的自由、語言的口語化、結構的鬆散以及內容的貼近日常生活,促進了新詩寫作的轉變,也影響著一代詩人。「九〇年代的詩歌主題實際只有兩個:歷史的個人化和語言的歡樂」[9],在歷史及社會的大問題面前,九〇年代的口語詩人常以調侃、輕鬆、直白的口語消解這一主題的莊嚴與沉重,但思考的深度絕不低於以往的詩歌寫作內容。

　　通過口語化的表達使文本回到生存的現場,是第三代詩人共同的追求。在于堅的〈尚義街六號〉、韓東的〈有關大雁塔〉等詩中,詩人們注視庸常的人生,從情調到語言都力主平民性和口語化,在一定程度上打破了生活和藝術界限,擴大了詩歌的表現空間。八〇年代以降的口語詩歌寫作為詩人們帶來了與以往不同的借鑒意義,它的日常性、敘事性、口語化以及對語感的運用,都影響著後來詩人在詩歌創作上的語言應用與技巧融合的重視與探索。

2　「盤峰論爭」的影響

　　一九九九年在北京平谷縣盤峰賓館舉行的「盤峰詩會」是當代詩歌從九〇年代走向二十一世紀過程中一次影響深遠的詩壇論爭,論爭內容主要是關於「口語寫作」與「知識分子寫作」,其中最大的分歧便是在「口語」。站在民間寫作立場上的詩人都極力主張「口語寫作」,如第三代詩人。該詩群的代表詩人伊沙就十分肯定詩歌口語化的貢獻:「在中國新詩每一個關鍵的十字路口,飽遭歧視的口語詩都充當了指示前進的標誌牌。……來自生命的本體的口語也與打破舊有

9　臧棣:〈90年代詩歌:從情感轉向意識〉,《鄭州大學學報(哲學社會科學版)》1998年第1期,頁70-71。

審美模式的先鋒與探索有著天生的親近。」[10]然而站在論爭另一方的所謂「知識分子寫作」立場上的詩人們則認為詩歌語言的主要資源應是「歐化」的語言。至此，論爭的雙方就將「口語」與「歐化語言」完全對立起來，後來更是出現了「詩語」（主要指書面詩歌中的語言）與「口語」對立。

「盤峰論爭」的論爭雙方雖然都持有比較激進的觀點，但不可否認，這場論爭對新詩的發展產生的深遠的影響。學者吳思敬就認為這場論爭「打破了詩壇的平靜，兩種寫作方式的衝撞為先鋒詩歌未來的發展帶來了契機。一方面這種衝撞衝決了詩人固有的審美觀念和思維定勢，另一方面也給讀者帶來了審美習慣的更新」[11]。所以，「盤峰論爭」事實上是為口語寫作帶來了新的歷史機遇，迎接新世紀詩歌的多元局面。

3 西方文化的薰染

在新詩發展的一百年裡，西方文化的影響始終是一個繞不開的命題。從五四新詩對舊式詩體的突破到現代派詩人對「純詩」觀念的踐行、新時期朦朧詩群對意象的感發，再到九〇年代以後口語詩人對語言革新的探索，在時代大環境觀照下的詩人們都或多或少地受到了西方文化語境的薰染，即使遠在閩東邊緣小城的湯養宗也不例外。

在〈詩歌月刊〉的一次訪談中，湯養宗提到西方詩人的創作對他的詩歌實踐產生了一定的影響，如博爾赫斯、阿什貝利、保羅‧策蘭、羅伯特‧伯萊等詩人，湯養宗後來更是指出博爾赫斯為他帶來了「大開大合的敘述方式」。以博爾赫斯的〈雨〉為例，詩人以「黃昏

---

10 伊沙：〈現場直擊：2000年中國新詩關鍵字〉，見楊克主編：《2000中國新詩年鑒》（廣州：廣州出版社，2001年），頁433。

11 臧棣：〈90年代詩歌：從情感轉向意識〉，頁70-71。

的雨」介入詩意的遐想，表達了通透豁達的時間觀與生死觀：「下雨／無疑是在過去發生的一件事……那個時候幸福的命運向他呈現了／一朵叫玫瑰的花」，同時詩人在「黑葡萄架」的指引下又發現了死去父親的歸來，因為在他的內心世界中父親是永生不亡的。博爾赫斯對時間與生死的獨特思考在湯養宗的詩歌作品中也常出現，如湯養宗的〈一生中的一秒鐘〉對瞬時時間的敏銳體驗、〈父親與草〉中對生死循環的平靜敘述。甚至是「葡萄」意象的沿用，如在〈返回〉一詩中，湯養宗寫道：「葡萄永遠／處在自己臆造的路標上／拯救甜蜜！」博爾赫斯詩中的「黑葡萄」隱喻著美妙的童年，湯養宗筆下的「葡萄」也是充滿著甜蜜氣息的象徵，可見前者對後者之影響。除了博爾赫斯，湯養宗在自己的詩論中還提到了聶魯達、維特根斯坦、瑪爾克斯等西方文化代表人物的影響：「聶魯達給了我開闊的詩歌啟示，維特根斯坦給了我語言哲學上的態度。」[12]可見，西方文化的薰染對他的詩歌實踐有著重要的啟發意義。

四　湯養宗口語寫作的詩學價值

　　口語寫作進入新世紀，呈現出一種多元共生的態勢。一方面，網絡降低了詩歌寫作與閱讀的門檻，水準參差不齊，近年來更是興盛起「口水詩」，比如「梨花體」的產生；另一方面，消費資本化的影響，個人寫作與公共關懷正失去平衡，當今的口語寫作沉溺於私語狀態，這種現象實際上不利於新詩的健康發展。而湯養宗的口語詩實踐，努力實現口語與詩語、個人寫作與公共關懷的平衡，同時立足中國古典傳統、吸收西方藝術新質，使詩歌煥發出新的生機與現代性的色彩，這在一定程度上對當代詩歌口語化寫作產生了積極的影響。

---

12 湯養宗：《一個人大擺宴席：湯養宗集1984-2015》，頁370。

（一）口語與詩語的平衡

上個世紀八〇年代，韓東提出「詩到語言為止」的口號，強調語言的本體性。但進入新世紀，這樣的主張似乎陷入了危機。網絡的普及，使每一個普通人都有了成為詩人的可能，也促使網絡詩歌迅速進入公眾的視野。然而，當下的網絡詩歌寫作正面臨一個嚴重的問題，「分行即是詩」、「直白地說出來就是詩」的詩學觀導致了新世紀口語寫作的混亂，以至於「口水詩」的風行，其中引起全國轟動的莫過於「趙麗華詩歌事件」。這一事件的發端是魯迅文學獎評委、中國作協會員趙麗華在網絡上發表了類似「石家莊在下雪／是鵝毛大雪／像是宰了一群鵝／拔了好多鵝毛」等極度口語化的詩句，因此迅速走紅網絡。口語入詩並不意味著照搬日常口語就是詩，關鍵是要從詩的口語抵達口語的詩，而不僅僅只到語言為止。面對新世紀口語寫作的發展，湯養宗沒有掉入語言的陷阱，他將口語同詩語一樣視為創作的工具，通過主題的提升與智性意象的加入使詩歌語言達到了平衡，這對當代口語寫作有著重要的啟示意義。

湯養宗指出，口語是鮮活、多變、自我生長的。要想讓口語進入詩性書寫，他強調要「在諸多現代意識融合下建立起豐富多彩的敘述法則」[13]，因此他首先通過對詩歌主題的提升，來防止口語陷入過度「自由」的氾濫。比如〈光陰謠〉：「一直在做一件事，用竹籃打水／並做得心安理得與煞有其事／我對人說，看，這就是我在人間最隱忍的工作」，在口語自然、流暢的敘述中詩人將自己對時間與人生的思考層層推進，「從無中生有的有／到裝得滿滿的無。從得曾從未有，到現在，不棄不放」，詩的最後揭示出人生虛無荒誕卻幸福的西西弗斯式主題，一方面充分保證了口語敘述的活力，另一方面又不至於導

---

[13] 湯養宗：《一個人大擺宴席：湯養宗集1984-2015》，頁368。

致口語化帶來的庸常。其次，口語具有通俗性，使用不當者極容易造成文本的平庸與零散。湯養宗深諳口語的這一特點，因此除了提升詩歌的主題，他也致力於在詩歌文本中加入智性化的意象，以求口語與詩語的平衡，這在他九〇年代以後的作品中表現得尤為突出。如〈圖窮見〉中「來了！昨天的另一頁就是今天的這一頁／從來沒有背面。只有正面。」以紙面的正與反喻示了時間的一維性，光陰的一去不復返。再如〈弧形上的眾多尖端〉，詩中的智性意象達到了高度融合的狀態：夾帶藍焰的尖端、向上的對位法、多向位的和鳴、稜體、菱形……這些抽象的意象在一定程度上都對口語敘述做出了必要的限制。

（二）個人寫作與公共關懷的平衡

幾千年來，文學敘事或抒情活動在極大地豐富語言表達能力的同時，也使我們的精神世界不斷地向更為深廣的領域延伸。在文學史上，偉大的抒情詩人總是對社會、對人民、對歷史的發展懷有深深的關切，他們的抒情既是個性情感的自然流露，又同時表現了人類情感的本質，屈原如此，杜甫亦是。然而新世紀以後，商業資本的高速發展，個人的焦慮、浮躁、娛樂滲透了今天的詩歌創作與閱讀，詩歌逐漸沉溺於私語狀態，乃至面對宏大敘事時就陷入了「失語」的尷尬境地。繼趙麗華的「梨花體」之後，以第五屆魯迅文學獎獲獎詩人車延高為代表的「羊羔體」很快在網絡上備受質疑，這類詩體同樣充滿著直白且無意義的詩句，完全失去了詩歌的精神向度。

王家新在北大的一場講座上提到，詩歌「有可能表達某種共同的經驗和情感，從而在其他人那裡喚起『共鳴』……只有這樣，它才能具有某種『公共性』，它才會有它的穿透人心的力量」[14]。湯養宗清

---

14 王家新：〈詩歌能否對公眾講話？〉，《詩潮》2004年第2期，頁68-72。

醒地認識到,即使是口語詩,其形式仍是詩歌的。因此,他將詩歌文本放置於遼闊的人類精神空間,寫下自己對人類生命與情感的深度思考,激發不同讀者共同的情感體驗,如〈癸巳春日,思親感懷〉以桶箍比作父母,以木板比作兄弟姐妹,最後「桶箍斷,木板散,無家可歸」寥寥數句。就激起讀者對親情的深刻體會。此外,對人生的審視以及中年危機的思考也是湯養宗平衡個人寫作與公共關懷的結果。在〈口信〉中,詩人感到「人世越來越空蕩,我越來越／抓不住自己,更越來越抓不住別人」,身體行至中年,詩人迫切地想找到「可以傳話的人」,試圖確認個體生命的存在,但現實常常事與願違:「可是,我再也找不到那個可以傳話的人」,詩的結尾突出了詩人對於人生與世界荒謬性與虛無感的表達,同時也觸及了個體與他人關係的存在主義哲學問題。因此,湯養宗的口語寫作並不耽於口語的直白敘述,而是力圖讓口語成為詩歌的語言工具,同時再加上詩人獨特的詩歌技巧,如主題的提升、意象的昇華,以及對精神世界的關注等,這樣的做法不僅使湯養宗的詩作達到了口語與詩語的平衡,也實現了對公共精神的關懷,不至於沉溺於自私的夢囈。

(三)古典元素與現代詩藝的平衡

回望新詩發展的百年歷程,古典與現代的藝術交互構成了中國新詩史上一道獨特的風景。從晚清「詩界革命」引領者黃遵憲對今古不同而思變法的詩歌實踐到上世紀二○至四○年代新月詩派、現代詩派、九葉詩派對古典韻律及意象同現代主義詩學觀的結合,再到新時期朦朧詩群對中華傳統人文精神和人類生存境界的現代智性感悟,可以看到,在二十世紀中國文壇,傳統與現代的關係是一個無法迴避的課題。這種中西文化的錯綜交互形成了湯養宗詩歌創作的重要歷史背景。因此,在他的口語寫作實踐中,詩人不僅表達出對中國文學傳統

的承續，還表現出對西方現代主義技法的探索，完成了詩歌中古典元素與現代詩藝的平衡，實現了對詩歌文本的大膽創新。

余光中先生說：「先自中國的古典傳統裡走出來，去西方的古典傳統和現代文藝中受一番洗禮，然後走向中國，繼承自己的古典傳統而發揚光大之，其結果是建立新的活的傳統。」[15]新世紀以來，湯養宗便是從古典與現代的良性互動中建立起獨特的口語敘事。首先是對「互文」手法的運用。「互文性」理論雖由克利斯蒂娃於一九六六年正式提出，但在中國古典文學中早已存在對「互文」手法的使用，例如《紅樓夢》中對《西廂記》、《長生殿》文本和情節的引用等。在互文狀態下，文本無限編織、纏繞，而這種互文性的存在不僅僅局限於作品風格源流或歷史典故，還包括文學的文本、文化的文本。湯養宗的詩歌作品就大量使用了「互文」的修辭技法。如〈難道我與阮籍得有同樣的病〉中對《世說新語》記載的阮籍買醉鄰家婦和嵇康廣陵散絕典故的取用：「他屢次躺在某紡織美婦裙裾下裝醉／為的是嗅一嗅那幽閉的體香」、「才知，當年的嵇康，為何在斷頭前／還要再彈一遍，叫人氣絕的廣陵散」。再如「這是鷓鴣調，中國古詩詞的一個詞牌／總有人在空氣寂寥到不能再寂寥時，仿著這鳥兒啼轉」(〈鷓鴣調〉)，「對命無言時，也會仰觀宇宙／與俯察品類，把活下去的理由／看作暫借一用的通道」(〈在蘭亭做假古人〉)等詩篇都在開闊、鮮活的口語敘事中體現出詩人對中國文學傳統精髓的汲納。

其次是對經典的現代性轉換。湯養宗的口語詩中不乏對歷史文化典故的化用，但難能可貴的是，詩人在創作中將這類歷史文化典故放置在現代性視域下加以思考，從而溝通了傳統與現代。如「這樣無當的人皇帝為什麼不殺他，一定有／更大的皇帝說刀下留人，要讓他繼

---

15 余光中：《現代詩的名與實：余光中散文選集第2輯》(長春：時代文藝出版社，1997年)，頁75。

續作浮雲」（〈辛卯端午不讀屈原讀李白，札記〉），「可我就是遇不到砍柴人，木匠都轉行在京廣一帶當農民工／如果今晚相遇，可借你茅屋一角，一宿？」（〈在成都草堂，想對杜甫說的一些話〉）對李白、杜甫兩大詩人致敬與追輓的同時，又以油滑的現代語言瓦解了李、杜二人嚴肅的歷史形象。通過對「互文」手法的使用與經典的現代性轉換，湯養宗以自己的創作實踐完成了古典與現代的創新性融合，這對當代中國新詩的建構具有重大的啟示意義。

五 結語

　　詩歌是語言的藝術，但詩歌又不僅僅體現在語言的層面上。詩歌之所以被稱為詩歌，除了語言的特殊性，關鍵在於它為讀者帶來的審美愉悅與精神指向。湯養宗雖受到上世紀「第三代詩人」的口語詩影響，但他對口語寫作有著自己獨到的認識，方言入詩的技巧使他的口語寫作不同於「第三代詩人」的口語詩實踐，也沒有當代新詩口語寫作顯示出的非詩傾向。他致力於通過提升詩歌主題、加入智性意象，使口語和諧地進入詩性表達的空間，努力彌合個人寫作與公共關懷的分歧，同時又完成了古典元素與現代詩藝的平衡，可以說，湯養宗的口語寫作經驗對當代詩壇的創作實踐極具意義。

參考文獻

謝　冕：《中國新詩史略》，北京：北京大學出版社，2018年。

湯養宗：《水上吉普賽》，福州：海峽文藝出版社，1993年。

湯養宗：《黑得無比的白》，北京：作家出版社，2000年。

湯養宗：《中國好詩去人間》，北京：中國青年出版社，2015年。

湯養宗：《一個人大擺宴席：湯養宗集（1984-2015）》，北京：作家出版社，2017年。

黃忱忱：〈新詩口語化寫作現象的審美流變解讀〉，成都：四川師範大學，2015年。

包兆會：〈當代口語詩寫作的合法性、限度及其貧乏〉，《文藝理論研究》2009年第1期。

王光明：〈一個地方的中國詩——「閩東詩群」與湯養宗的突破〉，《詩刊》2020年第21期。

伍明春：〈海洋想像‧口語寫作‧自我超越——談湯養宗近年的詩歌寫作〉，《福建文學》2018年第10期。

許陳穎：〈當代詩歌文本的嬗變及審美發現〉，《江漢學術》2019年第38卷第5期。

許陳穎：〈湯養宗的詩歌：包容的姿態與新質的追求〉，《社會科學動態》2020年第11期。

余　崢：〈最終的海：人類與詩的棲居家址——評湯養宗的「海洋詩」〉，《詩探索》1995年第2期。

湯養宗、劉翠嬋：〈與詩為「鄰」對話「人間」——湯養宗訪談〉，《湖北社會科學》2020年第7期。

（本文2022年9月發表於《海峽文藝評論》第3期）

極致「寫實」與內相「失真」
——論王安憶「主觀寫實主義」的探索與限度

陳　榕

二〇二一級　中國現當代文學

摘要

　　王安憶對小說「寫實」的追求在當代作家中獨樹一幟。一方面，她強調小說外相要與現實嚴絲合縫，對「寫實」的理解呈現出「科學主義」的嚴謹與「唯物主義」的堅實。但由於忽視人物性格的自洽性以及人與環境的有機聯繫，王安憶小說寫實常有「物」是而「人」非之憾。另一方面，王安憶也強調「寫實」作為創作技法，服務於心靈世界的建構。王安憶的寫實觀是一種「主觀寫實主義」，呈現出「務實」而「導虛」、偏狹又開放、「唯物」又「唯心」的矛盾景觀。多元雜糅的寫實觀念使王安憶的「寫實主義」構成了中國現實主義當代化的一個重要案例，其探索和限度都頗具典型性。

關鍵詞：王安憶　小說觀　寫實主義　現實主義　主觀寫實主義

「寫實主義」的概念最早是指十九世紀興起於法國的美術思潮，其核心觀點是通過客觀觀察對現實世界作真實的再現。文學中「寫實派」的概念在晚清時期傳入中國。戴季陶在《愛之真理》中對寫實主義作如下定義：「今則所謂自然主義之文學，皆注意於斷片的描寫，徒然提一物一事，不判其美惡，盡力描寫之，此所謂寫實主義也。」[1]很長一段時間內，「寫實主義」被視為「自然主義」、「現實主義」的同義詞。寫實主義以西方自然主義、科學主義為背景，要求作家排除主觀臆測，對現實進行客觀摹寫。新文學運動初期，「寫實主義」借助革命的名義取得理論上的優勢。然而，對現實照相式的反映「使人心灰」「精神上太無調劑」[2]，難以勝任啟發民心、改良社會的任務。五四時期，隨著社會對批判意識的呼籲，文壇不再滿足於純粹客觀的寫實，在瞿秋白、豐子愷、馮雪峰等人的理論宣導下，「現實主義」的命名逐漸取代了「寫實主義」。[3]如今，「寫實主義」似乎已成為被拋棄的概念，談及「寫實主義」，或是為其貼上「自然主義」的標籤予以否定；或是將「寫實」視作現實主義創作的基本方法，泛泛而論。然而，以「糾正」的態度將寫實主義視為現實主義的「錯譯」，無疑將抹殺這一概念的本體意義。當代作家在創作中不乏寫實傾向的流露，新寫實小說的興起更是突出展現了寫實主義的復魅。寫實主義不能簡單地與自然主義式的機械複製畫上等號，其背後有著更為複雜的內涵。唯有擯棄對寫實主義的狹隘理解，方能發現寫實主義的不同側面。

1　天仇（戴季陶）：〈愛之真理〉，《民權報》1913年5月20日。
2　沈雁冰：〈我們現在可以提倡表象主義的文學麼？〉，《小說月報》第11卷第2號（1920年2月）。
3　曠新年：〈從寫實主義到現實主義——中國新文學對現實主義的理解、接受與闡釋〉，《華中師範大學學報（人文社會科學版）》2014年第4期。

當代作家中，王安憶作為「寫實派」的代表為人所知。她更多時候稱自己為「寫實主義者」而非「現實主義者」，一字之差昭告著創作姿態的差異。值得注意的是，王安憶並非一開始就以「寫實派」的姿態進入文壇。八〇年代初，為擺脫政治陰影的籠罩，作家舉起「寫真實」的旗幟對十七年文學的「假大空」進行糾偏。王安憶在「雯雯」系列小說中抒發少女情思，反思歷史創傷。這一時期，作家對小說的理解是「寫真實的個人情感」，寫實並未作為一種創作手法得到重視。隨著西方小說理論傳入中國，作家們的創作重心由「寫什麼」轉向了「怎麼寫」，王安憶也迎來了「寫實」的游離期，她在小說中展開敘述技巧、哲理意蘊的探索。九〇年代中期以後，由於沉湎形而上的玄虛帶來創作瓶頸，也因為大眾語境中精神寫作難以為繼，寫實重回作家的創作視野。此後，寫實成為小說的突出要素，也成為王安憶個人風格的標識。從早期的青春寫實、中期的精神性寫作到後期重拾寫實主義立場，寫實在王安憶小說中經歷了「否定之否定」。然而，在作家看來，「寫實」是她從始至終堅持的創作理念，「別人都說我幾十年來有過很多變化，其實我說我從一而終，我沒有什麼變化，我就是一個寫實者，一直寫實。」[4]「一直寫實」的自我認知與創作實踐的錯位耐人尋味，從中透露出王安憶寫實觀的複雜性。那麼，王安憶的「寫實主義」有何獨特性？寫實主義與自然主義、現實主義有何牽連？在當代，王安憶為何重提寫實主義？本文將王安憶的寫實觀作為透視當代寫實主義的窗口，力求通過王安憶這一個案透視中國當代小說寫實觀念具有症候性的探索和限度。

4　王安憶：《仙緣與塵緣》（北京：人民文學出版社，2017年），頁189。

一　名物寫真與「物書寫」的限度

　　現實主義在九〇年代重回文壇的中心，先鋒作家不約而同地發生「現實主義轉向」，與此同時，王安憶也完成了「寫實主義轉向」。與格非、余華等人不同的是，王安憶不僅重拾故事，而且要求名物、細節與現實嚴絲合縫。她對小說反映現實的要求近乎嚴苛，甚至是「以順應的態度認識這個世界，創造這世界的一種摹本」。[5]「摹本」式的寫實精神作用於小說，呈現出「科學主義」的嚴謹與「唯物主義」的堅實。

　　王安憶對福樓拜小說的「科學性」推崇備至，她認為「福樓拜真像機械鐘錶的儀器一樣，嚴絲合縫，它的轉動那麼有效率。有時候小說真的很像鐘錶，好的境界就像科學，它嵌得那麼好，很美觀，你一眼看過去，它那麼周密，如此平衡，而這種平衡會產生力度，會有效率。」[6]用「科學、力度、效率」來形容本質為虛構的小說，顯示出王安憶嚴謹、近乎嚴苛的現實主義精神。在具體的創作實踐中，王安憶也效仿福樓拜的寫作方式。「福樓拜在寫《情感教育》時，發瘋似的查閱一八四八年革命的資料，兩週內通讀」二十七卷，並做了筆記，連從巴黎到楓丹白露路的路線圖都搞得一清二楚。」[7]王安憶在下筆創作之前也要進行資料的搜集甚至實地考察。《米尼》依據王安憶一九八九年六月對白茅嶺女子監獄的採訪創作而成。《天香》中地方士紳捐橋、疏浚河道的細節與《同治上海縣志》所載洪武六年發生

---

[5]　王安憶：《弟兄們》（北京：中國文聯出版社，2001年），頁363。
[6]　王安憶：〈小說的當下處境〉，《文學報》2005年第9期。
[7]　福樓拜著，丁世中譯：《福樓拜文學書簡》（北京：北京燕山出版社，2012年）。

之事有所契合。[8]王安憶說「我一般都是邊寫邊查，遇到有關歷史資料方面的寫作，我就停下來去考證。」[9]「考古式」的創作方式展現出王安憶「科學主義」的嚴謹，此外，密不透風的名物寫真則透露出「唯物主義」的堅實。《長恨歌》中，紛繁如旗袍的樣式、帷幔的花紋、點心的種類、烹飪的工序，一一鋪展；細緻如後窗的油垢、家具的光澤、弄堂裡的泔水味乃至舌尖嗑開瓜子的脆響，徐徐道來。《考工記》中「八仙過海」的磚雕、鏤空門窗、紅木桌椅，還有方硯、卷軸、摺扇、瓷瓶等名物無不訴說著老宅的殷實過往。《一把刀，千個字》中雞火乾絲、獅子頭、翡翠魚絲、蜜汁火方等淮揚名饌散發著特有的香味。綿密細緻的名物寫真構成小說寫實風格的來源。

　　王安憶用科學主義精神與密不透風的名物為小說搭建了堅固的「寫實」外殼。然而，小說畢竟不是歷史典籍或地方縣志，對現實場景與歷史細節的精確複製不是小說的中心任務。應該追問的是，小說對名物、細節的描寫是否全然有效？中國文學有深遠的寫物傳統，「托物言志」、「一切景語皆情語」等詩論無不體現傳統抒情方式的「及物性」。中國古典小說亦是不厭其煩地描摹靜態的景物、人物的肖像，《紅樓夢》對住宅、服飾、器皿、園林的精細描繪更是彰顯了中國文學深厚的寫物傳統。小說中的物往往被賦予推動情節進展、塑造人物形象、渲染氛圍、提供精神隱喻等功能性意義。《長恨歌》中的「五斗櫥」「細瓷餐具」、「珠羅紗帳」等「老對象」搭建起老上海的懷舊空間，日常瑣碎凝聚著上海生活的「芯」；《天香》園子由豪華氣派到日漸蕭條展現了申家由盛轉衰的歷史；《考工記》漸頹的老屋影射著上海的歷史變遷；《向西向西向西》中的「蛋炒飯、牛肉麵」、

8　詳見周保欣：〈「名物學」與中國當代小說詩學建構——從王安憶〈天香〉〈考工記〉談起〉，《文學評論》2021年第1期。

9　王安憶、高劍平：〈王安憶談〈天香〉〉，《東方早報》2011年2月24日。

《一把刀，千個字》中「炒軟兜」等吃食承載著異鄉人的身份記憶，關聯群體的自我認同；《酒徒》中，「酒」即人生，一場場酒局搭建起兩代人精神對話的空間。王安憶以「及物」的方式表達哲思，物的精神負載使小說含蓄而意義悠長。

「物書寫」有兩條路徑，一是傳統的「借物抒情」，採取「人本主義」的立場，將物作為人情感的「客觀對應物」或思想表達的載體加以描寫；二是以「新小說」派為代表的，持「物本主義」觀點，摒棄人類中心主義，對物進行純客觀的描繪。王安憶的「物書寫」位於二者交叉的小徑，有意味的物象部分恢復了「體物寫志」的傳統，但整體而言，對「物事」的精細描摹顛覆了啟蒙以降「文學是人學」的觀念。《天香》中對園林、繡品、書畫、魚蟲、花草、製墨工藝、婚嫁習俗、衣食打扮等紛繁的物書寫宛如一部明末社會的「百科全書」；《啟蒙時代》中對前舌音後舌音的區別、植物生長的原理、羅宋湯的來歷、幾何原理的講述宛若知識性內容的展演；《遍地梟雄》中作家借人物之口發表物質不滅的高談闊論；《我愛比爾》中充斥著繪畫買賣行情、社會風貌以及時尚知識的介紹。王安憶小說中存在著「物本主義」傾向，不同與羅伯格里耶等新小說家精確把握物的質地、顏色、形狀的意圖，王安憶寫物的初衷並非還原物自體。紛繁的「物書寫」是為營造質實的小說外殼，小說的根本上在於講故事。「我的基本路數一以貫之，那就是寫實，敘事。」[10]「我是尊重現實的連貫性的。這是詩和小說的不同，詩是可以剪碎的，小說就要承認它的連貫性。」[11]王安憶的寫實根本歸屬現實主義一脈，與新小說的追求大相逕庭。小說以故事為本位，物書寫理應起到輔助作用，然而，王安憶的物書寫常是游離於故事之外的，對人物的塑造、情節的

---

10 王安憶、蘇偉貞：〈王安憶訪談〉，《揚子江評論》2017年第6期。
11 王安憶、張新穎：〈關於〈匿名〉的對談〉，《南方文壇》2016年第2期。

推動無所助益。大量無效且非必要的物書寫擠占小說空間，損害了故事的連貫性，帶來「物事」壓倒「人事」的缺憾。

盧卡契在《敘述與描寫——為討論自然主義和形式主義而作》一文中用「敘述」與「描寫」區分自然主義與現實主義，盧卡契認為「自然主義」百科全書式的描寫「只是一種填充物，很難算是行動的構成要素」。[12]王安憶素描式的寫實趨近「自然主義」，縱使精緻華美但內裡空虛，橫斜逸出的物事與散點式的細節各自排列，無法形成有機的整體，小說淪為技藝高超的練筆。歸根結柢，王安憶對「寫實」的理解過於偏狹，誠然，名物的寫真與知識的遷移會使小說獲得接近科學的「實」的面貌，但現實在成為創作的摹本的同時也成為作家最大的束縛。當繁重的知識考古伴隨作家的創作過程，想像與虛構難以施展。「百科全書式小說的書寫傳統，是發現或創造知識的可能性，而不是去依循主流知識、正統知識、正確知識、真實知識甚或知識所為人規範的腦容量疆域，而是想像以及認識那疆域之外的洪荒。」[13]小說既要有細部的點染，也要有潑墨般的豪情。「飛白」筆法能在厚重綿密的寫實間留有餘韻，從而防止想像力在密不透風的寫實泥沼中窒息。

二　人事「失真」與典型論的消解

王安憶「物書寫」失效的原因在於未能處理好人與物的定位問題。「人物」一詞說明，人的塑造離不開物的幫襯，而寫物的關鍵是為寫人。在西方，巴爾扎克首次將物品與擺設寫入小說，推動了十九

---

12 盧卡契著，劉半九譯：《敘述與描寫——為討論自然主義和形式主義而作》，《盧卡契文學論文集》第1卷（北京：中國社會科學出版社，1980年），頁38-86。
13 張大春：《小說稗類》（桂林：廣西師範大學出版社，2004年），頁200。

世紀小說藝術的偉大進步。物書寫對小說藝術的推動不在於堆砌細節帶來真實感的增強，而在於人物塑造空間的拓展。《高老頭》中金線剝落的白磁酒杯、油膩的桌布、斷腿折背的椅子等家庭物品無不潛藏著伏蓋太太社會地位的符碼；托爾斯泰在《安娜·卡列尼娜》中借助人物的內視角，對賽馬場面的描寫滲透著人物的心緒，「物」是主人公性格的外在延伸，是展露人物內心景象的窗口。可見，寫物的關鍵是為寫人。名物寫作不應流於表象的寫真、知識的考古，而要借助物拓展人物塑造的空間。由於寫實等於寫物的觀念誤區，王安憶用過多的精力鋪陳名物，塑造背景，忽視了人物性格自洽性、人與環境的有機聯繫性亦是寫實的重要組成部分。

在人物的塑造上，王安憶也展現出「寫實」的努力。她用寫物的方式寫人，將物的考古運用置換為人的「考古」。最為典型的是長篇小說《啟蒙時代》中的人物接力，從小兔子到南昌、陳卓然、小老大、七月、敏敏、珠珠、舒拉，作家不厭其煩地對人物的外貌、愛好、性格、家庭背景、性格氣質、文化教養做詳細的追溯。這種人物塑造的方式沿襲了中國傳統小說創作模式「我國小說體裁，往往先將書中主人翁之姓名、來歷，敘述一番，然後詳其事蹟於後；或亦用楔子、引子、詞章、言論之屬，以為之冠者，蓋非如是則無下手處矣。」[14]對人物「前史」的關注展現了作家嚴謹的寫實精神。然而，這種與「寫物」一脈相承的考據式人物寫真浮於淺表，檔案式的交代未能深入人物性格的深層。小說中的人物性格呈現凝定與突變兩種類型。

王安憶小說中難有性格氣質突出的人，《啟蒙時代》中作家企圖通過人物的素描拼湊起後革命時代的青年群像，但人物的性格在氛圍的營造中融化為含混的一片；《天香》中申家的六代人物在華麗精緻

---

14 陳平原、夏曉虹編：《二十世紀中國小說理論資料：第1卷》（北京：北京大學出版社，1997年），頁111。

的衣著包裹下面目模糊，即便性格相對突出的小綱、希昭也呈現出平面化的缺陷；《長恨歌》中的王琦瑤是個「有形無神、莫名其妙的木頭美人」[15]，從一個少女到徐娘半老，沉穩與緘默是她不變的底色，其周圍的人物亦不過是「專門為物質繁華而生的族群」[16]。性格的模糊使人物淪為小說情節鏈上的功能性存在。王安憶小說中的人不是性格中的人，而是情節中的人。中篇小說《流逝》中，近乎一夜間，端麗便從闊少奶奶變為對柴米油鹽精打細算的家庭婦女。從高標準的生活水平跌落，端麗的不適感是低層次的，很大程度上局限於物質生活的瑣碎，小說未能深入地表現人物精神世界的撕裂感。類似的人物性格塑造的疏漏在《富萍》中也有出現，富萍借助未婚夫李天華的關係進城，最終拋棄李天華時，卻沒有心理上的衝突。對於一個淳樸善良的鄉下人來說，「這種心理轉換實在太過輕飄」[17]。從淮海路到梅家橋的心路歷程也被隨遇而安的生活哲學掩蓋。《天香》中，大家族女眷們從閨閣落入市場，憑藉針黹維持生計。人物的心理落差並未得到充分表現，只以「市民社會的興起」這一緣由簡單粗暴地消解了本應有的情節衝突與戲劇張力，缺乏情感說服力。《遍地梟雄》中，大王從隱居山林到以身試法的轉變缺乏合理解釋。[18]計程車司機韓燕來遭遇劫車綁架，竟在案發當晚被劫匪洗腦，開啟全新的生活。小說依賴人物心理的突變構成情節轉換的契機，帶來生硬的戲劇性，與現實邏輯相違背。總之，王安憶常是概念化地塑造一系列「突變型」的人物，她

---

15 徐秀明：〈文化衝突與敘事錯位——由〈長恨歌〉談王安憶的小說美學及其創作轉向〉，《學術月刊》2017年第7期。
16 李靜：〈不冒險的旅程——論王安憶的寫作困境〉，《當代作家評論》2003年第1期。
17 姚曉雷：〈乏力的攀登——王安憶長篇小說創作的問題透視〉，《當代作家評論》2004年第4期。
18 張冀：〈心靈世界的精神荒原——〈遍地梟雄〉再解讀兼論王安憶的創作症候〉，《文學評論》2016年第1期。

用寫物的方式寫人，對年齡、背景做知識性的推算、事理邏輯的推演，人物成為情節鏈上的工具，性格邏輯難以自洽，帶來人的「物化」。

此外，人物所處環境的失真也是小說中明顯的缺憾。王安憶的寫實常局限於人物衣著、吃食等日常層面，規避了複雜的社會歷史因素。三年困難時期，我國糧食減產，各種物資短缺，《長恨歌》中卻出現如此景象：「一九六〇年的春天是個人人談吃的春天。……在這城市裡，要說『饑饉』二字是談不上的，而是食欲旺盛。許多體面人物在西餐館排著隊，一輪接一輪地等待上座。不知有多少牛菲力、洋蔥豬排和匿塌魚倒進了饕餮之口。」[19]三年困難時期的歷史背景下，上海這個城市宛若與世隔絕的烏托邦，王琦瑤們仍能獲得黃酒、瓜子、白果、栗子、核桃等種類繁多的吃食，這無疑與歷史事實相矛盾。可見，作家只是理念化地營造了一個封閉的環境，時代根本上不對個人產生影響。這是日常生活穩固性的極端化表達，卻回避了複雜的社會歷史現實。《啟蒙時代》以「文革」為北京，敘事中心在於南昌、陳卓然等青年人的情感躁動與思想成長，缺乏對文革的必要反思。《米尼》中有這樣一句話「那些日子裡，每天上午九點十分，人們總會看見一個秀美的少女，坐在後門口擇菜。她漠然的表情使人感受到一股溫馨的氣氛，這是和弄堂外面轟轟烈烈的革命氣象很不相符的。」[20]王安憶何嘗不是革命背景下擇菜的少女，她安居於日常生活的沙龍中，遮罩了內戰、大躍進、文革等政治事件對市民社會的影響，小說成為「偽日常」的表演與展覽。周介人先生曾指出王安憶創作中存在「避難就易」現象——王安憶對人物在歷史中可能有的表現的描寫粗疏與浮面，對人物可能遇到的內外危機不予表現，回避生活

---

19 王安憶：《長恨歌》（北京：作家出版社，1996年）。
20 王安憶：《米尼》（北京：北京聯合出版公司，2014年），頁18。

的矛盾,因此不能算是充分的現實主義。[21]突變的人物性格與失真的人物環境造成小說本質上的「偽寫實」。

總之,王安憶小說中的人是符號化的人,思想中的人,而非現實環境中的人,小說中的環境也是過濾了複雜社會現實的烏托邦,時代、歷史淪為抽象的美學布景。小說聽憑「自律主義的昇華式美學觀」營造出「自我封閉的美學空間」[22],這顯然與寫實精神相去甚遠。應該追問的是,王安憶小說中為何出現人物與環境的「失真」?一方面是因為「寫實」觀念的內在失調,她用過多的精力去塑造環境、鋪陳名物,忽視人物性格自洽性、人與環境的有機聯繫性。另一方面,抽象的環境與類型化的人物塑造與她對現實主義「典型論」的反叛息息相關。在《故事與講故事》自序中,王安憶提出了「四不要」的創作觀念,其中第一條便是「不要特殊環境特殊人物」,她認為將人物置於一個特殊環境中,將「突出和誇大了偶然性的事物,而取消了必然性的事物」。[23]她放棄了傳統現實主義在典型環境中塑造立體豐富的典型人物的創作模式,力求呈現點與面的豐富內涵。「十七年」文學中,現實主義的典型論一度被偽現實主義的「高大全」人物所扭曲。王安憶以日常景觀中的平凡人物實踐著對典型論的反叛,與新寫實主義、新歷史小說「日常化」、「個人化」的姿態不謀而合。然而,由於對典型理論矯枉過正,放棄「雜取種種,合為一個」的藝術提煉,其筆下的人不再是共性與個性、特殊與一般的統一,而是抽象環境中的類型人物。抽象化的環境營造出盛放思想的空間,人物則是特定理念的外化形式──《長恨歌》中無處不在的王琦瑤是上海弄堂

---

21 周介人:〈難題的探討──給王安憶同志的信〉,《王安憶研究資料》(濟南:山東文藝出版社,2006年),頁12-18。
22 鄭國慶:〈王安憶:上海「京派」與社會主義記憶〉,《南開學報(哲學社會科學版)》2011年第2期。
23 王安憶:《故事和講故事》(上海:復旦大學出版社,2011年),頁1。

女性的化身，是上海城市的抽象符碼；《叔叔的故事》叔叔代表著含冤受屈又復出的一代人的抽象集合。其筆下，一個人是一座城的象喻，或是一代人、一群人的代表，人物的塑造根本上服務於思想意蘊的傳達。這種文化詩學的寫法抽空了歷史語境，以概念化的人物完成了對典型論的反叛，但是人物常因承擔過重的思想任務而淪為抽象的形式，形象的整體性、鮮活度受到損害，根本上有悖與她要追求的寫實。

二十世紀以來，隨著中心主義和二元對立的標準模式的消解，塑造典型人物的呼聲漸遠。後現代語境中，人物擺脫環境的限制，聚焦精神世界，直陳存在之思。而「典型」則因其「中心性、敘事性、深度性」淪為「他者」。[24]誠然，抽象的類型人物將性格成分降到最低限度，具有直抵本質的優勢。但是對現實主義作家而言，塑造生動逼真、立體豐富的典型人物當是永不過時的藝術追求。尤其對以「寫實」為旨歸的王安憶而言，塑造具體而鮮活的人物是小說的應有之義。誠如黑格爾所言，「每一個人都是一個整體，本身就是一個世界，每一個人都是一個完滿的有生氣的人，而不是某種孤立的性格特徵的寓言式的抽象品」。[25]每一個人都是鮮活的個體，不應「為了觀念的東西而忘掉現實主義的東西，為了席勒而忘掉莎士比亞」[26]，不應以抽象觀念的演繹遮蔽人物性格的複雜性。重拾現實主義典型論的精髓無疑能夠改善作家在人物塑造上流於概念化、平面化的缺憾。

三　主觀寫實與「心靈世界」的構造

王安憶寫實中「物」是而「人」非的觀念失調與「心靈世界」的

---

[24] 倍雷、徐立偉：〈「典型」作為「他者形象」〉，《吉首大學學報（社會科學版）》2009年第7期。
[25] 黑格爾著，朱光潛譯：《美學》（北京：商務印書館，1979年），頁303。
[26] 馬克思：《馬克思恩格斯選集》（北京：人民出版社，1973年），卷4，頁343。

小說觀息息相關。在《心靈的世界》一書中王安憶對小說做出如下表述：「小說不是現實，它是個人的心靈世界，這個世界有著另一種規律、原則、起源和歸宿。但是築造心靈世界的材料卻是我們賴以生存的現實世界。小說的價值是開拓一個人類的神界。」[27]她反覆引用納博科夫的名言「好小說都是好神話」[28]。神話是現實的超越，寫實最終的目的便在於營造人類的神界。王安憶雖為寫實主義作家，但小說是個人「心靈世界」的觀念卻與西方現代派作家如出一轍。事實上，「寫實」在王安憶的創作中只是一種創作技法，並未上升為「主義」。技法上的寫實是出於對「常態」的愛好，而小說內部致力達到的是「非常態」，是遠離現實的彼岸。她認為小說創作根本上是以現實的材料建築主觀的心靈世界。王安憶的寫實觀是「主觀寫實主義」，外相寫實而內裡主觀。藝術手法與世界觀二分的方法將「寫實」從自然主義的泥沼中拖出，將寫實還給現實主義，並為其賦予以主觀性的內核。

「寫實主義」自西方傳入中國，早已在本土的語境中發生了創造性的轉換。西方寫實主義要求純客觀地記錄現實生活，中國寫實主義的「真實」並不停留在現實的表面，郁達夫在一九二六年所寫的《小說論》中對真實與現實做出區分：「現實是具體的在物質界起來的事情，真實是抽象的在理想上應有的事情。……所以真實是屬於真理，現實是屬於事實的。小說所要求的，是隱在一宗事實背後的真理，並不是這宗事實的全部。」[29]魯迅在《我怎麼做起小說來》中總結自己的創作經驗「所寫的事蹟，大抵有一點見過或聽到過的緣由，但決不

---

27 王安憶：《心靈世界》（上海：復旦大學出版社，2007年），頁1。
28 納博科夫著，申慧輝等譯：《文學講稿》（北京：生活・讀書・新知三聯書店，1991年），頁19。
29 郁達夫：〈文學概說〉，《郁達夫文集》（廣州：花城出版社，1982年），卷5，頁91-92。

全用事實，只是採取一端，加以改造，或生發開去，到足以幾乎完全發表我的意思為止。」[30]「不全用事實」的態度顯然有別於西方寫實主義的客觀記錄。寫實主義的真實是經過提煉和歸納的，不停留於現實的表象，魯迅稱其為「高的意義上的寫實主義」。可見，在早期，寫實本就是現實主義家庭中的一員。然而，由於寫實主義對社會暗面的如實呈現，對無產階級黑暗的暴露，具有「反動」的潛能，因此，在革命現實主義話語中，寫實主義被劃入自然主義陣營，被貼上機械反映論、庸俗唯物主義等負面標籤。考察「現實主義」、「寫實主義」與「自然主義」三個概念的沉浮，會發現以客觀性程度對文學進行價值排序的怪象——現實主義因相對的客觀性，有選擇的「真實性」優於寫實主義，而自然主義因絕對的客觀性居於文學進化鏈的底層。被建構、被規訓的「真實」反過來指責寫實主義的「失真」，將其從現實主義陣營中驅逐。然而，有選擇的「真實」發展到極端，帶來了「三突出」、「高大全」等「偽現實主義」，根本上失落了寫實精神。寫實主義遭到否定很大程度上便是因為「偽現實主義」對「真實性」的規定。新時期，王安憶重拾「寫實主義」的名謂，有著走出十七年文學的內在訴求。她用「物事」擠占「人事」，用抽象環境、類型人物取代典型環境中的典型人物、日常敘事代替宏大敘事，以求呈現反意識形態規訓的真實。

五十年代以來，社會主義現實主義話語的作用下，寫實主義與自然主義捆綁，而現實主義與「典型化」理論相聯繫。寫實主義被理解為自然主義式的機械複製、未加典型化的提煉，而在王安憶看來，寫實主義最大程度上展現了對客觀現實的尊重。王安憶的寫實主義是將「寫實」還給現實主義。寫實主義本就是個邊界模糊的概念，根據參

---

30 魯迅：〈我怎麼做起小說來〉，《魯迅全集》（北京：人民文學出版社，2005年），卷4，頁527。

照系的不同，呈現不同側面。與浪漫主義對照時，寫實主義表現出與現實主義的親緣關係；當與現實主義對照時，寫實主義與自然主義關係更甚。寫實主義、自然主義與現實主義間存在著複雜的張力。總的來說，寫實主義與現實主義的區別無法抹去它們之間的共性，即以科學為基礎，對現實展開客觀觀察，並用紀實的手法對世俗生活進行描寫。

　　王安憶在把「寫實」還給現實主義的同時，賦予「寫實主義」以主觀性的內核。客觀描寫與實地觀察賦予小說質實的外表，但寫實的最終目的是建構個人的的心靈世界。本質主觀的心靈世界作用下，小說內部呈現出與寫實外殼不相稱的「失真」。王安憶以日常的、審美的眼光看待一切，從審美訴求出發，她的歷史是《啟蒙時代》中南昌、陳卓然等青年人們的情感躁動，缺乏對文革歷史的必要反思；她眼中的農村是《上種紅菱下種藕》中美好的江南小鎮風光，作家感傷鄉土中國淪落卻並未意識到古老生活方式為現代所取代的必然性。《長恨歌》中，作家試圖以王琦瑤完成上海城市精神的書寫，但突出的瑣碎淹沒了真正的上海。當被問及表現今日中國是否有困難時，王安憶答道「只需要一個簡單的條件，就是立場。有了立場，一切或可變得明瞭起來。」[31]頑固的市民立場閹割了歷史的豐富性，回避與政治歷史經濟文化的複雜關聯，構成小說精神維度多向拓展的局限。

　　王安憶「心靈世界」試圖將寫實主義還給現實主義，但難得現實主義理論的精魂。在創作實踐中，寫實主義作為技法，未能內化為作家的創作精神，小說根本上是「唯物主義」包裹下的「唯心主義」。實際上，寫實主義不僅是創作技法，也是客觀對待現實的態度。寫實主義歸屬現實主義家族，在嚴謹的觀察基礎上，對現實世界真實地呈

---

31 王安憶：〈作家的壓力和創作衝動〉，《憂傷的年代》（北京：新世界出版社，2002年），頁393。

现，小說寫實的關鍵在於對現實主義立場的堅守。恩格斯在給敏娜‧考茨基的信中提出，現實主義創作的基本原則是「對現實關係的真實描寫」。「現實關係」對精細可考的名物、複雜真切的環境以及鮮活生動的人物提出了全方位的要求，王安憶的停留在生活細節的表面呈現，簡化了複雜的社會現實，疏離了人心人情；「真實描寫」要求作家擯棄主觀主義，對現實做如實的呈現。王安憶疲於為定於一尊的理念尋找外殼，然而用名物、細節堆砌的寫實外殼即便精美堅固，也無法改變仄狹的心靈世界引發的失真景觀。

四　結語

寫實主義小說誕生於十八至十九世紀之交西方社會劇烈變革的歷史環境，資產階級的興起，自然決定論的觀念為科學決定論的更加反人性的觀點所取代，寫實主義攜帶著自然主義消極無為的「命定論」基因。這種機械的物質的命定論在中國未能落地生根，寫實主義在啟蒙、革命的土壤中發生了因地制宜的轉換，最終結出了「中國式寫實主義」之果。中國式寫實並非悲觀地接受黑暗，寫實的真正意圖在於暴露醜惡，打破瞞和騙的文學，從而創造光明。唐君毅認為，拿西方寫實理論來衡量，中國文學「幾無純粹的寫實之作」[32]。即便是五四時期茅盾對寫實主義、自然主義的接受，亦是剔除了原生語境中生物學、遺傳學等自然科學色彩。[33]中國式的寫實主義無法擺脫作家心靈

32　唐君毅：《中國哲學與中國文學之關係》，轉引自《中國比較文學研究資料》（北京：北京大學出版社，1989年）。

33　「我們現在所注意的，並不是人生觀的自然主義，而是文學的自然主義。我們所要採取的，是自然派技術上的長處。」（《小說月報》第13卷第6號，「自然主義的懷疑與解答」通信欄，茅盾答覆周志伊的信。）

的統攝、靈性的燭照，散發著現世的人文關懷。這也解釋了寫實主義為何具備綿延不絕的生命力。

　　寫實主義的「回潮」是當代文壇中極為醒目的現象。在當代，各色寫實主義裝點了現實主義畫廊，從新寫實主義、新現實主義到學者提出的「微寫實主義」[34]，寫實主義在擺脫意識形態話語的規訓與自然主義的泥沼後顯現出蓬勃的生命力與多元發展的可能。王安憶的寫實觀因其複雜性、典型性，成為透視當代「寫實主義」的絕佳窗口。由於失落了現實主義立場，小說外相極致「寫實」而內在「失真」。然而「主觀寫實主義」的觀念無疑拓展了寫實主義內涵與外延。寫實主義不必然與客觀、機械複製、自然主義畫上等號，寫實主義可以在與現實如出一轍的外觀下，建構主觀的心靈世界。多元雜糅的「寫實主義」體現了寫實主義的開放性與再生性，這也解釋了王安憶「一直寫實」的自我認知。無論是「雯雯系列」的傳統青春寫實、《小鮑莊》寓言式的寫實，《紀實與虛構》話語虛構中的寫實，還是《叔叔的故事》象徵式寫實，皆為王安憶「寫實主義大聯展」中的一員。對寫實主義的改造並非王安憶的個人行為，李銳《太平風物》回應著當代小說的名物敘寫之風，農具與農民生死與共的關係觸目驚心；賈平凹《山本》秦嶺山水草木、溝岔村寨的勾畫寄寓著作家真切的悲憫情懷；余華《我膽小如鼠》中對物的客觀屬性的描摹中滲透著人的細膩感知。莫言《檀香刑》在刑法場面的剖解中發出人性良知的拷問。寫實不是目的，寫實背後的心靈世界才是關鍵。開放、生長的寫實主義

34　「微寫實主義」是李遇春從賈平凹新世紀長篇小說創作的藝術經驗中提煉出的藝術命題。「微寫實主義」的內核是客觀冷靜的描摹，通過日常生活細節的整體流動推進敘事，建構高度立體化的整體寫實藝術。論者認為，莫言、王安憶、劉震雲皆有微寫實的藝術取向。（詳見李遇春：《賈平凹：走向「微寫實主義」》，《當代作家評論》2016年第6期；〈從「現實主義」到「微寫實主義」——近三十年中國文學新潮探微〉，《福建論壇（人文社會科學版）》，2019年第2期。）

具備展現現實生活的寬度,透視現實生活的密度,抵達現實生活的深度的潛能。

參考文獻

王安憶:《長恨歌》,北京:作家出版社,1996年。
王安憶:《米尼》,北京:北京聯合出版公司,2014年。
王安憶:《仙緣與塵緣》,北京:人民文學出版社,2017年。
王安憶:《弟兄們》,北京:中國文聯出版社,2001年。
王安憶:《心靈世界》,上海:復旦大學出版社,2007年。
王安憶:《故事和講故事》,上海:復旦大學出版社,2011年。
王安憶:〈小說的當下處境〉,《文學報》2005年第9期。
王安憶、高劍平:〈王安憶談〈天香〉〉,《東方早報》2011年2月24日。
王安憶、蘇偉貞:〈王安憶訪談〉,《揚子江評論》2017年第6期。
王安憶、張新穎:〈關於〈匿名〉的對談〉,《南方文壇》2016年第2期。
王安憶:《作家的壓力和創作衝動‧憂傷的年代》,北京:新世界出版社,2002年。
李　靜:〈不冒險的旅程——論王安憶的寫作困境〉,《當代作家評論》2003年第1期。
姚曉雷:〈乏力的攀登——王安憶長篇小說創作的問題透視〉,《當代作家評論》2004年第4期。
周保欣:〈「名物學」與中國當代小說詩學建構——從王安憶〈天香〉〈考工記〉談起〉,《文學評論》2021年第1期。

張　冀：〈心靈世界的精神荒原——〈遍地梟雄〉再解讀兼論王安憶的創作症候〉，《文學評論》2016年第1期。

徐秀明：〈文化衝突與敘事錯位——由〈長恨歌〉談王安憶的小說美學及其創作轉向〉，《學術月刊》2017年第7期。

周介人：〈難題的探討——給王安憶同志的信〉，《王安憶研究資料》，濟南：山東文藝出版社，2006年。

鄭國慶：〈王安憶上海「京派」與社會主義記憶〉，《南開學報（哲學社會科學版）》2011年第2期。

倍　雷、徐立偉：〈「典型」作為「他者形象」〉，《吉首大學學報（社會科學版）》2009年第7期。

天　仇（戴季陶）：〈愛之真理〉，《民權報》1913年5月20日。

沈雁冰：〈我們現在可以提倡表象主義的文學麼？〉，《小說月報》第11卷第2號，1920年2月。

〔法〕福樓拜：《福樓拜文學書簡》，丁世中譯，北京：北京燕山出版社，2012年。

〔匈〕盧卡契：《敘述與描寫——為討論自然主義和形式主義而作》，劉半九譯：《盧卡契文學論文集　第1卷》，北京：中國社會科學出版社，1980年。

張大春：《小說稗類》，桂林：廣西師範大學出版社，2004年。

曠新年：〈從寫實主義到現實主義——中國新文學對現實主義的理解、接受與闡釋〉，《華中師範大學學報（人文社會科學版）》，2014年第4期。

陳平原、夏曉虹編：《二十世紀中國小說理論資料：第1卷》，北京：北京大學出版社，1997年。

〔德〕黑格爾：《美學》，朱光潛譯，北京：商務印書館，1979年。

〔德〕馬克思：《馬克思恩格斯選集　第4卷》，北京：人民出版社，1973年。

〔美〕納博科夫著，申慧輝等譯：《文學講稿》，北京：生活・讀書・新知三聯書店，1991年。

郁達夫：《郁達夫文集　第5卷》，廣州：花城出版社，1982年。

魯　迅：《魯迅全集　第4卷》，北京：人民文學出版社，2005年。

唐君毅：〈中國哲學與中國文學之關係〉，《中國比較文學研究資料》，北京大學出版社，1989年。

（本文2022年7月發表於《藝術廣角》第4期）

語言文字與比較文學

從「侘」字看漢語借字對日本文化的影響

李思齊

二○二二級　語言學及應用語言學

摘要

　　漢字的域外傳播對漢字的發展及「漢字文化圈」的構建起著至關重要的作用。作為「漢字文化圈」的重要一環，與中國一衣帶水、交流頻繁的日本更是深受中國漢字的影響。西元三世紀中國漢字傳入日本以來，被借用於訓釋當時有音無字的日語中的概念，對日本社會、文化等方面均產生深遠影響。本文將以「侘」為例，分別梳理其在漢語、日語語境中意義演變過程，分析演變發生的具體原因及其僑歸後對漢語語義造成的影響，探尋漢語借字對日本文化的影響。

關鍵詞：「侘」　漢語借字　中日文化

漢字的域外傳播功能作為漢字記錄語言方面的拓展性功能，對漢字的發展和「漢字文化圈」的建構起著至關重要的作用。與中國在地理位置上一衣帶水、文化文明上淵源深厚、歷史發展上交流頻繁的日本，則是以中國為中心的漢字文化擴散波中的關鍵一圈。據《古事記》、《日本書紀》記載，西元三世紀日本應神天皇時期，百濟國王室派遣賢人赴日本，獻上《論語》、《千字文》等漢文經典，是為漢字傳入日本之始。[1]從此，漢字成為中日文化交流的主要載體及構建中日間文化認同的重要工具。

　　史有為將日本所用漢字分為「傳統正體」、「中國傳統異體」、「日本異體」和「日制漢字」四類[2]。前三類均屬中國漢字字種，約占日本現行漢字的百分之九十七以上，其中，「傳統正體」又占絕大部分。而日語的表音文字「假名」也是在漢字的基礎上加以改造，使其更好適應日語的產物。中國傳入的漢字給日本社會、文化方面帶來的影響可見一斑。最近在日本網絡中流行的「侘」字，就是值得分析的一例。

一　「侘」在漢語語境裡的意義及演變

　　迄今為止，筆者能夠搜索到的資料顯示，「侘」字最早出現於戰國時期屈原作品《楚辭》中，長期以「侘傺」雙音節連綿詞的形態出現。依據《楚辭詞典》[3]的解釋，該詞的語義為：「抑鬱不得志而踟躕佇立貌」；「侘」字單字不成詞，為構詞詞素，構成單純詞「侘傺」。「侘傺」一詞的語義大致可以分為以下兩類：

　　第一類，指政治上的失意、不得志。如：

1　林志強：《漢字學十六講》（北京：高等教育出版社，2019年）。
2　史有為：〈日本所用漢字的漢語「轉型」初探〉，《世界漢語教學》2005年。
3　王世舜主編，袁梅編著：《楚辭詞典》（濟南：山東教育出版社，2000年）。

例一：忳鬱邑余侘傺兮，吾獨窮困乎此時也。（屈原《楚辭‧離騷》）

例二：懷信侘傺，忽乎吾將行兮。（屈原《楚辭‧涉江》）

結合屈原因潔身自好而被佞臣讒言構陷，受到疏遠和迫害，被放逐江南，國破家亡，政治理想破滅最終以死明志的生平，以及王逸《楚辭章句》[4]中「侘傺，失志貌。侘，猶堂堂立貌也。傺，猶住也。楚人名住曰傺」「楚人謂失志悵然佇立為侘傺也」的註釋，不難推斷此時的「侘傺」表達的是一種未能受到重用，政治失意的鬱悶、愁苦之情。

南北朝時期，「侘傺」表達對仕途坎坷的憤懣之情的用法得到沿用，如：

例三：侘傺豈徒然，澶漫絕音形。風來不可托，鳥去豈為聽。（謝靈運《悲哉行》）

該詩為謝靈運被貶任永嘉郡太守期間所作，詩人以美景襯托哀情，借季節時物的變換，諷斥晉臣攀附宋朝、變節求榮之事，傳達仕途坎坷、失意的憤懣之情。顧紹蘆《謝靈運集校註》[5]中，將此處的「侘傺」解釋為「失意的樣子」。

唐宋時期，亦能從詩歌中找到「侘傺」的蹤影：

例四：送君在南浦，侘傺投此詞。（張說《贈趙公》）

4　王逸：《楚辭章句》（上海：上海古籍出版社，2017年）。
5　顧紹柏：《謝靈運集校註》（鄭州：中州古籍出版社，1987年）。

张说一生中三次為相，此詩作於其第二次宰相生涯結束，左遷湘岳，擔任岳州刺史之時。此時張說與從荊州入朝為官的王琚成為摯友，《贈趙公》便是於南浦送別王琚時所作，表達了其對自己政治失意的不滿、對朋友入朝為官的羨慕之情，以及期望自己也能像朋友一樣早日報效朝廷的壯志。由此可以推斷，此處的「侘傺」蘊含的仍是失意之意。

明清時期，仍能在文獻中找到「侘傺」的此類用法：

例五：「蓋，字覆輿。明亡後，謝諸生，悲吟侘傺，遂成狂疾。」（《清史稿・列傳・卷二百七十一》）

此為《清史稿》中對清初河朔詩派作家的簡略記載，張蓋為畿南三才子之一，明清易代之際，避亂隱居於沙河縣。入清後不仕，後自閉土室、獨酌狂號、不見外人。可以推斷此處的「侘傺」表達的也是張蓋沒有為官、不能施展自己抱負的不得志狀態。

現代漢語中，「侘傺」已然成為鮮少被使用的生僻詞，葉瑛在其校注的《文史通義》一書所作題記中，曾有「顧先生懷才不遇，侘傺終老，不為時流所知」的感慨。

第二類，指沮喪、失落、恍惚等義，對於不如意事情的感歎。如：

例六：何辜於天，景命不遂？兼悲增傷，侘傺失氣。
（曹丕《曹倉舒誄》）

曹沖，字倉舒，為曹操與環夫人之子，從小聰明仁愛，深受家族喜愛。曹操幾次對群臣誇耀他，有讓其繼嗣之意。然而曹沖還未成年就不幸病逝，年僅十三歲。此文為曹丕為曹沖所作誄詞，讚頌曹沖生

平的同時，表達了兄長對亡弟的悼念與不捨。可以分析，此處的「侘傺」表達的是因至親離世而產生的悲傷、沮喪、恍惚的心情。

「侘」還可以作為通假字獨用，但與「侘傺」構型無關。已經不再是密不可分的連綿詞了，其體現為字可以獨用了。可通「詫」，表誇耀之意。如：

  例七：即欲以侘鄙縣，驅馳國中，以誇諸侯，令天下盡知太后、帝愛之也。（司馬遷《史記・韓長孺列傳》）

此句中「侘」通「詫」，表示的是炫耀、誇耀的意思。

綜上所述，在中文語境中，「侘」多以雙音節連綿詞「侘傺」的形式出現，多用於表達政治失意、不得志、懷才不遇之情，後也不局限政治方面，廣泛用於表達失落、恍惚情感的趨向。作為通假字，「侘」也可以通「詫」，表誇耀之意。但「侘」在中文典籍中單用頻率並不頻繁，現代漢語中更是成為鮮少使用的生僻詞。主要表達人生遇逆境的負面情緒、哀怨之情。

二　「侘」所標記的概念在日語語境裡的意義演變

「侘傺」傳入日本後，分化成「侘傺」和「侘」兩個形式，分別作為兩個詞被使用，含義和所適用的範圍也有不小區別。

「侘傺」在《日本國語大辭典》[6]的解釋為：「失去志向。失意、窮困。」並非日語中的常用詞，僅出現於平安時代和鎌倉時代的部分史書記載中。如：

6　北原保雄：《日本國語大辭典》（東京：小學館，2006年）。

例八：國內之荒蕪、人民之侘際、莫過於斯。
(《寶生院文書・永延二年・九八八・十一月八日》)
(中文語義：國內之荒蕪，人民之侘傺，莫過於斯。)

例九：而直時違背老母之命、令侘傺直資之條、非拠之至也。
(《関東裁許下知狀・熊谷家文書（鎌倉遺文4791)》)
(中文語義：然而，說熊谷直時違背母親之名，讓熊谷直資窮困潦倒，完全是無稽之談。)

鎌倉時代，幕府官方以救濟禦家人為目的而頒布的法令「永仁德政令」，也曾出現過「侘傺」一詞：

例十：所領を以て或いは質券に入れ流し、或いは売買せしむるの条、御家人等侘傺の基なり。(《東寺百合文書・永仁の德政令》)
(中文語義：領地的典當和買賣，是禦家人窮困潦倒的原因。)

從辭典所記載的語義及文獻中的具體用法可以得知，「侘傺」傳入日本後，所表示的並非漢語語義中的「不得志、懷才不遇」的政治失意，也不是悲傷恍惚或得意誇耀的心理狀態，更多是對因天災人禍而招致的艱苦窘迫、窮困潦倒的生活狀態的描述。

而從「侘傺」中被拆分出來單獨作為一個詞使用的「侘」則在日本的文明、文化發展中，扮演者更為重要的角色。

在日本，「侘」是固有詞彙。在日本最早的詩歌總集《万葉集》中就曾以萬葉假名[7]「和備」的形式出現過十七次，假名文字興起

---

7 萬葉假名是日本假名的一種，主要用作上一代的日本語標記漢字的音與訓所借用的文字。

後，經整理替換，常以動詞「わぶ」（羅馬音wabu）、名詞「わび」（羅馬音wabi）或形容詞「わびしい」（羅馬音wabishii）的形式存在於文獻中，但平安時代前一直沒有被漢字「侘」標記。舒明天皇時期起，日本為學習中國文化，開始向中國派送遣唐使。奈良時代至平安時代前期（西元630年-838年間），日本朝廷一共任命十九次遣唐使，由此，唐文化及語言傳入日本，並對日本社會造成重要影響。西元八世紀末，漢字已經成為日語的固定書寫符號，並作為日語書面表達文字在日本得到一定傳播。平安時代的文學作品中，「わび」亦已開始為漢字「侘」所標記，流布本《今昔物語集》[8]二十卷三話中出現的「強チ二守ル二侘テ」的表達便是例證之一。

《新撰字鏡》[9]（天治本）卷一・二十九中對「侘」也有記載：

侘：恥加、從茶二反。居也，住也，以也，難聲也，悼念之聲也。

筆者注意到，該字表示的意義在被中國傳入的漢字「侘」標記前後有明顯區別，故以下將以其在平安時代為「侘」字所被標記的時間為節點，分為前、後兩部分討論。

（一）「わび」被「侘」標記前

筆者選取成書於奈良時代的《万葉集》中出現過具有代表性的「わび」，對其意義加以解讀、探析。發現此時代所用的「わび」大致可以根據義項分為以下兩類。

第一類，指因情感方面得不到滿足而產生的寂寞、痛苦的心情。如：

---

8 日本平安朝末期的民間傳說故事集，大約成書於一○七七年前後。
9 日本平安時代的僧人昌住於昌泰年間（898-901）用漢語寫成的一部字書，也是第一本漢和字典。

例十一：さ夜中に友呼ぶ千鳥もの思もふと侘びをる時に鳴きつつもとな[10]（《万葉集》相聞・卷四・六一八・大神女郎）
（中文語義：深更半夜，呼朋引伴的千鳥在我苦苦思索、痛苦煩惱的時候，沒有理由地叫個不停。）

大神女郎是奈良時代的女流歌人，天平年間她送給大伴家持的兩首和歌被收錄在《万葉集》中。本首和歌被認為是大神女郎向家持表達苦戀之情的戀歌。所描繪的是夜裡，心情苦悶、孤枕難眠的大神女郎聽到成群結伴的飛鳥呼朋引伴的叫聲，羨慕之情油然而生的同時，更為深刻地感受到寂寞，從而產生了難以消解的寂寞、痛苦之景象。這裡的「侘」表現的是對意中人的思念與愛意，以及愛而不得的無力感與憂愁、苦悶之情。

例十二：思ひ絕え侘にしものをなかなかに何か苦しく相見そめけむ（《万葉集》相聞・卷四・七五〇・大伴家持）
（中文語義：我對你的思念一度被切斷，過著心灰意冷的生活，可為什麼偏偏又和你見面，再次陷入痛苦之中呢？）

本首和歌是大伴宿禰家持寫給大伴阪上大孃的十五首戀歌中的一首。此時，兩人已結束戀愛關係，斷絕聯繫八年之久。本歌書寫的是家持在斷聯期間努力克制自己對於對方的強烈情感、假裝釋懷，然而時隔多年與愛人再相逢，再見時的喜悅與隱忍多年的痛苦思念重新被喚起時產生的複雜感情。是家持為戀愛的痛苦而煩惱，並意識到這種痛苦正來源於戀愛的時產生的甜蜜喜悅，而發出的由衷的吟誦。此處

---

10 《萬葉集》中採用書寫符號為萬葉假名。為便於理解，筆者將用現代日語中通行的漢字——假名符號系統對本文例句中出現的萬葉假名進行轉寫。

的「侘」表達的是與所愛之人分手後不能相見、音信全無時內心深處的懷念、渴望，以及雖然期盼重歸於好，但不知道對方想法的彷徨、無力與痛苦。

例十三：遠くあらば侘てもあらむを里近くありと聞きつつ見ぬがすべなさ（《万葉集》相聞‧卷四‧七五七‧大伴田村家之大孃贈妹阪上大孃）
（中文語義：如果住所相距遙遠，那麼寂寞也可以忍受。但聽說你住在我家附近，卻見不到你，真是讓人無奈。）

這是一首田村大孃寫給同父異母之妹阪上大孃的和歌。姐姐田村與父親住在田村氏聚居的村中，妹妹阪上則與其母親住在阪上氏聚居的村裡，兩村分別位於法華寺的正南方與正北方，距離並不遙遠，姐妹卻不常見面。因此，姐姐借和歌發出了無奈的感慨，傾訴了對同父異母妹妹的思念、對於相距不遠卻不能時常相見的小小埋怨與傷感，表達了盼望妹妹來訪的心情。此處的「侘」包含了因所思念的妹妹不來訪而產生的敏感的哀愁與寂寞之情。

第二類，指因自然環境變化而觸景生情，產生的寂寥與悲傷之感。如：

例十四：秋萩の散り過ぎゆかばさを鹿は侘び鳴きせむな見ずはともしみ（《万葉集》秋之雜歌‧卷十‧二一五二）
（中文語義：胡枝子花謝了，雄鹿看到胡枝子花的機會就減少，甚至看不見了，大概會發出淒寂的叫聲吧？）
例十五：なぞ鹿の侘び鳴きすなるけだしくも秋野の萩や繁く散るらむ（《万葉集》秋之雜歌‧卷十‧二一五四）

（中文語義：為什麼雄鹿會孤寂地悲鳴呢？難道是因為開在秋野上的胡枝子花紛紛凋零了嗎？）

以上兩首和歌中的「侘び鳴き」是用侘的連用形式[11]加上表示鳴叫的動詞「鳴る」所組成的具有「動物寂寞、悲傷地鳴叫」意義的複合詞，從修辭角度看，與人類的悲泣相近。表達因為季節更替，胡枝子花凋零而引起的雄鹿的感傷。此處的「侘」表達的是一種因自然環境變化而引起心境變化，與由此引發的不可抑制的寂寥與哀傷。

綜上所述，「わび」一詞在被漢字「侘」標記前，擁有的義項大致可以分為因愛（包括男女之愛、朋友之情、家族之羈絆等多種情感視閾下的愛）的欲求未得到滿足而引發的惆悵與苦痛及因自然環境發生變化而觸景傷情，進而產生的寂寥與悲傷之感。表達的均為負面情緒，是愛而不得的苦痛掙扎和傷春悲秋的多愁善感。

（二）「わび」被「侘」標記後

1　標記後、廣泛使用前

根據《新撰字鏡》、《和名類聚抄》等文獻的記載，平安時代日本已開始使用漢字「侘」訓釋日語傳統概念「わび」，但因為該時期日本知識分子認為漢字不能充分表達日本人特有的纖細感情、提倡復興國風文學，並將用假名書寫作為日本文學的代表的和歌作為該運動的重要內容。因此，該時期的和歌及相關作品大多由假名書寫。

《角川古語大辭典》[12、13]中記載，該時期對「わび」詞義的記載

---

11 日語語法名詞。指的是用言的一種變形，變形後可接其他動詞構成複合詞。
12 日本收錄語料數最多的古語辭典。書中載有日語的形成和歷史、詞語變遷和大量恰當用例，是日語古語辭典的最高峰。
13 中村幸彥等編：《角川古語大辭典》（東京：角川書店，1982年）。

如下：

　　表達身處不稱心、不如意的狀況中，因渴望消解、逃脫但無法實現，只能接納現狀而生的痛苦心情。可細分為多種解釋，但大致與現代日語「艱苦」相同。

　　一、不能如願以償，沮喪、氣餒的樣子。垂頭喪氣的樣子。

　　二、表達因束手無策而為難的心情。

　　三、表達伴隨著困惑而生的心理上的痛苦。根據導致痛苦感產生的原因、契機、條件的不同，痛苦的程度、觸發的情感也有所不同。想以當下不如意的處境為契機，戰勝它從而消解這種痛苦，但受到阻礙，反而加重了為難、苦悶的心情，以至於籠罩在絕望的陰影下。悲慘。可憐。悶悶不樂。束手無策。

　　四、隨著時間的推移、生老病死等的到來、生離死別的發生、人生無常的轉變等相伴而生的悲哀、孤獨和寂寥的感覺。也包含著對事態發展束手無策的絕望感和無感。無法忍受的哀傷。不安的。寂寞的。

　　五、表達生理上身體的痛苦感。令人不快、感到厭煩。難以忍受的（肉體上的）痛苦。

　　六、過著貧困、寒酸生活的樣子。通過對於「侘」生活的主觀的描述、表現，讓聽話人感受到說話人的客觀生活狀態和心情。

　　七、對於某件事物不能認同，感到無聊的樣子。是一種借表達注重感情的、傳遞悲觀情緒的「侘」來體現對某事物否定評價的用法。不喜歡。認為無聊。怎麼也不好。

　　由此可知，平安時代時「わび」的使用範圍已從愛而不得的傷感延伸到對不遇的感歎、對生離死別的悲歎、隨時間推移老之將至而一併到來的孤獨與寂寥之感等。然而，雖然所指範圍有所擴大，但描述的都是一種負面的、消極的、迫不得已的生活與心理狀態。

2 廣泛使用後

室町時代,「侘」才真正代替「わび」活躍在文獻中。被廣泛使用後,其所蘊含的意義又發生了不小的變化,下文將選取部分成文於室町時代後的文學作品,對其中的「侘」的意義進行探析。

  例十六:つれづれ侘ぶる人は、いかなる心ならん。
紛るるかたなく、ただ一人あるのみこそよけれ。
(《徒然草》第七十五段)
(中文語義:我不理解認為無事可做的閒寂是痛苦的人的心情。遠離塵囂,獨自一人處於孤獨的境地是最美妙的。)

吉田兼好的《徒然草》是日本代表文學作品,是日本三大隨筆之一。由互不連貫、長短不一的片段組成。本段中,作者認為人的悲喜得失都來源於塵世的紛擾,所以遠離塵囂、清淨身心就能不為世事所困、真正享受生活。是一篇勸人遁世的雜感。此處,「侘」的基本意義指的是閒適、離群索居、與世無爭的隱士生活狀態。

於室町時代寫成的能樂著名曲目《松風》的行僧臺詞中,也有這樣的表達:

  例十七:ことさらこの須磨の浦に心あらん人は、わざともれざびてこそ住むべけれ
(中文語義:若是有情趣的人,會故意在須磨海邊定居,過物質貧乏、淒清的日子吧。)
  例十八:わくらばに問ふ人あらば須磨の浦に藻塩たれつつ侘ぶと答へよ

（中文語義：如果有人問我過著怎樣的生活，請告訴他，我在須磨海邊，一邊流著像鹽藻上滴下的水一樣的眼淚，一邊過著貧窮、孤寂的生活。）

能樂《松風》講述的是某個秋季的傍晚十分，周遊列國的行僧訪達須磨海邊後發生的系列故事。上文摘取內容的為行僧初到須磨海邊時對該地喜愛的感歎和對在此定居，過貧乏、淒清而自在生活的期待。由此可知，此處的「侘」表示的仍然是一種物質貧乏、寂寞孤獨的生活狀態。

室町時代，受宋元點茶道的影響，日本茶道也得到了發展。武野紹鷗更是開創了以「侘」為核心理念的侘茶。《角川茶道大事典》[14]中，該時期對「侘」的解釋如下：

隱者の生活の中から見いだされてきた自然質朴な美をもととし、更に茶道の展開とともに確立された美意識。
（中文語義：以隱者生活中發現的自然質樸之美為基礎，進而隨著茶道的展開而確立的審美意識。）

綜上所述，此時的「侘」的理性意義仍表示物質貧乏、簡陋樸素、淒清寂寥的生活狀態，沒有發生很大的改變，但情感色彩卻有了根本的變化，完成了由一個主要描述和形容負面意義的詞向擁有正面意義的詞轉化，由表達消極價值轉向表達積極價值。

3　小結

通過對前兩節的對比可知，經漢字標記前，「わび」表達的多為

14　林屋辰三郎等編：《角川茶道大事典》（東京：角川書店，1990年）。

因愛（包括男女之愛、朋友之情、家族之羈絆等多種情感視閾下的愛）的欲求未能得到滿足而引發的煩惱、苦悶的愁緒。

經漢字「侘」標記後，其表達的範圍有所擴大，不僅可以表現與「愛」有關的愁緒，還可以擴展到面對生活的不如意、人生的無常時束手無策、失意的苦悶，甚至跳脫出心理思維的精神層面，向生理行為的物質層面繼續延伸。而「侘」被廣泛使用後，更是延伸出了接受事實、安於現狀的釋然心情，進而衍生出對質樸生活的肯定及貫徹和由此而生的閑寂而樸素的志趣。

要之，對於「わび」使用範圍的延伸，筆者認為有以下三個顯著特徵：

第一，產生了「失意」「不得志」的意義。

第二，「侘」所指的範圍從精神世界拓展到了物質世界。

第三，「侘」實現了從單純表達「心情鬱悶」等負面情緒的、帶有純粹消極色彩意義的語詞向積極意義的轉換。「侘」所引申出的「生活窮苦、不如意」的義項以及進一步引申出的對該生活狀態安之若素、悠然自得的意象，體現了日本人美化「侘生活」的傾向，以及對「侘」的認同態度。

三 被漢字標記後的語義變化及其原因分析

（一）被漢字標記後的語義變化

日語本有音無字，西元三世紀後漢字傳入，隨即借用漢字記音。例如，在日語中秋的讀音是aki，即以漢字「阿伎」二字表音，但不體現漢字的辨義功能。後直接使用漢字表義，寫作「秋」，但發音仍沿用日語傳統讀法aki，此種方式被後世為訓讀。峰岸明在《關於平

安時代的漢字定訓》[15]一文中,有這樣的表述:

　　漢字定訓的存在可以追溯到奈良時代……(中略)平安時代的漢譯佛經中,除了通過假名注音外,也有通過具有相同意義的漢字來注釋難以解讀漢字字義的現象。春日政治博士指出,在被標注的意義中也有無法從中文詞典中找到根據的情況(可能由日本人根據自己的猜想作出較為任意的解釋)。與此相關,小林芳規博士說道,平安時代是「慣用漢字的訓讀與漢字本身相連結的時代」。小林博士指出,以《新撰字鏡》為首,奈良時代和平安時代的文獻中標記注音的方法使用正訓(不僅是讀音,而且意義相關)的漢字,並由此推斷古典本是「漢字和漢字所承載的訓讀已經大致被確定前提下所著」。

　　由此可知,平安時代,日本已完成了從借漢字之音到借漢字之形的轉變。漢字屬於表意體系文字,形體與意義間有密切關係,故訓讀的產生及固化形成了借用漢字的形和義、不採用漢語讀音的新風潮,大量漢字字義通過字形傳入日本。此階段,日本人發現了「侘」與「わび」的契合性,並以此來訓釋「わび」,實現了其漢字化過程的同時,中文裡「侘」所蘊含的「失意」、「不得志」等意義也以其字形為載體進入到日語中,成為「わび」的新義項。

(二) 語義變化的原因分析

　　首先,受到「人在宅中」的會意思維的影響。隨著漢字、漢文化的傳入,六書也在日本傳播開來,後起的,日本稱為「國字」的日製漢字也是按照漢字六書原則、結合日本國內情況所創制的。

　　「會意」是六書的造字法之一,是一種通過形象整合及事理推衍來表達意思的造字法。會意思維則是形象思維和抽象思維相結合的產

---

15 峰岸明:〈平安時代における漢字の定訓について〉,《國語と國文化》1984年。

物，會意性解讀又可隨思維主體所屬民族、所處時代、著眼角度等區別要素的變化而體現出極大的靈活性。

「侘」字由「人」和「宅」構成，給人一種人與空間相連結、人在宅中的空間感覺。

如上節所提及的能樂《松風》中將「侘」作為詞素與「住」、「居」相接，組成與人同空間相關的「侘住」和「侘居」。從中不難發現，此時「侘」經「人在宅中」的會意性思維解讀影響，已不單是表達愛而不得、自怨自艾情緒的情感詞，進而轉向對人與居住地、居住環境，即空間體驗的描寫與闡釋，所蘊含的內容已從思維層面延伸到行為、生活層面。

此外，在該語境中的「侘住」、「侘居」並非被動的行為，而是行僧主動為之的結果。結合當時茶道界「侘茶」的興起等現實背景可見，室町時代時「侘」被賦予了一定積極意義與價值，成為一種有意追求野趣、風雅的狀態。

其次，是受到時代背景變化的影響。「侘」被廣泛運用的室町時代是實力至上的時代，主從關係變成了實力關係，實力強者為主，實力弱者為從，下級替代上級、分家篡奪主家、家臣消滅家主等「下克上」的現象時有發生，政治局勢動盪不安。

文化方面，該時代是日本文化的成熟時期。日本國內方面，室町文化由國內諸種文化融會而成，在傳統公家文化的基礎上，進一步與皇室貴族文化、新興武家文化及隨國人地位日益上升而催生的庶民文化相互交融；同時，該時代完成了對中國唐代、宋代、元代文化的吸收，儒學和重義理朱子學也逐漸得到重視，以五山禪僧為中心的禪林儒學崛起，因佛教經典都是以漢文書寫，漢學成為僧侶的必修課。由此可見，該時代漢文化以及漢字對日本有極大影響力。

在這樣的社會大背景之下，連年不斷的戰爭、革命引起的社會動

盪不安的常態化以及佛教思想深入，使當時的日本人的思想發生了變化：人們無心應付亂世間的紛擾，日常的殺伐征戰、刀光劍影或貴族的紙醉金迷、富麗堂皇讓人疲憊不堪，人們對貧乏、清寂的遠離塵世、恬淡無欲的生活有著從未有過的渴望與嚮往，在無可奈何中形成了一種苦中作樂、亂中求靜、「躲進小樓成一統，管他春夏與秋冬」的超越心理。

　　總之，「わび」被漢字「侘」標記前後發生變化的原因大致可分為三類：第一，漢字形義結合緊密，日本借用「侘」的字形時一併將其所包含的意義借走，故漢字的傳入是其意義發生變化的原因之一。第二，從詞義演變的角度來看，漢字「侘」標記「わび」後引起的最大變化就是偏重於「人在宅中」的會意性理解，將其與空間狀態相聯繫，在體現「孤單、寂寞」等消極價值的同時，也可以體現「閒居、恬靜、悠然自得」等積極價值。第三，受時代變更後社會動盪、文化融合等影響，人們的價值取向發生了一定程度上的改變，導致對於「侘」這一生活狀態的態度發生了轉變，促使其完成由消極轉向積極的完全蛻變。

四　日語「侘」對漢語語義造成的影響

　　中日長達兩千多年的文化交流中，文字、詞彙的交流、互借相當頻繁。初期，中國漢字、詞彙隨遣唐使大量傳入日本，被用於記錄有音無字的日語，日本又在借用吸收的基礎上不斷發展，不僅通過漢字製造了自己的文字，還賦予了一些詞彙新義，並逐步使其在大和民族語言系統中固定下來，成為日語中不可缺少的組成部分。明治維新以來，情況又發生了變化，不少日本詞彙進入中國，活躍在中國人日常的語言表達活動中。

上世紀七〇年代日本經濟稱霸全球後，國內刮起一陣「哈日風」，日本文化強勢輸入港臺，又繼續向內地延伸；二十一世紀以來，隨著全球化進程的加速和互聯網的普及、日方「酷日本」[16]戰略的實施，中日間文化交流迎來了新高潮，作為文化載體的語言要素在其中更是起到不可忽視的作用。不少被借用的漢字／詞語帶著在日發展中被賦予的新義項，通過廣播、電視、網絡等多元媒介重新傳回中國，並在漢語中使用，產生新的義項或亞義位。

近年來，漢語三級字「侘」也在「侘寂」一詞中重新煥發出活力。「侘寂」為日源借詞中的借形詞，形式上與日語原詞基本相同，按照本民族的發音來認讀。「侘び寂び」在日語中本身是兩個詞，由注重空間感覺的、指在貧困和孤獨中尋找心靈滿足的意識的「侘び」和注重時間感覺的、表示在閑寂中讓人自然而然感受到的深奧、豐富之美的「寂び」組成，作為短語被放在一起談論時，主要指將「侘び」與「寂び」相結合，把人世的虛幻和無常視為美的日本美學意識。該概念被引入中國時，不再作為兩個詞，直接以「侘寂」的形式在場。王向遠曾在《日本的「侘」「侘茶」與「侘寂」的美學》一文中曾這樣解讀：「空間美學與時間美學相交的意義上，我們也不妨將兩個詞合稱為『侘寂』，也更符合中文詞彙雙音雙字的標記習慣，如此，『侘寂』這個詞更容易使中國人上口、使用。」[17]雖然迄今為止「侘寂」暫未入典，但其在網絡生活，尤其是美學、建築學方面十分活躍。臺灣導演陳正道在二〇二一年十二月接受澎湃新聞採訪時，也

---

[16] 日本希望通過發展「新文化產業」，變「產品輸出」為「文化輸出」，推動日本經濟發展而制定的國策，旨在向海外推介以動漫、遊戲為首的日本內容產品及食品等領域的國內獨特文化。

[17] 王向遠：〈日本的「侘」「侘茶」與「侘寂」的美學〉，《東岳論叢》2016年。

曾有過「我家很侘寂」[18]的表述。在百度輸入「侘寂」，截止到二〇二三年八月十四日，相關結果約為五千九百一十萬個；在谷歌中文版網址[19]中搜索，有七百零五萬條相關信息。對於該詞，百度給出這樣的解釋：侘寂是日本美學意識的一個組成部分，一般指的是樸素又安靜的事物。由此可見，「侘」在此處對應的並非傳統義項中的「失意、不得志」之意，而是暫未被辭典收錄的與日本美學相關的，積極的審美意象。「侘」的僑歸豐富了其原有的漢語語義，促成其由並不常用的漢語三級字，向承載日本茶道精神與超越心理的極富審美價值的文化負載詞的轉變，促進了中日兩國間的友好互動，更體現了文字在文化交流中的重要作用。

五　結語

漢語「侘」字的獨用時是通假字，頻率也不高，自從其對將日語概念「わび」進行標記之後，逐步在中日文中流行和顯現出來，成為一個獨立的語素。

漢字「侘」傳入日本，擴大了「わび」的意義範圍，使其跳脫出「愛」的小區域，廣泛地在包括仕途、生活在內的更多方面傳達對於遭遇不遇的失意與不得志心理，同時，受時代背景和對其會意性解讀的影響，其色彩意義從負面走向正面，甚至成為中世以來日本茶道精神的內核與日本審美意識的象徵詞，因此，其在日語中所表示的概念已經增加了新的義項，豐富了日本文化的內涵，並在與日本獨特的思

18　專訪「陳正道：自以為瞭解女性，是失去女性觀眾的第一步[EL/OB]」，2021年。參見網址：https://baijiahao.baidu.com/s?id=1719900837881862938&wfr=spider&for=pc（2023年8月14日）。

19　指谷歌香港，網址：https://www.google.com.hk。

維、文化結合的過程中繼續發展，展現出大和民族特有的色彩。西元三世紀漢字傳入日本至今已有近一千五百年，漢字對日本文化和學術傳統起到了至關重要的作用，雖然日本曾多次試圖「去漢字化」，現代社會對漢字的使用也有所限制，但截至二〇〇九年日本公布的最新版本《常用漢字表》中仍有二一四一字。不論是名勝古跡還是街頭路標，漢字隨處可見，日本有每年年末組織大家用毛筆一齊寫出最能總結過去一年的「年度漢字」的習俗，充分體現了日本人對於漢字、漢字書法的喜愛，這些都能深深映射出漢字文化對他們內在精神的吸引力和影響力，也展現出漢字旺盛的生命力與極強的適應性。

隨著被使用頻率的增加，「佗」通過「佗寂」僑歸，在中國網絡上流行，再次證明了漢字作為文化載體，在促進中日文化互動方面起到重要作用。但「佗」在現代漢語只通過「佗寂」詞形流行，仍不獨用。只借用其語義與雙音詞形，而不借用其單音詞形，與現代漢語雙音節詞為主的語言交際習慣相契合，體現了現代漢語詞彙方面的相對穩定性，這也正是漢語經久不衰，延續至今的重要原因。

漢字是中華瑰寶，是華夏文明一脈相承的重要見證，也是傳播漢文化和引進外來文化的重要載體，體現了世界文明互相接觸、吸收的語言事實。只借用雙音詞形而不借用單音詞形這一現象，則顯示了漢語在融合潮流中所具有的定力與穩定性，展現了源遠流長的中國漢字與其背後蘊含的中華文明的影響力。

網絡迅速發展的今天，文字記錄方式發生革命性的變化，「敲字如飛」大有逐漸替代一筆一畫的漢字書寫的趨勢，提筆忘字成了當今惹人擔憂卻又難以避免的普遍現象。「文中有日月，字裡有乾坤」，我們亟需通過探究漢字及其背後蘊含的文化來闡明其在歷史發展中的重要作用、喚起人們對漢字的重視與熱愛，讓其散發出歷久彌新的光輝。

參考文獻

林志強：《漢字學十六講》，北京：高等教育出版社，2019年。

史有為：〈日本所用漢字的漢語「轉型」初探〉，《世界漢語教學》，2005年。

王世舜主編，袁梅編著：《楚辭詞典》，濟南：山東教育出版社，2000年。

王　逸：《楚辭章句》，上海：上海古籍出版社，2017年。

顧紹柏：《謝靈運集校注》，鄭州：中州古籍出版社，1987年。

北原保雄著：《日本國語大辭典》，東京：小學館，2006年。

中村幸彥等編：《角川古語大辭典》，東京：角川書店，1982年。

林屋辰三郎等編：《角川茶道大事典》，東京：角川書店，1990年。

峰岸明：〈平安時代における漢字の定訓について〉，《國語と國文化》，1984年。

王向遠：〈日本的「侘」「侘茶」與「侘寂」的美學〉，《東岳論叢》，2016年。

專訪「陳正道：自以為瞭解女性，是失去女性觀眾的第一步[EL/OB]」，2021年。參見網址：https://baijiahao.baidu.com/s?id=1719900837881862938&wfr=spider&for=pc。

「鬼」及其字族研究

鄭婉鳳

二〇二二級　中國古典文獻學

摘要

　　本文梳理了關於「鬼」的造字本義的代表性研究；以《說文解字》「鬼」部字為研究對象，分析從「鬼」之字來探討歸納「鬼」所具有的義項；以母文表義說理論為基礎，對《說文解字》中以「鬼」為聲旁的字進行分析系聯，得出屬「鬼」字族的字有：魁、隗、嵬、槐、頹、傀、媿、餽、瘣。通過對「鬼」及其字族的分析，有利於加深對這一字族內涵的理解。

關鍵詞：字族　母文　鬼　《說文解字》

一 引言

在傳統的文字學研究中，主要認為形聲字的形旁表義，聲旁表音，難以打破這種思維的局限。但實際上，早在漢代，許慎在《說文解字》中已經涉及了關於形聲字「聲符表義」的問題。魏晉南北朝時期顧野王所作的《玉篇》，已有自覺研究字族的表現，不過因唐宋人對《玉篇》的修訂刪減，《玉篇》失其本來面目，因而唐宋之際，極少有人關注《玉篇》在字族方面的研究。後來宋人王聖美首創「右文說」，是漢字字族的萌芽。後經王觀國、張世南的傳播，宋代戴侗將「右文說」從理論的研究上升到具有現實意義的字族的實踐。到了明清之際，段玉裁、王念孫、王筠、王引之等人對字族研究都有不同程度的貢獻。近代以來，沈兼士首提「字族」這一概念，雖然其所提倡的「字族」概念實際上是「詞族」概念，但進一步發展了字族理論。蔡永貴多年來潛心研究「右文說」，在上個世紀八〇年代的《「右文說」新探》一文中，首倡「母文表義說」主張，為字族理論開闢了一個全新的天地。所謂「右文說」是指「母文表義」說，即「『右文』不是指形聲字的聲符，而是一個形音義皆備的、具有分化孳乳新字能力的母文。」……『右文說』研究的對象不是形聲字，而是一種特殊的字，用傳統的六書名目無法概括，我們姑且稱之為『母文外化字』。即在母文上加注表示具體事類的偏旁為外部標誌而孳乳分化出來的字。」[1]由於一個字承載的義項過多，為了分化一個字的義項，提高一個字的區別度，於是產生了母文外化字。母文外化字的形音義都來源於母文，它的字形以母文為基礎，字義是母文某個意義的具體

---

[1] 蔡永貴、李岩：《「右文說」新探》，載《新疆師範大學學報（哲學社會科學版）》1988年第1期，頁46。

化、對象化或補充,讀音與母文的音相同或相近。本文將根據「母文表義」理論,在分析母文「鬼」字及《說文》鬼部從「鬼」之字的基礎上,闡釋由母文「鬼」加上一系列外化標誌而產生的母文外化字。

二　對「鬼」字及《說文》中從「鬼」之字的分析

(一)「鬼」字的造字本義

在商代,根據《甲文編》記載,「鬼」寫作𤰞[2],下部象人跪坐之形。西周時期,「鬼」字的金文字形承襲商代甲骨文字形,變化不大,寫作𤰞[3]。戰國秦系文字「鬼」寫作𤰞[4]。《說文》小篆「鬼」寫作𤰞[5],「⊃」形消失而增「ㄥ」形。漢代「鬼」字寫作𤰞[6],「ㄥ」演變為「ㅅ」。今天的楷書寫作「鬼」,與《說文》小篆構形基本相似。許慎將「鬼」字的本義解釋為:「人所歸為鬼。」[7]段玉裁作注,認為訓「鬼」為「歸」,乃「以疊韻為訓」。[8]古音「鬼」「歸」同屬見紐微部。

《說文》:「鬼,人所歸為鬼。从人,象鬼頭。鬼陰气賊害,从厶。凡鬼之屬皆从鬼。𥛱,古文从示。」[9]許敬參《釋鬼》:「考𥛱,古籍不見,金文有之。《說文解字》『鬼』古文如此作,則為漢以前之廢

2　李宗焜:《甲骨文字編》(北京:中華書局,2012年),頁833。

3　容庚編,張振林、馬國權摹補:《金文編》(北京:中華書局,1985年),頁653。

4　李圃主編:《古文字詁林》(第8冊)(上海:上海教育出版社,2003年),頁177。

5　〔漢〕許慎:《說文解字》(北京:中華書局,1978年),頁188下欄。

6　漢語大字典字形組編:《秦漢魏晉篆隸字形表》(成都:四川辭書出版社,1985年),頁646。

7　〔漢〕許慎:《說文解字》,頁188下欄。

8　〔清〕段玉裁注,許惟賢整理:《說文解字注》(南京:鳳凰出版社,2007年),頁759。

9　〔漢〕許慎:《說文解字》,頁188下欄。

字可知。」[10]許慎將「鬼」字分析為「从人，象鬼頭、从厶」，這種觀點在學界曾占主流地位，但對於「鬼」字的構件分析，後人多有不同意見。首先，對「鬼」字的構件之一「厶」，王筠《說文釋例》：「古人言鬼無不謂人之祖先者，故古文作䰠，豈可以賊害之說。」[11]王筠認為「鬼」不可以賊害之說，而「厶」含有「賊害」之義素，則「鬼」是不從「厶」的。高田忠周《古籀篇》卷三十五直指「鬼」不從「厶」：「依鐘鼎古文，古鬼字不從厶。甶亦象形，非會意字。《說文》古文又作䰠，从示神之，是後出古文，始為會意。」[12]許慎說「鬼」從「厶」，但今所見卜辭和古金文中都沒有「厶」，因而「厶」可能是後人的繁冗之筆。其次，針對上部的「甶」形，各家又有不同的看法，一種看法是以許慎為代表，將其視為鬼頭；還有一種看法是將其視為巫師所戴的面具。如國光紅認為：「鬼，歸也，神魂之所歸也。从人，象戴四目鬼臉兒之巫鬼形。甶，古巫所戴之鬼臉兒也，象面具而有四目之形。」[13]臧克和亦持這種觀點，他認為：「『鬼』實即取象於人，這個人的身份為巫師，巫師或披頭散髮，或戴了面具進入事神弄鬼的狀態；或者說『鬼』字取象就是巫師事神作鬼的奇異狀態。」[14]另有一種看法釋「鬼」字的上部為「田」者，如程邦雄《鬼字形義淺探》：「『鬼』字不是一個單純的象形字，而是一個會意字，正是會的『人死歸土』的意義。諸字上部均為『田』字，下部均為人形。」[15]張勁

---

10 許敬參：〈釋鬼〉，《河南博物館（館刊）》1936年第2期，頁3。
11 〔清〕王筠：《說文釋例》（上海：世界書局，1983年），頁56。
12 高田忠周：《古籀篇》（第三冊）（臺北：大通書局，1982年），頁1035。
13 國光紅：〈鬼和鬼臉兒——釋鬼、甶、巫、亞〉，《山東師大學報（社會科學版）》1993年第1期，頁86。
14 臧克和：《說文解字的文化說解》（武漢：湖北人民出版社，1995年），頁336。
15 程邦雄：〈「鬼」字形義淺探〉，《華中理工大學學報（社會科學版）》，1997年第3期，頁104。

松亦持相同的觀點。他通過符號學分析，將田形圖案破譯為由方框和十字形相組合的符號，而「『囗』為土地符號，十字形是為太陽也即天的符號，那麼田字形即為天地合一的符號。」在此基礎上，張勁松指出：「甲骨文鬼字上部之『田』符號義當是承襲史前田符號義，田下從人，當意指葬於天地之地下的死人。」[16]同時，他根據古代對屍體的葬法、半坡遺址陶器的葬具等證據進一步論證古代有人死歸土為鬼魂的觀念。以上各家雖對「鬼」字上部的「甶」形看法各有不同，但有一個共同之處在於將「鬼」字的本義與死者或死者的靈魂相系聯，這類觀點可囊括大部分研究「鬼」字造字本義的觀點。日本學者池田末利認為「鬼」的造字本義是「回歸頭顱的死者的靈魂」[17]，也將「鬼」字造字本義與死者靈魂相系聯。這類觀點，傳世文獻亦多有所論述。《禮記·祭義》：「眾生必死，死必歸土，此謂之鬼。」[18]《論語·為政》：「非其鬼而祭之，諂也。」楊伯峻注：「古代人死都叫『鬼』，一般指已死的祖先而言，但也偶有泛指的。」[19]

此外，有別於前文所述將「鬼」的造字本義與死者或死者的靈魂相系聯，章炳麟、沈兼士認為「鬼」字的本義為類人異獸。章炳麟指出「鬼頭為甶，禺頭與鬼頭同」「鬼夔同音」，分別從形訓和聲訓兩個方面論證了「鬼即夔字，引申為死人神靈之稱」，並引韋昭說「夔為山繅，後世變作山魈，魈亦獸屬，非神靈。」[20]沈兼士認為「鬼與禺同為類人異獸之稱」，並「由類人之獸引申為異族人種之名」，「由具

---

16 張勁松：〈「鬼」字之原始真義〉，《祭禮·儺俗與民間戲劇——98亞洲民間戲劇民俗藝術觀摩與學術研討會論文集》（1998年），頁497-498。
17 廣田律子著，王汝瀾、安小鐵譯：《「鬼」之來路中國的假面與祭儀》（北京：中華書局，2005年），頁4-5。
18 〔元〕陳澔注，金曉東校點：《禮記》（上海：上海古籍出版社，2016年），頁539。
19 楊伯峻：《論語譯注》（北京：中華書局，1980年），頁22。
20 〔清〕章炳麟：《小學答問》（臺北：文海出版社公司，1971年），頁58-60。

體的鬼，引申為抽象的畏，及其他奇偉譎怪諸形容詞」，「由實物之名藉以形容人死後所想像之靈魂」。[21]關於「由具體的鬼引申為抽象的畏」的觀點，除沈兼士從字義的角度進行論證外，亦可從字形、字音角度察之。從字形角度看，「鬼」甲骨文作🝴、🝵[22]等形，在金文中作🝶（小盂鼎）、🝷（梁伯戈）；「畏」甲骨文作🝸、🝹[23]，在金文中作🝺（大盂鼎）、🝻（尚盤）。王國維在《鬼方昆夷獫狁考》中，曾就鬼、畏二字的字形關係作過分析。他發現金文字形中「鬼」字從鬼、從戈或攴，金文字形中「畏」字從由、從攴或卜，所以鬼、畏二字從字形看可相通。從字音角度看，王國維亦有所論證，他引《毛詩傳》之言：「鬼方，遠方也。」畏、遠均屬於「影」零聲母，所以「畏」「遠」雙聲，「鬼方」即「畏方」。[24]曹銀晶亦從字音角度論證過：「『鬼』字，見母微部；『畏』字，影母微部。影母屬喉音，見母屬牙音，喉牙聲轉應該是沒有問題的。」[25]由此可見，鬼、畏二字音近可通。

其實，漢代王充《論衡·訂鬼篇》對「鬼」即「類人異獸」的說法已有初步論述：「一曰，鬼者物也，與人無異。天地之間，有鬼之物，常在四邊之外，時往來中國，與人雜（則）〔廁〕，凶惡之類也。故人病且死者，乃見之。天地生物也，有人如鳥獸，及其生凶物，亦有似人象鳥獸者，……或謂之鬼，或謂之凶，或謂之魅，或謂之魑，

---

21 沈兼士：〈「鬼」字原始意義之試探〉，《國立北京大學國學季刊》1935年第3期，頁45-61。
22 李宗焜：《甲骨文字編》，頁833。
23 李宗焜：《甲骨文字編》，頁833。
24 參見謝維揚、房鑫亮主編：《王國維全集》（第8卷）（杭州：浙江教育出版社，2010年），頁377-381。
25 曹銀晶：〈鬼、畏同源試證〉，《「北京大學——南京大學」博士論壇》2009年。

皆生存實有，非虛無象類之也。」[26]清代王廷鼎指出《莊子》中的「山有夔」和《國語》中的「木石之怪夔罔兩」都是借夔為鬼。[27]

綜合上述所見，本文同意沈兼士的觀點，「鬼」以「類人異獸」為造字本義，由其引申為異族人種之名、抽象的畏及其他奇偉譎怪諸形容詞、人死後所想像之靈魂。

（二）《說文解字》鬼部：从「鬼」之字

《說文解字》鬼部收正篆十七字，另有四個重文；徐鉉本新附三字，共計二十字：鬼、魁、魂、魄、魅、鬽、魃、彪、魃、魑、蠻、甤、傀、魖、䰠、醜、魋、魑、魔、魘。下文先從《說文解字》鬼部所收之字加以驗證上述觀點，即「鬼」以「類人異獸」為造字本義，由其引申為異族人種之名、抽象的畏及其他奇偉譎怪諸形容詞、人死後所想像之靈魂。

1 含有「類人異獸」義的从「鬼」之字

魅：《說文》：「厲鬼也，从鬼，失聲。」[28]《左傳·襄公二十六年》：「厲之不如。」杜預注：「厲，惡鬼也。」[29]《山海經·西山經》：「剛山出焉，北流注於渭。是多神䰠，其狀人面獸身，一足一手，其音如欽。」郭璞注：「䰠，或作䰠。」[30]

---

26 〔東漢〕王充：《論衡》（上海：上海人民出版社，1974年），頁344。
27 李圃主編：《古文字詁林》第8冊，頁84。
28 〔漢〕許慎：《說文解字》，頁188下欄。
29 〔清〕阮元校刻：《阮刻春秋左傳注疏》9（蔣鵬翔主編）（杭州：浙江大學出版社，2015年），頁2490。
30 〔晉〕郭璞注，〔清〕畢沅校：《山海經》（上海：上海古籍出版社，1989年），頁32。

魖：《說文》：「耗神也，从鬼，虛聲。」[31]揚雄《甘泉賦》：「捎夔魖而抶獝狂。」[32]《國語》韋昭注：「夔，一足。越人謂之山繰，音『騷』，或作󰀀。富陽有之，人面猴身，能言。」[33]《說文》：「夔，神魖也，如龍，一足，从夂，象有角、手、人面之形。」[34]按此，魖與夔為一物。張衡《東京賦》：「殘夔魖與罔像。」[35]薛綜注《東京賦》：「夔，木石之怪，如龍，有角鱗甲，光如日月，見則其邑大旱。」[36]馬敘倫《說文解字六書疏證卷十七》：「此種每傷人之禾稼也。」[37]我國古代為農業社會，大旱之時則傷人禾稼，傷人莊稼則是損人錢財，因而耗神也常常被解釋為損害人類財物的物種，據文獻描述似怪獸。

魈：《說文》：「老精物也。从鬼、彡。彡，鬼毛。」[38]《說文》或將「魈」寫作「魅」。《論衡》曰：「鬼者，老精物也。」[39]《周禮》：「以夏日至，致地示，物魈。」注曰：「百物之神曰魈。」賈公彥疏：「服氏注云：『魅，人面獸身而四足，好惑人。山林異氣所生。』」[40]《左傳・文公十八年》：「以禦螭魅。」[41]王筠《說文句

---

[31] 〔漢〕許慎：《說文解字》，頁188下欄。
[32] 任繼愈主編，〔清〕姚鼐編：《中華傳世文選古文類纂》（長春：吉林人民出版社，1998年），頁818。
[33] 〔吳〕韋昭注：《國語》（上海：上海古籍出版社，2008年），頁92。
[34] 〔漢〕許慎：《說文解字》，頁112下欄。
[35] 蕭統選，李善注：《文選》（北京：商務印書館，1936年），頁66。
[36] 費振剛、仇仲謙、劉南平校釋：《全漢賦文白對照》（廣州：廣東教育出版社，2006年），頁530。
[37] 李圃主編：《古文字詁林》第8冊，頁181。
[38] 〔漢〕許慎：《說文解字》，頁188下欄。
[39] 〔東漢〕王充：《論衡》（上海：上海人民出版社，1974年），頁343。
[40] 〔漢〕鄭玄注，〔唐〕賈公彥疏，黃侃經文句讀：《周禮注疏》（上海：上海古籍出版社，1990年），頁423。
[41] 〔清〕阮元校刻，蔣鵬翔主編：《阮刻春秋左傳注疏》5，頁1402。

讀》：「然則魖有定形，非幻化所為也。故不直云精物而曰老者。《抱朴子》言：『老魖，黃門從官騶，罵陳蕃曰死老魖。』是古人言魖皆謂之老也。」[42]楊清虎《「以禦魑魅」考辨》：「『以禦魑魅』所抵禦的應該是離『四夷』更偏遠地區的異族、異類、鬼怪等，且異常兇狠。」[43]綜上可見，魖為凶狠的人面獸身的老怪獸。

魋：《說文》：「神獸也。从鬼，隹聲。」[44]《爾雅》：「魋如小熊，竊毛而黃。」郭璞注：「今建平山中有此獸，狀如熊而小，毛粗淺赤黃色，俗呼為赤熊，即魋也。」[45]《玉篇》：「魋，如小熊也。」[46]

魑：《說文》：「魑，鬼屬。从鬼从离，离亦聲。」[47]《左傳》：「螭魅。」杜注：「螭，山神獸形。」[48]《說文》虫部：「螭，若龍而黃，北方謂之地螻，从虫，离聲。或云無角曰螭。」[49]《說文》厹部：「离，山神，獸也。」[50]毛際盛認為：「《左傳》誤以离為螭矣，魑更离之俗字。」[51]《一切眾經音義・妙法蓮華經》卷六：「《說文》作离，《三蒼》、諸書作螭，近作魑。」[52]周寶宏指出：「离字也不是山神獸的本字，也不是魑魅的字，戰國時代只是借用离表示魑魅義，後來加蟲旁

---

42 〔清〕王筠：《說文句讀》（上海：上海古籍書店，1983年），頁1238。
43 楊清虎：〈「以禦魑魅」考辨〉，《中北大學學報（社會科學版）》2016年第1期，頁10-14。
44 〔漢〕許慎：《說文解字》，頁189上欄。
45 〔晉〕郭璞注：《爾雅》（杭州：浙江古籍出版社，2011年），頁73。
46 〔南朝〕顧野王：《大廣益會玉篇》（北京：中華書局，1987年），頁94。
47 〔漢〕許慎：《說文解字》，頁189上欄。
48 〔清〕阮元校刻，蔣鵬翔主編：《阮刻春秋左傳注疏》5（杭州：浙江大學出版社，2015年），頁1449。
49 〔漢〕許慎：《說文解字》，頁281下欄。
50 〔漢〕許慎：《說文解字》，頁308上欄。
51 丁福保編：《說文解字詁林》（北京：中華書局，1988年），頁9112。
52 〔唐〕釋玄應撰，黃仁瑄校注：《大唐眾經音義校注上》（北京：中華書局，2018年），頁251。

作螭，到了齊梁時代才產生魖字，作為魑魅之後產生本字。」[53]

形旁具有示意功能。魅、魖、魃、魑、魖均含有獸義，且其形旁均為「鬼」，可見「鬼」字確實可表獸類，「鬼」字含有「類人異獸」義。

2 含有「人死後所想像之靈魂」的从「鬼」之字

魂：《說文》：「魂，陽氣也，从鬼，雲聲。」[54]《左傳・昭公七年》：「人生始化曰魄，既生魄，陽曰魂。」[55]《論衡・紀妖》：「夫魂者精氣也，精氣之行與雲煙等。」[56]馬敘倫《說文解字六書疏證卷十七》：「此从人鬼之鬼。」[57]周寶宏指出：「魂字的本義，是依附於身體的一種精神或精氣，人活則有魂，死則魂升於天，這只是古人的一種觀念，不是客觀存在的物體，但這種觀念的產生很早。」[58]

魄：《說文》：「魄，陰神也，从鬼，白聲。」[59]《左傳・昭公七年》孔穎達疏：「附形之靈為魄，附氣之神為魂也。附形之靈者，謂初生之時，耳目心識手足運動啼呼為聲，此則魄之靈也；附氣之神者，謂精神性識漸有所知，此則附氣之神也。」[60]魄即指依附於人的身體的精神，亦含人死後所想像的靈魂義。

魅：「魅」是形聲字。關於「魅」字的古文字字形，僅有《說

---

53 李學勤主編：《字源》（天津：天津古籍出版社；瀋陽：遼寧出版社，2012年），頁807。
54 〔漢〕許慎：《說文解字》，頁188下欄。
55 〔清〕阮元校刻，蔣鵬翔主編：《阮刻春秋左傳注疏》10，頁3011。
56 〔東漢〕王充：《論衡》（上海：上海人民出版社，1974年），頁337。
57 李圃主編：《古文字詁林》第8冊（2003年），頁191。
58 李學勤主編：《字源》，頁807。
59 〔漢〕許慎：《說文解字》（北京：中華書局，1978年），頁188下欄。
60 〔清〕阮元校刻，蔣鵬翔主編：《阮刻春秋左傳注疏》10，頁3012。

文》小篆字形，寫作🈳[61]。《說文》：「䰰，神也。从鬼，申聲。」[62]《山海經・中山經》：「䰰武羅司之。」郭璞注：「䰰即神字。」[63]馬敘倫《說文解字六書疏證卷十七》：「此神之俗字。从人鬼之鬼。」[64]周寶宏指出：「《山海經》最遲在戰國編定，其中有䰰字，或許秦漢以後傳抄時改神為䰰，故䰰字產生於何時代不明。」[65]《說文》：「神，天神，引出萬物者也。从示、申。」[66]《說文》：「申，神也。」[67]「神」是「申」的假借字。《說文》：「申，電也。」[68]《說文》：「電，陰陽激耀也」[69]「申」在古代為干支義的專用字，亦是「電」的初文。原始先民以為雷電帶來萬物復蘇，將雷電視為帶有神力的天神，具有人之所不能的能力，借「申」作「神」，後來才加上示旁作為神鬼的本字，賦予神「天地萬物的創造者」之義，因雷電變幻莫測無法預測而對「神」具有敬畏之心，含鬼神義。

魃：《說文》：「旱鬼也，从鬼，犮聲。」[70]《周禮》：「赤魃氏掌除牆屋。」[71]《詩經》曰：「旱魃為虐。」[72]《山海經》曰：「有人衣青

---

61 漢語大字典字形組編：《秦漢魏晉篆隸字形表》（成都：四川辭書出版社，1985年），頁805。

62 〔漢〕許慎：《說文解字》，頁188下欄。

63 〔晉〕郭璞注，〔清〕畢沅校：《山海經》（上海：上海古籍出版社，1989年），頁55。

64 李圃主編：《古文字詁林》（第8冊），頁190。

65 李學勤主編：《字源》，頁805。

66 〔漢〕許慎：《說文解字》，頁8上欄。

67 〔漢〕許慎：《說文解字》，頁311下欄。

68 〔漢〕許慎：《說文解字》，頁282上欄。

69 〔漢〕許慎：《說文解字》，頁241上欄。

70 〔漢〕許慎：《說文解字》，頁188下欄。

71 〔漢〕鄭玄注，〔唐〕賈公彥疏，黃侃經文句讀：《周禮注疏》（上海：上海古籍出版社，1990年），頁557。

72 〔漢〕毛亨傳，〔漢〕鄭玄箋，〔唐〕陸德明音義，孔祥軍點校：《中國古典文學基本叢書毛詩傳箋》（北京：中華書局，2018年），頁425。

衣，名曰黃帝女魃，本天女也。……魃不得復上，所居不雨。」[73]張舜徽約注：「旱神之名，蓋與風伯雨師同例，皆好事者所為，非果有是神，有是鬼也。推原造字之初，魃實與炦聲義同原。『炦，火氣也。』久旱不雨，則日光強烈，火氣熏熏，為人所憎畏，因疑有鬼神作祟其間，遂造神異之說耳。」[74]魃的形象由《山海經》中正面的神女形象，流傳到許慎時，已轉為負面的旱鬼形象，但是無論如何，魃詞性色彩的轉變不影響其義含鬼神義。

魊：《說文》：「魊，鬼服也。一曰小兒鬼，从鬼，支聲。」[75]《說文》衣部曰：「裵，鬼衣。」[76]張舜徽約注：「裵訓鬼衣，為明器之屬；魊訓鬼服，亦其類已。凡明器形制皆小，故魊從支聲而有小義，猶婦人小物謂之妓，木別生條謂之枝，小頭謂之䫌耳。許云：『一曰小兒鬼』，猶言鬼之小者亦謂之魊也。」[77]明器指古代人們下葬時帶入地下的隨葬器物。周寶宏認為：「魊字之本義即為死者下葬之鬼物或鬼物所穿之衣。」[78]但劉釗認為「鬼服」義是《說文》對所引的《韓詩傳》中「魊服」一詞的連帶誤解而來，而「小兒鬼」才是「魊」字早期的唯一義項。同時他根據睡虎地秦簡《日書》、馬王堆帛書《療射工毒方》等記載推斷了「魊」的原型是水蛭，後來「演變為擬人的山川之怪，又逐漸變成專門加害於小兒的鬼，最後歸結為小兒的一種疾病」。從馬王堆帛書《五十二病方》列有治「魊」的治由術，到唐

---

73 〔晉〕郭璞注，〔清〕畢沅校：《山海經》（上海：上海古籍出版社，1989年），頁166。
74 張舜徽：《說文解字約注》第2冊（武漢：華中師範大學出版社，2009年），頁2335。
75 〔漢〕許慎：《說文解字》，頁188下欄。
76 〔漢〕許慎：《說文解字》，頁173上欄。
77 李學勤主編：《字源》（天津：天津古籍出版社；瀋陽：遼寧出版社，2012年），頁807。
78 張舜徽：《說文解字約注》（第2冊），頁2336。

代孫思邈《備急千金藥方》又提及「小兒魅方」、「魅者，小鬼也。妊娠婦人不必悉招魃魅，人時有此耳。魅之為疾，喜微微下痢，寒熱或有去來，毫毛鬢髮鬇𩮰不悅，是其症也。」可見，魅在古人眼中是害人得病之物。但古人由於對病理知識的瞭解有限，常常將得病之由歸屬於其想像出來的鬼所為，「魅病者，婦人懷胎孕，有鬼神導其腹中，胎嫉妬小兒致令此病」。[79]因此，魅造字之時以「鬼」為形旁，是因「鬼」含人死後所想像的靈魂義。

𩲢：《說文》：「𩲢，鬼變也。从鬼，化聲。」[80]《論衡‧訂鬼》：「鬼者本生於人，時不成人，變化而去。天地之性，本有此化，非道術之家所能論辯。」[81]馬敘倫《說文解字六書疏正卷十七》：「王筠曰：『此即𠤎字，累增之為專字耳。』知鬼能變化之說由來久矣。又疑為鬼之異文。鬼變之說，因字形而附會。此從人鬼之鬼。」[82]𩲢即表鬼善變的特徵。

鬾：《說文》：「鬾，鬼俗也，从鬼，幾聲。」[83]《淮南子》曰：「荊人鬼，越人鬾。」[84]《字林》：「禨，禨祥也。」[85]禨祥即顯示災異的凶兆，禨祥即鬼神之事。鬾表向鬼神求福。

形旁具有示意功能。魂、魄、魅、魃、魃、𩲢、鬾均含有「人死後所想像之靈魂」義，而其形旁均為「鬼」，可見「鬼」字確實可表「人死後所想像之靈魂」。

---

79 劉釗：〈說「魅」〉，《中國典籍與文化》2012年第4期，頁122-128。
80 〔漢〕許慎：《說文解字》，頁188下欄。
81 〔東漢〕王充：《論衡》（上海：上海人民出版社，1974年），頁343。
82 李圃主編：《古文字詁林》第8冊，頁195。
83 〔漢〕許慎：《說文解字》，頁188下欄。
84 〔漢〕劉安著，〔漢〕許慎注，陳廣忠校點：《國學典藏淮南子》（上海：上海古籍出版社，2016年），頁449。
85 丁福保編：《說文解字詁林》，頁9105。

3 其他从「鬼」之字

醜：《說文》：「可惡也。从鬼，酉聲。」[86]段注：「非真鬼也。以可惡，故从鬼。」[87]《詩經》：「十月之交，朔月辛卯。日有食之，亦孔之醜。」[88]《爾雅·釋詁》：「醜，眾也。」[89]《廣雅·釋詁》：「類，醜也。」[90]段注：「《鄭風》：『無我魗兮。』鄭云：『魗亦惡也。』是魗即醜字也。凡云：『醜類也』者，皆謂醜即儔假借字。儔者，今俗之儕類字也。」[91]類被訓作醜，是因為醜假借為儔，而醜的俗字寫作儕，「儕類」即同輩之義。唐大沛曰：「醜，類也，指善惡言，……分辨善惡，即所謂明醜。」[92]唐大沛認為醜可以訓作類，是因為類有善、惡之義，而非假借而來。楊一波則認為「可惡」是「醜」的本義：「醜因假借作儔，儔俗作儕，有類、眾之義，然此已非本字。醜訓作恥，由其『可惡』本義引申而成。」[93]類人異獸其貌醜惡，故醜乃由「類人異獸」貌甚醜引申而來。

魗：《說文》：「鬼貌，从鬼，虎聲。」[94]此字傳世典籍所見甚少。《一切經音義》引《說文》云：「魗，鬼健走也，凡三四見，疑即今魖字之訛也。」[95]

---

86 〔漢〕許慎：《說文解字》，頁189上欄。
87 〔清〕段玉裁注，許惟賢整理：《說文解字注》，頁762。
88 〔漢〕毛亨傳，〔漢〕鄭玄箋，〔唐〕陸德明音義，孔祥軍點校：《中國古典文學基本叢書　毛詩傳箋》（北京：中華書局，2018年），頁269。
89 〔晉〕郭璞注：《爾雅》（杭州：浙江古籍出版社，2011年），頁6。
90 〔魏〕張揖著：《廣雅》，武林郎奎金堂策檻刻本（1626年），頁28。
91 〔清〕段玉裁注，許惟賢整理：《說文解字注》，頁762。
92 黃懷信、張懋鎔、田旭東撰：《逸周書匯校集注》（上）（上海：上海古籍出版社，2007年），頁24。
93 楊一波：〈從〈逸周書〉三〈訓〉以察「醜」義〉，《出土文獻》2019年第2期，頁176。
94 〔漢〕許慎：《說文解字》，頁188下欄。
95 丁福保編：《說文解字詁林》，頁9104。

「鬼」及其字族研究 ❖ 367

𩴫：《說文》：「鬼貌。从鬼，賓聲。」[96]段注：「此蓋與『覛類』之義相近。」[97]馬敘倫《說文解字六書疏證卷十七》：「倫按：𩴫為醜之初文，鬼貌常作𩴫貌，𩴫貌即醜貌也。」[98]《說文‧頁部》：「頛，大醜貌。」[99]

𩳁：《說文》：「鬼彪聲，𩳁𩳁不止也。从鬼，需聲。」[100]

𩴆：《說文》：「見鬼驚詞。从鬼，難省聲，讀若《詩》『受福不儺。』」[101]《說文通訓定聲》：「儺，此驅逐疫鬼之正字，擊鼓大呼似見鬼而逐之，故曰𩴆。」[102]邵瑛《說文解字群經正字》則認為𩴆才是本字：「《玉篇》云：『驚驅疫癘之鬼也。』是今經典驅逐疫鬼，名之為儺，實從此取聲義。而《說文‧人部》儺字注云：『行人節也，从人難聲。』引《詩》佩玉之儺，又實無驅逐疫鬼之義，則今之儺字，乃借聲也。而今經典更省借難字。《周禮‧占夢》：『遂令始難，驅疫。』……《論語》：『鄉人儺。』今人以難為儺之省借，多知之以儺為亦假借字，則鮮有察之者。竊疑儺之本字恐是𩴆字。」[103]

魔：《說文》：「鬼也。从鬼，麻聲。」[104]鄭珍《說文新附考》：「按魔之名起於梵語，《正字通》引《譯經論》曰：『魔古從石，作磨。礦省也。』梁武帝改从鬼。」[105]可見，魔字應起始於南北朝佛經譯文。

---

96 〔漢〕許慎：《說文解字》，頁189上欄。
97 〔清〕段玉裁注，許惟賢整理：《說文解字注》，頁762。
98 李圃主編：《古文字詁林》第8冊，頁196。
99 〔漢〕許慎：《說文解字》，頁183上欄。
100 〔漢〕許慎：《說文解字》，頁188下欄。
101 〔漢〕許慎：《說文解字》，頁188下欄。
102 〔清〕朱駿聲：《說文通訓定聲》（武漢：武漢古籍書店，1983年），頁712。
103 丁福保編：《說文解字詁林》，頁9108。
104 〔漢〕許慎：《說文解字》，頁189上欄。
105 鄭珍：《說文新附考》第1-2冊（北京：中華書局，1985年），頁159。

魘：《說文》：「夢驚也。从鬼，厭聲。」[106]《廣韻》：「魘，睡中魘也。」[107]鄭珍《說文新附考》：「魘即厭之俗字。」[108]《西山經》：「名曰䳐鵺，服之使人不厭。」郭注：「不厭夢也。……俗作魘。」[109]魘的本義應是做惡夢，在六朝以前以厭為魘，宋人造魘字。

　　「醜」从「鬼」，含有可惡義。魖、䰄均訓為「鬼貌」，「鬼貌」即醜貌。䰄、魗為擬聲詞，前者為鬼髟聲，後者為見鬼驚聲。魘、魘均為後起字。

　　因此，以「鬼」為母文[110]的同族字，應是以母文「鬼」攜帶以上所分析的這些詞義為義核[111]，再分別加上相關的類屬標誌，孳乳產生讀音相近、意義相同、字形相承的字。

三 「鬼」字族的孳乳演變

　　蔡永貴將漢字字族孳乳情況劃分為五例：一為「正例，即母文

---

106 〔漢〕許慎：《說文解字》，頁189上欄。
107 〔宋〕陳彭年、邱雍等編：《宋本廣韻》（北京：中國書店，1982年），頁314。
108 鄭珍：《說文新附考》（1-2冊），頁160。
109 〔晉〕郭璞注，〔清〕畢沅校：《山海經》（上海：上海古籍出版社，1989年），頁30。
110 蔡永貴：《漢字字族研究》（福州：福建師範大學，2009年），頁195：「母文與聲符有所區別。聲符是單純起表音作用而不表義，而「所謂『母文』之時相對於後出孳乳字而言。『母文』一般記錄的是根詞，後出孳乳字一般記錄的是根詞的引申分化義即派生詞。」也就是說我們認知中的聲符可能是母文，但母文不是聲符。
111 蔡永貴：《漢字字族研究》（福州：福建師範大學，2009年），頁32：「『義核』有兩種，一種是詞的現實意義，從詞的角度講可以是詞的本義或引申義從文字的角度講還可以是它的假借義。本義、引申義、假借義有確定的指稱對象，是文獻語言中詞彙的具體義項；『義核』的另一種，是詞的非現實意義，我們稱之為『基因義素』，『基因義素』不是文獻語言的顯性的具體義項，它隱含在詞義內部，很少與具體的對象相聯繫，只是從某一方面反映事物所共同具有的特徵、屬性或狀態（詞義特徵），因而具有隱含性和模糊性。」

（本字，本義）+若干與特定意義相關的類屬標誌→一族母文類屬字」；二為「次正例，即母文（本字，引申義）+若干與特定意義相關的類屬標誌→一族母文類屬字」；三為「變例，即母文（借字，借義）+若干與特定意義相關的類屬標誌→一族母文類屬字」；四為「次變例，即母文（借字，借義的引申義）+若干與特定意義相關的類屬標誌→一族母文類屬字」；五為「通例，即母文（具有基因義素）+若干與特定意義相關的類屬標誌→一族母文類屬字」[112]。

本部分從《說文解字》中收集了其收錄的所有以「鬼」為聲旁的字，將其作為研究「鬼」字族孳乳演變的材料，共有十二個，分別是：魁、隗、嵬、槐、顝、傀、媿、愧、餽、瘣、瑰、蜾。以「鬼」為母文加上類屬標誌的同族字孳乳情況如下：

（一）次正例：以「抽象的『畏』及其他『奇偉譎怪』諸形容詞」為義核，加上與特定意義相關的類屬標誌的同族字

魁：在義核為「偉」的母文「鬼」上加類屬標誌「斗」旁，而有魁字，表示與「斗」有關的偉義。偉即大。《說文》：「魁，羹斗也。从斗，鬼聲。」[113]段注：「斗，當作『枓』。古斗枓通用，然許例以義為別。枓，勺也，抒羹之勺也。《史記》：趙襄子『使廚人操銅枓以食代王及從者。行斟。陰令宰人以枓擊殺代王』。斟者，羹汁也。魁，頭大而柄長。《毛詩》傳曰：『大斗長三尺。』是也。引申之，凡物大皆曰魁。」[114]王振鐸：「漢代的魁是一種形似水匜、寬腹平底、有柄

---

112 蔡永貴：《漢字字族研究》（福州：福建師範大學，2009年），頁121、124、131、135、136。
113 〔漢〕許慎：《說文解字》，頁300上欄。
114 〔清〕段玉裁注，許惟賢整理：《說文解字注》，頁1247。

的盛羹器，在民間使用的是用木料製造，在上層人物中使用則多用銅或漆製造，或有龍柄的裝飾。由於它雖然形似斗勺，而形體過大的緣故，在民間語言中，常被引申作為形容大型為首事物的詞彙。」[115]由上可見，魁，羹斗，即一種頭大柄長的大勺，後來由羹斗大又引申為表高大，如魁梧、魁偉。

隗：《說文》：「𨸏，大陸，山無石者。」[116]段注：「李巡曰：『高平曰陸。謂土地豐正名為陸。』」[117]在義核為「偉」的母文「鬼」上加類屬標誌「𨸏」旁，而有隗字，表土地之「偉」，即土地高峻的樣子。《說文》：「隗，陮隗也。从𨸏，鬼聲。」[118]陮隗即高或不平義。又作姓。《左傳·僖公二十四年》：「昭公奔齊，王復之，又通於隗氏。」[119]《莊子·徐無鬼》：「黃帝將見大隗乎具茨之山。」郭注：「大隗，神名也，一云大道也。」[120]

嵬：在義核為「奇偉譎怪」的母文「鬼」上加上類屬標誌「山」旁而有「嵬」字，表山之奇偉。《說文》小篆作嵬[121]，漢代隸書增「阜」旁，寫作𨼒[122]。《說文》：「嵬，高不平也。从山，鬼聲。凡嵬之屬皆从鬼。」[123]《詩經·卷耳》：「陟彼崔嵬。」毛亨傳：「崔嵬，土山之戴石者。」[124]《爾雅·釋山》：「石戴土謂之崔嵬。」郭璞注：

---

115 王振鐸：〈論漢代飲食器中的卮和魁〉，《文物》1964年第4期，頁8。
116 〔漢〕許慎：《說文解字》，頁304下欄。
117 〔清〕段玉裁注，許惟賢整理：《說文解字注》，頁1270。
118 〔漢〕許慎：《說文解字》，頁305上欄。
119 〔清〕阮元校刻，蔣鵬翔主編：《阮刻春秋左傳注疏》4，頁1013。
120 〔戰國〕莊周著，〔晉〕郭象注：《莊子》（上海：上海古籍出版社，1989年），頁125。
121 〔漢〕許慎：《說文解字》，頁189上欄。
122 〔清〕顧藹吉編：《隸辨》（北京：中國書店，1986年），頁112。
123 〔漢〕許慎：《說文解字》，頁189上欄。
124 〔漢〕毛亨傳，〔漢〕鄭玄箋，〔唐〕陸德明音義，孔祥軍點校：《中國古典文學基本叢書毛詩傳箋》（北京：中華書局，2018年），頁7。

「石山上有土者。」[125]石山有土即山高而不平，即山之奇偉。

槐：在義核為「奇偉譎怪」的母文「鬼」上加上類屬標誌「木」旁而有「槐」字，為「鬼」的同族字，表木之偉，即高大的樹。《說文》：「槐，木也，从木，鬼聲。」[126]《山海經》：「有獸焉，其狀如貙而赤毫，……名曰孟槐。」[127]《爾雅·釋木》：「櫰，槐大葉而黑。守宮槐，葉晝聶宵炕。」[128]槐為落葉喬木，高二三丈，槐指（槐樹的）莖幹修長。另周名輝《新定說文古籀考卷中》中所釋也將「槐」義與「鬼」相系聯：「槐木之槐，从木鬼聲。《莊子》曰：『槐之生也，入季春五日而兔目，十日而鼠耳，是槐木名槐。』字从鬼，亦有取于季春（夏正三月）生長之時。季春鬼祭之期，其木發萌，故名曰槐。」[129]且「槐」和「鬼」上古音均屬微部，音近。

頠：在義核為「奇偉譎怪」的母文「鬼」上加上類屬標誌「頁」旁而有「頠」字，表頭之奇偉。《說文》：「頠，頭不正也。从頁，鬼聲。」[130]《廣韻》：「頠，大頭。」[131]頭大，頭不正即頭奇、偉。

傀：《莊子·列禦寇》：「達生之情者傀。」郭注：「傀，偉也。」[132]《說文》：「傀，偉也。从人，鬼聲。」[133]《周禮》曰：「大傀異災。」釋文：「天地奇變，如隕星、地震等。傀，奇怪。」[134]馬敘倫

---

125 〔晉〕郭璞注：《爾雅》，頁45。
126 〔漢〕許慎：《說文解字》，頁117上欄。
127 〔晉〕郭璞注，〔清〕畢沅校：《山海經》（上海：上海古籍出版社，1989年），頁35。
128 〔晉〕郭璞注：《爾雅》，第60頁。
129 李圃主編：《古文字詁林》第9冊（上海：上海教育出版社，2003年），頁898。
130 〔漢〕許慎：《說文解字》，頁183下欄。
131 〔宋〕陳彭年、邱雍等編：《宋本廣韻》（北京：中國書店，1982年），頁252。
132 〔戰國〕莊周著，〔晉〕郭象注：《莊子》，頁163。
133 〔漢〕許慎：《說文解字》，頁162下欄。
134 〔西周〕姬旦著，錢玄等注譯：《周禮》（長沙：岳麓書社，2001年），頁211。

《說文解字六書疏證卷十五》:「偉,奇也。奇為㒵之轉注字。人跛一足,故奇有不耦之義。二足不同,故奇有怪異之意,皆自奇為跛足引申。偉訓奇也,傀訓偉也,則傀亦奇義。」[135]在義核為「奇偉」的母文「鬼」上加類屬標誌「人」旁而有「傀」字,謂人跛一足而有奇偉義。

媿(愧):媿,因類人異獸之「鬼」外貌奇偉譎怪,使人心生畏之,「凡對外畏懼者,內省必慚愧」[136],因而在義核為「畏懼」的母文「鬼」上加類屬標誌「心」,表心中有鬼,即慚愧。西周金文媿均從女從鬼,寫作🖼或🖼[137]。戰國文字媿均從心從鬼,寫作🖼或🖼[138],後者省寫「鬼」為「由」且加上「戈」旁。《說文》小篆寫作🖼[139],《說文》或體寫作🖼[140],二者楷化後分別寫作媿、愧。《說文》:「媿或從心恥省。」《爾雅》:「慚也。」[141]《詩‧大雅‧蕩》:「尚不愧於屋漏。」[142]《說文》:「媿,慚也。從女,鬼聲。」[143]《說文》認為「媿」從恥省,但事實上應為「聭」從恥省。《玉篇‧耳部》:「聭,與媿同,慚也。」[144]金文「媿」,姓。典籍多作「隗」。《左傳‧僖公二十三年》:「狄人伐廧咎如,獲其二女叔隗、季隗,納諸公子。」

---

135 李圃主編:《古文字詁林》第7冊(上海:上海教育出版社,2003年),頁294。
136 沈兼士:〈「鬼」字原始意義之試探〉,《國立北京大學國學季刊》1935年第3期,頁50。
137 容庚編,張振林、馬國權摹補:《金文編》(北京:中華書局,1985年),頁806。
138 湯餘惠主編:《戰國文字編》(福州:福建人民出版社,2001年),頁807。
139 〔漢〕許慎:《說文解字》,頁265上欄。
140 〔漢〕許慎:《說文解字》,頁265上欄。
141 〔晉〕郭璞注:《爾雅》,頁19。
142 〔漢〕毛亨傳,〔漢〕鄭玄箋,〔唐〕陸德明音義,孔祥軍點校:《中國古典文學基本叢書毛詩傳箋》,頁415。
143 〔漢〕許慎:《說文解字》,頁265上欄。
144 〔南朝〕顧野王:《大廣益會玉篇》(北京:中華書局,1987年),頁24。

注:「廥咎至,隗姓。」[145]徐在國:「『愧』乃『媿』字異體,女旁易作心旁,蓋強調字義中的心理作用,後遂以『愧』代替『媿』。」[146]

(二)通例:以「人死後所想像的靈魂」為義核,加上與特定意義相關的類屬標誌的同族字

例如:

餽:《說文》:「餽,吳人謂祭曰餽。从食从鬼,鬼亦聲。」[147]《漢書·律曆志第一上》:「在中餽之象也。」師顏古曰:「餽字與饋同。」[148]《方言》:「餟,醊祭,餽也。」[149]傅雲龍《說文古語考證補》:「經典於祭用饋皆假借字。《論語》:『詠而歸。』王充讀為饋,謂行饋祭,此假借饋為餽也。」[150]因此,「鬼」不僅表「餽」的音,亦兼表義,「祭」即古代殺牲供奉鬼神,而「餽」又即「祭」,是義核為「鬼神」的母文「鬼」加上類屬標誌「食」形成的「鬼」的同族字,表祭祀鬼神。

瘣:《說文》:「病也。从疒,鬼聲。《詩》曰:『譬彼瘣木。』一曰腫旁出也。」[151]《詩經·小雅·小弁》:「譬彼壞木。」毛傳曰:「壞,瘣也,謂傷病也。」箋云:「猶內傷病之木,內有疾,故無枝也。」[152]《爾雅·釋木》:「瘣木,苻婁。」郭云:「謂木病,尪傴瘻

---

145 〔清〕阮元校刻,蔣鵬翔主編:《阮刻春秋左傳注疏》4,頁987。
146 李學勤主編:《字源》,頁1101。
147 〔漢〕許慎:《說文解字》,頁108下欄。
148 〔漢〕班固撰,〔唐〕顏師古注,宋超等標點:《漢書簡體字本二十六史》卷20-37(長春:吉林人民出版社),頁773-774。
149 〔漢〕揚雄撰,〔晉〕郭璞注:《方言》,景江安傅氏雙鑒樓藏宋刊本,頁152。
150 丁福保編:《說文解字詁林》(北京:中華書局,1988年),頁5410。
151 〔漢〕許慎:《說文解字》,頁154上欄。
152 〔漢〕毛亨傳,〔漢〕鄭玄箋,〔唐〕陸德明音義,孔祥軍點校:《中國古典文學基本叢書毛詩傳箋》,頁282。

腫無枝條。」[153]中醫有「瘣疾」一說,「瘣之得名源於古人認為該病因鬼致症,從而給人帶來感官疼痛難忍」。[154]「鬼」的引申義「人死後所想像之靈魂」即「鬼魂」,在古人眼中亦有善惡之別,故而有「厲鬼」一說。「瘣」是義核為「人死後所想像之靈魂」的母文「鬼」加上類屬標誌「疒」而形成的,表與鬼有關的病。

(三) 非「鬼」族字:「鬼」為聲符

瑰:形聲字,本義指美玉,引申義為指珍奇。《說文》:「瑰,玫瑰。从玉,鬼聲。一曰圜好。」[155]《文選・傅毅〈舞賦〉》:「軼態橫出,瑰姿譎起。」李善注:「瑰,美也。」[156]蔡永貴指出:「形聲字所謂的『聲符』,當初實是個表示特定意義的假借字,造字時,主觀上並不是把它用來作為表音符號的,給它的職責不是表音,而是表義。」[157]雖然「瑰」引申義指珍奇,「鬼」帶有奇偉譎怪等諸類形容詞之義,似有相通之處,但「珍奇」應是從「瑰」的美玉的義項引申而來的,而非「鬼」攜帶之,因此「瑰」字以「玉」為義核,而非是「鬼」字攜帶之,「鬼」字的職責主要是表音。

蛕:《爾雅・釋蟲》:「蛕,蛹。」[158]《說文》:「蛕,蛹也。从蟲,鬼聲。讀若潰。」[159]《天間天對注》:「蛕醢已毒,不以外肆。」[160]王

---

153 〔晉〕郭璞注:《爾雅》,頁60。
154 黃交軍、李國英:〈為鬼為蜮:華夏民族鬼之元語言審視〉,《安徽廣播電視大學學報》2019年第1期,頁74。
155 〔漢〕許慎:《說文解字》,頁13下欄。
156 蕭統選、李善注:《文選》(北京:商務印書館,1936年),頁365。
157 蔡永貴:《漢字字族研究》(福州:福建師範大學,2009年),頁193。
158 〔晉〕郭璞注:《爾雅》,頁63。
159 〔漢〕許慎:《說文解字》,頁278下欄。
160 復旦大學中文系古典文學教研組注:《天間天對注》(上海:上海人民出版社,1973年),頁80。

筠《說文句讀》:「孫叔然曰:『蛹即是雄,蛹即是雌。』筠案吾鄉諺語,凡草木蟲之有繭自裹者,皆謂之蛹,無繭者皆謂之蜖。」[161]

由上所得,《說文解字》所收的由鬼得聲的形聲字中,「鬼」字有以「抽象的『畏』及其他『奇偉譎怪』諸形容詞」為義核的同族字,如:魁、隗、嵬、槐、頯、傀、媿;有以「人死後所想像的靈魂」為義核的同族字,如餽、瘣;瑰、蜖非「鬼」族字。

通過「鬼」字族的梳理,我們不難發現,按許慎的六書說並不能將所有的漢字分類好並囊括其中,事實上,還存在一類母文外化字,它藏在形聲字中,但與形聲字有別。它通過具有某義核的母文加上一個類屬標誌所形成,這個母文不僅表義,還表音,且與母文外化字字形上有相承的關係,因而具有共同母文的一族字,在文字上既有聯繫又有區別。漢字字族的研究,對於我們把握漢字的孳乳演變及字義的演變,有一定的啟發意義,有利於我們更加深度地理解漢字的內涵,值得引起我們的重視。

參考文獻

〔漢〕許慎:《說文解字》,北京:中華書局,1978年。
臧克和:《說文解字的文化說解》,武漢:湖北人民出版社,1995年。
曾憲通,林志強:《漢字源流》,廣州:中山大學出版社,2011年。
程邦雄:〈「鬼」字形義淺探〉,《華中理工大學學報(社會科學版)》1997年第3期。

---

161 〔清〕王筠:《說文句讀》(上海:上海古籍書店,1983年),頁1914。

陳　健：〈「鬼」字造字原型考辨〉，《紅河學院學報》2020年第4期。

蔡永貴，李岩：〈「右文說」新探〉，《新疆師範大學學報（哲學社會科學版）》1988年第1期。

曹銀晶：〈鬼、畏同源試證〉，《「北京大學——南京大學」博士論壇》，2009年。

傅小莉：〈從《說文‧鬼部》字看中國古代的鬼神文化〉，《文學界（理論版）》，2010年第4期。

國光紅：〈鬼和鬼臉兒——釋鬼、甴、巫、亞〉，《山東師大學報（社會科學版）》1993年第1期。

黃交軍，李國英：〈為鬼為蜮：華夏民族鬼之元語言審視〉，《安徽廣播電視大學學報》2019年第1期。

劉　釗：〈說「魃」〉，《中國典籍與文化》2012年第4期。

史慧超：〈從《說文解字》「鬼」部字看鬼的起源原型〉，《蘭州教育學院學報》2016年第3期。

沈兼士：〈「鬼」字原始意義之試探〉，《國立北京大學國學季刊》1935年第3期。

王振鐸：〈論漢代飲食器中的卮和魁〉，《文物》1964年第4期。

許敬參：〈釋鬼〉，《河南博物館（館刊）》1936年第2期。

楊清虎：〈「以禦魑魅」考辨〉，《中北大學學報（社會科學版）》，2016年第1期。

葉舒憲：〈「鬼」的原型——兼論「鬼」與原始宗教的關係〉，《淮陰師範學院學報（哲學社會科學版）1998年第1期。

楊一波：〈從《逸周書》三《訓》以察「醜」義〉，《出土文獻》2019年第2期。

張勁松：〈「鬼」字之原始真義〉，《祭禮儺俗與民間戲劇——98亞洲民間戲劇民俗藝術觀摩與學術研討會論文集》，1998年。

鄭　宇：〈釋「鬼」〉,《晉中學院學報》2007年第1期。
蔡永貴：〈漢字字族研究〉,《福建師範大學博士論文》,2009年。

（本文部分內容2022年9月發表於《國文天地》第4期）

從上古漢語「度」看名動詞分立的域限演變[*]

王佳倩
二〇二二級　漢語言文字學

摘要

　　在實際語料中，「度₁」「度₂」存在一種語義錯位的現象：「度₁」的義項以名詞為主，卻存在動詞義「按規則」；「度₂」以動詞為主，卻擁有名詞義，表軍事術語。本文結合跨域理論，分析錯位語義的詞性轉變、句法位置、語義演變過程，以指出錯位語義的域限變化恰屬於行域與知域的雙向演變。從而指出心理域在兩域的跨越中的中介作用：直接參與語義演變、間接影響語義演變的方式。說明了跨域理論在漢語動詞、名詞義項劃分時的實用性。

關鍵詞：「度」　名動詞分立　名詞義　行為動詞義　上古漢語

---

[*] 論文收錄於韓國慶星大學漢字研究所創辦的《漢字研究》2023年第1期。

漢語裡的名動詞分立問題一直是一個討論的重點，最早提出名動詞分立一批學者，如陳望道、王力、呂叔湘等，他們表示進行名動詞分類是為了研究、講解漢語語法。二十世紀五〇年代，高凱明與呂叔湘關於名動詞分類的大討論開展之後，名動詞能不能分這個問題已經得到了共識，而怎麼分、按什麼原則分成為了後續討論的分歧點。二〇〇七年起，沈家煊發表了一系列論述來說明「名動包含說」，他認為「名動包含說」可以解決傳統名動詞分類在詞性與語法成分不相匹配的問題，並借「文氏圖」闡述動詞是名詞中的一個分類；而該觀點則引起了陸儉明的評議，陸儉明（2022）認為沈家煊的劃分是為了擺脫印歐語法的干擾，存在理論化的傾向，在漢語實際中少有證明，同時「文氏圖」的劃分帶來交叉部分的定性不明問題。儘管陸儉明不認可沈家煊的「動名包含說」，但也承認傳統語法對漢語動名詞的分類存在缺陷。漢語是形音義結合的語言，語義的分析是漢語的一大特色，也是辨別語法功能的重要手段，而漢語語法是受西方語法理論建立起來的分析方法，天然地帶有印歐語結構句式分析的傾向。因此，從語義的分析角度入手，或有助於釐清漢語名動詞的分類問題。

域限研究是目前語義演變研究的一個新趨勢。域的概念最早由Elizabeth Closs Traugott（1985）提出，他從傳統語言學與認知語言學的角度對語義演變進行論證，並提出「空間」、「時間」這兩個域對詞義的影響。一九九〇年，Sweetser（1990）提出了著名的「三域」理論（行、知、言三域）；二〇〇三年，沈家煊將「三域」理論引入國內的同時，提出了域限之間存在相互貫通的關係；李明（2003、2004）、蔣紹愚（2006）、李小軍（2014）等學者結合古代漢語進一步擴大了域限研究的適用範圍。目前古代漢語中的域限研究側重於域與域之間的演變過程，特別是心理域在域限演變之中的作用，並以大量古代漢語的語料反哺理論，如李明（2003、2004）就以「謂」、「呼」

「言」、「云」、「道」等詞為例，論述了言說動詞與心理動詞的關係；李小軍（2014）則以手部動作動詞為對象，分析其向心理範疇的演變過程。蘇穎（2020）以心理動詞和言說動詞的雙向演變，具體說明了域限之間的演變具有雙向性，並指出心理範疇在釐清言說動詞與行為動詞之間的作用。前人的研究不僅說明了域與域之間的演變是漸變的、有過渡地帶，更指出心理動詞與域限演變過程密不可分。

本文擬借助語義學中的域限概念，就上古漢語中一詞兼備動名兩種詞性的「度」進行分析，通過域限的變化說明語義與詞性之間的不對等關係，並指出心理域在域限演變過程中的仲介作用，藉以說明動名詞轉化在域限上的不協調性，試圖為動名詞的關係辨析提供新思路。

一　上古漢語「度」的語義錯位

在《漢語大詞典》中，編者將「度」分為「度$_1$」「度$_2$」「度$_3$」三類，並在詞性上有明顯的區分：度$_1$的義項以名詞為主，度$_2$以動詞為主，度$_3$同「宅」，為同音字。綜合高小方、蔣來娣《漢語史語料學》（2005）、張玉金《西周漢語語法研究》（2004）等研究[1]，本文將上古漢語限定在西漢以前，篩選出「度」在上古時期的語義：

度$_1$：一、計量長短的標準；二、程度、限度；三、法度、規範；四、師法、效法；五、胸襟；六、誕生；七、諸侯之孝；八、殳，古代一種竹制的兵器；九、同「渡」；十、通「斁」。

---

[1] 本文將上古漢語限定在西漢以前，分為三個階段，商－西周為上古前期，春秋－戰國為上古中期，秦－西漢為上古後期。前期以《今文尚書》、《周易》經文為主；中期的語料以《孫子》、《左傳》、《論語》、《易經》「十翼」、《國語》、《墨子》、《莊子》、《孟子》、《荀子》、《韓非子》、為主；上古後期的語料以《呂氏春秋》、《史記》西漢部分、《戰國策》、《淮南子》、《新書》為主，各個時期必要時參考同期文獻。

度₂：一、丈量；二、推測；三、圖謀、謀劃；四、投，裝填；五、通「剫」。

度₃：一、居；二、葬地。

綜合上文學者對漢語史的斷代，本文選取《今文尚書》、《周易》經文、《孫子》、《左傳》、《論語》、《國語》、《墨子》、《孟子》、《莊子》、《荀子》、《韓非子》、《戰國策》、《呂氏春秋》、《史記》西漢部分、《新序》、《淮南子》、《新書》共十六本書，從CCL等語料庫[2]中摘取相關語料，對「度」的語義進行比對，刪除了僅在《詩經》《楚辭》中出現的「誕生」義，主要是考慮到文獻性質，以保留上古漢語真實的口語狀態。還排除了通假義的干擾，如「渡」「敲」「投」「剫」「宅」等語義。增加了實際語料中出現的軍事術語義。整理確定「度」的語義（如表一），下文提到「度」的語義同。

表一　「度」字在上古漢語階段的義項

度₁		度₂	
語義	詞類	語義	詞類
1.計量長短的標準	名詞	1.丈量	行為動詞[3]
2.限度	名詞	2.推測	心理動詞[4]

---

[2] 本文所用的歷史文獻材料主要來自語料庫和《漢語大字典》。文中的語料調查使用了多種語料庫，包括北京大學CCL語料庫公共電子資源庫以及朱冠明、古月等學者研發的個人語料庫，從中選取各個時期的代表性文獻。

[3] 劉文正（2009、2012）抓住動詞「動作／事件」的語義特徵，將人類行為活動事件分成行為動詞、言語動詞、心理動詞和致使動詞四類。認為狹義的行為動詞是指行為主體直接對待客觀世界的行為活動，一般指行為主體對客體的動作、對另一主體施行客體的行為、製造新的客體的行為以及主體自身的位移。本文參考劉文正（2012）有關狹義行為動詞的定義。

[4] 董秀梅《談漢語的心理動詞》（1991）將心理動詞的語義特徵歸為〔＋人〕、〔＋大腦器官〕、〔＋思維活動〕，胡裕樹、范曉《動詞研究》（1995）認為「心理動詞表示

	度₁		度₂
語義	詞類	語義	詞類
3.法度、規範	名詞	3.圖謀、謀劃	心理動詞
4.師法、效法	行為動詞	4.軍事術語	專屬名詞
5.胸襟	名詞		

由表可得，在上古漢語當中，「度₁」的義項以名詞為主，「度₂」以動詞為主，但兩者均出現了例外——「度₁」的「師法、效法」義為行為義，同時記為動詞，「度₂」的「軍事術語」義為名詞義，同時記為名詞。若單從詞類來看劃分，應將「師法、效法」義納入「度₂」，「軍事術語」義納入「度₁」，《漢語大詞典》的對這兩個語義錯位義項的編排，恰好可以用域限來解釋。同時，也證明了行為域[5]與概念域之間存在心理域[6]充當中介。因此，本節將通過與上古漢語「度₁」「度₂」錯位語義的語法地位對比，說明「師法、效法」義與「軍事術語」義的語義錯位。

(一) 名詞「度₁」的行動動詞義「師法、效法」義

從CCL等語料庫中收錄的上古語料來看，「師法、效法」義共四

的是情感、意向、認識、感覺、思維等方面的心理活動或心理狀態的意義」。本文對心理動詞的定義綜合了兩者觀點認為，心理動詞表示的是、認識、感覺、思維等方面的心理活動。

5　本文所提到的行為域是以劉文正（2009、2012）狹義的行為動詞為主體的概念，在語義上主要表現為動詞義，表示具體動作或行為，不包括心理行為、言語行為動詞等行為動作。

6　本文對心理範疇的定義綜合馬建忠（1898）、董秀梅（1991）和胡裕樹、范曉（1995）的觀點，本文選定「包含意向、認識、思維等方面的心理活動」的動詞稱為心理域。

十三例[7]，占「度」字的總用例的百分之八點八八，在「度₁」總用例的百分之十一點六五，並且「師法、效法」義最早出現於《今文尚書》當中，在選定的十六本古籍中，有八本古籍擁有「師法、效法」義的語料，可見「師法、效法」義在上古漢語語料中，並不屬於特例。

一、昔在殷王中宗，嚴恭寅畏，天命自度，治民祗懼，不敢荒寧。(《今文尚書·盤庚上》)
二、其後伯禹念前之非度，釐改制量，象物天地，比類百則，儀之於民而度之於群生。(《國語·周語》)
三、君子之行也，度於禮：施取其厚，事舉其中，斂從其薄。(《左傳·哀公十一年》)

「度₁」的主導義名詞義，普遍可與動詞搭配，組成動賓結構，如「計量長度的標準」義、「限度」義、「法律」義。如例四到例六，就屬於典型的動賓結構，其中例四的「度」採用了引申義「尺子」充當

---

[7] 語料分析綜合參考顧頡剛，劉起釪：《尚書校釋譯論》(北京：中華書局，2005年)。黃壽祺，張善文，《周易譯注》(上海：上海古籍出版社，2010年)。李零：《孫子譯注》(北京：中華書局，2009年)。楊伯峻：《春秋左傳注》(北京：中華書局，2018年)。楊伯峻：《論語譯注》(北京：中華書局，2009年)。徐元誥，王樹民、沈長雲：《國語集解》(北京：中華書局，2002年)。孫詒讓：《墨子閒詁(上下)》(北京：中華書局，2001年)。楊伯峻：《孟子譯注》(北京：中華書局，2005年)。陳鼓應：《莊子今注今譯（全三冊）》(北京：中華書局，2009年)。張覺：《荀子譯注》(上海：上海古籍出版社，2012年)。韓非，陳奇猷：《韓非子新校注》(上海：上海古籍出版社，2000年)。劉向：《戰國策》(上海：上海古籍出版社，1998年)。呂不韋，陳奇猷：《呂氏春秋新校釋》(上海：上海古籍出版社，2002年)。劉向，石光瑛：《新序校釋》(北京：中華書局，2001年)。劉文典：《淮南鴻烈集解（全二冊）》(北京：中華書局，1997年)。賈誼著，閻振益，鍾夏校：《新書校注》(北京：中華書局，2000年)。

動詞「信」的賓語；例五的「度」表示限度，做動詞「過」的賓語[8]；例六的「度」為「法律」，充當動詞「比」的賓語，義為「比較法律（的合法與否）」。

　　四、朝不通道，工不信度。(《孟子・離婁上》)
　　五、有君而為之貳，使師保之，勿使過度。(《左傳・襄公十四年》)
　　六、上下議之，無所比度，王其圖之！(《國語・周語下》)

而「胸襟」義僅有兩例，且與近義詞「態」「儀」組成聯合結構，如例七、例八。

　　七、今世俗之亂君，鄉曲之儇子，莫不美麗姚冶，奇衣婦飾，血氣態度擬於女子。(《荀子・非相》)
　　八、夫射儀度不得，則格的不中。(《淮南子・兵略訓》)

屬於錯位語義的動詞義「師法、效法」義，與「度₁」的名詞義，在語法上有著密切的相關性。比如同樣擁有動賓結構，如例九；

　　九、進退可度，周旋可則。(《左傳・襄公三十一年》)

特別是與「法律、規範」義，「師法、效法」義與其在語法功能

8　《現代漢語詞典》、《漢語大辭典》認為「過度」是形容詞，表示超過適當的限度。而肖閣（2010）統計了十部清代小說，發現三十三例語料中僅有一例作為一個詞使用，這說明「過度」成為一個詞是近現代才成為主流的。因此，在上古時期，「過」、「度」應屬於一個片語。

上擁有更緊密的聯繫，比如同樣可以組成偏正結構、介賓結構。偏正結構如例十、例十一，例十中「度」為「法度」義，受數詞「百」修飾，組成定中結構，例十一的「不度」則屬於狀中結構，「度」受副詞「不」，譯為「不遵守喪禮」。介賓結構如例十二、例十三，兩者都受到介詞「以」的限制，例十二義為「按照規則進入」，例十三則為「用來規範天下的方圓」。

  十、外官不過九品，足以供給神而已，豈敢厭縱其耳目心腹以亂百度？（《國語·周語中》）
  十一、在戚而有嘉容，是謂不度。（《左傳·襄公三十一年》）
  十二、其也入以度，外內使知懼，又明于尤患與故。（《周易·繫辭傳下》）
  十三、輪、匠執其規、矩，以度天下之方圓。（《墨子·天志》）

  查閱語料庫中四十二條語料，會發現「師法、效法」義在句中的主被動態不同，應該翻譯為不同的意思，如例十四、例十五。楊伯峻（2009）將其例十四譯為「進退的策略可以效法，（國家間）周旋的技巧可以模仿」[9]；對於例十五，陳奇猷（2000）則譯為「按照法律衡量功績，就不需要自我規束」[10]。雖然兩個句子用的都是主動句型，並且「度」都前接副詞組成狀中結構，但兩者的動詞指向對象卻不相同：例十四表示的是動作指向未出現的對象，而例十五的動作則指向已出現的「自」。

  十四、進退可度，周旋可則。（《左傳·襄公三十一年》）

---

9 馬建忠：《馬氏文通》（北京：商務印書館，1898年）。
10 沈家煊：〈我看漢語的詞類〉，《語言科學》2009年第8卷第1期。

十五、使法量功，不自度也。(《韓非子・有度第六》)

例十五的這種語義指向，在翻譯中表現出向「法律、規則」義的傾斜，常譯為「按標準」，可以視為是「法律、規範」義活用現象的詞化。

(二) 動詞「度₂」的專屬名詞義「軍事術語」義

在「度₂」當中，動詞成為了義項主要的詞性，比如「丈量」義、「推測」義、「圖謀、謀劃」義，而語料庫中出現「軍事術語」義作為名詞性的詞義，則顯得十分特殊。在調查到的一一五條語料中僅出現了十一例，占「度」總用例的百分之二點二七，占「度₂」用例的百分之九點五七。在語法功能上，主要位於動賓結構當中，也可受修飾構成偏正結構，與同義詞連用組成聯合結構。

「度₂」的動賓結構有：

十六、山有木，工則度之。(《左傳・隱公十一年》)
十七、許無刑而伐之，服而舍之，度德而處之，量力而行之。(《左傳・隱公十一年》)
十八、量地而立國，計利而畜民，度人力而授事……(《荀子・富國篇》)
十九、咨才為諏，咨事為謀，咨義為度，咨親為詢，忠信為周。(《國語・魯語》)

其中例十六到例十八的「度」都屬於謂語，後面都接上賓語組成動賓結構，而例十九的「度」則屬於賓語，與前面的謂語構成動賓結構，儘管兩者充當的成分不盡相同，但兩者所構成的短語性質相同，僅是由於詞性不同導致的語法劃分不同。

而偏正結構、聯合結構則是與「推測」義、「圖謀、謀劃」義的共性：

二十、今晉侯不量齊德之豐否，不度諸侯之勢，釋其閉修，而輕于行道，失其心矣。(《國語‧晉語二》)
二十一、君子以二公子之立黔牟為不度矣。(《左傳‧莊公六年》)
二十二、能知四時之生、犧牲之物、玉帛之類、采服之儀、彝器之量、次主之度、屏攝之位、壇場腄、上下之神、氏姓之出，而心率舊典者為之宗。(《國語‧楚語》)
二十三、若天所啟，其在今嗣君乎！甚德而度。(《左傳‧襄公三十一年》)
二十四、大臣廷吏，人主之所與度計也。(《韓非子‧八姦》)
二十五、君教使臣曰「每懷靡及」，諏、謀、度、詢，必咨于周。(《國語‧魯語》)

例二十到二十二屬於偏正結構，例二十、例二十一屬於狀中結構，受副詞「不」的修飾，譯為「不考慮」「不能作出謀劃」。例二十二受領屬「次主」限制，屬於定中結構，譯為「君主的謀略」。例二十三到例二十五屬於聯合結構，例二十三被動態連詞「而」聯結，例二十四、例二十五屬於與同義詞連用。

另外，在《孫子》中出現了兩例「軍事術語」義的特殊的用法，一為主謂，如例二十六；一為介賓，如例二十七。因為沒有其他語料支撐，就此列出，以作說明。

二十六、度生量，量生數，數生稱，稱生勝。故勝兵若以鎰稱銖。(《孫子‧軍形篇》)

二十七、先知者，不可取於鬼神，不可象於事，不可驗於度。(《孫子‧用間篇》)

在CCL語料庫中檢索十六本上古時期現存得到「度」字共四百八十四例，「度₁」占比百分之七、六點二四，「度₁」中的動詞義「師法、效法」義占「度₁」用例的百分之十一點六五，占總比的百分之八點八八，見於動賓結構、狀中結構、介賓結構、中補結構當中，並且由於主被動態的不同，與「法律」義存在著密切的聯繫。「度₂」占比百分之二、三點七六，「度₂」中的名詞義「軍事術語」義占「度₂」用例的百分之九點五七，占總比的百分之二點二七，常見於動賓結構、狀中結構、聯合結構當中。其具體用例及比例統計如下表：

表二 「度₁」、「度₂」在先秦時期的使用情況

語義\語料		今文尚書	周易	孫子	左傳	論語	國語	墨子	孟子	莊子	荀子	韓非子	合計	比例
度₁	計量長短標準	1			1		3	2	1		6	22	36	10.94%
	限度	3			6	1	5	1	1	2	7	9	35	10.64%
	法度、規範	11	3		18		10	14		15	24	31	126	38.30%
	師法、效法	1			9		10	11		1	3	7	42	12.77%
	胸襟										2		2	0.61%
	合計	16	3	0	34	1	28	28	2	18	42	69	241	73.25%

語料＼語義		今文尚書	周易	孫子	左傳	論語	國語	墨子	孟子	莊子	荀子	韓非子	合計	比例
度₂	丈量				4		3	1				3	11	3.34%
	推測	2			15		8	8	1		9	7	50	15.20%
	圖謀、謀劃	2		1	4		4	1	1		2	1	16	4.86%
	軍事術語			4	1		6						11	3.34%
	合計	4	0	5	24	0	18	12	3	0	11	11	88	26.75%
合計		20	3	5	58	1	46	40	5	18	53	80	329	100.00%

表三　「度₁」、「度₂」在西漢時期的使用情況

語料＼語義		呂氏春秋	新序	戰國策	淮南子	新書	合計	比例
度₁	計量長短的標準	5		1	13	2	21	13.29%
	限度	5	1		5	1	12	7.59%
	法度、規範	11	4	3	46	29	93	58.13%
	師法、效法				1		1	0.63%
	胸襟				1		1	0.63%
	合計	21	5	4	66	32	128	81.01%
度₂	丈量	1		2	8	1	12	7.59%
	推測	1			8	4	13	8.23%
	圖謀、謀劃				4	1	5	3.16%
	軍事術語						0	0.00%
	合計	2	0	2	20	6	30	18.99%
合計		23	5	6	86	38	158	100.00%

表四 「度₁」、「度₂」上古漢語中的使用情況

語義		先秦	兩漢	合計	比例
度₁	計量長短的標準	36	21	57	11.78%
	限度	35	12	47	9.71%
	法度、規範	126	93	219	45.25%
	師法、效法	42	1	43	8.88%
	胸襟	2	1	3	0.62%
	合計	241	128	369	76.24%
度₂	丈量	11	12	23	4.75%
	推測	50	13	63	13.02%
	圖謀、謀劃	16	5	21	4.34%
	軍事術語	11	0	11	2.27%
	合計	85	30	115	23.76%
合計		326	158	484	100.00%

二 錯位語義「度」的域限演變

綜合《王力古漢語字典》、《漢語大詞典》的釋義及CCL語料庫的語料，發現「度」在上古時期的兩條特殊義項，恰好可以說明兼類詞在域限上的演變情況：一、「度₁」的「師法、效法」義由名詞義演變為行為動詞義在域限上具有突變性；二、「度₂」的「軍事術語」義由行為動詞義演變為名詞義在域限上具有漸變性。

(一)「度₁」由名詞義到行為動詞義的域限突變

許慎《說文解字》認為：「度，法制也」[11]，段玉裁《說文解字注》亦認同該觀點，《爾雅》認為「度」為「謀劃」義，但與甲骨文

---

11 董秀梅：〈談漢語心理動詞〉，《聊城師範學院學報》第4期（1991年）。

中呈現的本義仍是不盡相同。可見，在傳統小學中，「度」的本義一直未明。從甲骨文字形來看，「度」的字形是以手執一石塊，綜合王力（1962）的觀點，認定「度」的本義為「丈量長短的標準」。

「度₁」在引申過程當中，認知因素參與其中，對丈量長短的結果進行虛化，引申出「丈量長度的標準」這一語義。該語義在實際使用過程中常與「量」連用，向實發展，語義側重「長度標準」，如例二十八到三十一。後用來借代「尺子」，如例三十二；

二十八、協時月正日，同律度量衡。（《今文尚書·舜典》）
二十九、律度量衡於是乎生，小大器用於是乎出，故聖人慎之。（《國語·周語》）
三十、 其事鬼神也，圭璧幣帛，不敢不中度量。（《墨子·尚同》）
三十一、上無道揆也，下無法守也，朝不通道，工不信度，君子犯義，小人犯刑，國之所存者幸也。（《孟子·離婁上》）
三十二、乃命司服具飭衣裳，文繡有常，制有小大，度有短長，衣服有量，必循其故，冠帶有常。（《呂氏春秋·仲秋紀》）

同時，「度」在使用過程中常常與「法」連用，組成「法度」，頻繁被說話者使用，因此「法制」義被固定下來，並在後來的時代中，逐漸成為了中心義。

三十三、儆戒無虞，罔失法度。（《今文尚書·禹謨》）
三十四、謹權量，審法度，修廢官，四方之政行焉。（《論語·堯曰》）
三十五、慈於子者不敢絕衣食，慈於身者不敢離法度，慈於方圓者不敢舍規矩。（《韓非子·解老》）

錯位語義「師法、效法」義的產生，在域限上的表現是從概念域到行為動詞域的直接跨越。蘇穎（2020）以先秦時期言說動詞「謀」到心理動詞的演變過程，結合同期語料，可以得到「謀」的語義演變路徑：商議（動詞）→考慮、謀劃（心理動詞）→計策（名詞），說明心理動詞在行為域與言說域的雙向演變中的作用。王迎秋（2020）、秦傑麗（2021）也分別說明了身體行為動詞、行為動詞、言說動詞之間的演變需要心理動詞的參與，需要心理域作為中間域場。可見，諸多學者都認為域限演變需要心理域參與，「度₁」難道如此特殊，可以實現從概念域到行為域的直接跨越嗎？

一八九八年馬建忠的《馬氏文通》最早提出了「詞類活用」的術語，目前最通行的古代漢語教材，也提出上古存在名詞活用為動詞的現象，並附專章講解，可見「詞類活用」在上古漢語當中並不是個別現象。例十一、例十二中的「符合規範」「按照法律」這樣的翻譯最先是一種句法上的臨時變動，如例十一的「不遵守喪禮」，例十二的「按照規則進入」，例十三的「用來規範天下的方圓」。它與上文提到由於「師法、效法」義，在句中體現為主被動態不同，這是這種語義上的指向轉變，引起「符合規範」「按照法律」義的異變，並在實際語料中與活用現象區別開來，從而進入了語義系統。

（二）「度₂」由行為動詞義到專屬名詞義的域限漸變

「度₂」的錯位語義「軍事術語」義的出現有賴於心理動詞的參與，體現在域限變化上也不似「度₁」那麼突然，而是有一個心理域充當仲介。

「丈量長短」義在早期用法相對固定，是一個典型的行為動詞，其常見於動賓結構，賓語多為客觀事物，如例三十六到三十八；

三十六、山有木，工則度之；賓有禮，主則擇之。(《左傳・隱公十一年》)

三十七、翟度身而衣，量腹而食，比於賓萌，未敢求仕。(《呂氏春秋・高義》)

三十八、夫聖人量腹而食，度形而衣，節於已而已，貪污之心，奚由生哉？(《淮南子・真篇》)

到戰國後期的《墨子》，「丈量長短」義後出現加表示抽象概念的賓語，如例三十九，賓語為「周圍城墻的高低」，從「城墻」這一實體的物理域發生虛化，用來表現概念裡才有的高低抽象認知。

三十九、城內塹外周道，廣八步。備水謹度四旁高下。(《墨子・備水》)

四十、　唯不帥天地之度，不順四時之序，不度民神之義，不儀生物之則，以殄滅無胤，至於今不祀。(《國語・周語》)

四十一、本政教，正法則，兼聽而時稽之，度其功勞，論其慶賞，以時慎修，使百吏免盡，而眾庶不偷，塚宰之事也……(《荀子・王制》)

同時，與例三十九相比，例四十、四十一的賓語則更加虛化，一為「民神之義」，一為「功勞」，不僅賓語屬於抽象事物，還有思維活動參與，「度」呈現出逐步從行為動詞向心理動詞轉變的趨勢，認知因素不斷增加。在域限上也從測量物理上的具體事物轉變至測量意識中的抽象事物，實現了從物理域到心理域的置換，抽象成對進一步加深、認知的影響也更加強烈。在翻譯上，更多傾向於心理義「推測、考慮」。

當「揣測、考慮」的語境與軍事掛鉤，排兵布局可以成為考慮的內容，進退的軍事決策可以被揣測，「揣測、考慮」義的語義受語境影響進一步虛化，用來表示抽象上的戰爭局勢、軍事攻略設計，「謀劃、圖謀」開始出現，並隨著使用頻率的增加逐漸固定下來，特別是在《國語》當中，「謀劃、圖謀」的使用數量達到一個頂峰（資料見表三），體現在語料中則是：

例四十二、是以君子省眾而動，監戒而謀，謀度而行，故無不濟。（《國語·晉語》）

例四十三、及其即位也，詢于「八虞」，而咨于「二虢」，度於閎夭而謀于南宮，諏于蔡、原而訪于辛、尹……（《國語·周語》）

例四十四、是以君子……謀度而行。（《國語·晉語》）

例四十二、四十三：例四十二的「謀度」與「省眾」、「監戒」並列，並且受到同義詞「謀」的影響，譯為：「謀劃」；例四十三中的「八虞」、「二虢」屬於政治對象影響，後半句的「度」與「謀」、「諏」、「訪」等同等，沾染了「謀劃、思量」的語義，譯為：「謀劃」，並且對比例四十、四十一可以發現，「度」若是不處於軍事語境當中，「謀劃、圖謀」則會倒退回「推測考慮」義，如例四十二、[12]例四十四[13]。並且在春秋戰國戰爭頻發時期，「度」從「謀劃、圖謀」義進一步引申、虛化，專詢問才士、商討軍事等含義，成為了名詞性的軍事術

---

12 例四十二徐元誥（2002）譯為：因此有見識的人體察民眾的願望後才行動，瞭解民眾的興論後才謀劃，謀劃的事經過揣度後才實施，所以沒有不成功的。此處「度」為「謀劃」。

13 例四十四按字面譯為：所以有見識的人考慮過後才行動。此處「度」為「考慮」。

語，實現了從行為域到心理域，再到名詞域的跨域，在詞性上也發生了相應的變化。但是在政治局勢穩定之後，特別是漢王朝建立後，「度」表示軍事術語的語義失去了使用的環境，名詞義軍事術語義消失（資料見表二），隨之而來的是概念域重新過渡至心理域界內、名詞義的消失。

  例四十六、兵法：一曰度，二曰量，三曰數，四曰稱，五曰勝。地生度，度生量，量生數，數生稱，稱生勝。(《孫子·軍形篇》)
  例四十七、先知者，不可取於鬼神，不可象於事，不可驗於度，必取於人，知敵之情者也。(《孫子·用間篇》)
  例四十八、臣聞之曰：懷和為每懷，咨才為諏，咨事為謀，咨義為度，咨親為詢，忠信為周。(《國語·魯語》)

  綜上所述，「度₁」、「度₂」恰好體現了兼類詞域限的兩種情況，一種是以「度₁」的「效法」義為代表，呈現出從概念域到行為域的突變，動詞義對名詞義的活用；另一種則是以「度₂」的「軍事術語」義為代表，呈現出從「丈量長短」到「推測、考慮」到「圖謀、謀劃」，最終到「軍事術語」義的跨越，實現由動詞到心理動詞再到名詞、由行為域到心理域再到概念域的漸變。具體語義引申與域限變化如圖一。

```
度1：1.丈量長短的標準 → 2.限度 → 3.法度、規範 → 4.師法、效法
      名詞              名詞      名詞              動詞
                                                  （行為動詞）
      概念域            概念域    概念域            行為域

                              → 5.胸襟
                                名詞
                                概念域

度2：丈量長短  →  揣測    →   圖謀、謀劃  →   軍事術語
     動詞        動詞         動詞           名詞
    （行為動詞）（心理動詞） （心理動詞）    （專屬動詞）
     行為域     心理域        心理域         概念域
```

圖一　「度」的語義演變及域限演變

三　域限演變與詞性變化

儘管在域限演變的過程上看，動名詞的變化確實引起了行為域、認知域之間的演變。但從域限演變的動因來看，「度1」、「度2」錯位語義出現的主要原因並不完全相同。而詞性變化發生是否，與語義引申的動因來自語言系統之內、還是之外息息相關。

（一）外部因素導致的域限及詞性突變

1　政治經濟因素

不同詞性之間的轉變更多受到語言以外因素的影響，呈現出一種為表達特定概念的臨時借用，這種臨時借用的詞在語法上並不獨立，儘管名動詞分立，但在句中充當的句法成分呈現混同的態勢，且這種混同與當時的社會環境息息相關。以「度1」的「師法、效法」義為

例。「師法、效法」義與「法律、規範」義僅詞性不同，在語法功能上關係密切，比如同樣可以組成動賓結構、偏正結構、介賓結構。觀察「師法、效法」義的使用情況，可以發現描寫戰爭居多的《左傳》、《國語》對「師法、效法」義的使用偏多，並在語義上呈現出主被動態的區別。以《左傳》為例，楊伯峻（2009）就將「進退可度，周旋可則。(《左傳‧襄公三十一年》)」譯為「進退的策略可以效法，（國家間）周旋的技巧可以模仿」[14]；陳奇猷（2000）則將「使法量功，不自度也。(《韓非子‧有度第六》)」譯為「按照法律衡量功績，就不需要自我規束」[15]。雖然兩個句子用的都是主動句型，並且「度」都前接副詞組成狀中結構，但兩者的動詞指向對象卻不相同：前一個例子表示的是動作指向未出現的對象，而後一個例子則指向已出現的「自」。「師法、效法」義的這種語義指向，在翻譯中表現出向「法律、規則」義的傾斜，常譯為「按標準」。

　　「度$_2$」的軍事術語義與政治經濟的掛鉤則更加鮮明。在春秋戰國戰爭頻發時期，「度」與軍事相關語境掛鉤，從最初的動詞義「丈量長短」演變為到最後的名詞義軍事術語，觀察語料來源，則會發現名詞義的軍事術語多出現在《孫子》、《左傳》、《國語》之類的描寫春秋戰國紛爭的書籍當中，以《孫子》尤甚。以《孫子》為例，「度」字在表軍事術語義時，不僅有賴於軍事語境，更有賴於句子結構。如「度生量，量生數，數生稱，稱生勝。故勝兵若以鎰稱銖。(《孫子‧軍形篇》)」「先知者，不可取於鬼神，不可象於事，不可驗於度。(《孫子‧用間篇》)」「度」之所以能夠用來表示軍事術語，多虧了上下文的參照。借助對舉的考證方法，「度生量」與「量生數」、「數生稱」、「稱生勝」並列；「不可驗於度與」與「不可取於鬼神」、「不可

14　楊伯峻：《春秋左傳注》（北京：中華書局，2018年）。
15　韓非，陳奇猷：《韓非子新校注》（上海：上海古籍出版社，2000年）。

象於事」，按對舉的說法，相同語法結構、相同位置的詞不僅在意義上相同或相近，在語法上也應該相近，由此，「度」沾染上了名詞性質。

正如羅常培在《語言與文化》一書中說：「一時代的客觀社會生活，決定了那時代的語言內容。」[16]「度」的錯位語義的發生，則就體現了一個時代的政治經濟狀況會對語言的演變起到推動作用。也說明了臨時借用的產生的用法，在詞性上有混雜的可能性。

2 語用頻率

同為臨時借用，為什麼「度$_1$」的錯位語義進入了詞彙系統，而「度$_2$」的錯位語義只停留在實際語料當中，造成了「度」的詞性混雜與不對等呢？很有可能是說話者將語言使用當成了語言發展的結果。李明（2002）《試談語用推理及相關問題》就提出，當一個語義的使用頻率足夠高時，該語義會發生語義替換或產生新義的情況，反之則維持原狀。「度$_1$」的「師法、效法」義，與「度$_2$」的「軍事術語」亦然。「度$_1$」的「師法、效法」義占「度」字總用例的百分之八點八八，遠高於百分之〇點六二的「胸襟」義，略低於占比百分之九點七一的「限度」義。同時在選定的十六本古籍中，有八本古籍擁有「師法、效法」義的語料。可見「師法、效法」在實際語料中的使用頻率並不低，因此能夠保留錯位詞性進入詞彙系統。而「度$_2$」的「軍事術語」義實際用例占比僅為百分之二點二七，並且只出現在三本古籍中，且必須出現在戰爭語境中，使用頻率並不高，特別是當政治局勢穩定之後（漢王朝建立後），「度」表示軍事術語的語義失去了使用的環境，名詞義軍事術語義消失，退出了常用語義系統，甚至在書籍中都不再出現該語義（資料見表三）。可見，詞性轉變並不一定是詞本身的能力，而是語言使用的產物。

---

16 羅常培：《語言與文化》（北京：北京出版社，2011年）。

（二）內部因素導致的域限及語義漸變

1　隱喻轉喻

而語言系統內部的演變更多體現在同一詞性之間的語義引申。比如隱喻（metaphor）和轉喻（metonym）這兩種機制則是非常典型的同一詞性內語義引申的動因。

Lakoff & Johnson 認為「隱喻是跨概念域的映射」，他們認為其與事物的相似性密不可分，即可表示一種概念的符號來表達與之有相似之處的概念。如「度$_2$」，由「丈量事物的動作」義引申出「推測」義、「圖謀、謀劃」義，均是由於隱喻的作用，實現語義和域限的演變，可是因為仍是語言系統之內的演變，所以詞性並沒有發生變化，仍屬於動詞範疇。

轉喻對語義引申也是如此。Lakoff與他的合作者稍後提出了轉喻的概念，認為轉喻是和隱喻一樣也是一種概念映射，這種映射依賴於兩個概念域之間的相關性。一九九五年Taylor認為轉喻在詞義演變中的作用更為基本，認為轉喻是隱喻的前提，是一種比隱喻更為基本的意義擴展方式。「度$_1$」的「尺子」義、「法律、規範」義就是轉喻參與的結果。

2　說話者認知

沈家煊（2001）指出：「主觀化指的是一個語言形式經過演變而獲得主觀化的表達功能。」[17]同時「丈量某物的長短」，「度$_1$」偏向了對「丈量結果」的虛化，而「度$_2$」偏向「丈量動作」的虛化。從而「度$_1$」引申出「丈量長度的標準」，才有了「限度」、「法度」、「胸

---

[17] 吳福祥（2019）指出主觀化不屬於語義演變的機制，而只是一種結果。在此採納其觀點以「說話者認知」進行表述。

襟」等一系列的引申,並伴隨著〔+標準〕的義素在內;「度₂」引申出「推測」、「圖謀、謀劃」義也是如此,〔+把握某事物範圍〕的義素也一直在,這與人的認知心理也想符合。儘管認知程度不斷加深、虛化程度不斷變強,但語義引申的開始就決定了彼此只能在限定範圍內引申,不會發生詞性轉變。

綜上所述,心理域既是語義引申、詞性變化的直接體現,也是語義引申、詞性變化發生的可能性。當語言系統之外的因素對語義變化提出要求,心理域不僅會使語義發生變化,還會促進詞性向相應域限發生轉變;當只有語言系統之內的因素參與,心理域進會停留在自身域限當中進行變化。

四 結語

「度₁」、「度₂」在上古漢語中是典型的兼類詞,兩者皆兼有名詞義項與動詞義項:「度₁」的義項以名詞為主,卻兼有行為義「師法、效法」「度₂」以動詞為主,卻兼有名詞義「軍事術語」義。從域限研究現有的成果出發,考察兩者語義演變過程,當「度」動名詞發生詞性變化時,往往受到諸如政治經濟因素、使用頻率等外在因素的影響,域限發生突變;而當「度」的詞性不發生改變,僅僅引申出新義時,僅受語言內在機制如隱喻、轉喻、說話者認知等影響,域限也僅會在本域場及過渡域場內引申。

陸儉明評論沈家煊的「名動包含說」是為追求「大破」,本文從語義方面入手亦認為名動詞的包含關係或是受到語言使用的干擾,從詞本身來看「名動分立」或許更加合理。

參考文獻

陳望道：《文法簡論》，上海：上海教育出版社，1978年。
呂叔湘：〈關於漢語詞類的一些原則性問題〉，《中國語文》1954年第9期。
呂叔湘：《漢語語法分析問題》，北京：商務印書館，1979年。
王　力：《古代漢語（全四冊）》，北京：中華書局，1962年（1999年修訂版）。
高名凱：《漢語語法論》，臺北：臺灣開明書店公司，1948年。
沈家煊：〈我看漢語的詞類〉，《語言科學》，2009年第8卷第1期。
陸儉明：〈再議「漢語名動包含說」〉，《上海外國語大學學報》2022年第45卷第5期。
沈家煊：〈複句三域「行、知、言」〉，《中國語文》，2003年第3期。
李　明：《試談言說動詞向認知動詞的引申》，北京：商務印書館，2003年。
李　明：〈從言語到言語行為──試談一類詞義演變〉，《中國語文》2004年第5期。
李小軍：〈論手部動作範疇向心理範疇的演變〉，《江西師範大學學報（哲學社會科學版）》2014年第47卷第6期。
蘇　穎：〈漢語心理動詞與言說動詞的雙向演變〉，《中國語文》2020年第3期。
高小方，蔣來娣：《漢語史語料學》，北京：高等教育出版社，2005年。
張玉金：《西周漢語語法研究》，北京：商務印書館，2004年。
羅竹風主編：《漢字大詞典》，上海：漢語大辭典出版社，2001年。

顧頡剛、劉起釪：《尚書校釋譯論》，北京：中華書局，2005年。
黃壽祺、張善文：《周易譯注》，上海：上海古籍出版社，2010年。
李　零：《孫子譯注》，北京：中華書局，2009年。
楊伯峻：《春秋左傳注》，北京：中華書局，2018年。
楊伯峻：《論語譯注》，北京：中華書局，2009年。
徐元誥著，王樹民、沈長雲點校：《國語集解》，北京：中華書局，
　　　　2002年。
孫詒讓：《墨子閒詁（上下）》，北京：中華書局，2001年。
楊伯峻：《孟子譯注》，北京：中華書局，2005年。
陳鼓應：《莊子今注今譯》全三冊，北京：中華書局，2009年。
張　覺：《荀子譯注》，上海：上海古籍出版社，2012年。
韓非著，陳奇猷注：《韓非子新校注》，上海：上海古籍出版社，2000
　　　　年。
劉　向：《戰國策》，上海：上海古籍出版社，1998年。
呂不韋著，陳奇猷注：《呂氏春秋新校釋》，上海：上海古籍出版社，
　　　　2002年。
劉文典：《淮南鴻烈集解》全二冊，北京：中華書局，1997年。
〔漢〕劉向編著，石光瑛校釋：《新序校釋》，北京：中華書局，2001
　　　　年。
〔漢〕賈誼著，閻振益、鍾夏校：《新書校注》，北京：中華書局，
　　　　2000年。
劉文正：《〈太平經〉動詞及相關基本句法研究》，湖南：湖南師範大
　　　　學，2009年。
劉文正：〈漢語動詞的立類問題研究〉，《賀州學院學報》2012年第28
　　　　卷第3期。
董秀梅：〈談漢語心理動詞〉，《聊城師範學院學報》1991年第4期。

馬建忠：《馬氏文通》，北京：商務印書館，1898年。

胡裕樹、范　曉：《動詞研究》，開封：河南大學出版社，1995年。

李宗焜：《甲骨文字編》，北京：中華書局，2012年。

王　力：《王力古漢語字典》，北京：中華書局，2000年。

許　慎：《說文解字》，北京：中華書局，1963年。

許　慎：《段玉裁・說文解字注》，上海：上海古籍出版，1988年。

邵晉涵：《爾雅正義》，北京：中華書局，2017年。

王迎秋：〈身體行為動詞向心理動詞的語義演變研究〉，湖南：湖南師範大學，2020年。

秦傑麗：〈行為動詞到言說動詞的語義演變研究〉，湖南：湖南師範大學，2021年。

羅常培：《語言與文化》，北京：北京出版社，2011年。

李　明：〈試談語用推理及相關問題〉，《古漢語研究》2014年第4期。

肖治野：〈沈家煊，「了2」的行知言三域〉，《中國語文》2009年第6期。

吳福祥：〈語義演變與主觀化〉，《民族語文》2019年第5期。

Traugott, Elizabeth Closs. On regularity in semantic change. *Journal of Literary Semantics*. 1985.

Sweetser, Eve. *From etymology to Pragmatics: Metaphorical and cultural aspects of semantics structure.* Cambridge: Canbridge University Press. 1990.

Lakoff, Johnson. *George and Mark Johnson. Metaphors We Live By*. Chicago: The University of Chicago Press, 1980.

Taylor, John. *Linguistic Categorization: Prototype in Linguistic Theory.* Oxford: Clarendon Press, 1989.

（本文2023年4月發表於《漢字研究》第28期）

戲劇的兩種抒情向度
——湯顯祖至情論與亞里斯多德悲劇淨化論之比較

張軒嵐
二〇二一級　戲劇與影視學

摘要

　　湯顯祖的至情論與亞里斯多德的悲劇淨化論（卡塔西斯）指涉了戲劇的兩種抒情向度，本文從不同歷史語境、身份視角、情之訴求端看兩種戲劇抒情的形式與歸宿。前者基於戲劇藝術創造的主體層面，指向的是抒情的極致表達，是主體對於情感的迸發與浸淫；後者則探討抒情的理性把握，是接受者對於情感的緩和與淨化，二者的共同歸宿則是抒情的困境——情理兩難。在抒情式微的現代社會裡，以兩種抒情向度觀照人們如何「詩意地棲居」，最終通過追溯闡釋，以求構築起連接古典與現代的抒情景觀。

關鍵詞：抒情　至情論　悲劇淨化論　卡塔西斯

黑格爾將詩分為史詩、抒情詩和戲劇體詩三個種類,並認為,所謂戲劇體詩,是「史詩的客觀原則和抒情詩的主體性原則這二者的統一」[1]。可見戲劇作為一種詩的藝術,它兼具了抒情性與敘事性,並且被看作是最高層次的詩。然而,這種分類只是一種對不同詩體的特殊標識,一種審美經驗的具體歸納,但當把視閾投向整個人類文化現象與精神活動,不僅僅是詩的藝術,而是「所有的藝術常規都是創造表達某種生命力或情感概念的形式之手段」[2]。在蘇珊·朗格看來,人類複雜的生命體驗中流動著某種不可自現的普遍情感,而正是藝術創造活動賦予情感以可見的客體形式。質言之,藝術就是情感的客觀化,是一種表達情感經驗與建構自身特性的符號。

　　在此意義上,抒情即是人們藉藝術的形式元素使情感得以自然流露與迸發,也就是藝術品的普遍屬性是抒情性。那麼,無論是史詩、戲劇或散文這種詩體的藝術,還是音樂、舞蹈等其他藝術種類,它們都內涵著某種原初的抒情性。最終,在歷史流轉中,伴隨著抒情詩發展為抒情的典範文體,抒情也漸而嵌合在其他文體藝術中,形成了不同藝術形式的抒情美學。

　　然而,脫離抒情詩的原生體裁,廣義的抒情性進入戲劇範式中,戲劇如何抒情?其抒情形式如何從抒情詩的話語結構轉變為戲劇體詩的話語結構?抒情主體是誰?戲劇的觀演關係是否會影響抒情的表達與接受?而縱觀戲劇理論史,追溯緣起,可以說,亞里斯多德以卡塔西斯的概念指出了戲劇式抒情。以此相對,中國傳統戲曲可謂是抒情式戲劇,其中情的集大成者,當屬湯顯祖的「四夢」(《紫釵記》、《牡丹亭》、《邯鄲記》與《南柯記》)與其「至情論」。

---

[1] 黑格爾:《美學》(北京:商務印書館出版社,1981年),第三卷(下),頁241。

[2] 蘇珊·朗格著,劉大基、傅志強、周發祥譯:《情感與形式》(北京:中國社會科學出版社,1986年),頁26。

比較來看，湯顯祖的「至情論」與亞里斯多德的「悲劇淨化論」指涉了戲劇的兩種抒情向度，前者基於戲劇藝術創造的主體層面，指向的是抒情的極致表達，後者則是從接受層面探討抒情的理性把握。而面對普遍性的情理矛盾，他們基於不同的歷史語境、身份視角、情之訴求來觀照與思索人們對於世界、生命的情感可能性。最終跨越遙遠的空間與漫長的文明，實現人們總體情感的共鳴與釋放。

一　抒情傳統——「抒情式戲劇」與「戲劇式抒情」

何輝斌先生在其著作《戲劇性戲劇與抒情性戲劇》中提出「抒情性戲劇」這一概念，並以此概念來標識中國傳統戲劇，最終與西方的戲劇性戲劇相比較。然而，戲劇性與抒情性雖簡要精準地概括了中西戲劇的不同質，卻在一定程度上否定了抒情的廣義性。但如果從抒情的普遍層面觀之，中西戲劇有著不同向度的抒情形式。中國傳統戲曲是以抒情詩的形式進行藝術創造與審美活動，是一種「抒情式戲劇」；而在西方戲劇詩學中，亞里斯多德建構的情節整一性與形式理性始終纏繞著抒情表達，呈現為「戲劇式抒情」。

具體來看，在中國文化語境中，抒情之抒的本義是「挹」，汲取、舀出之意。屈原在《九章·惜誦》中有「惜誦以致愍兮，發憤以抒情」。所謂「抒情」，即指表達情思與傾瀉情感，而從抒情到抒情傳統，則始終依託於古典詩學。

普實克認為「中國文學的榮耀別有所在，在其抒情詩」[3]。這一抒情詩的榮耀從「詩言志」到「詩緣情」，再至晚明「任情而發」，甚至是戲曲的生成與發展，戲曲從未自外於這一抒情傳統，「曲」始終

3　陳世驤：《中國的抒情傳統》（上海：生活·讀書·新知三聯書店，2015年），頁4。

擁有「劇曲」與「散曲」的雙重性，其藝術形態更是以文學本體之曲為旨歸。所謂「詩不如詞、詞不如曲、故是漸進人情」[4]。也就是說，戲曲與抒情詩，並非涇渭分明的文類之別，抒情性已然成為了戲曲的精神本質與審美追求。並且，戲曲最終將詩（唱辭與賓白）、樂（唱腔）、舞（程式）的整一性結構發而廣之，將歷史悠遠的抒情傳統化為自身內部結構，形成一種抒情式戲劇，將不可說之情、不可見之景，以戲曲詠之。

在西方文化歷史中，抒情（lyric）一詞脫胎於古希臘文的「七弦琴」（lyre），所指的是藉七弦琴伴唱而成的抒情短歌，漸而演變為表現個體內心情感世界的抒情詩。不過。以亞里斯多德的《詩學》為濫觴，抒情詩學長久地被統攝在戲劇定義之下。在其理論闡釋與藝術創造的歷史中，理論者與藝術家始終要面對一個懸而未決的中心問題——如何平衡抒情的純粹感性與形式理性。

以哈茲里特與蘇珊・朗格的論述為例，在哈茲里特看來，「詩歌是語言的音樂，與心靈的音樂相合……音樂與深藏的激情之間有著密切的聯繫。人瘋了就會唱歌」[5]。這種激情與瘋癲，指向的是抒情的純粹感性，他認為藝術家是在激情支配下進行藝術創造活動，而藝術品則是藝術家感情、思想的集中體現。

與之相反，蘇珊・朗格的理論認為發洩情感的規律是自身的規律而不是藝術的規律，「純粹的自我表現不需要藝術形式」[6]。她對藝術表現情感提出了規範要求，認為抒情並不僅僅是對個人情感的非理性

---

4 秦學人、侯作卿：《中國古典編劇理論資料匯輯》（北京：中國戲劇出版社，1984年），頁164。

5 Ｍ・Ｈ・艾布拉姆斯著，酈稚牛、張照進、童慶生譯：《鏡與燈 浪漫主義文論及批評傳統》（北京：北京大學出版社，2015年），頁55。

6 蘇珊・朗格著，劉大基、傅志強、周發祥譯：《情感與形式》，頁9。

宣洩，而是借助於理性的藝術形式，使普遍性情感得以藝術表達。同時，蘇珊·朗格也通過審美直覺的理性活動以求調和藝術表現情感的形式主義與表現主義的張力。而這一張力則深刻地彰顯出「戲劇式抒情」的意涵，即如何依託戲劇整一性的邏輯架構來把握流動的情感。

在某種層面上，或許「抒情式戲劇」與「戲劇式抒情」映照了中西詩學各自抒情傳統的榮耀與缺憾，並且在這兩種抒情傳統內，我們得以端看與觀照戲劇的兩種抒情向度──「抒情式戲劇」的情至與「戲劇式抒情」的淨化。

二　至情論與悲劇淨化論之比較

（一）抒情主體與抒情接受的理論追求

抒情作為一種有意味的形式，具有著表現力更為強烈可感的抒情主體與抒情接受。在其審美生產過程中，抒情主體是本體性的，通過創造意味深長的話語形式來實現情感的宣洩與表達。進入審美接受過程後，接受者以其自身的情感經驗、藝術想像、思想意識、社會觀念以及生長於斯的現實歷史，積極參與整體的藝術創造活動中，並賦予其新的理解與闡釋。或者說，抒情主體自身「心靈的詩」外化為某一種形式，形成生命情感的另外一種存在與延續，由個體的感喟勾連起歷史與群體更為普遍廣闊的情感體驗。在其極致處，召喚出人類面臨共同生命處境的一種體察、洞見與覺悟。

然而，在這一過程中，情感並不是通過保持已身的純潔性與原生性來維繫自身的，恰恰相反，是通過流動與變質。個體的情感經驗在成為情感概念之前，是流動的、激烈的非理性形態。當抒情主體仰賴於理性的藝術形式、秩序與規律，借文字、意象、聲音等各種審美資

源占有把握其情感經驗時,那流動的情感之流被凝固於藝術作品的整一性結構之中,成為一種普遍的情感概念。而後,接受者們將自我流動的情感注入其中,使其再度流動生發起來。而戲劇的抒情使得這一過程可見化,抒情主體與抒情接受同時在場,處於劇場空間,使得情感的宣洩與接受成為戲劇藝術的內在要求與最終呈現。

1　情之所鐘——至情論的抒情主體

湯顯祖的至情論於《牡丹亭》中得到昭彰,「情不知所起,一往而深。生者可以死,死可以生,生而不可與死,死而不復生者,皆非情之至也」[7]。從中可見審美主體對於情感的極致表達。湯顯祖將個人的情感體驗從理學窠臼中釋放出來,以非理性的情感介入歷史,彰顯作為抒情主體的意義。

但值得注意的是,由於戲劇的抒情並不同於一般抒情詩內傾的文體性質。哪怕湯顯祖並沒有當時戲曲創作者那般深重的「音律焦慮」,他專注於案頭文辭,為保全曲意「不妨拗折天下人嗓子」,但戲曲藝術終究是依時表演且雙向互動的舞臺藝術。因而,在同一時空中,戲劇的抒情既是內傾的,也是外傾的,既關乎抒情主體的,也涉及抒情接受的,既表達了對自我的訴求,又流露出社會的情緒。在此意義上,戲劇中的抒情自我總難免一種道德目的與教育作用,也由此,戲劇的抒情主體並不能自外於社會的理式規範,而是與歷史的進程融會貫通,相互注解。最終可見中國抒情傳統的主體,無論是言志、緣情、任情而發,還是作為「消遣」的戲曲創作,「都不能化約為絕對的個人、私密或唯我的形式,從興觀群怨到情景交融,都預設

---

[7]〔明〕湯顯祖,徐朔方箋校:《湯顯祖全集》(北京:北京古籍出版社,1999年),頁1153。

了政教、倫理、審美,甚至形上的複雜對話」[8]。

回轉到湯顯祖的歷史語境中,當此之時,明末信奉禮教的宋明理學日益顯盛,也就是所謂的「存天理滅人欲」大行其道,但心性論與禪宗說也漸形侵蝕著正統的思想基礎。通俗的民間文學,特別是傳奇雜劇、市井小說也隨同商業經濟的萌發而興盛起來。而湯顯祖身處其中,深受泰州學派(羅汝芳)、童心說(李贄)、禪宗(達觀和尚)的浸潤影響,提出了「至情論」,以及崇尚真性情、貶斥假道學的主張。他通過「四夢」構建其理想的「至情世界」,以「有情之天下」來反諷抗衡「滅才情而尊吏法」的「有法之天下」。最終,「至情」不僅成為他的寄託所在,也成為他以之作為對人性欲求與治世理想的參照標準。可見,這正是湯顯祖戲劇抒情的「事功」之所在——以抒情主體的有情姿態介入歷史。

具體觀之,在情與理的辯證關係中,湯顯祖作為抒情主體,其情旨附身於「四夢」中的主要角色上。《紫釵記》中霍小玉情深不移;《牡丹亭》的杜麗娘因情而死,又因情復生;《邯鄲記》盧生經宦海沉浮的黃粱一夢,絕情而去;《南柯記》的淳于棼,於螻蟻之國為情所困一生,夢醒也不過是荒誕一穴。

然而,湯顯祖的「情」並非一種籠統的形而上的情感概念,而是有著隨「夢」賦意的價值判斷——「性無善無惡,情有之」。「前二夢」《紫釵記》與《牡丹亭》的情,是善情,借李霍、杜柳的愛情故事,表現的是真情之至在歷史中居功甚偉的作用;「後二夢」《邯鄲記》與《南柯記》的情,則是惡情,是人終究在欲望中反噬其身,最終惘惘於大夢初醒一場空。

湯顯祖對於情有善惡的區隔與描繪,一方面是表現「情之所鍾,

---

[8] 王德威:《抒情傳統與中國現代性——在北大的八堂課》(上海:生活・讀書・新知三聯書店,2010年),頁57。

正在我輩」的美學思想與藝術追求。所謂「惟情至，可以造立世界；惟情盡，可以不壞虛空；而要非情至之人，未堪語乎情盡也」[9]。在其「至情」的境界裡，以情越理，「情至之人」得以脫身於聞見道理的教化，作真文造情境。那些被現實倫理道德所規訓的生命欲望、深情與熱力，以純粹、自然與真實的狀態傾瀉於此。也唯有此，杜麗娘才可遊園驚夢，賞花見己，玉成於情，並往來生死之間，如入無人之境。此等一往情深的想像力與現實分裂，抒情主體與其既成現實環境由此呈現出一種不共俱生的形態。然而，這一看似凌邁於歷史的理想卻只能是夢境，它既是理中之情，也是現實的困境。於是，湯顯祖既是構建了一個任文人士大夫逃逸歷史、暫留於此的烏托邦，又塑造了一個任接受者們永久欣賞的追求情感且至死未休的文學形象。

　　另一方面，則是湯顯祖對社會道德、政治秩序的內在矛盾之因應。他個性孤介，面對仕途偃蹇的失意現實，「寧為狂狷，毋為鄉愿」。但在情與志、文與人真誠崇高的相互返照下，經世致用的傳統理想使他不得不更為深刻地思索抒情主體的倫理承擔，以調和至情與世道之間的落差，他為此陷入一個兩難的境地。在「後二夢」中，湯顯祖藉黃粱夢與南柯夢，對於人之大欲極盡鋪陳宣洩之能事，「所謂夢中之炎涼、夢中之經濟、夢中之治亂、夢中之輪迴，實際諷刺的是現實生活的世態炎涼及官場的腐化墮落」[10]。但他眼見著淳于棼與盧生用情之至，欲壑難填，終究反噬其身的悲劇，又是懷揣著何種情緒姿態勾勒其事，是嘲弄，還是情到深處的怨尤？難道湯顯祖描繪這一番大夢初醒的生命歷程，僅僅是為了證明惡情之至理應承受理智與意志的貶抑與圈囿？

---

[9] 毛效同：《湯顯祖研究資料匯編（全二冊）》（上海：上海古籍出版社，1986年），頁1325。

[10] 萬文斌：《湯顯祖詩學理論研究》（北京：社會科學文獻出版社，2020年），頁297-298。

或許湯顯祖已然了悟到情有善惡並不能道盡就中的悲涼與無奈，因而，「至情」的局限將他推至兩難困境，並一生耽溺於此。所謂兩難，即是「現實的挫傷越大，作為抒情主體如果要避免自黌其身，終以隕顛，就只有借用形式——象——的操作，或作為療傷止痛的方法，或作為昇華現實的途徑」[11]。其中的形式即夢，夢的非現實性特徵使它更能貼近抒情功能。於是，湯顯祖將現實無能之事，無能之情安置於現實之外的夢中，以此尋找出路。但同時，他在人生志向上出世與入世的進退衝突，也對應著他在戲曲創作上情與理的矛盾困惑。由此，盧生與淳于棼的悲劇難道不正是湯顯祖們的悲劇？

　　不同之處在於，湯顯祖在現實中未能實現的情志，在黃粱夢與南柯夢中借由他們身體力行地走了一遭，這些在塵世中生受壓抑委屈，其生命形態有缺陷、傷痛、沉鬱與渴求之人，在極度的癡醉癲狂之後，最終遁世而去。在想像的悲劇中，湯顯祖不知如何安頓這些情至之人，唯有隱通於釋與道的無限之境，即是消極地歸宿於徹底寧靜的玄境，以此平息他們生命中的躁動不安。而湯顯祖，他不入夢、不入世，卻始終掛懷其夢其世，一腳在夢中，一腳在夢外，作為構夢之人嘗盡情至的歡欣與苦楚，他的歸宿不在沖虛之境，而是執於「邇來情事，達觀應憐我，白太傅、蘇長公終是為情使耳」[12]。

　　可以說，湯顯祖的至情是在一個不可對抗的歷史之理中，將抒情主體的情發揮到極致。通過「因情成夢，因夢成戲」的形式使情感觸碰到了歷史秩序的邊界。在這一邊界，湯顯祖意識到無論是善情抑或是惡情，是霍小玉、杜麗娘，還是盧生與淳于棼，他們面對情與理的永恆衝突，是通過個體有限的身體寄寓無限噴薄的情感，卻「如同鐵籠裡猛虎一般，不但把禮教的桎梏重重打破，把監視情感的理性也撲

11　王德威：《抒情傳統與中國現代性——在北大的八堂課》，頁54。
12　〔明〕湯顯祖著，徐朔方箋校：《湯顯祖全集》，頁1351。

倒了」[13]。而湯顯祖作為一個單獨的抒情主體，他將至情表露得淋漓盡致，但是如何解脫、昇華於情，從主觀抵達客觀，卻需仰賴於抒情接受的卡塔西斯，而這正是湯顯祖念茲在茲卻無能為力之事。

2 情之淨化——悲劇淨化論的抒情接受

與湯顯祖這一抒情主體不同，亞里斯多德是以哲學家的理論視角觀照情感的表達與接受，他提出卡塔西斯的概念，其思想面向是抒情接受。如何將非理性的情感狀態轉化為一種可知可控且道德理性的情感狀態，從有情到抒情，由完全主觀的浸淫上升為相對客觀的觀照。

有別於湯顯祖那有情難訴、屢遭壓抑的歷史情境，亞里斯多德身處的古希臘城邦社會，其思想制度、藝術文化等無一不是人類文明的伊始。從古希臘悲劇所描繪的神人共處的圖景中可以看到，古希臘人對自然世界、生命死亡懷揣著一種泰初古樸、毫不掩飾的情感。同時，由於感受到命運不可抗拒與難以解釋，人們對生存便抱有一種神秘強烈的恐懼。於是為了逃脫被命運完全統攝的恐懼，古希臘人從生命之初的大地之上，建造起構築生命意義的古希臘城邦，這也是人們面對自然所做出的選擇與出路：因自身勢單力薄，力量不足，兼之生之有涯，無法對抗自然的暴烈、自身的孤獨，以及時空的無垠，最終促成於城邦的誕生，並將自身的主體寄予城邦集體。也由此，人的情感表達也被置於城邦社會的邏輯框架之中。

在亞里斯多德看來，「凡自絕於城邦之外者，若非神祇，便是野獸」[14]。即是說，人們作為有限的個體生命，其所有都理應隸屬於城邦。而圓形劇場便是作為將人與神關聯的場所，將古希臘人賴以生存

---

[13] 梁實秋：《浪漫的與古典的・文學的紀律》（北京：人民文學出版社，1983年），頁14。

[14] 〔古希臘〕亞里斯多德，吳壽彭譯：《政治學》（北京：商務印書館，1983年），頁7。

的各種道路和關係聚集在一起,那些「誕生與死亡、災難與祈福、勝利與恥辱、堅忍與墮落都由此道路和關係而獲得人類存在的命運形式」[15]。在此,城邦建設的道德與倫理的要求也被貫徹到悲劇當中。甚而在希臘城邦社會的政治繁榮時期,公民享有觀戲津貼,以集體觀戲的方式進行政治參與。可見,古希臘悲劇並不僅僅是藝術的,更是政治的,且承擔了對公民道德的規約與引導責任。因而,亞里斯多德基於其「哲人王」的理想,對戲劇提出了卡塔西斯的情感要求。

在《詩學》中,亞里斯多德指出「悲劇是對一個嚴肅、完整、有一定長度的行動的摹仿,它的媒介是經過『裝飾』的語言,以不同的形式分別被用於劇的不同部分,它的摹仿方式是借助人物的行動,而不是敘述,通過引發憐憫和恐懼使這些情感得到淨化」[16]。就中的淨化即卡塔西斯(Katharsis),這一概念的內涵被古往今來被各種理論家所注疏闡釋,卻仍然充滿爭議。其含義既有宗教滌罪,也有醫學疏泄之意,國內學者將其翻譯為淨化、宣洩、陶冶等。而在亞里斯多德的語境中,他以音樂為例,對卡塔西斯的效用作出相對具體的描述:

> 憐憫、恐懼、熱忱這類情感對有些人的心靈感應是特別敏銳的,對一般人也必有同感,只是或弱或強,程度不同而已。其中某些人尤其易於激起神靈感應,由這種感應陷入迷狂。我們可以看到這些人為聖歌中的聖樂激發靈魂以至狂熱,繼而蘇醒,回復安靜,好似獲得一種治療和卡塔西斯,頓然消除了他的病患。用相應的樂調也可以在另一些特別容易感受恐懼和憐憫情緒或其他任何情緒的人們,引致同樣的效果,而對於其餘

---

15 余虹:《藝術與歸家——尼采・海德格爾・福柯》(北京:中國人民文學出版社,2005年),頁107。
16 〔古希臘〕亞里斯多德,陳中梅譯:《詩學》(北京:商務印書館,1996年),頁107。

的人，依個人感應程度的強弱，實際上也一定發生相符的影響：於是，所有的人們全都由音樂激發情感，都達到了某種卡塔西斯，拔除了沉鬱而繼以普遍的怡悅。所以這些意在消釋積悃的祭頌音節實際上給予我們大家以純正無邪的快樂[17]。

與此同構，悲劇中的卡塔西斯可被理解為一種情感的順勢療癒。在悲劇的情感接受過程中，觀眾感受到一種生命激情的疾患，它接近於酒神狂歡，是情緒的總體激發與釋放，個體全情投入一種非理性的癲狂狀態，釋放出被壓抑的本能激情，短時間內進入悲劇情境中，主客體的距離不復存在。

但這種過度的激情被古希臘人看作一種疾患，卡塔西斯即是對其進行清泄轉化。值得注意的是，亞里斯多德指出悲劇是一種模仿，而這種生命激情在悲劇中又被他特定概括為憐憫與恐懼的情緒。在此基礎上，卡塔西斯即是在模仿框架內，通過再現憐憫與恐懼這一生命激情來實現的。

關乎憐憫與恐懼的情感，亞里斯多德對此做出闡釋，「憐憫界定為一種由於落在不應當受害的人身上的毀滅性的或引起痛苦的、想來很快就會落在自己身上或者親友身上的禍害所引起的痛苦情緒」[18]。「恐懼可以界定為一種由於想像有足以導致毀滅或痛苦的、迫在眉睫的禍害而引起的痛苦或不安的情緒」[19]。

由此觀之，無論是憐憫或是恐懼的情感，它所指涉的既非悲劇創作者，也非悲劇表演者，而是身在劇場觀看悲劇的接受者。這就使得悲劇的模仿與悲劇的接受之間存在著視角差異，同時也與現實存在的痛苦災難有著審美距離。

---

17 〔古希臘〕亞里斯多德，吳壽彭譯：《政治學》，頁437-438。
18 羅念生：《羅念生全集》（上海：上海人民出版社，2004年），頁231。
19 羅念生：《羅念生全集》，頁221。

悲劇的模仿意味著全然真實與全然非真這兩種雙重狀態。即「如果我們在現實中沒有體會過這類激情，詩中就沒有從我們心裡引發這些激情的基礎，不過，我們在現實中沒那麼純粹地感受過這些激情」[20]。也就是悲劇將生命激情的衝動、人類生活的矛盾困境極盡所能地擴大鋪展，析取現實之精，變得更為純粹化、理想化。諸如美狄亞的愛恨乃是人之愛恨的範型。但這並非一種人們在現實中曾完全體會的愛與恨，它超越於現實的情感經驗，通過悲劇藝術的情節整一性，將極致的愛欲與嫉妒融注於一個整一的戲劇行動中，並同現實的情感體驗拉開審美距離。

觀眾們目睹美狄亞的生命情境：面對如期而至的背叛辜負、復仇殺戮，與之而來的強烈情感。它既是全然非真的——激情的理型化與表演的假定性，也是全然真實的——在現實的情感經驗基礎上，倏然洞見了命運深不可知的力量與人生難以倖免的缺陷、荒誕，而喚起了一種普遍情感，而所有人都身處其中，難以倖免。對此，接受者如何不憐憫又如何不恐懼？而考慮到接受者並不始終化身於殺父娶母的俄狄浦斯，陷入兩難的安提戈涅，復仇瘋癲的美狄亞，因而也無法以自我之身體驗與承受人物那波動迴旋、激盪不安、相異對撞的情感之流，並將其完整表達出來。所以接受者們能同時感受到進入劇中人物與超然戲外這兩種視角之間的張力。在此前提下，接受者們看到了「（現實）世界有意義，但又不全然如此，詩的世界完全有意義，但又並非真實」[21]。

於是卡塔西斯的作用一方面是將憐憫恐懼之情純粹化、理型化、整一化，它意味著非真實但有意義的藝術理想；另一方面則是接受者

---

20 陳明珠：《哲學之詩——亞里斯多德《詩學》解詁》（北京：華夏出版社，2012年），頁57。

21 陳明珠：《哲學之詩——亞里斯多德《詩學》解詁》，頁59。

們介於兩種視角之間，並相互作用，為抒情提供一個轉化流動的自由空間，也避免接受者長時間地承受著極致情感的強烈觸動。在朱光潛看來，卡塔西斯的最終成效便是情緒得以緩和，他認為觀看悲劇所引起的悲劇快感即是一種複雜的混合情感，「它是憐憫和恐懼中以及藝術中的積極快感，加上憐憫和恐懼中痛感部分轉化成的快感，最後得到的總和。憐憫和恐懼中的痛感轉化成快感，是緩和即表現的結果，也就是亞里斯多德所謂淨化的結果」[22]。最終接受者從情中擢升，憐憫與恐懼帶來的痛苦消釋，復歸理性，重獲安寧。

當然，我們必須承認，古希臘人對存在的憐憫恐懼之感，要遠遠強悍於後世之人，以至於被戲劇化的憐憫恐懼是如此接近於古希臘人本身的現實體驗與生命感受。因而古希臘悲劇一個始終縈繞的母題是情欲毀滅理智，情欲毀滅英雄與城邦，但明知毀滅仍執意追求。卡塔西斯將這種情欲收束，轉化為城邦建設的激情與力量，在時間裡，英雄們的死亡成全了群體的生存，這既是古希臘人悲劇性的命格，同時也是理智與情感永恆博弈的古拙顯現。

（二）抒情的形式與歸宿——情理兩難

湯顯祖在一個理盛於情的時代裡，重視抒情的個體化宣洩，以抒情主體的立場與身份，通過「四夢」所呈現的至情論來建構一個介入歷史又遁世而去的抒情世界。而亞里斯多德身處的時代，彼時人們的情感與思想毫不掩飾，擁有著最豐盈的生命活力與衝動，但個體這種極致絕對的情感反傷自身，並威脅著集體性的城邦建構。為此，亞里斯多德強調抒情表達的集體教化目的，以卡塔西斯的概念為悲劇的抒情賦予理想形態。然而，兩者的抒情在戲劇的具體實踐中又是如何實

---

22 朱光潛：《悲劇心理學（中英文）》（北京：中華書局，2012年），頁254。

現自身的理念?他們各自又是如何經由戲劇的方式抵達抒情的最終歸宿?

在古希臘悲劇中,最為典型的實現方式即是歌隊這一為亞里斯多德有所忽視的藝術形態。在古希臘戲劇結構中,歌隊占有舉足輕重的位置,戲劇的表演與合唱依次交叉進行,並且歌隊直接化身於劇中角色,與悲劇本身形成整一性的戲劇場面。而在抒情與其接受層面,歌隊「將悲劇的情感以一種純粹的形式獨立出來,形成情感外化機制;歌隊的合唱歌包裹在悲劇故事核心周圍,用集體理性規約個人情感,形成情感引導機制,歌隊幫助觀眾宣洩『憐憫』、『恐懼』的情感,同時又用理性力量收束那些過度的情感,使得觀眾的心理走向平和和健康,形成情感控制機制」[23]。當悲劇表演者面對情感的高潮迭起,卻受制於戲劇結構與人物性格本身,其情感的表露仍然在戲劇內部。而對於觀眾而言,即便悲劇情感的體驗與接受如何激憤與狂肆,他們都不能打破這一假定性,起身高呼自己靈魂的痛苦或狂喜。此時歌隊作為一個勾連內外的集合體,則承擔了情感外化與控制功能。

《俄狄浦斯王》中的長老們為城邦的瘟疫與俄狄浦斯的悲劇而落淚祈求,《美狄亞》中的婦女們為美狄亞殺戮的復仇而恐懼哀憐,這種種都是基於抒情接受的立場。並且由於歌隊作為悲劇的一部分,不會任劇中人物那不合城邦道德的情感恣肆宣洩。諸如俄狄浦斯王因任性無常的命運而無意殺父娶母,觀眾對於悲劇人物的弱點與錯誤無可避免地有著審美同情,當悲劇結束後,這種審美同情往往易於轉化為現實道德的憐憫與寬宥。因而歌隊中的長老們一邊憐憫角色,一邊勸告著城邦眾人,有罪的俄狄浦斯必須承擔自身犯錯的代價,自我驅逐與流放是城邦至高無上的規則。這種理性引導,使得觀眾無意識地信

---

[23] 孫吉民、楊秋紅、詹愛軍:〈從《俄狄浦斯王》看古希臘悲劇中歌隊的抒情功能〉,《河北科技師範學院學報(社會科學版)》第3期(2004年),頁75。

奉於歌隊的價值觀念，最終使悲劇藝術既成為一面現實之鏡，又作為一盞城邦社會的精神之燈。

可以說，歌隊的抒情功能完美地呈現出卡塔西斯的效用。在整個古希臘的悲劇表演中，「歌隊實際上是對社會群體高度抽象化的反映，表現出來的情感是社會化的情感，代表了一般的民眾對於某人或某事的情感，他不一定是公平的、正確的，卻是最普遍的。歌隊正是站在社會群體之中，以最普遍的情感態度來評價悲劇主人公的」[24]。然而，亞里斯多德卻並未重視歌隊的情感作用，反而將其看作悲劇情節整一性的次要組成部分，這不能不說是一種理論的遺憾。但遺憾之外，或許正因為卡塔西斯概念的曖昧多義，使得它不僅僅是悲劇與音樂的產物。隨著古希臘悲劇中歌隊的退卻，卡塔西斯超越憐憫與恐懼這種古典悲劇式情感，最終成為一種勾連抒情主體與抒情接受，以及平衡情理的藝術形態。

而在卡塔西斯的另一端，《退餘叢話》中有一軼事：「一日，復演《尋夢》，唱至『打並香魂一片，陰雨梅天，守得梅根相見』，盈盈介面，隨聲倚地。春香上視之，已殞絕已」[25]。就中飾演杜麗娘的商小玲倚地殞絕，即是在表演的「此時此刻」，她既作為湯顯祖「至情論」的抒情接受者，也作為戲中人——杜麗娘這一抒情主體。情緒的宣洩與表達是極致盡情，並沒有卡塔西斯作為情緒的緩和，她將百般情愁與顧其自憐傾注於自身，終見抒情之難，抒情之代價。

無論是主體或是接受者，情至深處，都是由自身痛苦積聚而成且不可抑制，既是生理性的，也是視閾性的，既是縈回的，也是怔忡

---

24 孫吉民、楊秋紅、詹愛軍：〈從《俄狄浦斯王》看古希臘悲劇中歌隊的抒情功能〉，頁73。

25 中國戲曲研究院編：《中國古典戲曲論著集成（八）》（北京：中國戲劇出版社，1959年），頁197。

的。它迫近於一種存在於此世的,最接近彼岸的體驗:那就是生命徹底地、耗盡地為某種情感所主導,並攫住當時在場的懺情之人,罔顧他們自身已然痛苦不堪,不吞沒其身竟不甘休。這種體驗近乎對死亡的執迷、恐懼與戰慄。

可以說,在這一至情而死的故事中,卡塔西斯是失效的,它意味著如果情緒得以緩和,那麼便無法進入至情的境界,即無法如杜麗娘般以情深之姿流轉於生與死的界限。但這種情深與流轉卻是付出了現實生命的代價,杜麗娘是永恆的至情形象,而商小玲卻以自我真實的身體生受「至情」,同時也成為了可感念唏噓的永恆藝術現象。然而當卡塔西斯作用於抒情主體,那麼便難以達到至情的體驗,杜麗娘便只能生發於案頭之上,而非成為一種在歷史中久唱不衰的舞臺形象。無論何時何地,一場戲唱罷淚灑襟懷,下一場又恰逢初遇,巧笑嫣然。在商小玲們的情深演繹下,通過手眼身法步的曼妙程式與婉轉動人的唱腔,杜麗娘成為世間文人的一種情懷,一種寄託,一種象徵,一種力量。

或許至情與卡塔西斯相遇,正是一種抒情的困境,主體也好,觀戲之人也罷,情感的極致與緩和難道不正是在歷史中不斷復現的情與理之矛盾衝突?最終我們察覺,情理兩難,淨化論的尚理之情疏於形式,至情論的至情之情反而執於程式。

三 結語

綜上,以至情論為代表的「抒情式戲劇」,其精神內核與審美追求是個體情感,強調抒情主體與抒情形式,然而,即便是以情反理的湯顯祖也無法避免「道理」與教化,所謂「以人情之大寶,為名教之

至樂也哉」[26]。當諸種道理因時而變，程式、腳色、唱腔也經過代代承繼與流變，抒情的戲曲最終生成了其獨有的程式美學。而悲劇淨化論所昭彰的「戲劇式抒情」，以集體性的城邦之德為旨歸，通過對人類行動的模仿，確定了整一性與理性的戲劇結構，在觀眾接受層面追求一種抒情的道德歸宿。然而亞里斯多德的這一理論架構卻未能與形式載體建立確切關聯。最終隨著歌隊的退場，古典悲劇韻文的去詩化，命運觀的祛魅，現代悲劇似乎不再追求卡塔西斯。卡塔西斯也從戲劇式轉向更為廣泛的藝術形式。

但無論是至情或是卡塔西斯，情理的兩難跨越歷史時空，始終困擾著藝術本質的闡釋與藝術作品的創造，所謂兩種抒情向度，是在一個抒情式微的現代社會中，對於古典情感的想像體驗，在情與理之間，觀照人們如何「詩意地棲居」，並且通過這種追溯與闡釋，以求構築起連接古典與現代的抒情景觀。

參考文獻

〔德〕黑格爾：《美學第三卷（下）》，北京：商務印書館，1981年。
〔美〕蘇珊·朗格著，劉大基、傅志強、周發祥譯：《情感與形式》，北京：中國社會科學出版社，1986年。
陳世驤：《中國的抒情傳統》，上海：生活·讀書·新知三聯書店，2015年。
秦學人、侯作卿：《中國古典編劇理論資料匯輯》，北京：中國戲劇出版社，1984年。

---

26 秦學人、侯作卿：《中國古典編劇理論資料匯輯》，頁69。

〔美〕M・H・艾布拉姆斯著，酈稚牛、張照進、童慶生譯：《鏡與燈──浪漫主義文論及批評傳統》，北京：北京大學出版社，2015年。

〔明〕湯顯祖撰，徐朔方箋校：《湯顯祖全集》，北京：北京古籍出版社，1999年。

王德威：《抒情傳統與中國現代性──在北大的八堂課》，上海：生活・讀書・新知三聯書店，2010年。

毛效同：《湯顯祖研究資料彙編（全二冊）》，上海：上海古籍出版社，1986年。

萬文斌：《湯顯祖詩學理論研究》，北京：社會科學文獻出版社，2020年。

梁實秋：《浪漫的與古典的：文學的紀律》，北京：人民文學出版社，1983年

〔古希臘〕亞里斯多德著，吳壽彭譯：《政治學》，北京：商務印書館，1983年。

余　虹：《藝術與歸家──尼采・海德格爾・福柯》，北京：中國人民文學出版社，2005年。

〔古希臘〕亞里斯多德著，陳中梅譯：《詩學》，北京：商務印書館，1996年。

羅念生：《羅念生全集》，上海：上海人民出版社，2004年。

陳明珠：《哲學之詩──亞里斯多德《詩學》解詁》，北京：華夏出版社，2012年。

朱光潛：《悲劇心理學（中英文）》，北京：中華書局，2012年。

孫吉民、楊秋紅、詹愛軍：〈從《俄狄浦斯王》看古希臘悲劇中歌隊的抒情功能〉，《河北科技師範學院學報（社會科學版）》2004年第3期。

中國戲曲研究院編：《中國古典戲曲論著集成（八）》，北京：中國戲劇出版社。

鮑德里亞形式觀建構及其學術進路

陳璋斌

二〇二一級　文藝學

摘要

　　讓‧鮑德里亞對技術和媒介的觀點非常前衛，他認為處在後現代環境下的「形式」自身獲得了完全意義的獨立，並不再需要指涉任何其他的形式或內容；形式之前從未被發現的新問題將對傳統技術倫理乃至通行邏輯產生一連串致命性的攻擊。由此，鮑德里亞在不同著作中的分散觀點共同表達並建構了一種「新型」形式觀，這種框架性的形式觀有助於進一步反思以往對「形式」的認識，並重新審視技術和媒介在後人類背景的定位。這些論述指向了一條道路：保持人類對技術和媒介篡奪主體性的抗爭，需在顛覆形式統治的持續性嘗試中才能存在。

關鍵詞：鮑德里亞　形式觀　技術　媒介

作為法國著名社會學家、哲學家和文化理論家，讓·鮑德里亞（Jean Baudrillard, 1929-2007）關於當代社會文化的許多觀點，都引起了學術界的深度關注。觀察國內外鮑氏理論研究的基本特徵，關於其「形式」的討論尚缺乏明確的梳理和歸納。「形式」固然並非鮑德里亞的獨創，然而他對「形式」這個詞的頻繁使用和相關的前衛觀點，都證明鮑德里亞關於「形式」的言說有著深刻意義。二十世紀之後，理論界對於「形式」的討論從未停止，但在俄國形式主義批評和新批評退潮後，人們在「形式」的論述中很難選擇「介入」——因為「形式」隨著技術和媒介的「進步」發生了轉變，成為一種自洽的存在。鮑德里亞的形式觀建構是「散漫」和「伴隨」的，但他的思考和論述往往從社會經驗和社會事件出發，其脈絡大致是：從對物概念的再考開始，重審形式的形成與固化，到提出「超真實」概念並分析它帶來的危害，再到試圖找出措施以克服對抗形式而帶來一系列弊端。本文據此歸納為四個階段：前奏、初探、反思、對抗。在這些階段中，鮑德里亞基於對西美爾與麥克盧漢形式社會學理論的吸收和深化，完善了對技術、媒介、消費、超真實、象徵等「密碼」（Mots de Passe）的闡釋：「當事物，不管是符號還是行為，從它們各自的觀點、概念、本質、價值、指涉點、出發點和目標中解脫出來，它們就開始了一個永無止境的自我繁殖的過程。」[1]在形式觀建構的同時，鮑德里亞也在反思和抵抗「形式」和「後現代」的負面作用。

一　前奏：技術物的騙局與不確定性

鮑德里亞對形式概念的處理不像其他學者闡釋關鍵詞那樣正面展

---

[1] Jean Baudrillard. *Transparency of Evil*. Trans. James Benedict. (New York: Verso, 1993), p. 72.

開，而是包含在相關關鍵詞的論述中。在處理「形式」前，他注意到了技術與形式間的強烈關係。

在《物體系》中，鮑德里亞試圖揭示技術物（technological object）意欲製造的騙局。與那些直接攻擊「世界末日」式的宏大敘事不同，他更傾向於勾勒出技術物的影響，即描述技術宏大敘事的邏輯是如何被具象式地建構起來並逐漸成為一種無意識。鮑德里亞關注作為社會形式的消費，並要求對消費邏輯進行梳理和分析。他審視了「古物熱」，指出「人類主體所缺失的任何東西都會被投注到物上」[2]，並為其提供了一種類似延續家宅遺留物的冒充——他試圖說明，不論新舊，物的形式並不需要與其實用功能產生聯繫。像《蝙蝠俠》（Batman）系列電影中的蝙蝠車（Batmoblie）設計已經與它的原型混同了，設計與「概念」本身在不需要實現的情況下成為了一種賣點：初代蝙蝠車的原型是一九五五年的林肯概念車Futura（源於西班牙語中表示「未來」的futuro），它是二十世紀五〇年代美國大型車的象徵性代表。這些車大多有透明頂蓋、碩大的燈艙、誇張的流線、類似翅膀的尾翼甚至大型噴口，儼然一股突進的衝動。然而，這些設計就像Futura這個近乎自吹自擂的名字一樣，只代表了人們對空氣動力學的幻想和對相對速度的粗淺認識，但對車輛的行駛速度有所阻礙。在鮑德里亞身後，初代蝙蝠車在二〇一三年以四百六十萬美元的高價被拍賣，這一結局符合鮑德里亞的預計：價格固然是建立在象徵性上的，但也超越了象徵性，因為其所具有的附加價值的金錢衡量是不可匹配的。鮑德里亞指出，這些設計「暗示著一個奇跡般的自動化、一個恩典」[3]，「在我們的想像中……推動了汽車……汽車似乎在自己飛

2　Jean Baudrillard. Trans. James Benedict. *The System of Objects* (London and New York: Verso, 1997), p. 82.

3　Jean Baudrillard. Trans. James Benedict. *The System of Objects* (London and New York: Verso, 1997), p. 59.

行」[4]，這樣產生的速度是「絕對的」[5]。技術與形式相結合的邏輯擴散得比人們的想像更遙遠，類似的設計被沿用到家用跑車上，原本區隔鮮明的「概念車」和「應用車」的邊界變得不明確了。汽車生產商使用尾翼來表達對「絕對速度」的許諾，暴露了這種關於技術進步的宏大敘事的騙局以及意義製造，對自動化的吹捧「使真正的功能服從於功能性的刻板模式（stereotype of functionality）」[6]。

另一方面，鮑德里亞試圖進一步探討技術物的「不確定性」，這種模糊邏輯不是一個封閉系統。鮑德里亞研究者萊恩曾舉出一個辦公大樓溫度控制系統的案例，指出技術系統仍然受到抽象的自動化理想模式的支配，但還能隨著其他變化而改變。這種交互性的「可選」（available options）在鮑德里亞看來為主體提供了一種特殊的愉悅，成為一種新的「擬人化」感覺：我能在保證自己主體地位的前提下，通過控制另一個主體來明確自己的主體性。但這種「進步」可能是另一種原地踏步：技術進步是伴隨大量技術景觀的生成發生的，自動化的技術許諾仍然停留在幻象之中。因為有人類在自動化系統和技術物發展中起到阻礙作用，人在技術形式中可以被視為「物」。人與物互相凝視，主體性則依舊令人懷疑。鮑德里亞宣稱技術物在現代並沒有實質的發展，只是一種為了迎合人類生活並在表徵上淪為附屬品的抽象化。自動化「打開了一扇通向一個功能性的錯覺世界之門，它通向整個一系列的制造物，在其中充斥著無理性的複雜化、對細節的著迷、奇怪的技術性和不必要的形式主義」[7]。一台性能更強大的新電

4　Jean Baudrillard. Trans. James Benedict. *The System of Objects* (London and New York: Verso,1997), p.59.

5　理查・J・萊恩著，柏愔、董曉蕾譯：《導讀鮑德里亞：原書第2版》（重慶：重慶大學出版社，2016年），頁34。

6　理查・J・萊恩著，柏愔、董曉蕾譯：《導讀鮑德里亞：原書第2版》，頁35。

7　Jean Baudrillard. Trans. James Benedict. *The System of Objects* (London and New York: Verso, 1997), p. 113.

腦當然可以被用來處理一台合格的舊電腦可以處理的簡單文字工作，但這對於使用者和生產商來說都缺乏「實用性」。這相當於技術在消費形式中內嵌了自己的「進步邏輯」。很多時候，這種進步性不是具體的，因為並沒有它的對應形式可以用來檢測這種抽象的「性能」。所以一種類似操作主義的想法出現了，我們不再問「是什麼」而去問「應該怎麼樣」，我們向技術物發出「好用嗎」的提問以取代問它「做了什麼」或「可以做什麼」，這有利於一種技術神話的構建。在這種「超功能性」中，技術物可以不是實用性的，因為它在抽象意義上獲得了一種功能，即「一定管用」，代表了一種空洞的功能主義。

鮑德里亞擔心的事正在發生，因為「技術是對生活在一個已經被剝奪了象徵維度的世界中的補償形式」[8]，這種象徵性的終結使得人類與物的關係發生了倒置和模糊。人的主體性在物的統治下消失了，人成為了技術的旁觀者和完成技術邏輯中的一環。在《符號政治經濟學》中，鮑德里亞將消費理解為一種技術形式，他指出非反省式地使用「拜物教」一詞的人們會受困於這個詞的宏大敘事，詞語的濫用亦是一種糟糕而又充滿魔力的技術化。他還進一步將世界物性與物的世界製造性進行對立，指出符碼的普遍化和後形式的危機：「拜物教所言說的並不是對實體（物或主體）的迷戀，而是對符碼的迷戀……使它們成為自身的附屬，以抽象化的方式來處理它們。」[9]拜物教的符碼轉向暗示了一種消費的強迫：生產－消費模式成了一種線性運作形式，這種線性運作將「浪費」作為最基本的功能。消費的發生，甚至在消費發生的前一刻，「擁有」使技術與物都分別貶值了。這種「擁有」僅僅在維護一個人主體仍然凌駕於物的假像，而技術物能在一個

8　理查·J·萊恩著，柏愔、董曉蕾譯：《導讀鮑德里亞：原書第2版》，頁40。

9　Jean Baudrillard, Trans. Charles Levin. *For a Critique of the Political Economy of the Sign* (St Louis MO: Telos, 1981). p. 92.

聚合體中實現它所製造邏輯上的騙局和不確定性。這些對技術物思考之後將轉變為對形式的重新審視。

二　初探：形式邊界的消失

西美爾或多或少地將形式的自限性作為對形式未來展望的消極因素之一，他認同一種抽象的鬥爭——要建立一種「沒有形式的『形式』」[10]即社會性文化的對應物。在其邏輯暗道中，一種超驗的「形式」和「內容」二元對立仍在起作用。換句話說，當我們回避談論「內容」時，「形式」已經開始侵蝕「內容」的邊界。鮑德里亞舉出兩個社會存在作為典型案例：「熱／冷媒體」和「（去）博物館化」以證明這一點。

電視直播的發展無疑是推動鮑德里亞向前大踏步發展的直接原因。他在《誘惑》中化用了麥克盧漢用「熱媒體」與「冷媒體」來區分描述媒體吞噬信息和消滅意義的方式。媒體提供了一些諸如體育、戰爭、政治動盪、災難等「熱門事件」，轉化為「『酷』的媒體事件」[11]。對於體育賽事而言，現場親歷的體育賽事和在電視機上看到的「不是同一場比賽」，因為一個是「熱」的，另一個是「冷」的。後者通過重播、特寫等技術操作成為一種新的表現形式，人們很難對兩者進行區分。在鮑德里亞的理論下，媒介中和了意義，使媒介的使用者參與到一種單向度的媒介體驗中。

鮑德里亞玩弄了許多文字遊戲，其一是指出「博物館化」[12]與

---

10 凱爾納編，陳維振、陳明達、王峰譯：《波德里亞：批判性的讀本》（南京：江蘇人民出版社，2005年），頁189。

11 Douglas Kellner. Baudrillard: A New Mcluhan?. https://pages.gseis.ucla.edu/faculty/Kellner/Illumina%20 Folder/kell26. htm.

12 英文museumification，對「木乃伊化」（mummification）的戲仿。

「去博物館化」都是文化滅絕的途徑。土著的物品被搬離出它們自身的文化語境，在博物館中展示的同時也是對土著文化的毀滅，正如底片的曝光；而刻意對土著文化／物品的恢復使用（如建立一個看似原生的主題公園），就像對一張被曝光的底片進行恢復的幼稚嘗試。「展現」在現代進程中是錯誤的，「一個『原始』體系應該在它自身的權利中被勾畫或者運行」[13]。現代化是一種「異化」，一個舊的形式僅僅存在於一個自洽缺乏干預的「暗室」或相對靜止的介質之中，在新形式的干涉下，它幾乎無法保留任何整體／局部的任何細節。

　　無論是傳播形式還是文化形式，形式的邊界都在消失，甚至將舊形式捲入黑洞。顯然，鮑德里亞想要同時批判技術化的技術（technologized technology）和技術的技術化（technologization of technology）：前者為技術提供了圖像性的外殼，承諾了很多並不存在的事物，並使人們捲入一種不再純粹的技術發展藍圖中，後者則為原本複雜的形式／技術邏輯提供了轉化為人們無意識的可能。雖然鮑德里亞更多地指出了單個物下的技術敘事，但他也認識到了技術的某種形式性，即技術已經不是單純提供發展方式的工具，它開始與形式產生深度勾結，並且技術—形式的混合物已經在向其他集成了舊的技術和形式庸俗特徵的新形式過渡。

三　反思：擬真的形式、超真實的形式以及形式的超真實

　　在鮑德里亞看來，形式擁有了迷惑性甚至主體性，並開始產出大量非指涉的符號。愛潑斯坦稱，這些「擬真」形式已經趨於「致命」[14]，

---

13 理查·J·萊恩著，柏愔、董曉蕾譯：《導讀鮑德里亞：原書第2版》，頁54。
14 凱爾納編，陳維振、陳明達、王峰譯：《波德里亞：批判性的讀本》，頁185。

並由此產生了鮑德里亞理論的一個核心觀點「超真實」。[15]

　　鮑德里亞對「水門事件」有非常尖銳的觀點。作為一個震驚世界的政治事件發生時，「水門事件」最終以尼克森被彈劾、許多政治人士入獄收場，看似被非常妥當地按照民主和法治的程序解決了。然而，鮑德里亞指出這種「解決」並非真正的解決，而是資本主義對其運行方式和內在矛盾的掩蓋。「水門事件不是一件醜聞：這是不惜一切代價要說出來的事情」[16]，是一個真相；而這個真相不能用「解決」來處理，虛構的「解決」是醜惡機制的暴露，揭露了「資本對歸因於它的契約觀念根本毫不在乎——資本是一項畸形的、無原則的任務，僅此而已」[17]。可尼克森政權的倒臺、福特的就任這一系列秩序化的活動，使得資本主義矛盾再次從人們的視野內消失了。水門事件的「解決」是一種高度發達的擬真，重新編制了諸能指和所指間的聯繫。

　　鮑德里亞進一步說，「水門事件」和迪士尼樂園在形式上有著相同的腳本結構，即為人們提供了一種既不存在於人工邊界範圍內也不存在於它之外的假想效果。迪士尼樂園及其周邊用許多巧妙的表徵裝置使樂園中的一切看起來比真實還要真實：「周圍的洛杉磯和整個美國都不再是真實的，而是處於超真實和擬真的序列之中。」[18]迪士尼樂園具有擬真的第三序列性質，超越了對於真實表徵的第一序列和模糊了現實與表徵界限的第二序列。擬真的第三序列是一種「超真

---

[15] 英文原標題為 *Fatal Forms Toward a (Neo) Formal Sociological Theory of Media Culture*。

[16] Jean Baudrillard. *Simulations*, trans. Paul Foss, *Paul* Patton and Philip Beitchman (New York: Semiotext(e), 1983), p.29.

[17] Jean Baudrillard. *Simulations*, trans. Paul Foss, *Paul* Patton and Philip Beitchman (New York: Semiotext(e), 1983), p.29.

[18] Jean Baudrillard. *Simulations*, trans. Paul Foss, *Paul* Patton and Philip Beitchman (New York: Semiotext(e), 1983), p. 25.

實」，或「一種由沒有源頭或現實的真實模型所創造出的生成」[19]；超真實不再是一種易於認識的形式，與先驗的所謂「客觀真實」並不存在一種穩定的關係。這種技術超越了針對自身符號的高技術模仿，試圖用庸俗化了的擬真第二序列的表徵遮蔽擬真第三序列的深刻統治，是一種對自身象徵性延伸的切割。鮑德里亞又激進地以監獄為例進行說明，具體監獄的存在掩蓋了所有的社會人被一個更大型「監獄」所監禁的事實，我們相信自由是因為看到了一部分人處在一個有形的監獄之中，被限制了更加具體的如人身權力的自由。

在鮑德里亞展示的「超真實」形式中，技術使述行性（performativity）滲透到形式的各個角落，使模型高於了真實。表徵得以脫離現實實現自身目的，並不存在於善惡的領域之中。這些形式中的符碼產生了人的行為、意識形態或其他，而這些產物的長期重複會產生調整（regulate）和限制（constrain）作用。這種述行性具有濃厚的操作主義色彩：它產生了能見的效果，它就是好的。這是一種被強化的規訓：主體相信在這種操作中理性已經統治了社會，而那些非理性能夠在一個限制起來的區域被看見，社會才能運行和更好地運行。理論上，這種超真實形式需要每一個個體同時完成，這種精確性的運行常常被忽略；但事實上，是否在理性的統治下，或理性是否真實地統治著正在運行的社會和世界，這個問題在人們對這種形式運行邏輯的粗淺考察及其伴隨的看似理性且合規的錯覺中完全被擱置。正如鮑德里亞對迪士尼樂園「逆向恢復對真實的虛構」[20]意圖的揭露，這是對虛構圖像「光明正大」的雙重肯定：「真實是存在的，不存在它以外的

---

19 Jean Baudrillard. *Simulations*, trans. Paul Foss, *Paul* Patton and Philip Beitchman (New York: Semiotext(e), 1983), p.2.

20 Jean Baudrillard. *Simulations*, trans. Paul Foss, *Paul* Patton and Philip Beitchman (New York: Semiotext(e), 1983), p.25.

真實」。在超真實形式中，人們對於真實的把握變得幾乎不可能。

　　媒介的表演使得形式獲得了超真實的效果，但有些效果並不是預計中的，這是形式的完全獨立及意義攫取。越南戰爭中，戰鬥所造成的破壞和損害大多是由電視媒介輸送到西方世界的，而各個政權和軍隊都從傳統宣傳轉向了現代媒介宣傳，貪婪地挖掘這種新宣傳形式的每一絲潛力。鮑德里亞認為，這些權力使用媒介的「表演」已經超出了使用者的想像，成為一種不可控的、超越報導內容的表徵的事物。他將「戰爭」和「電影」相並列，指出一條「試驗」的邏輯在其中發揮著隱秘作用。越南戰爭對叢林的狂轟濫炸和現代宣傳等權力技術的投入，和科波拉的電影《現代啟示錄》通過「特效」製造幻覺一樣：「科波拉……的電影通過其他手段將戰爭延續下去……電影成了戰爭，兩者憑藉它們在技術方面的共同失控而變得密切相連。」[21]鮑德里亞想要警告人們：電影試圖將自身從「戰爭」中剝離出來，作為另一種「戰爭本身的實體」[22]而存在。形式中的超真實因為技術和媒介變得可逆，即可以將「電影的摧毀」看作是一種技術形式——它在摧毀的同時也在生產。

　　宏大敘事、技術和理性主義在與擬真的第三序列的共謀中逐漸失去了它們的地位。現在，一個「過度揮霍、充滿幻覺景觀的世界」[23]由後者建立了起來。鮑德里亞試圖論證，正是因為技術進步「元敘事」對自身的標榜，承諾對其延伸無論向著何種方向都是可能且合理的，它才必須被質疑。越南戰爭中的元敘事恰恰暴露了這一點，特別是美國將用他們的高科技武器迅速地結束絞肉機式的戰爭的承諾並沒

---

[21] Jean Baudrillard. *Simulacra and Simulation,*. trans. Sheila Faria Glaser (Ann Arbor MI: University of Michigan Press, 1994), p.59.

[22] 理查·J·萊恩著，柏愔、董曉蕾譯：《導讀鮑德里亞：原書第2版》，頁105。

[23] 理查·J·萊恩著，柏愔、董曉蕾譯：《導讀鮑德里亞：原書第2版》，頁105。

有實現，元敘事實際上失靈了。但這並不意味著「元敘事」在走下坡路：擬真第三序列的技術化就是對技術的質疑，這種對元敘事的破壞可以觀察為一種被授意的在合理範圍內叛逆或負面的元敘事，而後臺的操控者成了這個技術環節中一環。在形式的超真實中，人們並不能產生更多的創造力，因為所有東西都被合法化並消解了。

「超真實」在鮑德里亞看來是有意圖（即出發點及操作方式）而無目的（即不追求最終結果）的。正如他在《海灣戰爭沒有發生過》中談到的荒誕時刻：CNN 在與海灣戰爭前線的記者連線時，發現對方正在試圖通過直播來找到他們自己[24]。人們關注的「一手」「新聞」「現場」也正是這個「新聞」形式生成並供給的圖像，先入為主的「這些事物是有理由的」成為了一種暴力，「新聞不僅在為觀眾，而且也在為那些相關人員生產戰爭的『現實』」[25]。換句話說，人們的理性，或者人們對理性的想像使得「新聞」創造了新聞，新聞的來源也是新聞。進一步，鮑德里亞指出了超真實的整體效應成為了一種形式，並以危機來證明系統[26]，就像冷戰雙方使用模擬末日和毀滅世界來威懾對方，目的是使對方不再構成威脅，而現實發生事件的數量並沒有推演時那麼多。在這個意義上，鮑德里亞完全有自己的理由說海灣戰爭是超真實的——傳統意義上的戰爭被一個超真實的戰爭替代了，戰爭的表徵系統是次要甚至無所謂的。reform（改革）只能是re-form（再賦形）而不是revolution，reform/re-form並不會改變形式的內在邏輯，形式的自我生成和自我編碼使得技術再革命自然變得遙不可及了。

---

24 Jean Baudrillard. *The Gulf War Did Not Take Place*, trans. Paul Patton. Sydney: Power, 1995，頁2。
25 理查·J·萊恩著，柏悟、董曉蕾譯：《導讀鮑德里亞：原書第2版》，頁107。
26 Jean Baudrillard. *Simulations*, trans. Paul Foss, *Paul* Patton and Philip Beitchman (New York: Semiotext(e), 1983), p.36.

許多具體形式存在著侷限性。這些形式因為技術性的改造形成了邏輯的強制，在許多敘述中暗示了某一種必然性——根據什麼「應該會發生」，「應該要有什麼對策」，不管這些設想的條件最終是否會出現。這是一種自我指涉，只是為了證明超真實自身的存在。形式的絕大多數變化因為自身的邏輯沒有受到挑戰而顯得缺乏意義，僅僅是一種表演。

四　對抗：形式具有的致命性

鮑德里亞稱，對於文化的形式社會學研究需要關注編碼的揭示，「因此社會結構才可能形成並表達自身」[27]。但在媒介全景中，「擬像的先行」已經發生了，替代真實事物的符號可以阻止真實的運作。「形式」在傳統社會學中被視為無關緊要的副產品，研究並不需要針對「形式」發出任何疑問。因為「形式」對於「內容」的影響幾乎是微不足道的，否定「形式」的有效性並不會對研究本身的有效性產生破壞。在此意義上，鮑德里亞也參與了文學與非文學那種「草與雜草」模式的討論。他認為，形式不能被視為「雜草」，由資料統計驅動的社會學分析只撿起了社會的「內容」，而「形式」被武斷地拋棄了。他否認傳統社會學的「內容」概念，進一步在社會學「形式」問題上下判斷：傳統社會學是瘸腿的，是一套皮影戲一樣的表演機制，「操作者一直沒有意識到影子只不過是表徵，卻繼續演出，彷彿這些影子是『真實的』」[28]。他以近乎嘲弄的口吻揶揄了一般意義上的社會研究並抨擊了「影子表演」，指出社會學分析結果並不應該完全占據

27　凱爾納編，陳維振、陳明達、王峰譯：《波德里亞：批判性的讀本》，頁197。
28　凱爾納編，陳維振、陳明達、王峰譯：《波德里亞：批判性的讀本》，頁196-197。

社會學研究的主要地位，因為那只是一種掩飾性的圖像，從而使人們忽略了形式本身已經產生的嚴重甚至致命的問題。

形式致命性造成的後果，最顯而易見的應屬剝奪個人在社會中的互動作用，這種剝奪轉換了「壓迫」的方式。首先，形式讓人們不得不默許一種強制的合理性，正如我們每天查看信息繭房給我們製造的推送，但那些推送和我們沒有那麼緊密的聯繫，也並不能對我們造成什麼影響。人類相互作用的方式要麼以機器（machine）為中介，要麼被一個裝置（mechanism）代替，這二者可以被視作某一種「機制」。這些「機制」的存在使我們事實上很難再退回鮑德里亞指出的抽象「真實」。其次，這種形式提供了一種「進步性」和「不可替代性」的許諾。正如當下生活常常出現的例子：一個人用社交媒介尋找另一個人，而對方正好不在，留言給對方時，就存在著設備和伺服器等機制作為信息傳遞和儲存的中介。當對方看到留言時，這些機制幾乎讓人忽略信息時效性的錯位和機制本身的存在，一個關於社交不需要時間和空間的想像在這裡被暗示給了使用這種「新的」社交形式的人。一種對於「更新」（update）和「更新」（latest）的期待和號召將這種異化的邏輯向未來延伸，甚至翻轉了我們的基本認識，但技術邏輯則幾乎沒有任何變化。這是形式的顛覆性。

當社交媒介成為了大眾的、日常的交往形式時，媒介和技術形式實際上成為來一種集成物。那些未將社交媒介的使用最大化的人很容易失去對於當下而言的社會屬性。對「多餘」消極並不僅僅存在於這種媒介形式之外，這個激烈的觀點也以另一種面目滲透在這種形式內部。比如人們在接觸社交媒介前，對於「朋友」的定義很可能和現在社交媒介中的所謂「好友」不同。更早些時候，「好友」不會以清單的方式存在，而當下人們卻將很多並沒有太多交集的人拉入社交媒介作為「好友」。但除開這些社交媒介，人們越來越難找到不通過使用

这些媒介的社交形式，甚至以往的社交形式在某种意义上也变得不可想像。书信等旧的社交形式不像当下的社交媒介对自身有著强烈的标榜，除了社交本身并不承诺任何额外内容。这种是一种採取排斥行为来吸引的结构，它使用歧视性来将人们拉入这个媒介形式。媒介在形式中嵌入了一个类似玛律库塞所批判的操作主义理念，模糊了「是」和「应当」的关系。媒介使用了这样一个「自然延伸」，让使用这个媒介的形式看起来得到了正向发展，又在深度上异化了出现这个媒介前类似形式的运行伦理及其执行人。这种对「时尚潮流」的「顺应」是暴力的、被迫的，而媒介在对自身的不断清洗中为形式换上新的皮囊，试图勾画自己伦理的顺承情景并证明它的永久非错误性。一个并不依赖时空关系的媒介形式很难被实证主义同时证明荒谬和危险，即便如此，社交媒介仍然被视为不可或缺的，因为形式的「表面性汰换」永远打著「技术进步」的旗号；但它在社交的运作方式与逻辑上和「电话形式」上并没有多大改进，技术替代物不论是电话还是社交媒介，正在逐步佔领我们的基本社交模式。在社交模式之外的更多地方，新形式有著各种花样又符合理性——尤其是经济理性的自我标榜。进一步说，模拟成为自己的形式的「超真实」领域，这就意味著，无论有著怎样的「影子表演」，那套幕后的「皮影之皮」都是触不可及的。人们被锁定在一个「观演」的席位上，入场、鼓掌、欢呼、退场也都在形式可预计的编码当中。一切异常的举动都应建立在「虚拟的虚拟」之上，而不运用当前形式编码的反抗力量都在形式的重复中被消解了，因此人们在致命形式的影响下将离「真实」和「介入」渐行渐远。这是形式的模糊性。

当形式变得致命，技术在成为发明和批量生产的客观现实之前就变得过时了。生产形式导致了技术的无休止更新和前技术的形式化生

產。「文化正在變得更加沒有人情味,更加缺乏個性特徵了。」[29]形式的系統是用碎片籠罩起來的封閉的系統,而文化變成了單向的。具體地說,最一般意義上的「人」對於形式的反應究竟還剩幾何?一個最簡單的例子是,不管電視上播放什麼內容,不管這些媒介所傳播的內容所蘊含的信息原本「可以」或「應該」起什麼樣的作用,人們還是被「電視呈現」(the display by television)這個形式釘在了「發光的盒狀物」之前;更何況這些內容是按照「節目」這個形式和其他作為形式的「附屬程式」及其編碼製作出來的。這些現象無不在展現,媒介的最本質影響就是否定了人反應的可能性,而這種對於表徵的深刻解讀太過容易被專業或是非專業的批評所放棄。就像「有一些很典型的個體,他／她覺得當自己實際上是在和打電話給他們的電腦說話時會很尷尬卻手足無措,但是他們基本上對最早導致電話出現的文化準則不感興趣。他們也不關心電話出現可能性的形式」[30];但是,不管時間長短,他們會很關注如何處理他們犯下的錯誤及其帶來的尷尬卻手足無措。我們多數人是以先驗「內容」為導向的,對「形式」並不怎麼在意。鮑德里亞指出,運行—向內消解是一個絕大多數人應對形式的反應模式。這是形式的單向度。

　　鮑德里亞在對勞德家族爭議性的真人私生活紀錄片的分析中將超真實邏輯推向了極限。他揭露了景觀和觀眾之間並非一種單向關係,相反,這是導演所暗示的一種烏托邦狀態。窺視癖是一種瓦解距離的理想,它僅要求「現場」、「數碼」、「鏡頭」同時存在而同時不在場。超真實在這裡是刺激性的,因為主體根本不能分辨內容的真假,而無論主體是否在場這些內容依然被提供出來了。不管是觀眾還是紀錄

---

29 凱爾納編,陳維振、陳明達、王峰譯:《波德里亞:批判性的讀本》,頁200。
30 凱爾納編,陳維振、陳明達、王峰譯:《波德里亞:批判性的讀本》,頁200。

片,它們享受的都是一種非接觸性的快感。在超真實無限能指的空間內,不再有超越同時給出的非常近或非常遠鏡頭的「第三種標準的現實主義」視角。換句話說,超真實是一個具有反崩潰系統的空間,具有超真實空間的形式是極其強大的。鮑德里亞使用這個透視的悖論對福柯的全景敞視監獄的觀念進行了批判,並超越了情境主義者對景觀善惡的構想:在窺視癖中,透視空間崩塌了,因為想要找到全景敞視監獄那種看與被看的、存在權力中心的結構在瓦解的過程中變得可互換了,「我們……沒有處在他們所謂的特定的異化與壓抑之中」[31]。人們的相互監視形成了更穩定的,由技術填充媒介結構,「超真實」已是另一種現實的統治形式。這是形式的反崩潰。

綜上,鮑德里亞對後現代語境中形式「致命性」提出了四大觀點,即顛覆性、模糊性、單向度和反崩潰。

五　餘論:鮑德里亞新形式觀的意義

鮑德里亞最重要的遺產之一就是對後現代和形式本身的關注。人們如何思考電子圖景,如何真正地在賽博朋克或後人類背景下的形式中觀察或介入「主體」,都成了有趣而又棘手的問題。後現代主義將歷史事件和歷史特點攪拌生產一種混合形式。這與現代主義通過拒絕過去來建立一種全新而自洽的封閉形式完全不同,後現代主義展示著這個世界的混沌、無序的狀態,存在著各種各樣遮蔽的可能性。超真實則在後現代中展開膚淺而難以理解的表演,理性變得支離破碎,接近斷裂。在對後現代的認識嚴重缺乏的前提下,「自主媒介理論隨著鮑德里亞回歸;因此,對自主技術的批判可以有效地適用於鮑德里

---

31 Jean Baudrillard. *Simulations*, trans, Paul Foss, *Paul Patton and* Philip Beitchman (New York: Semiotext(e), 1983), p.54.

亞，更一般地說，適用於後現代社會理論」[32]。另外，後現代媒體和形式理論的弱點被鮑德里亞暴露出來，而我們對鮑德里亞的批判嘗試同樣為他所論述的形式所制約和化用。在對形式的反思和抗爭中，鮑德里亞試圖通過自反的方式對後現代進行拆解，通常概念中的「意義」被置換了，成為一種在激烈衝突之下對後現代主義及其形式的認識。他不斷試圖證明，對形式的外部攻擊已經式微，我們必須接受他的邀請同他進入同一個形式之中，才能更好地理解後現代形式如何生效與如何批判。這也表明，後現代下的形式主義和媒介批評及其理論必須進行持續性、批判性的觀察和探討。鮑德里亞被視為一面新的形式主義的號召性旗幟是名副其實的。

參考文獻

Jean Baudrillard. *Transparency of Evil*, trans. James Benedict. New York: Verso, 1993.

Jean Baudrillard. *The System of Objects*, trans. James Benedict. London and New York: Verso, 1997.

理查‧J‧萊恩著，柏愔、董曉蕾譯：《導讀鮑德里亞：原書第2版》，重慶：重慶大學出版社，2016年。

Jean Baudrillard. *For a Critique of the Political Economy of the Sign*, trans. Charles Levin. St Louis MO: Telos, 1981.

---

[32] Douglas Kellner. Baudrillard: A New Mcluhan? https://pages.gseis.ucla.edu/faculty/Kellner/Illumina%20 Folder/kell26. htm.

Douglas Kellner. Baudrillard: A New Mcluhan? https://pages.gseis.ucla.edu/faculty/Kellner/Illumina%20 Folder/kell26. htm.

凱爾納編，陳維振、陳明達、王峰譯：《波德里亞：批判性的讀本》，南京：江蘇人民出版社，2005年。

Jean Baudrillard. *Simulations*. Trans. Paul Foss, Paul Patton and Philip Beitchman. New York: Semiotext(e), 1983.

Jean Baudrillard. *Simulacra and Simulation*. Trans. Sheila Faria Glaser, Ann Arbor MI: University of Michigan Press, 1994.

Jean Baudrillard. *The Gulf War Did Not Take Place*. Trans. Paul Patton. Sydney: Power, 1995.

論「愛爾蘭範例」
中奧斯卡・王爾德的缺席

黃舒琪

二〇二一級　比較文學與世界文學

摘要

　　法國研究者巴斯卡・卡薩諾瓦在專著《文學世界共和國》中著重強調了對作家在世界文學中所處位置的考察。在「愛爾蘭範例」中，她未將奧斯卡・王爾德列入其中，這代表了學界近一個世紀以來對王爾德研究的地理定位：他主要被看作一位「英國唯美主義運動」的幹將，而非「英裔愛爾蘭或愛爾蘭作家」。這一定義忽視了其與愛爾蘭本土環境及文化遺產之間的關係。因此，本文試圖改變解釋王爾德的範式以及人們的閱讀視角，將王爾德還原到愛爾蘭文化語境中，討論其所繼承的民族口頭傳統，闡述複雜身份認同對二元對立的消解，證明其在愛爾蘭偉大作家的傳統中——包括喬伊絲、貝克特、葉芝、蕭伯納等人——特殊的地位。

關鍵詞：文學世界共和國　文學空間　愛爾蘭傳統　王爾德的民族性

一　卡薩諾瓦的「文學世界」與「愛爾蘭範例」中王爾德的缺席

「世界文學」（Weltliteratur）的系統表述首創於歌德，儘管他從未就這一觀念發表過長篇大論。這一概念的提出基於他所處時代國際文化中介的現實和可能性，而非帶有狹義的歐洲中心論色彩。強調增進民族或國際的社會群體間的相互交流以及自我向他者的運動，而非統治或消滅。法國學者巴斯卡·卡薩諾瓦（Pascale Casanova）在專著《文學世界共和國》（*La République mondiale des Lettres*, 1999，下文簡稱《共和國》）中將對「世界文學」的考量轉換為對「文學世界」的勘察：「世界文學」被視作一個整一的、在時間中流變發展著的文學空間，擁有自己的「首都」與「邊疆」、「中心」與「邊緣」，並不總是與世界政治版圖相吻合。「文學世界」猶如一個以其自身體制與機制在運作的「共和國」，存在著複雜的統治與被統治關係，激起文學自身的鬥爭、反抗和競爭，[1]是「整一的不平等體系」。[2]

《共和國》強調文學相對獨立性的同時，也指出了美學和政治之間奇怪而複雜的聯繫：「小」文學附屬於政治。每個作家通過他在民族文學空間裡所占據的位置，不可避免地存在於時間空間中。但還取決於他繼承民族遺產的方式以及他作出的、決定其在該空間地位的美學、語言和形式上的選擇。換言之，民族文學和語言遺產是作家的第一個先驗的、幾乎不可避免的定義。[3]第五章「愛爾蘭範例」即通過愛

1　巴斯卡·卡薩諾瓦，羅國祥等譯：《文學世界共和國》（北京：北京大學出版社，2015年），「總序」，頁4。

2　大衛·達姆羅什，劉洪濤等主編：《世界文學理論讀本》（北京：北京大學出版社，2013年），「導言」，頁9。

3　巴斯卡·卡薩諾瓦，羅國祥等譯：《文學世界共和國》，頁42。

爾蘭文藝復興的例子，列舉了眾多作家對於文化傳統改造的不同選擇，歸納為以下幾個類型：（一）奠基者威廉‧巴特勒‧葉芝（William Butler Yeats）：收集、改寫、翻譯和重新編寫凱爾特故事和傳說，用戲劇和詩歌的形式將故事或民間傳說文學化和崇高化，[4]他因此被稱為「愛爾蘭文學之父」，同時他也親近和依附著倫敦的文學界——他曾經企圖與其保持距離的文學中心。（二）改編者肖恩‧奧凱西（Seán O'Casey）：反對葉芝的傳奇和鄉野世界，發展從早期的農民主義而來的城市和政治現實主義。（三）融合者約翰‧辛格（John Synge）：在割裂蓋爾語和英語的民族主義訴求下融合兩種語言基礎，創造「克里奧爾語」（Creole Language）。不屈服於「英語」文學的條條框框，也拒絕與英語提供的形式上的潛力斷絕。[5]（四）同化者喬治‧蕭伯納（George Bernard Shaw）：為了拒絕屈服於「小」文學的美學指令，即愛爾蘭民族或者民族主義價值，選擇融入倫敦這個「避難所」。（五）自主者詹姆斯‧喬伊絲（James Joyce）和薩繆爾‧貝克特（Samuel Beckett）：前者促進愛爾蘭文學進入「現代」歐洲的範疇，成功地確立了完全文學化的自主中心，使其部分地擺脫了政治的影響，[6]貝克特照搬其路。這些分類中卻沒有王爾德的身影，在卡薩諾瓦的視角裡，王爾德與愛爾蘭文化傳統的關係是微弱的，這也代表著學界近一個世紀以來對王爾德研究的地理定位：他是一位「英國作家」——而非「英裔愛爾蘭作家」或「愛爾蘭作家」——這種定義忽略了他生命中頭二十年的生活和求學經歷，以及王爾德基本的愛爾蘭性，對基於本土文化背景下的評估造成了困難。學界通常認為王爾德受到關注始於前往牛津的那個秋天，此後他的人生詞典裡很少再出現「愛爾蘭」字

4　巴斯卡‧卡薩諾瓦，羅國祥等譯：《文學世界共和國》，頁348。
5　巴斯卡‧卡薩諾瓦，羅國祥等譯：《文學世界共和國》，頁354。
6　巴斯卡‧卡薩諾瓦，羅國祥等譯：《文學世界共和國》，頁359。

眼。因此，在大部分的王爾德傳記中，提及愛爾蘭往往是在開篇——浮光掠影地介紹他的家庭成員，以及人生的前二十年生活——實際上，愛爾蘭對王爾德的影響遠不止於此。王爾德父母——威廉·羅伯特·威爾斯·王爾德（William Robert Wills Wilde）和簡·法蘭西斯卡·艾格·王爾德（Jane Francesca Elgee Wilde）所給予他的童年遺產——父親對愛爾蘭古物和考古學的不朽研究、對當地口頭文化的強烈興趣，母親的民俗收集和強烈的民族主義意識——使他的愛爾蘭意識變得複雜。通過汲取這個古老的、但日益被邊緣化和鄙視的本土養料，王爾德發明了他的故事。[7]此外還有父母對大饑荒的記憶——一種對帝國雙重思維的暴露的記錄，這種暴露體現於他在恩尼斯基林的托波拉皇家學校（Portora Royal School, Enniskillen）所接受的教育裡：一種奇怪的排他性的英國版本歷史——幾乎沒有提到愛爾蘭的歷史或狀況。另一方面，家庭的主理人又似乎是從糟糕的愛爾蘭情節劇舞臺上走出來的：威廉·王爾德雖然是一位最傑出的外科醫生和學者，但被認為是都柏林最骯髒的人：在餐宴上把拇指浸入湯碗，然後吮吸它。[8]王爾德夫人對她丈夫的怪癖視而不見，就像後者縱容妻子尖銳的愛國主義一樣：她以「斯波蘭薩」（Speranza）為筆名，寫下煽動性的民族主義詩歌，反對即將授予丈夫騎士稱號的那個帝國。小時候，王爾德強忍著沉默坐在他父母的餐桌上，或坐在參加他母親著名的都柏林沙龍的人群中間，[9]這對忙碌的愛爾蘭父母，尤其是母親對他交替的寵愛

---

[7] McCormack W J. *Introduction: The Irish Wilde* // McCormack W J (ed.). *Wilde the Irishman* (New Haven and London: Yale University Press), 1998., p. 3.

[8] 理查·艾爾曼，蕭易譯：《奧斯卡·王爾德傳：順流，1854-1895》（桂林：廣西師範大學出版社，2015年），頁16。

[9] 包括以撒·巴特（Isaac Butt，議員）、奧布里·德·維爾（Aubrey de Vere，詩人）、撒母耳·弗格森（Samuel Ferguson，詩人）、馬哈菲（Mahaffy，王爾德後來在聖三一學院的導師）、喬治·皮特里（George Petrie，古董商和音樂收藏家）和約翰·巴特勒·葉芝（John Butler Yeats，威廉和傑克的父親）等國內外諸多名人。

和忽視，使得王爾德的戲劇裡總是缺乏一種持續的溫柔的親密關係。「我只能說我失去了雙親。這還不如說是我的雙親失去了我……我實際上不知道是誰生下了我」。[10][11]王爾德的家庭本質上是分化的，致使他成年後在都柏林表現得很英國，而在倫敦則變得很愛爾蘭。他用愛爾蘭海將父母與自己阻隔起來，初戀情人的拋棄也是翡翠島上的噩夢，他發誓要離開愛爾蘭去往英國。一八七六年，當他仍在牛津就讀時父親去世，他將母親安置在了身邊，但並不同住。畢竟失去一方親人或許被認為是不幸的；失去雙方親人就好像顯得粗心了點。[12]

二 英國化的愛爾蘭人：模仿者王爾德

愛爾蘭與英格蘭的歷史是不斷的殖民——反抗——再殖民——再反抗的螺旋上升史，在紛繁複雜的鬥爭中，宗派之爭與身份認同分別占據了愛爾蘭獨立議程中的不同時期。本尼迪克特·安德森（Benedict Anderson）對於「殖民地民族主義」（colonial nationalism）的一般性論證能夠較好地說明英國的殖民化政策：

首先，帝國主義的殖民政府利用殖民地的「英格蘭化」政策培養了一批通曉雙語的殖民地精英。使這些來自不同族群背景的人擁有了共通的語言，並且有機會接觸到歐洲的歷史，包括百年來的民族主義的思想、語彙和行動模式。他們就是潛在的最初的殖民地民族主義者。另一方面，歧視性的殖民地行政體系與教育體系同時將殖民地民

---

10 奧斯卡·王爾德著，趙武平主編，楊烈等譯：《王爾德全集》卷2（戲劇卷）（北京：中國文學出版社，2000年），頁25。
11 《不可兒戲》（*The Importance of Be Earnest*, 1895）裡約翰·沃信（John Worthing）的臺詞。
12 《不可兒戲》裡布雷克耐爾太太（Lady Bracknell）的臺詞。

眾的社會政治流動限定在殖民地的範圍之內。[13]

　　這個和早期美洲經驗類似的「受到束縛的朝聖之旅」(cramped pilgrimage)，[14]為被殖民者創造了想像民族的領土基礎，殖民地的邊界也終於成為「民族」的邊界。[15]

　　在選擇做英國人還是愛爾蘭人時，王爾德從選擇本身的虛假二元對立中解放出來，[16]這種思維使他注定要以矛盾的方式度過一生：他在莫德林學院（Magdalen College）與羅馬天主教的眉來眼去比他的英國同齡人要嚴重得多，代價也大得多：在他囊中羞澀的時候，被排除在親屬的遺囑之外。但他又最終放棄，在舉行皈依儀式的日子用一束百合表示了委婉的拒絕；在維多利亞時代刻板性別的社會背景下，他總是喜歡創造出有男人味的女人和有女人味的男人，表明這種性別暗示幾乎毫無意義：女人可以精明地計算擬議婚姻，男人也可以多愁善感、氣喘吁吁、不切實際，在家掌管家務，而把公共事務安全地委託給婦女們；[17]他從母親身上看到作為女性的可能性：她可以編輯雜誌，也可以組織政治運動。因此，他擔任《婦女世界》(*Woman's World*, 1886-1890)[18]的編輯，成為「新女性」的擁護者和促進婦女思

13　本尼迪克特・安德森，吳叡人譯：《想像的共同體：民族主義的起源與散布（增訂版）》（上海：上海人民出版社，2016年），「導讀」，頁9。

14　安德森引用人類學家維克多・特納（Victor Turner）的理論，指出美洲的殖民母國對殖民地的制度性歧視與殖民地邊界的重合，使被限定在個別殖民地的共同領域內體驗這種被母國歧視的「旅伴」們於是開始將殖民地想像成他們的祖國，將殖民地住民想像成他們的「民族」。

15　本尼迪克特・安德森，吳叡人譯：《想像的共同體：民族主義的起源與散佈（增訂版）》「導讀」，頁11。

16　McCormack W J. *Introduction: The Irish Wilde* // McCormack W J (ed.). *Wilde the Irishman* (New Haven and London: Yale University Press, 1998.), p. 1.

17　Kiberd D. *Oscar Wilde: The Artist as Irishman* //McCormack W J (ed.). *Wilde the Irishman* (New Haven and London: Yale University Press, 1998.), p. 14.

18　原名為《女士世界》(*the Lady's World*)，一八八七年王爾德接任編輯後改名為《婦女世界》。

想解放的力量,用戲劇為那些被認為與急劇發展的工業社會無關的女性質量辯護。但他也寫過《莎樂美》(Salomé, 1893):一部充滿暴力、歇斯底里的厭女症的戲劇;他在一首詩中模仿母親的愛爾蘭愛國主義,另一邊卻向濟慈致敬,稱其為「屬於英倫大地的詩人畫家」。[19]只能說,關於王爾德的任何真理,反之亦然,就像他相信藝術中的真理即使其反面也是真理,每個敏感的愛爾蘭人體內都有一個秘密的英國人一樣:王爾德既屬於英裔愛爾蘭人(the Anglo-Irish)的階級——都柏林,一個腐朽的帝國政權的支柱,滲透到倫敦社會的最高層,用機智的談鋒駁倒眾人,與公爵戀愛;又比愛爾蘭人更像愛爾蘭人,如拜倫式探險家般遊走在倫敦的地下租界中。自稱是共和黨人(republican)和社會主義者(socialist),或者無政府主義者(anarchist)。在大多數愛爾蘭民族主義者眼裡,對凱爾特文化的認同裡包含著一切對盎格魯－薩克遜文化而言排斥和異己的東西。但王爾德試圖將兩者和諧統一:母親曾試圖重新征服愛爾蘭,他則通過入侵和征服英國來超越她。她希望奪回愛爾蘭的民俗和本土語言,他的解決方案更為複雜和大膽:成為一個非常具有愛爾蘭特色的英國人。正如喬丹諾·布魯諾(Giordano Bruno)所寫的那樣,「為了實現自己,每個大國都會演化出自己的反面,但從這種反面來看可能會出現重合」。[20]「撒克遜人(The Saxon)從我們手中奪走了我們的土地,使我們一貧如洗。但我們接受了他們的語言,並給它增添了新的美感」。[21]幾十年後,喬伊絲的路線亦是如此,但王爾德的做法更加溫和。

　　王爾德的整個文學生涯構成了維多利亞時代的英國人將他們自己

---

19 奧斯卡·王爾德,趙武平主編,楊烈等譯:《王爾德全集》(北京:中國文學出版社,2000年),卷3(詩歌卷),頁133。

20 Kiberd D. *Oscar Wilde: The Artist as Irishman* //McCormack W J (ed.). *Wilde the Irishman* (New Haven and London: Yale University Press, 1998), p. 13.

21 Hyde H M. *Oscar Wilde* (London: Eyre Methuen, 1976), p. 85.

壓抑的情感歸因為愛爾蘭人的諷刺性傾向。[22]憑其敏銳的智慧，王爾德看到舞臺上的愛爾蘭人形象遠比愛爾蘭人的現實更能說明英國人的恐懼。王爾德一生都在對英國人的特性進行模仿，認真的都柏林知識分子將其誤解為民族叛逆的行為，但他並不缺乏辯護人：葉芝將其稱為一個流落到倫敦的愛爾蘭人的聰明策略。王爾德對抗盎格魯－撒克遜人偏見的唯一武器就是變得比英國人更像英國人自己。這種賭博的代價可能太高，會導致對個性的全面壓制，並引起了人們對這個「個性表達者」的懷疑：他越是壓制自己固有的個性，它似乎就越能體現出來。《自深深處》（De Profundis, 1905）中寫道：「我人生有兩大轉捩點：一是父親送我進牛津，一是社會送我進監獄」。[23]

三　沉默的政治議題：《藍皮書》與微妙的帕內爾

　　王爾德的散文和隨筆在愛爾蘭議題上的沉默值得注意。在一些個例中，如《弗勞德先生[關於愛爾蘭]的藍皮書》（Mr. Froude's Blue Book [on Ireland], 1889）中，他對英國最近關於「如何最好地管理愛爾蘭」的辯論大加嘲諷。在他看來，詹姆斯·安東尼·弗勞德（James Anthony Froude）關於愛爾蘭的論述是一個完美說明英國錯誤態度的例子：

　　　　如果說，在上一個世紀她力圖用傲慢的態度來統治愛爾蘭，而這傲慢又由種族仇恨和宗教偏見所加重，那麼，在這個世紀她

---

22 Kiberd D. *Oscar Wilde: The Artist as Irishman* //McCormack W J (ed.). *Wilde the Irishman* (New Haven and London: Yale University Press, 1998), p. 11.

23 奧斯卡·王爾德，趙武平主編，楊烈等譯：《王爾德全集》（北京：中國文學出版社，2000年），卷6（書信卷下），頁123。

就是用愚蠢的態度來統治愛爾蘭,而這愚蠢又由好意所加強。[24]

王爾德抱怨現代人試圖解決奴隸制問題的形式是設計娛樂活動來分散奴隸的注意力。在評論弗勞德的著作時,他直截了當地反駁了後者:「然而,作為一種記錄,說明一個條頓民族要統治一個不願被統治的凱爾特民族之不可能,那麼這本書還是不無價值的」。[25]共和主義的進程不能令人滿意,歸咎於威廉・格萊斯頓首相(William Gladstone)一八七一年對女王的保證,以至於直到愛爾蘭獨立後的幾年,這個問題才在英格蘭東北部的工黨會議上被廣泛討論。所謂的愛爾蘭問題只是未被承認的英國問題的傳聲筒,英國激進主義者們可以通過某種手段在一定程度上安全地探討有爭議的話題。

英國人把愛爾蘭作為測試其社會的實驗室,那麼王爾德也很樂意把英國作為愛爾蘭思想和辯論的試驗場。十九世紀的愛爾蘭是一個混亂不堪、滿目瘡痍的地方,在兩種語言之間徘徊,存在著英國人和愛爾蘭本地人、新教和羅馬天主教、城市和農村、殖民者和被殖民者之間的文化深淵。王爾德發現,一個愛爾蘭人只有在離開自己的國家時才會意識到自己是這樣的人,因為從他者身上可以感受到自我。因此,為了處理愛爾蘭的問題,像《不可兒戲》這樣的劇碼必須以英國為設定背景。王爾德愛英國,就像歌德愛法國一樣。他引用了歌德的話:「對我來說,文化和野蠻才是最重要的,我怎麼會憎恨一個屬於地球上最有教養的國家,而且我自己的教養也有很大一部分歸功於

---

24 奧斯卡・王爾德著,趙武平主編,楊烈等譯:《王爾德全集》,卷4(散文隨筆卷),頁178。

25 奧斯卡・王爾德著,趙武平主編,楊烈等譯:《王爾德全集》,卷4(散文隨筆卷),頁178。

它呢？」[26]英國文學對王爾德有一種解放的作用：它給他戴上了一個面具，王爾德自相矛盾地獲得了自由，變得比他在愛爾蘭時更像愛爾蘭人。

麥科馬克（W.J. McCormack）在一篇關於王爾德政治背景的評論[27]中，探討了王爾德對查理斯·帕內爾（Charles Parnell）[28]的默默關注。在後者處於權力的頂峰的一八八九年，王爾德寫了一篇慶祝文章，讚揚凱爾特人的智慧，「在國內……只知道民族性的可悲弱點；但在一個陌生的地方，它意識到民族擁有多麼不屈不撓的力量」。[29]一八八四年至一八九〇年，王爾德的報紙文章及小說內容與帕內爾的政治生涯存在著某些重合之處：一八八七年五月，《泰晤士報》（The Times）重新出版「帕內爾主義和犯罪」（Parnellism and Crime）系列文章時，《亞瑟·薩維爾勳爵的罪行》（Lord Arthur Savile's Crime, 1891）開始出現在《法庭與社會評論》（Court and Society Review, 1887）上。一八八九年四月，王爾德在信中將《W. H. 先生的肖像》（The Portrait of Mr W. H., 1889）提供給出版商威廉·布萊克伍德（William Blackwood），而在上個月月初，理查·皮戈特（Richard Pigott）在據稱是帕內爾信件的偽造品被曝光後自戕。[30]一本「骯髒的」短篇小說的出版看起來

---

26 Wilde O, Holland M (ed.). *Complete Works of Oscar Wilde* [M]. Glasgow: Harper Collins, 1994.), p. 1153.

27 詳見McCormack W J. *Wilde and Parnell* // McCormack W J (ed.). *Wilde the Irishman* (New Haven & London: Yale University Press), 1998, pp. 95-102.

28 愛爾蘭民族主義領袖，愛爾蘭議會黨的創始人。於一八七五年當選威斯敏斯特議員，因支持以撒·巴特追隨者中較為激進的「阻撓派」（obstructionists）而在愛爾蘭名聲鵲起，同時在不列顛聲名狼藉。

29 Kiberd D. *Oscar Wilde: The Artist as Irishman* //McCormack W J (ed.). *Wilde the Irishman* (New Haven and London: Yale University Press, 1998), p. 136.

30 直至一八八八年，愛爾蘭統治者一直被認為是在帕內爾的領導下謀殺和其他暴行的同謀。八月，一個由法官組成的特別委員會被任命來調查「帕內爾主義和犯罪」

和一位政治領袖的不道德婚外情毫無瓜葛，卻共同反映了維多利亞時代反覆且普遍的雙重生活：單身的帕內爾是一個已婚女人隱秘的性夥伴；表面上沒有污點的道林・格雷（Dorian Gray）是一個隱藏的腐敗和墮落的標誌。他的創作者也過著雙重生活，既是康斯坦斯・勞埃德（Constance Lloyd）的丈夫和她孩子的父親，也是多個男人未公開的性夥伴。一八九一年十月十六日，帕內爾突然死亡後的第十天，出版商威廉・海涅曼（William Heinemann）在與王爾德共進午餐時驚訝地發現後者正在服喪，而這天正是他的三十七歲生日。[31]

王爾德將這種關注掩蓋得悄無聲息：根據幾乎無懈可擊的檢查記錄表明，在十九世紀八〇年代的整個十年中，以及九〇年代頭兩年的關鍵月份，在王爾德宣揚愛爾蘭事業的評論中，他從未提到過帕內爾的名字，這已經很引人注目了。它也沒有出現在同一時期有關王爾德的報導中（至少就目前已出版的信件而言）——這更加引人注目，因為王爾德並非與帕內爾在生活中毫無交集：他曾參加過特別委員會，且擁有委員會報告的各卷。儘管弗蘭克・卡萊南（Frank Callanan）在一九九二年出版的《帕內爾分裂》（*The Parnell Split*, 1992）中認為，王爾德在《社會主義下的人的靈魂》（*The Soul of Man under Socialism*, 1891）中含蓄地認可帕內爾是一個有政治思想的人，政治力量的創造者，但事實是帕內爾沒有被明確提及。

這可能出於王爾德對公眾輿論危險報復的考量：查理斯・迪爾克爵士（Sir Charles Dilke）的離婚案毀掉了他自己的政治生涯，著名貴族成員亞瑟・薩默塞特勳爵（Lord Arthur Somerset）因同性戀醜聞被

（Special Commission on Parnellism and Crime）。在一八八九年二月的一次聽證會上，針對帕內爾的證據被推翻，記者皮戈特被揭露是一個偽造者。

31 McCormack W J. *Wilde and Parnell* // McCormack W J (ed.). *Wilde the Irishman*. (New Haven & London: Yale University Press, 1998), p. 99.

迫流亡英國。作為同樣過著雙重生活的前後輩，王爾德能夠觀察到帕內爾維持另一種生活方式所承擔的風險：當後者在一八八九年底因違反傳統性道德而被公開傳喚時，他不僅被許多支持者拒絕，也受到了政治領導人虛偽的譴責。王爾德必須對其影響保持警惕：這種命運就像戲劇逐漸耗盡自己的粗暴情節，成為一種無主體的解放一樣。但是，借用約翰·貝特曼（John Betjeman）不完全準確的說法，當奧斯卡·王爾德先生在卡多根酒店被捕時，格林斯比事件（Grimsby incident）[32]又恢復了原狀，帕內爾的自我毀滅占據了一個合適的、有準備的受害者。[33]

　　兩人也存在明顯不同。王爾德沉浸在一切藝術的異國情調中，帕內爾則是個徹頭徹尾的花花公子，無暇顧及文學；王爾德的性需求涉及風險，帕內爾則渴望家庭的平庸；王爾德機智輕鬆的語言令人吃驚，帕內爾則給他「親愛的女王」寫了可悲的學生式信件。此外，如果說王爾德和帕內爾都對他們的祖國和人民的命運有著深刻的關注，那麼他們在方法上卻有分歧：帕內爾的整個計畫都是建立在私有財產的概念上。即使只是作為一個口號，「自治」也宣布了資產階級的優先權。而爭取租戶所有權的運動也傾向於個人所有權高於任何形式的集體主義。王爾德卻厭惡私有財產，並一再嘲笑它對個人和社會的神奇力量。在這一點上，他更傾向於國有化或公有化，因此，王爾德充滿著「愛與恨」的雙重情緒：倒下的帕內爾是一個他無法避免象徵性

---

32 王爾德曾在戲劇《不可兒戲》中設置了格林斯比事件：愛爾傑龍因債務而幾乎被捕，並被帶到霍洛威監獄。在這一場景中，一位律師承認自己使用了兩個名字，就像哦拿實的被愛爾傑龍使用一樣。參科馬克認為，刪去這一幕，王爾德不僅改善了戲劇結構，他還避免了對自己命運的公開預演。

33 McCormack W J. *Wilde and Parnell* // McCormack W J (ed.). *Wilde the Irishman* (New Haven & London: Yale University Press, 1998.), p. 102.

認同的人，但同樣也不是他所謂的「靈魂伴侶」。[34]

四　王爾德的口頭故事與愛爾蘭的口傳文化

《葉芝的神仙故事和民間傳說》（*Yeats's Fairy and Folk Tales*, 1889）是另一篇王爾德直面愛爾蘭主題的文章。王爾德將葉芝的這本同名著作稱為「迷人的小書」。[35]在人類的文化傳統中，神怪故事和民間趣聞往往與口傳文化緊密相關。愛爾蘭文化作為西歐最具口述性的文化，直到二十世紀還保留著初級口述性以及口述與寫作的雙重性。葉芝積極地宣稱，言論、談話、口述優先於寫作。一九二三年，當葉芝為《快樂王子和其他故事》（*The Happy Prince and Other Stories*, 1888）寫序時，他將王爾德擺在「一個出色的談話者」的位置上，而非作家：

> 事實上，當我高興地回憶起他時，我記得的總是那個說話的人。……在他的話語背後是他智慧的全部力量……這種力量給予了他自己純粹的沉思。[36]

王爾德的許多聽眾沒有愛爾蘭的背景，但他們仍重視他的口頭故事。安德列·紀德（Andre Gide）聲稱《道林·格雷的畫像》（*The Picture of Dorian Gray*, 1890，下文簡稱《道林·格雷》）「一開始就是一個精彩

---

34 McCormack W J. *Wilde and Parnell* // McCormack W J (ed.). *Wilde the Irishman* New Haven & London: Yale University Press, 1998.), p101.

35 奧斯卡·王爾德著，趙武平主編，楊烈等譯：《王爾德全集》，卷4（散文隨筆卷），頁167。

36 Yeats W B, O'Donnel W H. *Prefaces and Introductions: Uncollected Prefaces and Introduction* (London: Macmillan, 1988), pp. 147-150.

的故事，寫下來將是一部多好的傑作」。[37]文森特·奧沙利文（Vincent O'Sullivan）指出「即時掌聲」對王爾德的重要性，他認為王爾德的寫作衝動從來都不是很強烈，他通過談話來滿足自我。王爾德曾對勞倫斯·豪斯曼（Laurence Housman）說：

> 我告訴過你，我打算寫點東西。我告訴大家……在我的心裡——那個充滿鉛色回聲的房間裡——我知道我永遠不會寫。只要知道這些故事已經被創造出來，我已經能夠在我自己的頭腦中賦予它們所需要的形式。[38]

相比之下，如果葉芝被世界上所有的出版商拒絕，他仍然會花上半天時間來寫作，而王爾德「半開化的」愛爾蘭血統則無法容忍寫作這種「定居的勞作」。[39]寫作和說話之間的張力對王爾德來說則是一種敵對的共生關係，他認為應該有一種比印刷更令人滿意的方式來「將詩歌傳達給心靈」。他曾坦率地告訴紀德，寫作讓他感到厭煩。[40]

在口頭文化中，故事文本屬於集體財產，傳頌者缺乏強烈的主人翁意識。因此王爾德的故事曾被許多人不同程度地「剽竊或抄襲」，威廉·巴賓頓·麥克斯韋爾（William Babington Maxwell）向王爾德坦白說，他發表了一個在母親家中聽到的王爾德的故事。王爾德只是要求麥克斯韋爾不要盜用另一個故事，即《道林·格雷》的口頭版本；[41]對艾梅·洛瑟（Aimee Lowther）宣布她將出版《詩人》（*The Poet,*

---

[37] Gide A. *Oscar Wilde* (London: William Kimber, 1951), p. 29.

[38] Laurence H. *Echo de Paris: A Study from Life* (London: Jonathan Cape, 1923), p. 34.

[39] Yeats, W B., *Autobiographies* (London: Macmillan, 1955), p. 138.

[40] Gide A., *Oscar Wilde* (London: William Kimber, 1951), p. 29.

[41] Maxwell W B., *Time Gathered; Autobiography* (London: Hutchinson, 1937), p. 97.

1912）的反應同樣溫和。[42]一旦王爾德死了，任何假裝的克制都不復存在。吉洛特・德・賽克斯（Guillot de Saix）注意到法國人對王爾德故事的諸多盜用。弗蘭克・哈里斯（Frank Harris）出版了《聖痕的奇跡》（*The Miracle of the Stigmata*）的一種變體；亞瑟・西蒙斯（Arthur Symons）的故事《埃斯特・卡恩》（*Esther Kahn,* 1902）是對王爾德口述故事《女演員》（*The Actress*）帶有自然主義色彩的剽竊；一個更出乎意料的抄襲者是伊芙琳・沃（Evelyn Waugh），他可能是在愛爾蘭間接聽到了王爾德的口頭故事，於一九三三年出版了一個令人尷尬的拙劣版本。

《道林・格雷》凸顯了王爾德對箴言警句——一種典型的口頭模式——的熱愛，以至於將其提升到了敘事之上。口頭民族通常並且很可能普遍認為詞具有神奇的效力，或至少是不自覺地與之聯繫在一起。這一事實顯然與他們對詞的感覺有關：詞必然是說出來的，發出聲音的，因此是權力驅動的，在心理生活中，詞語被體驗的方式總是很重要的。初級口語文化的要素之一，是經由口語處理的詞只存在於聲音中，聲音的現象學深深地進入了人類對存在的感覺中。不像書面語言那樣存在於簡單的語言環境中，口頭語言還要涉及到身體的參與，超越單純發聲的身體活動不是偶然的，也不是刻意的。而是自然的，甚至是不可避免的。在分析這部小說時，人們往往過分強調那本致命的書，但它不過是災難中的一個附屬品，道林的意志實際上是被微妙的口語所滲透和腐蝕。這種內化體驗的描述在《道林・格雷》的第二章中得到了完美的實現：

然而這是言語！光這麼幾句話就夠可怕了！那是多麼清楚，鮮

---

42 Wilde O, Holland M (ed.). *Complete Works of Oscar Wilde* (Glasgow: Harper Collins 1994), p. 809.

明而又殘酷的啊！叫你無處躲避。那裡邊又有著多麼難以捉摸的魔力啊！[43]

再加上至關重要的手勢和身體元素：

甚至他（指亨利勳爵）那雙冰涼、白淨、花一般的手也出奇地動人。這雙手的動作，正如他說話一樣，節奏感很強，似乎有一種獨特的語言。[44]

據查理斯·里基特（Charles Ricketts）的回憶，王爾德在講述時也傾向於在某些關鍵詞上停頓一下，並打出手勢，彷彿要阻止它們的聲音，他對手勢和模仿的使用微妙而富有表現力：

他在講話中始終保持著存在感和自發性。此外，還有節奏感強、變化多端的音調，在一個詞、一個句子上停頓一下，就像小提琴家音樂的重音和短語。[45]

與書面文化截然不同，陳詞濫調、刻板印象和抄襲——這些識字的大罪是口頭文化的主要美德。其原創性不在於發明一個全新的故事，而是以適合特定受眾的方式，將熟悉的故事拼接起來，或在一個舊的故事中引入新的元素。王爾德的聖經故事依賴於所有聽眾都知道

---

[43] 奧斯卡·王爾德著，趙武平主編，楊烈等譯：《王爾德全集》，卷1（小說童話卷），頁23。

[44] 奧斯卡·王爾德著，趙武平主編，楊烈等譯：《王爾德全集》，卷1（小說童話卷），頁25。

[45] Raymond J P & Ricketts C. *Oscar Wilde: Recollections* (London: Nonesuch, 1932), p. 13.

的傳統材料，表達了王爾德最深刻的觀念和信仰——基督是完美實現的人格類型，包含著絕對的、整體的自我，與藝術家的形象相提並論。將基督形象視作傳遞審美力量而非救贖力量的中介，必然結果是王爾德徘徊在新教和天主教之間表現出的矛盾與困惑。相應地，在口頭文化中對王爾德持續的剽竊指控似乎是矛盾的，拉熱內斯對王爾德這種類型的藝術家進行了出色的辯護：

> 人們並不指望他能提供道德和社會教訓。……他所要做的是成為普羅提斯和普羅米修士，是能夠改造自己和所有的東西……是成為懺悔者、先知和魔術師；是以教義學家的嚴謹態度剖析世界，並在之後的時間裡通過他的詩意的幻想重新創造它。[46]

葉芝將口頭價值置於書面之上，並理解這種立場更大的文化和政治影響。在《自傳》(*Autobiographies, 1955*)中，葉芝回顧了J‧F‧泰勒（J. F. Taylor）在都柏林三一學院的演講，後者為愛爾蘭語言辯護，對那些堅持認為愛爾蘭語言和文化邊緣且貧瘠的觀點作出了回應。羅伯特‧阿特金森（Robert Atkinson）教授是一位詞典編纂者，他承認古愛爾蘭語和中愛爾蘭語作為「優秀古典語言」的地位，但現代愛爾蘭語，即使是道格拉斯‧海德（Douglas Hyde）[47]所說的，也僅僅是「土話」，是「混亂的雜糅」，而非一種地道的語言，民間故事也是令人厭惡和毫無價值的，是「低級」和「底層」的。阿特金森對現代愛爾蘭語的敵意很大程度上在於，十九世紀現代愛爾蘭語已經成

---

[46] La Jeunesse, Ernest. *Recollections of Oscar Wilde* (Boston & London: J. W. Luce & Co., 1906), pp. 70-71.

[47] 愛爾蘭學者、「蓋爾語同盟」（Conradh na Gaeilge）的創辦人和愛爾蘭第一任總統。

為一種主要的口頭語言，其主要文本是民間故事或詩歌。這種對「原始」和「文盲」的神經質恐懼，似乎表明他將口頭及民間文學構建為「危險的、不可控的無意識力量的表達」，甚至認為古愛爾蘭文學（他自己的研究領域）也被其「噁心的」主題所污染，葉芝、海德等人將其解讀為帶有政治色彩的：

> 真正的解釋是，阿特金森博士和不得不忍受土地革命痛苦的那代人中的大多數人一樣，仍然處於政治興奮的狀態，在考慮任何愛爾蘭問題時，都少不了這份佐料。[48]

當威廉·王爾德等民間故事收集者記下西方文盲農民的故事時，他們從事的不僅僅是一項人類學或文學活動，而是在發表文化和政治民族主義的聲明。這些新教民族主義者用民間故事和寓言將自己與一個被鄙視的、土著的、文盲的文化聯繫起來，王爾德在與他們的聯結中重新認同愛爾蘭。海德曾為愛爾蘭的口頭文化辯護，認為它是「真正的文學，就像「西奧岩石島的瞎子老頭」的不朽之作一樣：

> 我願意繼續對這些詩歌、寓言、故事的保存進行描述，它們並不僅僅停留在古書的書頁間，而是被刻在愛爾蘭人心中活生生的一頁上。[49]

---

[48] Yeats W B. *Academic Class and the Agrarian Revolution* //Frayne P J, Johnson C (eds.). *Uncollected Prose II* (London: Macmillan, 1975.), pp. 149-152.

[49] Hyde D, Conaire O B (eds.). *Language, Lore and Lyrics* (Dublin: Irish Academic Press, 1986), p. 197.

五　《不可兒戲》中的愛爾蘭碎片

　　都柏林是一座「樂於交談」的城市。在短短的十五分鐘內，從王爾德幼年居住的梅里安廣場（Merrion Square）開始，人們可以漫步遊覽曾經居住著喬治·羅素（George Russell，最出名的是他的筆名AE）、謝里丹·勒·法努（Sheridan Le Fanu）、摩爾和葉芝等人的房子——許多作家都在這裡生活和工作，包括四位獲得諾貝爾文學獎的愛爾蘭人——葉芝、蕭伯納、貝克特和希尼（Seamus Heaney）。寫作給人以目的，也給人以地位。這種地位也許代表了古老的凱爾特文化一種揮之不去的宿命：詩人自古以來就受到尊敬，也被人畏懼——他們被贊助人收容和供養，也用尖銳的諷刺來反擊。語言是危險的，包含巨大的力量。正是亨利勳爵「輝煌、夢幻、不負責任」的修辭引誘了道林·格雷。更加致命的是，格雷自己的衝動感歎——希望自己永遠不會比他的畫像更老——構成了他的浮士德之約。

　　口語被書寫後更增添了力量，但寫作並非真空產生，而是從談話中自然生長出來的。都柏林人生來健談，王爾德曾對葉芝提及，「愛爾蘭人過去（現在也是）『自希臘人以來最偉大的談話者』」。[50]遊客們常常驚訝於，在都柏林，即使是最隨意的交易，也往往會變成一場談話，或至少是一句俏皮話。詼諧並不是一種情感，而是一種社會義務。在這裡交談不僅僅是一種樂趣，而是一種權力。「一個能控制倫敦宴會桌局面的人就能控制全世界」，[51]王爾德筆下的伊林沃茲勳爵（Lord Illingworth）這樣說道。如果沒有學會在都柏林的社會中交談，王爾德就不會成為一名作家，因為對他來說，談話是他寫作的根

---

50 Yeats W B. *Four Years: 1887-1891* (London: Macmillan, 1955), p. 135.

51 奧斯卡·王爾德，趙武平主編，楊烈等譯：《王爾德全集》，卷2（戲劇卷），頁200。

本條件。眾所周知，王爾德的故事，正如他對一位朋友說的，「是頗像我自己的生活——只有談話，沒有行動。我無法描述行動：我的主角坐在椅子上喋喋不休」。[52]後來，愛爾傑龍（Algeron）和約翰，格溫多琳（Gwendolen）和賽茜麗（Cecily）的對話，或者最有名的約翰和布雷克耐爾太太的語言對決，都是對王爾德所學到課程的肯定。從某種意義上說，都柏林曾是一個殖民地的殖民地[53]，直到它成為一個新興帝國的第三城市。在這個空間裡，使用征服者的語言始終是一個問題。機智不是一種消遣，而是一種武器。諷刺學是斯威夫特攻擊自鳴得意的統治者禮貌的砍刀。但謝里丹和王爾德則通過系統的破壞行為，將殖民者的語言與他們自己對立來奪回這個第三空間，謝里丹的馬拉普洛普夫人（Mrs.Malaprop）[54]對語言的盜用本身就成為一種游擊戰的武器。王爾德從謝里丹那裡得到了啟示：他的對話總是在玩弄權術，尋求對意義的拆解而非意義本身。

在《不可兒戲》裡，男僕以顛覆性的俏皮話開始了這齣戲，此後，主人去尋找他那被壓抑了一半的替身。心理學家奧托·蘭克（Otto Rank）認為，替身是一種方便的裝置，可以將所有的尷尬都卸下。它可能是一個人高尚的靈魂或卑微的罪惡的縮影，或者兼而有之。[55]作品中的許多人物都試圖謀殺他們的替身，以消除罪惡感（就像英國曾試圖消滅愛爾蘭文化），但後來發現它並不那麼容易被壓制，因為它也可能包含人類的烏托邦式的自我。病不理（Bunbury）

---

52 Wilde O, Holland M (ed.). *Complete Works of Oscar Wilde* (Glasgow: Harper Collins, 1994), p. 425.

53 一千多年前，它是由入侵的維京人建立的，他們在殖民英國大約一個世紀後征服了它。

54 謝里丹的喜劇《敵人們》（*The Rivals*, 1775）中的角色。

55 Tucker H. Introduction //Rank O (ed.). *The Double: A Psychoanalytic Study* (Chapel Hill: University of North Carolina Press, 1971), p. 48.

是愛爾傑龍的替身,是一個影子,象徵著愛爾傑龍對不朽的需求,對一個在死亡中倖存的有影響力的靈魂的需求。不負責任的愛爾傑龍將他的所有責任轉移給了病不理更有問題的行為上。[56]愛爾蘭人為英國人提供的服務,病不理為他的創造者履行了,同時他也希望保留自己的與眾不同。因此,該劇是一場漫長的辯論,討論是否要取消病不理的問題。布雷克耐爾太太的抱怨聽起來很像英國人的說法,「哎,我不得不說,愛爾傑龍,我看病不理先生是死是活,他做決定的關鍵時刻到了。對這個問題猶豫不決是違反常情的。當今對病人表示同情,我是很不贊成的。我認為那種態度是病態的」。[57]許多分析家認為,替身是一種病態的自我陶醉的創造,通常是男性的、沙文主義的,有時是帝國主義的。只有通過這種分裂的手段,這樣的人才能與自己共存。蘭克實際上認為,雙重性產生於一種病態的自愛,這種自愛阻礙了平衡人格的發展。如果是這樣的話,那麼殺死或消滅替身並不是最終的解決辦法,因為他的生命和福祉與他的作者密切相關。就像愛爾蘭人與英國人、女人與男人一樣。一旦替身被否定,它就像帝國大男子主義文化中的「凱爾特女性」一樣,回來困擾著它的始作俑者,實施王爾德所說的弱者對強者的暴政——唯一一種持久的暴政。[58]因此,在劇中,每當他被最強烈地拒絕時,替身總是離他最近的。約翰會感歎:

我的弟弟就在餐廳嗎?我一點不明白這是怎麼回事呢。我覺得

---

56 Kiberd D. *Oscar Wilde: The Artist as Irishman* //McCormack W J (ed.). *Wilde the Irishman* (New Haven and London: Yale University Press, 1998), p. 16.

57 奧斯卡・王爾德著,趙武平主編,楊烈等譯:《王爾德全集》,卷2(戲劇卷),頁18-19。

58 奧斯卡・王爾德著,趙武平主編,楊烈等譯:《王爾德全集》,卷2(戲劇卷),頁18-19。

荒唐透頂了。[59]

愛爾傑龍也會問道，也許是代表所有不請自來的愛爾蘭客人：

> 你幹嘛不到樓上去換一換？一個人明明告訴你，他要在你的府上作客一個星期。你卻給他帶孝，連三歲小孩都不會幹這樣的事情啊。我叫這是奇裝異服。[60]

因此，被否定的替身最終為其創造者設定了議程，而創造者由於沒有意識到這一點，就成了其無意識的奴僕。劇中的女性為男性設定議程，哦拿實的為約翰設定議程，病不理為愛爾傑龍設定議程，管家為主人設定議程。甚至愛爾蘭的帕內爾派為英國制定議程，使威斯敏斯特的政治重複陷入癱瘓。

歷史上的作家們都在藝術中找到了他們的雙重性，這是以一種可接受的形式呈現的對替身的運用，證明非理性在我們的文明中生存的合理性。[61]其他的使用是病態的，也是注定要失敗的，因為替身本是用來應對死亡的恐懼，但卻作為死亡的預兆再次出現。這種恐懼引起了對自我的誇張態度，導致了對愛的無能為力和對被愛的瘋狂渴望，這些都是愛爾傑龍和約翰的屬性（也是英國在愛爾蘭獨立之前的政策屬性）。[62]帝國對愛爾蘭的政策在和解與脅迫之間奇怪搖擺，幾乎沒有比蘭克的報告更有說服力的解釋了。

---

59 奧斯卡·王爾德著，趙武平主編，楊烈等譯：《王爾德全集》，卷2（戲劇卷），頁43。
60 奧斯卡·王爾德著，趙武平主編，楊烈等譯：《王爾德全集》，卷2（戲劇卷），頁45。
61 Tucker H.Introduction //Rank O (ed.). *The Double: A Psychoanalytic Study* (Chapel Hill: University of North Carolina Press, 1971), p. xvi.
62 Kiberd D. *Oscar Wilde: The Artist as Irishman* //McCormack W J (ed.). *Wilde the Irishman* (New Haven and London: Yale University Press, 1998), p. 17.

該劇的政治和心理學是典型的共和主義。病不理必須在巴黎而不是英國安葬,這是歐洲激進分子和芬尼亞[63]流亡者的家鄉。對倫敦的舞臺來說,王爾德的第一部戲劇《薇拉,或虛無主義者》(*Vera; or, The Nihilists*, 1880)太過共和主義,不得不安排在美國首演;他在一八八二年鳳凰公園謀殺事件[64]後對美國觀眾說,「英國正在收穫七個世紀的不公正果實。只有當它也變成一個國家時,才會被完全拯救」。[65]王爾德的共和主義從一開始就成為他在倫敦議程中的一個明顯特徵。他複製了殖民者的許多特質,成為一個彬彬有禮、愛說愛笑的英國人。在另一個更具顛覆性的層面上,他指出了英國文化地下、激進的傳統,與愛爾蘭民族主義形成結盟的可能性,從而忠實於其自身最深層的要求。察覺到英格蘭可能是最後一個、最完全被占領的英國殖民地,王爾德提出,在拯救愛爾蘭的同時,也是在拯救英國人自己。

六 結語

王爾德不像葉芝,從一開始他就沒想過與倫敦保持距離,愛爾蘭文學的烙印在他的血液中;他也不像蕭伯納,因逃避愛爾蘭的民族文學價值而融入倫敦——他對倫敦的接觸是自然的、理所應當的。他和喬伊絲當然有相近之處,但並不完全相同,他遠不如喬伊絲那麼激烈,他征服英國的方式是潤物細無聲的:潛移默化地模仿,要比英國人更像英國人。他帶有的非二元對立立場使他重新定義了愛爾蘭人。

---

63 一八五八年三月十七日,詹姆斯·斯蒂芬斯(James Stephens)、湯瑪斯·盧比(Thomas Luby)在都柏林秘密成立了一個地下起義組織,旨在通過武裝鬥爭實現愛爾蘭獨立。一八五九年,約翰·奧馬霍尼(John O'Mahony)在紐約成立了一個姐妹組織——芬尼亞(Fenian),這個名字很快就被用於統稱這兩個分支。
64 一八八二年芬尼亞分支組織試圖在都柏林刺殺新任命的愛爾蘭總督及首席政務秘書。
65 Hyde H M. *Oscar Wilde* (London: Eyre Methuen, 1976), p. 71.

他的生活表明，作為愛爾蘭人就是要有多重的、分裂的忠誠：既是殖民者又是被殖民者，既是本地人又是官方人士，既在蒼穹之內又在蒼穹之外[66]。在一個充滿標籤和派別的年代，這種複雜性令人不快。對王爾德的報復是維多利亞時代的一種社會共識：允許同性戀的存在，但不允許它在光天化日之下大行其道。在維多利亞時期道德的嚴肅審判後，毫無疑問的是社會輿論試圖將他簡化為一個囚犯。而在這些不斷出現的變數之下，一以貫之的是他對凱爾特文化的認同。

參考文獻

巴斯卡・卡薩諾瓦著，羅國祥等譯：《文學世界共和國》，北京：北京大學出版社，2015年。

大衛・達姆羅什著，劉洪濤等主編：《世界文學理論讀本》，北京：北京大學出版社，2013年。

McCormack W J. *Introduction: The Irish Wilde* // McCormack W J (ed.). *Wilde the Irishman* New Haven and London: Yale University Press, 1998.

理查・艾爾曼著，蕭易譯：《奧斯卡・王爾德傳：順流，1854-1895》，桂林：廣西師範大學出版社，2015年。

奧斯卡・王爾德著，趙武平主編，楊烈等譯：《王爾德全集》第2卷（戲劇卷），北京：中國文學出版社，2000年。

---

[66] McCormack W J. *Introduction: The Irish Wilde* // McCormack W J (ed.). *Wilde the Irishman* (New Haven and London: Yale University Press, 1998), p. 3.

本尼迪克特・安德森著，吳叡人譯：《想像的共同體：民族主義的起源與散布（增訂版）》，上海：上海人民出版社，2016年。

奧斯卡・王爾德著，趙武平主編，楊烈等譯：《王爾德全集》第3卷（詩歌卷），北京：中國文學出版社，2000年。

Kiberd D. *Oscar Wilde: The Artist as Irishman* //McCormack W J (ed.). *Wilde the Irishman* (New Haven and London: Yale University Press), 1998.

Hyde H M. *Oscar Wilde* (London: Eyre Methuen), 1976.

奧斯卡・王爾德：《王爾德全集》卷6（書信卷（下）），趙武平主編，楊烈等譯，北京：中國文學出版社，2000年。

奧斯卡・王爾德：《王爾德全集》卷4（散文隨筆卷），趙武平主編，楊烈等譯，北京：中國文學出版社，2000年。

Wilde O, Holland M (ed.). *Complete Works of Oscar Wilde* (Glasgow: Harper Collins 1994).

McCormack W J. Wilde and Parnell // McCormack W J (ed.). *Wilde the Irishman* (New Haven&London: Yale University Press, 1998).

Yeats W B, O'Donnel W H. *Prefaces and Introductions: Uncollected Prefaces and Introduction* (London: Macmillan, 1988).

Gide A. *Oscar Wilde* (London: William Kimber, 1951).

Laurence H. *Echo de Paris: A Study from Life* (London: Jonathan Cape, 1923).

Yeats, W B. *Autobiographies* (London: Macmillan, 1955).

Maxwell W B. *Time Gathered: Autobiography* (London: Hutchinson, 1937).

奧斯卡・王爾德著，趙武平主編，楊烈等譯：《王爾德全集》卷1（小說童話卷），北京：中國文學出版社，2000年。

Raymond J P & Ricketts C. *Oscar Wilde: Recollections* (London: Nonesuch), 1932.

La Jeunesse, Ernest. *Recollections of Oscar Wilde* (Boston & London: J. W. Luce & Co., 1906).

Yeats W B. *Academic Class and the Agrarian Revolution* //Frayne P J, Johnson C(eds.). *Uncollected Prose II* (London: Macmillan, 1975).

Hyde D, Conaire O B (eds.). *Language, Lore and Lyrics*[M] (Dublin: Irish Academic Press, 1986).

Yeats W B. *Four Years: 1887-1891* (London: Macmillan, 1955).

Tucker H. Introduction //Rank O (ed.). *The Double: A Psychoanalytic Study* (Chapel Hill: University of North Carolina Press, 1971).

福建師範大學叢刊 A1101002

苔花集

——福建師範大學文學院 2022-2023 學年研究生優秀論文集

策　　劃	李小榮、周雲龍
主　　編	馮直康
責任編輯	林涵瑋

發 行 人	向永昌
總 經 理	梁錦興
總 編 輯	張晏瑞
編 輯 所	昌明文化有限公司
排　　版	林曉敏
印　　刷	博創印藝文化事業有限公司
封面設計	陳薈茗

出　　版　昌明文化有限公司
桃園市龜山區中原街 32 號
電話 (02)23216565
發　　行　萬卷樓圖書股份有限公司
臺北市羅斯福路二段 41 號 6 樓之 3
電話 (02)23216565
傳真 (02)23218698
電郵 SERVICE@WANJUAN.COM.TW

ISBN 978-986-496-630-1
2024 年 10 月初版
定價：新臺幣 680 元

如何購買本書：
1. 轉帳購書，請透過以下帳戶
　合作金庫銀行 古亭分行
　戶名：萬卷樓圖書股份有限公司
　帳號：0877717092596
2. 網路購書，請透過萬卷樓網站
　網址 WWW.WANJUAN.COM.TW
大量購書，請直接聯繫我們，將有專人為您
服務。客服：(02)23216565 分機 610

如有缺頁、破損或裝訂錯誤，請寄回更換
版權所有・翻印必究
Copyright©2024 by Cheng Ming Culture Co., Ltd.
All Rights Reserved　　　　Printed in Taiwan

國家圖書館出版品預行編目資料

苔花集：福建師範大學文學院 2022-2023 學年研究生優秀論文集 / 李小榮、周雲龍策劃，馮直康主編. -- 初版. -- 桃園市：昌明文化有限公司, 2024.10
　　面；　公分
ISBN 978-986-496-630-1(平裝)
1.CST: 文學評論　2.CST: 文集

810.7　　　　　　　　　　　113014326